## Das Buch

Leonid Meyer wird tot und gefoltert in seiner Wohnung in Balat, dem jüdischen Viertel Istanbuls, gefunden. Über ihm prangt ein Hakenkreuz, mit seinem eigenen Blut an die Wand geschmiert. Inspektor Çetin İkmen und sein junger Partner Süleyman vermuten zunächst einen rassistischen Hintergrund. Tatsächlich finden sie in Meyers Adressbuch auch den Namen eines Nazisympathisanten. Aber es gibt noch weitere Verdächtige: den Englischlehrer Robert Cornelius beispielsweise. Er wurde zur Tatzeit vor Meyers Haus gesehen. Und dann ist da noch Maria Gulcu, eine russische Emigrantin, die behauptet, ein Geheimnis zu hüten, das einen Mord wert wäre ...

## Die Autorin

Barbara Nadel wuchs im Londoner East End auf und ist ausgebildete Schauspielerin. Seit Jahren unterrichtet sie außerdem Psychologie und setzt sich als Pressesprecherin eines Verbandes für psychisch Kranke ein. Barbara Nadel lebt in Essex, England, bereist die Türkei seit über zwanzig Jahren und hat Istanbul zu ihrer Wahlheimat erklärt.

Von Barbara Nadel sind in unserem Hause bereits erschienen:

*Arabeske*
*Der gläserne Käfig*
*Im Gewand der Nacht*
*Schleier des Todes*
*Stille Wasser*

Barbara Nadel

# Belsazars Tochter

Roman

Aus dem Englischen
von Nikolaus Palézieux

Ullstein

Besuchen Sie uns im Internet:
www.ullstein-taschenbuch.de

Umwelthinweis:
Dieses Buch wurde auf chlor- und säurefreiem Papier gedruckt.

Ungekürzte Ausgabe im Ullstein Taschenbuch
Sonderausgabe Mai 2007

Titel der englischen Originalausgabe: *Belshazzar's Daughter*
(Headline Book Publishing, a division of Hodder Headline, London)
Umschlaggestaltung: Büro Hamburg
Titelabbildung: © Jaenicke/laif; getty images/Hugh Sitton
Gesetzt aus der Bembo
Druck und Bindearbeiten: Ebner & Spiegel, Ulm
Printed in Germany
ISBN 978-3-548-26753-1

Für Malcolm und Alexia

# Kapitel 1

Ein Zimmer. Vier glatte, teer- und nikotinverfärbte Wände. Ein Fenster: dreckig, mit einer zähen, schwarzen Staubkruste überzogen. Aber das macht nichts. Einige Fenster haben eben keine Aussicht. Und andere reflektieren nur, wie Spiegel.

Dazu Stühle und ein Tisch. Alles grob zusammengehauen, so wie das armselige Zeug, das die Bauern auf dem Land in ihren heißen, kleinen, sonnenverbrannten Hütten haben mögen. Aber wir sind hier nicht auf dem Land. Die Luft ist dick – beinahe schon fest. Die Stadt erstickt fast an ihrer Liebschaft mit den Verbrennungsmotoren.

Nicht ein Geräusch, abgesehen vom Verkehrslärm. Es ist die schreiende Stille der Innenstadt.

Auch ein Bett ist da. Ein kurzes, schmales Feldbett. Es hat ein eisernes Kopfteil und eine Reihe harter, kalter Rohre. In seiner Funktionalität erinnert es an Krankensäle, Gefängnisse, Einrichtungen für die Traurigen, die Schlechten und die Gebrochenen.

Vor kurzem herrschte hier noch wildes Treiben; die Betttücher sind zerknüllt wie welke Haut. Ein fleckiges Kissen liegt aufgeplatzt auf dem Boden. Seine Innereien flattern in dem Lüftchen umher, das direkt über dem Boden geht. Kleine graue und weiße Federn, die unaufhörlich in kurzen Wellenbewegungen umhertanzen.

Es riecht nicht nach Sex, diesem leicht süßlichen Duft, den man auch durch Baden nicht wegkriegt.

Wenn man sich vom Bett wegdreht, kann man das, was darauf liegt, im Spiegel an der Wand gegenüber betrachten. Eine heftige Bewegung und alle Fliegen, die wie eine Decke auf dem Bett sitzen, rühren sich und fliegen davon. Man sieht viel Blut. Das, was noch nicht in die Matratze gesickert ist, tropft gemächlich an einem Arm herunter und über einen ausgestreckten Finger auf den Boden. In den weit aufgerissenen, verdrehten Augen spiegelt sich still die geöffnete Tür. Eine Spiegelung in der Spiegelung – Faszination des Unendlichen.

Über den abgetretenen Teppich unter dem Tisch rollt eine leere Flasche und stößt an eine leere Zigarettenschachtel. Die Tür knarrt leise in ihren alten, rostigen Scharnieren und eine unerwartete Übelkeit kommt auf, zu schnell, um sie kontrollieren zu können.

Die Tür schwingt noch etwas weiter auf und fast geräuschlos laufen leichte Schritte die Treppe hinab und nach draußen auf die Straße.

Die Tür bleibt offen und nach einer Weile finden sich auch die Fliegen wieder ein. Lange kann man sie nicht abhalten. Das Geräusch der Schritte ist kaum vergangen, als sich die Insekten auch schon wieder geschäftig dem Fressen widmen. Das Ding auf dem Bett hat seinen Nährgehalt weit außerhalb seiner zerborstenen Hülle ausgebreitet. Die Fliegen bilden ein großes, bewegliches Muster an der Wand, sie gleiten und rutschen mit der Bewegung der dicklichen Flüssigkeit. Sie müssen sich beeilen, denn die heiße Sonne wird sie bald getrocknet haben und dann ist ihr Tun sinnlos. Die Fliegen wissen das und saugen sich voll.

Die letzte Klasse am Nachmittag war schwierig gewesen; acht reiche, verzogene und schmollende Jungen zwischen fünfzehn und siebzehn. Außerdem war es eine reine Grammatikstunde gewesen. Vermutlich keine gute Idee für einen heißen Augustnachmittag, aber was hätte er sonst tun sollen? Die Prüfungen standen in etwas mehr als einer Woche an und noch war keiner der Schüler darauf vorbereitet, nicht einmal die entsetzlich fromme Kopftuchbrigade, die Mädchen aus Bursa. Konnte er ihnen deshalb Vorwürfe machen? Nur wenige von ihnen hatten gerade mal das elementarste Verständnis der englischen Sprache und im heißesten Monat des Jahres stundenlang in einen stickigen Raum eingeschlossen zu sein … Er selbst war genauso ungern dort. Aber er hatte keine andere Wahl. Hatte sie nie gehabt.

Doch nun war er auf dem Weg nach Hause. Endlich war der schönste Teil des Tages gekommen. Obgleich es immer noch so heiß war, dass es einem den Atem verschlug, war schon ein wenig Erleichterung in der Luft zu spüren, die Erleichterung, die sich einstellt, wenn der Nachmittag unmerklich in den Abend übergeht: Das Versprechen der Nacht sowie ein leichter Temperaturabfall wurden endlich Wirklichkeit. Zudem war der Weg zur Bushaltestelle kein unangenehmer Spaziergang. Solange man in diesem heruntergekommenen und wirtschaftlich toten Stadtviertel nicht wohnen musste, versteht sich.

Balat. An sechs Tagen der Woche stapfte er durch die dreckigen Straßen, die gewundenen, labyrinthischen Alleen, aber niemals langweilte es ihn. Diese Gegend besaß Dickenschen Charme. David Copperfield, Pip, Mr. Jingle, Fagin – keiner von ihnen wäre in dieser Atmosphäre der Armut, der Kleinkriminalität, des malerischen Drecks in Balat fehl am Platz gewesen. Besonders Fagin hätte perfekt hierher gepasst. Juden, alte Juden, waren das Einzige, von dem Balat sich rühmen konnte, es fast schon im Überfluss zu besitzen.

Nicht, dass sie sichtbar wären, diese alten, winterlich gekleideten, scheuen kleinen Juden, die leise in einer Sprache vor sich hin murmelten, die geheim war, exklusiv wie sie selbst. Hätten ihm nicht andere von ihrer Existenz erzählt, hätte er möglicherweise gar nicht gewusst, dass es sie gab. Sie verschmolzen mit ihrer Umgebung. Fremden und einer Welt, die sie hasste, gegenüber misstrauisch, wandten sie, wenn er näher kam, ihr Antlitz der Wand zu und verschwanden im Mauerwerk, im Beton, im Stein. Jahrhundertelang war das Osmanische Reich, nun Türkische Republik, ein sicherer Hafen für Juden gewesen. Man hatte es wegen seiner menschlichen Haltung den Hebräern gegenüber gerühmt. Aber die alte Angewohnheit des Misstrauens, in der harten Schule Westeuropas gelernt, lässt sich nur schwer ablegen. Es war nicht persönlich gemeint.

Im Grunde hatte natürlich alles ökonomische Gründe. In den besseren Gegenden der Stadt gab es Tausende von reichen Juden der Mittelklasse, die in beinahe jeder Hinsicht genau wie die türkische Mehrheit lebten. In Balat dagegen lagen die Dinge anders. Wo Geld und Komfort fehlen, werden andere, grundlegendere Bereiche wichtiger: Traditionen, Regeln, Tabus.

Robert bog um die Ecke in die namenlose, schlangengleich gewundene Seitenstraße, die auf die Hauptstraße mit der Bushaltestelle führte. Es war außergewöhnlich schwül. Sogar einen Fuß vor den anderen zu setzen war anstrengend. Er hielt an und griff in seine Hemdtasche, um Zigaretten und Feuerzeug herauszuholen. Für ihn war auch das ein Luxus – in einer solchen Stadt wie Istanbul zu leben, mit der Freiheit, auf der Straße zu rauchen, ohne gleich missbilligende Blicke auf sich zu ziehen. Wie war doch alles so anders als in London. In so vieler Hinsicht. Er zündete sich eine Zigarette an und nahm einen langen, tiefen, wohligen Zug.

Während er dastand, rauchte und zum fernen, dichten Verkehr hinsah, auf den er zusteuerte, ging direkt hinter ihm quietschend eine Tür auf. Er wandte sich um, aber es war nichts zu sehen außer der Leere eines sehr verschlossenen, sehr alten Wohnhauses. Verschlossen – mit Ausnahme einer kleinen hölzernen Tür im Erdgeschoss, die in ihren verzierten, rostigen Eisenscharnieren hin- und herknarrte. Niemand war zu sehen. Balat am Spätnachmittag, das war wie die Szene einer Geisterstadt in einem alten Western, still und auf den ersten Blick unbewohnt. Robert wusste aber, dass es nur Einbildung war. Tausende lebten in Balat. Sobald der Außenseiter wieder verschwunden wäre, würden Hunderte alter Juden sich von den Wänden lösen, sich von Stein wieder in Fleisch verwandeln und aus der Stille würde ein schnelles, unverständliches Schnattern. Bei seiner Größe von 1,83 Meter und einer Haarfarbe, die nach gefirnisster Kiefer aussah, wusste Robert sehr wohl, was sie dachten, für welche Art von Fremden sie ihn logischerweise halten mussten.

Wieder drehte er sich um und in eben diesem Moment nahm eine Bewegung ganz am Rande seines Gesichtsfeldes ihn gefangen. Er musste zweimal hinsehen und fand sich Auge in Auge einem Wesen gegenüber, das einem kleinen Zwerg oder einer Elfe ungewöhnlich ähnlich sah, in der Tür stand und eine Hand auf das rostige Scharnier gelegt hatte. Es war eine sehr kleine Frau, ganz in Schwarz, und ihr Blick traf für einen Augenblick den seinen; er war voller Angst und Misstrauen. Dann senkte sie den Blick und ihre Augen sahen auf den Boden zu ihren Füßen, während sie sich langsam rückwärts bewegte und sich im tiefen Schatten des Gebäudes auflöste, das, bei ihrer Scheu zugleich ihr Gefängnis war. Als er sie verschwinden sah, überkam ihn ein kurzer Mitleidsanfall. Er wusste nicht, wie er ihr hätte begreiflich machen können, dass er nicht gefährlich war, dass er ihr nichts Böses wollte. Nur wenige dieser Menschen sprachen Türkisch, und noch weniger Englisch, und vielleicht war sie tatsächlich eine jener wahrhaft Unglücklichen, eine von jenen, denen man Nummern in das Handgelenk, den Unterarm oder das Gesäß eintätowiert hatte. Einige Juden aus Osteuropa und Deutschland hatten sich direkt nach dem Krieg in der relativ sicheren Türkei niedergelassen; die Namen Belsen, Auschwitz und Ravensbrück klangen ihnen noch nach vierundsiebzig Jahren in den Ohren. Die Frau verschwand.

Robert rauchte seine Zigarette zu Ende und trat die Kippe mit dem Absatz aus, wobei er sie tief in den dichten Straßenstaub drückte. Nach dieser kurzen Pause fühlte er sich besser und war gerade im Begriff, seinen Heimweg fortzusetzen, als eine zweite Gestalt erschien, diesmal in der Tür des Wohnhauses direkt vor ihm. Obgleich ihm die Gestalt bekannt war, war er zunächst so überrascht, dass er sie fast übersehen hätte. Aber das Gesicht und auch die zerfledderten schwarzen Jeans, dazu das altmodische, schlabberige Hemd waren nicht zu verkennen – oder? Er reckte den Kopf ein wenig vor, um besser sehen zu können. War das möglich? Natalia? In Balat? Die Person verschwand. Sie blickte noch einmal die Straße entlang, sah zu ihm hin und erstarrte.

Alles ging sehr schnell. Robert lächelte und machte Anstalten, die Hand zum Gruß zu heben. Die Person zuckte zurück, senkte die Augen und wandte sich um, als wollte sie wie die Einheimischen mit der Wand verschmelzen. Robert tat einen Schritt vor und wollte den Mund aufmachen, um zu sprechen, als sie auch schon zur Seite sprang und in Richtung der Hauptstraße rannte.

Ohne zu überlegen, was er tat, folgte Robert ihr. Vollkommen gleichgültig gegen alles, was um ihn war, rannte er. Vor ihm, jetzt noch schneller und fast lautlos, war Natalia, schlank, mit pechschwarzem Haar, hinreißend. Sie rannte fort, hatte Angst. Vor ihm? Hätte er die Zeit dazu gehabt, wäre er jetzt verletzt, sogar beleidigt gewesen. Aber er hatte keine Zeit und sie war schnell, schneller, als er gedacht hatte.

Gerade als Natalia ans Ende der gewundenen Seitenstraße kam, machte sie einen abrupten Schlenker nach links. Robert war jetzt fast auf gleicher Höhe mit ihr. Als sie sich zur Seite drehte, bekam er sie einen Moment lang zu fassen. Lange und kräftige Finger berührten ein knöchernes Schulterblatt, ohne zupacken zu können. Sein Arm schnellte zurück, als hätte er sich verbrannt. Es war dünn, dieses Schulterblatt, wie er durch den billigen Baumwollstoff fühlen konnte. Nicht rund, üppig und sexy, wie er es erinnerte. Hatte er sich geirrt? War dies jemand anders? Sie keuchte, geriet bei seiner Berührung in Panik und lief noch schneller und kräftiger. Robert blieb stehen.

Er befand sich in einem Innenhof, Fenster und niedrige grüne Türen zu allen Seiten. Wie üblich war keine Menschenseele zu sehen. Direkt vor ihm erstreckte sich ein Durchgang, so eng, dass er eher einem Tunnel als einer Straße glich. Hier war Natalia entlanggelaufen und verschwunden. Während er dastand und verschnaufte, sich mit den Händen auf den Knien abstützend, blickte er tief in den labyrinthischen Durchgangsweg hinein. Er sah dort nichts als die Abwesenheit von Dingen – Licht, Bewegung, Farbe, Natalias fliehendem Körper …

Ein paar Sekunden lang versuchte er zu sich zu kommen und richtete sich dann auf. Sie war weg. Kein Windhauch war in der verpesteten nachmittäglichen Luft zu spüren. Wie benommen ging er aus dem Hof und hielt auf der Straße erneut an. Drei-, viermal sah er nach links und rechts, ohne Erfolg. Die Straße war, wie der Hof, aus dem er gerade gekommen war, still bis auf den Verkehrslärm von der Hauptstraße, der von ihrem nun näheren nördlichen Ende herübertönte. Er ging in Richtung dieses beruhigenden Geräuschs von Menschen und Maschinen in Bewegung. Sein Hirn war eine schwarze Grube voller Besorgnis und quälendem Misstrauen gegenüber dem, was seine Augen und seine Hände ihm soeben enthüllt hatten. Vielleicht hatte er auch nur zu viel Sonne abbekommen. Vielleicht hatte die Hitze seine Sinne verwirrt. Und doch war es ihr Gesicht gewesen! Bei so einem Gesicht konnte es keinen Zweifel geben! So zart und zugleich sinnlich, so distinguiert und zugleich wild. Herr im Himmel, er musste nach Hause! Denn wenn er jetzt anfing an sie zu denken und zu dem Laden ging …

Unentschlossen strebte er der Bushaltestelle zu, wobei mit jedem Schritt der Lärm der Menschen und der Autos um ihn anschwoll. Es war wie ein Traum gewesen und doch wusste er, dass er wach war. Die Welt der Hauptstraße war zu laut und zu aufdringlich, um Zweifel zuzulassen. Achtzehn Monate zuvor hätte er alles noch auf die medizinische Behandlung zurückgeführt und es dabei belassen. Aber …

Er sah hinter sich nach dem Ausgang, aus dem er soeben getreten war. Aus seinem Blickwinkel wirkten die Häuser zu beiden Seiten der Durchgangsstraße nun, als stünden sie sehr eng beieinander, als würden sie dichtmachen, aus Betriebsgründen schließen. Es war über dreißig Grad, aber Robert Cornelius' Blut war kalt.

»Scheißkerl!«, sagte sie laut und hielt eine mit falschen Juwelen überzogene Hand vor die rosafarbene Schwellung über ihrem rechten Auge. Sie konnte es einfach nicht glauben! Schon wieder! Zweimal in zwei Tagen hatte er sie geschlagen und ihr den Lohn vorenthalten. Was zum Teufel ließ diese Kerle eigentlich glauben, dass sie im Recht waren? Was sie tat, war eine Dienstleistung genau wie jede andere. Würden sie etwa Brot vom Bäcker nehmen und diesen dann schlagen, anstatt ihn zu bezahlen? Natürlich nicht! Aber Nutten? Nutten, vor allem die alten und verbrauchten, waren wohl etwas anderes. Sie wusste um die Risiken, die waren ihr stets bewusst gewesen, aber das beantwortete immer noch nicht die ärgerliche Frage nach dem Warum. Männer wollten Sex, Nutten lieferten Sex. Warum also erst mit einer Zwanzigtausendliranote vor ihrer Nase herumwedeln und ihr dann ein blaues Auge schlagen? Warum nicht einfach nehmen, was man will, und dann war es das? Schuld? Eine plötzliche Vision der erschöpften Frau zu Hause mit ihrem Gebärmuttervorfall und ihren zehn Kindern? Erinnerungen an die Jugend, als der Sex noch kostenlos war und das Leben noch nicht ganz so unwürdig?

Aber das Wissen darum machte die Situation jetzt nicht besser. Nur Geld konnte ihr hungriges Magenknurren stillen und das dringende Verlangen nach einem aufputschenderen Getränk als Tee.

»Zwanzigtausend beschissene Lira!«, ließ sie die stillen, mitternächtlichen Straßen von Balat wissen.

Einunddreißig Jahre auf der Straße und die Befriedigung der elementarsten männlichen Bedürfnisse hatten Leah Delmonte nicht besonders gut getan. Prostitution steckte man nicht einfach so weg. Wie in den Filmen – mit bequemen Liegen, Frauen aus der Oberschicht und etwas Sorbet – ging es weiß Gott nicht ab. Natürlich war es damals, als sie noch ein junges Mädchen war, nicht ganz so hart gewesen wie jetzt. Damals hatte sie sich noch Dolores genannt und offiziell war sie als Tänzerin angestellt. »Madame Lilli präsentiert Ihnen direkt aus Madrid Dolores, die wilde, leidenschaftliche Zigeunerin mit ihrem Flamenco!« Die Erinnerung daran brachte sie dem Weinen nah. Und sie hatten den Unterschied nicht bemerkt, all die Soldaten, Seeleute, jungen Männer aus reichem Haus, die durch ihre Hände gegangen und die allesamt auf Vergnügen aus gewesen waren. Ihre Vorfahren waren aus Sevilla, Toledo und irgendeinem gottverlassenen Nest gekommen und das Ladino, mit dem sie aufgewachsen war, soll dem Spanischen ähnlich gewesen sein. Ihnen war es damals ähnlich genug. Und sie war tatsächlich Dolores gewesen: exotisch, schön und ohne Zweifel eine gute Tänzerin. Doch jetzt nicht mehr. Vierzig zu werden hatte sich für Dolores wie Totengeläut angehört. Und auch das lag schon wieder fünf Jahre zurück. Fünf Jahre, in denen sie einfach wieder Leah war. Bloß Leah und gerade mal gut genug für eine schnelle Nummer an der Mauer.

Sie war innerlich zerbrochen. Sie und Lilli – Madame Lilli, wie sie sich in ihrer Jugend genannt hatte – waren drei Monatsmieten für ihr schäbiges Einzimmerapartment schuldig. Leah versuchte wenigstens Arbeit zu kriegen, aber Lilli – sechs Jahre älter als Leah, fett, mit fleckiger Haut und von schlimmen Krampfadern gequält –, Lilli war alles andere als scharf darauf, noch weiter auf der Straße anzuschaffen. Meist saß sie abends zu Hause, aß, rauchte und hörte düstere, melodiöse Musik im Radio.

Leah bog um die Ecke und stand direkt gegenüber dem Eingang zu ihrem heruntergekommenen Wohnhaus. Welch ein Ort zum Enden! Eine dreckige Absteige, keine fünf Minuten zu Fuß von der dreckigen Absteige entfernt, in der sie geboren wurde. Was war nur aus den Träumen geworden, die sie als Kind so liebevoll gehegt hatte? Was war nur aus den großartigen Ambitionen geworden, die die Mutter für ihre Tochter gehabt hatte? Geliebte des Präsidenten der Republik, sobald sie zwanzig wäre! Was für ein Scheiß!

Leah sah zum Fenster der winzigen Erdgeschosswohnung, die sie mit ihrer Expuffmutter teilte. Das Licht war an und durch die dünnen, nikotingeschwängerten Vorhänge konnte sie Lilli deutlich erkennen. Sie war schon zurück – wenn sie überhaupt draußen gewesen war. Leahs Herz sank in die Hose. Sie konnte es nicht mehr mit ansehen und anhören. Lilli und ihre ewigen Klagen wegen des Geldes und ihre schrecklichen Szenen, die sie immer dann machte, wenn sie in den Spiegel sah. Was Leah jetzt brauchte, war ein Drink. Ein starker Wodka würde schon helfen, oder ein Raki – sogar der würde schon reichen. Aber wo zum Teufel sollte sie das Geld für den Alkohol hernehmen? Sie musste sich regelrecht in die schwach beleuchtete Eingangshalle hineinzwingen und ihre Augen brannten vor Tränen, die sie kaum zurückhalten konnte. Der ganze Stumpfsinn machte alles so schlimm. Den Hunger, das Fehlen jeglicher schönen Dinge, den Ekel konnte sie noch ertragen, aber die Langeweile! Die immergleiche, betäubende Langeweile …

Und dann fiel es ihr wieder ein. Sie hielt inne. Natürlich! Der alte Meyer, der Russe vom obersten Stock – »Brüll-Meyer«. Einsam, unsozial und verrückt, wie manche sagten. Aber er hatte immer was zum Saufen, jede Menge sogar. Wirklich sonderbar. Warum jemand mit so viel Geld, mit dem man nicht nur die Miete zahlen, sondern sich auch noch was zum Rauchen und mindestens eine Flasche Wodka pro Tag kaufen konnte, ausgerechnet in einem so dreckigen Rattenloch wie Balat wohnte, war Leah ein Rätsel. Aber sie war keine, die viele Fragen stellte. Sie verdrängte sie lieber und stellte sich stattdessen den köstlichen Geschmack puren Alkohols auf ihrer Zunge vor. Vorausgesetzt, man blieb ruhig, ertrug Meyers unverständliche Fantasien und verschloss sich gegenüber dem Gestank in seinem Zimmer, war er eine sichere Quelle. Seine dreckige Flasche konnte dann zu deiner dreckigen Flasche werden und außerdem gab es immer genug Zigaretten bei ihm, die wie kleine Kreidestücke überall verstreut auf dem Boden und dem Bett herumlagen. Es war Leahs letzte Rettung, mit einem Verrückten zu trinken, aber sie war eben verzweifelt.

Sie schlich an ihrer eigenen Tür im Erdgeschoss vorbei, vermied dabei die viel zu vielen quietschenden Dielen und stieg die Treppe hinauf. Natürlich hätte die neugierige Lilli auch mit von der Partie sein wollen, wenn sie davon gewusst hätte, doch Leah war fest entschlossen, dass, falls es was zum Trinken gäbe, nur sie, und zwar sie ganz allein, es kriegen sollte. Denn sie hatte ja wenigstens versucht, Arbeit zu bekommen. Lilli verdiente ganz einfach keinen Drink. Leah würde ganz allein Meyers Dreckloch trotzen. Sie leckte sich die Lippen und ging weiter.

Für ihren untrainierten Körper war es nicht ganz einfach, die drei Treppen bis ganz nach oben zu steigen. Endlich und sehr erleichtert kam sie auf dem obersten Balkon und damit wieder an der frischen Luft an. Die Hände in die Hüften gestützt stand sie da und rang ein paar Sekunden nach Atem. Von diesem Balkon gingen drei Türen ab, hinter denen elende Löcher lagen, nicht größer als Zellen. Die ersten beiden waren von den Abrahams und ihrer ständig nachwachsenden Brut belegt. Das letzte, ganz am Ende, war Meyers.

Nachdem Leah sich wieder etwas gesammelt hatte, wandte sie ihre ganze Aufmerksamkeit ihrer äußeren Erscheinung zu. Der Alte war zwar vollkommen verrückt, aber das war noch lange kein Grund für sie, wie eine Schlampe aufzukreuzen. Er war alt, aber immer noch ein Mann. Und sie war eine Frau, eine professionelle Frau. Ein wenig Stolz war ihr geblieben. Etwas Puder auf ihr entzündetes, dunkelblaues Auge, ein wenig Lippenstift hier, Lidschatten da …

Sie kontrollierte noch einmal den Sitz ihrer kunstvollen hennaroten Perücke. Diese Perücke war ein Relikt aus glücklicheren und einträglicheren Zeiten. Als sie sie damals erstanden hatte, hatte sie sie nicht wirklich gebraucht, aber vielleicht hatte sie ja damals schon eine Vision der kommenden Zeiten gehabt. Sie stopfte das Make-up wieder in ihre billige Tasche mit dem nachgemachten Leopardenmuster, richtete sich zu voller Höhe auf und stolzierte an den dreckverkrusteten Türen der Abraham-Wohnung vorbei.

Meyers Tür stand offen. Das war nichts Ungewöhnliches; während der Sommermonate machte der Alte sie selten zu. Seine winzige Zelle war beinahe den ganzen Tag über der Sonne ausgesetzt und deshalb musste sie, sowohl wegen des Komforts als auch der Gesundheit, unbedingt belüftet werden. Allerdings war das Licht aus – kein gutes Zeichen. Es bedeutete, dass er wahrscheinlich allen Schnaps getrunken hatte und nun seinen Rausch ausschlief. Leah wusste nicht, was sie tun sollte. Sie hatte sich so auf einen Drink gefreut, und dass man ihr jetzt einen Strich durch die Rechnung machte …

Sie spielte im Geiste alle Möglichkeiten durch. Sie könnte den alten Mann wecken und ihn um einen Drink bitten, allerdings dadurch auch einen verständlichen Wutanfall seinerseits riskieren. Sie könnte aber auch ohne einen Tropfen und dementsprechend deprimiert wieder abziehen. Oder …

Oder, wenn Meyer sich zu Tode gesoffen hätte, könnte sie das Licht anmachen, reingehen und sein Zimmer nach einem Tropfen in irgendwelchen ausrangierten Flaschen absuchen. Vermutlich wäre da nicht viel zu holen, aber schon ein Tropfen würde reichen. Er würde wahrscheinlich nicht aufwachen, wenn sie ihn nicht wachrüttelte, und sie war einfach verzweifelt.

Sachte stieß sie die Tür mit dem Fuß auf und ließ dabei gerade genug Licht ins Zimmer, um das Ende des Bettes zu erkennen. Der strenge Geruch von Erbrochenem – oder war es verdorbenes Gemüse? – stieg ihr in die Nase. Nein. Verbranntes Essen – Fleisch. Alter Drecksack! Gott, aber sie brauchte diesen Drink! Sie wusste, dass der Lichtschalter an der Wand direkt neben der Tür war, konnte ihn aber nicht entdecken. Sie suchte ihn. Ihre herumstreifende Hand glitt geräuschvoll über die mit billigen Gipsplatten gepflasterte Wand, während ihre dunkelroten Fingernägel den Vorsprung suchten. Endlich fand sie ihn.

Der Schalter gab ein klickendes Geräusch von sich und mit einem Mal war das Zimmer durch die einzige, schmutzige Birne in gelbliches Licht getaucht. Eine Sekunde lang begriff sie nicht, was sie nun sah. Zunächst, und zu ihrer Verwirrung, schien es, als hätte jemand einen Haufen Klamotten und einen großen Klumpen Fleisch auf das Bett geworfen. Doch dann sah Leah die Augen, blutverkrustet, aber geöffnet durch die Leichenstarre, und sie blickten Leah geradewegs an. Vom Mund abwärts bis zum Ansatz der Beine war Meyer nichts als eine Masse Blut und nässender Innereien. Er war so übel zugerichtet, dass sogar einige Rippenknochen zu sehen waren, weiß und kahl, an denen ein paar dünne Fetzen des rohen, zerfledderten Fleisches hingen. Während Leah entsetzt und doch fasziniert weiter hinsah, lösten sich die Überreste der Leber und fielen klebrig auf die blutgetränkten Betttücher, die um den Körper lagen. Leah fühlte, wie bittere Übelkeit ihr die Kehle hochstieg, konnte den Blick jedoch nicht abwenden. Und erst der Geruch! Leah führte die Hand zum Mund und hielt ihn zu. An diesem Tag hatte sie noch nichts gegessen und die bittere Galle, ihr einziger Mageninhalt, brannte in ihrem Rachen.

Ihr Blick wanderte noch einmal an seinem Körper entlang,

zu seinen Eingeweiden, Augen, Haaren, der Wand hinter dem Bett … der Wand …

Da war es. Offenkundig mit seinem Blut an die Wand gemalt. Es war riesig und durch die getrockneten Blutstropfen und die roten Flecken an den Rändern zerfranst: ein Hakenkreuz.

Jeder einzelne ihrer schwachen jüdischen Knochen registrierte es mit einem Aufschrei. Saure, gelbe Galle presste sich blasenförmig durch die vor den Mund gepressten Finger, dann schrie sie. Sie konnte sich nicht bewegen. Auch nicht, als Mr. Abraham aus der nächsten Tür herüberkam, um zu sehen, was los war. Immer noch bewegte sie sich nicht. Sie schrie einfach.

Zwanzig Minuten später, als der erste Polizist und der Arzt eintrafen, schrie Leah immer noch; ihre Beine waren nass von ihrem eigenen Urin. Sie wusste sehr wohl, was das Hakenkreuz bedeutete.

»Inspektor İkmen?«

Der kleine Mann, der halb auf der Couch lag, hielt den Hörer an sein linkes Ohr, hatte aber die Augen geschlossen. Es war dunkel. Ganz offensichtlich noch eine unpassende nächtliche Stunde. Keine Zeit, in der man telefoniert, und auch keine Zeit, in der man etwas anderes tut, als zu schlafen.

»Süleyman?«, brummte er. »Was wollen Sie?«

Die Stimme am anderen Ende der Leitung holte tief Luft und seufzte. »Es ist was passiert. Eine ziemlich unangenehme Sache. In Balat.«

## Kapitel 2

Die Stimme war sehr ernst und ungewöhnlich missmutig, wenn man an den sonst so coolen Süleyman dachte; fast so, als fürchtete er sich. Çetin İkmen öffnete die Augen zur Hälfte und stellte mit einiger Verwirrung fest, dass er immer noch die Sachen vom vergangenen Tag anhatte. Es war nicht ganz einfach, mit der schwangeren Fatma zusammenzuleben und dabei drei Monate am Stück auf die Couch geschickt zu werden. İkmen fingerte eine Schachtel Zigaretten aus seinem zerknitterten Jackett und zündete sich eine an.

»Wer ist denn gestorben?« Er hörte sich resigniert an.

»Ein alter Mann. Einer der alten Juden aus Balat. Ein Nachbar, Herr Abraham, sagte, der Name des Opfers wäre Leonid Meyer. Das heißt, soweit er ihn identifizieren konnte …«

»Wo und wie ist er gestorben?«

»In seiner Wohnung.« Süleyman machte eine kleine Pause. Es war ein angespanntes, beunruhigtes Schweigen. »Und wie er gestorben ist, Inspektor … das sehen Sie sich besser selber an. Der Arzt ist schon da, aber … so was habe ich noch nie gesehen, wirklich noch nie.«

Allmählich wurde İkmen wach. Er hatte sich nichts eingebildet. Süleymann war ziemlich aufgeregt und es brauchte schon einiges, um seine kühle Schale durchzuschütteln. Also war es etwas Schlimmes. Eine lästige Sache. Scheiße.

»Okay. Wo sind Sie?«

»In Fevzí Paşa, wo man in Richtung Kariye umbiegt. Sie werden schon dic Autos sehen und ich habe Leute vor dem Hauseingang postiert. Oberster Stock.«

»Gibt's Zeugen?«

»Eine Frau, die den Toten gefunden hat, irgendeine andere Nachbarin. Aber sie steht noch unter Schock.«

»In Ordnung. Ich bin schon auf dem Weg.«

»Tut mir Leid, dass ich Sie aufwecken musste ...« Süleymans Stimme brach, was sich fast wie Schluchzen anhörte. »Ich glaube, Sie müssen Ihre ...«

»Ich arbeite doch nie ohne, Süleyman, das wissen Sie doch.«

»Natürlich. Bis gleich ...«

»Ich mache so schnell, wie ich kann.«

Çetin legte den Hörer wieder auf die Gabel und drückte die Zigarette in einem der zahlreichen Aschenbecher aus, die überall herumstanden. Dann rieb er sich das Gesicht und bewegte sich, nachdem er müde auf die Füße gekommen war, unsicher durchs Zimmer, um das Licht anzumachen. Mit einem Knipsen tauchte er den Raum in weißes, leicht flimmerndes Neonlicht. Die Wirkung auf seine nächtlich müden Augen war, als hätte man ihm Sand ins Gesicht geworfen. Bei derartigen Gelegenheiten wünschte sich Çetin, dass er einen ganz gewöhnlichen Job hätte: in einer Bank, als Taxifahrer, als Hotelier – alles, nur kein Polizeiinspektor.

Doch dann fragte er sich ganz realistisch, was er denn anderes tun könnte. Nach zweiundzwanzig Jahren bei der Polizei war es nicht mehr bloß ein Job. Wie Essen und Trinken war es ihm längst zur Gewohnheit geworden, eine Sucht, ein wesentlicher Teil von ihm. Wenn er das aufgäbe, bekäme er sofort Entzugserscheinungen. Er zwinkerte gequält mit den Augen und ging in die Küche.

Als er am Spülbecken vorbeikam, erhaschte er einen Blick von sich in dem kleinen, zerbrochenen Spiegel, der über dem Ablauf hing. Sein Gesicht, das durch das gnadenlose Neonlicht des Wohnzimmers von hinten erhellt wurde, starrte ihn an, ein Gebilde aus Schatten, Grübchen, Linien und, wo seine Wangen hätten sein sollen, tiefen Einbuchtungen wie bei einem Totenschädel. Obwohl man die Polizei weiß Gott nicht als langweilig bezeichnen könnte, trug sie wenig zum Ansehen ihrer Leute bei. Stress, unregelmäßige Dienstzeiten, lange Besprechungen in verräucherten Zimmern, Leichen ...

İkmen öffnete die Tür des lädierten Schranks neben dem Waschbecken und griff sich aus einer Reihe gleich aussehender Flaschen eine, die noch verschlossen war. Aus seinem Sprachunterricht am College erinnerte er, dass die Engländer den Hund als den besten Freund des Mannes ansahen. Aber dem konnte Çetin nicht zustimmen. Brandy rangierte da um einiges höher. Es half ihm beim Denken, gab dem Magengeschwür etwas zu tun und half ihm, das Unmenschliche seines Arbeitsgebiets bei der Polizei überhaupt auszuhalten. Mord. Wie und warum war er da nur hingeraten? Nie hatte er sich daran gewöhnen können, nie hatte er sich mit den scheußlichen Folgen abgefunden. Aber vielleicht war ja auch gerade das der Grund. Falls er sich je daran gewöhnen würde, würde er den Job aufgeben.

Er stellte die Flasche auf dem Küchentisch ab und kritzelte ein paar Zeilen für Fatma hinten auf einen Briefumschlag. Ihr würde das wieder nicht gefallen. Sie hatte sich nie an den Job und auch nicht an das Trinken gewöhnen können. Er dachte schon an ihre erzürnten dicken Backen am Morgen, daran, wie ihre rundliche Hand diese Nachricht zerknüllen und sie bockig auf den Boden werfen würde. Es war ja auch wirklich nicht fair. Eine gläubige muslimische Ehefrau und Mutter, die auf ewig einen betrunkenen und zumeist abwesenden Polizisten am Hals hatte. Aber ganz so schlimm war es nicht. Çetin nahm wieder die Flasche zur Hand und lächelte. Es gab bis jetzt immerhin acht İkmen-Kinder und ein weiteres sollte in ein paar Wochen kommen. Wenn man mal philosophische Differenzen beiseite ließ, war dies eine gute Ehe, durch Liebe und Leidenschaft gekennzeichnet.

Er suchte in seinen Taschen nach Zigaretten, Feuerzeug und

Wagenschlüsseln und ging leise zur Wohnungstür. Noch einmal sah er in den schummerigen und schmuddeligen Flur zurück und lauschte dem sanften Atem seiner schlafenden Kinder. Dabei beschlich ihn der unangenehme Gedanke, dass er nun viele Stunden lang nicht mehr so in seinem Hause stehen würde.

Als Çetin im dritten Stock des Hauses ankam, sah er, wie Süleyman oben an der Treppe auf ihn wartete. Er war lang und schlank und sein Gesicht sah im blassen Licht der einzigen Glühbirne im Treppenhaus abgespannt aus. Seine Augen, groß und sinnlich, wirkten jetzt noch größer; sie waren durch den Schock geweitet und wegen der fortgeschrittenen Uhrzeit vollkommen bewegungslos. Er versuchte zu lächeln, als İkmen die oberste Stufe erreichte und mit ihm auf gleicher Höhe war, aber diese Anstrengung hatte nur eine leichte Bewegung seines Mundes zur Folge.

»Wo ist er denn?«, japste İkmen. Fünfzig Zigaretten pro Tag trugen nicht gerade dazu bei, das Treppensteigen zu erleichtern. Er entfernte das Schutzpapier von der Brandyflasche und warf es weg.

»Ganz am Ende«, sagte Süleymann, wobei er auf die dritte Tür zeigte. »Dr. Sarkissian ist noch drin.«

İkmen entkorkte die Flasche und nahm einen großen Schluck. Als er fertig war, wischte er den Flaschenhals mit dem Ärmel ab und bot Süleyman den Schnaps an. Sein Stellvertreter schüttelte den Kopf. İkmen lächelte. »Verdammter Religionsfanatiker.«

Ohne ein Wort zu sagen, gingen sie den Laubengang entlang. Die direkten Nachbarn wie auch die meisten anderen Bewohner des Hauses waren wach und warteten nervös die weitere Entwicklung ab, wobei sie gruppenweise in ihrem Nachtzeug an den Türen standen. Als die beiden Polizisten zur zweiten Tür kamen, trat ein kleiner Mann mittleren Alters im Bademantel heraus, um sie zu sprechen. Süleyman wandte sich an seinen Chef.

»Ach, Inspektor, dies ist Herr Abrahams, der Nachbar des Verstorbenen.« İkmen hielt ihm die Hand zum Gruß entgegen. Der kleine Mann nahm sie voller Wärme an und verbeugte sich leicht über seinen ausgestreckten Arm. »Herr Abrahams«, fuhr Süleyman fort, »dies ist Inspektor İkmen. Vielleicht mögen Sie ihm sagen, was Sie schon mir berichtet haben.«

»Natürlich.« Der kleine Jude lächelte traurig. Als İkmen in den Flur der Abrahams schaute, schien es ihm, als starrten ihn Hunderte von Augen an. Kinder, viele Kinder. Acht? Oder zehn? Nein, noch mehr! Es erinnerte ihn an sein eigenes Zuhause, an die Bequemlichkeit der Couch, die endlosen Spielsachen in den Zimmern der Kleinen. Überall das Gleiche, aber eben doch etwas anders. Hier war alles verkommen, Hunger hatte die Augen dieser Kinder gezeichnet und er nahm den üblen Geruch zu vieler Körper, die hier auf zu engem Raum zusammengepfercht waren, wahr.

»Es war gegen Mitternacht«, begann Herr Abrahams mit starkem Akzent und man hörte, dass er lange Erklärungen auf Türkisch nicht gewohnt war. »Wir, alle Menschen, schlafen. Dann plötzlich, das Schreien, schrecklich, von Meyers Wohnung. Alle wach. Rivka, meine Frau, viel Angst. Sie mir sagen: ›Geh schauen.‹ Ich gehe.« Hier hielt er inne, seine Unterlippe begann zu zittern vor Schmerz, der schließlich auch in seinen Augen zu sehen war.

İkmen legte eine Hand auf seine Schulter. »Bitte, Herr Abrahams, fahren Sie fort.«

»Die Tür ist offen und erst ich sehe Leah Delmonte. Sie unten wohnen. Leah schreien, schreien wie … wie verrückt! Sie auch übergeben auf Kleid. Ich zu ihr und dann sehen Leonid auf Bett, Inspektor, aber nicht Leonid.« Herr Abrahams blickte zu Boden. »Wie jemand schneiden Körper mit Schwert. Schrecklich. Blut und, und auch Geruch. Wie Fleisch. Leah schreien, aber nicht gucken Leonid, Herr Meyer. Sie gucken auf Wand. Weil auf Wand …«

Herr Abrahams, vom Schrecken dessen, was er gesehen hatte, überwältigt, brach in Tränen aus und begann heftig zu zittern.

»Ein großes Hakenkreuz war an die Wand gemalt«, flüsterte Süleyman İkmen leise ins Ohr. »Es sieht aus, als wäre es mit dem Blut des Opfers geschrieben worden.«

Die Nacht war heiß, aber İkmen merkte plötzlich, wie er fröstelte. Er wandte sich an den kleinen, weinenden Juden. »Ich danke Ihnen, Herr Abrahams. Ich weiß, dass es schwer für Sie gewesen sein muss.« Unter diesen Umständen schienen seine Worte nichts sagend. »Sie haben uns sehr geholfen.«

Die beiden Polizeibeamten schoben sich sanft an dem kleinen, traumatisierten Mann vorbei. Aus der Wohnung reckten sich ihnen ein Dutzend Hälse nach, als sie gingen.

»Sie ihn fangen, Herr Inspektor, oder?«

İkmen wandte sich um. Abrahams stand nun stocksteif da, er hatte sich zu voller Größe aufgerichtet und sein Gesicht zitterte vor Zorn.

»Ich werde tun, was ich kann, Herr Abrahams.«

Avcı versperrte die Eingangstür zu Meyers Wohnung, die Arme vor seiner breiten Brust gekreuzt. İkmen konnte kaum glauben, dass dieser Riese von einem jungen Mann nur einundzwanzig Jahre sein sollte, jünger noch als sein eigener Ältester. Obwohl er sehr aufgeweckt war, trug er diesmal nicht seine gewohnte heitere Selbstzufriedenheit zur Schau, die ein wenig an einen Neandertaler erinnerte.

»Hallo, Inspektor«, sagte er, als İkmen und sein Stellvertreter sich näherten. Beide nickten kurz als Antwort und Avcı ging leicht nach links, um sie durchzulassen. In diesem Moment tauchte hinter ihm ein kleiner, fetter Mann auf, der eine Brille mit dicken Gläsern trug.

»Hallo, Çetin.« Seine Stimme klang lebendig, fast fröhlich. Er blickte auf die Flasche in İkmen Hand und setzte ein breites Grinsen auf. »Ich freue mich zu sehen, dass deine Gewohnheiten immer noch so abstoßend wie immer sind«, sagte er und streckte seine Hand zu der Brandyflasche aus. »Darf ich?«

İkmen drückte dem Mann die Flasche in die verschwitzte Hand und zündete sich eine Zigarette an. »Hallo, Doktor. Und wie geht's uns heute?«

Dr. Arto Sarkissian entkorkte die Flasche und gönnte sich einen langen, befreienden Zug aus ihrer Tiefe. »Wundervoll!« Dann setzte er den Korken wieder auf, wischte sich den Mund mit dem Hemdsärmel ab und gab den Brandy seinem rechtmäßigen Besitzer zurück. »Na ja«, fuhr er fort, »es ist tatsächlich ziemlich faszinierend, Çetin. Zwar widerlich, aber faszinierend. In fünfzehn Jahren hab ich so etwas wie das da noch nicht gesehen.« Mit seinen fetten Händen tätschelte er sich die Wangen. »Du wirst es ja auch gleich sehen, aber um es schon mal etwas zusammenzufassen ...«

Ein schrecklicher Gestank lag in der Luft. Sogar durch seinen dichten Zigarettenqualm konnte İkmen ihn riechen. Etwas Verbranntes, mit Blut vermischt.

»Das Opfer erhielt einige Schläge auf den Kopf. Ich denke, mit irgendeinem stumpfen Gegenstand. Es brauchte eine ziemliche Kraft, den Schädel einzuschlagen und dabei die Gehirnmasse freizulegen. Erst danach kam die Säure.«

»Säure?«

»Ja, ich tippe auf Schwefelsäure. Über den Körper gegossen und dann dem Opfer interessanterweise in die Speiseröhre eingeflößt. Es ist gut möglich, dass er noch lebte, als es geschah.«

»Ich hab Ihnen ja gesagt, dass es unangenehm würde«, murmelte Süleyman, als der Arzt seinen Befund erläuterte. Avcı fächelte sich mit der Linken Luft in sein purpurrotes Gesicht. Um den widerlichen Geruch wegzuwedeln, wie İkmen vermutete.

»Was ist mit dem Hakenkreuz?«

»Mit dem Blut des Opfers gemalt, würde ich sagen.« Sarkissian verschränkte seine starken Arme vor der Brust. »Der Mörder hat ein Tuch benutzt, einen Lumpen, so etwas in der Art. Vom Zustand der Leiche und der Leichenstarre ausgehend, würde ich die Todeszeit ungefähr gegen vier, fünf Uhr ansetzen, vielleicht auch halb fünf gestern Nachmittag. Komm und schau es dir selber an.«

Süleyman wurde bei dieser Aufforderung sichtlich bleich. Er sah den Arzt an und lächelte schwach. »Dr. Sarkissian, wenn es Ihnen nichts ausmacht ...«

Der Arzt lachte laut und schlug sich mit der Faust auf die andere Handfläche. »Nein, nicht Sie, Süleyman, ich weiß doch, dass Sie es schon gesehen haben«, sagte er. »Komm schon, Çetin.« Er drehte sich um und huschte froh wieder in die Wohnung.

İkmen gönnte sich einen letzten Schluck aus der Flasche und gab seinem Stellvertreter Anweisungen. »Also, Süleyman, während ich da drin bin, können Sie schon mit anderen Dingen weitermachen. Zunächst mal will ich, dass nichts von der Säure und dem Hakenkreuz an die Presse geht, ist das klar? Wir wollen nicht, dass Panik ausbricht oder die Extremisten dieser Stadt neue und womöglich interessante Anregungen kriegen. Das heißt auch, dass die Nachbarn zum Schweigen gebracht werden müssen und so weiter. Geben Sie keine Einzelheiten weiter, an niemanden, haben Sie verstanden?«

»Jawohl.«

»Und was die Nachbarn angeht – hier im Haus und auf der anderen Straßenseite –, ich will, dass unsere Leute mit denen reden. Ich will wissen, wo sie alle waren und was sie gemacht haben, als der Mord geschah. Ich will wissen, ob sie etwas gesehen oder gehört oder irgendwelche auffälligen Leute in dieser Gegend beobachtet haben. Und ich will Hintergründe. Wirklich alles und jedes, was sie über Meyer wissen.«

»Jawohl.« Süleyman drehte sich auf dem Absatz um und stieg die Treppe hinab.

Das Hakenkreuz war größer, als İkmen es sich vorgestellt hatte. Es war in der Tat riesig und beherrschte das winzige, abfallübersäte Apartment vollständig. Es ließ es noch etwas mehr nach einer Zelle aussehen oder nach einem der grässlichen Barackenräume, wie man sie in den Dokumentarfilmen über die Konzentrationslager des Zweiten Weltkriegs kannte. »Ganz schöner Schock, was?«, gab Sarkissian zwitschernd von sich, als er ein blutgetränktes Betttuch von der eisernen Bettstatt zurückzog. »Hier hast du dein Opfer. Er lag im Bett, als er überfallen wurde.«

İkmen konnte sehen, dass dies mal ein Mensch gewesen war. Mit Armen, Beinen, Augen, Haaren. Aber vom Mund abwärts bis zur Leiste wirkte alles eher wie im Schaufenster eines Schlachters. Blut, Innereien, unförmige Fleischklumpen, sogar hier und da Knochen, die durch aufgerissene und verdrehte Fleischstreifen hindurchstaken. Und nun, da er ganz nah war, war der Gestank wirklich überwältigend. Und erst die Augen! Hatte Sarkissian deshalb vermutet, dass Meyer noch lebte, als die Säure ihm in die Kehle eingeträufelt wurde?

İkmen konnte kein Wort sagen; er gab dem Arzt durch Zeichen zu verstehen, dass er den Leichnam wieder bedecken möge. Er hatte genug gesehen. Nachdem Sarkissian das Tuch wieder über Meyer gelegt hatte, versuchte İkmen, sich darüber klar zu werden, was er gerade erblickt hatte. Ihm wurde übel. Zwar noch nicht so, dass er sich hätte übergeben müssen, aber entschieden unwohl. Süleyman hatte Recht gehabt. Man konnte Derartiges, eine Obszönität solchen Ausmaßes, nicht in Worte fassen. Und das Hakenkreuz – es war so persönlich irgendwie. Als würde es die Tat rechtfertigen.

»Dein Süleyman ist ein sehr professioneller Polizist«, sagte der Arzt leise. »Es waren noch zwei weitere bei ihm, als er hier am Tatort eintraf. Noch sehr junge, jünger als er. Du kannst dir ja vorstellen, wie es ihnen ging, als sie das alles hier sahen. Der arme Süleyman gab zu, dass er selbst ganz grün im Gesicht war. Aber er nahm die Sache in die Hand, schickte die beiden raus und übertrug ihnen sofort Aufgaben. Er wollte das alles von ihnen fern halten.«

İkmen fand seine Worte wieder. »Ich wollte, mich würde auch jemand von hier fern halten.« Mit zitternder Hand führte er seine Flasche Brandy zum Mund.

»Wie ich schon sagte«, fuhr der Arzt plötzlich ernst und ganz ohne sein gewohntes leichtes Zwitschern in der Stimme fort. »So etwas habe ich noch nie gesehen. Die Säure wurde offenkundig zur Folter benutzt. Der Killer hat nicht genug verwendet, um die Identität des Opfers zu verbergen oder zu vernichten. Ich will mir das Ausmaß der Qualen gar nicht vorstellen, die dieser arme alte Mann durchgemacht haben muss, ehe er starb.«

Wieder wischte İkmen den Hals der Flasche mit dem Ärmel ab und reichte sie schweigend dem Arzt. Er würde jetzt ganz vorsichtig sein müssen. Der bloße Anblick – das wusste er aus seiner langen und mühseligen Erfahrung – konnte täuschen. Wieder sah er das Hakenkreuz an. Meyer war Jude gewesen. Auf den ersten Blick lag hier also wohl ein rassistisch begründeter Mord vor – bis İkmen mehr Informationen zur Verfügung hatte, vielleicht. Aber bislang war dies die einzige Spur, der er folgen konnte. Es war beängstigend. So unverfroren! Sogar bei ihnen – den Nazis und Hitleranhängern – konnte man schwer glauben, dass sie so dreist und schamlos sein konnten. Solche Leute hatte es gegeben, das wusste er. Aber auch jetzt noch, nach so langer Zeit? Es sei denn, es wäre ein Verrückter, ein krankes Hirn am Werk, das ganz allein und allein um der Erregung willen tötete.

»Glaubst du, es ist was Antisemitisches, Arto?«

»Sieht so aus. Bei dem Zustand der Welt heutzutage würde es mich auch nicht überraschen. Hass ist eine Krankheit der menschlichen Rasse, ich dachte, du wüsstest das.«

»Aber hier?«

»Warum nicht? Das passiert doch in ganz Europa, Çetin. Deutschland, Frankreich; in Italien hat es eine Mussolini-Renaissance gegeben. Kommunismus, Faschismus, das kommt doch periodisch alles wieder: ein paar Jahre die Roten, dann die nächsten paar Jahre die Nazis, dann wieder die Roten. Deshalb geht doch auch keiner von uns beiden in die Politik.«

»Oder befasst sich mit Religion.«

»Oder mit Religion. Wir sind nun mal Individualisten und die schließen sich nirgendwo an. So werden wir nicht von irgendwelchen Ideologien aufgesogen, die zu Dingen wie diesen hier führen.« Sarkissian deutete verbittert mit dem Kopf zur Leiche auf dem Bett.

İkmen seufzte. »Ich frage mich, warum er, warum gerade Meyer?«

»Das herauszufinden ist deine Sache«, antwortete der Arzt, wobei er dem Polizisten die Flasche zurückgab. »Es sei denn, du unterwirfst dich dem, was ihr Türken hier als ›Kismet‹ bezeichnet.«

»Das soll sein Schicksal gewesen sein? Nein, das glaube ich ganz und gar nicht. Ich glaube nicht, dass etwas so Schreckliches … vorherbestimmt sein kann, wenn du so willst.« Er hielt inne. »Wie denken die Armenier darüber, Arto?«

Das Doppelkinn des kleinen Arztes schwabbelte, als er lachte. »Was, ›Kismet‹? Ich glaube nicht, dass wir so denken. Wir sind Armenier, hassenswerte Abtrünnige und Außenseiter, wir hatten nie die Zeit, um zu philosophieren. Es gab immer zu viele, die uns umbringen wollten, tatsächlich war es nicht anders als bei den Juden. Man nimmt nur noch die Juwelen seiner Frau an sich, hofft das Beste und haut ab, als wäre der Teufel hinter einem her.«

İkmen sah ein weiteres Mal auf die stoffbedeckten Überreste Leonid Meyers und legte sachte seine Hand auf die Schulter des

Arztes. Jegliche Leichtfertigkeit, auch die wohlmeinende von Arto, war hier fehl am Platz. Es war so, als würde man auf dem Friedhof pfeifen. »Komm, Arto, lass uns von hier weggehen.«

»In Ordnung.« Der Arzt rollte seine Ärmel herunter und nahm seinen Aktenkoffer vom wackeligen Stuhl neben dem Bett. »Ein Leichensack und der Transporter sind schon unterwegs. Wenn hier irgendwelche Verwandten auftauchen, wirst du denen sagen müssen, dass ich noch ein paar Untersuchungen zu machen habe, ehe ich die Leiche freigeben kann. Das wird noch ganz schön dauern.«

Die beiden Männer gingen zur Tür.

»Was ist mit der Frau, die die Leiche gefunden hat?«

»Leah Delmonte? Ich habe sie ins Krankenhaus geschickt. Sie hatte einen schweren Schock. Ich schätze, es dauert noch gute zwölf Stunden, ehe du sie besuchen kannst, Çetin. Und dann sei bitte behutsam. Wenn sie genug hat, hörst du auf, ja?«

»Natürlich.«

Sarkissian sah aus, als würde er gleich weinen. »Sie ist eine alte Prostituierte, musst du wissen. Von denen laufen eine ganze Menge hier rum. Aber das liegt eben in der Natur der Armut, oder? Die Selbsterniedrigung.«

İkmen fragte sich oft, was bei solchen Gelegenheiten hinter den lustigen Augen seines Kindheitsfreundes vorging. Er war immer so heiter, so strahlend und respektlos. Aber der Inspektor wusste, dass dies bloß Sarkissians Art war, sich alles vom Leibe zu halten. Sein Humor war der Brustpanzer, der sein weiches Herz dahinter schützte. »Komm schon, Arto«, sagte er, »du wirst noch sentimental.« Deshalb verließ er jetzt das Zimmer und hielt noch einmal kurz an der Tür an, um mit Avcı zu reden. »Alles in Ordnung, Wachtmeister?«

»Jawohl.«

»Guter Junge.« Er tätschelte ihm sanft und verständnisvoll die Wange. »Wir werden jetzt die Fingerabdrücke abnehmen. Ich schicke die Spurensicherung, sobald ich unten bin. Geben Sie den Jungen alle Hilfe, die sie brauchen, und versuchen Sie, die Nachbarn fern zu halten, ja?«

»Jawohl.«

İkmen wandte sich Sarkissian zu. »Fertig, Arto?«

Gemeinsam gingen sie den Laubengang entlang bis zur Treppe. Die Abrahams waren schon wieder in ihrer Wohnung verschwunden, aber man konnte sie hören. Der Vater weinte immer noch; die Kinder, wegen des fehlenden Schlafs schlecht gelaunt, versuchten wütend, ein Stückchen Boden zu erhaschen, auf dem sie ihre schlecht genährten kleinen Körper zur Ruhe betten konnten. İkmen seufzte tief. Welche Hoffnung gab es für Menschen wie diese?

Die beiden Männer stiegen die staubige Treppe herab.

»Ich lasse dir meinen Bericht so schnell wie möglich zukommen, Çetin.«

»Sehr gut.« İkmen zündete sich eine Zigarette an. »Wie geht es Maryam?«

Eine leichte, dennoch wahrnehmbare Wolke zog über das Gesicht des Armeniers hinweg. »Wie immer. Und Fatma?«

»Umwerfend.«

Sarkissian lächelte. »Und was macht Timur? Kämpft er immer noch mit Allah?«

İkmen lachte. Seine Heiterkeit hallte im Treppenhaus wider und hüpfte gleichsam die düsteren Treppen entlang. »O ja. Einiges – wozu auch mein Vater gehört – ändert sich nie.«

»Wenn er stirbt, dann erleidet er entweder einen grässlichen Schock oder er wird für alle Zeiten unglaublich selbstgefällig.«

»Ich denke, das Letztere wird eintreten, meinst du nicht?«

Sarkissian ächzte zustimmend.

Sie kamen unten an der Treppe an und traten hinaus in den Lärm und das grelle Licht, das Polizeiwagen offenbar immer dann umgab, sobald sie en masse aufkreuzten. Sarkissian streckte seine Hand aus und lächelte. »Ich geh jetzt rüber zur Leichenhalle. Ich will alles bereit haben, wenn sie die Leiche bringen.«

İkmen ergriff die Hand und lächelte zurück. »Bis dann, Arto.«

Nachdem Sarkissian gegangen war, kehrte Süleyman zurück. Er schien mit sich zufrieden. İkmen wandte sich zur Seite und winkte einen hoch gewachsenen Mann herbei, der missmutig an der Wand des Mietshauses lehnte. »Demir!«

Der Lange richtete sich auf und nahm Haltung an. »Ja?«

»Sie und Ihre Männer können jetzt nach oben gehen. Der Arzt und ich sind fertig.«

»Gut.«

»Ach, und noch eins, Demir.«

»Ja?«

»Das Übliche. Alles, was irgend von Interesse sein könnte, Papiere, eben alles, bitte zum Revier.«

»Jawohl.«

Süleyman, der nun direkt vor seinem Chef stand, wartete geduldig, bis er an der Reihe war. Er hatte Neuigkeiten zu berichten.

»Und, Süleyman, was haben Sie zu erzählen?«

»Eine Frau von der anderen Straßenseite. Eine Frau ...« Er zog sein Notizbuch zu Rate. »... Yahya. Sie sagte, sie hätte einen Mann gesehen, einen Fremden, der hier in dieser Gegend gegen vier, halb fünf gestern Nachmittag herumhing.«

»Gibt's eine Beschreibung?«

Süleyman lächelte. »Sogar eine ziemlich gute. Groß, ungefähr meine Größe, sehr blond, hellhäutig. Könnte ein Westeuropäer oder Skandinavier gewesen sein. Er hat offensichtlich eine Zigarette geraucht und stand einfach so auf der Straße herum.«

İkmen warf seinen Zigarettenstummel auf den Boden und drückte ihn mit dem Absatz aus. »Gut gemacht, Süleyman. Vielleicht hat es gar nichts zu bedeuten, aber lassen Sie trotzdem eine Aussage machen.«

Er sah auf und blickte über die Straße hinweg zum dunklen, ruhigen Bau des Byzanz-Kariye-Museums. Er dachte an seine letzte Fahrt dorthin. Wunderbare Mosaike aus dem dreizehnten Jahrhundert: Christi Geburt, Tod der Jungfrau Maria; heilige Bilder, die im fahlen Licht des spätherbstlichen Nachmittags geglitzert hatten. Fatma hatte draußen gewartet; zu fromm, um einzutreten; die Kinder hatten in der Vorhalle randaliert und gelärmt und die Touristen damit verärgert. Jene Hunderte von auswärtigen Touristen, wie er sich erinnerte, die sogar damals noch, im Oktober, dort gewesen waren.

Süleyman hatte sich noch nicht entfernt. Er beobachtete İkmen. »Ich weiß, was Sie jetzt denken, aber es passt nicht.«

»Was?«

»Das Kariye war geschlossen. Seit Wochen schon. Dringende Reparaturen.«

İkmen seufzte. »Na ja, das schränkt die Sache wohl etwas ein. Haben Sie irgendeine Idee, warum ein Fremder hierher kommen sollte, wenn das Museum geschlossen hat?«

Süleyman blickte sich um und betrachtete die Gegend mit unverhohlener Abscheu. »Ich kann mir nichts denken.« Er wandte sich ab und ging hinüber zum gegenüberliegenden Wohnblock.

İkmen genehmigte sich einen großen Schluck aus der Flasche und beobachtete, wie zwei untersetzte Polizeibeamte einen blauen Leichensack quer über die Straße und dann die Treppen hochtrugen. Allmählich wurde İkmen abgespannt und müde, lehnte sich an einen wartenden Streifenwagen und schloss kurz die Augen. Aber Meyers verbranntes und zerschlagenes Gesicht tauchte in seiner Erinnerung auf und so öffnete er wieder die Augen.

»Entschuldigung.« Ein kleines, sehr dunkelhäutiges Wesen stand an seiner Seite, die einst elegante blaue Uniform hing schlaff an seiner hageren Gestalt herab.

»Ja, Cohen, was gibt's?«

Cohen zuckte mit den Achseln. »Na ja, ich kenne diese Gegend hier ganz gut. Ich bin hier geboren und einer meiner Onkel lebt hier noch. Ich dachte mir, Sie würden ganz gern erfahren, dass hier auch ein paar Europäer arbeiten. Bloß ein paar Straßen von hier entfernt, in Ayvansaray. Die Londra-Sprachschule. Da unterrichten sie Englisch, Französisch und so was. Die sind schon seit Jahren da.«

İkmen schürzte die Lippen. »Hm ...«

»Na ja, es ist immerhin eine Möglichkeit, wenn schon das Museum geschlossen ist. Es gibt doch keinen anderen Grund für einen großen, blonden Mann, hierher zu kommen. Ich meine, sogar die Nutten sind ja ein bisschen ...«

İkmen lächelte. »Ja, ich danke Ihnen, Cohen; das ist sehr nützlich, was Sie gesagt haben. Wissen Sie, wo diese Schule ist?«

»O ja, ich kann Sie hinbringen, wenn Sie wollen.«

İkmen nahm wieder einen Schluck und zündete sich eine neue Zigarette an. »Morgen vielleicht, wenn nichts Wichtigeres dazwischenkommt. Wir wollen mal abwarten, was Leutnant Süleyman aus dieser Frau Yahya herausbekommt, und vielleicht hat noch jemand diesen Mann gesehen. Es könnte ja auch ein enttäuschter Tourist gewesen sein, der nicht gewusst hat, dass das Museum geschlossen hatte.« İkmen schickte seinen Polizisten wieder an die Arbeit.

Robert Cornelius mochte einen späten Unterrichtsbeginn überhaupt nicht. Seine erste Klasse fing um elf Uhr an, zwei Stunden später als gewöhnlich. Immer diese Dienstage! Er hasste sie. Was sollte man denn schon mit zwei freien Stunden zu Tagesbeginn anfangen?

Aber er merkte bei dieser Gelegenheit auch, dass er ungewöhnlich gereizt war. Die Ereignisse vom vorigen Nachmittag hatten ihn aus dem Gleichgewicht gebracht. Eine ganze Nacht lang hatte er alle Sinne und seine Erinnerung wieder und wieder befragt und nichts Gewisses war dabei herausgekommen. Wen hatte er denn im Balat gesehen? Er hatte Natalia gesehen. Zumindest hatte er wohl ihr Gesicht gesehen. Und genau das war das Problem. Wenn er ihr Gesicht gesehen hatte, warum hatte sie ihn dann nicht erkannt? Und was war mit der flüchtigen Berührung, die ihn so aus der Ruhe gebracht hatte? Warum war sie weggelaufen? O ja, sie konnte durchaus begriffsstutzig sein, und zuweilen sogar grausam. Aber so war sie eben und das machte ja auch ihren Charme aus. Liebte er denn nicht gerade solche Frauen? Na ja, offenkundig! Seine Vorlieben wurden doch durch seine Vergangenheit bestätigt.

Er seufzte schwer, setzte sich auf einen der billigen Plastikstühle auf dem Balkon seiner Wohnung und schlürfte seinen Kaffee. Natürlich waren seine Sorgen und Quälereien nutzlos. Entweder er fragte Natalia, was sie in Balat getan hatte, oder er ließ es bleiben. Er wusste schon jetzt, dass er die zweite Möglichkeit wählen würde. Glückseligkeit der Unwissenden! Nur: Gerade die würde nicht eintreten, denn er würde sich sorgen, er würde sich Dinge ausmalen, er würde sie mit eifersüchtigen und misstrauischen Augen betrachten.

Sich in jemanden zu verlieben ist alles andere als einfach. In den ersten Tagen der Verbindung gibt es jede Menge Ungewissheiten und viel nervöse Spannung. Wird die neue Liebe auch da sein und die Verabredung einhalten? Wird sie anrufen? Besteht die Anziehung auch wirklich auf beiden Seiten oder darfst du gerade mal für ein Essen bezahlen? Und leider verschwinden die Probleme auch nicht, wenn die Beziehung reifer ist. Sie nehmen nur neue, und wenn man nicht aufpasst, zerstörerische Formen an. Vertrautheit zieht oft Argwohn nach sich.

Robert traf sich mit Natalia Gulcu schon seit mehr als einem Jahr. Sie war sieben Jahre jünger als er und von aufregender Schönheit. Mit ihren dunklen, vollen Lippen hatte sie ihn schon beim ersten Anblick hingerissen. Er hatte damals gerade ein goldenes Armband für seine Mutter im Goldbasar gekauft. Natalia war sowohl die Angestellte des Händlers als auch seine Dolmetscherin gewesen. Sie sprach außer Türkisch noch zwei weitere Sprachen – Verstand und Schönheit kamen bei ihr zusammen. Damals hatte sie ihm sehr geholfen, denn sein Türkisch war noch ziemlich miserabel gewesen. Sie hatte ihn überzeugt, dass er ein prächtiges und teures Schmuckstück erstehen sollte, und es dann bis in sein Bett geschafft. Nie zuvor hatte er vergleichbaren Sex gehabt. Er war ihr verfallen.

Zu seiner Überraschung wollte dieses sinnliche Geschöpf die Beziehung fortsetzen. Zu ihren Bedingungen, aber das war ihm egal. Und, ob es ihm passte oder nicht, dieser Aspekt war ihm zumindest nicht unbekannt. Auf eine gewisse Weise fand er es sogar tröstlich. Als die Monate ins Land gegangen waren, war aus Lust Liebe geworden und zum Beweis überschüttete er sie mit Geschenken. Aber diese Liebe war keine leichte Herrin und in einem Jahr erfuhr er nur wenig über Natalia. Ihre Familie, ihre Vergangenheit waren ihm immer noch völlig unbekannt. Er wusste nicht einmal, wo sie wohnte. Während er munter drauflosplapperte und von seinen Eltern, seinen Freunden und seinem Bruder erzählte, blieben ihre persönlichen Angelegenheiten für ihn ein Buch mit sieben Siegeln. Er musste sich mit vagen Andeutungen und Rätseln zufrieden geben. Ein paar aus ihrer Familie waren Russen, woher Natalia auch ihren Vornamen hatte, aber weiter konnte er nicht vordringen. Aber er bedrängte sie auch nicht.

Er bedrängte sie auch nicht wegen ihrer seltenen Besuche. Immerhin waren sie regelmäßig. Einmal am Wochenende und dann noch einmal Donnerstag nachmittags, wenn sie beide nur halbtags arbeiteten. Er wollte mehr, schon von Anfang an hatte er mehr gewollt, aber das passte Natalia nicht. Sie hatte unter der Woche noch anderes zu erledigen, von dem er nichts erfuhr. Deshalb war Robert den größten Teil seiner freien Zeit auf sich gestellt, allein, verärgert und voller Argwohn. Auch das war für ihn nichts Neues. Und um die ganze Sache noch schlimmer zu machen, musste er alles still für sich erdulden. Sie war dominant und unerschütterlich, worin sie seiner Exfrau sehr ähnelte. Und Natalia war in der Lage, ohne weiteres aus seinem Leben zu treten, falls sie enttäuscht würde. Weiß Gott keine sehr glückliche Konstellation. Aber wann hatte so etwas schon für eine seiner persönlichen Beziehungen gegolten? Manchmal hatte Robert sogar schon daran gedacht, die Sache von sich aus zu beenden. Aber dann hatten sie wieder Sex gehabt und ihm war klar geworden, dass er genauso wenig ohne sie leben konnte, wie er fliegen konnte.

Er stellte seine leere Tasse auf den Boden neben seinem Stuhl und zündete sich eine Zigarette an. Ihm war in den Sinn gekommen, dass Natalia und ihre Familie vielleicht in Balat lebten, aber das schien ihm dann doch zu absurd. Balat war ein armes jüdisches Viertel und auf Natalia traf weder das eine noch das andere zu. Sie war in einer Weise mit Juwelen behängt, die ihm fast schon vulgär erschien, sie kleidete sich wie die Frau eines Geldmagnaten und stets schmückten ein oder zwei Kruzifixe die langen goldenen Ketten, die sie am Hals trug. Vielleicht war sie ja sogar verheiratet.

Mit viel Selbstbeherrschung brachte Robert seine galoppierende Fantasie zum Stillstand. Die Idee mit der Heirat würde er jedenfalls nicht weiterverfolgen. Was auch immer die Gründe für Natalias Benehmen waren – eine Ehe konnte nicht dahinterstecken, und zwar aus keinem anderen Grund als seiner Weigerung, Derartiges zu glauben. Es gab eine Grenze, sogar für seine Wahnvorstellungen und Ängste – zumindest auf der Oberfläche gab es sie.

Er sah auf die Uhr und fand, dass es Zeit wäre zu gehen. Er hatte immerhin einen Job, einen undankbaren, großenteils sinnlosen Job, der aber gleichwohl einträglich war. Jetzt würde er die

Gedanken an Natalia verdrängen müssen. Dieses Kopfzermartern könnte er um halb sechs wieder aufnehmen, wenn die Schule vorbei und er frei von den Unbilden wäre, die ihm durch seine desinteressierten Schüler, durch habgierige Schulleiter und demoralisierte Kollegen auferlegt wurden.

Draußen auf der Straße nahm Robert seine gewöhnliche eintönige Alltagsroutine wieder auf. Auf dem Weg zur Haltestelle Beşiktaş Iskele kaufte er sich bei dem Mann vor dem Lebensmittelladen eine Morgenzeitung und überflog die ersten Seiten. Er war stolz darauf, dass er es während der vergangenen zwei Jahre geschafft hatte, Türkisch zu lernen, diese Sprache mit ihren endlosen Vor- und Nachsilben, vom Alptraum der Vokalharmonie ganz zu schweigen. Leicht war es gewiss nicht gewesen, aber Robert hatte nicht lockergelassen. Es hatte ihn geärgert, dass er in beinahe jeder Situation mehr oder weniger taubstumm gewesen war. Allerdings hatte er ohne engere Freunde und bei nur zwei wöchentlichen Besuchen von Natalia auch viel Zeit zum Lernen gehabt. Trotzdem war es eine echte Leistung gewesen.

Ein kleiner Artikel ganz unten auf der Seite fesselte seine Aufmerksamkeit. Der Name *Balat* erschien in der Überschrift, weshalb es nur natürlich war, dass er ihn bemerkte, nach dem, was ihm kürzlich widerfahren war. Aber es ging hier nicht um Natalia. Warum auch? Ein alter Mann war in einem der schäbigen Mietshäuser erschlagen worden. Es waren keine Einzelheiten erwähnt, nur, dass die Polizei Nachforschungen anstellte.

Er faltete die Zeitung auf die Hälfte zusammen und setzte seinen Weg zur Bushaltestelle fort. Die Luft war heiß und staubig. Der Dreck in der Luft hinterließ einen bitteren Geschmack auf seinen Lippen und in seinem Mund.

Als Robert in der Londra-Sprachschule eintraf, sah er die allgemeine Aufregung. Zunächst hatte er den Polizeiwagen erblickt, der vor dem Eingang parkte. Zwei eher unansehnlich wirkende

Beamte saßen im Wagen, rauchten und antworteten nicht einmal auf den plärrenden Funk. Sie ignorierten auch Robert, als er an ihnen vorbei und zu seinem Klassenzimmer ging. Typisch Polizei, dachte er, als er die Eingangshalle betrat. Da sah er auch schon die Schüler.

Mehrere Hundert schienen es zu sein. Sie lehnten an den Wänden, hockten auf der Erde, aßen, rauchten und ein endloses und lautes Geschnatter drang aus ihren Mündern. Warum zum Teufel waren sie nicht in ihren Klassenzimmern?

»Robert!« Eine blonde Frau um die Fünfzig kam ihm aus Richtung der Toiletten entgegen und winkte ihm zu.

»Rosemary? Was ist hier los?«

Sie stoppte vor ihm, wobei sie schwer atmete. Ihr Kopf war gute zwanzig Zentimeter tiefer als seiner. Sie reckte ihm das Gesicht entgegen, damit sie ihn besser sehen konnte, und es wurde zu einer Ansammlung von Fältchen, Hautsäckchen und Furchen, als sie ihn mit einem Lächeln grüßte. »Wir haben die Bullen im Haus, Robert.«

»Ja, ich hab schon den Wagen draußen gesehen. Wieso?«

Sie nahm Robert am Arm und zog ihn verschwörerisch von den Schülern fort. »Sie befragen die Lehrer darüber, was sie gestern gemacht haben. Ich weiß nicht, ob du es schon gesehen hast, aber heute war ein Bericht in der Zeitung, dass in Balat jemand ermordet worden ist. Es hat was damit zu tun.«

»Wieso verhören die gerade uns?«

Rosemary zuckte mit den Achseln. »Das kann ich dir auch nicht sagen. Und sie verhören auch nur die männlichen Mitglieder des Lehrkörpers. Sie haben im Büro des Direktors mehr oder weniger ihr Lager errichtet. Colin war schon drin und jetzt ist, glaub ich, Lindsay gerade bei ihnen.«

»Wollen sie nur die Briten sehen oder alle anderen auch?«

»Ich glaube, alle.« Ein oder zwei Sekunden lang dachte sie scharf nach. Auch in ihren besten Momenten war Rosemary zerstreut, aber im Stress … »Dieter haben sie mit Sicherheit verhört. Was die Türken betrifft, habe ich keine Ahnung.«

Robert wies auf die Studenten. »Meinst du nicht, dass irgendjemand diesen Haufen unterrichten sollte, Rosemary?«

Ein paar weiße, zarte Finger tippten Robert auf die rechte Schulter. Bei dieser Berührung sackte er in sich zusammen, und als er sich geschwind umdrehte, sah er in das mollige, selbstgefällige Gesicht von Herrn Edib, dem Schulleiter.

»Guten Morgen, Robert!«, rief dieser und unter seinem Schnauzbart strahlten ihn seine Zähne an.

»Guten Morgen, Herr Edib«, gab Robert zurück.

»Hat Frau Hillman Ihnen schon von unseren Gästen berichtet?«, fragte er, wobei er mit seiner manikürten Hand auf Rosemary wies.

»Ja, Herr Direktor, ich weiß, dass die Polizei im Haus ist.«

»Gut, Robert. Sie haben auch nur ein paar Fragen, das ist alles. Der Inspektor ist in meinem Büro. Er will Sie jetzt gern sehen.«

»Jetzt? Ich bin doch gerade erst angekommen!«

Der Direktor zuckte die Achseln. »Sie sind der Nächste auf der Liste. Man hat mich geschickt, um Sie zu holen.«

Robert seufzte und umfasste seine Aktentasche etwas fester, ehe er zur weit geschwungenen Treppe ging, die in das obere Stockwerk führte.

* * *

Es war der seltsamste Polizist, der Robert je begegnet war, zumindest persönlich. Zerzaust, mit roten Augen, sowohl nach Alkohol als auch nach Zigaretten stinkend, wirkte er wie eine Figur aus einem Kriminalroman, ein Relikt aus den 50er Jahren. Bis fast zur Auszehrung abgemagert, rutschte er beständig auf seinem Stuhl hin und her, als würde er verzweifelt eine Position suchen, die ihm bequem wäre. Zwischen den großen Schlucken aus seiner Brandyflasche, die auf dem Tisch stand, griff er sich mit seiner Linken an den Magen, als wollte er einen Schmerz wegmassieren. Robert spekulierte, dass er dort ein Krebsgeschwür von der Größe einer Pampelmuse haben musste.

Çetin İkmen lächelte, als Robert eintrat, aber er stand nicht auf. Eine Hand mit gelben, abgebrochenen Fingernägeln bezeichnete dem Engländer, wo er Platz nehmen sollte. Robert setzte sich. Der Polizist zündete sich eine lange braune Zigarette an und räusperte sich. Auf dem Schreibtisch des Schulleiters lag unter einer, wie Robert bemerkte, nur noch halb gefüllten Flasche ein großer Stadtplan von Balat.

Der Polizist sah auf ein kleines, schäbiges Stück Papier in seiner Rechten. »Mr. Robert Cornelius?«

Die Stimme klang tief, erstaunlich nüchtern und kultiviert. Robert fragte sich, ob da eine neue Art der Bauchredekunst am Werk war. Die Stimme des türkischen Präsidenten ertönte im Körper dieses Saufbruders, der von den Piers gekommen sein musste.

»Ja, ich bin Robert Cornelius.«

Das Gesicht des Polizisten erstrahlte in einem breiten und überraschend hellen, klaren Lächeln. »Guten Morgen, Sir«, sagte er. »Ich bin Inspektor İkmen und arbeite für die Polizei von Istanbul. Ich möchte mich entschuldigen, dass ich Ihnen die Zeit stehle, aber gestern wurde hier ganz in der Nähe ein schweres Verbrechen begangen und ich muss Ihnen ein paar Fragen stellen. Ich kann Ihnen versichern, dass alles nur Routine ist.«

Sein Englisch war perfekt. So sehr, dass Robert nach einer Weile bemerkte, wie sehr es ihn irritierte. Er hatte das Gefühl, übertroffen und in den Schatten gestellt zu werden. Es erinnerte ihn an die Zeit, als sein bester Schulfreund den Jahrespreis für Englisch erhalten hatte. Er hatte ihm zwar damals gratuliert, aber was er in Wahrheit hätte tun wollen, wäre sehr viel ursprünglicher und brutaler gewesen.

Der Polizist rutschte auf seinem Stuhl hin und her und fasste sich wieder in die Magengegend, nahm dann einen langen Zug aus seiner Flasche und knallte sie heftig auf die ausgebreitete Karte.

»Ich will Ihnen«, keuchte er durch die letzte Welle des Alkohols hindurch, »ein paar Einzelheiten erzählen. Gestern geschah in Balat ein Mord, in der Gegend, die an Ayvansaray grenzt. Das Opfer war ein alter Mann namens Leonid Meyer. Es war eine widerliche Tat.« İkmen rieb sich so heftig die Augen, dass man meinen konnte, er wollte sie durch den Schädel drücken. »Auf das Opfer wurde mehrfach mit einem dumpfen Gegenstand eingeschlagen. Es ist äußerst wichtig, dass wir den Mörder so schnell wie möglich festnehmen.«

»Natürlich.«

»Unser Arzt hat die Todeszeit festgestellt: zwischen vier und halb fünf gestern Nachmittag. Ich werde Ihnen gleich zeigen, wo es geschah. In der Zwischenzeit lassen Sie mich Ihnen erklären, warum wir in Ihr Leben und das Ihrer Kollegen eindringen.«

Er drückte seine Zigarette im blauen Glasaschenbecher des Schulleiters aus und zündete sich sofort eine neue an. Mit einem offenen und freundlichen Lächeln hielt er Robert die Schachtel hin, der aber ablehnte. Obwohl selbst Kettenraucher, merkte Robert, dass das kleine Büro allmählich zu sehr miefte, um sich weiterhin darin wohl zu fühlen. Es erinnerte ihn an sämtliche Buchhaltungen in allen Firmen, in denen er je gewesen war.

»Wir haben keine Zeugen.« Eine in einer Rauchwolke verhüllte Hand machte eine weite und beredte Geste. »Aber eine Frau aus dem Wohnblock gegenüber erinnert sich, gegen halb fünf einen großen, hellhäutigen Mann gesehen zu haben, der vor dem Haus des Opfers stand, und zwar hier.«

Er beugte sich über die Karte und zeigte auf eine Kreuzung zweier Straßen, die Robert nur allzu bekannt war. Das beunruhigende Bild Natalias stieg wieder in ihm auf. An dieser Ecke gab es nur einen Wohnblock. Es war der, aus dem er sie hatte auftauchen sehen. Robert fühlte, wie ihm das Blut aus dem Gesicht wich. Die Haare standen ihm zu Berge.

»Gestern war das Kariye-Museum aber geschlossen. Deshalb waren auch die üblichen Busladungen mit Touristen nicht da. Wie Sie wissen, ist dieser Distrikt abgesehen von dem Museum für Touristen nicht besonders interessant. Diese Schule ist der einzige Ort in dieser Gegend, an dem sich eine größere Anzahl Ausländer aufhält, und deshalb war es nur natürlich …«

»Ich war es.« Roberts Stimme war von stählerner Festigkeit. Nur seine Augen gingen nervös hin und her. Es war sehr plötzlich aus ihm herausgekommen, es hatte ihn völlig unerwartet erwischt.

»Wie bitte?«

Robert versuchte ein Lächeln. Der kleine Mann beugte sich vor.

»Ich war es«, wiederholte Robert. »Ich stand gestern Nachmittag an dieser Ecke. Diesen Weg gehe ich an den meisten Nachmittagen. Es ist mein Nachhauseweg. Ich kann mich erinnern, dass ich gegen Viertel nach vier, halb fünf da angehalten habe. Es war so heiß, dass ich stehen bleiben und etwas ausruhen musste. Ich habe eine geraucht.«

Geschafft. Roberts Stimme hatte bei diesem Geständnis leicht gezittert, eigentlich ohne Grund, und nun war es ausgesprochen. Und warum auch nicht? Er hatte ja nichts verbrochen oder zu verbergen. Der Inspektor zog ein kleines Notizbuch aus der Tasche und schrieb etwas hinein.

»Wie lange sind Sie da stehen geblieben?«

»Wohl fünf Minuten. Lange genug, um mich ein bisschen zu erholen und meine Zigarette aufzurauchen.«

Der kleine Mann kritzelte wie wild mit. »Was haben Sie gesehen oder gehört – falls überhaupt – als Sie so dastanden?«

Robert dachte nach. Was hatte er denn gesehen? Eine kleine, alte Frau in der Tür und außerdem … Das war das Dilemma.

Auch für ihn selbst hörte es sich lächerlich und blödsinnig kompliziert an. Es gab da einfach zu viele »Vielleichts«.

Vielleicht war es Natalia gewesen. Vielleicht war sie aus irgendeinem Grund aus diesem Wohnhaus weggerannt. Vielleicht hatte sie etwas gesehen, vielleicht hatte sie ... Vielleicht? Roberts Herz geriet ins Stocken. Vielleicht auch nicht. Wie sollte er das wissen? Deshalb konnte er auch zu keinem Urteil kommen – zu welchem auch immer. Er wollte es nicht wissen. Wirklich nicht? Aber die Wahrheit! Die alten Werte aus seiner Schulzeit, Ehrlichkeit und Anständigkeit, verlangten danach, erhört zu werden. Robert wusste, dass er eigentlich schon zu lange schwieg, aber er musste erst zu einer Entscheidung kommen. Er hatte keine Ahnung, wohin es führen würde, wenn er alle Fakten ausführlich darlegte. Er war aber sicher, dass es Sorgen bringen würde.

»Und, Mr. Cornelius?« Die alkoholumnebelten Augen waren wie die Strahlen winzig kleiner Suchscheinwerfer auf ihn gerichtet.

Als Robert endlich sprach, schien die Lüge ganz leicht herauszuschlüpfen. »Ich habe nur eine alte Frau in einer Tür stehen sehen.« Er lachte nervös. »Wenn Sie sich in Balat etwas auskennen, Inspektor, dann wissen Sie, dass dort eine eher schüchterne und zurückgezogene Sorte von Menschen lebt.«

»Sind Sie ganz sicher?« İkmens Augen bohrten sich noch einmal und ganz ruhig in Roberts Gesicht.

Robert zweifelte kurz. Er spürte, wenn auch nur eine Sekunde lang, wie ihm der Zweifel sogar ins Gesicht geschrieben schien. »Ich bin mir sicher«, sagte er dann ernst und gewichtig, wobei seine gerade noch heitere und gut gelaunte Miene schwand.

Der Polizist grinste. »Gut. Zumindest haben wir schon mal ein Geheimnis gelüftet. Ich danke Ihnen, dass Sie so freizügig und offen gewesen sind, Mr. Cornelius.« Er schob sein Notizbuch und einen reichlich zerkauten Stift in Roberts Richtung und genehmigte sich einen weiteren tiefen Schluck von seinem Brandy. »Vielleicht könnten Sie das für mich aufschreiben, und auch Ihren vollen Namen und die Adresse ...«

»Wie bei einer Aussage ...«

»Ja. Nur ein paar Zeilen, die kurz die Tatsachen darlegen. Es ist nur für die Akten. Ich denke nicht, dass wir noch einmal auf Sie zurückkommen müssen.«

Es hörte sich einigermaßen unschuldig an, nur die halbe Wahrheit zu Papier zu bringen. Robert nahm den Stift und fing an zu schreiben. Wieder drang aus dem Mund des Polizisten eine Rauchwolke in seine Richtung, abgestanden und bitter. Aber weniger bitter als das Gefühl, das Robert in der Magengrube peinigte, als ihm das leere Papier entgegengähnte, auf dem er doch hätte niederschreiben sollen, dass er Natalia gesehen hatte.

Er unterschrieb seinen Text, setzte Datum und Adresse an das Ende seines Berichts und gab ihn dem Polizisten. Der las ihn und legte dann das Notizbuch mit einem Lächeln auf den Tisch.

»Sie schreiben ja türkisch, Mr. Cornelius!« Er war sichtlich beeindruckt.

»Ich versuche es«, sagte Robert, »obwohl mein Türkisch bei weitem nicht so gut ist wie Ihr Englisch.«

Der Inspektor warf den Kopf zurück und lachte. Das Lachen klang spröde und tuberkulös. »Ich wollte, mein Vater könnte hören, was Sie da sagen! Das würde ihm großen Spaß machen.«

Robert wusste darauf keine Antwort. Er wollte nur so schnell wie möglich wieder aus diesem stickigen Zimmer heraus. Vielleicht würde er dann auch fassen können, was er gerade getan hatte. Er beugte sich vor. »Kann ich jetzt gehen, Inspektor?«

»Oh, tut mir Leid.« İkmen hörte auf zu lachen und wischte sich die Augen mit der Manschette seines Regenmantels. »Natürlich können Sie das. Verzeihen Sie, ich habe fast die ganze Nacht an diesem Fall gearbeitet.«

Robert erhob sich von seinem Stuhl und lehnte sich über den Schreibtisch, wobei er dem Polizisten die Hand entgegenstreckt. »Auf Wiedersehen, Inspektor.«

Sie schüttelten einander die Hände. Robert bemerkte, dass die Hand des kleinwüchsigen Türken so war wie der übrige Körper: trocken, warm und leicht verschmutzt.

»Auf Wiedersehen, mein Herr, und vielen Dank. Wir melden uns, falls wir Sie noch einmal brauchen.« Robert zuckte zusammen, was dem Polizeibeamten nicht entging. »Aber ich glaube kaum, dass das der Fall sein wird.«

Das Gesicht des Engländers entspannte sich und endlich ging er zur Tür. Er war frei. Jetzt würde er vergessen können.

Nachdem Robert die Tür hinter sich ins Schloss gezogen hatte, verschwand das Lächeln des Polizisten und er blickte auf die kurze Aussage, die ihm der Engländer gegeben hatte. Sein Gesichtsausdruck verriet nicht, was er von diesem Zeugnis hielt, aber ein Gefühl des Unbehagens lag deutlich spürbar in der rauchgeschwängerten Luft, die den Inspektor umgab.

# Kapitel 3

Sergeant Süleyman sah auf die dürftige Ansammlung von Papieren, Büchern und Dokumenten auf dem Tisch und seufzte. Alles war einzeln in Plastiktüten verpackt und sorgsam mit feiner Schrift etikettiert. Viel war das nicht, wenn man die lange Lebenszeit in Betracht zog. Ein Pass, ein paar Fotos, einige Rechnungen, Bücher verschiedener Größe.

Ahmet Demir kam ins Büro und legte eine weitere Tüte auf den Tisch. »Ist das alles?«, fragte Süleyman.

»So ziemlich«, antwortete Demir. »Oben sind noch ein paar Stückchen Papier, einige Fetzen, mehr oder weniger Abfall. Das wär's dann.«

»Gut.«

»Wann ist der Inspektor wieder zurück?«

»Ich weiß nicht genau. Den ganzen Vormittag hat er in der Sprachschule die Leute befragt. Ich denke, es hängt davon ab, wie schnell er da vorankommt.«

Süleyman biss sich nervös auf die Unterlippe. Es war schon fast Mittag und İkmen hatte bereits sehr lange gearbeitet. Jetzt würde er mit Sicherheit müde sein, müde und gereizt. An der Schule würde er sich selbstverständlich professionell geben, wie immer. Aber wenn er wieder auf dem Revier war …

»Wie bist du im Museum vorangekommen?« Demirs Stimme unterbrach Süleymans Grübeln.

»Nicht gut. Gegen Mittag sind zwei Frauen von dort weggeschickt worden. Seit Wochen hängt ein Schild da: Geschlossen. In Balat gibt es wenig touristisch Interessantes, wenn das Museum zu ist.«

Demir zuckte die Achseln. »Dann geh ich mal rüber und seh zu, dass ich fertig werde.«

»Ach, Demir …«

»Ja?«

»Haben wir wenigstens mit den Fingerabdrücken etwas Glück?«

Demir gähnte und rieb sich die Augen. Er war wie erschlagen. »Nein, eigentlich nicht, nur die des Opfers. Kein Zeichen, dass jemand gewaltsam eingedrungen wäre. Es sieht aus, als ob der Mörder einfach so zur Tür hereingekommen wäre, seine Sache erledigt hätte und danach wieder gegangen wäre. Ich denke nicht, dass er irgendwas angefasst hat.« Demir lächelte schwach. »Dieser alte Mann hat nämlich mehr oder weniger wie ein Schwein gehaust, musst du wissen. Sogar ein Haufen Erbrochenes lag neben der Tür.«

Süleyman verzog das Gesicht.

Irgendwo ganz tief innen lachte Demir über dessen Unbehagen. Er hatte nicht viel Zeit für İkmens hübschen, etwas pingeligen jungen Beamten. Er fuhr mit kaum verhüllter Schadenfreude fort. »Dr. Sarkissian will sich das ansehen. Bring etwas davon …«

»Geht in Ordnung, Demir!« Süleyman schickte ihn aus dem Raum. Er hatte genug gehört.

Demir schloss die Tür hinter sich, als er ging. Süleyman quetschte sich mühsam zwischen dem erst kürzlich angeschafften Tisch mit den Beweisstücken und seinem Schreibtisch hindurch und setzte sich.

Da es zu wenig Platz gab, mussten sich İkmen und Süleyman ein Büro teilen. Für Leute, die eine derart schwere Arbeit zu leisten hatten, wirklich eine Zumutung. Winzig klein und eng und mit viel zu wenig Luft, wurde das gesamte Zimmer von İkmens riesigem Mahagonischreibtisch beherrscht. Er arbeitete in einem vollständigen Chaos; Berge von Papier, Akten und Aschenbecher türmten sich zu allen Seiten dieses beeindruckenden Gebirges auf. Süleymans Schreibtisch war im Gegensatz dazu klein, ordentlich und zweckmäßig. Sein hoch gewachsener Körper beherrschte die leere Holzfläche vor ihm. Süleymans Papierkram war da, wo Allah ihn haben wollte: in Schubladen und auf Regalen über seinem Kopf.

Es war eine ungewöhnliche Partnerschaft zwischen den beiden. Süleyman, jung und unverheiratet, lebte anständig und bescheiden und es war merkwürdig, die beiden zusammen zu sehen. Aber im Gegensatz zu anderen Polizisten, mit denen der Inspektor vorher gearbeitet hatte, gefiel ihm Süleyman. Ihm konnte er vertrauen. Es war nichts Hinterhältiges, Verschlagenes an diesem Mann, der nicht auf Konkurrenz aus war, und er versuchte auch nicht auf so nervtötende Weise, Punkte gegen seinen Chef zu sammeln und ihn dumm aussehen zu lassen, was leider die vorrangige Beschäftigung vieler junger Polizisten im Revier zu sein schien. Süleyman wusste seinerseits, dass er geschätzt wurde, was ihm sehr gut gefiel. Die Bezahlung war zwar niedrig und die Arbeitsbedingungen oft schlimm, aber mit İkmen zusammenzuarbeiten machte all dies mehr als wett. Der Inspektor lehrte ihn vieles über das Leben, »das Rohmaterial des Totschlags«, wie er es nannte. So viel gab es dabei zu beachten. Sogar etwas Einfaches wie Sex konnte so vertrackt sein. Seitdem Süleyman mit İkmen arbeitete, hatte er gelernt, dass das Leben um einiges komplizierter war, als er immer gedacht hatte.

Die Bürotür ging auf und knallte gegen die Ecke von Süleymans Schreibtisch. Eine knöcherne Hand, die eine große Flasche umfasst hielt, sowie der überwältigende Geruch von kaltem Zigarettenrauch gingen dem Eintretenden voraus.

»Hallo.« Süleyman stand auf.

İkmen ging direkt auf den Tisch zu, der zwischen den beiden Schreibtischen eingeklemmt war, und stellte seine Flasche darauf ab. Anschließend befühlte er vorsichtig jede Einzelne der kleinen Plastiktüten und starrte deren Inhalt mit roten, wässrigen Augen an.

»Ich nehme an, dass das Meyers Sachen sind.«

»Ja.«

İkmen bedeutete Süleyman, sich wieder zu setzen, nahm sich ein paar dieser Tüten und zwängte sich hinter seinen massigen Schreibtisch. Ein wahrer Wolkenkratzer aus Aktenmappen verdeckte Süleyman die Sicht auf İkmen fast vollständig.

»Ich habe unseren hoch gewachsenen Zeugen in der Schule ausfindig gemacht«, sagte eine körperlose Stimme. »Ein Engländer, ein Mr. Cornelius. Er hat sich gestern gegen halb fünf an der Ecke ausgeruht und eine Zigarette geraucht. Hat gemeint, dass er nichts gesehen und gehört hätte, aber ich bezweifle das.«

»Warum?«

»Unruhige, nervöse Augen. War nicht ganz echt, dieser Mr. Cornelius. Fragen Sie mich nicht, wieso!« İkmen machte eine kleine Pause. »Hat auch gezögert. Hat ewig lang gebraucht, um zu entscheiden, dass er nichts gehört oder gesehen hat.«

»Vielleicht hat er nur genau überlegt und ist seine Erinnerung durchgegangen, damit er auch ja nicht die kleinste Einzelheit vergisst, die für uns wichtig sein könnte.«

»Sie sind zu vertrauensselig.« İkmen seufzte tief. »Kommen Sie bitte hier herüber, Süleyman. Helfen Sie mir, diesen Kram durchzusehen.«

Süleyman erhob sich von seinem Stuhl und ging zur »Geschäftsseite« von İkmens Schreibtisch, nachdem er sich am Tisch mit den Beweisstücken vorbeigequetscht hatte.

»Ein türkischer Pass.« İkmen hielt ein kleines, flaches grünes Etwas in die Luft. Er kniff seine Augen wegen des grellen Lichts zusammen, das von außen ins Zimmer drang, und stöhnte ungeduldig. »Süleyman, könnten Sie das Fenster bitte zumachen? Ich werde ganz vom Staub zugeweht und das tut mir nicht gut.«

Der Staub, der im Sommer unablässig von der Straße heraufwehte, war in der Tat unangenehm. Süleyman zog ihn aber eindeutig İkmens Zigarettenrauch vor. Das Fenster und der Grad seiner Öffnung waren ein beständiger Zankapfel zwischen den beiden.

»Aber ...«

»Schließen Sie es bitte, ja? Wenn Sie als Passivraucher sterben, verspreche ich Ihnen, Ihre alten Eltern zu unterstützen.«

Süleyman griff an İkmens Rücken vorbei und zog die eine Ecke des verrotteten Fensterrahmens nach unten. Der schon im Raum befindliche Staub und feine Dreck setzten sich nun überall fest, nachdem der zarte Lufthauch, der genau das bisher verhindert hatte, unterbunden war. Der Rauch von İkmens Zigaretten wehte Süleyman direkt ins Gesicht. Er verzog seine Miene und wedelte den Mief ängstlich mit der Hand weg.

»Was ist das?«, fragte İkmen und hielt ein kleines, plastikumhülltes Buch in die Höhe. »Ein Adressbuch.«

Er wickelte den Gegenstand aus und fing an, die vergilbten Seiten mit großer Sorgfalt durchzublättern. Süleyman reckte seinen Kopf über İkmens Schulter, um besser sehen zu können. Auf den ersten Blick schien das Büchlein leer zu sein. Seite um Seite unbeschriebenen Papiers tauchten vor den Augen der Polizisten auf.

»War wohl nicht gerade ein Salonlöwe, oder was meinen Sie?«

İkmen überhörte aus Prinzip sämtliche gelegentlichen Versuche seines Untergebenen, ein Witzchen zu machen, und fuhr mit seiner Arbeit gleichmäßig bis zum Ende des Büchleins fort. Erst als er auf der allerletzten Seite angekommen war, wurde seine Mühe belohnt. Süleyman blickte auf die vier mit schwarzer, krakeliger Schrift geschriebenen Absätze und runzelte die Stirn.

»Was für eine Schrift ist das denn?«

İkmen hielt sich die Seite dicht vors Gesicht. Die Anstrengung, die Buchstaben zu entziffern, ließ ihn eine Grimasse ziehen und schielen.

»Kyrillisch«, sagte er nach einer Weile und rieb sich sein unrasiertes Kinn mit der Hand. »Glaube ich jedenfalls.«

»Kyrillisch?«

İkmen wandte den Kopf und sah Süleyman fest in die Augen. Was auch immer der Staat junge Menschen an den Schulen und Universitäten lehren mochte, es reichte offenbar nicht einmal, um sie mit den grundlegenden Banalitäten zu versorgen.

»Kyrillische Schrift«, legte İkmen mit großer Geduld dar, »ist die Schrift, die von den Slawen benutzt wird, also den Russen, Polen, Bulgaren ...«

»Ach so.«

»Eigentlich ganz logisch. Die Nachbarn haben doch angenommen, dass Meyer ein russischer Emigrant war, oder?« İkmen starrte wieder die fremdartigen Buchstaben an. »Übrigens, Süleyman, was war eigentlich mit dem Museum?«

»Nichts. Nichts gesehen, nichts gehört.«

»Wie mein Mr. Cornelius. Haben Sie schon im Krankenhaus nachgefragt?« Er wandte die Augen wieder vom Adressbuch ab, sah stattdessen in seine Zigarettenschachtel und wurde bleich. Starr blickte er auf. »Mein Gott, ich habe keine Zigaretten mehr!«

Ein heftiger, zugleich klagender Aufschrei. Ein Hilferuf. Süleyman beschloss, ihn zu überhören. Ein kleiner Racheakt, weil er das Fenster hatte schließen müssen.

»Frau Delmonte ist immer noch zu traumatisiert, als dass wir sie befragen könnten. Sie können es ja mal mit ihrem Arzt versuchen, wenn Sie mögen, aber ...«

İkmen hörte nicht mehr zu. Eine regelrechte Krise war eingetreten. Die schlimmste. Er warf die leere Zigarettenschachtel auf die Erde und legte den Kopf in die Hände. Genau der Wutanfall drohte jetzt, den Süleyman vorher befürchtet hatte. İkmen war übermüdet und da reichte es schon, dass er keine Zigaretten mehr hatte, um sich aufzuregen. Sein junger Mitarbeiter wusste, dass er nun sehr behutsam sein musste.

»So kann ich nicht arbeiten!« İkmen erhob sein Haupt und bellte einen Befehl. »Bitten Sie Cohen, dass er Zigaretten holt.«

Süleyman kraxelte zur Tür. Solange İkmen sich nach Nikotin sehnte, war kein Fortschritt möglich.

»Ach ja, wenn Sie schon dabei sind, fragen Sie die Leute, ob einer von ihnen Kyrillisch lesen kann. Es ist zwar unwahrscheinlich, wo doch die Hälfte von denen schon Probleme mit dem Türkischen hat, aber Sie können ja trotzdem mal fragen.«

»Ja.«

Süleyman ging hinaus und zog die Tür hinter sich ins Schloss. İkmen sah wieder auf das kleine Adressbuch. Auch wenn diese Abteilung hier nur aus halbgebildeten Trotteln bestünde, wie er immer vermutet hatte, wäre es nicht weiter schlimm. Denn er kannte einen Mann, der seltene und exotische Schriften fast jeder Art ohne Problem entziffern konnte. Die Zigarettenkrise war dagegen etwas völlig anderes. Würde die nicht in absehbarer Zukunft gelöst, wäre ein Wutanfall von katastrophalen Ausmaßen die Folge. Schon seit fünf Minuten musste er ohne Nikotin auskommen. İkmens Gesetz legte jedoch eindeutig fest, dass der maximale Zeitraum zwischen zwei Zigaretten höchstens drei Minuten betragen durfte, Schlaf und Tod ausgenommen. Seine Finger zuckten nervös und sehnten sich nach etwas Krebsauslösendem, an das sie sich halten konnten.

Da läutete İkmens Telefon. Er wühlte wie wild zwischen den unordentlichen Haufen auf seinem Schreibtisch herum, als er versuchte, das Telefon ausfindig zu machen. Stifte, Papiere, Asche und Staub wirbelten durcheinander. Beinahe hätte er sich einen Aschenbecher in den Schoß gekippt. Unter Knarren, Ächzen und mit lautem Klatschen – dem Geräusch von Karton auf Linoleum – flog schließlich ein riesiger Stoß von Akten lawinengleich auf die Erde, wodurch zumindest das verzweifelt gesuchte Telefon zum Vorschein kam. İkmen ergriff den Hörer und machte ein finsteres Gesicht. Die Finger seiner Linken schmerzten. Er hoffte inständig, dass Süleyman nicht zu lange auf sich warten ließe, und sprach ins Telefon.

»İkmen.« Und nun?, dachte er düster.

Die geradezu stürmische Ruhe am anderen Ende der Leitung ließ İkmen keinen Zweifel über die Identität des Anrufers. Nur ein einziger Mensch brachte es fertig, ihn um eine Antwort zittern zu lassen.

Er ächzte. »Hallo, Fatma.«

Ihre Stimme war tief, dabei weich und eher müde als wütend. »Nur eine Frage, Çetin. Wie denkst du eigentlich, dass ich mit zweihundert Lira uns alle satt kriegen soll?«

Eine Sekunde lang schloss İkmen die Augen und mahlte mit den Zähnen. Zu dumm auch! Er hätte ihr doch eine kurze Nachricht auf dem Küchentisch lassen können, aber er hatte es eben nicht getan. Blitzschnell suchte er in seiner Jackentasche nach der prall gefüllten Brieftasche, von der er natürlich wusste, dass sie da war, und stöhnte wieder.

»O nein! Es tut mir Leid, Fatma. Ich wurde letzte Nacht rausgerufen und in der Eile …«

Sie blieb beängstigend ruhig. »Ist schon in Ordnung. Wir hatten Brot zu Mittag. Nur …« Es war eben nicht alles in Ordnung und Fatmas Stimme brach. Der Kampf mit ihrer Wut war vorbei. Ihre Beherrschung brach zusammen. »Du brauchst sowieso nicht mehr nach Hause zu kommen!«

»Ich …«

»Nicht eine einzige Tomate ist im Kühlschrank! Aber Brandy haben wir für sämtliche NATO-Armeen …«

Süleyman kam ins Büro zurück und warf ein Päckchen Zigaretten auf İkmens Schreibtisch. Wie eine ausgehungerte Hyäne stürzte sich der Inspektor darauf. Er versuchte sogar ein schwaches Lächeln.

»... wir haben acht Kinder und du benimmst dich immer noch so, als wärst du ein Single.«

Fatmas Stimme wurde noch lauter. İkmen aber wurde schon wieder zurechnungsfähig. Er entschuldigte sich bei Fatma.

»Einen Augenblick bitte, Fatma.« Er hielt die Hand über den Hörer mitsamt dem Geschrei und zündete sich auf der Stelle eine Zigarette an. »Dank Ihnen, Süleyman. Gibt's hier jemand, der Russisch spricht?«

»Nicht ein Einziger.«

İkmen nahm die Hand vom Hörer und sprach weiter mit seiner Frau, diesmal gelassener und weniger ängstlich, als hätten Teer und Nikotin ihm Mut gegeben.

»Tut mir Leid, Fatma. Hör mal, ich schick sofort jemanden mit Geld vorbei. Ist Timur da?«

»Leider.«

»Kann ich ihn mal sprechen?«

»Wenn du willst. Aber schick mir bloß das Geld!«

Sie ließ den Hörer hängen und İkmen hörte den Gang ihrer langsamen, schweren Tritte, die sich mühsam auf dem Flur entfernten. Wieder sah İkmen zu Süleyman. »Ich möchte, dass Sie was erledigen.«

»Ja?«

İkmen fuhr mit der Hand in seine Jackentasche und zog einen Schlüsselbund heraus. »Hier sind meine Wagenschlüssel. Fahren Sie rüber zu meiner Wohnung und ...«, er zog ein großes Bündel Geldscheine aus der Brieftasche und gab sie Süleyman in die Hand, »... geben Sie das meiner Frau.«

»Mit Ihrem Wagen?«

»Ja.«

Süleyman wollte schon gehen, aber İkmen hob die Hand und hielt ihn auf. »Das ist noch nicht alles. Bringen Sie meinen Vater mit, wenn Sie dort sind.«

»Wie bitte?«

»Mein Vater kann Russisch.« Er deutete auf Meyers winziges Adressbuch, das aufgeschlagen auf dem Schreibtisch lag. »Er kann das für uns entziffern.«

»Ich soll ihn hierher bringen?«

»Ganz genau.«

Die Stille am anderen Ende des Telefons wurde durch den Klang einer trockenen und missmutigen Stimme beendet. »Çetin?«

Süleyman steckte İkmens Schlüssel und das Geld in die Hosentasche und verließ das Büro. »Hallo, Timur. Tut mir Leid, dass ich dich störe, aber … Ich hab hier was, was ich nicht versteh, und brauch deine Hilfe …«

Robert Cornelius hatte die Rechnung ohne sein Gewissen gemacht. Er log ungern. Er fühlte sich schlecht dabei. Es gab da natürlich noch diese frühere Erfahrung, die sich gegen seine Erwartung zu seinen Gunsten entwickelt hatte. Aber er spürte, dass das etwas anderes gewesen war. Früher oder später würde es auf ihn zurückfallen, und zwar genau dann, wenn er es am wenigsten erwarte. Dessen war er sich sicher. Vielleicht dachte er so, weil er eine Privatschule besucht hatte. Sieben nachhaltige Jahre, während derer man ihm gesagt hatte, dass man nicht einfach so davonkäme, hatten eine andauernde Wirkung gezeitigt. Und meistens hatten seine Lehrer ja auch Recht gehabt. Robert war kaum bei irgendeiner Sache einfach so davongekommen. Mit eben einer Ausnahme. Oder auch zweien? Diese für ihn untypischen heftigen Gewaltausbrüche, die so viel Lügen und Schuld nach sich gezogen hatten.

Manchmal – oder eher oft – war er deshalb sehr verbittert. Als Kind und als Mann hatte er immer, ob gern oder ungern, seine

Schulden bezahlt. Das war der Grund, weswegen er so freundlich war und man so gut mit ihm auskam. Unschöne Dinge kamen auf einen zurück. Freundlichkeit und Ehrlichkeit, wie unaufrichtig sie auch sein mochten, waren bloße Werkzeuge, Hilfen zum Selbstschutz. Gesunder Menschenverstand.

Robert betrachtete die Gesichter der Schüler, die vor ihm saßen. Zwei von ihnen waren eifrig dabei, die Übung von Seite neun durchzuarbeiten. Ein kleiner und trotzdem befriedigender Sieg für die Wissenschaft. Zehn Schüler waren in seiner Klasse und meist stellte er irgendwelche Aufgaben und sah dann die gesamte Klasse während der kommenden halben Stunde aus dem Fenster starren. Die beiden, die gerade arbeiteten – es waren türkische Jungen –, hatten offenkundig entweder Angst vor den kommenden Prüfungen oder waren von ihren Eltern entsprechend drangsaliert worden. Andere Gründe konnte es nicht geben. Robert wusste besser als die meisten, wie es im Hirn heranwachsender Jugendlicher aussah. Acht Jahre Unterricht an einer Londoner Gesamtschule hatten ihm unglaubliche Einsichten verschafft. Es schüttelte ihn. Selbst nach fünf Jahren ließ ihn allein schon der Gedanke an die Rosebury-Downs-Schule erschauern und den Mund austrocknen. Immer noch sah er ihre Gesichter vor sich: Billy Smith, die Norris-Zwillinge, der kleine blonde Mistkerl, der immer an der Heizung saß. Schnell wandte Robert seine Gedanken wieder davon ab.

Er sah auf die Uhr. Gott sei Dank! Nur noch fünf Minuten und dann Pause. Kaffee, Zigaretten und die relative Sicherheit des Lehrerzimmers. Da waren wenigstens noch andere Leute, mit denen man reden konnte. Kollegen – blöde zwar und langweilig und oft ausgesprochen lästig, aber sie boten ihm jetzt immerhin das, was er so verzweifelt brauchte. Ablenkung von seinen eigenen Gedanken. Dieses dumpfe, quälende und unablässige Verlangen, etwas sehr Unkluges zu tun. Und zugleich Sinnloses. Wozu sollte es gut sein, Natalia zu fragen? Der Schaden und die

Verheimlichung waren doch schon geschehen. Ob sie nun in Balat gewesen war oder nicht, war doch jetzt eine rein akademische Frage. Wie auch immer, vielleicht hatte sich Natalia wegen ihrer Arbeit dorthin begeben. Das war zwar sehr unwahrscheinlich, aber andererseits war eben alles möglich.

Noch mochte ihm sein Verstand jedoch keine Ruhe gönnen. Natalia hatte immer betont, dass ihre Verbindung auf gegenseitigem Vertrauen gegründet sein müsse. Wie würde es denn jetzt aussehen, wenn er nach gerade mal einem Jahr des – zugegebenermaßen wackeligen – Friedens anfinge, sie in die Zange zu nehmen, sie zu verdächtigen? So wie er Natalia kannte, würde es mit einiger Sicherheit bedeuten, dass sie ihr Verhältnis beendete. Aber die Zweifel blieben. Er war sicher, dass Natalia nichts mit dem Mord zu tun hatte. Was aber hatte sie dann in Balat getan? Sein nachmittäglicher Bummel hatte ausgesprochen träumerische Qualitäten gehabt, sowohl damals als auch jetzt in der Rückschau. Kam das vielleicht daher, dass das Viertel so archaisch war? Ein Teil der Stadt, der sich irgendwann und irgendwo auf seiner Reise in die Gegenwart verheddert hatte und aufgehalten worden war. Eine Geisterstadt. Zudem war es heiß gewesen, sehr, sehr heiß. Sein kahler Kopf, das Hitzeflimmern, Benommenheit, ein Magen, der sich zwar gerade erholte, aber immer noch nicht ganz frei von Durchfall …

Solche Ausreden waren in Wahrheit kläglich. Genauere Nachforschungen würden ohne Zweifel ergeben … was? Namen und Gesichter aus vielen unterschiedlichen Zeiten gerieten in seinem Kopf durcheinander und wurden falsch zugeordnet, wie vermischte Spielkarten. Er musste das unangenehme Gefühl im Magen einfach aushalten! Das war eine schlichte Tatsache, alles andere war … Robert gestattete sich einen Blick auf sein Handgelenk.

Die Stunde war vorüber. Gott sei Dank! Sein Grübeln ging über in tiefe Erleichterung.

»Das wär's, Leute«, sagte er. »Ihr könnt die Bücher jetzt einpacken.«

Ein hektisches Scharren der Stuhlbeine auf dem Boden war zu hören, als zehn lebhafte Teenager von ihren Stühlen aufsprangen und der Tür des Klassenraums zustrebten, wobei sie lächelten und vergnügt durcheinander schnatterten, als sie sich hinter ihm hinausschoben. Robert fühlte sich an die biblische Erzählung erinnert, als Jesus Lazarus von den Toten erweckte. Das verstand er nicht. Eigentlich sollte Lernen doch Spaß machen und den Geist erweitern.

»Macht die Übung auf Seite neun zu Hause fertig!«, rief er über das Sprachengewirr hinweg. Und fügte dann kaum hörbar hinzu: »Wenn einer von euch Bock dazu hat.«

Die Schüler verließen das Klassenzimmer. Diejenigen, die tatsächlich etwas mehr geistige Interessen hatten, würden wohl zu der einen oder anderen Nachmittagssitzung wieder erscheinen. Alle anderen würden, wie Robert sehr wohl wusste, sich zum Taksim-Platz aufmachen und die exotischen Köstlichkeiten von McDonald's genießen. Da konnten sie genau das tun, was sie am besten beherrschten: Geld ausgeben, amerikanisches Plastikgesöff der übelsten Sorte trinken und einander ihren Schmuck vorführen. Wirklich haargenau wie ihre Gegenstücke in England, wenn auch vermutlich ohne deren Klappmesser. Genauso wie die Teenager auf der ganzen Welt.

Robert sammelte seine Papiere, Stifte und Unterrichtsbücher zusammen und steckte sie in seinen Aktenkoffer. Eigentlich hatte es wenig Sinn gehabt, sie überhaupt herauszuholen, aber … Er schloss die Aktentasche mit dem kleinen Metallschlüssel ab und stützte sich schwer auf sein Pult. Selbst wenn er jetzt zu Natalia gehen würde, wie sollte er dann um alles in der Welt das Thema Balat anschneiden? Sogar für ihn hörte es sich lächerlich an. Und was ging es ihn überhaupt an? Die Entscheidung, den Polizisten wegen Natalias Anwesenheit anzulügen, war einzig und allein seine Sache gewesen. Sie hatte ihn gesehen. Sie musste es gewesen sein. Und logischerweise hätte sie, falls irgendetwas nicht ganz einwandfrei gewesen wäre, ihn doch aufgesucht. Schließlich war er ihr Liebhaber, und sollten Liebende nicht alles miteinander teilen – das Böse wie das Gute?

Robert Cornelius nahm seinen Aktenkoffer, suchte seine Taschen nach Zigaretten ab und begab sich entschlossen zum Lehrerzimmer. Vielleicht würde ja eine halbe Stunde mit nichts anderem als Kricketergebnissen und Unterhaltungen über die Vorzüge türkischer Männer seinen lächerlichen inneren Disput zum Stillstand bringen.

Timur İkmen war weniger eine Person als vielmehr eine umfassende Erfahrung. Wenn Mehmet Süleyman gedacht hatte, dass Çetin İkmen schon ein Mensch war, der über dieses eine Leben hinaus wirkt, dann müsste man den Vater des Inspektors zu den Unsterblichen zählen.

Die Fahrt zurück zum Revier war interessant gewesen, und dies nicht allein deshalb, weil sich İkmens alter Mercedes wie eine tote Kuh benahm. Wie schon sein Sohn, so lebte auch İkmen senior in seiner privaten Rauchwolke. Winzig klein, doppelt gekrümmt und schlimm durch Arthritis verbogen, erinnerte Timur İkmen Süleyman an den alten, knotigen Olivenbaum, der ganz hinten im Garten seiner Großeltern stand. Doch anders als dieser alte Baum redete İkmen senior unaufhörlich. Es handelte sich allerdings nicht um leeres Geschwätz. Vieles war anzüglich und zuweilen ausgesprochen beleidigend.

Die Fragen gingen sofort los, nachdem Fatma İkmen dem Alten, der vor Schmerz die Zähne zusammenbiss, in den Wagen geholfen hatte.

»Was fangen Sie mit sich und Ihrer Zeit an, wenn Sie mal nicht zur Arbeit gehen, junger Mann?«

Im Allgemeinen wollen die älteren Leute hören, dass die Jungen sich anständig benehmen. Und Süleymans Antwort war zudem vollständig wahr. Lesen würde er, ab und zu in die Oper gehen, Vater und Großvater zur Moschee begleiten, wann immer der Job es zuließe. Süleyman hätte drauf wetten können, dass der alte Mann nicht auf gewohnte Art reagieren würde, schließlich war ein İkmen. Süleyman sollte seine unbesonnene und tollkühne Ehrlichkeit schnell bereuen.

»So ein hübscher junger Mann wie Sie! Eine Verschwendung ist das!«

»Wie bitte?«

»Eine Verschwendung! Das ist doch langweilig! Wie alt sind Sie?«

»Achtundzwanzig.«

»Jungfrau?«

»Wie bitte?«

»Ich fragte, ob Sie noch Jungfrau sind?«

»Nun ja, ich …«

Sex blieb nicht das einzige Thema, zu dem der alte Mann während der kurzen Fahrt zum Polizeirevier deutlich seine Ansichten äußerte. Die Themen Religion (»kann ich nicht verstehen«) und türkische Politik der Gegenwart (»eine Verirrung«) wurden ebenso angeschnitten. Am Ende der Fahrt hatte Mehmet Süleyman nicht den geringsten Zweifel bezüglich des Charakters und der Ansichten seines Fahrgastes. Er war Atheist, Anarchist, intellektueller Snob und Libertin. Außerdem hatte er eine wunderbare Inbrunst angesichts seiner »Scheißkrankheit«. Vieles hatte er noch vor: Reisen, sich neue Fertigkeiten aneignen, Frauen treffen. Nicht Frauen seines Alters wohlgemerkt – natürlich nur junge und schöne. Es schien Süleyman, als ob Timur sein Leben weniger lebte als vielmehr einschüchterte.

Als sie am Polizeirevier ankamen, wartete Çetin İkmen schon auf dem Bürgersteig auf sie. Nachdem der Wagen angehalten hatte, öffnete er die Tür und stieg ein. Süleymans bleiches Gesicht erzählte beredt von dem, was ihm jüngst widerfahren war.

»Ich sehe schon, er hat auf Sie eingeredet«, sagte İkmen, während er den alten Mann von seinem Sitz hob.

»Kann ich Ihnen helfen?«, bot Süleyman an.

İkmen wollte gerade bejahen, aber der alte Mann kam ihm zuvor. »Ich bin doch kein Aktenschrank.«

İkmen seufzte tief. »Ist schon gut, Süleyman, ich schaff's schon alleine.« Er neigte den Kopf ganz nah an das Ohr des Polizisten und senkte die Stimme. »Am besten sorgen Sie dafür, dass ein Glas Tee für den alten Mistkerl oben bereitsteht.«

Der vollständig verwirrte junge Polizist überließ die İkmens mit einem Gefühl der Dankbarkeit sich selbst.

Der alte Mann besah sich die zittrige Schrift in dem kleinen Adressbuch und runzelte die Stirn. Bedächtig steckte er eine verdrehte Kralle in seine obere Jackentasche und entnahm ihr eine uralte Brille. Statt sie aufzusetzen, hielt er sie vor die Augen und starrte hindurch.

»Bist du bereit, Çetin?«, fragte er.

İkmen griff sich einen Stift aus dem Tohuwabohu auf seinem Schreibtisch und öffnete sein Notizbuch. »Ja, es kann losgehen.«

»Also: Der erste ist Rabbi Şimon, Draman Caddesi 33, Balat. Dann, ehm …« Der alte Mann musste ganz nah hinschauen und führte seine Brille bis fast ans Papier. »Maria Gulcu, Karadeniz Sokak 12, Beyoğlu. Eh, Sara Blatsky, Gürsel Sokak 25/6, Balat und dann noch die Şeker Textilien, Celaleddin Rumi Caddesi, Üsküdar.«

»Telefonnummern?«

Der Alte blickte noch einmal auf die Seite des Adressbuchs. »Der Rabbi und die Textilfirma haben eine. Sieh mal.«

İkmen starrte auf die obere Zahlengruppe und schrieb sie sich sorgfältig auf seinen Handrücken. Dann nahm er den Hörer des Telefons und drückte ihn mit Wucht seitlich an seinen Schädel.

»Den Rabbi Şimon rufe ich jetzt sofort an«, sagte er und fügte hinzu, wobei er mit der Hand in Richtung seiner beiden Gefährten winkte: »Und ihr beiden könnt euch ja jetzt ganz nach eurem verdorbenen Geschmack amüsieren.«

Timur İkmen hob eine Augenbraue und sagte etwas, was Süleyman nicht ganz verstand, obwohl nur eine geringe Chance bestand, dass es etwas anderes als ein Fluch war, wie er wusste. Ein paar Augenblicke herrschte tatsächlich Stille, da der alte Mann und auch der junge Polizist zu einer Entscheidung zu gelangen versuchten, über welches Thema man sich unterhalten könne.

Sobald İkmen am Telefon eine Antwort erhielt, wandte er sich ab, um ungestörter zu sein.

Ein langer, nikotinverfärbter Finger klopfte mit Nachdruck auf den Umschlag des kleinen Adressbuchs, wodurch der erhitzte und leicht eingedämmerte Süleyman aus seinen Träumen geweckt wurde.

»Eine merkwürdige Kombination ist das«, sagte der Alte. »Ein ausländischer Vorname ›Maria‹ und ein türkischer Nachname.«

»Das finde ich auch.« Obwohl Süleyman bis jetzt noch nicht darüber nachgedacht hatte. »Allerdings gibt es heute eine Menge Mischehen. Könnte sogar eine Verwandte des Opfers sein. Er war ja offensichtlich russischer Abstammung, und wenn man bedenkt, dass sich bis jetzt keine Verwandten gemeldet haben …«

»Wie alt war dieser Mensch?«, fragte Timur.

»Die Nachbarn hielten ihn für über Neunzig.«

Der alte Mann lächelte traurig. »Alt genug, um mein Vater sein zu können.«

»Ja.« Es war ein seltsamer und im Lichte von Timur İkmens äußerst heruntergekommener Erscheinung sogar verstörender Gedanke. »Ja, das hätte er sein können.«

»Das wundert Sie, oder?«

Süleyman runzelte fragend seine Stirn. »Wie meinen Sie das, Herr İkmen?«

»Wieso sollte jemand einen so alten Mann umbringen? Ich bin fast dreiundsiebzig und schon verdammt nutzlos. Aber jemand vom gleichen Jahrgang wie mein Vater …« Er zuckte mehr oder weniger hilflos die Achseln, als sein Sohn mit einem Laut der Zufriedenheit den Hörer auf die Gabel legte.

»Wir treffen Rabbi Şimon morgen früh um halb zehn, Süleyman.«

»Sehr gut.«

İkmen wandte sich lächelnd an seinen Vater. »Danke, dass du gekommen bist und uns diese kleine Übersetzung gemacht hast, Timur. Das hat mir eine Menge Zeit und Ärger gespart.«

Timur blickte auf den dreckigen Boden zu seinen Füßen und seufzte. »Ich nehme an, du willst, dass ich jetzt gehe, stimmt's?«

»Na ja, ich habe einiges zu tun. Ich muss noch bei den anderen drei Namen nachhaken. Danach muss ich zu Arto …« Çetin İkmen sah auf seine Uhr. »Ich kann es mir nicht leisten, am Anfang eines neuen Falls untätig herumzusitzen. Solche Hinweise, wie du sie gerade gegeben hast, sind wie Frauen, man muss sofort zupacken, ehe sie wieder abkühlen. Süleyman wird dich zurück nach Hause fahren …«

»Wie geht's Arto Sarkissian?«

İkmen zündete eine Zigarette an und reichte sie wortlos seinem Vater. »Wie immer. Fett, überarbeitet … du weißt ja.«

Timur lächelte. Seine beiden Söhne waren mit den Sarkissian-Kindern Arto und Krikor aufgewachsen. Fünfzehn Jahre lang waren beide Familien jeden Sommer zusammen in die Ferien gefahren. Es waren wunderbare Ferien gewesen. Und es hatte noch anderen Nutzen gezeitigt. Die Sarkissian-Jungen waren immer fleißig gewesen und ihr Eifer hatte auf Timurs älteren Sohn abgefärbt, auf Halil, den Buchhalter. Çetin allerdings …

Timur beugte sich zur Seite und stieß Süleyman am Ellbogen an. »Kennen Sie Arto Sarkissian?«

»Ja.«

»Ein guter Arzt. Mein Sohn ist mit ihm aufgewachsen. Als Kinder waren sie einfach unzertrennlich.« Mit einem Mal wurde der alte Mann bedrückt und zeigte es auch. »Leider ist er seinem Beispiel nicht gefolgt, als es darum ging, Karriere zu machen!«

»Timur!«

Süleyman räusperte sich. Er wusste nicht, was er sagen sollte. Man wusste nie, wann der alte Mann Spaß machte und wann nicht. Grausame Späße waren die grundlegende Form der Kommunikation zwischen Vater und Sohn İkmen, so schien es Süleyman jedenfalls. Er konnte das nicht verstehen und hatte das Gefühl, dass er es letztlich auch nicht zu verstehen brauchte.

İkmen unterbrach diese Überlegungen seines Polizisten, indem er ihm erneut die Wagenschlüssel aushändigte. »Hier, Sie fahren ihn nach Hause. Ich helfe Ihnen noch mit der Treppe, dann muss ich weitermachen!« Sanft legte er den Arm um die Hüfte seines Vaters und zog ihn langsam auf die Füße. »Mach schon, Timur, es wird Zeit.«

»Entzückend!«, gab der Alte von sich, wobei seine Stimme sich ziemlich ärgerlich anhörte. »Zurück zu deiner reizenden Frau und deinen hübschen Kindern.«

»Du liebst sie doch.«

Süleyman folgte den İkmens aus dem Büro bis zur Treppe. Er beobachtete, wie die beiden eng umschlungen hinuntergingen, wobei sie einander laut und ausführlich beschimpften.

Er sah sie, sie aber nicht ihn. Obwohl das Schaufenster nur schwach und unzureichend beleuchtet war, warf es ein gelbliches, flimmerndes Licht in das winzige Kabuff von Laden dahinter. Er war gut sortiert. Herr Avedissian, ihr Arbeitgeber, kümmerte sich darum. Und die Ware war nicht einfach irgendwas. Alles war ausnahmslos aus Gold und die handwerkliche Ausführung von der allerbesten Sorte, vom kleinsten Siegelring bis zur großen Halskette im ägyptischen Stil, die die Mitte des hintersten Schaufensters einnahm. Die Kunden von Avedissian waren bis auf wenige Ausnahmen wohlhabend und mächtig. Nur das Beste war gut genug. Kaum überraschend also, dass dieser winzige Laden – gerade einmal so groß wie ein Schrank – Roberts Aufmerksamkeit erregt hatte, als er in den Monaten zuvor Schmuck für seine Mutter hatte kaufen wollen. Avedissian war nichts für Touristen. Es gab nicht den kleinsten Hauch eines volkstümlichen Einflusses in den glitzernden, hochklassigen Auslagen. Es war genau das, was er gewollt hatte, und so war es auch mit der Verkäuferin gewesen, die ihn bedient hatte. Genau das hatte er nun und wollte es immer noch.

Er betrachtete ihr dunkles, fein gezeichnetes Profil, ihre zarte Haut, die von dem weichen, irisierenden Schimmer der kostbaren Dinge um sie erhellt wurde und noch wärmer und weicher aussah. Eine Prinzessin in ihrem Schatzkästlein, die ihre Schönheit im warmen Feuer des großen Reichtums badete. Eine dicke schwarze Locke fiel ihr in die hohe Stirn und eine lange, perfekt manikürte Hand schob sie seitlich nach hinten. Die Bewegung war träge und sinnlich, typisch für Natalia. Sie stellte gerade eine Auslage von Ringen zusammen, ihr Gesicht war ernst, ganz der Arbeit vor ihr zugewandt. Sie war zwar vollständig in Anspruch genommen, doch Robert wusste, dass zumindest ein Teil ihres Geistes sich woanders befand. Ein so vollkommenes Profil beizubehalten und zugleich die wirklich sehr verführerische Haltung nicht aufzugeben erforderte schon einiges an Konzentration – einen sehr hohen Grad an Beschäftigung mit sich selbst, an Selbstliebe.

Er stieß die Tür auf. Leuchtende Farben sprangen ihm entgegen. Ehe er Avedissians Laden gefunden hatte, war ihm nie aufgefallen, dass Gold derart unterschiedlich sein konnte. Weißgold, kalt und hart wie Silber; Rotgold, warm, feurig, erotisch; gelbes, alltägliches und bekanntes Gold; schließlich und am geheimnisvollsten von allen Grüngold, dem Auge unnatürlich scheinend, missgünstig, schlecht. Grüngold war Natalia das liebste.

Die Glocke über der Tür läutete kümmerlich, als er eintrat. Sie blickte auf. Riesige runde braune Augen, mit schwarzem Kajal umrandet und von Wimpern geschützt, die fast so dick wie Federn waren. Sie öffnete leicht den Mund, aber nicht, um zu lächeln. Das hatte er auch nicht erwartet. Er drang hier unbefugt ein, stahl ihr die Zeit und den Raum, in dem sie »anderes« zu tun hatte. Es war dies der unbekannte Bereich ihres Lebens ohne ihn.

»Hallo.«

»Hallo«, gab sie zurück, wobei ihr Englisch mit dem starken Akzent steif und ohne jedes Gefühl zu sein schien. »Was machst du hier, Robert?«

»Ich wollte dich sehen.«

Ihr Gesichtsausdruck änderte sich nicht. Schön, ernst und ein wenig nervös, wie er dachte. Sie legte die Auslage für die Ringe auf ein Regal hinter der Theke.

»Ich dachte, ob du vielleicht schnell etwas mit mir trinken gehst.«

Mit einem harten Klicken befestigte Natalia die Ringauslage auf dem Regal. Dann drehte sie sich wieder um und sah Robert an, wobei ihr Hals hoch aufgerichtet war, lang gestreckt und arrogant.

»Es ist Dienstag.«

Wie immer, wenn er ihr Missfallen erregte, suchte er ungeschickt nach Worten. Er wusste, dass sie das ärgerte. Sie hasste es, wenn er sich entschuldigte und sich wie ein Fußabtreter benahm. Und doch, was erwartete sie anderes? Ihre Augen waren eisig, boten ihrem bescheiden kämpfenden Opfer weder Hilfe noch Unterstützung.

»Na ja, ich dachte eben ... ich bin nämlich gerade hier vorbeigekommen, und ... na ja, es ist doch so heiß, und ich dachte ...«

»Du spionierst mir nach.« Das war eher direkt als grausam. Eine Feststellung zwischen Freunden, kaum eine unter Liebenden. Dementsprechend schwer traf es ihn.

»Äh ... nein, nein.«

Natalia ging zum Schaufenster und schaltete die Lichter in der Auslage aus. Der warme Glanz des teuren Metalls wurde schwächer, nachdem die Leben spendende Beleuchtung entzogen war. Nicht eine Sekunde wandte sie ihren Blick von ihm ab.

»Ich habe noch andere Sachen zu erledigen.«

Robert schwieg. Er war nervös, blieb aber ruhig und sein Verstand konzentrierte sich mit aller Macht darauf, nicht darüber nachzudenken, was diese »anderen Sachen« sein könnten, von denen sie gesprochen hatte.

»Ich habe zu tun. Wir sehen uns Donnerstag.«

Sie drehte sich um und glitt mit einer ihrer graziösen Hände in eine Schublade unter der Theke. Ungeduldig klapperten die Schlüssel in ihrer Hand. Die Schlüssel zur Ladentür, das Zeichen für ihn zu gehen. Seine Entlassung, bis er am festgesetzten Zeitpunkt wieder würde auftauchen dürfen. Ein bitterer Geschmack stieg ihm die Kehle hinauf: der Geschmack von Eifersucht und Argwohn. Es waren Gefühle, von denen er wusste, dass er sie nur auf eigenes Risiko zeigen durfte.

»Ich habe dich gestern in Balat gesehen.« Seine Stimme kippte. Noch einmal erschien die rennende, erschrockene Gestalt in seinen Gehirnwindungen. Ihr Gesicht war ohne jeden Ausdruck, hochmütig und bewegungslos. Mit einem Mal kam er sich wie ein Trottel vor.

Das Schlüsselklappern hatte aufgehört. Natalia schloss die Hand fest um die Schlüssel und sah auf die Rolex an ihrem schlanken, gebräunten Handgelenk. Diese Uhr hatte Robert vorher noch nicht gesehen. Ein Geschenk von ihm war sie jedenfalls nicht. Und auch der Diamantsolitär, der ihr um den Nacken hing, war nicht von ihm. Woher der stammte, wusste Robert nicht. *Andere Sachen!* Natalias Gesichtsausdruck hatte sich nicht einen Millimeter bewegt.

»Gesten war ich hier, den ganzen Tag.«

»Mmm.«

Das war eine schwache und übellaunige Antwort. Ganz so, wie er sich fühlte. Herabgesetzt.

»Du glaubst mir nicht?«

»Ich weiß nicht. Ich dachte, dass ich dich gesehen ...«

»Du dachtest!« Sie entblößte die Zähne zu einem hässlichen, spöttischen Grinsen. Genauso gut hätte sie ihm eine runterhauen können.

Glauben oder nicht – darum ging es längst nicht mehr, zumindest nicht für Robert. Er hatte sie verärgert und blickte ihr ins Gesicht. Dieses Gesicht zitterte kaum spürbar, doch das höhnische Lächeln blieb. Diesen Anblick kannte er, er hatte ihn schon mehrfach gesehen. Er tauchte meist dann auf, wenn sie ihm sagte, dass er aus ihrem Leben verschwinden solle. Gelegentlich sagte sie Derartiges. Jetzt würden erst wieder zahlreiche und wohl überlegte Geschenke folgen müssen, um das Desaster abzuwenden. Nicht zum ersten Mal fragte sich Robert, ob sein Konto das mitmachte.

»Du glaubst also, dass du mich gestern in Balat gesehen hast?«

»Ich dachte ...« Die Stimme erstarb ihm in der Kehle. »Er dachte!« Was zum Teufel sollte das denn auch heißen? Und was waren seine dummen Gedanken überhaupt wert? Sein Mut schien ihm in der Brust abzusterben, ihm den Rücken zuzukehren und sich zu ergeben.

Es war kaum zu glauben, aber Natalia betörte ihn nun mit ihrem allerschönsten Lächeln. Dieser plötzliche Wechsel ihres Ausdrucks nahm Robert den Atem.

»Okay«, sagte sie mit heiterer Miene, »einen schnellen Drink. Und du erzählst mir mehr davon.«

Er hustete. »Ist gut.« Seine Stimme war belegt, angespannt und vom Rauchen trocken.

Natalia knipste die übrigen Lichter im Laden aus und schloss die Vitrinen ab. Als sie durch die Ladentür nach draußen traten, drehte sich Robert um und warf noch einmal einen verstohlenen Blick auf sie. Sie sah besorgt aus und tiefe, scharfe Linien zogen sich von den Mundwinkeln bis zum Kinn.

Der Sultan Pub, ein merkwürdiger Laden im Pseudo-Tudorstil, lag gegenüber der Blauen Moschee und war merkwürdigerweise ideal für ein ruhiges Gespräch. Die Kundschaft, beinahe ausnahmslos westeuropäische Jugendliche auf der Durchreise, neigte nicht zu längerem Verweilen. Ein bis zwei einheimische Whiskys, die einem den Magen umdrehten, und dann wieder nach draußen – das war hier die Norm. Die Innenausstattung war reines Hollywood-Salzburg: Holzbalken, Kuhglocken, Alphörner und Bilder von blonden Mädchen mit Zöpfen. Kühle Bergbäche und Schnee durften auch nicht fehlen.

Robert und Natalia setzten sich an den Tisch, der die beste Aussicht auf die berühmte Moschee bot, und sofort kam der jugendliche Kellner zu ihnen.

Nachdem sie ihre Drinks bestellt hatten, saßen sie eine Weile still da. Zumindest Robert war nicht darauf aus, das Gespräch zu beginnen. Die Getränke kamen ziemlich schnell und Robert gönnte sich einen großen Schluck aus seinem Glas. Natalia ließ ihr Glas unberührt und starrte mit ausdrucksloser Miene nach draußen, den Blick auf die anmutige Kuppel der Moschee geheftet.

»Ich werfe dir doch gar nichts vor.«

Sie antwortete nicht, reagierte überhaupt nicht. Selbstbewusst ergriff Robert ihre Hand. Der Kellner, der arrogant an der Bar herumhing, sah, wie sich ihre Hände berührten, und grinste süffisant.

»Ich bin bloß durcheinander, das ist alles. Gestern Nachmittag war ich auf dem Weg nach Hause. Mir war nicht besonders gut und plötzlich bist du da. Ich lauf zu dir und sage: ›Hallo‹, grüße dich und du läufst weg.«

»Das war ich nicht.« Natalias Tonfall war ausdruckslos und nüchtern. Ihr früheres Lächeln war längst verschwunden. Das ärgerte ihn. Natürlich war sie es gewesen! Wer sonst hatte solch ein Gesicht?

»Ich weiß doch, was ich gesehen habe, Natalia. Du musst dich nicht rechtfertigen, ich mag bloß keine Geheimnisse. Weshalb auch immer du dort gewesen bist, ist deine Sache, ich meine nur …« Er hielt inne. Was er zu sagen hatte, war nicht einfach. Er konnte sie nicht der Lüge bezichtigen, aber er fand, dass ihr Abstreiten schwer mit seiner eigenen Erfahrung zu vereinbaren war. Was auch immer diese gewesen war. »Sieh doch mal: Mir ist es egal, warum du dort warst, ich will nur wissen, ob du dort warst. Ich muss wissen, ob ich mir was eingebildet habe oder nicht. Es ist wichtig – für mich.«

Natalia nippte an ihrem Drink. Ihr Gesicht war ernst, aber immer noch unbeweglich – auf eine trotzige Art, wie Robert fand.

Er versuchte es nun in einer anderen Richtung. »Ich hatte Angst, dass ich dich irgendwie geärgert oder beleidigt habe, als du mich nicht erkannt hast.« Robert drückte zärtlich ihre Hand. »Du weißt doch, was ich für dich empfinde. Ich könnte es nicht ertragen, wenn irgendetwas zwischen uns käme, was ich falsch gemacht habe.«

»Ich bin nicht dein Eigentum.«

Ihre gestelzte Ausdrucksweise verstörte ihn. Robert hatte den Drang, sie zu korrigieren. Nicht zum ersten Mal übrigens. Ihre Fremdartigkeit als Ausländerin schmerzte ihn zuweilen. Sie konnte sie auch als Waffe einsetzen, als Ausrede dafür, nicht zu verstehen oder nicht richtig verstanden zu werden.

Roberts Stimme war fester geworden. »Es ist wichtig.« Wieder hielt er inne. »Sieh mal, ich behaupte keinesfalls, dass du was damit zu tun hast, aber gestern ist in Balat jemand ermordet worden.« Natalia stellte ihr Glas mit einem dumpfen Geräusch auf den Tisch. »Und weil ich um die Zeit in der Gegend gewesen bin, hat mich sogar schon die Polizei verhört.«

Er versuchte ihr in die Augen zu schauen, aber sie senkte den Blick.

»Polizei?«

»Ja.«

Ihre Gesichtszüge hatten sich ein wenig verändert, wieder umgaben feine Linien ihren Mund, wie es schon der Fall gewesen war, als sie den Laden verlassen hatten.

»Heute Morgen war die Polizei in der Schule. Wir wurden alle verhört. Der Mord ist gerade mal ein paar Straßen weiter passiert. Als es geschah, war ich genau zur passenden Zeit in der Gegend. Ich habe eine Aussage gemacht.«

Natalia sah auf, ihre Lider hoben sich und gaben große, forschende Augen frei. Ihr bleiches Gesicht war noch um eine Idee weißer geworden, wie Robert glaubte.

»Was hast du gesagt?«

Er zündete sich eine Zigarette an. »Dass ich in der Gegend war, als der Mord gegen halb fünf gestern geschah und dass ich nichts Ungewöhnliches gehört und gesehen habe. Ich habe eine Frau gesehen ...«

Sie sprang auf. »Die, von der du meinst, ich wäre es gewesen?«

Robert machte eine kleine Pause. Jetzt hatte Natalia Angst. Nur einmal hatte er sie schon so gesehen. In Balat. Dasselbe Gesicht. Es schüttelte ihn. Er war versucht, Natalia hinzuhalten und sie glauben zu machen, dass er alles der Polizei erzählt hätte, um zuzusehen, wie sie reagierte. Er wusste aber, dass ihm das nicht entsprach. So etwas passte eher zu ihr.

»Nein, ich habe denen nichts von ... dir erzählt.« Ihr Gesicht entspannte sich, nur ganz leicht, aber doch so, dass Robert es bemerkte. »Ich war mir nicht hundertprozentig sicher, dass du es warst, und falls du es nicht gewesen wärest, wollte ich dir keinen unnötigen Ärger machen. Die Frau, von der ich denen erzählt habe, stand in einer Tür und war alt. Ich glaube kaum, dass die jemandem etwas zuleide tun konnte.«

»Ich könnte nicht Menschen verletzen!« Natalia legte ihre Hände um seine und hielt sie fest umschlossen. »Ich nicht dort, Robert!«

Sie wollte, dass er ihr glaubte, doch genau deshalb konnte er es nicht und spürte das plötzliche Verlangen, seine Hand wegzuziehen. Abrupt nahm er seinen Arm zurück, worauf ihre Hände zur Seite fielen und auf dem Tisch liegen blieben. Zum ersten Mal seitdem sie zusammen waren, hatte er das Gefühl, nun die Kontrolle übernommen zu haben. Er konnte ihre Furcht förmlich riechen – eine Erfahrung, die ihn berauschte.

»Ich will dir ja glauben, Natalia, aber, offen gesagt, ist es schwierig. Ich kann meine eigenen Augen doch nicht der Lüge bezichtigen.« Er hielt inne; es war dumm gewesen, so etwas zu sagen, und beide wussten es. Aber er musste weitermachen. »Ich weiß, dass wir uns seit einiger Zeit treffen, aber ich kenne dich nicht wirklich. Ich weiß ja noch nicht mal, wo du überhaupt wohnst, verdammt noch mal.«

Wieder sah Natalia auf die Tischplatte. Ihre Hände, die auf dem weißen Leintuch ruhten, zitterten ganz leise. Als Robert das erste Mal die Polizei erwähnt hatte, war sie aufgerüttelt worden. Bis dahin war sie wie gewohnt kühl und hochmütig geblieben. Natürlich war sie in Balat gewesen! Er hatte sie doch gesehen. Ihr wiederholtes Leugnen war einfach zu lächerlich! War denn das, was sie in Balat getan hatte, so schrecklich gewesen? Das konnte Robert nicht glauben. Wäre Natalia ihm untreu geworden, würde er ihr – wahrscheinlich – vergeben und sie wusste es. Und warum war sie durch polizeiliche Ermittlungen in einem Verbrechen so beunruhigt, mit dem doch keiner von ihnen etwas zu tun hatte? Oder etwa doch?

Robert sah ihr trauriges, gesenktes Gesicht an, ihre zart gerundeten Schultern. Gott, natürlich, die Berührung! Der dünne, magere Knochen, der ihm wie ein geölter Fisch durch die Finger geglitten war. Das passte doch nicht zusammen. Und warum um alles in der Welt sollte ein schönes junges Mädchen wie Natalia irgendeinen alten und bitterarmen Alkoholiker umbringen? Robert schalt sich innerlich. Nun glitt er wirklich und endgültig ins Reich der Fantasie ab!

Natalia hob den Kopf und lächelte zu Roberts Überraschung.

»Schau, Robert, ich werde dir die Wahrheit über Balat sagen. Ich war nicht da, aber …« Sie zuckte hilflos die Achseln und unterstrich diese Geste mit einem leicht nervösen Lächeln. »Ich verstehe gut, was du sagst. Wir stehen uns jetzt sehr nah und du weißt wenig von meinem Leben. Vielleicht müssen wir das ändern. Vielleicht kommst du mal zu mir nach Hause und lernst meine Familie kennen …«

Auf diese Worte war er nicht gefasst. Eine Einladung zu ihr nach Hause hatte er als Allerletztes erwartet. Es war ganz offensichtlich ein Trick, um ihn von der Sache abzulenken. Herrgott, sie war es doch gewesen. Und trotzdem eine Einladung zu ihr nach Hause …

Gier, dazu selbst- und gedankenlose Sehnsucht, die alle Liebenden zuweilen gegen ihr besseres Wissen handeln lässt, hatte ihn erfasst. Seitdem ihm klar war, dass er sich in Natalia verliebt hatte, hatte Robert sich heimlich gewünscht, dass diese Verbindung lange anhalten möge. Das Scheitern seiner früheren Ehe hatte beinahe sämtliches Vertrauen zerstört, das er zu Frauen gefasst hatte. Bis zu einem gewissen Grad hatte Natalia ihm einiges von diesem Vertrauen zurückgegeben – einfach dadurch, dass sie ihn nicht verlassen hatte. Obwohl gebildet, war Robert doch eher von schlichtem Gemüt, was sein eigenes Leben betraf. Er wollte nie wieder Single sein. Und wenn Natalia nicht die richtige Frau war, wer dann? Es gab doch keine andere!

Ihre Familie zu treffen war sicherlich ein bedeutender Schritt. Hatte sie in Balat etwas von ihrer Würde verloren? Eine billige, aber für sie wahrscheinlich aufregende Liaison mit einem der harten Kerle von dort. Das musste es sein! Würde er so etwas, eine unbedeutende Affäre, zwischen sie kommen lassen? Und doch, wenn diese Vermutung zuträfe – woher stammte dann Natalias Angst vor der Polizei? Robert betrachtete ihr vollkommenes, nun wieder lächelndes Gesicht. Er hatte keine Antwort. Es gab so viel scheinbar Irrationales bei den Türken und ihrem Land, das er nicht verstand. Vielleicht hatte es damit zu tun? Vielleicht ...?

Obwohl er immer noch angespannt war, lächelte er zurück. »Wann?«

»Morgen Abend, zum Essen?«

Es schien ihm sinnlos, sich eine solche Gelegenheit zu versagen. Aus welchem Grund hätte er das auch tun sollen? »Ja.« Er fühlte sich wieder wohl. »Wie viel Uhr?«

Natalia breitete eine Papierserviette vor sich aus und nahm aus der Tasche ihrer Bluse einen Stift. »Gegen sieben?«

»Sehr schön.«

Sie schrieb langsam und sorgfältig auf das dünne Papier. Als sie fertig war, gab sie es ihm. »Meine Adresse.«

Robert sah die Worte an. Natalia lebte also in Beyoğlu, dem alten Diplomatenviertel in der Nähe von Ístiklâl Caddesi, der Oxford Street des Ostens. Karadeniz Sokak Nr. 12.

Natalia trank ihr Glas aus und stand auf. Sie blickte sich um, nervös, wie Robert dachte.

»Ich muss jetzt gehen, Robert. Ich habe noch Sachen zu erledigen.«

Robert war ein wenig enttäuscht, sogar eifersüchtig. Schon wieder »Sachen erledigen«! Aber er verbarg seine Gefühle hinter einem Lächeln.

Sie beugte sich zu ihm hinab, als sie an ihm vorbeiging, und streifte seine Wange leicht mit den Lippen. Sogar nach einem Jahr erregte ihn die leiseste Berührung dieses üppigen, fleischigen Mundes. Dieser Mund hatte jeden Teil seines Körpers erkundet, ihn geküsst, zwischen die Lippen genommen, an ihm gesaugt. Robert hob den Arm zu ihr empor, als sie an ihm vorbeiging, und streichelte mit dem Handrücken sanft ihre Flanke. »Bis morgen.«

Robert hörte das Klappern ihrer Absätze auf dem billigen Linoleum und dann das laute Geräusch, als sie draußen auf dem Bürgersteig war. Er drehte sich um, um ihr nachzuschauen, aber Natalia war schon in den dichten Feierabendverkehr auf der Straße eingetaucht. Robert nahm sein Glas und trank nachdenklich. Die seltsamen Ereignisse des vergangenen Tages hatten ihm unerwartet gut zugespielt. Er musste lächeln. Balat und seine Geister, die Polizei, seine eigene Sorge: alles konnte er nun beiseite schieben. Er war einen Schritt näher daran, Natalia zu besitzen. Nur das zählte jetzt.

Robert bezahlte die Drinks und ging. Auf dem Weg zur Bushaltestelle kaufte er eine Abendzeitung. Mit Interesse stellte er fest, dass der Mord es bis auf die Titelseite geschafft hatte. Der Artikel erwähnte sogar den seltsamen Polizisten, der ihn verhört hatte: İkmen, dem Tonfall des Artikels nach eine sehr große Nummer. Robert lachte innerlich über diese Art von Medienrummel und setzte seinen Weg fort. Erst als er die Bushaltestelle erreicht hatte und den Artikel richtig las, überkam ihn ein leichtes Unbehagen. Bis der Mörder gefasst wäre, würde es schwierig sein, den ganzen Kram mit Balat und den Ereignissen des vergangenen Tages hinter sich zu lassen. Robert fühlte sich, als gäbe es irgendwo in seinem Leben ein offenes Problem, das hinter ihm her schleifte und darauf wartete, endlich gelöst zu werden.

# Kapitel 4

Der folgende Morgen war strahlend, klar und – was İkmen betraf – verheißungsvoller als sein Vorgänger. Als er seine Wohnung Richtung Balat verlassen hatte, hatte er sogar gelächelt, obwohl dies Lächeln fast schon wieder verschwunden war, seitdem er sich in den morgendlichen Berufsverkehr gestürzt hatte. Und als İkmen entdeckte, dass er nicht näher als drei Häuserblöcke an seinem Ziel würde parken können, kam seine gewohnt düstere Miene mit Macht zurück. An der Ecke der Straße, in der der Rabbi wohnte, traf er auf Süleyman, der schon im Revier gewesen war, um die neuesten Meldungen einzuholen.

»Sind Sie bereit, Süleyman, den irdischen Stellvertreter des Höchsten Weltenherrschers zu treffen?«

Der Jüngere ignorierte İkmens gottlose, frivole Bemerkung einfach. Außerdem war Wichtigeres im Gange. »Die Spurensicherung hat über zehn Millionen Lira in Meyers Wohnung gefunden.«

İkmen runzelte die Stirn. »Zehn Millionen Lira? Wann? Wie?«

»Es war alles unter die Matratze gestopft, hat Demir gesagt.« Süleyman sah auf die Uhr und meinte, dass sie jetzt vielleicht in Richtung des Rabbiner-Hauses gehen sollten.

Unterwegs zog İkmen eine Zigarette aus der Tasche und zündete sie an. »Ich frage mich, wie jemand wie Meyer so viel Geld sparen konnte. Geld, und zwar eigenes, ist nicht gerade das, was Alkoholiker gewöhnlich besitzen.«

»Darauf weiß ich keine Antwort. Alles, was Demir gesagt hat, ist, dass er eine Menge Geld gefunden hat, das offenbar Meyer gehört haben muss.«

İkmen zog kräftig an seiner Zigarette und seufzte. »Na ja. Das Geheimnis wird also immer tiefer, Süleyman.«

»Es scheint sich in diese Richtung zu bewegen.«

Rabbi Yitzak Şimon war der Erste seiner Generation in Balat. Für einen Kleriker hier am Ort war es ungewöhnlich, von woanders zu stammen. Andererseits spiegelte seine Ernennung nur den eher neuerlichen, wenn auch kleinen Zuzug der aschkenasischen Juden seit Anfang unseres Jahrhunderts wider. Außerhalb der für ihn eher dunklen und geheimnisvollen Mehrheit der sephardischen Juden stehend und doch in sie eingebettet, war Şimon unter jenen scheuen, engstirnigen Menschen aufgewachsen, die noch immer ihre seltsame Sprache und ihre orientalischen Bräuche pflegten. Und seine vollständige Andersartigkeit hatte ihm geholfen, sie zu verstehen. Als Kind allein und unbeliebt, hatte er das Kommen und Gehen beobachtet und vernommen und die Spannungen bemerkt – alles ganz sachlich. Es waren nicht seine Leute, nicht sein Volk, aber er konnte mit Augen schauen, die nicht durch dynastische Rivalitäten oder uralte territoriale Rechte getrübt waren.

Bis er mit anderen europäischen Kindern in den 50er Jahren in Kontakt kam, kannte man Rabbi Şimon schlicht als den »polnischen Jungen«. Schon diese Worte hatten ihn verletzt, und dass er keine Spielkameraden gehabt hatte, hatte ihn häufig in Depressionen gestürzt. Alles war ihm so ungerecht vorgekommen. Schließlich war er doch in diesem Viertel geboren.

Diese Verbitterung, die er als Kind verspürt hatte, war jedoch zurückgegangen. Nachdem er sich bis zu dieser hohen Position eines Rabbi über seine kleine Herde von Fremden emporgearbeitet hatte, hatten sie insgeheim großen Respekt vor ihm entwickelt – so wie er vor ihnen. So unerträglich und uneinsichtig sie auch sein konnten, musste Şimon doch zugeben, dass man eine jede Gemeinschaft schlicht bewundern musste, die fünfhundert Jahre lang eine zivilisierte Beziehung zum Gastland aufbauen und erhalten konnte. Die Türken respektierten sie ebenfalls, wenn auch zuweilen widerwillig.

Stets hatte Rabbi Şimon gehofft, dass sich nichts ändern würde. Der kürzliche Tod von Leonid Meyer hatte ihn jedoch erschüttert. Er hatte das ganze Viertel erschüttert. Nichts war deutlich ausgesprochen worden, aber es gab Anzeichen dafür, dass die Menschen verängstigt waren. Plötzlich waren bei Dunkelheit die Straßen leer und der Schlosser hatte mehr Arbeit, als sein kleiner Laden verkraften konnte. Der einzige Trost war, dass die Polizei es geschafft hatte, das rassistische Element herunterzuspielen. Dementsprechend hatte auch die Presse dies noch nicht wirklich aufgegriffen. Am allerletzten konnte Balat Scharen trübsinniger Touristen und geistloser faschistischer Sympathisanten brauchen. Die einzigen Besucher, die das Viertel bislang angezogen hatte, waren die Polizisten selbst und dazu eine gottlob unaufdringliche Abordnung des Israelischen Konsulats gewesen.

Rabbi Şimon sah auf die Uhr. Jede Minute musste die Polizei an seiner Tür erscheinen. Er nahm einen Stapel Bücher und Papiere von einem der Stühle am Tisch und stellte ihn auf die Erde. Sein Büro war grauenhaft unordentlich, aber solange seine Gäste irgendwo bequem sitzen konnten, würde die Unterredung schon nicht zu unangenehm werden. Der silberne Samowar in der Ecke blubberte leise vor sich hin. Er würde ihnen einen Tee anbieten können. Wie betrüblich die zur Rede stehende Angelegenheit auch war: wenn man ein Glas Tee in Händen hielt, dann – so dachte Şimon – konnte die Zivilisation doch nicht gar so hoffnungslos entfernt sein.

Er hörte, wie jemand an die Tür klopfte und sich dann räusperte. Şimon ging durch den Flur und schob den langen Eisenriegel zurück, der seine Eingangstür sicherte.

Zwei Männer standen auf der Türschwelle: ein kleiner, dunkelhäutiger, ungefähr im gleichen Alter wie er, und ein jüngerer, großer und sehr gepflegter.

Der ältere fing an zu reden. »Rabbi Şimon?« Es war dieselbe tiefe, trockene Stimme, die ihn am Vortag angerufen hatte.

»Sie müssen Inspektor İkmen sein.« Er lächelte.

»Ja.« İkmen neigte seinen Kopf in Richtung des Jüngeren. »Dies ist Polizeimeister Süleyman.«

Şimon nahm Süleymans Anwesenheit mit einer leichten Verbeugung zur Kenntnis und führte die Männer in sein Büro.

»Bitte nehmen Sie Platz, meine Herren«, sagte er und ging durch das Zimmer zum Samowar. »Möchten Sie etwas Tee?«

Nachdem er sich gesetzt hatte, sah İkmen den silbernen Samowar in der Ecke, was ihm ein Lächeln entlockte. Solche alten, die noch mit Kohle geheizt wurden wie der des Rabbi, waren in Istanbul im Zeitalter der Teebeutel selten geworden.

»Was für ein wunderbarer alter Samowar!«

Der Rabbi wandte sich ihm zu. »Dieser hier?«

»Ja«, antwortete İkmen. »Versetzt mich direkt in meine Kindheit zurück. Unser ganzes Haus drehte sich um eines dieser Dinger. Meine Mutter hat ständig an ihm herumhantiert, Wasser nachgefüllt, Kohle nachgelegt. Es war der Mittelpunkt des alten türkischen Lebens.« Er stand auf und ging näher heran, um ihn sich anzusehen. Der Samowar zischte leise und der Rabbi drehte sich zu dem Polizisten um und kicherte.

»Erinnern Sie sich noch an dieses Geräusch, Inspektor?«

»Das tue ich. Ein angenehmes Geräusch.«

Sie lächelten einander an und genossen diesen Moment, da sie eine Kindheitserinnerung teilten. Manchmal war es für İkmen schwierig, sich daran zu erinnern, dass er einmal jung gewesen war. Fünfundzwanzig Jahre drückender Verantwortung hatten ihren Tribut gefordert. Und trotzdem fragte er sich manchmal, wie er so schnell hatte alt werden können.

Er nahm wieder Platz und der Rabbi füllte drei kleine Tulpengläser mit der dampfenden, goldenen Flüssigkeit. Auch Şimon dachte, immer wenn er den Samowar benutzte, an seine Mutter. Er gedachte der Art, wie sie stets die Ärmel hochrollte, ehe sie aus der Teekanne ausschenkte. Es waren dies die einzigen Gelegenheiten gewesen, bei denen sie die Nummer bloßlegte, die in ihr Handgelenk eintätowiert war, 17564. Sie war nun schon lange tot, aber diese Zahl lebte immer noch und war in Şimons Gedächtnis eingegraben, als hätte man sie mit einem Diamanten in Glas eingraviert. Es war eine so lange Zahl gewesen.

Şimon reichte den Gästen den Tee und setzte sich an seinen Schreibtisch.

Er seufzte. »Nun, meine Herren, es geht um Leonid Meyer. Wie kann ich Ihnen helfen?«

»Wir brauchen mehr Hintergrundinformationen«, sagte İkmen. »Wir wissen sehr wenig über diesen Herrn. Bis jetzt hat sich noch kein Angehöriger gemeldet. Bitte sagen Sie uns alles, was Sie wissen.«

Der Rabbi nahm einen Schluck aus seinem Glas und setzte es wieder auf dem Schreibtisch ab. »Nun, wie Sie ja schon wissen, war Leonid Meyer Russe. Er kam 1918 hierher, direkt nach der Revolution. Wie meine eigenen Eltern fand er es recht schwierig, sich in die Gemeinschaft zu integrieren. Er konnte sich nie mit dem Ladino, dieser spanisch-jüdischen Sprache, anfreunden, war meines Wissens nie verheiratet und neigte, falls er überhaupt mit jemandem Kontakt hatte, dazu, seine Freundschaften auf den Kreis der anderen Emigranten zu beschränken. Ich spreche selber Russisch und so war es als einziger Aschkenasim-Rabbi dieses Viertels unvermeidlich, dass ich mich um Leonids seelische Bedürfnisse kümmerte.«

»War er ein religiöser Mensch?«

Şimon lächelte. »Nein, Inspektor. Um ehrlich zu sein, war ich mehr Leonids Psychiater als sein Rabbi. Er war alt, trank zu viel und brauchte einfach ab und zu jemanden, mit dem er reden konnte. Es ging ihm um meine sprachlichen Fähigkeiten, nicht um meinen Glauben.«

»Ich verstehe.«

»Leonid Meyer war kein glücklicher Mensch. Aus einem seltsamen Grund wollte er zurück nach Russland. Hier wurde er nie heimisch. Ich hab es nie geschafft herauszubekommen, ob er noch Verwandte in der Sowjetunion hatte, und ich weiß bis heute nicht, ob er hier welche hat. Jedenfalls schien es da auch noch eine bestimmte, nicht ganz erledigte Angelegenheit zu geben, aber ganz ehrlich, Inspektor, er war immer so betrunken, dass ich oft nur schwer verstehen konnte, was er überhaupt sagte.«

Süleyman zog ein Notizbuch und einen Stift aus der Tasche und begann mitzuschreiben. »Können Sie sich jemanden denken, der den Herrn besonders wenig mochte?«, fragte er den Rabbi.

Şimon dachte still einige Sekunden nach. »Nein. Nicht wirklich. Öfter hat der eine oder andere seiner Nachbarn sich über ihn beim Vermieter beschwert – wenn er betrunken war und wieder mal herumbrüllte. Dann warf er mit Sachen um sich, fluchte und weinte sogar.«

İkmen holte Zigarette und Feuerzeug heraus und legte sie auf den Tisch des Geistlichen. »Macht es Ihnen etwas aus, wenn ich rauche?«

»Nein, ganz und gar nicht.«

»Haben Sie irgendeine Vorstellung, warum er so tobte und weinte?«, fragte Süleyman.

Der Rabbi schob İkmen einen schmutzigen Aschenbecher zu. »Ja und nein.« Er hielt inne. »Soweit ich das sagen kann, rührte das alles aus der Zeit her, ehe er nach Balat kam.«

İkmen bot dem Rabbi eine Zigarette an. »Sie meinen, als er noch in Russland lebte?«

Der Rabbi nahm die Zigarette und entzündete sie. »Das glaube ich, ja. Es war irgendeine Art von Gewalt im Spiel. Seltsam, wenn man den Hintergrund bedenkt, dem Leonid entstammt und der sowohl verarmt als auch jüdisch war. Ich meine keine Gewalt, die ihm zugefügt wurde, sondern Gewalttaten, die er selbst verübt hat.«

»Oh?«

»Es wurden ein paar Menschen umgebracht. Oder besser: Leonid und noch andere – wer, weiß ich nicht – haben ein paar Leute getötet. Wenn man die Gewalt bedenkt, die zu jener unruhigen Zeit geherrscht hat, ist es ganz nahe liegend. Aber wer genau Leonids Opfer waren, warum sie getötet wurden und wann und wie alles geschah, weiß ich wirklich nicht.«

İkmen seufzte leicht und runzelte die Stirn. »Ich nehme nicht an, dass er jemals geäußert hat, ob diese Ereignisse mit den allgemeinen Unruhen im damaligen Russland zusammenhingen oder nicht.«

»Sie meinen die Revolution?« Der Rabbi lächelte. »Nein, Inspektor, das hat er nicht. Ich nehme an, dass es so gewesen ist, aber wenn man bedenkt, dass Leonid ein armer Jude war, können diese Ereignisse schlicht und einfach mit seinem täglichen – ein besseres Wort fällt mir nicht ein – Kampf ums Überleben zu tun gehabt haben.«

Süleyman sah von seinem Notizblock auf. »Fällt Ihnen noch jemand ein, der Herrn Meyers Vergangenheit kennen könnte?«

»Vielleicht als Einzige Sara Blatsky. Sie ist eine ältere russische Dame, die eine wenn auch manchmal schwierige Freundschaft zu Leonid unterhielt. Es könnte sich für Sie lohnen, mit ihr zu reden. Ich bin überzeugt, dass sie kooperativ ist.«

»Ja«, antwortete İkmen. »Wir haben vor, Frau Blatsky und auch Maria Gulcu drüben in Beyoğlu zu besuchen, außerdem eine Firma namens Şeker Textilien. All diese Namen und Adressen – wie Ihre ja auch – haben wir in einem Notizbuch gefunden, das dem Verstorbenen gehörte.«

»Ich verstehe.«

»Sie kennen Maria Gulcu oder die Textilfirma Şeker vermutlich nicht?«

Der Geistliche drückte seine Zigarette im Aschenbecher aus und lehnte sich in seinem Stuhl zurück. »Maria Gulcu ist mir nicht bekannt. Ich erinnere mich nicht, dass Leonid jemals über eine solche Person gesprochen hat, obwohl das natürlich nicht heißt, dass er es nicht getan hätte. Aber von der Textilfirma Şeker weiß ich.«

»Ach ja?«

Süleyman bereitete sich mit gezücktem Stift darauf vor, alle wichtigen Einzelheiten zu notieren.

»Bei dieser Textilfirma Şeker«, sagte der Rabbi, »war Leonid seit der Zeit, als er in dieses Land kam, bis irgendwann in den 40er Jahren angestellt.«

»Sie wissen nicht zufällig, welche Aufgabe er dort hatte?«

Şimon runzelte kurz die Stirn bei dem Versuch, sich zu erinnern. »Er war Baumwollpacker. Das heißt, er rollte den Stoff zu Bündeln und packte ihn in Säcke und Kartons. Nicht gerade die Tätigkeit, die ich mir für Leonid vorstellen konnte, so wie ich ihn kennen gelernt habe. Seine Hände waren ganz übel dran, irgendwie verbogen, vielleicht Arthritis. Ich weiß es nicht wirklich und habe auch nie nachgefragt. Aber wie auch immer, er mochte den Job offenbar ganz gerne, hat sich aber mit dem Besitzer der Firma wegen irgendwas zerstritten. Ich vermute, wegen seiner Trinkerei. Obwohl es auch wegen anderer Dinge passiert sein könnte, wenn man bedenkt, wer der Besitzer war oder vielmehr ist.«

İkmen sah den Rabbi fragend an.

»Die Şeker Textilien gehört einem Mann namens Reinhold Smits. Wie Sie vielleicht aus seinem Namen ersehen können, hatte er einen deutschen Vater. Ich glaube, einen von denen, die nach dem Krieg 1914–18 hierher gekommen sind. Jedenfalls sagt man – und ich betone, dass ich dies nur aus Erzählungen weiß –, dass Reinhold Smits ziemlich lautstark herausposaunte, wie er in den 40er Jahren die Nazis unterstützt hat.«

İkmen blickte zu Süleyman, der alles haarklein mitschrieb. »Stimmt das wirklich?«

»So erzählt man es hier.« Rabbi Şimon griff in seinen Schreibtisch und holte eine Schachtel Zigaretten heraus. »Und wenn es stimmt, könnte es erklären, warum man Leonid damals die Kündigung nahe gelegt hat. Für einen Juden konnte es in einer Firma, die von jemandem mit solchen Ansichten geleitet wurde, keinen Platz geben.« Er öffnete die Zigarettenschachtel, schüttelte eine heraus und bot sie İkmen an. »Zigarette?«

»Danke.« Ehe er sie anzündete, klopfte er dieses Röhrchen voller Tabak sanft auf die Tischplatte. »Sie sagen, dass Şeker Textilien immer noch Smits gehört?«

»Soweit ich weiß. Obwohl ich wirklich nicht glaube, dass Leonid seit seinem Abschied noch irgendwelche Kontakte zu der Firma hatte, jedenfalls hat er nie etwas davon gesagt.«

»Aber trotzdem«, sagte İkmen, »steht fünfzig Jahre später immer noch die Adresse dieser Firma in seinem Notizbuch.«

Der Rabbi zuckte die Achseln. »Ich habe keine Ahnung, wieso das so ist, tut mir Leid. Soviel ich weiß, hat er seit irgendwann in den 40er Jahren nichts mehr mit denen zu tun.« Er lächelte beschämt und nervös. »Was ich damit andeuten will: Ich halte es, sagen wir mal, nicht für sehr wahrscheinlich, dass Herr Smits etwas mit Leonids Tod zu tun hat. Ich halte es sogar für sehr unwahrscheinlich.«

Mit einer schnellen Handbewegung beförderte İkmen die Zigarette in seinen Mund und zündete sie an. »Ja. Ich verstehe, was Sie da sagen, Rabbi. Mmm.«

Ein kurzer spannungsgeladener Moment folgte, den Süleyman zwar nicht verstand, den er aber abkürzen wollte.

»Wissen Sie denn«, fragte er, »was Meyer gemacht hat, nachdem er Şeker verlassen hat?«

»Soviel ich weiß«, gab der Rabbi zurück, »hat Leonid danach nie mehr gearbeitet.«

İkmen und Süleyman sahen einander mit leichter Verwirrung an, was dem Rabbi auffiel.

»Dass Leonid keine merklichen finanziellen Probleme hatte«, fuhr er fort, »war mir immer ein Rätsel. Vielleicht hat er die ganze Zeit irgendeine Pension oder Rente erhalten, aber ich habe ihn nie von so etwas sprechen hören.«

»War er denn, soweit Sie wissen, Rabbi, mit der Miete im Rückstand?«, fragte İkmen.

»Nein, das Gegenteil war der Fall. Herr Dilaver, sein Vermieter, war deswegen sogar sehr gut dran. Leonid war oft wütend und auch fast durchgehend betrunken und sein manchmal unaufhörliches Weinen und Schreien gab vielen seiner Nachbarn gute Gründe, sich zu beschweren. Außerdem hatte Leonid die Gewohnheit, seine kleine Wohnung mit den heruntergekommensten Gestalten zu bevölkern, zu denen auch, wie ich sagen muss, die unglückliche Leah Delmonte gehört. Aber solange er die Miete rechtzeitig bezahlte, hatte Herr Dilaver wirklich keinen Grund, ihn aus der Wohnung zu werfen.« Wieder lächelte der Rabbi. »Außerdem sind diejenigen, die ihre Miete rechtzeitig bezahlen, hier sehr selten, und vom finanziellen Standpunkt aus betrachtet, hätte der Vermieter sich keinen besseren Mieter wünschen können.«

»Hatte das Weinen und Schreien fast immer etwas mit seiner Vergangenheit zu tun?«

Der Rabbi seufzte. »Ja. Sie schien ihn zu quälen und manchmal, wenn er vollständig betrunken war, hat er sich wohl auch dorthin zurückversetzt gefühlt, wenn Sie wissen, was ich meine.«

»Ja.«

An beide Polizisten gewandt, fuhr der Rabbi fort: »Welche Haltung man auch immer zur göttlichen Vergeltung einnehmen mag, so kann ich mir doch nicht vorstellen, dass irgendjemand wirklich glücklich ist, wenn er einem anderen das Leben genommen hat. Hätte sich Leonid damit wohl gefühlt, dann wäre er in Russland geblieben, oder nicht? Immerhin sah es für die Juden kurz nach der Revolution dort drüben besser als jemals aus – wenigstens kurzfristig.«

»Ja.« İkmen sah schnell zu Süleyman und wandte sich wieder dem Rabbi zu. »Können Sie uns sonst noch irgendetwas sagen?«

»Nein, ich glaube nicht. Leonid hat mit Ausnahme dieses einzigen Mals nicht viel von sich erzählt. Meist war es ziemlich triviales Zeug: Er hat über die Preise gemeckert, über die lauten Nachbarskinder, seine Schmerzen und Sorgen und dergleichen mehr. Ich habe ja schon gesagt, dass er niemals über sein Geld sprach, deshalb tut es mir Leid, dass ich Ihnen nicht sagen kann, woher er es hatte.« Er blickte auf seinen Schreibtisch und senkte die Stimme. »Die Leute hier haben jetzt sehr viel Angst, Inspektor.«

»Das kann ich mir vorstellen.«

»Auch auf das Risiko hin, Sie zu beleidigen: Ich glaube nicht, dass Sie das können.« Der Rabbi führte seine Hand zum Gesicht und kratzte sich am Bart. »Die meisten Menschen hier haben nie wirklichen Antisemitismus erlebt. Das ist das Verdienst Ihres Volkes, aber …«

»Ich danke Ihnen.«

»Meine beiden Eltern waren in Dachau. Wie sie überlebt haben, kann ich mir nicht vorstellen. Aber durch sie und ihre Erfahrung sowie die Erfahrungen meiner eigenen kleinen Herde von Aschkenasim-Juden habe ich doch eine Vorstellung davon, was Antisemitismus sein kann, wenn er außer Kontrolle gerät. Die meisten der armen kleinen Sepharden hier haben Angst, aber unbewusst. Ich sehe, was in anderen Teilen Europas zum Vorschein kommt und passiert, und ich weiß wirklich nicht, was man dagegen tun soll. Teilweise konnten die Deutschen das, was sie getan haben, uns antun, weil wir zu vertrauensselig waren.

Wir waren nicht vorbereitet.« Er sah İkmen in die Augen. »Ist das Ihrer Meinung nach, Inspektor, ein Problem, das auch hier immer größer wird? Bitte seien Sie ehrlich.«

İkmen zündete sich eine weitere Zigarette an und rollte eine zweite zum Rabbi hinüber. »Nun ja.« Er machte eine kleine Pause. »Was soll ich sagen? Hier gibt es – und hat es immer gegeben – ein paar Elemente, die andere ohne Grund diskriminieren. Ich würde den Juden in Balat einen schlechten Dienst erweisen, wenn ich Ihnen sagte, sie brauchten nicht wachsam sein. Wie Sie wohl schon bemerkt haben, haben wir die Zahl unserer Patrouillen in diesem Viertel erhöht. Aber Sie wollen meine ehrliche Meinung hören?« İkmens Gesichtsausdruck wurde ernst. »Ich glaube, dass eine Einzelperson Leonid Meyer umgebracht hat. Ein tief verstörter Mensch mit einem sehr persönlichen, krankhaften Motiv.«

»Aber das Hakenkreuz.«

»O ja, ich gestehe Ihnen zu, dass, wer immer es war, auf Juden keine Rücksicht nimmt, aber ich denke auch, dass das noch nicht alles ist. Die Art, wie er ihn umgebracht hat, war sehr ungewöhnlich, es konnte nur er gewesen sein und es musste so passieren. Ich persönlich denke, dass es ein ganz bestimmtes Motiv gab. Es war eine persönliche, gegen Leonid Meyer gerichtete Tat. Es kann sich durchaus erweisen, dass ich falsch liege, aber …«

»Sie sagen also, dass Sie nicht glauben, es stecke irgendeine Bewegung oder Organisation dahinter?«

»Ich weiß es natürlich nicht mit Sicherheit, aber ich glaube es nicht. Trotzdem werde ich sehr bald mit diesem Smits reden. Ich habe keinerlei Informationen über das Aufkommen irgendwelcher antisemitischen Stimmungen in dieser Stadt. Aber eine solche Möglichkeit wird auf viel höherer Ebene als meiner eigenen sehr ernst genommen. Die Nachrichtendienste sind auf der Hut. Wenn man die Sache vom egoistischen Standpunkt aus betrachtet, muss man sich daran erinnern, dass Israel in dieser Region einer unserer Verbündeten ist.«

»Natürlich.«

İkmen erhob sich. »Wir sollten Ihre Zeit nicht länger in Anspruch nehmen, Rabbi.«

Auch Şimon erhob sich und bot İkmen die Hand.

»Machen Sie sich deshalb keine Sorgen. Es ist sehr gut, dass Sie sich die Zeit nehmen und sich so gut versichern.«

Die beiden Männer schüttelten einander die Hände. Süleyman steckte sein Notizbuch und den Stift weg und schloss sich seinem Chef an. »Auf Wiedersehen, Rabbi Şimon.«

»Auf Wiedersehen, Sergeant.«

Er führte die beiden Polizisten in den Flur und schloss ihnen die Tür auf.

»Ich halte Sie auf dem Laufenden«, sagte İkmen, als er hinausging.

»Vielen Dank.«

Süleyman trat hinaus ins Sonnenlicht und zog die Sonnenbrille aus der Tasche. Der Rabbi wollte gerade wieder ins Haus gehen, als İkmen ihn aufhielt.

»Rabbi?« Seine Miene war wissend, aber irgendwie schockiert, als wäre ihm soeben ein beängstigender Gedanke gekommen.

»Ja?« Die Stimme des Rabbis klang Anteil nehmend. Der kleine Inspektor sah mit einem Mal fast krank aus.

Es war für İkmen keine leichte Frage, aber er stellte sie trotzdem. »Wie fühlen Sie sich, wenn Sie ein Hakenkreuz sehen?«

Das Gesicht des Rabbis wurde bleich und er seufzte. »Oh.« Er suchte nach einer Art, wie er sein Gefühl logisch und verständlich beschreiben konnte, ohne sich dabei allzu emotional anzuhören. Er wollte, dass der Inspektor ihn verstünde, aber freundliche und leidenschaftslose Worte mochten ihm trotzdem nicht über die Lippen kommen. »Heimgesucht, Inspektor. Als ob ich mit einem Geist in einem Käfig eingesperrt wäre und weiß, dass ich niemals frei kommen könnte.«

Die beiden Männer sahen einander an und zu seiner Überraschung bemerkte der Rabbi, dass der Inspektor ihn verstanden hatte. Er war immer froh, wenn ein anderer, ein Nichtjude, endlich begriff. Jedes Mal, wenn Derartiges geschah, bedeutete es auch, dass Nummer 17564 wieder ein kleines Stückchen weiter in der Vergangenheit verschwand.

»Was gedenkst du heute Abend für unseren Besuch zu kochen?«

Anya Gulcu sah von ihrem Buch auf. Ein großer, bärtiger Mann hatte den Salon betreten und ging schnurstracks auf die Chaiselongue zu, auf der sie lag. Trotz seines fortgeschrittenen Alters ging er sehr entschlossen und seine Haltung war aufrecht und stolz. Sie musste sich eingestehen, dass im Vergleich die Jahre zu ihr bei weitem nicht so freundlich gewesen waren. Dünn, verbraucht, das Haar strähnig, unordentlich und grau, hatte Anya seit langem den Kampf mit ihrem verfallenden Äußeren aufgegeben. Sie runzelte die Stirn, als der Mann näher kam, und legte ihr Buch auf den kleinen Wohnzimmertisch vor ihr.

»Was würdest du denn vorschlagen, Nicholas?«, fragte sie steif.

Er setzte sich in einen ramponierten Ohrensessel, der am Kopfende der Chaiselongue stand, und kreuzte die Hände im Schoß. »Er ist doch Engländer, oder?«

»Ja.« Sie glättete mit der Hand den langen Rock ihres steifen Spitzenkleids. Ihr Mund zuckte nervös, während sie wartete, dass er weiterredete.

»Es sollte also nicht zu schwierig sein. Hast du schon Mama befragt?«

Ihre Stimme bebte. »Äh, nein. Sie wird sowieso nicht kommen, und angesichts der … Umstände, dachte ich, es wäre besser, sie nicht damit zu belästigen.«

Nicholas seufzte. Mit einem Mal sah sein Gesicht müde und resigniert aus. »Ach ja, natürlich. Weißt du übrigens von dem Brief, den sie heute erhalten hat? Du weißt noch nicht, was ...«

»Nein, nein!« Anya schwang ihre Beine auf den Boden und setzte sich nervös an den Rand der Chaiselongue. Zittrig hob sie die winzigen Hände ans Gesicht. »Was sollen wir nun tun, Nicky?«

Er beugte sich vor und sah sie ernst, aber nicht unfreundlich an, dann nahm er ihre Hände in seine und zog sie sanft von ihrem Gesicht weg. Es war klar, dass ihre Nervosität ihn irritierte, was er aber zu verbergen suchte. Er liebte sie.

»Wir werden ganz ruhig bleiben, Anya. Wir werden ganz nüchtern und klar denken und so weitermachen wie immer. Und wenn wir schon davon reden ...« Er blickte an ihrem kunstvollen, kirschrot-goldenen Kasack hinab und meinte stirnrunzelnd: »Ich glaube nicht, dass diese Sachen heute Abend sehr passend sind, oder?«

»Warum nicht?«

Er schürzte die Lippen. Diesmal zeigte er seine Ungeduld offen. Warum musste man ihr immer alles erklären! »Überleg doch mal, Anya! Mr. Robert ist ein Fremder, was immer er auch sonst ist. Er wird es nicht verstehen. Wir wollen ihn doch nicht beunruhigen, oder? Was hier in diesem Haus vorgeht, wenn er nicht da ist, geht ihn doch nichts an, oder?« Er wandte den Blick von ihr weg und sah zur Tür hin und weiter zur Treppe. »Es gibt doch keinen Grund, ihn mit belanglosen Kleinigkeiten zu belästigen.«

»Ja, natürlich, du hast ganz Recht. Tut mir Leid, Nicky.«

Er erhob sich von seinem Stuhl, ging zum großen Erkerfenster und blickte auf die Straße hinunter, wobei gleißendes gelbes Sonnenlicht sein Profil bestrahlte. Er konnte sie einfach nicht ansehen, wenn sie sich so zurücknahm und sich entschuldigte. Schon als Kind hatte ihn genau diese Art an ihr gestört.

So wurde sie immer dann, wenn sie sich ängstigte, wenn sie wollte, dass ein anderer die Verantwortung übernahm oder für sie dachte.

»Ich werde Lammfleisch kaufen, dazu Kartoffeln und Reis«, gab er entschlossen von sich. »Du kannst das Fleisch und die Kartoffeln braten; die Engländer lieben so etwas.« Er sah sie wieder an. »Hast du noch Salat im Haus?«

»Ja.«

»Dann mach den dazu.« Er hielt inne. Ihre Augen waren niedergeschlagen. »Das kannst du doch, Anya, oder?« Er hatte sich nicht ganz so garstig anhören wollen, aber er wusste, dass es so geklungen hatte, und sofort tadelte er sich dafür.

»Ja.« Mit einem Male sah sie voller Panik auf. »Nicky, ehrlich gesagt weiß ich nicht, wie ich das machen soll!« Ihre Lippen bebten und sie war den Tränen nahe.

Er schloss die Augen und warf mit einem Ausdruck der Verzweiflung die Arme hoch. »Du musst aber, Anya. Es ist doch wegen Natalia, weißt du nicht? Deine Tochter?«

»Aber ...«

Seine Ungeduld mit ihr behielt am Ende die Oberhand. »Um Himmels willen, Anya! Du weißt doch, was du tun sollst, oder? Sind wir nicht alles oft genug wegen dir durchgegangen? Der Mann ist ein Besucher, und nicht mal ein besonderer; das ist schon alles! Es kann doch unmöglich etwas schief gehen.«

Sie bewegte ihr Haupt ganz leicht, als würde sie zustimmen, aber ihre Augen waren feucht und ihre Hände umklammerten krampfhaft ihr Oberteil.

Es war Mittagszeit, die Sonne stand in ihrem Zenit und strahlte heiß, umbarmherzig und lähmend. In der Wohnung aber war es dunkel. Dicke, violette Vorhänge waren dicht vor die Fenster gezogen, das unnatürliche Licht einer Öllampe glühte schwach in der Dunkelheit.

Die Wohnung war voll in Violett, Gold und in nachtschwarzem Mahagoni möbliert. Schweres Mobiliar, von jahrelangem Gebrauch gezeichnet.

Mitten im Raum und ihn beherrschend stand ein Bett. Sein Fußende war lang und lief spitz zu, es sah aus wie der Bug eines Schiffs. Geschnitzte und vergoldete Wellen entsprangen sowohl diesem Bug als auch dem Kopfteil. Der Kopfteil reichte fast bis zur Decke und hatte eine Halterung für die meterlangen fliederfarbenen Tüllvorhänge, die steif und vom Alter spröde geworden auf die Kissen und den Boden herabhingen. Ebenso großzügig breit wie lang, war das Bett selbst mit einer lila Brokattagesdecke bedeckt, deren Ränder fast den Boden berührten und von Mäusen zerfranst und beschmutzt waren.

Auf der Tagesdecke ruhte, auf der Seite liegend, der Körper einer Frau. Ein bodenlanges fliederfarbenes Gewand umhüllte ihren dünnen Körper und ein Schleier dichten, grauen Haares bedeckte ihre Schultern und den oberen Teil ihres Gesichts. Obwohl sie ruhte, atmete sie schwer. Ihr Atem pfiff, ihre Lungen rasselten und gaben, wenn sie ausatmete, Schleimgeräusche von sich. Ihre Hände voller Altersflecken und mit einer Haut wie Krepppapier hielten die Decke unter ihr fest umklammert, wobei sie im Atemrhythmus den Griff anzogen und lockerten.

Draußen, in der Stadt, jenseits der roten Vorhänge, riefen wohl tausend Muezzins die Gläubigen zum Mittagsgebet. »Es gibt keinen Gott außer Allah und Mohammed ist sein Prophet …«

Die Frau auf dem Bett bewegte sich. Eine Sekunde lang stockte ihr Atem und wurde wie ein Gefangener in ihrer Kehle zurückgehalten. Ihr Gesicht spannte sich an, als sie zu erinnern versuchte, was eigentlich ein Reflex hätte sein sollen. Sie klappte diesen Abschnitt ihres Lebens zurück und betrachtete dessen Alternative. Ganz tief in der Kehle machte es einen erstickten Laut. Dann entspannten sich ihre Muskeln wieder und der Atem strömte aus ihr. Ihre Hände fassten noch einmal den

Bettüberwurf, ließen ihn los und schließlich öffnete sie die Augen.

Durch das Gitter ihrer trockenen Haare übersah Maria Gulcu ihr Reich. Kommode, Tisch, Waschbecken, Bilder an der Wand – nichts hatte sich geändert. Sie musste gar nicht erst hinschauen, sie wusste es. Eine Ikone ganz oben links in der Ecke, zwei Sessel mit Goldbrokat am Fenster, das Fotoalbum auf dem Kartentisch an der Tür. Alles an seinem Platz, wie es sein sollte. Na ja, fast alles. Was stimmte nicht?

In ihrem Hinterkopf war noch etwas. Eine Sorge, ein Gefühl der Angst. Weshalb? Es war erst kürzlich geschehen – genau das war das Problem. Je näher sie einem Ereignis war, desto schneller schwand es aus ihrem Gedächtnis. Vor zehn, zwanzig, siebzig Jahren – ach ja, siebzig oder besser noch vierundsiebzig Jahren, das war leicht. Sie zählte mit. Gerade einen Atemzug war es entfernt.

Jede Sekunde erinnert, festgehalten, sicher und für immer verstaut. Gesichter: einige brutal, einige auf unbegreifliche Weise geliebt. Und ein Mädchen. Ein Mädchen mit tiefblauen Augen und langem kastanienbraunen Haar, kurz davor, eine Frau zu sein. Wie die anderen – und doch nicht wie die anderen. Sie konnte das Mädchen sehen, sie ganz nach Wunsch aufrufen. Auch an die anderen heranzukommen wurde mit den Jahren leichter. Maria wusste, warum, und es war ihr recht. Die Zeit steigerte ihr Tempo. Brutal. Sie hasste die Zeit. Sie hatte zu viel davon. Jetzt, da sie sie nicht brauchte, hatte sie zu viel davon. Und dann …

Aber was war gestern gewesen?

Langsam drehte sie sich auf den Rücken und starrte an die Decke. Während der letzten fünf Jahre hatte ihr Augenlicht beständig nachgelassen. Es war ein Muster an der Decke, wie sie noch gut erinnerte, aber sie sah alles nur verschwommen. Sie schob die unerwünschte Erinnerung an die Deckentapete aus ihrem Gedächtnis und drehte sich wieder auf die Seite. Was war es nur?

Und dann sah sie den Brief. Eine dicht gedrängte Schrift auf parfümiertem rosa Papier. So typisch. Ach ja. Ach ja. Es war jemand, der nicht am richtigen Ort war, nicht etwas. In der Besetzungsliste ihres Lebens gab es eine Lücke. Ihre Augen füllten sich mit Tränen. Langsam bildeten sich die Verbindungen in ihrem Geist aus, als der Alptraum von neulich wiederkehrte. Sie strich sich das Haar aus dem Gesicht und suchte in der Tasche ihres Kleides nach einem Taschentuch. Tränen, salzig und in den Falten ihres Gesichts gefangen, brannten ihr auf der Haut.

Wie hatte sie es nur vergessen können? Sie betupfte ihre Augen mit einem Zipfel ihres Taschentuchs und trocknete ihre schlaffen Wangen. Sie hatte sich nur einen Moment abgewandt und nun war er fort.

Die beiden Männer gingen schweigend zurück zu ihren Autos. Obwohl die verdächtigen, fast schon feindlichen Blicke, die ihnen von den Einwohnern dieses Bezirks entgegengebracht wurden, zum Teil für ihr Schweigen verantwortlich waren, gab es noch einen weiteren Grund. Ungewöhnlicherweise war es Süleyman, der diesmal diesen letzten, bislang unausgesprochenen Punkt beim Namen nannte.

»Mir kam es vor«, sagte er, wobei die Tatsache, dass er weitaus größer als İkmen war, ihn fast über dessen Kopf hinweg zu reden zwang, »als ob Rabbi Şimon ein wenig nervös gewesen wäre, als er von diesem Smits redete.«

İkmen nahm einen tiefen Zug von seiner vermutlich fünfzehnten Zigarette dieses Tages. »Na ja, muss er wohl auch.«

»Wie das?«

»Er ist doch Jude, oder etwa nicht?«

»Ja.« Die vollständige Verwirrung auf dem Gesicht seines Stellvertreters ärgerte İkmen einen kurzen Moment lang in übertriebenem Maße. »Wenn Sie auf die Angelegenheit mehr als nur einen flüchtigen Gedanken verschwenden würden, Süleyman, dann kämen Sie auch drauf.« Er hielt an, um ihm ins Gesicht zu sehen, wobei er einen forschenden und, wie Süleyman fast schon meinen wollte, leidenschaftlichen Blick hatte. »Die Eltern dieses Mannes haben den ganzen Schrecken der Konzentrationslager miterlebt. Er weiß besser als die allermeisten, was der Antisemitismus angerichtet hat und anrichten kann.«

»Aber dieses Land war doch nicht am Krieg beteiligt, wir waren neutral und ...«

»Und weil wir neutral waren, Süleyman, konnten Leute wie Reinhold Smits ihre unheilvollen Ansichten ungehindert verbreiten.« Er hob die Hand mit der Zigarette vor Süleymans Gesicht und hielt seine gekrümmten Finger fast in die Augen des jungen Mannes. »Wir mögen vielleicht für eine sehr lange Zeit Frieden mit unserer eigenen jüdischen Bevölkerung gehabt haben, aber wenn ein Jude eine Anklage gegen einen türkischen Mitbürger vorbringt, sei er auch deutscher Abstammung, dann ist das eine sehr ernste Sache. Nicht, weil der Jude notwendigerweise für zu leicht befunden wird, sondern weil er seiner eigenen Meinung nach im Nachteil ist. Genau das will Rabbi Şimon um jeden Preis vermeiden und deshalb dürfen wir, wenn wir Smits befragen gehen, in keiner Weise auf seine Verdächtigungen anspielen.«

»Aber wie ...«

»Alles, was wir sagen müssen, Süleyman, ist, dass wir die Adresse der Textilfirma Şeker aus dem Adressbuch des alten Mannes haben, und dann lassen wir Smits von sich und seiner Verwicklung in die Sache reden. Wie ich vorhin schon gesagt habe, und mit allem Respekt vor den Gefühlen des guten Rabbi: Ich glaube nicht, dass noch viel aus einem fünfzig Jahre alten Fall von Rassendiskriminierung herauszuholen ist. Es sei denn, es wäre noch ein weiteres Element mit im Spiel ...«

»Nämlich?«

İkmen ging weiter und warf seinen Zigarettenstummel unterwegs weg. »Zum Beispiel der Grund, warum Meyer noch nach fünfzig Jahren Informationen über seinen früheren Arbeitgeber aufbewahrte.« Achselzuckend spekulierte İkmen weiter. »Vielleicht hat Meyer ja Smits Frau in den letzten zehn Jahren gebumst – wer weiß!«

Obwohl İkmen so klein war, fand Süleyman es nicht gerade leicht, mit ihm mitzuhalten, wenn er so angespannt und aufgeregt war. Fast musste Süleyman laufen, um mit ihm Schritt halten zu können, und fragte atemlos: »Das meinten Sie also, als Sie gesagt haben, dass der Mord vielleicht aus persönlichen Gründen geschah?«

»Kann sein. Kann schon sein.«

»Aber ...«

Als sie İkmens Wagen erreicht hatten, der wegen seines Alters sogar von den bescheidensten Autos rundherum deutlich abstach, hielten sie noch einmal inne. Als İkmen nun redete, wandte er sich auf ziemlich merkwürdige Weise in Richtung Boden. Erst später sollte Süleyman darauf kommen, was das zu bedeuten hatte.

»Wie ich vorhin schon sagte, Süleyman, ist es gegenwärtig meine feste Überzeugung, dass, wer immer Leonid Meyer umgebracht hat, dies aus persönlichen Gründen getan hat. Wenn der Mörder irgendeinen alten Juden nur um des Tötens willen hätte umbringen wollen, hätte er einfach ein Kissen auf das Gesicht des alten Mannes gedrückt und das wär's gewesen. Der ganze Aufwand mit der Säure – in die Wohnung hinaufbringen und wieder mitnehmen, das Risiko, dass der alte Mann schreit, die Gefahr des ganzen Unternehmens – all das hat mich zu der Überzeugung gebracht, dass die Methode selbst der Schlüssel ist. Wenn wir herauskriegen, warum Meyer auf diese Art getötet wurde und aus welchem Grund, müssten wir meiner Meinung nach verhältnismäßig leicht in der Lage sein herauszufinden, wer es war.« Er lächelte. »Und deshalb möchte ich, dass Sie, wenn Sie wieder auf dem Revier sind, sich sofort an die Arbeit machen und rauszukriegen versuchen, wer die anderen heruntergekommenen Gestalten sind, von denen der Rabbi gesprochen hat. Wenn Sie es außerdem noch hinkriegen, dass wir zu Şeker Textilien gehen können, wäre das auch sehr gut.«

»Ich fange sofort damit an.«

İkmen öffnete die wie üblich unverschlossene Tür seines Wagens und glitt auf den Fahrersitz. »Ich fahre zum Krankenhaus und versuche diese Frau Delmonte zu sprechen. Wir sehen uns später.«

»In Ordnung.«

Als İkmen sich in den Straßenverkehr einordnete, kam es Süleyman in den Sinn, dass sein Chef ihm aus dem Grund nicht in die Augen hatte sehen mögen, weil er verlegen gewesen war. Auch wenn İkmen das Gegenteil behauptete, war etwas Scheußliches und – noch viel wichtiger – Rassistisches in seinem Fleckchen Erde, in seiner Stadt vorgefallen. İkmen war beschämt und zugleich verstört. Mit dem Rabbi zu sprechen musste, wie Süleyman dachte, ziemlich unangenehm für ihn gewesen sein.

# Kapitel 5

Beyoğlu ist ein Stadtviertel mit großen Gegensätzen. Als die Türkei noch ein Imperium war, war Beyoğlu das Diplomaten- und Handelszentrum, und zwar nicht allein von İstanbul, sondern von der gesamten Osmanischen Welt. Die Großmächte des Viktorianischen Zeitalters – Russland, Großbritannien, Frankreich und Deutschland – errichteten in diesem Viertel imposante und elegante Botschaften. Hotels, Kirchen, Läden und Konzerthallen schossen aus dem Boden, Unterhaltung und Luxus für Diplomaten und Berater weit von der zivilisierten und christlichen Welt Westeuropas entfernt.

Die Türkei, der bankrotte »kranke Mann«, umwarb den gesamten Kontinent sehr geschickt und blieb dabei – zum Ärger der Mächte – selbst jungfräulich. Abkommen wurden getroffen, ganze Länder verkauft, Verschwörungen in den Botschaften und Caféhäusern um İstiklâl Caddesi, dem Modezentrum der Hauptstadt, angezettelt. Die jüdischen und armenischen Bankiers des Sultans eilten von Botschafter zu Botschafter, machten im Namen der osmanischen Regierung Versprechungen und nahmen riesige, ungesicherte Anleihen für ihren kaiserlichen Herrn auf. So wurden bedeutende Allianzen geschmiedet und die Europäer waren voller Hoffnung. Die Osmanen aber honorierten diese Partnerschaften nie – hatten es überhaupt niemals im Sinn gehabt. Ihr einziges Interesse war das Geld, das sie auch erhielten. Die Türkei, und der Osten generell, waren in Mode. Jeden Tag kamen mehr reiche und romantische Europäer mit dem Orientexpress an. Sie waren scharf auf einen Anteil an den expandierenden Osmanischen Eisenbahnen; sie verkauften Waffen; sie waren auf dem Weg nach Anatolien und den Schätzen des alten Troja. Im Pera Palace Hotel betrieb Mata Hari ihre Geschäfte, während abgesetzte osteuropäische Herrscher teilnahmslos auf ihren Tod warteten.

Als dann in den 1920er Jahren die türkische Republik das Licht der Welt erblickte, wurde Ankara die Hauptstadt und Beyoğlu ging langsam, aber sicher unter. Der Pöbel bezog die einst wundervollen Wohnhäuser und kleine Geschäfte kamen auf den Plan, die billiges Essen und noch billigeres Bier feilboten. Prostituierte zogen auf den Straßen herum, lockten die Unbesonnenen in Bars und in Kinos, deren Filme der Fantasie nur mehr wenig Raum boten.

In den 60er Jahren begann sich jedoch wieder alles zu ändern. Zuversicht lag in der Luft und modische Händler zogen erneut ins Quartier. Eine neue Generation, diesmal zumeist Türken, entdeckte die Freuden von İstiklâl Caddesi, die idyllischen Bars in Çiçek Pasaj und die kerzenbeleuchtete geheimnisvolle Welt eines Dutzends barocker und gotischer Kirchen.

Bald auch kamen die Touristen und die Angehörigen der alten Botschaften, die im Zuge der Reformen Atatürks zu Konsulaten herabgestuft worden waren, hatten wieder viel zu tun.

Die armseligen Gassen und großzügigen Boulevards in Beyoğlu füllten sich erneut mit Leben – freilich nicht wie in früherer, imperialer Zeit. Die Prostituierten, die billigen Kinos und ordinären Bars blieben. Ab jetzt waren Geschmacklosigkeit und Klasse Seite an Seite: der Stripteaseklub und das große kaiserliche Lyzeum, die Schule für die Söhne und Töchter der Reichen und Berühmten; arme Bauern, die auf den Straßen Blumen verkauften; das Glitzern von Messing und Gold in den Schaufenstern der Antiquitätenläden; ganze Rudel streunender Katzen, die aus den Mülltonnen vor der armenischen orthodoxen Oberschule fraßen.

Robert Cornelius liebte Beyoğlu, es war sein bevorzugter Stadtteil. Es amüsierte ihn, dass man mitunter innerhalb von weniger als fünfzig Metern eine Sachertorte und neue Reifen für das Auto kaufen, einen Pornofilm sehen und das russische Konsulat aufsuchen konnte.

Als er am Ende von İstiklâl Caddesi aus der Straßenbahn ausstieg, empfand er eine außerordentliche Befriedigung. Es war gut, dass Natalia in Beyoğlu lebte, gut, dass er endlich ihre Familie kennen lernen würde, gut, dass es Sommer war. Die Straße war voller Lärm, Farben, dem Lachen glücklicher Paare und Familien, die die malerischen kleinen Bars und Restaurants aufsuchten. Ein angenehmes, vorabendliches Lüftchen wehte vom Wasser am Goldenen Horn herauf, kräuselte Roberts Hemdsärmel und trocknete die schmale Linie, die der Schweiß auf seinem Rücken gezeichnet hatte. Die dunklen Befürchtungen und Ängste der vergangenen beiden Tage kamen ihm jetzt wie schlechte Träume aus einem belagerten, fernen Kontinent vor.

Robert ging die Straße zurück, immer den Straßenbahngleisen nach, auf denen er gerade angekommen war. Karadeniz Sokak war nicht weit; seinem Stadtplan nach war es die zweite Straße links. Der Stadtplan. Die meiste Zeit des Tages hatte er damit verbracht, ihn anzuschauen und heimliche Blicke auf das Gebiet zu werfen, das als *Beyoğlu* gekennzeichnet war, während seine Schüler ihre Aufgaben machten – oder auch nicht. Der Tag war einfach so dahingegangen und Robert hatte ihn sogar teilweise genießen können, aber jetzt begann es ernst zu werden.

Robert war in Hochstimmung, aber auch nervös. Weil Natalia immer ein solches Geheimnis um ihre Familie gemacht hatte, hatte er keine Vorstellung von ihr. Ihm fiel ein, dass er nicht einmal wusste, mit wie vielen ihrer Familienmitglieder Natalia zusammenlebte. Vielleicht nur eine ältere Verwandte? Oder würde er sich später an Dutzende von Namen erinnern müssen: Brüder, Schwestern, Cousins und Cousinen, Großeltern? Er ging gerade an dem mit Kalorien voll gestopften Schaufenster einer Patisserie vorbei und betrachtete die Kuchen. Sein Hunger auf Süßes wurde wach und ihm lief das Wasser im Mund zusammen. Das Mittagessen war schon wieder eine lange Zeit her und er hatte Hunger. Welches Essen die Gulcus wohl für ihn vorbereitet hatten? Was auch immer, er hoffte, dass es zumindest viel wäre.

Die zweite Straße links folgte direkt auf die Patisserie – eine kleine Lücke in der endlosen Abfolge der Schaufenster. Ein dunkler, lärmerfüllter Verkaufsstand eines Schusters befand sich an der linken und ein Geschäft mit Damenunterwäsche an der rechten Ecke. Robert hielt an.

Kadeniz Sokak war eine lange, schmale Gasse. Sie war alt; große viktorianische Häuser standen dicht an dicht zu beiden Seiten, einige hatten Galerien, wurden nach oben hin schwerer und neigten sich gleichsam zueinander, als wollten sie sich über die Straße hinweg küssen. Die Gasse hatte ein leichtes Gefälle von der Hauptstraße in Richtung Meşrutiyet Caddesi und des grün-weiß verzierten Pera Palas Hotels. Als Robert weiterging, sah er den Haupteingang des berühmten Gebäudes mit dem Art-déco-Baldachin über der Drehtür. Vom Alter schwarz gefärbt, sahen die Häuser, die Robert links und rechts erblickte, sehr jämmerlich aus. Einige waren unbewohnt und an ihren zerbrochenen Fenstern hallte der Klang seiner Tritte wider, während die fröhlicheren Klänge von İstiklâl Caddesi in der Ferne verschwanden.

Karadeniz Sokak Nr. 12 lag ziemlich in der Mitte auf der rechten Seite. Es war ein großes Haus, wie die anderen Gebäude dieser Straße. Robert zählte vier Stockwerke und den Keller. Anders aber als die Nachbarhäuser wies es keine Galerie auf und war vollständig aus Holz, was in dieser Gegend mit ihren Häusern aus Ziegeln und Steinen reichlich seltsam anmutete. Obwohl es zum Teil mit schönen, fein geschnitzten Holztafeln geschmückt war, bot es doch als Ganzes der Welt ein eher verwüstetes Antlitz dar: Fäulnis hatte sich in jeder Planke eingenistet, grüner Schimmel und sogar Gras wuchsen auf den Fensterbänken und um die

Ecken der weißen Eingangstür. Obwohl kaum wahrnehmbar, war die untere Hälfte des Hauses in einem vollständig anderen Winkel als die obere errichtet, als hätte sich der Bau gleichsam in der Hüfte um fünf Grad gedreht. Trotz der leichten Brise war es immer noch sehr heiß, aber alle Fenster waren mit Fensterläden verschlossen. Nicht ein Laut war auf der Straße oder drang aus dem Haus nach draußen. In Roberts Magengrube zog sich ein Knoten immer enger zusammen. Sollte diese traurige und vernachlässigte Hülle der Schauplatz eines grausamen und betrügerischen Spaßes sein? Wie konnte ein Mensch darin leben?

Robert stieg die Stufen zur Eingangstür empor und sah hinab auf den mit Abfall übersäten Kellerschacht. Zwei Augenpaare von Nagetieren starrten ihn an. Zweimal betätigte er den schweren metallenen Türklopfer und wartete.

Mindestens eine halbe Minute lang passierte gar nichts. Immer noch starrten ihn die Ratten an; wie eine Zwangsjacke schloss sich die Stille zunehmend enger um ihn und Robert Cornelius spürte die ersten Anzeichen von Verzweiflung, denen die Wut auf dem Fuß folgte.

Dann ging urplötzlich und ohne das gewöhnlich warnende Geräusch sich nähernder Schritte die Tür auf. »Efendim?«

Es war ein Mann mittleren Alters, hoch gewachsen, bärtig, in auffallend gerader Haltung. Seine hellen, fast lächelnden blauen Augen schienen vor Energie nur so zu sprühen. Er trug einen offenkundig sehr warmen dreiteiligen Wollanzug und sah eher wie ein Engländer als ein Türke aus.

»Äh …« Roberts Türkisch verließ ihn vorübergehend. Unbeholfen wies er mit der Hand auf sich und klopfte sich auf die Brust. »Robert Cornelius.«

Auf dem Gesicht des hoch gewachsenen Mannes erschien ein liebenswürdiges Lächeln und er streckte seine Hand zum Gruß aus. »Wie schön, dass Sie gekommen sind. Ich bin Natalias Onkel Nicholas.«

Robert ergriff die dargebotene Hand und schüttelte sie kraftvoll. Er war erleichtert und dieser Spannungsabfall schlug sich auch auf seinem Gesicht nieder. »Hallo. Ich freue mich, Sie kennen zu lernen.«

»Kommen Sie doch herein, junger Mann.« Der Mann hatte, wie Natalia, einen kräftigen Akzent, aber sein Englisch war besser, fließender und natürlicher. »Natalia erwartet Sie schon.«

Nicholas trat zur Seite und Robert betrat eine plüschige, überreich geschmückte Halle. Sie war vollständig in Rot gehalten. Tapeten, Lampenschirme, Teppiche ...

Süleyman seufzte tief. Es war ein langer Tag gewesen und jetzt wollte er nach Hause. Es hatte nur wenig Fortschritte gegeben und er war unzufrieden. Es stimmte zwar, dass es ihm ohne allzu große Schwierigkeiten gelungen war, ein Treffen mit Reinhold Smits zu verabreden, aber Meyers heruntergekommene Kumpane ausfindig zu machen war doch etwas anderes gewesen. Er hatte angenommen – zu Unrecht, wie sich schnell herausstellen sollte –, dass der Vermieter Dilaver wissen würde, wer diese Personen wären, und dies hatte sich als Zeitverschwendung erwiesen. Dilaver hatte Süleyman mit seinen ständigen Fragen, wann er wohl die Wohnung des Toten wieder würde vermieten können, nur wütend gemacht.

Durch Dilavers mangelnde Kenntnisse frustriert, war Süleyman zurück nach Balat gefahren, wo er zwei völlig ergebnislose Befragungen durchgeführt hatte: erst mit Meyers Freundin Frau Blatsky und dann mit einer krank aussehenden Frau, die im Erdgeschoss wohnte. Keine der beiden sprach mehr als nur das notwendigste Türkisch, und da er selbst kein Wort Ladino sprach, hatte er nichts erreicht. Kurz bevor er Balat verlassen hatte, war Süleyman noch auf einen Anwärter für die Bezeichnung »heruntergekommener Kumpan« gestoßen, der quer vor der Tür des benachbarten Badehauses lag. Aber dieser Mann war nicht nur von seinem eigenen Erbrochenen besudelt, sondern auch derart betrunken, dass man ihn in keiner Sprache verstanden hätte. An diesem Punkt hatte Süleyman beschlossen, dass die weitere Suche nach solchen Ausgestoßenen sinnvollerweise an seinen Ladino sprechenden Kollegen Cohen delegiert werden sollte. Wenn dieser jüdische Polizist am folgenden Morgen zum Dienst käme, würde er entsprechende Anweisungen auf seinem Schreibtisch finden. Süleyman verzog das Gesicht, denn ohne jeden Zweifel würde Cohen ihn dafür hassen.

İkmen hatte gleichfalls keine leichte Zeit gehabt. Und als Süleyman auf das Zifferblatt seiner Uhr sah, die ihm die späte Stunde anzeigte, dachte er daran, dass İkmen sich wahrscheinlich immer noch abmühte. Dessen Unterredung mit Leah Delmonte hatte tatsächlich stattgefunden. Doch Süleyman hatte bis jetzt noch nichts über das Resultat erfahren, weil ihrer beider Chef, der leicht aufbrausende Kommissar Ardıç, den Inspektor direkt vom Krankenhaus zu sich zitiert hatte. Das war nach Süleymans Berechnungen vor fast vier Stunden gewesen und es war kein gutes Zeichen, weder der vergangenen Zeit noch früheren Erfahrungen mit Ardıç nach zu urteilen. Und obwohl Süleyman schon vor über einer Stunde hätte nach Hause gehen sollen, konnte er nicht aufbrechen, bevor er nicht wusste, was los war. Zumindest würde İkmen nach seinem Martyrium jemanden brauchen, vor dem er toben und den er anschreien konnte. Und wenn es ganz schlimm käme? Daran wagte Süleyman nicht einmal zu denken. Wie auch der letzte Polizeibeamte wusste, konnte Ardıç widerspenstig bis zum Wahnsinn sein.

Langsam tat sich die Bürotür auf und İkmen taumelte herein. Sein Rücken war gebeugt, die Arme hingen schlaff herab. Sein müder Gesichtsausdruck zeigte deutlich, dass seine Geduld bis zur Grenze und darüber hinaus strapaziert worden war. »Der Mangel an Weitblick ist bei diesem Mann derart ausgeprägt, dass es schon fast klinisch ist.« Seine Worte kamen wie von selbst, als wäre er zu müde oder zu gelangweilt, um ihnen noch irgendein Gefühl einzuhauchen.

»Hatten Sie eine schlechte Zeit mit dem Polizeipräsidenten?«

İkmen quetschte sich hinter seinen Schreibtisch und setzte sich. »Haben Sie gewusst, dass uns dieser elende Kerl tatsächlich den Fall wegnehmen wollte?« İkmen zündete sich eine Zigarette an.

»Warum?«

»Weil es politische Untertöne gibt. Offenbar hat der Israelische Konsul ein sehr scharfes Auge auf den Gang der Dinge. Ardıç, der Konsul und der Bürgermeister scheinen der Meinung zu sein, dass wir es hier mit einem ausgewachsenen Nazipogrom zu tun haben. Die Tatsache, dass es sich schlicht um einen Verrückten handeln könnte, der für sich allein arbeitet, scheint ihnen nicht einzufallen.«

Süleyman war am Boden. »Sind wir den Fall also schon los?«

İkmen tat diese Frage mit einer beiläufigen Handbewegung ab. »O nein. Es hat ja eine Weile gedauert, wie Sie vermutlich bemerkt haben, Süleyman, aber ich hab's schließlich geschafft, diesen blöden Hund zu überzeugen.« Er lehnte sich auf seinem Stuhl nach vorne und starrte zwischen den schiefen Papierstapeln hindurch. »Er wollte Yalçin auf die Sache ansetzen!«

Überrascht blickte Süleyman auf. »Ich hätte gedacht, dass Inspektor Yalçin ein bisschen zu alt dafür ist …«

»Alt!« İkmen kehrte mit ziemlicher Lautstärke unter die Lebenden zurück. »Ja, das ist er, aber es ist nicht sein Alter, gegen das ich etwas einzuwenden habe. Der Mann ist ein Schwachkopf: Schon das Klo zu finden strapaziert sein kleines Hirn! Ardıç hat doch wirklich gemeint, es sei wegen Yalçins ›beträchtlicher Erfahrung in der Politik‹. Er hatte nicht mal den Mut zu sagen, dass es in Wahrheit um meine wohl bekannte Vorliebe für Brandy ging.«

»Jeder weiß, dass Sie sich gern einen genehmigen.«

»Genau. Und jeder weiß auch, dass ich niemals betrunken werde! Was hat denn dieser Blödmann gedacht, dass ich tun würde? Zum israelischen Konsul gehen und ihn vollkotzen?«

»Wie haben Sie es denn geschafft, ihn zu überzeugen, dass er Sie weiter dranlässt?«

İkmen drückte seine halb gerauchte Zigarette aus und zündete sich eine neue an. »Ich hab ihm die Wahrheit gesagt. Yalçin ist ein uneinsichtiger Idiot, der keine Ergebnisse bringt. Wenn man ihm den Fall Meyer gibt, dann kündige ich und Sie auch.«

»Na hören Sie mal!«

İkmen lachte darüber, wie sich sein Stellvertreter mit bleichem Gesicht entrüstete. »Ja, tut mir Leid, Süleyman. Eigentlich wollte ich Sie da nicht reinziehen, aber es ist in der Hitze des Gefechts einfach über mich gekommen. Außerdem, wen kümmert es schon? Es hat doch geklappt. Am Ende ist er schließlich doch noch zur Vernunft gekommen. Er wusste die ganze Zeit, dass ich der Einzige für den Job bin.« İkmen lächelte auf unangenehme Art. »Der Bürgermeister muss ihn wohl unter Druck gesetzt haben. Ein überzeugter Anhänger tadellosen Benehmens, unser Bürgermeister! Genau die Sorte Mensch, die die Kollegen von der Sitte oft mit minderjährigen Prostituierten unbestimmten Geschlechts erwischen. Wie auch immer …«, er haute mit der Faust auf den Tisch, »… ran an die Arbeit. Was ist in der Zwischenzeit passiert und was nicht?«

»Kein Glück bei den Pennern, aber ich werde Cohen darauf ansetzen.«

İkmen lächelte. »Die haben wohl nicht allzu gut Türkisch geredet, oder?«

»Nein.«

»Was ist mit der Textilfirma Şeker?«

»Ich habe uns für morgen um zehn bei Reinhold Smits angemeldet, in seinem Haus in Bebek.«

»Guter Junge!« İkmen machte eine Pause und blickte Süleyman verschmitzt an. »Ich vermute mal, dass Sie jetzt gehen wollen, oder?«

»Na ja, wenn nichts Weiteres anliegt …«

İkmen kam sich gemein vor. Dieser junge Mann arbeitete wirklich hart und es war schon Viertel nach sieben, aber es gab wirklich noch etwas, etwas sehr Wichtiges sogar. Genau wie Süleyman fühlte auch er sich bei diesem Mangel an Fortschritt unwohl. Er wollte unbedingt irgendetwas erreichen, um sich zu beweisen, dass dieser Tag nicht vollkommen vergeudet war.

»Können Sie sich vorstellen, dieser Frau in Beyoğlu einen Besuch abzustatten, Maria Gulcu?«

»Jetzt?«

»Ja.« Er erhob sich. »Ich habe diesen quälenden Verdacht, dass sie eine Verwandte ist. Wenn das stimmt, dann könnte es so aussehen, als würden wir den Schlendrian machen. Los jetzt, wir wollen noch ein wenig gute Arbeit tun, ehe wir nach Hause gehen und vor dem Fernseher versteinern. Zeigen wir Ardıç, dass wir eifrig sind.«

Süleyman seufzte. »Geht in Ordnung.« Er steckte sich die Wagenschlüssel in die Tasche und erhob sich müde. »Ach ja, was ist übrigens heute Morgen im Krankenhaus gewesen?«

»Leah Delmonte, ich weiß.« İkmen lachte leise, aber seine Augen waren traurig. »Sie hat für mich getanzt.«

Süleyman blickte verwirrt drein.

»Ich glaube, es sollte Flamenco sein. Jede Menge Armfuchteln und aufreizende Blicke. Wirklich jämmerlich dargeboten und in jeder Hinsicht schrecklich. Ihr Arzt war entsetzt.«

»Aber was hat sie denn gesagt? Über Herrn Meyer?«

İkmen sah auf seine abgewetzten Schuhe und zuckte mit den Achseln. »Nichts. Nichts hat sie gesagt. Weiter hinter ihr her zu sein ist sinnlos.« Er sah mit scharfem Blick auf und wechselte das Thema. »Los, Süleyman, schauen wir, was Maria Gulcu uns erzählen kann.«

* * *

Robert fand das Essen zum großen Teil angenehm, wenn auch etwas seltsam. Bei ihrem Versuch, sich seinem englischen Gaumen anzupassen, hatten die Gulcus ein kulinarisches Durcheinander geschaffen.

Wie bei den meisten offiziellen türkischen Essen wurde das Gemüse separat und vor dem Fleisch serviert. Es fing an mit gebratenen Zucchini und Bratkartoffeln. Dann gab es Lammkeule, gleichfalls gebraten und serviert mit Roter Bete, und danach Knoblauchsalat. Das Dessert als merkwürdigster Gang bestand aus frischen Feigen und einer dünnen Vanillesauce. Robert bemerkte, dass seine Gastgeber diese leicht ekelhafte gelbliche Sauce zwar nicht mochten, sie aber trotzdem ganz aufaßen – ihm zuliebe, wie er dachte. Es war gut gemeint, aber Robert hatte dennoch Schwierigkeiten, die Sauce hinunterzuschlucken. Sie war widerlich.

Während Robert die letzte der dunklen, fleischigen Feigen in den Mund schob, blickte er heimlich über die Tafel. Natalia, ihre Mutter und zwei Onkel. Allesamt waren sie nett und lächelten viel (mit Ausnahme ihrer Mutter), aber alle waren unleugbar seltsam.

Onkel Nicholas war ein Typ wie Colonel Blimp. Hochtrabend und großmäulig, schien er der Haushaltsvorstand zu sein, zumindest soweit Robert es beurteilen konnte. Er, Natalias Mutter Anya und der andere Onkel Sergej waren Geschwister. Über Natalias abwesenden Vater war bis jetzt noch nicht gesprochen worden. Im Vergleich mit Nicholas wirkte ihre Mutter unvorteilhaft gealtert, oder aber sie war beträchtlich älter. Eine kleine, mausgraue, schüchterne Frau, die nur wenig sprach und dies in sehr stockendem Englisch. Meist nippte sie nur still an ihrem Wein und nagte behutsam wie ein nervöses Kaninchen an ihrem Essen.

Es waren aber Sergej und Natalia, die Robert als die problematischsten und verstörendsten Mitglieder der Familie erschienen. Robert war an Behinderte nicht gewöhnt und deshalb sehr darauf bedacht, Sergej nicht anzustarren. Oder mindestens dabei nicht erwischt zu werden. Dünn und verhutzelt, litt der Bruder von Nicholas und Anya offenbar an einer Krankheit, die die Glieder vollständig verdrehte. Es war schwierig für ihn und dauerte entsprechend lange, das Besteck zum Mund zu führen. Die Ellbogen und Handgelenke waren schrecklich angeschwollen, das Fleisch war aufgedunsen, voller Blutergüsse und ein qualvoller Anblick. Die Arme waren jedoch nichts im Vergleich zu den nutzlosen Beinen, die an den Rollstuhl gebunden waren. Robert hatte sie als Erstes erblickt, als Nicholas ihn ins Esszimmer gerollt hatte. Mit einem Lächeln hatte sich Sergej vorgestellt; sein Englisch war besser als das seines Bruders. Aber Robert konnte nichts anderes anschauen als die Beine des Mannes, seine geschwollenen und wie Korkenzieher verdrehten Knie, die nach innen und rückwärts weisenden Füße, schlaff und völlig nutzlos. Sein unablässiges Lächeln und heiteres Auftreten kamen Robert fast arrogant vor. Irgendwie schien eine solche Selbstbeherrschung zu einem derart Benachteiligten schlecht zu passen. Roberts eigener kleiner Vorrat an verkrüppelten Menschen, an die er sich erinnern konnte, umfasste gerade einmal die, die er im Krankenhaus gesehen hatte. Sie waren wie schweigende Felsen, bar jeder Hoffnung und ohne Persönlichkeit.

Natalia aber war am merkwürdigsten von allen. Sie war verschämt, sogar schüchtern, in dieser ihrer natürlichen Umgebung. Wie ihre Mutter schwieg sie, vielleicht sogar leicht verängstigt. Nicht ein einziges Mal, seitdem er angekommen war, hatte sie Robert angeblickt und sie beantwortete sämtliche Bitten der Älteren mit einem stillen Kopfnicken. Für Robert war es merkwürdig, mit ihr zusammen zu sein, ohne von ihr beherrscht zu werden. Es schien, als hätte Natalia sich zeitweilig kleiner gemacht. Vielleicht fragte sie sich im Stillen, was er von ihrer Familie hielt? Und was sie von ihm hielten? Als sie die Dessertschalen einsammelte und mit ihrer Mutter in der Küche verschwand, sah Robert zum ersten Mal, wie klein sie eigentlich war. Das schlichte weiße Kleid, das sie für diesen Abend gewählt hatte, stand ihr nicht besonders gut. Natalia brauchte Farben, rot, gold, schwarz, um ihre exotische Schönheit zu betonen. Weiß machte sie beinahe unsichtbar und auf bestimmte Art machtlos.

Nicholas zauberte aus seiner Jackentasche zwei dicke Zigarren hervor und reichte Robert eine. »Rauchen Sie?«

»Oh, ja. Danke.«

Ein kunstvoll gearbeiteter Zigarrenschneider, der wie ein Drachenkopf aussah, wurde gleichfalls gereicht. Robert schnitt das Ende überraschend geschickt ab. Anfängerglück.

Nicholas griff ein weiteres Mal in seine Tasche, holte nun einen rot-goldenen Armreifen hervor, gab ihn Robert und blickte verstohlen über den Tisch. »Die Frauen sind in der Küche, jetzt kann ich ihn Ihnen zeigen.« Die Schnörkel an den Kanten, gekräuselt und wie Ozeanwellen herabstürzend, waren unverkennbar. Ein exquisites Erzeugnis aus dem Hause Avedissian. Es sah sehr jenem ähnlich, das Robert gerade ein Jahr zuvor seiner Mutter geschickt hatte, es war der Armreif gewesen, der ihn und Natalia zum ersten Mal zusammengeführt hatte. Das rote Pigment im Gold strahlte warm auf seine Handfläche.

»Wirklich sehr schön«, sagte Robert und drehte den Reif, um die ständig wechselnden Muster einzufangen, die die Kerzen auf den silbernen Kandelabern warfen.

Nicholas rückte näher an Robert heran. »Natalia hat ihn für ihre Mutter mitgenommen, zum Geburtstag. Montag Abend hat sie ihn nach der Arbeit geholt.«

»An dem Abend war sie sehr müde«, sagte Sergej, als wollte er die erste Aussage bestätigen, und sah Robert an. »Der ›Goldbasar‹ ist in der Touristensaison immer so voll. Besonders am Anfang der Woche. Die arme Natalia, sie kann ja kaum Luft schnappen.« Robert sah das ernste Funkeln in den Augen der beiden Männer. Ihm gefror das Blut.

»Ja«, sagte Robert ausdruckslos. Er hoffte, dass er den missbilligenden Ton bei seiner Antwort unterdrückt hätte, was aber nicht zutraf. Wieder erschien Balats hässliche Fratze vor seinem geistigen Auge und alle Zweifel kamen wieder. Er war nicht hier, um Natalias Familie kennen zu lernen! Wenn der Montag nicht gewesen wäre, wäre er niemals auch nur in die Nähe von Karadeniz Sokak Nr. 12 gekommen. Er war zutiefst gekränkt. Für welchen Trottel hielt Natalia ihn eigentlich? Wer sollte nach Ansicht dieser Familie auf einen derart durchschaubaren Trick hereinfallen? Robert kannte die Antwort und das Herz wurde ihm schwer. Aus freien Stücken war er hierher gekommen und hatte gehofft ... worauf eigentlich? Vor Sorge zog sich sein Magen zusammen und seine Muskeln spannten sich an. Was immer Natalia am Montag in Balat getan hatte, es war weit ernster, als er gedacht hatte. Womöglich hatte er sie zu voreilig von irgendwelchen dunklen Angelegenheiten freigesprochen? Konnte er überhaupt zu Recht behaupten, dass er sie kannte? Half er durch sein fortgesetztes Schweigen gegenüber der Polizei dieser Fremden und begünstigte er sie womöglich? Die beiden Onkel beobachteten ihn weiter und warteten. Robert sah, wie angespannt sie waren, und die Luft um sie wurde zu einer Giftwolke. Robert wurde übel und er entschuldigte sich für einen Moment.

»Eh, wo ist das Bad?«

Nicholas lächelte. »In die Diele und dann rechts die zweite Tür.«

»Danke.«

Stille war im Raum, bis das Hallen von Roberts Stimme vom Einschnappen der Badezimmertür gefolgt wurde.

Sergej wandte sich an seinen Bruder und stöhnte. »O Gott!«

Mit grimmiger Miene nickte Nicholas zustimmend. »Das haben wir schlecht gemacht, oder? Ungeschickt.«

Ein zweimaliges Klopfen an der Haustür beendete die Unterhaltung. Nicholas blickte verdutzt und legte die Zigarre in den Aschenbecher.

»Wer kann das sein?«

Die Antwort seines Bruders war scharf, sogar gehässig. »Warum gehst du nicht hin und siehst nach, Nicky, dann weißt du es? Du hast schließlich gesunde Beine.«

Nicholas warf dem kleinen Krüppel einen vernichtenden Blick zu und ging schnell in die Diele.

Als er die Haustür öffnete, sah sich Nicholas zwei Männern gegenüber. Der kleinere und ältere der beiden lächelte.

»Guten Abend.« Er zog eine kleine Dienstmarke aus seiner Jackentasche und stellte sich höflich vor. »Inspektor İkmen von der Polizei İstanbul.«

»Polizei!« Die wenige Farbe in Nicholas' Gesicht verschwand ziemlich schnell.

»Jawohl.« İkmens Lächeln wurde noch breiter. »Kein Grund zur Unruhe, Herr Gulcu, Sie können ganz sicher sein.«

»Woher wissen Sie meinen Namen?«

İkmen überhörte seine Frage und deutete mit dem Kopf auf seinen jüngeren Kollegen. »Das ist Polizeimeister Süleyman.«

Ohne jedes Lächeln sah Nicholas den jungen Mann an und betrachtete dessen Gesicht eindringlich. »Was wünschen Sie?«, fragte er und schaute nun wieder zu İkmen.

»Soviel wir wissen, wohnt hier eine Maria Gulcu.«

»Meine Mutter, ja. Was wollen Sie von ihr? Sie ist schon sehr alt und verträgt es nicht, wenn sie von anderen Menschen gestört wird.«

»Ich werde die Zeit Ihrer Mutter nicht sehr in Anspruch nehmen«, fuhr İkmen sanft fort. »Wie Sie vielleicht schon in der Zeitung gelesen haben, wurde am Montag Nachmittag ein alter Herr in Balat ermordet. In seinem Nachlass fand sich ein Adressbuch, das auch den Namen Ihrer Mutter und die Anschrift dieses Hauses enthält.«

»Ach.« Es war mehr ein Ausatmen als ein Wort. Der Atem

strömte aus Nicholas heraus und sein Gesicht fiel zusammen. Einen Moment lang stand er schweigend da und blinzelte ausgesprochen hilflos, was İkmen nicht verborgen blieb, der diesen Vorteil behutsam ausnutzte.

»Sie sehen also, dass es sehr wichtig für uns ist, mit Ihrer Mutter zu sprechen. Falls sie diesen Mann gekannt hat, kann sie uns vielleicht etwas über ihn erzählen. Wie Sie wohl verstehen werden, ist die Chance, den Mörder festzunehmen, desto größer, je mehr wir über das Leben des Opfers wissen.«

»Ich verstehe.« Nicholas sah auf den Fußboden und schluckte schwer.

»Sie haben doch von diesem Mord gehört, mein Herr?«

»Nein, nein ... nein, Inspektor.« Es war ein zerstreutes Leugnen. Nicholas fuhr sich mit den Fingern durch die Haare und starrte mit glasigem Blick über den Kopf des Polizisten hinweg.

»Falls sie diesen Herrn, Leonid Meyer, wirklich gekannt hat ...« – Nicholas' Augenlider zuckten leicht und er wusste, dass der Polizist es gesehen hatte – »... dann wird sie sich ein wenig aufregen, wenn ich ihr sage, dass er jetzt tot ist. Ich werde so sanft vorgehen, wie ich kann, aber wenn Sie oder ein anderes Familienmitglied anwesend sein möchten, dann ...«

»Sehr gut.«

»Ich gehe wohl recht in der Annahme, dass Ihre Mutter nicht verwandt ist mit ...«

»O ja, sehr richtig.«

Eine peinliche Pause entstand. Nicholas wusste nicht, was er als Nächstes tun sollte, und sah den Polizisten an. Dann drehte er sich um und blickte in die Wohnung, um schließlich wieder İkmen anzuschauen. Er biss sich auf die Unterlippe und kratzte sich am Kopf.

İkmen seinerseits lächelte weiterhin. »Warum gehen Sie nicht, um Ihre Mutter vorzubereiten, Herr Gulcu?«

Robert spritzte sich etwas Wasser ins Gesicht und sah in den Spiegel. Tropfen liefen ihm über das Gesicht und weiter ins Waschbecken; ein durchsichtiger kleiner Tropfen hing wild entschlossen an seiner Nasenspitze. Robert sah verhärmt aus, er hatte dunkle Ringe unter den Augen. Mit dem Finger zog er die tiefen Linien nach, die von der Nase zu den Mundwinkeln führten. Die ersten Anzeichen des mittleren Alters. Er griff nach einem Handtuch und trocknete sich das Kinn. Die Hände zitterten und voller Unruhe schnalzte er mit der Zunge. Wie er all das hasste.

Seufzend öffnete er die Badezimmertür. Er müsste dieses Haus verlassen, in seine Wohnung gehen und nachdenken. Die Beziehung mit Natalia war von Anfang an belastend gewesen. Er hätte sich ganz einfach nie mit ihr einlassen sollen – sie war zu schwierig. Dieses letzte Ereignis war der Gipfel, und dennoch …

Als er die Tür hinter sich zuzog, sah er sie. Sie stand mit dem Rücken zu ihm in der Diele, ihr langes dunkles Haar lag dicht auf ihrem Rücken. Er stöhnte. Solange er nicht mit ihr zusammen war, war alles sehr einfach. Aber wehe, wenn sie auftauchte! Sogar in diesem schlichten weißen Kleid erregte sie ihn. Hier im Haus war sie vollkommen anders: ruhiger, kleiner, fast keusch sogar. Auch netter war sie – und das mochte Robert. Aber er sah auch ihre stolze Kopfhaltung, ihre muskulösen Finger, die ihre geschwungenen Hüften fest umfassten; er sah die unter allem liegende und alles vergiftende Arroganz, die immer noch zu spüren war. Robert schlang einen Arm um ihre Hüfte, presste sich und seine aufkommende Erregung gegen ihren vollen, festen Hintern. Sie bewegte sich nicht, sondern blickte auf etwas anderes. Robert folgte ihrem Blick.

Nicholas stand an der offenen Eingangstür und sprach mit jemandem. Draußen war es dunkel und Nicholas' Körper verdeckte Robert die Aussicht auf den Sprechenden. Sie unterhielten sich gedämpft und kaum hörbar. Robert sah auf Natalia herab; ihr Gesicht war angespannt und ohne jede Regung nur auf die Vorgänge an der Haustür gerichtet. Robert hatte das unangenehme Gefühl, dass Natalia nicht einmal wusste, dass er da war. Seine liebevolle Geste und seine körperliche Reaktion auf sie – alles Verschwendung.

Robert sah zusammen mit ihr auf, ihre Köpfe bewegten sich im Einklang. Nicholas war ins Haus zurückgekommen und hatte zwei Männer in seinem Schlepptau. Einer war jung, von dunkler Schönheit, aber Robert unbekannt. Der andere jedoch ...

»Natalia, gehst du bitte nach oben und richtest Großmama her?« Nicholas sah sehr bleich aus. »Zwei Herren von der Polizei wollen sich mit ihr unterhalten.«

Natürlich! Es war der Inspektor, der ihn in der Schule befragt hatte! Nicht zu verwechseln: klein, ungepflegt, wie ein ungemachtes Bett – er schaute ihn geradewegs an und lächelte.

Natalia schob Roberts Arm sanft zur Seite und ging. »Ja, Onkel.«

»Hallo, Herr Cornelius.«

Natalia erstarrte. Sie betrachtete den kleinen schmuddeligen Mann, der neben ihrem Onkel stand. Nicholas schwitzte stark. »Mach schon, Natalia.«

Sie stieg die Treppe hinauf und sah im Vorbeigehen ihrem Liebhaber kurz ins Gesicht. Dieses eine Mal ruhten seine Augen nicht auf ihr, sondern waren auf die Gruppe der Männer an der Haustür gerichtet.

»Hallo, Inspektor İkmen«, gab Robert mechanisch zurück.

Natalia zog die Tür hinter sich ins Schloss. Maria wuchtete ihren Körper in eine sitzende Position und lehnte sich gegen ihre Kissen. Sie blickte auf die stille Person, die mit gesenktem Kopf auf einem Stuhl beim Fenster saß. Nach einer kleinen Pause fing sie an zu sprechen.

»Wenn die Polizisten hereinkommen, bleibst du ruhig«, befahl sie. Es war eine Anweisung, die nicht zur Verhandlung anstand.

»Wenn du willst.« Die Antwort kam schwach und mit hohler Stimme.

»Das ist nichts, was ich will, sondern was sein muss.« Sie holte tief Luft und schloss einen Moment lang die Augen. An der Tür klopfte es.

»Großmama?«

Maria Gulcu öffnete die Augen und griff unter die Bettdecke nach ihren Zigaretten und dem Feuerzeug. »Herein.«

Natalia Gulcu führte die Polizisten in ein großes, spärlich beleuchtetes Zimmer im obersten Teil des Hauses. Ein paar Sekunden lang konnten sie kaum etwas sehen, bis sich ihre Augen an das Halbdunkel gewöhnt hatten. İkmen fühlte, dass Süleymans Hand über seinen Rücken strich. Der junge Mann berührte ihn jedes Mal, wenn er nervös war. Für jemanden wie Süleyman eine merkwürdige Angewohnheit.

In diesem Fall konnte İkmen das Bedürfnis des Polizeimeisters nach Beruhigung gut verstehen. Nachdem sich seine Augen an das schwache Licht der einzigen Öllampe mitten im Zimmer gewöhnt hatten, konnte er nach und nach Einzelheiten ausmachen. Dunkles, schweres Mobiliar, Schränke, Truhen und Vitrinen zeichneten sich an den Wänden ab. Bilder, einige Dutzend, hingen in schweren, schwarzen Rahmen von einer Leiste knapp unter der Decke. Als das unzulängliche Licht auf sie fiel, glühten die Vorhänge, Wandbehänge und der Teppich tiefrot. Mitten im Zimmer glitzerte etwas Großes, Violettes: ein riesiges vergoldetes Bett, das wie ein Boot aussah und dessen großer Kopfteil bis zur Decke reichte. Wogen dünnen Tülls umhüllten das Bett und ließen es von einer blassvioletten Wolke umschlossen erscheinen. Die Lampe flackerte und nährte İkmens Gefühl, dass dieses Zimmer unheimlich war. Einige Sekunden lang bewegte sich nichts. Ein schwacher Duft von Weihrauch lag in der Luft, wie in einer Kirche.

Endlich bewegte sich Natalia und schob den Tüll über dem Bett zur Seite. Eine dünne Rauchwolke drang heraus, nachdem der violette Nebel auseinander geschlagen war, und İkmen wurde einer kleinen Gestalt gewahr, die unter den Decken lag. Diese war nicht eigentlich klein, sondern eher lang und dünn, das Haupt von einem dichten Gewirr grauer Haare gekrönt.

Dann sagte das Mädchen etwas in einer Sprache, die İkmen nicht verstand, und die Person antwortete mit einer tiefen, trockenen und durch die Zeit eingerosteten Stimme. Die Porträts an der Wand blickten ernst auf İkmen herab. Längst verstorbene Männer und Frauen in Militäruniformen, Turnüren und Nachmittagskleidung. Es war wie in einer Grabkammer oder einer Krypta, die jahrelang nicht geöffnet worden war. Hier herrschte eine Aura des Überflusses und durch den Weihrauch drang der Geruch abgestandenen, unreinen Atems.

Natalia kam zurück. »Großmama spricht kein fließendes Türkisch. Spricht jemand von Ihnen Russisch?«

Ein arrogantes Geschöpf, das spürte İkmen. Nicht wegen ihrer Worte, sondern wegen ihres Blicks. Als sie ihn ansah, kräuselte sich ihre Oberlippe leicht, als nähme sie unter der Nase einen schlechten Geruch wahr.

»Nein«, antwortete er knapp und sah von der jungen Frau wieder in Richtung des großen, vergoldeten Bettes. Dass ein Mensch in diesem Land so lange gelebt haben konnte, ohne dessen Sprache zu sprechen, fand İkmen äußerst ungewöhnlich. Wenn man allerdings sah, wie zurückgezogen diese Menschen hier lebten …

»Englisch?«, fragte Natalia und sah lächelnd über İkmens Kopf hinweg – mit Rehaugen, wie er fand – in Richtung Süleyman.

»Ja, wir sprechen beide Englisch – Fräulein«, konnte İkmen nicht anders, als bissig zurückzugeben.

Die junge Frau überhörte diesen kurzen Anfall von Bosheit und sprach weiter mit ihrer Großmutter, vermutlich auf Russisch.

Als die alte Dame antwortete, wich Natalia zur Seite, um die Polizisten vorbeizulassen. »Großmama kann Sie jetzt empfangen.« Als er an ihr vorbeiging, lächelte Natalia Süleyman noch einmal voll Sinnlichkeit an. Die Wangen des jungen Mannes wurden glühend heiß.

Das Mädchen verließ den Raum und schloss die Tür hinter sich.

»Los jetzt, Mel Gibson!«, zischte İkmen. Die beiden Männer gingen auf die golden-violette Barkasse zu.

Robert nahm einen tiefen Schluck aus seinem Weinglas und versuchte Sergej anzulächeln.

»Sie zittern ja«, beobachte ihn der Krüppel ohne jede Anteilnahme.

»Ich habe ... vor kurzem Probleme mit dem Magen gehabt.«

»Aber doch hoffentlich nicht wegen dem, was Sie hier an unserem Tisch gegessen haben.«

»Nein.« Robert gönnte sich noch einen Schluck und füllte erneut sein Glas aus der Karaffe.

İkmen! Was zum Teufel wollte der hier? Robert war danach zumute, sich zusammenzukrümmen, die Arme um den Körper zu schlingen und sich angesichts dieser verwirrenden Ereignisse, die über ihn hereinzubrechen drohten, einzuigeln. Irgendetwas stimmte hier im Hause Gulcu ganz und gar nicht, das hatte er bemerkt, sobald er diesen Ort erblickt hatte. Äußerlich verfallen und innen prunkvoll, die grellen Farben und die seltsamen Menschen. Er hatte all dies so lange übersehen, bis Onkel Nicholas und Sergej versucht hatten, ihn für dumm zu verkaufen. Das war jetzt nicht mehr möglich, da İkmen aufgetaucht war und ihn gesehen hatte. Es konnte doch nur um den Mord in Balat gehen! Wo immer die Gulcus in İkmens Einschätzung dieses Falles standen, war Robert nun mit dabei. Er fühlte sich in der Falle, in einem Netz gefangen, und das zusammen mit ein paar reichlich merkwürdigen Mitgefangenen.

Natalia kam wieder ins Zimmer und lächelte Robert an. Sie sagte etwas in einer fremden Sprache zu Sergej und er antwortete mit einem Nicken.

»Wenn Onkel Nicky und Mama in der Küche fertig sind, können wir ja Bezique spielen, oder Tavla, wenn du magst.« Sie war so ruhig, so gelassen.

»Aber die Polizei ...«, fing Robert an.

»Mama hat ein sehr altes Tavla-Brett, es gehörte meinem Großvater. Möchtest du es mal sehen, Robert?«

Mit offenem Mund stand er da, wie ein Fisch. Natalia ergriff seinen Arm und führte ihn zu einem Sessel am Kamin.

»Ich hole es dir.«

Wieder verließ sie das Zimmer. Sergej goss einen Spritzer Rotwein aus seinem Glas auf das weiße Tischtuch. Stirnrunzelnd rieb er es mit dem kleinen Finger in den Stoff.

Von nahem sah sie noch älter aus. Ihr bleiches, ausgetrocknetes Gesicht war fast vollständig mit braunen Altersflecken übersät. Ihre blauen Augen, klar und leuchtend, aber rot gerändert, betrachteten die beiden Polizisten kühl unter ihren zerknitterten Lidern. Ein Arm, dünn wie ein Stock, führte eine dicke schwarze Zigarette zum Mund, und eine zuckergussähnliche Schicht von Diamanten auf ihren Fingerknöcheln glitzerte sanft in İkmens Augen. So alt und abgemagert wie sie war, war ihr Kiefer noch überraschend klar ausgeprägt – ein eindrücklicher Beweis dafür, dass sie zumindest noch einige ihrer Zähne behalten hatte. Trotzdem war sie unangenehm. Die Haut um Finger und Ellbogen schuppte sich wie bei einem Krokodil und hinterließ rissige, lederartige Hautstellen.

»Kommen Sie näher, alle beide, ich will Ihre Gesichter sehen.« Obwohl ausgetrocknet und vom Alter gezeichnet, war ihre Stimme immer noch kultiviert. Ihr Tonfall war vollendet: der abgehackte, kommandierende Tonfall der englischen Oberschicht. Eine Sekunde lang war İkmen hingerissen vor Bewunderung.

»Machen Sie schon!« Ungeduldig drückte sie ihre Zigarette im Aschenbecher aus.

İkmen beugte sich zu ihr. Sie streckte die Hand aus und fasste ihn einigermaßen grob ans Kinn. »Mmm.« Ihre Hände waren trocken, die Nägel scharf. Mit einem Male fühlte sich İkmen verletzlich, als hätte er versehentlich einen Raum mit fremden, nackten Leuten betreten.

Die Wände des Hauses ächzten leise vor sich hin, als der Wind draußen stärker wurde.

Sie lockerte den Griff und sofort rückte İkmen instinktiv von der alten Frau ab. Er wischte sich das Kinn mit der Hand, als wollte er die Berührung durch etwas Verdorbenes ungeschehen machen.

Süleyman trat nervös vor und die alte Dame lächelte. Ihn fasste sie nicht an, streichelte jedoch mit dem Daumen zart seine Wange, als würde sie feines Porzellan liebkosen.

Wieder murmelte sie, diesmal sehr sanft, ein anerkennendes »Mmm.«

Süleyman richtete sich auf und wandte sich verlegen zu İkmen.

»Sie machen sich noch haftbar!«, flüsterte İkmen mit einer gewissen Leidenschaft.

»Oh, schimpfen Sie nicht mit dem Jungen«, sagte die alte Frau, während sie ihre Zigarette ausdrückte. »Er kann ja nichts dafür, dass er so hübsch ist.«

»Ich dachte, Sie könnten kein Türkisch, Madame«, konterte İkmen.

»Was ich verstehe oder nicht, ist für niemanden außer mir wichtig. Aber türkisch oder nicht türkisch, Ihr Tonfall war ziemlich eindeutig, mein Herr. Eifersucht ist mir vertraut, ich war früher selbst einmal schön.« Wieder wurde ihre Stimme kälter.

»Wie auch immer, wie waren doch noch Ihre Namen? Ich kann doch nicht ›Herr Polizeibeamter‹ zu Ihnen sagen, das wäre zu herabsetzend.«

»Ich bin Inspektor İkmen und das ist Polizeimeister Süleyman.«

Die alte Frau stellte ihre Rauchutensilien etwas vom Bett weg und strich die Tagesdecke glatt. »Sie dürfen sich auf mein Bett setzen, wenn Sie wollen. Es macht mir nichts aus.«

İkmen nahm sie beim Wort, Süleyman dagegen blieb stehen. İkmen griff in seine Tasche und holte Notizbuch und Stift heraus.

»Meine Enkelin sagte mir, dass Sie wegen Informationen über den verstorbenen Leonid Meyer gekommen sind.« Ihr Gesicht war wie Stein, ohne jede Emotion. Ein Lichtstrahl aus einer Ecke des Raumes fesselte İkmens Aufmerksamkeit: das Licht der Lampe, das von den goldenen Gesichtern der Heiligenfiguren auf einer alten Ikone abstrahlte. İkmen wandte sich wieder zurück, um die alte Frau anzuschauen.

Da ist eine, wie er dachte, die immer einen Schritt weiter sein will.

»Ihr Sohn war nicht sicher, ob Sie von der Tragödie schon wüssten, Madame.«

Ungeduldig wedelte sie mit der Hand vor İkmen herum. »Nicholas weiß überhaupt nichts. Er denkt, dass ich allmählich den Verstand verliere. Er ist ein Trottel.«

İkmen war geneigt, dieser Einschätzung von Frau Gulcu bezüglich ihres Sohnes zuzustimmen. Der Verstand der alten Dame war genauso klar wie sein eigener, womöglich sogar noch klarer. »Dann haben Sie also Herrn Meyer gekannt, Madame?«

Sie zündete sich eine Zigarette an und schob İkmen die Schachtel zu. »Bedienen Sie sich.« Er nickte zum Dank und nahm eine dicke schwarze Sobranie aus der Schachtel.

»Ja, ich habe ihn gekannt. Wir haben uns damals in Russland kennen gelernt.«

İkmen zündete die Zigarette an und kostete die kühle Sanftheit. So rauchten die Reichen. »Ich denke mir, dass Sie damals sehr jung gewesen sein müssen.«

»Wir waren beide Teenager.«

Sie lehnte den Kopf auf die Kissen und beobachtete ihn mit ruhigen, durchdringenden Augen. Ihre knappen Antworten gaben İkmen den Eindruck, dass sie freiwillig nicht mehr Informationen herausrücken würde als unbedingt nötig.

»Wie haben Sie Herrn Meyer kennen gelernt?«

»Das ist doch sicher nicht wichtig …«

Ihre fast königliche Gleichgültigkeit ging İkmen auf die Nerven. Er hielt seine Zigarette empor, um sie zu unterbrechen. »Madame, alles ist wichtig, wenn Sie gestatten. Je mehr wir über das Mordopfer wissen, desto mehr wissen wir auch über seinen Mörder. Nur sehr wenige Menschen werden von vollständig fremden Menschen umgebracht. Die meisten Morde geschehen durch Verwandte, Freunde oder Bekannte. Die Biografie des Opfers ist also ganz wesentlich.«

Maria Gulcu sah auf die Ringe an ihren Fingern, bewegte dabei die Hand vor ihrem Gesicht hin und her und fing auf diese Weise das Licht mit den Steinen ein. İkmens Gefühlsaufwallung schien sie gänzlich unbewegt gelassen zu haben.

İkmen schaute Süleyman an, aber der Kopf des jungen Mannes war in Richtung der Vorhänge gewandt. İkmen starrte in das Schimmern hinein, um zu sehen, was sein Kollege beobachtete. In einem großen Brokatsessel direkt vor den Vorhängen saß eine Gestalt, zusammengekrümmt, die Beine unter das Kinn gezogen. Ob sie männlich oder weiblich war, konnte man nicht erkennen, aber ihre Augen leuchteten in der Dunkelheit wie die einer Katze und starrten Süleyman unverwandt an.

»Leonid Meyer stammte aus einer Stadt namens Perm.«

İkmen wandte sich vom Geheimnis in der Ecke ab und drehte sich wieder der alten Frau zu. Es klang bekannt. »Perm? Im Ural?«

Seine Antwort überraschte sie. »Sehr gut, Inspektor!« Sie lächelte ein wenig, ein ganz klein wenig. »Nach der Revolution 1918 ging meine Familie nach Perm. Dort lernte ich Leonid kennen. Wir sind zusammen geflohen.«

İkmen drückte seine Zigarette in ihrem Aschenbecher aus. Bei derartigen Gelegenheiten pries er seinen Vater für dessen längst vergangene und manchmal auch langweilige Vorträge über europäische Geschichte. Nachdenklich kniff er die Augen zusammen. »Ich hätte nicht geglaubt, dass man in Perm 1918 besonders gut aufgehoben war.«

Damit schlug er sie wenigstens kurzzeitig zurück. »Warum?«

»Die Bolschewiken waren damals sehr mächtig in der Gegend. Ihre Familie konnte doch an einem solchen Ort nicht sicher sein.«

»Was verleitet Sie zu dieser Annahme, Inspektor?«

»Madame, Sie haben Englisch nicht aus Büchern gelernt. Sie lernten es von einem Muttersprachler, einer Gouvernante oder einem Kindermädchen. Das erkennt man an Ihrer, ich muss schon sagen, erstaunlich souveränen Beherrschung dieser Sprache. Und daraus folgt, dass Ihre Familie wohlhabend gewesen sein muss und deshalb im Ural beträchtlichen Risiken ausgesetzt war.«

Sie lächelte. »Sie sind ein kluger Mann, Inspektor. Und wo haben Sie Ihr ausgezeichnetes Englisch gelernt?«

»Mein Vater hat die meiste Zeit seines Lebens an der Universität europäische Sprachen gelehrt, er hat es mir beigebracht. Leider hat er seine Kenntnis des Russischen nicht mit mir geteilt. Aber ich weiß ein wenig über die russische Geschichte Bescheid. Unser Haus war immer voller Bücher über die verschiedensten Themen.« İkmen lächelte. Er entnahm seiner Tasche die Zigaretten und legte sie auf das Bett. »Warum sind Sie mit Meyer weggelaufen? Warum ist er eigentlich mit Ihnen geflohen? Er war doch ein armer Jude und Sie …«

»Wir liebten uns.«

»Aber Sie haben ihn doch nicht geheiratet, oder?«

»Nein.« Sie lachte. Es war ein tiefer, kratzender Laut, wie ein Husten. »Wie Sie ganz richtig vermutet haben, konnte die Beziehung nicht lange halten. Was man auch sagen mag, Klassenunterschiede spielen immer und unvermeidlicherweise eine Rolle. Leonid war ein Bauer. Stellen Sie sich vor, dass Ihre Tochter, falls Sie eine haben, Ihren hübschen Polizeimeister heiraten will.« Sie deutete in Süleymans Richtung. »Sie würde seiner bald überdrüssig werden. Er ist auch ein Bauer. Die Kinderstube, wie die Engländer sagen – und sie sind darin Experten –, zeigt sich immer. Und sei die Kleidung auch noch so dreckig.«

İkmen lächelte und bot ihr eine Zigarette an, aber sie winkte ab. »Sie sind zusammen nach İstanbul gekommen, Sie und Meyer?«

»Ja. Wir trennten uns und ich lernte meinen Mann kennen, Herrn Gulcu.«

»Warum İstanbul?«

»Warum nicht?« Mit einem Male wurden ihre Augen verschwommen, als sie über ihn hinweg in die Dunkelheit starrte. Nun war der Ausdruck ihrer Stimme ganz weich, fast schon zart. »Ich kann Ihnen nicht sagen, wie es in Russland war. Alle waren tot oder starben. Ich wäre freiwillig in die Hölle gegangen, um von da wegzukommen. Es gab dort so viele Tote. Sie lagen haufenweise am Straßenrand. Wegen des Gestanks konnte man unmöglich Luft holen. Alles war vergiftet. Verglichen damit war sogar Ihr ruiniertes Land ein Paradies.«

İkmen hatte das Gefühl, dass Maria Gulcu nicht mehr vollständig anwesend war. Ihr Geist war an eine einerseits entsetzliche, andererseits sehr gegenwärtige Erinnerung gefesselt. Instinktiv senkte er die Stimme, fast wie bei einem Gebet. »Und Ihre Familien – Ihre und die von Meyer?«

Tränen stiegen ihr in die Augen und die Pupillen bewegten sich, als verfolgten sie eine Szene, die an der gegenüberliegenden Wand aufgeführt wurde. Sie murmelte etwas auf Russisch und endlich wandte sich ihr Blick wieder İkmen zu. Er sah, wie sich ihre Augen bewegten, sah auch, wie schwierig es für sie war, sie von der Wand abzuwenden. »Sie sind alle gestorben, Inspektor, alle.«

İkmen hörte, wie Süleyman mit den Füßen auf dem Teppich scharrte. Er hatte, seitdem die merkwürdige alte Dame zu sprechen angefangen hatte, wenig auf den jungen Mann geachtet. Beiläufig fragte er sich, was sein Polizeimeister wohl davon hielt, als Bauer bezeichnet zu werden.

»Madame, gibt es Ihrer Erfahrung nach und vorausgesetzt, dass sie mit Herrn Meyer in Kontakt standen, jemanden, von dem Sie glauben, er könnte ihn umgebracht haben?«

»Leonid und ich haben uns nicht oft gesehen, besonders nach meiner Heirat. Er hat getrunken.«

»Haben Sie eine Ahnung, warum?«

»Vermutlich, weil er es wollte, Inspektor. Die Alkoholsucht ist unter meinen Landsleuten ein sehr verbreitetes Laster.«

Sie hielt inne. Ein schwaches Winseln vom Sessel bei den Vorhängen drang in die Stille.

Süleyman beugte sich vor und wies hinter sich auf die Quelle des Geräuschs. »Madame, diese Person …«

Die Wolken verschwanden so schnell, wie sie aufgekommen waren, und Maria Gulcu lachte wieder. »Sie sind ja wirklich ein Bauer, mein Lieber.« Obwohl sie Süleyman ständig ansah, wandte sie sich an İkmen. »Sie müssen den Jungen lehren, Diener zu übersehen. Man wird sonst denken, dass er keine Klasse hat.«

İkmen räusperte sich sehr auffällig. Er hatte keine Lust, sich noch weiter über soziale Rangunterschiede auszulassen. »Richtig. Und, Madame?«

Sie zuckte mit den Achseln. »Mir fällt niemand ein. Vielleicht von seinen eigenen Leuten, an diesem schrecklichen Ort, an dem er lebte …«

»Andere Juden?«

Was Maria Gulcu anzunehmen schien, war ihm bislang noch nicht eingefallen. Ein Feind innerhalb der Gemeinde?

Wieder sah sie İkmen mit festem Blick an. Es war ihr gewohntes, durchdringendes, reptilhaftes Starren. »Juden oder Feinde von Juden.«

İkmen sah ihr gleichfalls in die Augen und hatte dabei ein höchst merkwürdiges Gefühl. Es war wie ein Einverständnis, das sich zwischen ihnen ergeben hatte, das Wissen um eine gemeinsame Erfahrung. Es war natürlich absurd – er hatte die Frau doch gerade erst kennen gelernt! Aber das Gefühl blieb. Es war wie ein Déjà-vu. Und er wusste, dass auch sie es so empfand. Er war entnervt und schüttelte den Kopf, als wollte er etwas aus seinem Gedächtnis schütteln, das ihm unangenehm war.

»Herr Meyer hatte eine ziemliche Menge Geld. Wussten Sie das?«

»Nein.« Aber sie hörte sich nicht überrascht an. »Vielleicht liegt da Ihr Motiv, Inspektor.«

»Die Art, wie er umgebracht wurde, legt diesen Schluss nicht nahe, Madam.«

Fragend hob sie eine Augenbraue. »Ach?«

Es war anstrengend, sich von diesem schwer gezeichneten, gleichwohl klugen Gesicht nicht verführen zu lassen. Das Bedürfnis, mit Gleichgesinnten Wissen zu teilen, war sehr stark. Womöglich könnte Maria Gulcu, falls er ihr Einzelheiten der Tat erzählte, einiges Licht auf die dunklen Seiten dieses Falls werfen. Er war sich fast sicher, dass sie das könnte, wusste aber nicht, warum dem so war. Er wollte es ihr sagen, obwohl sie es zu wissen schien. Die verwahrloste, blutige Wohnung in Balat, sie … Doch İkmen hielt sich zurück. Maria Gulcu schlang langsam die Arme umeinander, wie Schlangen, die einander umwarben. Trotz ihres Alters war diese Bewegung sinnlich, fast verführerisch, was İkmen plötzlich abstieß. Er räusperte sich und wurde wieder geschäftsmäßig.

»Die Details sind natürlich vertraulich, Madame.«

Sie zuckte ein wenig mit den Achseln und räusperte sich gleichfalls. »Wie Sie wollen.« Es war ein kleiner Abschied, als würde das Thema sie nicht mehr betreffen. Aber es betraf sie.

İkmen sah auf die Uhr. Es war schon spät und das Zimmer und dessen Bewohnerin fingen an ihn zu bedrücken. Er musste hinaus. Erst dann würde er wieder seine eigenen Gedanken fassen können, während es in diesem Raum unmöglich war, nicht von ihrer Gegenwart angesteckt und durchdrungen zu werden. Aber eine Frage musste er ihr noch stellen.

»Wussten Sie etwas von Herrn Meyers Beziehung zu Şeker Textilien?«

Während er sprach, blickte sie woandershin, aber İkmen konnte aus dem Augenwinkel das Lächeln auf ihrem abgewandten Gesicht sehen. »Ja, er hat für diese Firma gearbeitet, als er in dieses Land gekommen ist. Das heißt, so lange, bis er sich mit dem Chef überworfen hat.«

»Ich nehme nicht an, dass Sie wissen, worum es sich dabei handelte, oder?«

Sie wandte İkmen wieder das Gesicht zu, das Lächeln war von ihren verlebten Lippen verschwunden. »Es war 1940 oder um diese Zeit und der Besitzer der Firma, ein Herr Smits, war ein sehr patriotischer Deutscher. Muss ich noch mehr sagen?«

»Nein.« İkmen seufzte. »Nein, ich denke, das spricht für sich.«

Dann wechselte er sachte die Richtung, denn er wollte nun trotz seines Interesses, das die Situation in ihm wachgerufen hatte, so schnell wie möglich hinaus und weg. »Gibt es noch irgendetwas, das Sie uns über Herrn Meyer sagen können, Madame?«

Maria Gulcu sah auf ihre Decke und zupfte vergebens mit ihren Fingern an ihr herum. »Er trank, er lebte in Armut, er hatte nichts und niemanden. Was soll ich noch sagen?«

»Aber Sie haben ihn einmal geliebt.«

Ihr Gesicht verhärtete und verfinsterte sich. »Ja, das habe ich. Manchmal gibt es Gründe, jemanden zu lieben, die nichts mit dem Intellekt oder nicht einmal mit dem Körper zu tun haben. Aber ich erwarte nicht, dass Sie das verstehen, Inspektor.«

»Ich würde es verstehen, wenn ich die Gründe kennen würde.«

Sie steckte Zigaretten und Feuerzeug wieder unter die Decke und schloss die Augen. »Ich bin müde. Ihre Neugierde wird allmählich anzüglich. Bitte gehen Sie jetzt.«

Sie war nicht unfreundlich, aber İkmen wusste, dass weitere Fragen sinnlos wären. Sie hatte gesprochen und das war es.

İkmen steckte seine Zigaretten wieder in die Tasche und erhob sich.

»Sehr wohl. Ich danke Ihnen für Ihre Mitarbeit, Madame.«

Sie lachte, ohne jede Heiterkeit. »Gute Nacht, meine Herren.«

Die beiden Polizisten gingen zur Tür. Als Süleyman auf gleicher Höhe mit İkmen war, fühlte dieser die Hand des jungen Mannes auf seiner Schulter.

Çiçek Pasaj ist eine enge, neonbeleuchtete Gasse. Sie geht von İstiklâl Caddesi westlich und verläuft sich, wenn sie Balik Pazar erreicht, den Fischmarkt dahinter. Zu beiden Seiten sind Bars und kleine Restaurants, *lokantalar* genannt. Soweit die meisten zurückdenken können, ist Çiçek Pasaj immer schon ein Anziehungspunkt sowohl für die Arbeiterklasse als auch für die Intelligenzija der Stadt gewesen. Dieses kleine unmäßige Viertel war stets durch exzessives, hingebungsvolles Trinken und die Aura heruntergekommener Exzentrizität gekennzeichnet. Jetzt bildeten naturgemäß die Touristen den größeren Teil der Klientel und diese neue Erscheinung hat eine generell hygienischere Erscheinung des Viertels zur Folge. Ende der achtziger Jahre war hier alles vollkommen renoviert worden. Davor wäre wohl der Begriff »verwegen« eine zutreffendere Beschreibung gewesen.

Çetin İkmen erinnerte sich sehr gut an die alten Tage der wilden Kämpfe, der steinharten und hartnäckigen Prostituierten, an den Schmutz, Dreck und billigen Schnaps. Deren Verschwinden beklagte er bitterlich. Diesmal konzentrierte er sich allerdings nicht auf seine Umgebung. Süleyman war sehr aufgeregt, so hatte er ihn noch nie gesehen. Es war fast wie ein Schock.

»Ich habe schon damit gerechnet, dass Drakula unter dem Bett oder aus einem Schrank hervorkriecht!«

İkmen füllte sein Glas zum zweiten Mal und beugte sich zu seinem Kollegen vor. Das versammelte Stimmengewirr der Betrunkenen von Çiçek Pasaj war zwar laut, aber er wollte nicht, dass alle Welt ihre Unterhaltung mitbekam. »Sprechen Sie leise, Süleyman! Ich wollte, dass Sie etwas trinken, damit es Ihnen besser geht.«

»Und diese Person in der Ecke!«

»Ich will Ihnen einen kleinen Ratschlag hinsichtlich der Welt und Ihrem Platz darin geben, Süleyman.« İkmen zündete sich eine Zigarette an. »Die Welt hat unendlich viele Gesichter und als Polizist werden Sie, mehr als die meisten anderen Menschen, ihren extremen Launen ausgesetzt.« Er schaute voller Ernst tief in sein Glas. »Die alte Frau Gulcu war ganz schön nervtötend. Ich hatte das sehr sonderbare Gefühl ...«

»Wenigstens wollte sie Sie nicht in dieses entsetzliche Bett ziehen!«

İkmen erholte sich von seiner Träumerei und kicherte. Es war sinnlos, jetzt erklären zu wollen, was er in jenem besonderen Moment gefühlt hatte. Er verstand es selbst nicht ganz. »Na ja, aber Sie kamen doch auch ganz gut an, oder?«

Süleyman lehnte sich schwer auf den Tisch. »Ich habe mich wie ein Objekt gefühlt, wie eine Sache, vor dieser grauenvollen alten Frau und ihrer schrecklichen Enkelin ...«

»Ich fand das Mädchen ziemlich attraktiv.«

»Sie hat mir ständig auf meinen ...«

»Ja ja, das Lady-Chatterley-Syndrom.«

»Was?«

İkmen lachte. »Nichts.« Beide schwiegen nun. Süleymans Aufregung schien sich vorübergehend gelegt zu haben.

İkmen nahm einen Schluck aus seinem Glas und schwenkte den Schnaps kurz im Mund umher, ehe er ihn herunterschluckte. In der Bar gegenüber stimmte der alte libanesische Akkordeonspieler die Marseillaise an. »Wenn man mal das alte Haus beiseite lässt, die seltsame Einrichtung, gab es sonst noch jede Menge Merkwürdigkeiten, die mich bei dem Gespräch gestört haben.«

»Zum Beispiel?«

»Der ganze Kram, wie ihre Familie direkt nach der Revolution in den Ural gegangen ist. Das ergibt doch gar keinen Sinn. Reiche Leute wie die wären doch in Stücke gerissen worden. Und wie hat sie, eine reiche Russin, es geschafft, einen gewöhnlichen kleinen Juden wie Meyer kennen zu lernen? Sogar nach der Revolution haben sich doch die verschiedenen Klassen kaum gemischt; und zu allem anderen waren sie während des nachfolgenden Bürgerkriegs auf entgegengesetzten Seiten. Und warum sollten sie und vor allem er das Land verlassen?«

»Sie sagte ja, dass es fürchterlich gewesen war. Sie hatten Angst. Und außerdem liebten sie sich.«

İkmen blickte unverwandt ins Leere. »Taten sie das wirklich?« Dann sah er wieder in Süleymans Gesicht. »Ich kann mir nicht vorstellen, dass diese Frau überhaupt jemanden liebt. Ich weiß, dass es schlimm ist, so etwas über einen Menschen zu sagen, aber ich kann es mir einfach nicht vorstellen. Ich fühlte mich ganz erschlagen, als ich aus diesem Zimmer herauskam. Es war, als hätte man mir das Blut ausgesaugt.«

»Wie meinen Sie das?«

İkmen lächelte sanft. »Ach nichts.« Wieder war es ihm unmöglich zu erklären, wie er sich gefühlt hatte. Es war ein so tiefes

Wissen gewesen, fast schon unzugänglich. Auf den ersten Blick waren die Gulcus nichts weiter als eine exzentrische russische Emigrantenfamilie, die angesichts der Polizei nervös wurde. Aber diese alte Frau! Als sie die Feinde der Juden erwähnt hatte, hatte er aufgehorcht. Die Worte hätten von jemand anderem gesagt werden können und er hätte nicht einmal mit der Wimper gezuckt, aber von ihr ... Es war offenkundig das Gefallen, mit dem sie diese Worte ausgesprochen hatte, der Reptilienblick, den sie ihm dabei zugeworfen hatte. Wollte sie ihm ganz bestimmte Gedanken einflößen; und wenn ja, warum? Wodurch war das Gefühl einer gemeinsamen Erfahrung hervorgerufen worden? Warum hatte er, İkmen, den Eindruck, dass das, was er in jener schmuddeligen Wohnung in Balat gesehen hatte, für sie kein Geheimnis war? Es war wohl ein altes Gefühl, sicher; aber eines, dem er über all die Jahre hinweg zu trauen gelernt hatte. Noch war er nicht fertig mit Maria Gulcu oder mit dem bislang unbekannten Reinhold Smits.

»Was denken Sie denn über die Version der alten Frau hinsichtlich der Textilfirma Şeker, Süleyman?«

»Sie schien ein ähnliches Szenario anzudeuten wie der Rabbi.«

»Ja.« İkmen lächelte, aber eher grimmig, wie Süleyman dachte. »Ich freue mich schon auf Smits. Man trifft nicht jeden Tag jemanden, der mit dem toten Adolf Hitler einer Meinung ist.«

»Das wissen wir noch nicht mit Sicherheit.«

Zustimmend erhob İkmen sein Glas. »Sicher wissen wir es noch nicht, wie Sie sagen.« Dann nahm er einen großen Schluck aus seinem Glas und wandte seine Aufmerksamkeit einem Punkt zu, von dem er annahm, dass er seinem Kollegen entgangen wäre. »Süleyman, haben Sie den Mann in der Halle mit seiner Enkelin bemerkt?«

»Ja. Sie haben doch mit ihm geredet, oder?«

»Ja. Das war Robert Cornelius, einer der Engländer, den ich gestern in der Sprachenschule gefragt habe. Er war derjenige, der ungefähr zur Tatzeit in der Gegend war. Genau der, bei dem ich nicht so recht wusste.«

»Ist das ein Zufall?«

»Kann sein.« İkmen goss sich noch etwas Schnaps in sein Glas. »Ich möchte, dass Sie sich ihn mal richtig vornehmen. Wir haben sämtliche Informationen auf der Wache. Schicken Sie bitte alles nach London, ja? Ich möchte gern etwas mehr über unseren Mr. Cornelius erfahren.«

»An Inspektor Lloyd?«

İkmen lächelte, was er immer tat, wenn er durch irgendetwas an seinen allzu kurzen Aufenthalt bei Scotland Yard in London vor gut fünfzehn Jahren erinnert wurde. John Lloyd und seine Kollegen waren mit dem Häuflein türkischer Detektive während jener verrückten, nun schon so lange zurückliegenden vierzehn Tage oft einen trinken gegangen. Damals hatten İkmen und seine Kollegen zwar nicht besonders viel über das Polizeiwesen gelernt, aber das englische Bier war ausgezeichnet, und zumindest Lloyd hatte sich über die Jahre als höchst zuverlässige Verbindung zur englischen Polizei erwiesen. Es gab jedoch auch andere, die beachtet werden wollten, und zwar im eigenen Land. İkmen räusperte sich. »Ja. Ich brauche noch mehr über die Gulcus. Setzen Sie Cohen darauf an. Das und die Befragung einiger weiterer Penner sollten ihn für eine Weile vom Trinken und von den Frauen abhalten.«

»Jawohl.« Süleyman trank ruhig seine Limonade aus, aber er sah bekümmert aus.

»Was gibt es, Süleyman?«

»Na ja ... Schauen Sie, meinen Sie nicht, dass wir mal ein paar Leute mit etwas mehr Profil aufgabeln sollten? Herr Meyer hatte Geld und diese Gegend wimmelt nur so vor Dieben, Drogenkonsumenten und all den anderen Verrückten. Mir fallen allein schon sechs ein, die innerhalb von einem Kilometer um die Wohnung über mir leben.«

»Ich bin nicht ernsthaft der Meinung, dass es Raub war. Welcher Dieb zieht denn mit einem Kanister Schwefelsäure los? Die Mordwaffe und die Säure sind vom Mörder nach der Tat wieder mitgenommen worden. Das Zimmer war auch nicht auf den Kopf gestellt, so als ob jemand etwas gesucht hätte. Nein, ich bleibe dabei, dass es eine persönliche Angelegenheit war. Meyer sollte sterben, und zwar auf genau diese Art. Wir suchen hier nicht irgendeinen kranken Junkie, der jemanden wegen einem Schuss umbringt. Wir suchen nach jemandem, der Juden hasst oder der Meyer hasste. Je mehr ich über diesen Fall nachdenke, desto überzeugter bin ich, dass, wer auch immer Meyer umgebracht hat, ein Motiv hatte. Ein sehr starkes, vielleicht sogar ein berechtigtes.«

»Na ja ...«

»Ich weiß, ich sehe aus, als würde ich den ganzen Tag nur nach etwas zu trinken lechzen, aber ich habe über diese Sache sehr lange nachgedacht. Es gab in der Wohnung nicht eine Spur von unserem Mörder, außer eben die Tat selbst. Nicht einmal einen Fingerabdruck bisher. Auch die Leiche hat, Arto Sarkissian zufolge, nichts erbracht, was für uns von Nutzen wäre. Und sehen Sie sich die Tat selbst an! Den ganzen Tag habe ich hin und her überlegt. Der widerliche Anblick der Leiche. Der absolute Schrecken in seinen Augen ...« Er brach ab und starrte ins Leere, wobei er den Kopf leicht schüttelte, als würde oder könnte er es nicht verstehen.

Süleyman trank aus und stellte sein Glas auf den Tisch aus grobem Holz. Er war zwar nicht überzeugt, machte aber das Beste daraus. »Na ja, ich werde Ihnen mal glauben.«

İkmen lächelte. Er wusste, dass Süleyman Einwände hatte, schätzte aber dennoch seine Zuversicht. »Sehr gut. Ich kann mir vorstellen, dass Sie jetzt nach Hause wollen.«

»Ich glaube, ja.« Süleyman fasste hinter sich und zog seine Jacke an. »Ach übrigens ...«

»Ja?«

»Was sollte das mit dem Bauern?«

»Oh, Sie haben also alles verstanden?«

Süleyman erhob sich. »Ich habe jedes einzelne Wort verstanden.«

»Frau Gulcu ist ein fürchterlicher Snob. Sie setzt Intelligenz mit Klasse gleich. Sie dachte, weil ich gebildet bin, müsste ich auch Aristokrat sein.«

»Sie hat doch gemeint, ich wäre ein Bauer, oder?«

Wieder lächelte İkmen. »Wie ich schon gesagt habe, der Lady-Chatterley-Komplex, der Wunsch, Macht über hübsche junge Arbeiter zu haben. Eine übliche Fantasie der höheren Klassen, wie auch ihre Bemerkung, dass alle Bauern per Definition dumm sind. Das sind Überzeugungen, die dazu beigetragen haben, dass das kaiserliche Russland in die Knie ging. Machen Sie sich darüber keine Gedanken.«

Süleyman zuckte mit den Achseln. »Das tue ich auch nicht. Sie hatte einfach Unrecht. Sie hat sich blamiert.«

Das hatte İkmens Interesse erregt. »Ach ja?«

»Unter Atatürk war meine Familie an der Schwarzmeerküste sehr mächtig. Seit Jahrhunderten Provinzgouverneure.«

İkmen blickte erstaunt. »Das haben Sie mir nie gesagt.«

Süleymans Gesicht verdüsterte sich leicht. »Wozu auch?« Schnell hellte sich seine Miene auf und er lachte wieder. »Wie auch immer, vielleicht hat ja einer meiner Vorfahren einen der Ihren zum Tode verurteilt. Das haben sie oft gemacht. Ganz schön peinlich, nicht?«

İkmen erhob sein Glas und prostete Süleyman zu. »Die Vergangenheit kehrt zurück, um uns zu quälen.« Aber seine Stimme wurde beim Sprechen schwächer und wieder trat das eigenartige Gefühl auf. »Gute Nacht, Süleyman«, sagte er sanft.

»Gute Nacht. Ich hole Sie morgen gegen neun Uhr ab. Ist das okay?«

»Das ist sehr gut.«

Der junge Mann ging und die fröhlichen Stimmen der einander zutrinkenden Menschen aus unterschiedlichen sozialen Klassen brachen über İkmen herein. Es war ein passender Schluss für einen mit Geistern durchsetzten Abend, dass nun auch Süleymans Vorfahren in das Gespräch eingeflossen waren. Die Reichen, die Privilegierten und die Grausamen.

Gegen halb elf stand Robert vor Rosemarys Wohnung. Wie er dort hingeraten war, wusste er nicht mehr. Auch nicht, warum. Es war, als wäre er in jenen merkwürdigen Automatismus verfallen, der immer dann auftritt, wenn man wirklich sehr betrunken ist. Der Automatismus, der einen nach Hause führt, aber einem schlicht verheimlicht, wie man es bis dorthin geschafft hat.

Robert war ein bisschen beschwipst, aber bei weitem nicht betrunken. Vor allem war er verwirrt. In der Stunde, seit er Natalias Haus verlassen hatte, hatte seine Stimmung sehr geschwankt. An erster Stelle hatte er natürlich Angst gehabt, die Angst, dass er einen schweren Fehler begangen hatte. Dass er Natalia total missverstanden hatte, ja, sogar jetzt weniger von ihr wüsste als vorher. Angst, dass sie nicht bloß schrullig, sondern auch schrecklich wäre, sie und ihre merkwürdigen Verwandten. Robert hatte sich schlecht gefühlt, irgendwie beschmutzt, als wäre er an einer Sache beteiligt, die sowohl unsauber war als auch außerhalb seines Begriffsvermögens lag. Das Auftauchen des ihm bekannten Polizisten hatte dieses Gefühl nur noch verstärkt. Er fühlte sich ausgeschlossen, beobachtet und zutiefst zwiegespalten und fragte sich, was Natalias unsichtbare Großmutter den beiden erzählt haben mochte. Er fragte sich auch, was für ein Mensch diese Frau war und warum sie sich nicht dem Rest der Familie zum Abendessen angeschlossen hatte.

Und dennoch hatte er nicht ein Wort mit Natalia oder ihrer Familie reden können. Als die Polizisten gegangen waren – sogar, wie ihm jetzt einfiel, als sie noch im Haus waren, war tatsächlich so etwas wie Normalität aufrechterhalten worden. Nichts, was mit den Ereignissen von Montag oder der Polizei zu tun hatte, war auch nur ansatzweise erwähnt worden. Sie hatten Karten gespielt, über nichts von Bedeutung geredet; er hatte Natalias Körper angesehen, der fast, aber eben nicht ganz, von ihrem weißen Kleid verdeckt wurde. Der Dämon der Begierde setzte sich über alles hinweg und ließ ihn nicht in Ruhe. Womöglich besaß Natalia irgendeinen Zauber, vielleicht kannte sie sich ja mit raffinierten Aphrodisiaka aus ...

Robert drückte auf den Klingelknopf an Rosemarys Haustür und versuchte sich darüber klar zu werden, was er sagen sollte, wenn sie antworten würde. Noch wusste er nicht, was er von seiner Kollegin wollte. Im Grunde brauchte er wohl Trost, wie er annahm. Er hatte nicht vor, ihr etwas zu erzählen, er wollte nur eine Tasse englischen Tee mit Milch und ein paar geistlose Platitüden; er wollte einfach nicht allein sein.

Die Tür ging auf. »Hallo, Robert!« Sie hatte Lockenwickler im Haar und war schon bettfertig. Im Hintergrund jaulte der BBC World Service, der Empfang war stark mit atmosphärischen Störungen durchsetzt.

»Hallo, Rosemary, kann ich für eine Minute hereinkommen?«

Robert war bisher nur ein einziges Mal in ihrer Wohnung gewesen: anlässlich der Party zu ihrem fünfzigsten Geburtstag im vergangenen November. Es war damals sehr kalt gewesen. Sie hatte ein blaues Abendkleid aus Samt getragen und hatte ihren damaligen Kavalier, einen fünfundzwanzigjährigen kurdischen Jungen an ihrer Seite gehabt. Seitdem waren noch zwei junge Türken und ein Sudanese gefolgt. Rosemarys Durst nach wahrer Liebe wurde weder durch die Zeit noch durch den Altersunterschied getrübt. Robert hoffte, dass sie wegen seines doch recht späten Auftauchens auf ihrer Schwelle nicht auf falsche Gedanken käme.

Sie lächelte. »Natürlich, komm rein.« Sie trug ein leichtes Lächeln zur Schau, aber Robert sah, dass sie besorgt war. Er betrachtete sein Gesicht in dem kleinen Spiegel an der Tür und sah den Grund ihrer Besorgnis: Sein Gesicht war weiß, die Augen waren schwarz und starr. Er sah aus, als wäre er direkt einem Alptraum entsprungen.

Rosemary machte Platz, um ihn eintreten zu lassen, und führte ihn in ein sehr gemütliches und geschmackvoll eingerichtetes Wohnzimmer. Robert setzte sich unsicher auf die Kante eines großen braunen Sofas, während Rosemary das plärrende Radio ausschaltete.

»Also«, sagte sie, während sie sich zu ihm umdrehte und ihn erneut anlächelte. »Was kann ich für dich tun?«

Einen entsetzlichen Moment lang hatte Robert das Gefühl, dass seine schlimmsten Befürchtungen wegen Rosemary sich bestätigen würden. Doch als sie sich ihm gegenüber in den Sessel setzte, merkte er, dass ihr Lächeln mütterlich und ihre Bewegungen eher verschämt und zurückhaltend waren.

»Ach, ich wollte nur ein wenig plaudern.« Er lachte nervös und bürstete sich ein imaginäres Staubkörnchen von der Hose. Er musste wohl noch etwas sagen! Denn was bisher von ihm gekommen war, war wohl kaum eine Rechtfertigung, die verdiente Nachtruhe einer alternden Jungfer zu stören. Aber ihm fiel nichts ein. Stattdessen grinste er und ärgerte sich über sich selbst. Eine angespannte, wenn auch freundliche Stille hing im Raum.

»Der Wind kommt wieder auf«, sagte Rosemary und deutete mit ihrem Kopf zum Fenster. Sie war genauso verlegen wie Robert. Es war einfach zu lächerlich. Irgendetwas musste er nun sagen: das, was ihm im Sinn herumging. Ein bisschen umschreiben, etwas aufpolieren, aber trotzdem raus mit der Sprache. Deshalb war er ja gekommen. Jetzt nicht über Natalia zu reden wäre Verschwendung. Rosemary war älter und erfahrener; sie wusste über die Liebe Bescheid.

»Mit dem Liebesleben geht es gerade ein bisschen abwärts«, platzte es schließlich aus ihm heraus. Er musste ein wenig kichern, als er das sagte, und versuchte angestrengt, Haltung zu bewahren. »Glaub nicht, dass ich das jemals hinkriege.«

»Oje.« Sie sah sehr alt aus, wie sie mit ihren Lockenwicklern und den im Schoß zusammengefalteten Händen dasaß, und auch sie war alles andere als entspannt. Es schien Robert, dass sie vielleicht genauso viel Angst vor seinen unerwünschten sexuellen Avancen hatte wie er vor den ihren. Schließlich war er wohl kaum ihr Typ. Nicht nur des Klimas wegen hatte Rosemary den größten Teil ihres Arbeitslebens im Mittleren Osten verbracht.

»Möchtest du eine Tasse Tee?«, fragte sie nach einer Weile.

»Hast du auch Milch?«

»Jede Menge. Und Zucker. Willst du einen?«

Robert nickte. »Mit zwei Stückchen Zucker.«

»Die Tasse, die einen wieder aufmuntert.« Sie tätschelte seine Hand und ging hinaus in die Küche.

Einige Minuten später kam sie mit zwei großen Bechern dampfenden Tees und einer ziemlich ernsten Frage zurück.

Einen der Becher reichte sie ihrem Gast. »Hör mal, Robert. Ich will nicht neugierig sein, aber ist deine Freundin von hier?«

»Ja.«

»Aha.« Rosemary sah ihn kritisch an. »Ich nehme an, es ist dir ziemlich ernst mit ihr?«

Robert nahm seine Zigaretten und das Feuerzeug aus der Tasche und zündete sich eine an. »Ja, das ist es. Ich habe immer nur ernsthafte Beziehungen. Rumvögeln ist nicht meine Art.« Sogar für ihn hörte sich das selbstgefällig an, er hasste sich dafür. »Nicht, dass ich was gegen Leute habe, die so etwas machen, verstehst du …«

»Ist schon gut, Robert.« Rosemary lächelte wieder. »Ein paar von uns wollen sich binden und ein paar nicht. Man muss halt den Richtigen finden. Aber …«

»Rosemary?« Robert fühlte einen plötzlichen und überwältigenden Drang, ihr etwas zu berichten. Nicht alles natürlich, nur allgemein. Er setzte sich nach vorne und leckte sich nervös die Lippen.

»Ja, mein Lieber?« Sie stellte ihren Becher auf den Couchtisch und sah Robert ernst und besorgt an.

»Rosemary, was würdest du tun, wenn du rauskriegen würdest, dass dein Liebhaber etwas Schreckliches angestellt hat?«

»Wie zum Beispiel?«

»Diebstahl, Drogen, Prostitution ...« Robert vermied es sorgfältig, das Verbrechen auszusprechen, das ihm im Kopf herumging. »Aber nicht irgendwie in der Vergangenheit, das meine ich nicht. Ich meine etwas, was er jetzt tut, während er mit dir ausgeht.«

Ein paar Sekunden lang blickte Rosemary gedankenvoll drein, seufzte dann tief und nahm wieder ihren Becher in die Hand. »Ich denke mal, es würde davon abhängen, wie stark meine Gefühle für diesen Liebhaber wären. Wenn ich nicht so an ihm hängen würde, wäre es natürlich leichter ... Ich würde ihn abservieren. Wenn ich mich aber richtig drauf eingelassen hätte ...«

»Würdest du die Polizei benachrichtigen?« Robert saß nun wieder ganz vorne an der Sofakante und seine Finger zitterten ganz leise am Zigarettenfilter.

Wieder seufzte Rosemary. »Wenn ich mich richtig eingelassen hätte ... ich weiß nicht. Ich nehme ja gerne von mir an, dass ich das Richtige und moralisch Korrekte tun würde, aber sicher bin ich nicht, Robert. Auch wenn es sich ziemlich brutal und gemein anhört, aber ich denke, es würde hauptsächlich vom Sex abhängen. Ich hatte mal einen Liebhaber, einen Türken, der mich jedes Mal, wenn er mir nahe kam, zum Zittern brachte. Es wäre sehr schwierig gewesen, ihn den Behörden zu übergeben. Es war ja schon schwer genug, ihn wieder seiner Frau zu geben!« Sie hielt inne. »Ich weiß es einfach nicht, das ist meine Antwort.«

Still trank Robert seinen Tee aus. Als Rosemary wieder sprach, hörte sie sich hilflos und verloren an. »Dieser kulturelle Unterschied zwischen uns und den Levantinern ist nämlich ein großer Mist. Es ist oft nahezu unmöglich, genau zu wissen, was gerade los ist. Es ist verdammt leicht, sich auf Sachen einzulassen, die man gar nicht richtig versteht. Einerseits kann man zu falschen Schlüssen kommen, die die Beziehung zerstören können. Andererseits kann man ganz schön in Schwierigkeiten geraten.«

Robert drückte seine Zigarette im Aschenbecher aus und trank seinen Tee aus. »Ich will einfach wieder heiraten, Rosemary. Ich weiß, ich laufe Gefahr, einen Fehler zu machen, weil mein Drang nach einem gesetzten Leben so groß ist, aber … Ehrlich, wenn ich dieses Mädchen verliere, dann weiß ich nicht mehr, was ich noch tun soll. Irgendwie hat sie es mir angetan; ich weiß nicht, was es ist …«

»Sex«, sagte Rosemary schlicht und ergreifend und ein trauriges und leichtes Lächeln huschte über ihre Lippen. »Es ist immer der Sex, mein Lieber. Verdammt gefährlich ist das! Wenn deine Partnerin gut ist, kann das zur Obsession werden.« Rosemary blickte auf den Boden. »Besonders, wenn du in der Vergangenheit mal eine schlechte Zeit hattest. Lust und Liebe können manchmal ganz schön durcheinander geraten, ich weiß das, glaub mir.«

»Ich denke nur noch an sie!« Robert sprach sehr sanft, fast wie zu sich. »Sogar jetzt.«

Rosemary faltete die Hände vor dem Kinn und blickte mit einem Male sehr entschlossen. »Weißt du, meiner Meinung nach – und du wirst das nicht mögen – solltest du wieder mehr andere Menschen treffen. Lass mal wieder mehr frische Luft in dein Leben, mein Lieber. Mir ist völlig klar, dass diese Frau wunderbar ist, sie muss es sein, denn sonst wärst du nicht so … Hör auf, der geheimnisvolle Mann der Londra-Sprachschule zu sein, und mach es wie wir anderen! Du bist geschieden und natürlich willst du wieder heiraten und ich weiß auch, dass das eines Tages passiert, aber lass es langsam angehen, Robert. Du weißt doch. ›Jung gefreit, bald bereut.‹«

Robert lächelte, steckte die Zigaretten wieder in seine Tasche und stand auf. »Ich weiß, Rosemary. Wie auch immer, jetzt sollte ich jedenfalls gehen, ich habe dich schon zu lange mit meinem Unsinn genervt.«

»Ist schon gut, mir macht es nichts.« Rosemary stand auf und steckte die Hände in die Taschen ihres Bademantels. »Fühl dich nicht gedrängt zu gehen. Du kannst ruhig noch mehr erzählen. Ich bin zur Zeit ohne Mann. Es war ganz nett, zur Abwechslung wieder mal männliche Gesellschaft zu haben, auch wenn es diesmal nur platonisch war.«

Beide lachten. Es war sehr angenehm gewesen, Zeit mit einer Frau zu verbringen, die nichts von ihm wollte. Als Robert ging, dachte er, wie angenehm es wäre, es mal zu wiederholen. Aber nicht jetzt. Irgendwann in der Zukunft, wenn er nicht so viel im Kopf hatte, wenn sie, Natalia, entweder aus seinem Leben draußen wäre, oder richtig drin … wenn sie für ihn kochen, mit ihm in die Ferien fahren, in seinem Bett schlafen würde. Kurzzeitig schoss es durch Roberts Kopf, dass er »traurig« war. Ein »trauriger Mann«, der sich nach Heirat und Häuslichkeit sehnte. Aus seiner Sicht, von draußen, hatte ein solches Leben immer so sicher gewirkt. Wenn es denn funktionierte. Sogar damals, im Drogendunst, hatte er, nach der Scheidung, niemals davon zu träumen aufgehört. Und zu hoffen.

»Gute Nacht, Robert«, sagte Rosemary, als sie die Wohnungstür erreichten. Sie stand auf Zehenspitzen und küsste ihn leicht auf die Wange. »Ich weiß, dass du das Richtige tun wirst, wenn du die Sache ein bisschen abwägst.« Aber ihr strahlendes Gesicht veränderte sich nun ganz schnell und sie wurde sehr ernst. Ihr war noch ein letzter, schrecklicher Gedanke gekommen. »Wenn die Polizei im Spiel ist, dann ist dir doch klar, dass sie nichts taugt, oder?«

»Ich weiß«, gab er zurück und ging mit schnellen Schritten durch die Tür zum Treppenabsatz. »Gute Nacht, Rosemary, und dank dir.«

Rosemary schloss die Tür hinter ihm und kehrte ins Wohnzimmer zurück. Aus einer kleinen Dose auf der Fensterbank nahm sie eine Prise Haschisch und zerkrümelte ihn zwischen ihren Fingern. Sie suchte nach ihrer Pfeife, konnte sie aber nicht entdecken. Sie seufzte und schüttelte sich das zerkrümelte Rauschgift in den Mund. Das war die einzige Art, ohne die Tröstungen eines Mannes in ihrem Bett einzuschlafen. Sie verstand ihren gerade gegangenen Gast mehr, als er ahnte.

# Kapitel 6

Fatma İkmen rührte das übliche »Armeleutefrühstück«, das aus einer Suppe bestand, langsam und mit einiger Bosheit um. Vier kleine Kinder saßen an dem großen, geschrubbten Tisch, der mitten im Zimmer stand, und schlürften geräuschvoll aus ihren Metallschüsseln. Vier waren schon da, vier fehlten noch: Der Frühstückswahnsinn war noch nicht vorüber.

Es ärgerte sie. Die älteren Kinder waren während der Ferien nur schwer aus dem Bett zu bringen. Den ganzen Morgen im Bett herumzulümmeln und dabei Radio zu hören war ja in Ordnung, bloß zog es das Frühstück so in die Länge. Es war nur eine Wohltat, dass keiner der beiden Männer auch noch am Morgen etwas essen wollte. Das wäre unerträglich gewesen.

Fatma führte ihre Hand langsam an ihr Kreuz und rieb es sich. Diese Schwangerschaft war nicht so leicht wie die anderen. Dieses Mal war sie müder. Sie betrachtete ihr Gesicht in dem kleinen Spiegel über dem Abwasch. Es war nicht besonders faltig, aber trotzdem eindeutig das Gesicht einer Frau, die die Vierzig überschritten hatte. Es ärgerte sie ein wenig. Vielleicht war das ja der Beginn der mittleren Jahre, der ihr dieses ungute Gefühl wegen des neuen Babys bereitete. In der Rückschau war es nicht gerade eine ihrer besten Ideen gewesen, doch es gab niemanden, dem sie Vorwürfe machen konnte, außer sich selbst. Es war die alte, nur allzu bekannte Geschichte. Sobald das letzte Baby angefangen hatte zu laufen, hatte Fatma wieder schwanger sein wollen. Die meisten ihrer Kinder waren durch diesen Gluckentrieb entstanden. Armer Çetin! Manchmal tat er ihr sogar wirklich Leid, obwohl sie eher gestorben wäre, als ihm dies zu sagen.

Aber er war auch wirklich gut. Sie musste nur eine passende Bemerkung machen und schon war sie wieder schwanger. Keine Vorträge wegen zu wenig Geld, kein Murren über die Beschränkungen in seinem Sexualleben, wenn wieder mal eines unterwegs war. Manchmal fragte sie sich, ob er wohl woanders hinginge ... *du dumme, dumme Gans!* Sie riss sich zusammen. Bei seinem elenden Job hatte Çetin kaum genug Zeit für die Familie, von einer Geliebten ganz zu schweigen! Und er war doch auch so liebevoll, zu ihr und zu den Kindern. Es stimmte allerdings schon, er konnte sich nicht immer an die Namen all der Kleinen erinnern und seine Zärtlichkeiten waren zuweilen eher unbestimmt und abgelenkt ...

Sie hörte, wie er die Schlafzimmertür hinter sich schloss, und stellte sich vor, wie er mit dem schäbigen Aktenkoffer in der Hand zur Haustür hinunterlief. Sie hörte auch, wie eine andere Tür geöffnet wurde, langsam, ein wenig vorsichtig – sein Vater. Fatma gestattete sich eines ihrer seltenen finsteren Gesichter. Es war gewiss nicht so, dass sie den alten Mann nicht mochte, und es war auch eine Tatsache, dass ohne das Geld, das Çetins älterer Bruder ihnen für Timurs Versorgung gab, das Leben sehr hart wäre, aber ... es lohnte nicht, weiter darüber nachzudenken. Schließlich waren sie ja wirklich kein junges Paar mehr, oder? Die Schar der Kleinkinder um den Tisch bestätigte das. Von den andern ganz zu schweigen, die noch in ihren Zimmern waren. Trotzdem ...

Der alte Mann steckte seinen Kopf aus der Tür und rief seinem sich schnell entfernenden Sohn nach. »Çetin!«

Sein Sohn drehte sich um und sah ihn an, wobei ihm eine unangezündete Zigarette im Mundwinkel hing. Er blickte nach oben, als wäre er in Eile, nervös und verärgert.

»Ich muss zur Arbeit, Timur! Was gibt's?«

Der alte Mann winkte ihn mit der Hand zu sich. »Du bist gestern Abend sehr spät nach Hause gekommen.«

Er wollte Einzelheiten wissen. Es war schwierig für Timur İkmen, sich nicht in die Angelegenheiten seines Sohnes zu mischen, denn Çetins Fälle waren ihm oft ein Quell der Anregung, ein Gefühl, nach dem sich der alte Mann immer noch leidenschaftlich sehnte. Außerdem hatte er ihm bei dem gegenwärtigen Fall sogar geholfen. Sein Sohn schuldete ihm also etwas.

Çetin sah ärgerlich auf seine Uhr. »Süleyman holt mich in zwei Minuten ab! Ich muss um zehn einen alten Deutschen besuchen.«

»Was habt ihr herausgefunden?«

Der jüngere Mann seufzte ungeduldig. Die Augen seines Vaters waren erwartungsvoll, gierig nach Informationen. Na gut, es war eines seiner wenigen Vergnügen, die ihm noch geblieben waren! »Ich habe mit dem Rabbi und dieser Maria Gulcu gesprochen«, antwortete er. »Das Letztere war eine sehr exotische Erfahrung!«

»Warum? Wie war sie denn?« Timur war beinahe atemlos vor Erwartung.

»Unheimlich. Vermutlich ist sie älter als Allah und lebt in einer Art Schrein aus dem alten Russland.« Er versetzte sich in den vergangenen Abend zurück und versuchte dabei nicht zu erschauern. »Sie sagte, dass sie mal die Geliebte des Toten war, in ihrer Jugend. Es war so eine schreckliche … Boshaftigkeit um sie herum. Ich kann es kaum erklären. Eine meiner – du weißt schon.«

Der alte Mann starrte mit glasigem Blick ins Leere. »Eine boshafte alte Russin.«

»Ja.« Çetin hob seine Aktentasche vom Boden auf und versuchte sich von den unangenehmen Bild abzulenken, das sein Vater gerade entworfen hatte. »Mein hübscher kleiner Stellvertreter hat es ihr ziemlich angetan.« Plötzlich und voller Schrecken merkte İkmen, dass er Maria Gulcus eher gehässige Beschreibung seines Kollegen benutzt hatte.

Timurs trockenes Lachen prasselte den Flur entlang und ihm entgegen. »Das überrascht mich nicht!«

»Çetin!« Fatmas Stimme wand sich tief und sonor aus der Küche heraus und fand sicher ihr Ziel.

Çetin verzog das Gesicht, drehte sich um und ging mit Entschlossenheit zur Haustür. »Ich bin schon weg!«

Der alte Mann sah, wie sein Sohn die Tür hinter sich schloss, und stolperte wieder in sein Zimmer. »Eine boshafte alte Russin!«, wiederholte er leise. »Wie exotisch!«

Das Haus war viel schöner und um einiges weniger unheimlich, als er es erwartet hatte. Im Auto hatte Süleyman, der die Augen wegen des grellen Sonnenlichts auf den Straßen zusammengekniffen hatte, vermutet, dass Smits in einem sehr dunklen, schaurigen Haus lebte. Aber es gab eigentlich keinen rechten Grund für diese Annahme. Einige Nazis, wenn Smits tatsächlich einer von ihnen sein sollte, schätzten klassische Eleganz vermutlich genauso wie andere Leute. Die riesige Eingangshalle aus Marmor und der untadelige englische Butler, der sie hineinführte, machten jedoch einen leicht übertriebenen Eindruck. Es gab Reiche und es gab Reiche und Ordinäre und Smits Einrichtung roch definitiv nach Letzerem.

»Würden Sie bitte hier entlang kommen, die Herren?«, sagte der Butler.

İkmen und Süleyman folgten ihm durch die Halle und durch eine Tür, die der Dienstbote ihnen offenhielt. Auch der folgende Raum, in dem sie sich jetzt befanden, war enorm groß, aber anders als die Halle war er dunkel. Tausende von Büchern – einige schwarz, einige dunkelgrün, ein paar weinrot – waren aufgereiht und beschrieben so die Umrisse der Wände. Das helle Sonnenlicht von draußen schien durch die Buchrücken regelrecht aufgesogen und durch die mit Sicherheit vergilbten Seiten zusätzlich abgeschwächt zu werden. Eine alte und ehrwürdige Bibliothek.

Das Arbeitszimmer eines unpraktischen und vollständig in Anspruch genommenen Akademikers.

»Inspektor İkmen und Polizeimeister Süleyman.« Der Butler lächelte beide an, verbeugte sich höflich und ging hinaus. Der Mann, dem sich die beiden Polizisten gegenüber sahen, bemühte sich verzweifelt, aus seinem eleganten Ohrensessel herauszukommen, und lächelte.

»Bitte verzeihen Sie, meine Herren. Auf die Füße zu kommen ist für mich nicht mehr so leicht wie früher.« Eine tiefe, schöne, fast opernreife Stimme. Mit großzügiger Geste hieß der Mann seine Besucher auf Sesseln Platz nehmen, die dem seinen gegenüberstanden. »Bitte setzen Sie sich.«

Die beiden traten vor. Als er an dem alten Mann vorbeiging, betrachtete Süleyman ihn eingehend. Reinhold Smits hatte einmal sehr gut ausgesehen. Obwohl seine Haare grau waren, waren sie immer noch üppig und seine Gesichtsknochen sahen wie gemeißelt aus – diese Härte hatte etwas typisch Deutsches. Auch war er sehr gut gekleidet. Dafür, dass er längst in seinen Achtzigern sein musste, trug Reinhold Smits sehr elegante Kleidung. Er hatte sich wie ein jüngerer Geschäftsmann angezogen, fast wie Süleyman, und es stand ihm. Ein hellgrauer zweireihiger Anzug mit passendem Hemd und Krawatte schmeichelten seiner schlanken, lässigen Figur. Als er sich wieder hinsetzte, standen seine knochigen Beine von ihm ab wie zwei Weißbirken.

İkmen setzte sich und Süleyman nahm neben ihm Platz.

»Nun?«, fragte Smits, wobei er seine Finger unter dem Kinn verschränkte. »Womit kann ich Ihnen dienen, meine Herren?«

İkmen lächelte auf jene leicht traurige Art, von jemandem, der freundlich sein will und zugleich schlechte Nachrichten zu überbringen hat. »Wir kommen wegen eines ehemaligen Angestellten von Ihnen.«

Smits lächelte ebenfalls, obwohl sein Lächeln eher geduldig als traurig war. »Das habe ich schon von meinem Sekretär erfahren. In all den Jahren hatte ich viele Angestellte. Darf ich fragen, über wen Sie Nachforschungen anstellen?«

»Es ist jemand, der lange in Ihrer Packabteilung gearbeitet hat«, sagte İkmen, »ein gewisser Leonid Meyer.«

Da Süleyman wusste, wie wichtig Smits Reaktion auf diese Auskunft sein würde, war er nicht überrascht, dass sich İkmen nach vorne gebeugt hatte, um den alten Herrn näher und besser beobachten zu können. Es war aber nichts, nicht das leiseste Anzeichen zu bemerken, dass Smits den Namen wiedererkannt hätte.

»Tut mir Leid«, antwortete Smits, »der Name ist mir nicht unmittelbar vertraut.«

»Oh«, sagte İkmen, »das überrascht mich.«

»Wie das?«

»Unser Interesse an Herrn Meyer rührt daher, dass er kürzlich in seiner Wohnung in Balat ermordet aufgefunden wurde. Er wurde auch in den Zeitungen erwähnt und deshalb nahm ich an …«

»Ach.« Smits hielt einen seiner langen, dünnen Finger empor und gebot damit Schweigen. »Ach ja, dieser alte Mann, der zu Tode geprügelt wurde. Ja, ich erinnere mich. Aber dass er einer meiner Leute gewesen wäre …« Er zuckte mit den Achseln. »Das kann durchaus so gewesen sein, aber wie Sie selbst sagen, es ist schon so lange her …«

»Ja«, erwiderte İkmen. »Ich bitte um Verzeihung. Mir ist klar, dass es schwierig sein muss, wenn man so viele Menschen beschäftigt.«

»Richtig.« Smits wirbelte eines seiner zierlichen Handgelenke wie ein Zauberer durch die Luft und wechselte das Thema. »Kann ich die Herren für eine Tasse Tee erwärmen?«

Dieser schnelle Richtungswechsel überraschte die beiden Polizisten.

»Äh … ja, vielen Dank«, antwortete İkmen. »Das wäre sehr nett.«

Dann wandte sich Smits an Süleyman. »Und Sie, junger Mann?«

»Oh, vielen Dank, ja.«

»Sehr schön!« Smits nahm eine kleine silberne Glocke vom Tisch, der neben ihm stand, und läutete. Dann beugte er sich vor und zog die Augenbrauen hoch, als würde er ein ungeheures, geradezu skandalöses Geheimnis mitteilen. »Der Tee ist natürlich *au lait*, auf englische Art, aber Wilkinson kann ihn nicht anders zubereiten. Ich hoffe, Sie akzeptieren das.«

Süleyman hasste englischen Tee, aber jetzt, nachdem er zugestimmt hatte, wäre es ungehobelt gewesen, den Tee wieder abzulehnen. »Fein.«

İkmen war offensichtlich derselben Meinung. »Ja, ja«, sagte er, aber Süleyman sah ihm am Gesicht an, dass ihm die Aussicht gleichfalls nicht passte.

Nach diesem Austausch saßen sie einige Minuten lang schweigend da, bis der Butler erschien und Smits ihm seine Anordnungen gab. Süleyman bemerkte, dass Smits seinem Diener gegenüber einen vollständig anderen Tonfall anschlug: rauh und ohne jede Wärme. Vielleicht, dachte Süleyman, war Smits einer von denen, die glaubten, dass die »unteren Schichten« die gängige Höflichkeit nicht verdienten.

Nachdem der Butler gegangen war, eröffnete İkmen das Gespräch wieder. »Wenn ich noch einmal auf Herrn Meyer zurückkommen darf …«

»Ja?«

»… und in Rechnung stelle, dass alles eine sehr lange Zeit her ist …«

»Worauf wollen Sie hinaus?«

»Zwei vollständig unabhängige Quellen veranlassen uns zu der Überzeugung, dass Sie Herrn Meyer aus Ihrer Firma entlassen haben, irgendwann in den frühen vierziger Jahren.«

»Tatsächlich? Dürfte ich wissen, wer oder was diese Quellen sind?«

»Es tut mir Leid, diese Information darf ich nicht weitergeben.«

»Nein, natürlich dürfen Sie das nicht. Wie dumm von mir!«

İkmen sah zu Süleyman, der leicht nickte und sehr wohl wusste, was jetzt von ihm erwartet würde. Er übernahm. »Was wir Ihnen aber erzählen können, Mr. Smits«, sagte er, »ist, dass Leonid Meyer immer noch Namen und Adresse Ihres Betriebes in seinem Notizbuch hatte, als er starb.«

»Wirklich?« Ein nur schwer einzuschätzender Ausdruck überzog Smits Gesicht. »Wie höchst merkwürdig.«

İkmen, der sich still in die Tiefe seines Sessels zurückgezogen hatte, beobachtete Reinhold Smits genau, wie Süleyman bemerkte.

»Äh …« Smits machte eine kurze Pause, als würde er seine Gedanken zu ordnen versuchen. »Hat eine Ihrer Quellen gesagt, warum ich diesen Mann entlassen habe?«

»Nicht direkt …«

»Es sei denn«, fuhr İkmen, der plötzlich wiederbelebt schien, dazwischen, »dass Sie auch bloße Spekulationen als Gründe anerkennen.«

Smits hob erneut die Augenbrauen. »Das könnte sein.«

»Nun«, fuhr İkmen fort, »eine Theorie besagt, dass Sie ihn wegen Trunkenheit bei der Arbeit entlassen haben.«

»Ja?«

»Und dann gibt es noch eine Theorie …«, hier lächelte İkmen eher zu ostentativ für Süleymans Geschmack, »… dass Sie ihn entließen, weil er Jude war.«

Gerade in diesem Moment kam der Butler mit dem Tee zurück, gerade rechtzeitig, denn Smits dunkler Teint bekam einen erschreckenden Grauschimmer. Nicht zum ersten Mal fragte sich Süleyman, ob sein Chef zu früh zu weit gegangen wäre.

Nachdem der Butler das Tablett auf den Couchtisch gestellt

hatte, fragte er seinen Herrn, ob er einschenken solle, was bejaht wurde. Nachdem der Dienstbote seine Aufgabe vollbracht hatte, erinnerte Smits ihn, dass er den Tee *au lait* anrichten solle, »wie Sie es immer tun, Wilkinson«.

Das Porzellan war, wie zu erwarten, von edelster Qualität. Eine feine, fast durchsichtige Tasse nebst Untertasse wurde Süleyman gereicht. Der Henkel der Tasse war so winzig, dass Süleyman unmöglich seinen Finger hindurchstecken konnte. Von Bequemlichkeit konnte keine Rede sein, aber das war auch nicht der Sinn des Henkels. Süleyman beobachtete, wie Smits trank, den kleinen Finger abgespreizt, als er die Tasse zum Mund führte. Unnatürlich und affektiert, aber offenbar vollkommen korrekt. Mit großem Unbehagen versuchte er Smits Methode zu kopieren, wobei der verdorbene Geschmack des Getränks seinen Kummer nur noch größer machte. Smits, der Süleymans Kämpfe wohl beobachtet hatte, nickte dem jungen Mann anerkennend zu.

Als der Butler gegangen war, änderte sich die Atmosphäre im Nu. Smits wandte sich an İkmen, stellte seine Position klar und alle Höflichkeit war vorbei. »Sie können sich nicht vorstellen, wie wirklich überdrüssig man der Kränkungen wird, die man durch die Fehler der anderen erfährt. Ihre Vermutung, dass ich diesen Meyer entlassen hätte, weil er Jude war, kann ich nur der Tatsache zuschreiben, dass mein Vater Deutscher war – eine so genannte ›Logik‹, die ich zutiefst verabscheue.«

»Die Vermutung stammt nicht von mir«, warf İkmen ein, »sie …«

»Die Vorstellung, dass die Begriffe ›Deutscher‹ und ›Nazi‹ offenbar zu einem Synonym geworden sind, ist außerordentlich schmerzlich! Ich erinnere mich nicht, dass ich damals irgendein Interesse an diesem Meyer hatte, wie auch heute nicht, und die Tatsache, dass er ein Jude ist, ist, glaube ich, für niemanden außer ihm selbst von Belang.«

»Ich …«

»Ich weiß nicht, woher Sie Ihre Informationen haben, aber ich schlage vor, dass Sie diese Personen davon in Kenntnis setzen, dass mein Verhältnis zu dem Verstorbenen, wenn es überhaupt bestand, vollständig gutmütiger Art war. Weiterhin, wenn mir noch mehr derartige Geschichten zu Ohren kommen sollten, kann ich, wie Sie sich vermutlich vorstellen können, auf genügend gesetzlichen Sachverstand zurückgreifen, um sowohl mich zu entlasten als auch die zu zerstören, die gegen mich sprechen!«

Sein Zorn verging für kurze Zeit, Smits zog sich zitternd hinter seine nun bebende Tasse und Untertasse zurück. İkmen nahm sich gleichfalls eine kleine Auszeit, während derer er – ebenfalls voller Ekel – trank und nachdachte.

Seltsam, dachte Süleyman in diesem Moment, İkmens Tonfall war sanft und versöhnlich. »Ich entschuldige mich ausdrücklich, Mr. Smits, wenn meine Worte Sie beleidigt haben sollten«, sagte er, »aber da es sich hier um einen Mordfall handelt, können Sie, wie ich hoffe, sehr wohl anerkennen, dass ich jeden Winkel ausleuchten muss.«

Statt zu antworten, zog sich Smits nur noch mehr hinter seine Tasse zurück.

»Nicht einen Augenblick lang«, fuhr İkmen ruhig fort, »würde ich annehmen, dass Sie antisemitische Ansichten haben. Ich weiß sehr wenig von Ihnen und würde bestimmt nicht einfach die unbestätigten Worte anderer, die gegen Sie gerichtet sind, übernehmen.«

»Nun …«

»Wenn Sie jedoch Ihre Erinnerungen noch einmal durchgehen und prüfen könnten, ob dieser Mann jemals für Sie gearbeitet hat, wäre ich sehr dankbar. Mir ist klar, dass alles schon sehr lange her ist, aber …«

Smits zuckte die Achseln. »Ich werde tun, was Sie wünschen, obwohl ich wenig Hoffnung auf Erfolg habe. Wie Sie schon sagten, Inspektor«, er machte eine kleine Pause, wobei seine Augen im Widerschein der goldgeränderten Tasse blinkten, »es ist schon sehr lange her.«

İkmen lächelte und stellte seine noch nicht einmal zur Hälfte geleerte Teetasse auf den Tisch. »Das war es, Mr. Smits. Ich werde Sie damit nun verlassen.«

Er sah hinüber zu Süleyman, der soeben versuchte den Rest der Flüssigkeit in seine widerstrebende Kehle zu befördern. »Polizeimeister Süleyman und ich haben noch viel zu tun, und Sie wohl auch.«

»Ja.« Smits machte Anstalten, mit der Glocke den Butler herbeizurufen, aber İkmen hielt ihn auf.

»Wir finden selbst nach draußen, vielen Dank.« Er machte eine leichte Verbeugung im Stehen. »Auf Wiedersehen, Herr Smits.«

»Auf Wiedersehen, Inspektor.« Sein Gesicht, das bis zu diesem Moment unbeweglich und ernst gewesen war, hellte sich plötzlich zu einem breiten, sonnengebräunten Lächeln auf. Nachdem er gehört hatte, wie sich die Eingangstür hinter den beiden schloss, läutete er noch einmal nach dem Butler. In der kurzen Zeit, die Wilkinson brauchte, um zu erscheinen, wischte sich Smits mehrfach mit der Hand über die Stirn und rutschte in seinem Sessel hin und her, als suchte er etwas mehr Bequemlichkeit, jedoch ohne sie zu finden.

Als Wilkinson endlich anklopfte und Einlass erhielt, sagte ihm Smits Tonfall alles über die Stimmung seines Herrn.

»Holen Sie mein Adressbuch und suchen Sie die Nummer der Demidova.«

»Sehr wohl.« Er wollte gerade weiter ins Zimmer hineingehen, wurde aber sofort von Smits Stimme unterbrochen.

»Ich sagte jetzt, Wilkinson!«

»Sehr wohl, aber die Tee…«

»Lassen Sie doch diese dämlichen Teedinger und tun Sie, was ich gesagt habe!«

»Äh, ja … sehr wohl …« Er huschte um einiges schneller hinaus, als er hineingekommen war. Diese Stimmung seines Herrn war, obwohl eher ungewöhnlich, dem Butler nicht unbekannt.

Wieder allein gelassen, sah Smits unbestimmt nach vorne, wobei der Ausdruck blinder Wut auf seinem angespannten, alt gewordenen Gesicht lag.

Süleyman brachte den Wagen unmittelbar hinter dem Eingang von Reinhold Smits Einfahrt wieder zum Stehen, wie İkmen es gewollt hatte. Sobald der Motor aus war, begann İkmen zu reden. »Was halten Sie von Herrn Smits, Süleyman?«

»Ich denke, seine Reaktion auf die Frage war verständlich. Welche Verbindung er auch immer zu Meyer gehabt hat – das war alles vor langer Zeit. Und die Frage, ob er Smits entlassen hätte, weil er ein Jude war, kam ziemlich früh …«

»Sie meinen, dass ich das ungeschickt angestellt habe?« Das sagte İkmen mit einem Augenzwinkern, das Süleyman jedoch völlig entging.

»O nein, ich glaube nicht, dass Sie …«

İkmen lachte. »Ist schon gut, Süleyman, Sie können mich ruhig kritisieren, vorausgesetzt …«, er machte ein übertrieben und theatralisch finsteres Gesicht, »… Sie tun es nicht zu oft.«

Süleyman lächelte, wenn auch etwas scheu. »Ich dachte nur, dass Sie diese Angelegenheit ein wenig zu schnell vorgebracht haben. Ich war mir nicht so sicher, ob man da schon seine Feindseligkeit gegen uns hätte aufkommen lassen sollen.«

»Aber ich war mir sicher!« İkmen hob den Finger, um seinen Standpunkt zu unterstreichen. »Meine Überlegung war, dass Smits, wenn er Meyer kannte – dessen Namen ihm bei unserer ersten Erwähnung ja absolut keine Reaktion entlockt hat, wie Sie vermutlich gemerkt haben –, dass also Smits wenn er Meyer kannte und ihn wirklich deshalb entlassen hat, weil er Jude war, jetzt vermutlich sehr beunruhigt wäre.«

»Was wir vermutlich wollen.«

»Unbedingt. Wie sich Smits von jetzt an verhält und ob er tatsächlich ›entdeckt‹ oder auch nicht, dass Meyer vor Jahren für ihn gearbeitet hat, könnte uns nützliche Fingerzeige auf seinen angeblichen Antisemitismus geben.«

»Aber natürlich«, fügte Süleyman hinzu, »ohne uns irgendwelche Anhaltspunkte zu geben, ob Smits Meyer umgebracht hat.«

»Ja.« İkmens Gesicht fiel wieder zusammen und er seufzte. »Ja, auch wenn Smits ihn genau aus diesem Grunde entlassen hat, muss es noch mehr geben als nur Judenhass. Ich denke, wenn er Meyer wegen dem umgebracht hat, was sich in den 40er Jahren ereignet oder auch nicht ereignet hat, dann hätte er es doch schon vor langer Zeit getan, oder nicht?«

»Stimmt.«

»Und zudem ...« İkmen hielt kurz inne, um sich eine Zigarette anzuzünden, »glaube ich nicht, dass Smits der Einzige ist, der in Frage kommt.«

»Nein?«

»Nein. Ich kann Ihnen auch nicht sagen, warum, aber ich habe das Gefühl, dass diese Gulcus auch in die Sache verwickelt sind. Vielleicht wurde ich ja durch das Erscheinen von Mr. Cornelius im Hause Gulcu auf eine falsche Fährte geführt, aber ...«

»Ach ja«, wandte sich Süleyman urplötzlich an İkmen, als wäre ihm etwas eingefallen. »Ich habe wegen ihm mit London telefoniert. Inspektor Lloyd sagte, er würde zurückrufen, wenn er Neuigkeiten hätte.«

»Sehr gut.« Es war nicht so, dass İkmen wirklich alles gehört hatte, was sein Stellvertreter da gesagt hatte. Sein Geist war wie schon zuvor, als er über die Gulcus nachgedacht hatte, vollständig bei dieser Familie und ihrem seltsamen Benehmen. »Sie glauben doch nicht, dass ich ein bisschen irrational bin, wenn es um diese Leute geht, oder, Süleyman?«

»Na ja …« Es stimmte und stimmte auch nicht, es war schwierig. »Na ja, ja und nein … Sie waren schon ziemlich seltsam und es war auch merkwürdig, dass Cornelius gerade bei ihnen war, als wir ankamen. Aber … nach dem, was die alte Frau gesagt hat, scheint es, dass sie zumindest eine Neigung zu Meyer hatte. Ich denke, ihn zu töten wäre – wirklich ziemlich unsinnig. Es …«

»Ein wenig so wie bei Smits, wenn der ihn nach so langer Zeit getötet hätte, nehme ich an. Ja, ich verstehe, was Sie meinen, Süleyman.«

Der jüngere Mann sah den älteren mit zusammengekniffenen Augen an. »Obwohl Sie nicht davon überzeugt sind, oder?«

İkmen lächelte. »Ich weiß nicht, Süleyman. Allerdings ist es auch sehr zweifelhaft, wie immer man es sieht, dass überhaupt irgendeine dieser doch sehr alten Personen, die wir bis jetzt kennen gelernt haben, das Verbrechen eigenhändig ausgeführt haben könnte.«

»Ja«, stimmte Süleyman zu, »ich glaube, sie hätten dazu Hilfe gebraucht.«

»In der Tat. Jemanden, der jung und kräftig ist. Vielleicht im Fall von Smits einen typischen Arier …«

Süleyman lächelte. »Einen wie Cornelius?«

İkmens kurze und klare Antwort war ein Lachen. »Vielleicht. Obwohl ich denke, dass diese spezielle Mischung allmählich doch zu schwer für meinen Magen wird.«

»Was soll das heißen?«

»Das soll heißen, dass es schon exotisch genug ist, dass wir den Engländer mit der hübschen Gulcu ›verbandelt‹ haben und deshalb nicht auch noch den störenden Herrn Smits in die Gleichung werfen müssen. Wir wollen uns nicht allzu weit abbringen lassen, oder?«

»Nein.«

»Wie auch immer ...« İkmen lachte wieder und schlug mit der Hand auf das Armaturenbrett, »wir sollten zurück zum Revier. Ich muss Cohen finden und dann diese Frau Blatsky und ein paar von diesen heruntergekommenen Gestalten aufsuchen. Meiner Meinung nach hat sie lange genug darauf gewartet, dass wir uns um sie kümmern.«

# Kapitel 7

Sie trafen sich an der Bushaltestelle am Taksim-Platz, wie immer an ihrem gemeinsamen kurzen Tag. Trotz der Tatsache, dass er seine Schule um zwölf Uhr und sie ihren Laden knapp eine halbe Stunde später verlassen hatte, sahen beide sehr müde aus und sie waren es auch. Und obwohl beide seit ihrem letzten Treffen sehr wenig erlebt hatten, waren sie sehr mit ihren eigenen Gedanken beschäftigt. Vor allem Robert sah bleich und überanstrengt aus. Natürlich schien seine schöne Gefährtin das nicht zu bemerken. Als der Bus ankam, stieg sie einfach ein und setzte sich, ohne dem Fahrer eine Fahrkarte zu zeigen oder auch nur ein Wort zu sagen. Galanter-, aber eben auch typischerweise sah sich Robert in der Rolle desjenigen, der für sie bezahlte. Um seine aufkeimende Isolation noch zu verstärken, sprach sie während der gesamten Fahrt durch die Stadt nicht ein Wort mit ihm. Robert sah zum Fenster hinaus und versuchte die Aussicht zu genießen. Die Fahrt zu seiner Wohnung führte sie direkt am Bosporus entlang. Dieser breite Seeweg glitzerte im Sonnenlicht, Fähren pflügten sich ihren Weg von Europa nach Asien und wieder zurück, wobei sie einen glitzernden Schweif dicker weißer Gischt in ihrem Kielwasser hinter sich herzogen, wie große, schnelle Schnecken.

Robert war nicht glücklich, obwohl er neben Natalia saß. Nervös verkrampfte er seine Hände und lockerte sie wieder, während er verzweifelt nachdachte, was er sagen könnte. Aber ihm fiel nichts ein. Nicht einmal die geistlosen Trivialitäten, von denen es heißt, dass Engländer sie so gut beherrschten. Ein Gespräch über das Wetter, die Schweinereien der Politiker oder die Lebensmittelpreise.

Natalia anzuschauen war noch schlimmer. Dann bekam er Lust, über sie herzufallen und sich zwischen ihrem Haar und ihren großen Brüsten zu vergraben. Aber wenn er sich von ihr abwandte, gestattete er seinem Verstand zu denken. Hier war ein Mensch, den er liebte, ohne ihn zu verstehen, eine Frau, deren Fähigkeiten und Motive er nur erraten konnte. Nach den Gesetzen der Logik neigte das Objekt der Begierde nicht stärker zu abscheulichen Handlungen als jeder andere Sterbliche. Aber Logik war noch nie Roberts Stärke gewesen. Manche Dinge trotzten ihr und doch schien alles vollständig einen Sinn zu ergeben. Wie Billy Smith, sein Fluch, seine *bête noir*, der böse Junge. London. Er sah das Kind im Geiste immer noch vor sich. Zwölf Jahre alt, dünn, rothaarig und sommersprossig. Es sah spitzbübisch aus und selbstzufrieden, wie das für jedes Kind mit roten Haaren gelten konnte. Es war dumm gewesen, ihn nur wegen seines Aussehens nicht zu mögen, und leider hatte Robert auch kein Geheimnis daraus gemacht. Seine Kollegen hatten ihn dafür kritisiert, aber er war im Recht gewesen. Denn es war Billy gewesen, der von kleineren Kindern Geld erpresst hatte, Billy, der die Klasse gestört und ihm, Robert, »Blondie« ins Gesicht gesagt hatte, Billy und die Norris-Zwillinge, die man mit der Katze auf dem Spielplatz erwischt hatte. Das arme Tier. Das schwarzsilbrige Fell mit dem eigenen dicken Blut verschmiert. Die bloße Erinnerung daran ließ ihm noch zweitausend Meilen entfernt, hier in der Türkei, die Magensäure hochkommen. Diese kleinen Mistkerle! Was hätte er, Robert, nicht alles mit ihnen tun wollen! Und obwohl das arme Tier leiden musste, hatte dieser Vorfall Robert Befriedigung verschafft, denn er hatte ihn rehabilitiert. Kurze Zeit darauf hatten auch die anderen Lehrer verstanden. Aber nur für eine kurze Weile, bis Billy und die Zwillinge wieder zuschlugen. Danach hatte sich einiges geändert. Robert sah auf seine Hände und seufzte tief. Es war so heiß. Das war das Schlimmste an Istanbul, diese entsetzliche, drückende, feuchte Hitze.

Er drehte sich um, um Natalia wieder anzuschauen. Immer noch war ihr Gesichtsausdruck kalt, wie schon zuvor, als sie sich getroffen hatten. Sie hatte nicht mit ihm ausgehen wollen. Es war ihr gemeinsamer Donnerstagnachmittag, ein regelmäßiges und – zumindest von ihm – hoch geschätztes allwöchentliches Ereignis in ihrer beider Leben. Aber dieses Mal hatte sie eben nicht ausgehen wollen. Vielleicht dachte sie ja, dass die kleine Pantomime ausreichte, deren Zeuge er in ihrem Hause gewesen war. Dass er nun einfach weggehen und sich still im Hintergrund auflösen würde. Allerdings basierten solche Gedanken auf Roberts Vermutung, dass er ihr nichts bedeutete. Und er wusste ja, dass das nicht stimmte. Denn wenn er ihr nicht wichtig war, warum war sie dann so lange mit ihm zusammen? Wie hätte sie ihn mit einer derart hingebungsvollen Leidenschaft lieben können? Und wie er ihr etwas bedeutete. Irgendwas stimmte zwar nicht, aber er bedeutete ihr etwas.

Ihr Mund war zusammengekniffen und ihre schönen Augen lagen wie tot in den Augenhöhlen. Roberts Herz sank immer tiefer und alle alten Zweifel tauchten wieder auf. Sie wollte im Moment nicht mit ihm zusammen sein.

Er kam zu dem Entschluss, dass er, sobald sie in seiner Wohnung angekommen wären, Natalia fragen würde, was am vergangenen Abend vorgefallen war. Er erwartete zwar nicht, eine schlüssige Antwort zu erhalten, aber er musste es zumindest versuchen. Solange er keine Antworten hatte, war er ständig ängstlich. Er wollte eigentlich keine Vergleiche anstellen, aber das war nicht leicht. Schon einmal hatte er sich so gefühlt. Wie unter Strom. Er wusste auch, wann. Es war nicht schwer, sich daran zu erinnern, wenn auch unklug. Alles hatte er hinter sich gelassen in England: den Schweiß, die erdrückende Sorge, das Gefühl der

Unklarheit, die mangelnde Kontrolle. Robert fasste sich mit einer Hand an die Stirn und wischte sich den Schweiß ab, der sich direkt unter dem Haaransatz gebildet hatte.

Als sie in der Wohnung war, ging sie direkt ins Badezimmer und zog sich vollständig aus. Es war heiß und das enge Bündchen ihres Rocks hatte sich in die weiche Haut ihres Bauches gescheuert. War es nicht genau das, was Robert wollte? Reden wollte er nicht. Das hatte er auf der schweigenden und langweiligen Fahrt ganz klar gezeigt. Robert wollte immer Sex. Welcher Mann wollte das nicht? Und in diesem Fall war es vielleicht ein Segen, eine Ablenkung. Eine Ablenkung, ja. Seine »kleinen Geschenke« waren auch immer gut, und für gewöhnlich teuer. Er war so großzügig, dass sie sie nicht einfach so annehmen konnte wie bei anderen Männern. Robert war immer schon so großzügig gewesen. Wirklich hoffnungslos. Sie betrachtete sich im Spiegel. Schlanke Hüften, ein flacher Bauch, große, volle Brüste, die nur ein winziges bisschen sanken, als sie sie aus ihrem BH befreite. Normalerweise war ihr Körper sehr schön anzuschauen, diesmal aber störte sie der Anblick. Ihr schöner Körper war in der Falle und wieder wurde ihr Verstand von Kummer umwölkt. Den ganzen Tag hatte sie sich so gefühlt, das ganze Leben schon.

Ein Zufall, mehr war es nicht gewesen. Eine Chance von eins zu einer Million. Aber diese Chance war wie eine Kette und sie fühlte, dass sie sie erdrosselte. Robert war ein Glied am Anfang. Eines, das sie sich nicht durchzubrechen leisten konnte – noch nicht.

Natalia war sicher, dass Robert sie wieder wegen einer Erklärung bedrängen würde. Er stand vor der Badezimmertür und wartete. Vielleicht sollte sie es ihm sagen. Würde er es denn verstehen? Und könnte er es überhaupt? Sie dachte an sein dummes Hundegesicht, das so vernarrt war, und ihr wurde schlecht. Wenn nur der Montag nicht gewesen wäre!

Sie schloss die Augen und versuchte ihre Nerven zu beruhigen. Sex würde ihn für eine Weile hinhalten. Er war so einfach gestrickt, dass es ihn sogar vollkommen ruhig stellen würde – für den Moment wenigstens. Jedenfalls gab es keine andere Möglichkeit! Denn jetzt, wo immer noch Panik und Furcht die Luft um sie verunreinigten, hatte sie diesen Mann am Hals, einen Mann, den sie schon seit Wochen, seit Monaten hatte loswerden wollen. Nicht immer war es so gewesen. Es hatte auch eine Zeit gegeben, als diese sehr englische Zurückhaltung, die sie jetzt so langweilig fand, sie sehr erregt hatte. Aber das war schon lange her, als sie sich noch vorgestellt hatte, dass sie ihn überreden könnte, sie nach London mitzunehmen. Die Flucht!! Eine große kosmopolitische Stadt ganz für sich alleine – keine Mütter, keine Großmütter, keine Onkel ... dafür jede Menge aufregende Fremde. Wie schade, dass Robert in diesem Punkt so unnachgiebig war. Dieser schwache Punkt von ihm strahlte aus der Vergangenheit in die Gegenwart hinein und verfärbte sie. Angesichts ihrer Heuchelei lachte Natalia kurz auf und schwieg danach wieder. London war nun ein vergangener, toter Traum. Begraben, wie alle anderen. Natalias Wut loderte wieder auf und ungeduldig stampfte sie mit dem Fuß auf. Wie sie sich langweilte! Zu Tode langweilte! Sie hatte weiß Gott genug Andeutungen gemacht! Aber vielleicht war es besser so. Vielleicht wäre es schlimmer, wenn er ihr Feind wäre, nach allem, was er gesehen hatte. Im Augenblick war alles sicher, sie musste ihn nur bei guter Laune halten. Das war nicht schwierig. Unangenehm zwar, aber nicht schwierig.

Sie legte sich die Hände an die Brüste und kniff in die Brustwarzen. Wen würde sie sich heute in ihrer Fantasie vorstellen? Irgendjemand musste es sein. Einfach so hineingehen und sich auf Robert zu konzentrieren war unmöglich. Wie wenig sexuell aufregend er doch war! Und dieses Mal könnte es noch schlimmer werden als sonst. Die blöden und ungeschickten Onkel hatten aber auch alles vermasselt. Das konnte sie daran sehen, wie sich Robert danach ihr gegenüber verhalten hatte. Und dann war auch noch die Polizei aufgetaucht. Das hatte die Sache nicht gerade leichter gemacht. Natalia hatte das dumme Gefühl, dass sie, nach dem Sex heute, nicht ihr übliches Geschenk erhalten würde. Kein wertvolles kleines Schmuckstück, das die Sache ein klein wenig angenehmer gemacht hätte. Dieser Robert liebte sie, da war sie sich sicher, aber er wurde allmählich unruhig. Natalia wusste leider auch, warum. Und sie wusste, dass sie an seiner Stelle ebenfalls unruhig geworden wäre.

Sie drückte ihre Brustwarzen noch fester und schloss die Augen. Heute würde es gut sein müssen. Heute würde sie ihm eine sehr schöne Zeit bescheren müssen. Doch nur der Gedanke an ihn ließ ihre Nippel schlaff und ihren Mund zu einem Strich werden, der alles andere als sexy war. Sie fühlte, wie sie in Panik geriet. So würde es nicht gehen! Auf keinen Fall!

Natalia konzentrierte sich wieder. Wie immer kamen ihr die martialischen Kerle zuerst in den Sinn. Die Wachen am Dolmabahçe-Palast! Groß, kräftig, hübsch, die Macht der Maschinenpistole zwischen den Füßen, schussbereit, entsichert, fertig. Die Gewehre! Ja, das war etwas! Hart, kalt, köstlich im Mund, schwer und schmerzhaft in ihrer Vagina. Schmerz bis zur Ekstase; eine Qual, die der Himmel schickte. Sie dachte an die Marine und die Spiele dort. Das Erwachen. Den Tag, an dem ihr mit einem Mal alles klar geworden war. Wie alt war sie gewesen? Siebzehn? Auf und ab, sie hatte ihn mit ihrem Körper umschlossen und wieder freigegeben. Seine Augen waren geschlossen, als er stieß, ihr die Pistole tief in den Mund stieß. Das Klicken des Abzugs, als eine leere Patronenkammer nach der anderen ausgeschieden wurde. Fellatio mit dem kalten Metall, ein Hochgefühl in ihrem Körper, sie zählte, wartete auf das letzte Klicken, das detonieren und in ihrem Kopf explodieren würde. Fünf, vier … Das Metall riss sich zwischen ihren Lippen los und irgendwo neben ihrem Kopf ging der Schuss los. Sie hörte, wie sie schrie, von Freude überwältigt.

Natalia fühlte, wie ihre Nippel zwischen den Fingerspitzen hart geworden waren, und atmete in kurzen scharfen Stößen. Geschützmetall! Wie sehr sie ihn begehrt hatte … Danach waren etliche andere gefolgt. Der Kurde; der reiche Armenier mit seinen Goldketten und Armani-Anzügen; der heruntergekommene Polizeioffizier aus Üsküdar; und dann die Jungen. Sehr viele. Jungen in Uniform, mit Gewehren, Jungen, die spielen, und solche, die nicht spielen wollten. Aber am Ende hatten sie natürlich doch immer alle gespielt. O ja. Es gab nur zwei Wege aus diesem Spiel und so entschieden sich immer alle dafür. Spielen …

Natalia brach ab. Endlich war sie bereit. Jetzt nur nicht den Moment verstreichen lassen! Sie machte die Tür auf und sah, wie er rücklings auf dem Sofa lag, die Beine gespreizt. Solange sie bei ihrer Fantasie und der Erinnerung an das Spiel bliebe, würde kein Ekel aufkommen. Bis jetzt war es noch nie passiert.

Sie stand vor ihm mit ihren dunklen, bis zum Schmerz erregten geschwollenen Brustwarzen. Er sah an ihr herunter und sie griff nach unten, um den Reißverschluss an seinem Hosenschlitz zu öffnen. Ihr Mund schmerzte und lechzte nach bitterem Stahl. Aber sie fand nur seine weiche Zunge. Ihre Finger schlangen sich voller Lust über seinen steif werdenden Penis. Wenigstens war er groß, wenigstens hatte sie den. Sie beugte sich zu ihm hinunter und betete, dass es schmerzen möge.

Das Telefon läutete. Mit einer einzigen fließenden Bewegung nahm Polizeimeister Süleyman den Hörer ab und beförderte gleichzeitig einen von İkmens überquellenden Aschenbechern auf den Fußboden.

»Verdammt!« Da ihm die Asche um die Füße wirbelte, war seine Stimme leicht gereizt. »Süleyman.«

»Hallo, Sergeant Süleyman?« Die Stimme sprach englisch, sie klang heiter und gottlob vertraut.

»Oh, hallo, Inspektor Lloyd. Wie geht es Ihnen?« Obwohl er den englischen Polizeibeamten niemals selbst getroffen hatte, bedauerte Süleyman ihn instinktiv.

»Ach, Sie wissen ja.« Er hörte sich abgespannt an. Polizeiarbeit war auf der ganzen Welt ähnlich: lange, oft langweilige Schichten, schlechte Bezahlung, noch schlechterer Schlaf. Und London war eine besonders harte Stadt, wie Süleyman gehört hatte: Bomben, explodierende Bevölkerungszahlen, ethnische Spannungen. »Ich habe etwas über diesen Robert Cornelius für Sie.«

»Oh.« Süleyman griff nach einem Stift und nahm mit den Zähnen den Verschluss ab. Die erloschenen Zigarettenstummel starrten ihn beinahe schadenfroh vom Boden an, wie er meinte. »Was ist das, Inspektor Lloyd?«

»Ich habe leider keine Einzelheiten, nur nackte Tatsachen.«

»Ja?«

»Im Juni 1987 wurde Robert Cornelius in Zusammenhang mit einem tätlichen Angriff gegen einen Anwalt festgenommen, einen Mr. Simon Sheldon ...«

Er buchstabierte den Namen und Süleyman schrieb eifrig mit.

»Ein Anwalt also, ja?«

»Ja, richtig. Cornelius akzeptierte die Anklage, aber Mr. Sheldon ließ sie aus irgendeinem Grund wieder fallen und Ihr Mann wurde mit einer Verwarnung entlassen. Es geschah in Islington, einem Viertel im Norden von London. Cornelius lebte damals dort.«

»Danke, ist sehr nützlich.« Süleyman schrieb weiter, wobei die Kappe des Stifts, die aus seinem Mund herausragte, ihm ein überraschend verwegenes Aussehen verlieh.

»Oh, ich bin noch nicht fertig«, sagte die heitere Stimme aus London. »Direkt bevor er Sheldon angeblich angegriffen hat, wurde Cornelius im April 1987 beschuldigt, ein Kind in der

Schule, an der er arbeitete, geschlagen zu haben. Das war in Rosebury Downs, also in Hackney, East London.« Er lachte grimmig. »Eines der gewalttätigsten Viertel der Stadt, dieses Hackney. Ein regelrechtes Dreckloch. Wie auch immer, die Klage wurde von einer Miss ...« Er unterbrach sich kurz, um in seinen Unterlagen nachzuschauen.

»Ja?«

»Einer Miss Sandra Smith eingereicht. Cornelius soll ihren Sohn William mitten ins Gesicht geschlagen haben. In der Schule.«

Süleyman bemühte sich, alle Informationen mitzuschreiben. Für einen englischen Lehrer hatte Mr. Cornelius eine ganz schöne Vergangenheit, wie es schien. Er hoffte nur, dass er alles richtig mitgeschrieben hatte und dass er Hackney korrekt geschrieben hatte: HAKNI.

»Was passieren mit Kind, Inspektor?«

Er hörte, wie Lloyd am anderen Ende der Leitung leicht kicherte. »Glauben Sie es oder nicht, dieser Kerl hatte wieder Glück und kam so davon. Aus Mangel an Beweisen.« Eine Sekunde lang machte Lloyd eine Pause, um ein weiteres Mal in seine Aufzeichnungen zu sehen. »Allerdings hat er kurz danach seinen Job aufgegeben. Obwohl ich nicht sagen kann, ob Schuldbewusstsein oder weil ihm der kleine William Smith und seine Spießgesellen das Leben in der Schule so schwer gemacht haben.« Er seufzte tief. »Das ist es jedenfalls erst mal.«

»Okay.«

»Ach, vielleicht noch ...«

Süleyman runzelte die Stirn. Etwas lag in Lloyds Stimme, ein leichtes Zögern, bei dem er sofort fühlte, dass es bedeutungsvoll war. »Ja, Inspektor?«

»Nun ja, es muss nicht unbedingt viel heißen, Sergeant, aber in Sheldons Aussage nach dem Überfall hat er Cornelius auch des Rassismus bezichtigt.«

»Rassismus?« Das Wort war Süleyman nicht unmittelbar vertraut, obwohl das, was er dabei fühlte, ihn auf unerklärliche Art beunruhigte.

Lloyd war nur allzu gern bereit, es zu erklären. »Rassismus bedeutet, dass jemand Bemerkungen macht oder etwas tut, um sich über die Rasse oder Religion anderer Menschen lustig zu machen oder sie zu verunglimpfen. Simon Sheldon war nämlich Jude und offenbar war Ihr Mr. Cornelius in diesem Zusammenhang nicht besonders höflich.«

»Aha.« Süleyman schrieb, so schnell er konnte, und hatte dabei genug damit zu tun, seine zitternde Hand zu beruhigen, die die Worte beinahe unleserlich werden ließ. »Ich danke Ihnen! Vielen Dank!«

Die fröhliche Stimme am anderen Ende brummte zustimmend. »Ich denke, dass es einiges zu bedeuten hat, Sergeant.«

»Ja, wirklich, ist sehr gut, Inspektor. Sehr nützlich für Inspektor İkmen, ich glaube.«

»Das freut mich.« Lloyd seufzte schwer. »Wie auch immer, haben Sie denn schon Fortschritte gemacht?«

»Wenig. Nur kleine. Inspektor İkmen versucht …« Süleyman suchte nach dem richtigen Begriff, ohne ihn zu finden. »Psychologische Erklärung, Sie verstehen?«

Die Stimme am anderen Ende brüllte vor Lachen. »O Çetin! Er will immer noch Biografien erstellen und das Opfer kennen lernen. Ich weiß nicht so recht.« Pause. Dann: »Die Sache ist nur die, dass er damit oft so verdammt richtig liegt.«

»Inspektor İkmen ist sehr klug.«

Wieder lachte Lloyd. »Ich weiß, dieser alte Mistkerl. Wie dem auch sei, Sergeant, richten Sie ihm meine guten Wünsche aus und wenn ich Ihnen noch weiter helfen kann, lassen Sie es mich wissen.«

»Vielen Dank, Inspektor. Sie waren große Hilfe. Sehr gut.«

»Freut mich, Sergeant, wir hören wieder voneinander.«

»Auf Wiedersehen.«

»Wiedersehen.«

Süleyman setzte sich wieder ganz auf seinen Stuhl und betrachtete seine Notizen. Sheldon. Ein jüdischer Anwalt. Das würde İkmen auf Trab bringen. Noch mehr seltsame Verbindungen, wenn auch nur schwache. Dazu noch das Kind. Ein Kind zu schlagen! Süleyman fragte sich, was Sheldon und dieses Kind namens Smith Cornelius getan hatten, vorausgesetzt, die Informationen stimmten. Er fragte sich auch, ob Smith ein Name war, den englische Juden benutzten. Noch unmittelbarer fragte er sich allerdings, wie er den umgestülpten Inhalt von İkmens Aschenbecher aufwischen könnte, ohne sich die Hände schmutzig zu machen. Gerade hatte er beschlossen, dass zwei alte Pappen die Antwort auf diese Frage wären, als İkmens Telefon läutete.

Süleyman ging zu İkmens Schreibtisch und nahm den Hörer ab. »Hallo, Apparat von Inspektor İkmen?«

»Wo ist İkmen?« Es war die Stimme von Kommissar Ardıç und er hörte sich alles andere als erfreut an.

»Oh, Kommissar, tut mir Leid, der Inspektor ist gerade nicht da, er ist mit Cohen weg.«

»Was macht er? Wer ist Cohen?«

»Er hat gerade eine Unterredung. Mit einem Freund unseres Opfers, einer alten Jüdin und einem alten, trinkenden …«

»Immer dieses Rummachen mit irgendwelchen Lebensgeschichten.«

»Ja, er zeichnet die Biografie nach. Kann ich Ihnen denn helfen …?« Süleymans Stimme wurde schwächer und er ärgerte sich über sich. Warum hörte er sich immer so schwach an!

Der Kommissar seufzte. »Ich habe in einer Viertelstunde eine Verabredung mit dem israelischen Konsul. Ich habe es selbst gerade erst erfahren! So sind diese Diplomaten eben! Er will einen Bericht über die weiteren Ergebnisse, über alles in dieser Sache Meyer.«

»Oh.« Schon wieder so schwach!

Der Kommissar hörte sich an, als würde er sich zusammenreißen. »Schauen Sie, Süleyman, wenn İkmen nicht rechtzeitig zurück ist, müssen Sie ran. Es wird einen schrecklichen Eindruck machen, aber wir können nichts dran ändern. Seien Sie in einer Viertelstunde hier und bringen Sie alle Papiere und Unterlagen mit. Haben Sie schon Sarkissians Laborbericht?«

»Ja.«

»Dann bringen Sie den auch mit. Es wäre zwar ein Wunder, wenn einer von uns den verstehen kann, aber ... ach, und Süleyman ...«

»Ja?«

Eine lange Pause folgte und dann ein tiefer Seufzer. Offenbar wollte Ardıç etwas sehr Wichtiges sagen, entschloss sich dann aber doch anders. Süleyman stellte sich voller Bitterkeit vor, dass Ardıç meinte, er wäre nicht helle genug, um es zu kapieren. Das wäre typisch für diesen Mann! »Ach nichts.«

Dann wurde die Leitung unterbrochen und Süleyman legte sachte den Hörer auf. Ein Treffen mit dem israelischen Konsul war nichts Alltägliches. Die Großen und Wichtigen würden ihm, Süleyman, zuhören! Er ging an İkmens Schreibtisch und fragte sich, wo er mit der Suche nach Dr. Sarkissians Bericht anfangen sollte. Beim Turm mit den Akten oder eher in den Tiefen einer überquellenden Schublade. Und was war mit dem umgekippten, stinkenden Aschenbecher? Geschwind nahm Süleyman zwei alte Briefumschläge und kniete nieder, um die Sache endlich zu erledigen. Gerade hatte er die stinkende Ladung auf einen der Briefumschläge balanciert, als ihm mit einem Mal der volle Umfang dessen, was da auf ihn zukam, bewusst wurde. Ein Diplomat, der Kommissar, und nicht der geringste Fortschritt! Süleyman fühlte, wie seine Hand zuckte, aber erst, nachdem er wieder das stinkende Zeug auf dem Boden sah, ließ er seinen Gefühlen freien Lauf.

»Scheiße!«, rief er, wobei er nicht bedachte, dass vermutlich das ganze Stockwerk ihn hören konnte.

Obwohl İkmen und Cohen bereits mehr Zeit in der winzigen, nach Kohl riechenden Wohnung verbracht hatten, als ihnen recht war, fand zumindest İkmen, dass er zunächst so etwas wie eine zusammenhängende Geschichte brauchte, ehe er auch nur daran denken durfte, wieder zu gehen.

Frau Blatsky hatte sich als sehr angenehm herausgestellt, obgleich sie auch beunruhigend viel Whisky trank und nur allzu gerne alle Fragen beantwortete, die die beiden Polizisten ihr stellten. Dass sie sehr schnell redete und weder Türkisch noch Ladino sicher beherrschte, war nicht ihr Fehler, wie İkmen wusste. Seiner Geduld war das jedoch nicht besonders zuträglich.

Ehe er wieder anfing zu reden, lächelte er. Frau Blatsky lächelte zurück, wobei sie recht viele ihrer zerbrochenen Zähne entblößte.

»Sehr gut, gnädige Frau«, sagte İkmen, »wir sollten es schnell hinter uns bringen, wenn Sie nichts dagegen haben. Leonid Meyer war, wie er Ihnen sagte, während der Revolution Bolschewik. Stimmt das?«

Kleine, rundliche Hände wedelten mehrfach vor İkmens Gesicht herum, ehe Frau Blatsky endlich zu reden begann. Sie erinnerten ihn an ein Paar fette Turteltauben.

»Leonid war bei den Bolschewiki, ja!« Sie lächelte süß. »So waren die Männer damals.«

»Ich verstehe.«

»Wie ein paar Jungen aus dem Schtetl geht Leonid zu den Armeen vom Kommissariat. Verstehen Sie?«

İkmen wandte sich mit hoch gezogenen Augenbrauen an Cohen und bat um Klärung. »Schtetl?«

»Eine Ansiedlung von Juden. Eine Art Ghetto.«

»Aha.« İkmen wandte sich wieder der lächelnden kleinen Frau zu. »Sie sagen also, Frau Blatsky, dass Leonid Meyer tatsächlich ein Kommunist war, der, wenn ich Sie richtig verstanden habe, während der Revolution auch bei den Bolschewiken gekämpft hat.«

»Genau.«

»Aha.« İkmen unterbrach sich kurz, um seine Gedanken zu ordnen, denn es war nun sehr wichtig, dass Frau Blatsky ihn richtig verstünde. »Gut, Frau Blatsky. Ich möchte jetzt, dass Sie sehr sorgfältig über das nachdenken, was ich gleich sage, und mir dann so ehrlich wie möglich antworten.«

Ihr Lächeln blieb unverändert, während sie begeistert nickte.

»Frau Blatsky, hat Leonid Meyer Ihnen jemals erzählt, dass er damals in Russland Menschen umgebracht hat?«

»O ja!«

Angesichts dessen, dass hier vom Sterben und vom Tod gesprochen wurde, schien es recht unpassend, dass die alte Frau bei all dem so fröhlich und heiter wirkte. Aber, so schloss İkmen, so war Frau Blatsky eben.

Sanft, aber mit Nachdruck trieb er die Sache voran. »Könnten Sie uns dann vielleicht etwas darüber berichten, Frau Blatsky?«

»O ja!«

Er beugte sich leicht vor und bedeutete ihr mit einer – wenn auch fast unsichtbaren – Handbewegung, fortzufahren. »Und?«

»Bourgeoise Schweine sagen sie immer. Leonid und die anderen Jungen schießen. Peng! Peng! Viel Geld, die bourgeoisen Schweine, sagen sie immer.«

»Er hat also ein paar Leute umgebracht, Leute mit viel Geld?«

»Wie ich sage, ja.«

»Und dann?«

Hier ließ sie zum ersten Mal ihre Gesichtszüge sinken und İkmen sah plötzlich, wie uralt diese Frau war. »Leonid hat Angst.«

»Angst?« İkmen seufzte und lehnte sich leicht auf seinem kleinen Stuhl zurück, der über und über mit Fett bespritzt war. »Wovor hatte er Angst, Frau Blatsky? Es hört sich für mich an, als hätte er nur seine Pflicht als guter Bolschewik getan. Was meinen Sie dazu?«

Sie zuckte mit den Achseln. »Vielleicht dies, vielleicht das. Aber Leonid hat immer Angst seitdem, wie ich merke.«

»Und sie wissen nicht, warum, stimmt das?«

»Wie ich sage, ja. Leonid spricht nicht deutlich, wenn trinken.«

İkmen wandte sich an Cohen, wobei er den Kopf nach hinten fallen ließ und an die rußverschmierte Decke starrte. »Wir haben also jetzt Meyer als Bolschewik, oder? Wie spannend. Meyer, der Bolschewik, der erst seine Pflicht tat und dann prompt floh, um in einem Land zu leben, das offiziell noch Krieg mit seinem Heimatland führte.«

»Das wäre dann der Krieg 1914–18, oder?«

»Ja, Cohen, Sie sagen es. Der Krieg, in dem das alte Osmanische Reich endgültig zusammenbrach und Leonid Meyer und Maria Gulcu ihre jeweiligen slawischen Heimatländer verließen, um hier bei uns zu leben. Der Krieg, in dem, wie ich mir auch vorstellen kann, unser Freund Meyer seine Vorliebe für starken Schnaps ausprägte.«

»Oh, Schnaps, ja!«

İkmen beugte seinen Kopf wieder vor, um die alte Dame anzuschauen. Und wieder lächelte sie. »Na, Frau Blatsky? Gibt's noch etwas?«

»O ja, Schnaps, ja!«

»Ja, Schnaps, wir haben dieses Wort jetzt mehrfach erwähnt. Was ist damit?«

»Na ja, für Leonid, er gut schlafen, wenn die Angst vor anderer kommt.«

İkmen sah Cohen an, der, da er so gut wie nichts kapierte, die Achseln zuckte. »Anderer, gnädige Frau?«

»Die weiß von peng! peng! auf reiche Schweine. Die sieht.« Ihr Lächeln wurde noch sehr viel breiter, ehe sie den letzten Satz aussprach. »Die noch lebt.«

»Lebt? Wo lebt?«

Die alte Frau wies, immer noch lächelnd, auf den Boden zu ihren Füßen.

Sie löste sich von ihm und ging nackt auf die weit geöffneten Balkontüren zu. Robert staunte über die unglaubliche Unbefangenheit, die sie in Bezug auf ihren Körper hatte. Ganz Beşiktaş ging unter ihren großen, runden Brüsten seinen Geschäften nach. Es war klar, dass man sie sehen konnte, aber sie scherte sich einen Dreck darum. Natalia mochte sich. Sie wusste, dass der Anblick ihres Körpers nur zwei Gefühle wachrufen konnte: Verlangen oder Neid. Beides war für sie in Ordnung.

Robert zog sein Hemd hoch und schlüpfte wieder in Slip und Hose. Er war erschöpft.

Sex mit Natalia war wie ein Puzzle. Es war, als spielte sie mit einer Puppe. Sie machte alles und er brauchte nur zu liegen, sitzen oder stehen, wie es gerade kam, und zu genießen. Nie hatte er sie auch nur einmal wirklich »genommen«. Und doch schien sie immer befriedigt zu sein. Sie war es auch, nur, dass der Orgasmus bei ihr eine andere Wirkung hatte. Er schien sie zu beleben. Als würde sie die Stärke aus seinem, Roberts, Orgasmus herausziehen, in ihren eigenen Körper überführen und ein weiteres Mal verwenden. Das machte ihn völlig fertig. Er liebte es natürlich, fühlte sich danach aber wie ausgelaugt, als hätte er gerade eine schwere Grippe überstanden und müsste erst wieder gestärkt werden.

Trotz der Hitze war Robert kalt, er fühlte sich blutleer. Sie hatte ihn eine ganze Weile bei der Stange gehalten. Ihre geschickten Finger, ihr Mund und ihre Genitalien hatten ihn bis kurz davor kommen lassen und dann wieder innegehalten. Ein aufreizender Blick in seine Augen und ein weiterer Körperteil wurde eine Zeit lang bearbeitet: ein Ohr, der Hals, eine Brustwarze. Dann wieder setzte sie sich auf seinen Schwanz, so gefühlvoll, dass Robert vor Schmerz aufschrie. Sie liebte Sex mit Worten, Worte, Schreie erregten sie. Wenn er zum Höhepunkt kam, feuerte sie ihn an: »Sag mir, dass ich dich ficken soll! Ficken!«

Er schrie, Schmerz und Lust wurden eins und schon war sie wieder unten. Immer stieg sie sofort wieder herunter. Kein Kuss und keine Zärtlichkeiten nach dem Koitus, dafür intensives Auf- und Abmarschieren im Zimmer. Sie betrachtete ihr ausgeprägtes Profil in den Fensterscheiben, den Spiegeln, dem Glanz des Couchtischs. Sie war von ihrer Vorstellung angetan. Er fühlte sich dagegen unaufrichtig und billig, als würde er ihr nachspionieren. Aber wer weiß, wenn sie ihn danach liebkoste und mit ihm schmuste, würde er sich vielleicht nicht so schlecht und verbraucht fühlen.

Robert zündete sich eine Zigarette an. »Möchtest du einen Kaffee, Natalia?« Er hütete sich davor, direkt nach dem Sex über Liebe zu reden.

Sie ging hinaus auf den kleinen Balkon und lächelte hinunter auf die geschäftige Straße. »Nein.«

Robert stand vom Sofa auf und stakste in die Küche. Seine Beine waren geschwächt und immer noch sah er Sternchen – eine Wirkung seines erhöhten Blutdrucks. Er goss sich den dickflüssigen schwarzen Kaffee aus der Kaffeemaschine in eine Tasse und lehnte sich zum Trinken an den Kühlschrank. Seine eisigen Adern reagierten heftig auf das heiße Getränk und während er trank, fühlte er, dass zumindest ein bisschen Leben in seinen Körper zurückkehrte.

Durch die offene Küchentür beobachtete er Natalia. Sie zeigte nach unten auf die Straße und lachte. Einige Passanten hatten sie entdeckt. Sie liebte es, andere zu schockieren. Ein besonders beliebtes Spielchen von ihr war, in einem bis fast zur Hüfte dekolletierten Kleid durch die Straßen zu gehen und meterweise Brüste der Öffentlichkeit zu präsentieren. Er hätte eine Maschinenpistole gebraucht, um sie vor all dem Gegröle, den lüsternen Blicken und dem Gegrapsche zu schützen, das jedes Mal losging, sobald sie von diesem Dämon befallen war. Er hasste diese Art Fleischlichkeit. So eine Hure.

Aber Robert hatte noch anderes mit ihr abzumachen außer ihrer Sexualität. Sie war so überzeugt von sich! Meinte sie wirklich, dass er alles vergessen hatte? Glaubte sie ernsthaft, dass ihre Marke Sex seinen Geist von den Ereignissen des vergangenen Abends losreißen könnte? Jetzt musste er mit ihr darüber sprechen. Jetzt waren sie allein. Die ideale Gelegenheit.

Er ging zurück ins Wohnzimmer und ließ sich auf das Sofa fallen. Natalia kam vom Balkon herein, stellte sich wie eine Statue vor ihm auf, die Hände an die schlanken Hüften gelegt, und lächelte ihn an.

»Magst du es, wenn wir ficken, Robert?« Wie arrogant das war. Und vor allem doch wirklich keine Frage. Sie wusste doch, dass es ihm Spaß machte. Das tat es immer.

Aber zum ersten Mal überhörte er ihre hochmütige Frage. In gleichmäßigem, aber kaltem Tonfall kam er direkt zur Sache. »Was war gestern Abend los, Natalia?«

Ihr Gesicht verfinsterte sich sichtlich und sie machte Anstalten, das Zimmer zu verlassen. Ohne ihm zu antworten, stolzierte sie an ihm vorbei und sah ihn an, als wäre er ein Nichts. Ihr Gesicht hatte jede Zärtlichkeit verloren und sie stellte klar, dass jemand wie Robert keine Antwort verdiente. Robert spürte, wie ihn glühende Wut überkam. Er liebte diese Frau. Er hatte ihr doch alles gegeben, verdammt, und jetzt konnte sie ihm nicht einmal eine eindeutige Antwort auf eine eindeutige Frage geben! Er betrachtete ihre großen, erregten Brüste, die arrogant vor seinem Gesicht wackelten, und seine Wut und seine Leidenschaft loderten auf. Als sie an ihm vorbeiging, packte er sie fest am Handgelenk.

Vor Schmerz schrie sie auf und mit einem Schlag wurde sie wütend. »Du tust mir weh!«

Dieses Mal würde sie nicht so davonkommen! Nicht wie in Balat. Robert überhörte die Bemerkung, er würde ihr wehtun, packte noch fester zu und senkte seine Stimme fast zu einem Flüstern. »Ich frage dich, welches Spiel ihr, du und deine Familie, gestern Abend mit mir gespielt habt.« Er sah ihr direkt ins Gesicht. »Das dann von der Polizei unterbrochen wurde.«

Eine Sekunde lang schien es, als wäre sie zu Stein erstarrt. Nicht ein Muskel bewegte sich – nicht einmal ein Zucken. Ohne Vorwarnung holte sie mit ihrer freien Hand aus, als wollte sie ihn schlagen. Aber Robert war schneller und fing ihren Arm auf halbem Wege auf. Während sie wütend protestierte, zog er sie unsanft neben sich auf die Couch.

»Der ganze plumpe Scheiß, den deine Onkel abgezogen haben, dass du am Montag an der Arbeit warst. Es muss dich doch wahnsinnig geärgert haben, als die Polizei aufgekreuzt ist. Und dann noch die beschissene Mordkommission!« Roberts Stimme wurde immer lauter, hässlicher und rauer und die Schärfe und Heftigkeit waren erschreckend. Aber er konnte jetzt nicht aufhören. »Was haben die gewollt, Natalia? Dich?«

Sie wand sich. »Robert!«

»Was war da los, Natalia? Hast du dir mit einem deiner Freunde einen besonderen Kick verschaffen wollen, indem ihr einen armen halbtoten Rentner umbringt? Was hast du gemacht? Sein Geld geklaut? Komm schon!«

Sie schrie und versuchte, Robert zu treten, aber er stieß ihr Bein, das schon auf ihn zuschoss, brutal mit dem Fuß zur Seite. Dieses Miststück würde ihn nicht verletzen! Diese Schlampe, diese Nutte, diese blöde İstanbul-Zicke! Die Worte, die ihm in den Sinn kamen, erregten ihn mehr und mehr.

Und seine Wut hatte ihn wieder stark gemacht. Er schwang ein Bein über ihren Schoß und rieb seinen Schwanz an ihrem sich windenden Schambein. Das raue Tuch seiner Hose schürfte an ihrem nackten Körper und ließ sie aufschreien. Das war nicht abgemacht! Ein Mann auf ihr? Nein, das nicht, auf keinen Fall!

Er drückte ihre Arme an die Wand hinter ihr, hielt sie fest und küsste sie derb auf den Mund. Jetzt würde er sie nehmen! Zum ersten Mal überhaupt würde er sie nehmen! Vor Aufregung wurde ihm schwindelig – er würde sie vergewaltigen.

»Ich habe dich gesehen, verdammt noch mal, Natalia! Für dich habe ich gelogen, du Nutte!«

Wieder schrie sie auf, Tränen traten ihr in die vor Schreck geweiteten Augen. Robert fühlte, dass er Macht hatte. Er biss sie fest in die Schulter, als sein schmerzend erigierter Penis gegen sie hämmerte, ihr Fleisch wundstieß. Er löste eine Hand von ihr und öffnete seinen Hosenschlitz. In seiner zitternden Hand fühlte sich sein Schwanz hart und bedrohlich an. Schwer stieß er gegen sie, er liebte ihr zitterndes Fleisch an seinem. Jetzt würde er sie ficken, weiß Gott!

»Spiel nicht mit mir, Natalia!« Er schüttelte sie fest an den Handgelenken. »Sag mir die Wahrheit!« Er schob ihre Beine auseinander, um in ihren Körper einzudringen.

Einen Moment lang wurde ihr Blick hart, fast sexuell erregt, doch dann weinte sie, schluchzte tief und klagend, wie ein Kind. Sie ließ den Kopf auf die Brust fallen und ihr Gesicht verzog sich zu einer zerfurchten Grimasse. Sie sagte ein paar Worte in einer Sprache, die Robert nicht verstand, und schob ihm dann ihr Becken entgegen. Sie hatte aufgegeben.

Noch war er innerlich erhitzt, aber als er Natalia ansah, wusste er, dass er sie nicht nehmen konnte. Nicht, wie sie so willig und passiv vor ihm lag. Und so gebrochen. Das war es nicht, was er gewollt hatte. Er lockerte sacht seinen Griff an ihren Armen und zog sein Becken von ihrem Körper. Er fühlte, wie sein Penis allmählich erschlaffte. »Und?«

Aus ihrer Kehle, die zerrissen und blutig schien, drang es hervor. »Ich war es, die du in Balat gesehen hast! Ich war es!«

Die Erleichterung überkam Robert wie eine warme Dusche und er spürte, wie sein ganzer Körper sich entspannte und wieder lockerte. Er hatte also keine Gespenster gesehen, Gott sei Dank! Er ließ Natalias Hände los und zog sich von ihrem Schoß zurück. Natalia legte ihr Gesicht in die Hände und ließ ihrem Kummer freien Lauf. Tränen flossen zwischen ihren Fingern hervor und fielen auf ihre Schenkel. Roberts Atem wurde ruhiger. Er fühlte sich, als wäre er gerade aufgewacht. Aber – wenn sie in Balat gewesen war … Ihm wurde schlecht. Was hatte das zu bedeuten? Er fuhr sich mit den Fingern durch das feuchte, dichte Haar und wartete, dass Natalia zu weinen aufhörte.

## Kapitel 8

İkmen!«

Er wandte sich um und sah das vertraute wütende Gesicht des Kommissars, das hinter seiner Tür hervorlugte. Er lächelte und schlenderte lässig zu ihm hinüber, wobei ihm ein längst erloschener Zigarettenstummel im Mund hing.

»Ich habe gerade mit dem israelischen Konsul über den Fall Meyer gesprochen.« Ardıç klang eher anklagend als informativ.

»Das war sicher sehr angenehm für Sie.« Es war nicht ausgesprochen unverschämt, aber fast.

Der Kommissar wurde rot bis zu den Ohren und schob İkmen in sein Büro. Dort setzte er sich an seinen Schreibtisch und zündete eine dicke Zigarre an, die in seinem Aschenbecher lag, wieder an. Er zwirbelte nervös an seinem Schnauzbart. »Es war im höchsten Maß beschämend! Ich musste mir Entschuldigungen für Sie ausdenken!«

İkmen setzte sich und warf den Zigarrenstummel auf die Erde. Ardıç verdiente keine guten Manieren, er war einfach zu dumm. »Ich hätte gedacht, der Konsul sei entzückt, dass ich an einem Fall arbeite, an dem er so viel Interesse hat.«

»Darum geht es nicht!«, bellte Ardıç zurück. »Gerade Sie sollen ja diesen Fall bearbeiten! Jeder will nur Sie sehen: die Israelis, die Geier von der Presse …«

»Ich bin mir sicher, dass Sie die Sache in den Griff gekriegt haben.«

Der Kommissar nahm seine Brille ab und schleuderte sie verdrießlich auf den Tisch. »Schauen Sie, İkmen, man mag es gut finden oder nicht, aber Sie haben einen gewissen – ich will nicht sagen Ruhm, eher eine gewisse traurige Berühmtheit. Ich wollte nicht, dass sie diesen Fall betreuen, aber wenn Sie schon dabei sind, dann sollten Sie sich auch an die Regeln halten!« Er wies mit seiner Hand in Richtung Flur. »Ich habe Ihnen Leute gegeben, mit denen Sie den Job erledigen sollen! Sie haben schließlich einen Polizeimeister, der den ganzen Tag auf seinem Arsch sitzt wie so ein Fotomodell! Sie sind hier stationiert. Lassen Sie die anderen die Arbeit machen! Sie sind doch schließlich der Chef, oder sollten es zumindest sein.«

İkmen zündete sich eine Zigarette an und sah seinen Vorgesetzten scharf an. Wenn Ardıç hier schon schweres Geschütz auffuhr, würde er das Gleiche tun. Er hatte genug von diesem fetten, herumstolzierenden kleinen Schreibtischtäter. Was wusste der schon von diesem Job? »Jetzt passen Sie mal auf: Genau so arbeite ich nun mal. Das wissen Sie auch! Zweitklassige Berichte von pickeligen Gendarmen mögen vielleicht für Leute wie Yalçin gut genug sein, aber ich verdiene mein Geld anders! Zum Beispiel« – İkmen stand auf und ging wie ein Löwe vor dem Schreibtisch des Kommissars auf und ab – »habe ich gestern eine Bekannte des Ermordeten befragt. Und was diese Dame gesagt hat, war bei oberflächlicher Betrachtung wenig wichtig. Hätte ich nicht etwas Kenntnis ihres Landes und dessen Geschichte, hätte mir diese Unterhaltung wohl kaum viel bedeutet. Und auch, wie sie geantwortet hat, wie ihre Stimmung war, was ihr Körper bei alledem tat, war« – İkmen suchte nach dem passenden Wort – »interessant. Wäre ich nicht da gewesen, hätte ich nichts davon erfahren! Die ganze Atmosphäre bei ihr hat mich, wenn Sie so wollen, auf andere Dinge aufmerksam gemacht. Noch weiß ich nicht, auf welche, aber was ich heute aus anderer Quelle erfahren habe, hat mein Unbehagen gegenüber dieser Frau nur bestärkt.«

»Und was wäre das?«, fragte Ardıç mit dem Ausdruck purer Verachtung.

»Meyer war damals in irgendeine Säuberungsaktion gegen die Bourgeoisie in Russland verwickelt. Er hat ein paar Leute umgebracht. Die späteren Schuldgefühle haben ihn sein ganzes Leben lang gequält. Schuld oder Angst, ich weiß nicht, was von beidem. Und diese Frau, die ich gestern Abend gesprochen habe, hat behauptet, damals in Russland seine Freundin gewesen zu sein und zusammen mit Meyer irgendwann das Land verlassen zu haben.«

»Ach ja?«

»Meyer hat Leute wie sie umgebracht! Vielleicht sogar unmittelbar vor ihren Augen! Und falls sie etwas davon gewusst hat, könnte das heißen, dass sie beträchtliche Macht über ihn hat. Sie – oder jemand anders – muss offenkundig einigen Einfluss auf Meyer gehabt haben, um ihn zu überzeugen, Russland zu verlassen. Solchen netten kleinen jüdischen Bolschewiken wie ihm lag doch die Welt zu Füßen. Leute wie diese Maria Gulcu mussten damals das Land verlassen, nicht Meyer. Auch wenn man die Schuld seiner Tat anerkennt, hätte er absolut verrückt sein müssen, es zu verlassen. Ich meine, Schuld ist eine Sache, aber sein neues, machtvolles Leben in der judenfreundlichen Sowjetrepublik zu gefährden ist doch noch etwas ganz anderes. Historisch ergibt das keinen Sinn. Schließlich schrieb man das Jahr 1918! Der Anfang einer neuen Ära! Die Sklaven erheben sich immer und wenn sie es tun ...«

»Oh, bei der Liebe Allahs, İkmen, hören Sie mit diesem Unsinn auf, ehe ich wirklich meine Beherrschung verliere!«

İkmen fasste sich mit zitternder Hand an die Stirn und setzte sich.

Ardıç wies mit anklagendem Finger auf ihn. »Hören Sie gut zu, İkmen, nach dem zu urteilen, was Ihr Schönling von Polizeimeister mir erzählt, haben Sie bei diesem Smits so etwas wie eine Spur.«

»Bis jetzt haben wir noch keinen Beweis, dass er ...«

»Wenn dieser Smits ein Nazisympathisant war oder ist, will ich das wissen, und der Konsul auch. Und wenn ja, will ich, dass er hier eine verdammte Aussage macht.«

»Ja, ja, Sie haben ja Recht. Aber ich werde noch Zeit brauchen, um zu sehen, was Smits jetzt vorhat …«

Der Kommissar brüllte los. »Bei einem toten Juden, der unter einem beschissenen zwei Meter großen Hakenkreuz liegt, ist Zeit genau das, was wir nicht haben, İkmen! Wir alle kennen Ihre famose Intuition, aber vergessen Sie sie! Werfen Sie Ihre gesammelten Biografien in den Abfalleimer und setzen Sie diesen Smits unter Druck, bevor noch mal etwas Ähnliches passiert. Ich will nicht, dass diese Stadt vor Mossad-Agenten wimmelt. Stattdessen will ich, dass wir den israelischen Konsul beruhigen, der ein sehr wichtiger Mann ist, wie Sie wissen, falls Sie die letzten Tage nicht in irgendeiner anderen Welt gelebt haben!«

İkmen sah ruhig zu Boden. Das Wissen, dass Ardıç unter enormem Druck stand, eine Verhaftung zu veranlassen, und zwar irgendeine und so schnell wie möglich, war wenig beruhigend für ihn.

Ardıç holte tief Luft und beruhigte sich allmählich wieder. İkmen war, zumindest zeitweilig, an die Kandare genommen. »Die Presse«, sagte er, »kennt die abstoßenden Details dieses Falls nicht, das ist Ihr Vorteil, aber die wollen immer noch Sie sehen. Der Mann war ein Jude und es gibt momentan viel Furcht bei den Moslem-Fundamentalisten dieses Landes. Deshalb will ich, dass Sie sich morgen mit Pressevertretern treffen und sie beruhigen. Sagen Sie denen, dass wir eine Verhaftung vorbereiten und viel versprechende Spuren verfolgen …«

»Eine Lüge.«

Ardıç brauste noch einmal auf. »Ja, eine Lüge! Was sollen denn unsere wohlhabenden Juden in Yeniköy und Bebek machen? Ihr Geld zusammenkratzen und ab nach Israel?«

İkmen sah ihn unverwandt an. »Und die armen Juden in Balat? Die wissen alles, wie Sie sich vielleicht erinnern.«

»Ach ja, aber die machen doch den Mund nicht auf, oder, İkmen?«

»Nein, dazu haben sie viel zu viel Angst. Geschlossene Gemeinschaften sind nun einmal so. Sehr verletzbar.«

Ardıç knurrte. Kleine Leute mit wenig Geld waren nicht gerade seine Sache.

İkmen stand von seinem Stuhl auf und ging zur Tür. Mit diesem Mann wollte er nicht länger in einem Raum sein.

»Ist das alles?«

Ardıç steckte sich die Zigarre wieder in den Mund und lehnte sich in seinem Stuhl zurück. »Nur eins noch.«

İkmen drehte sich um. »Ja?«

»Ich hatte Ihren Polizeimeister bei mir, als ich mit dem Konsul geredet habe. Auch wenn er ein ziemlich verweiblichter junger Mann ist, kann er sich doch ganz gut ausdrücken.« Er schlug die Augen nieder. »Ich würde ihm an Ihrer Stelle nicht so viel Autonomie geben, İkmen. Sonst nimmt er sie noch wahr.« Er kicherte leicht kindisch.

İkmens Gesicht wurde kreidebleich und er ging rasch aus dem Büro, wobei er die Tür hinter sich ins Schloss warf. Ardıçs Gelächter folgte ihm den ganzen Korridor entlang und noch die halbe Treppe hinauf.

»So, so, du und der Konsul, ihr seid also jetzt die besten Freunde, stimmt das, Mehmet?« Cohen zündete sich eine Zigarette an und lächelte.

Süleyman zog ein finsteres Gesicht. »Ha, ha, sehr witzig.«

»Na ja, du musst doch zugeben, dass das eine Art Pluspunkt für dich ist.« Cohen setzte sich auf die Kante von Süleymans Schreibtisch und schlug die Beine übereinander. »Das könnte der Anfang deines unaufhaltsamen Aufstiegs durch alle Dienstgrade sein.«

»Das glaube ich nicht.«

Cohen lachte. »Oh, entschuldige mal! Intelligent, kann sich ausdrücken und dann noch gut aussehend! Wenn ich du wäre, würde ich mich nach oben schieben und kratzen und kein Aas dürfte mir im Weg stehen. Denk doch bloß mal, wie so ein hübscher Bulle unter dreißig hier auf die ganzen Weiber wirkt.«

»Hör jetzt endlich auf, ja?«

Aber Cohen war voll in Fahrt. »Macht erregt die Frauen.« Sein Gesicht wurde zu einem einzigen anzüglichen Grinsen. »Ich kannte mal eine, die stand auf Gewalt und Waffen …«

»Ich dachte, du wärst verheiratet«, unterbrach Süleyman ihn griesgrämig.

»Na und?« Cohen beugte sich quer über den Schreibtisch und kam mit seinem Gesicht ganz nah an Süleyman. »Das heißt doch nicht, dass ich nicht ab und zu eine kleine Abwechslung vertragen kann. Außerdem stehen sie auch auf Uniformen.«

Süleyman schnaubte vor Empörung. Cohen war so oberflächlich, dass es fast schon wieder bewundernswert war.

»Du hast immer sehr gut in deiner Uniform ausgesehen, Mehmet.« Er zwinkerte aufreizend. »Erzähl mir jetzt bloß nicht, dass du jeden Tag deine Klamotten bloß zum Wohl der Öffentlichkeit gebügelt hast!«

Süleyman fingerte nervös an seiner Krawatte herum. Cohen hatte ihn in die Enge getrieben. Das hatte er immer schon getan, seit sie zusammen als Polizisten angefangen hatten. Cohen war so … direkt!

Süleyman wechselte das Thema. »Was ist überhaupt mit Frau Blatsky passiert?«

»Nicht viel. Ich habe kaum was machen müssen, weil sie genug Türkisch sprach. Zur Hauptsache hat der Alte das Gespräch geführt. Sie ist uralt und hat einen kleinen Damenbart.«

Süleyman zog seine Jacke aus. »Ich nehme nicht an, dass du zugehört hast, oder?«

»Doch, das habe ich tatsächlich«, gab Cohen schelmisch zurück. »Sie sagte, dass Meyer damals in Russland ein paar Leute umgebracht hat.«

Süleyman antwortete genauso schelmisch. »Das wissen wir auch schon!«

Cohen lehnte sich wieder über den Schreibtisch und fuchtelte mit dem Finger vor Süleymans Gesicht herum. Er wirkte wie ein kleines Kind, das seinem besten Freund ein unanständiges Geheimnis erzählt. »Aber hast du auch gewusst, dass er bei den Kommunisten war, als er das getan hat?«

»Nein!«

»O doch. Er ist rumgezogen und hat die reichen Kerle im Namen von Karl Marx umgelegt. Und noch dazu weiß jemand von all dem und der lebt noch!«

Süleyman runzelte die Stirn. »Was? Jemand in Russland oder ...«

»Nein, hier«, antwortete Cohen. »In dieser Stadt.«

Süleyman fühlte plötzlich, wie ihm das Blut in den Adern gerann. Er wusste einen Kandidaten, der dafür zu allererst in Frage käme, und İkmen wusste es ebenso. Der Inspektor war nach Cohens Worten gerade beim Kommissar im Zimmer. Süleyman stellte sich die Ungeduld dieses Mannes vor. Einfach nur dazusitzen, wo es ihn doch so juckte, zu den Gulcus zu gehen. Und wenn er ihm dann noch von Cornelius erzählen würde und dessen Überfall auf einen Anwalt. Einen jüdischen Anwalt ...

»Die Saufkumpanen des alten Juden haben allerdings nichts gebracht.« Cohen hatte das Thema gewechselt. »Das Einzige, was sie gemacht haben, war, uns Geld abzuluchsen. Obwohl einer von ihnen ja berichtet hat, dass er ein großes schwarzes Auto hinter dem Wohnhaus gesehen hat, aber er konnte sich nicht mehr erinnern, ob es letzte Woche oder gestern war.«

»Aha.« Süleyman hörte schon nicht mehr zu. Sein Gehirn war zu sehr damit beschäftigt, mit den neuen Perspektiven zurecht zu kommen, die diese jüngste Information eröffnet hatte.

Die Tür flog auf und knallte wie üblich gegen die Schreibtischkante. Süleyman sprang auf. Cohen kam gemächlich auf seine Füße und stellte sich, das Gesicht zur Tür gewandt, mit den Händen in den Taschen hin.

»Hallo, Inspektor.«

İkmen kam herein, nahm Cohen am Ellbogen und beförderte ihn unsanft auf den Flur. »Raus aus meinem Büro, Sie perverses Tier!«

Nachdem der junge Polizist in den Flur abgetaucht war, warf İkmen hinter ihm die Tür ins Schloss und stand kochend mitten im Raum.

»Cohen hat doch nichts getan!«, sagte Süleyman, um seinen jüngeren Kollegen in Schutz zu nehmen.

İkmen warf ihm einen Blick zu, bei dem Süleyman froh war, dass er ihn überhaupt überlebte. »Das weiß ich, aber ich bin stinkwütend und brauche jemanden, an dem ich meine Wut auslassen kann! Oder wollen Sie, dass ich sie an Ihnen auslasse?«

Süleyman sah auf den Boden und murmelte etwas, das sich wie »nein« anhörte.

»Keine Sorge, Polizeimeister!«, sagte İkmen müde. »Das mit Cohen bringe ich irgendwann schon in Ordnung. Falls ich nicht alle umbringen will, und mich auch und Sie und ...«

Süleyman blieb ganz ruhig. »Wohl eine schlechte Zeit gehabt mit dem Kommissar, was?«

Die beiden Männer sahen einander an. Der jüngere amüsierte sich im Stillen und der ältere wusste das. Er konnte sich bei Süleyman abreagieren, soviel er wollte. Seine Wutausbrüche hatten schon vor Jahren aufgehört, den jüngeren in Schock zu versetzen. Ein grimmiges Lächeln ergriff von İkmens Mund Besitz und er seufzte. »Oh, Süleyman, was sollen wir denn machen?«

»Bitte?«

İkmen ging um seinen Schreibtisch herum und setzte sich auf den Stuhl. »Ardıç will diesen Fall so schnell wie möglich abgeschlossen haben.« Er grinste spöttisch. »Die politische Dimension! So wie ich es zur Zeit sehe, soll ich irgendeinen geistlosen Nazi hernehmen, am besten den ungemein passenden Reinhold Smits. Entschuldigung, *Sie* sollen den geistlosen …«

»Ich?«

»Ja.« İkmens Stimme wurde tonlos und ernst. »Ardıç will, dass ich hier bleibe, wegen der Presse. Ich glaube, er möchte mich zu einer Art Medienfigur machen. Sie und die anderen Jungs sollen ab jetzt die ganze Arbeit machen und ich soll hier rumsitzen und Anweisungen geben. Was ich natürlich nicht tun werde. Er soll gefälligst sein Maul halten!« İkmen wischte sich mit dem Handrücken den Schweiß von der Stirn. »Ich hab gehört, dass Sie bei unserem Freund, dem Konsul, gute Arbeit geleistet haben?«

»Hat Ihnen der Kommissar das gesagt?«

»Ja.«

Süleyman lachte. »Ich habe ihm im Wesentlichen gesagt, was er hören wollte. Ich habe bloß erwähnt, dass wir verschiedene Spuren verfolgen, einschließlich einer möglichen Verbindung zu einem Nazi, wobei ich dummerweise den Namen von Reinhold Smits erwähnt habe.«

»Na ja, den hätte er sowieso bald herausbekommen. Wie dem auch sei, ich bin froh, dass Sie es gut hingekriegt haben.« Das meinte İkmen wirklich so. Sein junger Protegé lernte schnell. Mit Sicherheit schneller als er selbst. »Natürlich hat Ardıç bei der Erwähnung von Smits angebissen wie ein Blutegel, aber das ist nicht Ihr Fehler. Allerdings …« Erst jetzt zog İkmen ein langes Gesicht. Einen Augenblick lang sah er sogar traurig aus. Er freute sich für Süleyman, aber er wusste auch, dass er selbst sich gegenüber seinem Vorgesetzten auf sehr schwankendem Boden bewegte. Er wusste, wie schnell ein Polizeimeister befördert und ein Inspektor in die Wildnis versetzt werden konnte.

Süleyman bemerkte İkmens Unbehagen und wechselte das Thema. »London hat wegen Robert Cornelius angerufen.«

»Aha.« İkmen sah auf. Zurück zum Fall. Genau das brauchte er. »Und?«

»Er hat eine kleine Akte. Überfall auf einen Anwalt 1987. Einen jüdischen Anwalt namens Sheldon.«

İkmen nickte. »Interessant. Was Politisches?«

»Er hatte keine Einzelheiten. Offensichtlich hat Sheldon ihn nicht angezeigt.« Süleyman machte eine Pause. »Und es gab angeblich eine Tätlichkeit gegenüber einem Kind, im selben Jahr. Aber auch das ist nicht weiter verfolgt worden. Unser Mr. Cornelius scheint so etwas wie eine Vergangenheit zu haben. Soll ich ihn hierher bestellen?«

İkmen dachte nach. Es war eine hauchdünne Verbindung, aber wenn man Cornelius' Anwesenheit am Tatort in Betracht zog, dazu sein überraschendes Auftauchen im Hause Gulcu, war es in der Tat nicht völlig lächerlich. Wenn auch noch das Kind jüdisch wäre ... »J-ja«, gab er bedächtig von sich. »Einer der Männer soll ihn gleich morgen früh als Erstes herholen. Der haut uns doch nicht ab, oder?«

»In Ordnung. Cohen hat mir erzählt, dass Frau Blatsky ziemlich nützlich gewesen ist.«

İkmens Gesicht hellte sich beträchtlich auf. Wenn er nur mit Ardıç so hätte reden können. »Unser Leonid war unserer Frau Blatsky zufolge Bolschewik. Aktiv, engagiert und zum Mord fähig.«

»Und die Leute, die er ermordet hat, waren also ...«

»Oh, nur gute Qualität, Süleyman, nur die beste Sorte. Die bourgeoisen Schweine, wie die alte Frau sich ausdrückte.« İkmen lächelte finster. »Typisches Futter in jenen Zeiten.«

»Und Frau Blatsky weiß das ganz sicher, oder?«

İkmen seufzte. »Insofern jemand hinter Leonids betrunkenem Gefasel kommt, ja. Allerdings war sie einigermaßen unklar, was den Zeugen von Meyers krimineller Vergangenheit angeht, und das befriedigt uns leider nicht. Ich nehme an, dass der entzückende Cohen Sie schon darüber aufgeklärt hat.«

»Hat er.«

»Jemand, den sie den ›anderen‹ genannt hat – Mann oder Frau – und der noch hier in der Stadt lebt, wusste von Meyers Morden. Die alte Frau wusste aber nicht, wer, und meinte, Meyer hätte es ihr nie gesagt, zumindest nimmt sie nicht an, dass er es erzählt hat. Sie hat seine Furcht vor diesem ›anderen‹ wohl bemerkt und gemeint, dass er sich nur mit Alkohol o.k. fühlen konnte. Sie hat sogar geglaubt, dass er ihn überhaupt am Leben gehalten hat. Der ›andere‹ …« Wieder seufzte İkmen, diesmal noch verzweifelter und stärker als zuvor. »Sie können sich ja wohl vorstellen, wer mir da in den Sinn gekommen ist, oder?«

Süleyman schüttelte sich bei dem Gedanken an diese Frau. »Aber das beweist doch noch gar nichts, oder? Ich meine, es gibt immer noch so viele Fragen. Hat sich der Vorfall tatsächlich ereignet oder hat Meyer bloß alkoholgeschwängerte Geschichten erfunden? Und wenn der Vorfall sich tatsächlich zugetragen hat und Maria Gulcu Zeugin war, warum hat dann eine Frau wie sie, die alles beobachtet hat, mit ihm das Land verlassen? Auf das Risiko hin, Ihrer Begeisterung den Wind aus den Segeln zu nehmen: Das Ganze scheint nicht allzu viel Sinn zu ergeben.«

Zum dritten Male seufzte İkmen. Nein, es ergab wirklich nicht viel Sinn. Das musste auch er gestehen. »Ich weiß nicht. Vielleicht standen die Leute, die Meyer umgebracht hat, in irgendeiner Verbindung zu ihr.« Hilflos zuckte er die Achseln.

Aber Süleyman war schockiert. »Sie meinen doch wohl nicht Rache? Warum dann erst …« Süleyman rechnete im Kopf »… erst vierundsiebzig Jahre warten, ehe man zuschlägt? Warum ihn erst bei der Tat beobachten und dann mit ihm zusammen das Land verlassen? Das ist doch verrückt!«

»Das weiß ich!«, meckerte İkmen zurück. »Aber es beunruhigt mich eben immer noch. Ich kriege es einfach nicht aus meinem Schädel, dass Meyers Tod eine Exekution war. Persönlich und gezielt.« Er griff in seine Schublade und holte eine große, noch verschlossene Flasche Brandy heraus. »Wenn irgendwelche verrückten Antisemiten den Juden hier den Krieg erklären wollten, hätten sie das ganz anders aufgebauscht. Aber es ist seit Jahren nichts passiert in Balat, gar nichts! Und trotzdem muss ich zugeben, dass auch ich den Eindruck habe, Smits sei irgendwie mit der ganzen Sache verbunden. Und man kann sich auch nicht vor der Tatsache verschließen, dass ein riesiges Hakenkreuz an Meyers Schlafzimmerwand war.«

»Aber wir wissen immer noch nicht mit Sicherheit, ob Smits ein Nazi war oder nicht!«

İkmen nahm den Korken von der Flasche und warf ihn auf den Schreibtisch. »Nein, das wissen wir nicht.« Er gönnte sich zwei Schlücke aus der Flasche und wischte den Flaschenhals mit seinem Ärmel ab. »Soweit wir wissen, tat Meyer während der letzten siebzig Jahre seines Lebens nichts anderes, als auf seinem Arsch zu sitzen und sich voll laufen zu lassen. Wie zum Teufel da noch Reinhold Smits, Maria Gulcu, Robert Cornelius und Meyers vieles Geld ins Bild passen sollen, wissen wir überhaupt nicht.«

Er bot Süleyman die Flasche an, der aber ablehnte.

»Und außerdem ist da noch die Tatsache, dass der arme Kerl sowohl Russe als auch Jude war.« Verzweifelt legte İkmen eine Hand an seinen Kopf. »Diese beschissene russische Psyche! Das ist zu hoch für mich!«

An diesem Punkt des Gesprächs klopfte es an der Tür und Cohen trat ein. »Möchten die beiden Herren vielleicht einen Tee?«

İkmen hob den Kopf. »Vorausgesetzt, Sie würzen die Teestunde nicht mit anzüglichen Berichten über Ihre neuesten Begegnungen mit Titten und Ärschen – dann ja, Cohen.«

»In Ordnung.« Der junge Polizist verließ das Zimmer wieder.

Süleyman brüllte vor Lachen, was für ihn absolut untypisch war.

Natalia war schon seit einer Stunde wieder gegangen, aber immer noch hatte sich Robert nicht von seinem Platz auf dem Sofa bewegt. Seine Augen blickten unverwandt auf den Antennenwald, der auf den gegenüberliegenden Dächern zu sehen war, und er beobachtete, wie die Sonne allmählich hinter den Häusern untertauchte. Ein Streifen roter Wolkenfetzen, der sich wie ein Band quer über den blauen Himmel zog, zeigte an, wie die Sonne gen Westen zog. Das Licht erlosch.

Die Hitze des Tages und die wilde Aktivität am Nachmittag, sexueller und gewalttätiger Natur, hatten ihn abgeschlafft und ausgelaugt zurückgelassen. Allerdings war es kein unangenehmes Gefühl und irgendwie war er auch dankbar dafür. Sein träger, wunschloser Körper forderte seinen erschöpften Energiereserven nichts ab. Die wenigen Kalorien, die er noch hatte, brauchte Robert zum Denken. Was ihm Natalia gesagt hatte, ließ ihn nachdenklich zurück, obwohl es doch so viel erklärt hatte. Immer noch war er wütend. Er hatte eben doch keine Gespenster gesehen und er war durchaus bei Verstand, aber ...

Dass sie es ihm nicht hatte berichten wollen, war eindeutig. Seit Jahren war er nicht mehr derartig gewalttätig geworden. Es hatte ihn regelrecht erschüttert. Er hatte die Hoffnung genährt, dass er solcher Handlungen nicht mehr fähig wäre, was aber offenkundig nicht der Fall war. Ihre Rücksichtslosigkeit, die Art, wie sie annahm, einfach seine Frage überhören zu können und aus dem Zimmer zu rauschen, hatte ihn in Rage gebracht. Bei den früheren Vorfällen in seinem Leben war es genauso gewesen. Hatten diese Leute, Natalia, der fürchterliche Anwalt, dieser kleine blöde Billy Smith denn nicht kapiert, dass er eine Antwort erwartete, wenn er eine Frage stellte? Wenn man ihn übersah oder überhörte und so tat, als gäbe es ihn nicht, war das eine Beleidigung. Er fühlte sich herabgesetzt und sogar verfolgt. Gewalt war wirklich der einzige Weg, wenn die anderen meinten, dass er eine Unperson wäre. Oder wenn man sich ganz tief im Inneren und heimlich in dieser Rolle sah. Dies rechtfertigte allerdings kaum, ihren schönen Körper mit blauen Flecken zu übersäen, und Robert wusste das sehr wohl.

Er dachte an das, was sie ihm erzählt hatte. Dass er ihr die Geschichte unter Zwang abgerungen hatte, verlieh ihr eine gewisse Glaubwürdigkeit. Aber sie hatte auch etwas von einer romantischen Phantasieerzählung. Einiges war schwer zu glauben.

Gulcu war Natalia zufolge nicht der wirkliche Familienname. Als ihre Großmutter 1918 als Flüchtling in die Türkei gekommen war, hatte sie einen Mann namens Gulcu kennen gelernt und drei Kinder mit ihm gezeugt. Sie hatte ihn weder nach dem Gesetz geheiratet noch sich um die türkische Staatsangehörigkeit beworben. Warum genau sie dies nicht tat und wie die Familie es tatsächlich schaffte, ohne jeglichen gesetzlichen Status hier zu leben, wurde nicht erklärt. Ähnlich geheimnisvoll blieb auch, wie Natalias türkischer, längst verstorbener Vater hier hineinpasste.

Der Ermordete in Balat war ein Freund ihrer Großmutter gewesen. Wie sie war er Russe, ein weiterer Flüchtling vor der Gewalt, die das zaristische Russland 1917 auseinander gerissen und zerstört hatte. In der Vergangenheit hatten sich die beiden häufig getroffen und Erinnerungen an ihre Heimat geteilt. Bei diesen Gelegenheiten hatte Natalias Großmutter immer dafür gesorgt, dass der mittellose Meyer ein Essen bekam. Er hatte sich dem hochprozentigen Schnaps verschrieben und vergaß in der Folge häufig, sich richtig zu ernähren. Aber die Zeit verging und Meyer und Maria, die Großmutter, wurden zu alt, um noch miteinander zu verkehren. Die Essenslieferungen der Gulcus an ihren weniger glücklichen alten Freund blieben jedoch bestehen.

Jede Woche fuhr eines der jüngeren Familienmitglieder über das Goldene Horn nach Balat und brachte dem alten Mann ein Essenspaket. Er war selten nüchtern, aber immer dankbar. Maria vertrat anscheinend die Meinung, dass allein ihre Pakete den alten Mann am Leben erhielten.

Am Montag war Natalia an der Reihe gewesen, diese Fahrt zu machen. Sie hatte sich eine lange späte Mittagspause genommen und war gegen halb vier bei Meyers Wohnung angekommen, wo sie dem alten Mann das Paket gegeben und eine Weile mit ihm geredet hatte. Es war aber mehr Zeit vergangen, als ihr bewusst geworden war, und sie war entsetzt gewesen, als sie auf die Uhr gesehen und gemerkt hatte, dass es bereits halb fünf war. Längst hätte sie im Laden zurück sein müssen. So hatte sie Meyer, der noch gelebt hatte, verlassen, war die Treppe hinunter und auf die Straße gerannt. Als sie ans Tageslicht gekommen war, hatten sich für kurze Zeit ihre und Roberts Schritte gekreuzt.

Bis zu diesem Punkt war ihre Geschichte merkwürdig und außerhalb Roberts eigener Erfahrung, aber er konnte an der Erzählung weder etwas bestätigen noch widerlegen. Der Schlussteil, Natalias Bericht über ihr Zusammentreffen mit ihm, war etwas anderes.

Wie Natalia erzählte, war sie deshalb weggelaufen, weil sie zurück zur Arbeit musste. Sie hatte niemanden auf der Straße bemerkt und war einfach Richtung Fevzí Paşa Caddesi zu den Bussen geeilt. Der Grund, warum sie Robert nicht erkannt hätte, sei a) weil sie in Panik gewesen sei, und b) weil sie ihn wegen ihrer Kurzsichtigkeit tatsächlich nicht gesehen habe.

Bis dahin hatten sich die beiden schon wieder sehr beruhigt. Natalia hatte sich entschuldigt und war, noch einmal, sehr liebevoll zu Robert gewesen. Sie war wie damals, als sie einander gerade kennen gelernt hatten: Zärtlichkeit und Zuwendung machten ihre Sinnlichkeit erst vollständig. Auch hatte sich Roberts schlechtes Gewissen, dass er sie so übel behandelt hatte, gemeldet. Sie hatte ihn geküsst und ihre Hand in seine Hose geführt, wo sie seinen Penis zart massiert hatte. Er musste einfach verstehen, dass jeder Kontakt mit der Polizei für sie und ihre Familie sehr gefährlich werden könnte. Es war schon schlimm genug, dass die Behörden von der Freundschaft ihrer Großmutter zu

Meyer wussten. Aber wenn sie erführen, dass sie, Natalia, in der Nähe gewesen war, als der alte Mann ermordet wurde, könnte es schwierig werden. Die Polizei würde mit ziemlicher Sicherheit eine Aussage haben wollen, sie würden sie überprüfen und sie würde vielleicht sogar vor Gericht erscheinen müssen. Die Untersuchung würde ihren wahren Status enthüllen, das Gericht würde die Aussage einer illegalen Ausländerin missbilligend zur Kenntnis nehmen. Womöglich würde die ganze Familie abgeschoben werden. Zurück nach Russland, ohne einen Pfennig, und für immer in einer endlosen Schlange für Brot anstehen ... Es war ein unerfreuliches Bild, das sich aber auflöste, als Natalia ihren geöffneten Mund über sein Glied stülpte und Robert sich in einen warmen Strom erotischen Vergnügens fallen ließ.

Erst als sie den Kopf wieder gehoben hatte, waren aus den kleinen Rissen in ihrer Geschichte große Löcher geworden. Das Brüllen, das Roberts Höhepunkt begleitet hatte, war abgeklungen und einem Lächeln gewichen, als sie sich ihm zugewandt und ihn angesehen hatte. Dankbar hatte er ihren festen, fleischigen Rücken gestreichelt. Aber seine Finger hatten sich verspannt, als er eine Weichheit gespürt hatte, die drei Tage zuvor noch nicht da gewesen war. Robert erinnerte sich der Kleider, die sie getragen hatte: feste, dicke Jeans und das grobe und unvorteilhafte Hemd. Kleider, die er vorher noch nie gesehen hatte – oder seitdem. Kleider, in denen sie nicht einmal das Haus geputzt hätte. Kleider, die man gut verbrennen konnte, die vielleicht verbrannt werden mussten. Als Robert von seinem sexuellen Rausch herunterkam, fing sein Verstand wieder an zu arbeiten.

Natalia war gegangen und Robert dachte weiter nach. Um einen groß gewachsenen, eher auffallenden Mann über eine enge Gasse hinweg nicht zu sehen, musste man schon sehr kurzsichtig sein. Ohne eine Brille oder Kontaktlinsen würde die betreffende Person beinahe blind sein. Natalia trug keines von beiden.

Er wünschte, dass sein Schuldgefühl und seine Lust ihn nicht zum Schweigen gebracht hätten. Natalia war weg, aber in ihrem Kielwasser hallte immer noch das Echo unbeantworteter Fragen nach. Doch was konnte er tun? Kurz bevor sie gegangen war, hatte er auf ihre Bitten hin geschworen, dass er alles, was sie ihm gesagt hatte, für sich behielte. Sie hatte ihm keine Wahl gelassen; sie wollte es so und außerdem war er schwach gewesen. Er war gewalttätig gewesen und damit im Unrecht. Sie hatte ihn an seiner verwundbarsten Stelle getroffen. Aber würden die Türken diese Familie wirklich abschieben, wenn sie die Wahrheit herausfanden? Eine Familie, die nicht nur seit mehr als siebzig Jahren in diesem Land lebte, sondern auch Kinder von türkischen Männern hatte. Außerdem könnten die Behörden, falls Natalia ihnen die Situation erklärte, ihre Bewerbung um die Staatsbürgerschaft unmöglich ablehnen. Schließlich war sie praktisch in jeder Hinsicht eine Türkin. Es machte einfach keinen Sinn!

Ungeduldig schüttelte Robert den Kopf. Da gab es noch etwas anderes, musste es einfach geben. Etwas, das er auch unter Drohungen nicht aus ihr herausbekommen hatte. Hatte es vielleicht mit dem knöchernen Schulterblatt zu tun? Das würde er noch aus ihr herausprügeln müssen. Nur dass er genau dies nicht tun würde. Er würde sie nicht noch einmal verletzen – niemals. Aber was hatten sie und ihre Familie wirklich vor?

Es musste noch eine tiefere, geheimere Wahrheit geben. Robert wusste, dass sie existierte, irgendwo. Wenn er jetzt zurückblickte, hatte er es schon lange gewusst. Der tintenschwarze, versteckte Kern im Zentrum ihrer Erzählung. Doch er war des Nachdenkens darüber allmählich müde. Später würde er wieder darauf zurückkommen, wenn er sich stärker fühlte. Mit einem Ruck stand er vom Sofa auf und schaltete den Fernseher an.

Çetin İkmens Besuch im Hause Gulcu am vergangenen Abend war eher eine Laune des Augenblicks als eine geplante Tat gewesen. Dass er sich unversehens dort wiedergefunden hatte, war für ihn genau so überraschend gewesen wie für die Gulcus. Maria hatte mitten im Zimmer auf einem Stuhl gesessen, als er angekommen war. Obwohl sie gelassen aussah, spürte er ihre Wut und wusste, dass er alles andere als willkommen war.

»Allein?«, fragte sie. Ihre Stimme klang, als würde sie etwas sehr Wichtiges vorbringen. »Wo ist Ihr schöner Freund?«

İkmen stoppte direkt vor ihrem Stuhl. »Polizeimeister Süleyman hat neben diesem Fall auch noch ein anderes Leben, Madame.«

Die Reptilienaugen lächelten ihn unangenehm an. İkmen wechselte das Thema.

»Mrs. Gulcu, ich habe noch ein paar Fragen zu Leonid Meyer.«

Sie zündete sich eine ihrer Sobranie-Zigaretten an und seufzte. »Ein Thema, das Sie doch sehr fasziniert, Inspektor.«

»Ich kann mir denken, dass der Tod eines so alten und engen Freundes auch für Sie nicht ganz ohne Belang ist, Mrs. Gulcu.« *Touché*, dachte İkmen mit einiger Befriedigung.

Sie warf ihm einen ihrer feuchten Blicke zu. »Ich habe mich um Leonid gesorgt, als er noch lebte, Inspektor. Seine leblose Hülle interessiert mich nicht.« Sie klopfte auf den Schemel an ihrer Seite. »Setzen Sie sich.«

İkmen ging um ihren Sessel herum und setzte sich nahe ihrer üppig mit Juwelen behangenen Hand hin. Drüben beim Fenster hustete jemand. Maria Gulcu drehte ihren Kopf ein wenig und sagte etwas auf Russisch. Die Stimme eines jungen Mannes antwortete – wie İkmen annahm, ebenfalls auf Russisch.

Zeitgleich mit der Stimme sah İkmen, wie die geschlossenen Vorhänge sich leicht bewegten, und bemerkte, nachdem er sich an die Lichtverhältnisse im Zimmer gewöhnt hatte, wie ihn ein Augenpaar aus einem bleichen Gesicht durch die Dunkelheit anstarrte.

Als die Stimme wieder zu hören war, stellte İkmen fest, dass die Betonung sehr exakt war, am Tonfall aber etwas fehlte. Es hörte sich an wie bei einem kleinen Kind, das die Gesellschaft der Erwachsenen noch nicht gewohnt ist und dementsprechend Angst hat.

Und doch war es eindeutig die Stimme eines Mannes, was auch für den Körper galt. İkmen konnte die Füße und den Kopf sehen. Schlank, aber wohl geformt. Die alte Frau folgte seinem Blick und gab ihm Auskunft.

»Sie müssen Mischa entschuldigen«, sagte sie und wedelte dabei mit der Hand in Richtung Fenster. »Das Kind eines Hausmädchens, das früher bei uns war. Sie ist bedauerlicherweise tot, aber ich kümmere mich weiter um ihren Jungen. Er ist ein wenig schlicht, aber für die einfacheren Hausarbeiten ganz nützlich.« Sie lachte heiser. »Seine geistlose Unterhaltung amüsiert mich zuweilen wenn mir gerade besonders langweilig ist.«

Ihre unverhohlene Grausamkeit überraschte İkmen, jedoch nur für einen Moment. Es war zu erwarten gewesen. Aber die Erwähnung dieses jungen Mannes, der womöglich seit Jahren mit der reptilienhaften Frau Gulcu eingeschlossen war und ihr eine leicht krankhafte Unterhaltung bescherte, entsetzte İkmen doch. Er erinnerte sich an ihre Vorliebe für seinen jungen Polizeimeister und schauderte.

»Ich wollte Sie nach einem Vorfall fragen, der sich angeblich 1918 zugetragen hat, Madame.« İkmen nahm seine Zigaretten aus der Tasche und zündete sich eine an.

Er sah, wie sie erstarrte und auf ihrem Sessel herumrutschte. Sie wandte den Kopf leicht von ihm ab.

»Meyer ist vermutlich in politische Gewalttaten verwickelt gewesen.«

Maria Gulcu beugte sich vor, um ihre Zigarette im Aschenbecher auszudrücken. Schon diese Anstrengung – oder womöglich etwas anderes, wie İkmen vermutete – ließ ihren Atem plötzlich schwer gehen. »Ich verstehe.«

»Seinem Rabbi zufolge beruhte Meyers Alkoholismus auf der Schuld an einer Gewalttat, an der er beteiligt gewesen ist.« İkmen machte absichtlich eine kleine Pause, er wollte Wirkung erzielen. »Ich habe mich gefragt, ob Sie uns wohl etwas darüber erzählen können, Frau Gulcu.«

Unvermittelt drehte sie ihm den Kopf zu. »Was sollte ich schon über irgendeine schäbige Bolschewikenuntat wissen?«

»Ich hatte gehofft, das würden Sie mir sagen, Madame.«

»Leider nicht.«

İkmen lächelte. »Das scheint mir ziemlich unglaubwürdig, Madame.«

»Ach?«

»Ja.«

Einen Moment lang hielt İkmen inne und versuchte, ohne dass sie es merkte, herauszufinden, ob sie gemerkt hatte, was sie da gerade gesagt hatte.

»Und?«, fragte sie ungeduldig. »Was?«

»Angesichts der Tatsache, dass Sie wissen, dass Meyer ein Bolschewik war, ohne dass ich es Ihnen erzählt habe, finde ich Ihren erklärten Mangel an Information zu diesem Thema ziemlich unverständlich. Sie sehen mein Problem, ja?«

Maria Gulcu sog geräuschvoll und unangenehm an ihren Zähnen. »Ich dachte, Sie sollten Verbrecher festnehmen, Inspektor. Ich wusste gar nicht, dass die Polizei in İstanbul auch professionelle Historiker in ihren Reihen hat!«

»Die Vergangenheit ist nichts als die Gegenwart, nur mit einer besseren Haut, Frau Gulcu.«

Auch unter ihrem Rouge und dem Puder sah İkmen, dass ihr Gesicht blutleer geworden war. Maria Gulcu wusste genau, was er meinte. Er hatte einen Nerv getroffen, einen wunden Punkt. »Die Revolution ist für alle Russen im Exil sehr schmerzlich, Inspektor İkmen.« Sie stieß seinen Namen wie einen Fluch aus. »Sie sind Türke, Sie können das nicht verstehen. Als Sie Ihre Herren abgesetzt haben, haben Sie sie in alle Welt geschickt und ihnen den Luxus eines Exils, wenn auch voller Frustration, ermöglicht. Uns hat man das nie möglich gemacht. Wir waren …«

Der Mann in der Ecke schrie auf, das unverständliche russische Wort kam aus seiner Kehle wie ein Schluchzer.

Maria Gulcu wies zum Vorhang und ihr Zorn stand bedrohlich im Raum. »Da sehen Sie es!«, rief sie. »Wir alle, nicht nur ich! Sogar unsere Kinder! Wir alle, alle Emigranten, sterben jedes Mal ein wenig, wenn wir daran denken …« Ihre Stimme verlor sich und sie zitterte. Dabei blickte sie in die Ferne, als versuchte sie die Dunkelheit mit ihren Blicken zu durchbohren. Sie sah etwas, Szenen, die sich vor dem sinnlichen schwarzen Hintergrund abspielten. Maria Gulcu durchlebte ein Stück Vergangenheit. Sie war wieder dort. Aber auch angesichts dieser anschaulichen Darlegung der großen russischen Seele blieb İkmen ruhig und hielt beharrlich an seinem Kurs fest. »Der Vorfall, den ich beschrieben habe, kann bei der Frage wichtig sein, ob Mr. Meyer irgendwelche Feinde hatte, Madame. Dieses Thema sorgt, nach Ihrem eigenen Eingeständnis, für große Erregung. Vielleicht gibt es auch heute noch Leute, die bereit wären, sich von ihr leiten zu lassen.«

Maria Gulcus Antwort war wie ein Fauchen. »Ich weiß nichts von Leonids Aktivitäten aus der Zeit, bevor wir uns kennen lernten! Meinetwegen, ich habe natürlich gewusst, dass er mal ein Bolschewik gewesen ist oder noch war, wie auch immer. Aber die Liebe ist blind, Inspektor İkmen, und als ich mich in Leonid verliebte und wir gemeinsam das Land verließen, zählten derartige Sachen nichts mehr. Das ist alles, was ich weiß!«

»Dann nehme ich an, dass Sie bei den Gewalttaten nicht anwesend waren, in die Meyer verwickelt war.«

»Anwesend? Sie meinen, ich hätte zugesehen?!« Maria Gulcus Gesicht zeigte trotz ihres hohen Alters und der vielen Narben, die die Zeit hinterlassen hatte, den Ausdruck echter Empörung. »Für wen um alles in der Welt halten Sie mich? Was glauben Sie, welche Sorte von Mensch ich bin? Ich ...«

İkmen senkte seinen Blick, weil die Reaktion der alten Dame ihn kurzzeitig beschämte. »Es tut mir Leid, Madame. Nur sind wir jüngst an Informationen herangekommen, die die Vermutung nahe legen, dass noch jemand, der zudem hier in dieser Stadt lebt, Einzelheiten darüber weiß ...«

»Nun denn, dann kann ich Ihnen versichern, dass ich das nicht bin!«

»Sehr wohl, Madame.« İkmen hob seinen Kopf und wagte wieder, in ihre immer noch wütenden Augen zu blicken. »Es tut mir Leid, ich musste dies fragen. Ich denke, Sie verstehen ...«

»O ja, ich verstehe es, Inspektor. Aber das heißt noch lange nicht, dass ich es auch gutheiße.«

»Nein.«

»Nein.«

Es folgte ein Augenblick vollkommener Stille – ein Augenblick, in dem sich eine Frage, die İkmen schon länger beschäftigte, in seinem Geist herauskristallisierte. Dass Maria Gulcu diese Frage überhaupt beantwortete, war ein Tribut an İkmens Unverfrorenheit.

»Aber haben Sie Leonid Meyer wirklich geliebt, Mrs. Gulcu? Ich spreche von aufrichtiger, ehrlicher Liebe zu einem armen kleinen Juden wie ihm.«

Sie lächelte. Vollkommen unerwartet, wenn man bedachte, dass İkmen sie damit als Lügnerin bezeichnete, und doch lächelte sie. »Wirklich, Inspektor, Sie sind ein kluger Mensch. Ich denke, Sie kennen die Antwort auf Ihre Frage selbst.«

»Sie haben ihn also nicht geliebt?«

Sie zuckte mit den Achseln. »Es war ein Arrangement. Ich war ein junges, gebildetes, hübsches Mädchen und er war der arme, kleine, hässliche Jude. Aber ich musste aus Russland raus, Inspektor. Dass ich Leonid meinen Körper gab und er mich dafür beschützte, war nur ein kleiner Preis für die Möglichkeit, den vielfachen Schlägen und Vergewaltigungen zu entkommen, die ich ohne ihn hätte erdulden müssen. Ich bot ihm die einzige Chance, die er jemals haben würde, ein Mädchen zu besitzen, das nicht …« Sie unterbrach sich, versuchte offenbar, die Erinnerung an etwas abzuschütteln und ihre Fassung wiederzuerlangen.

»Das was nicht?«

Maria Gulcu wirkte plötzlich sehr erschöpft und sah auf den Boden, wobei ihre Augen glasig wurden. »Eine Frau, die nicht nach der Gosse roch.«

Das war nicht das, was sie eigentlich hatte sagen wollen, wie İkmen spürte. Er änderte ganz leicht seine Richtung. »Noch einmal zur Klärung: Ihre Familie war also nicht das Opfer von Meyer?«

»Meine Familie wurde von der Geheimpolizei erschossen, der Tscheka.«

»Die bolschewistisch war.«

Sie beugte sich vor und näherte ihr Gesicht dem seinen. Sie war so dicht bei ihm, dass er unter ihrem Make-up eine lange Narbe sehen konnte, die vom linken Auge bis zum Kinn reichte. »Würden Sie sich einem Menschen hingeben, der Ihre Familie tötete? Auch wenn Sie Ihr eigenes Leben retten wollten, Inspektor?«

»Das würde davon abhängen, wie ich über den Tod dächte, Madame. Wenn ich das Gefühl hätte, der Tod sei wirklich das Ende, dann kann ich mir vorstellen, dass ich alles täte, um zu überleben. Ich würde ihn zwar hassen, würde aber trotzdem weitermachen. Vielleicht gerade wegen des Hasses.«

Eine Seite ihres verschmitzten, runzligen Gesichts berührte seine Wange. Ihr abgestandener Atem streifte sein Ohr. »Und was glauben *Sie*, Inspektor İkmen?«

Wieder schwieg er für einen Moment. Er wusste nicht, was er glaubte. Andere glaubten oder auch nicht, je nachdem. Es war deren Sache. Er interessierte sich für das Thema, aber nur insofern, als es seinem Verständnis der menschlichen Psyche und ihrer Motive half.

»Ich weiß nicht, was ich glaube. Das ist die Wahrheit, Madame. Aber wenn jemand meine Familie umgebracht hätte, käme mein Leben mir danach wohl sehr leer und sinnlos vor. Obwohl vielleicht der Gedanke an Rache mir eine Richtung weisen würde. Ich meine, wozu sind Erfolg, Prinzipien, soziale Stellung gut, wenn man nicht geliebt wird?«

»Das kommt darauf an.« Sie kniff die Augen zusammen und zog die Mundwinkel hoch. »Das kommt darauf an, wer man ist, wie wertvoll das eigene Leben für einen selbst und für die anderen ist.«

»Und war Ihr Leben ›wertvoll‹ genug, dass Sie es sich gestatten konnten, sich dem Mörder Ihrer Familie hinzugeben?«

Maria Gulcu lachte – eine unerwartete Reaktion auf seine Frage, die İkmen überraschte. »Ich bin orthodoxe Christin, Inspektor. Der Tod ist für uns nur die Pforte zu einem glücklicheren und erfüllteren Leben. Wenn Leonid meine Eltern getötet hätte, was hätte es mir gebracht, mich ihnen nicht anzuschließen?« Sie zuckte mit den Achseln. »Alles, was Sie wissen müssen, mein lieber Inspektor, ist, dass ich Leonid nicht umgebracht habe. Das kann ich mit der Hand auf meinem Herzen sagen. Mein Gewissen ist rein.«

İkmen lächelte. »Ich habe niemals angenommen, dass …«

»… jemand in meinem fortgeschrittenen Alter rein physisch so etwas vollbringen könnte?« Wieder lachte sie. »Nein, Sie haben Recht, in meinem Fall.«

İkmen kniff die Augen zusammen. »Und damit meinen Sie was?«

»Ich meine, Inspektor, dass es andere ältere Herrschaften geben könnte, die einer solchen Tat fähig wären.«

Er sah sie fragend an.

»Es gibt eine Menge älterer Leute, an Orten wie Südamerika zum Beispiel, die noch gelegentlich Menschen wie Leonid in Schwierigkeiten bringen können.«

»Sie reden von alten Nazis?« İkmen blickte sie fest an. »Ziemlich weit weg von hier, finden Sie nicht?«

Maria Gulcu hielt seinem Blick ohne jedes Blinzeln stand. »Ein paar sind weit weg, andere nicht.«

Er spielte seine Überraschung perfekt. »Ach, Sie denken zum Beispiel an den Direktor der Textilfirma Şeker, Mr. Smits?«

»Oh.« Wieder lächelte sie, wobei sie diesmal ihre kaputten und vergilbten Zähne entblößte. »Habe ich das gesagt?«

»Nein.«

»Nein, nicht wahr?«

İkmen seufzte tief und war leicht zermürbt, weil er so leicht und schnell ausgetrickst worden war. »Bis jetzt gibt es nicht den geringsten Grund anzunehmen, dass Mr. Smits irgendein Motiv für den Tod von Leonid Meyer hat, Madame.«

»Nein?«

»Nein. Aber …«, hier lächelte İkmen sachte und nicht ohne Vergnügen, »… wenn ich ein Motiv finde, komme ich sicherlich wieder und lasse Sie es wissen.«

## Kapitel 9

Das Leben in Ístanbul hatte auch seine Nachteile. Der Sonnenschein, die Freundlichkeit der Leute, die aufregende Exotik dieser Stadt waren Dinge, die Robert liebte und niemals hätte aufgeben wollen. Die belastende und oft irritierende Gegenwart der Staatsgewalt war jedoch etwas anderes. Der letzte von vielen Militärputschen hatte 1980 stattgefunden. Er hatte seine Spuren hinterlassen. Bewaffnete Polizei und noch stärker bewaffnete Truppen waren nie weit entfernt: Sie stolzierten mit ihren jungen, grimmigen Gesichtern durch die Straßen, suchten nach Anzeichen von Abweichlertum und Aufstand, hielten Menschen an und verhörten sie, wie Robert fand, aus vollkommen sinnlosen Gründen. Es kursierten Schreckensgeschichten über das, was den Leuten passiert war, die das Pech gehabt hatten, in Polizei- oder Militärgewahrsam zu geraten: Geschichten von mittelalterlichen Foltermethoden und in die Länge gezogenen Verhören, bei denen die Leute verrückt wurden.

Als Robert neu in dieses Land gekommen war, hatte er das britische Konsulat aufgesucht. Von den Ratschlägen, die man ihm an diesem Ort mitgegeben hatte, lautete einer, »bei der Polizei nicht anzuecken«. Die Türkei war eine befreundete Nation und im Falle eines »falschen Betragens« eines Briten war es vollkommen klar, dass die türkische Justiz, und sei es auch unter Protest, die Sache würde verfolgen dürfen. Mit anderen Worten: Die Regierung Ihrer Majestät würde einen alles selbst aussitzen lassen.

Durch seinen wenn auch kurzen Kontakt mit İkmen war Robert jedoch zu glauben versucht, dass er das menschliche Antlitz der türkischen Bürokratie erblickt hatte. Überzeugt war er aber noch nicht. Das sonderbare Lächeln und der unleugbare Charme kosteten wenig. Die klugen dunklen Augen waren kälter geworden, als Robert sich bei der Beantwortung der Fragen gewunden hatte, und der Engländer hatte sich gefragt, welche drastischeren Methoden der Inspektor wohl zur Verfügung hätte, wollte er bei einem Verdächtigen wirklich hart durchgreifen. Warum er gerade jetzt, in diesem Moment, wieder daran dachte, wusste er nicht genau. Er hatte doch nichts Falsches getan! Na ja ... Aber er war mit diesem Gedanken aufgewacht und jetzt wollte er einfach nicht mehr verschwinden. Robert spürte einen ganz leichten Anflug des Wunsches, wieder in London zu sein.

Er legte seine Bücher und Papiere in den Aktenkoffer und versuchte alles zu vergessen.

Bis jemand an die Tür klopfte. Robert hielt bei seiner Tätigkeit inne und ging die Tür öffnen. Vermutlich war es nur der alte Ali, der *kapıcı* (Pförtner), der das Trinkwasser brachte. Gewöhnlich schaute er vorbei, ehe Robert zur Arbeit ging, und sah nach, ob im Haus alles in Ordnung war. Dabei teilte er zugleich Wasser und ausgefeilte, religiös inspirierte gute Wünsche aus.

Doch als Robert die Tür öffnete und einen großen, jungen Mann in blauer Polizeiuniform sah, merkte er, dass er bleich wurde. Es war, als wären seine Gedanken von vorhin unheimliche Vorahnungen gewesen.

»Ja?«

»Mr. Robert Cornelius?«

»Ja.« Er spürte, dass seine Stimme zitterte, konnte aber nichts dagegen tun und sah auf das Pistolenhalfter an der Hüfte des Polizisten. Dickes Leder und kaltes, hartes Metall.

Der junge Mann lächelte. Er hatte schöne Zähne, aber für Roberts Geschmack eher zu viele. Viele junge Türken sahen so aus.

»Bitte kommen zu Polizeirevier. Inspektor İkmen mit Ihnen sprechen muss«, sagte der Polizist.

* * *

»Natalia?«

»Großmutter?« Sie ging zum Bett hinüber und schlug den lila Tüll zur Seite.

»Wir haben ein Problem, nicht wahr? Wir müssen reden.«

»Wir?« Das Mädchen hörte auf, ihre Großmutter zu streicheln, und wandte das Gesicht ab.

Maria Gulcu wuchtete sich unter Schmerzen auf ihre Kissen und streckte die Hand nach ihren Zigaretten aus. »Irgendwas muss wegen dieser Polizisten geschehen. Sie werden allmählich lästig.«

Oh, das sagte sich leicht daher, nur was? Natalia ließ sich auf dem Stuhl neben Marias Bett nieder. »Und was sollte das deiner Meinung nach sein, Großmutter?« Ihre Stimme war ruhig, aber auch deutlich schärfer.

»Ich weiß nicht, Natalia.« Maria ließ die Hände in den Schoß fallen und senkte den Blick. Die Unschuldige. »Ich habe dieses Haus schon seit der Zeit vor deiner Geburt nicht mehr verlassen.«

»Aber trotzdem willst du eine praktische Lösung.« Dieser Satz war aus Natalia wie eine Pistolenkugel herausgeschossen, denn es war ihr längst klar, wer hier die Lösung finden sollte.

Maria kehrte wieder ihre unangenehme Art heraus. Ihre Augen blickten starr in das Gesicht der jungen Frau und wurden zu Eis. »O ja!«

»Was soll ich also tun, Großmutter?« Sie setzte sich wieder dem basiliskenhaften Blick der alten Frau aus und räusperte sich ein wenig. Marias Weihrauch griff seit kurzem ihre Bronchien an. Wie die alte Frau selbst ekelte er sie allmählich an. Als Maria nicht antwortete, fuhr Natalia in spöttischem Tonfall fort. »Soll ich den Inspektor bestechen? Ihm ein Mittagessen bezahlen? Mit ihm schlafen?«

»Nein.« Maria zündete sich ihre Zigarette an und blies große runde Rauchringe an die Decke. »Nein, ich dachte daran, sich dem Problem eher indirekt zu nähern.«

»Was meinst du damit?«

»Was ich meine, Natalia, ist, dass der Inspektor, der ja von irgendwelchen Feinden Onkel Leonids in dieser Stadt weiß, gegenwärtig nicht in der Lage ist, dies auch nur annähernd zu belegen.«

Natalia sah ihre Großmutter durch einen Schleier reinsten Zynismus an. »Und inwiefern betrifft mich das?«

»Obwohl die Polizei von der Existenz eines Menschen weiß, der Onkel Leonid durchaus getötet haben könnte ...«

»Ja, schon, aber er ...«

»Obwohl sie es weiß, hat sie wenig Hinweise auf diesen Menschen. Das heißt aber nicht, dass sich diese Situation nicht eines Tages ändern könnte.«

»Ah.« Natalia zog die Augenbrauen hoch, nicht vor Überraschung, sondern weil sie begriffen hatte, was ihre Großmutter soeben gesagt hatte. »Und du willst, dass ich ...«

»Nein.« Marias Lächeln war süß, fast als käme es nicht von ihr selbst. »Nein, Natalia, ich will nur, dass du einen Augenblick lang zuhörst und von einem großen Unrecht erfährst, das Onkel Leonid vor langer Zeit von einem sehr unangenehmen Mann zugefügt wurde. Dieser Vorfall traf auch mich ganz übel. Dieser grässliche Mann, der mich wollte, verfolgte ...«

Aber Natalia kannte ihre Großmutter zu gut, und obwohl sie lächelte, während Maria sprach, hatte sie ihr Herz schon gegenüber allem verschlossen, was diese zu sagen hatte. »Nein, Großmama, ich glaube nicht, dass ich das jetzt hören möchte.«

»Dann muss ich dich dazu zwingen!« Mit einem Mal beugte sich Maria nach vorne und fasste Natalia ans Kinn. Die jüngere

Frau entzog sich, als der schlechte Atem der älteren ihr heftig in die Augen schlug. »Ich bestehe darauf, Natalia!«

Das Mädchen stöhnte auf. Nicht zum ersten Mal fühlte sie sich in der Falle, wie ein Wurm in Marias Klaue gefangen. Irgendwann war es allen von ihnen so ergangen. Aber seit kurzem betraf es immer Natalia. »Warum ich?«, und dann, noch schärfer. »Schon wieder.«

»Weil du in der Welt lebst, mein Engel«, sagte sie gehässig und mit einer Spur Neid. »Du hast dich für die Freiheit entschieden. Außerdem warst du sehr bereitwillig – und glaube mir, dass ich dir dafür sehr dankbar bin –, zu Onkel Leonid zu fahren, als …«

»Nein, sag das nicht!«

Natalia weinte nicht häufig, aber nun waren ihre Augen mit einem Mal randvoll mit Tränen. Ihrer Großmutter blieb das nicht verborgen, und obwohl sie nicht so weit ging, ihre Enkelin zu trösten, nahm sie sich doch wenigstens im Tonfall etwas zurück.

»Schau doch mal, ich weiß, dass du schon furchtbar gelitten hast, Natalia, und mir tut es auch sehr Leid. Aber was wir angefangen haben, müssen wir auch zu Ende führen. Es steht so viel auf dem Spiel, und …«

»Ja, ich weiß.«

»Und deshalb ist es für mich, für uns, wichtig, dass du noch etwas tust, um dieses Werk zu vollenden. Verstehst du?«

»Ja, ich …«

»Na also. Dieser Freund von dir, dieser Mr. Cornelius …«

Der plötzliche Richtungswechsel und der erneute unbeugsame Tonfall ihrer Großmutter ließen Natalia schummrig werden. »Ja … äh … was ist mit ihm?«

»Er war zu der Zeit in der Gegend, als Leonid nach Auskunft der Polizei umgebracht wurde.«

»Ja, er …«

»Und die haben ihn schon verhört, oder?«

»Ja.«

»Gut.« Maria lächelte, als sie ihre Zigarette im Aschenbecher ausdrückte. »Es hört sich seltsam an, aber es könnte sich als nützlich für uns erweisen. Ich glaube nämlich, dass Mr. Cornelius sehr wohl an dem alten Unrecht Interesse haben könnte, das Onkel Leonid zugefügt wurde. Nach deinen eigenen Worten ist er sowieso an der ganzen Sache sehr interessiert. Er ist beunruhigt und sucht nach Antworten ...«

»O mein Gott, du meinst ...«

Natalia lehnte sich schwer in ihrem Stuhl zurück und starrte an die Wand. Der Rauch der alten Frau zog ihr ins Gesicht und stach ihr in die Augen. In Marias Wohnung waren offene Fenster nicht gestattet. Der Rauch, ihr Parfüm und der ekelhafte Gestank ihres Weihrauchs sollten nicht entweichen. Sie badete darin und balsamierte ihren lebenden Körper in dieser Mischung aus süßen und sauren Gerüchen.

»Ich meine«, fuhr Maria fort, »dass du meine Geschichte anhören solltest und dir dann selbst eine Meinung darüber bilden, was du daraus machen willst. Also, wenn Mr. Cornelius aktiv nach Antworten sucht und wenn er so verstört ist von den letzten Ereignissen, wie du sagst ...«

Natalia wollte nicht länger bleiben und noch weniger wollte sie zuhören, aber wenn sie der träumerischen, einschläfernden Dunkelheit von Marias Gegenwart entkommen wollte, müsste sie mindestens in Rechnung stellen, dass ... Als Kind hatte sie es aufregend gefunden, Tag für Tag den Erzählungen der Großmutter zuzuhören, sie hatte das Gefühl gehabt, etwas Besonderes zu sein, geliebt, auserwählt. Das war immer noch so, trotz der Tatsache, dass mit dem Erwachsenwerden auch Probleme aufgetaucht waren – die psychologische Neuorientierung, von der sie wusste, dass sie ihr nie gelungen war. Und ihre ganze Familie hatte so viel zu verlieren: die materiellen Dinge, die Sicherheit, das Geschenk der Vergangenheit ...

Natalia fühlte schon, dass sie schwächer wurde, ehe sie überhaupt zu reden anfing – fast schon, ehe sich ihre Gedanken geordnet hatten. »Ist gut«, seufzte sie, »ist schon gut, sag es mir, wenn du musst.«

Süleyman kratzte sein ganzes Schulenglisch zusammen und begann.

»Ich danke Ihnen, dass Sie gekommen sind, Mr. Cornelius.«

»Ich hatte ja keine andere Wahl, verdammt!«

Süleyman warf İkmen einen ziemlich beunruhigten Blick zu. Der Ältere bedeutete ihm fortzufahren.

Süleyman räusperte sich. »Ich bitte um Entschuldigung, Sir. Aber es gibt leider etwas, was wir fragen müssen.« Er schob ein kleines Stück Papier über den Tisch und legte es Cornelius vor. »Sind zwei Sachen, die 1987 passieren.«

Cornelius lachte verdrossen. »Damals war ich in London, Herrgott noch mal!«

»Ja.« Süleyman sah auf das Papier. »Ist wegen Mr. Simon Sheldon, Sir, und …«

»Was zum …« Cornelius drehte sich auf seinem Stuhl um und sah İkmen an. Er war wütend. »Haben Sie mich überprüft?«

»Routine, Sir. Wir überprüfen jeden in Fällen wie dem vorliegenden. Das gehört zur Ermittlung. Sie sind nicht der Einzige.«

»Routine. Was hat meine Vergangenheit mit …«

»Hören Sie bitte Sergeant Süleyman zu, mein Herr.« İkmen war müde und er hatte jetzt weder Zeit noch Lust auf Gefühlsausbrüche. Er hatte noch nicht einmal etwas getrunken.

Cornelius verstummte voller Wut und wandte sich erneut seinem jungen Befrager zu. Er mochte diesen jungen Polizisten mit den zarten Händen und den perfekten Gesichtszügen nicht.

Süleyman räusperte sich ein zweites Mal. »Zuerst Sie haben 1987 Mr. Sheldon in Islington, Nordlondon, angegriffen. Mr. Sheldon hat Sie nicht angezeigt.«

»Und?«, fragte Cornelius arrogant, kreuzte jedoch die Arme und zog gleichzeitig die Beine näher an den Körper.

»Können Sie bitte vielleicht uns darüber erzählen, Sir?«

»Wieso?«

Süleyman schluckte schwer. »Wir müssen das wissen, Sir, weil …« Ohne jede Vorwarnung versagte hier sein Englisch. Zu wissen, was er sagen wollte, reichte nicht. Wie man es sagte, war das Problem! Er machte wieder den Mund auf und stammelte etwas, konnte aber nicht sprechen.

Cornelius sah ihn an, als wäre er ein Idiot. Süleymans Versagen schien dem Engländer zu gefallen. »Und?«

İkmen sprang gekonnt und mit Leichtigkeit in die Bresche. »Der Mord an unserem Mr. Meyer kann – und ich betone, dass dies nur eine Theorie ist, Sir – kann eine rassistische oder genauer antisemitische Dimension haben. Mr. Meyer war wie die meisten Einwohner von Balat jüdischer Abstammung.«

Cornelius schwieg einen Moment, als ihm aufging, was İkmen gerade gesagt hatte. Er wurde weiß im Gesicht und musste seine plötzlich trocken gewordenen Lippen lecken, damit sie überhaupt arbeiten konnten. Als er endlich wieder redete, zitterte seine Stimme leicht, als wäre seine Kehle blockiert. »Sie denken also, dass ich wegen einer Auseinandersetzung mit Sheldon 1987 wohl eine Art Judenhasser …«

»Wir denken nichts dergleichen, Mr. Cornelius.« İkmen nahm die Füße vom Papierkorb und steckte sich eine Zigarette an. »Es ist nur eine Spur, die wir verfolgen, nichts weiter. Aber wir müssen sie überprüfen. Ihr Motiv, Mr. Sheldon anzugreifen, kann durchaus gerechtfertigt gewesen sein, ebenso gut aber auch niederträchtig und politisch motiviert. Das kann ich nicht beurteilen, solange Sie es mir nicht erzählen.«

Einen Augenblick lang schien Cornelius besänftigt, was aber nur eine Flaute war, die nicht lange anhielt. »Warum denn ich? Warum überprüfen Sie denn mich?«

»Wir überprüfen alle in der Umgebung des Verbrechens, Sir. Das ist Routine, wie ich schon sagte. Sie können uns ganz einfach …«

»… bei der Aufklärung helfen!«, rief Cornelius aus.

»Ja, Sir.« İkmen lächelte voller Wärme. In solchen Momenten war es wichtig, sich nicht aufzuregen. Ruhe war meist besser.

Cornelius fuhr sich mit den Fingern durch die Haare und fummelte in seiner Tasche nach Zigaretten herum. »In meinem Land, Inspektor, heißt ›der Polizei bei der Aufklärung helfen‹ meistens, dass man unter Verdacht steht.«

»Ich kann Ihnen versichern …«

»Und wenn kein Geständnis kommt, dann stecken sie einen in die Zelle und prügeln es aus einem heraus.«

Im Büro war es plötzlich sehr still. İkmen sah Süleyman an und dann wieder den wütenden Cornelius. Er seufzte. Ausländer waren noch nie einfach gewesen. Es war langweilig, aber er beschloss, sich in das Unvermeidliche zu fügen. »Würden Sie es vorziehen, einen Repräsentanten Ihres Konsulats hier anwesend zu haben, Sir?«

Aber statt die Situation zu entschärfen, schien İkmens Vorschlag den Engländer nur noch mehr aufzuregen. Eine solche Reaktion hatte er nicht vorhergesehen.

»Nein! Nein, das will ich nicht! Nein!« Seine noch nicht angezündete Zigarette zitterte bedrohlich zwischen den Fingern.

Sehr merkwürdig! Aber İkmen behielt die Ruhe. »Wie Sie wünschen.« Er machte eine Pause. »Vielleicht mögen Sie uns dann etwas über Mr. Sheldon berichten.«

Als Cornelius seine Zigarette anzündete, bemerkte İkmen die zitternden Hände dieses Mannes.

»Simon Sheldon, Anwalt der Krone, war der Liebhaber meiner Exfrau. Ich habe ihn im Bett mit meiner Frau erwischt und habe diesem Dreckskerl den Kiefer gebrochen. Ich hasse keine

Juden, nur Sheldon. Ich glaube, auch Sie können verstehen, warum.«

İkmen lehnte sich in seinem Stuhl zurück und sah auf den gebeugten, blonden Schädel vor ihm. Der Mann wirkte beschämt, aber nicht, wie İkmen annahm, wegen seiner Tat. Nein, Cornelius schämte sich, weil seine Frau sich einen Liebhaber genommen hatte. Groß, blond und attraktiv, musste dies ein schlechtes Licht auf Cornelius' Männlichkeit geworfen haben, wie İkmen dachte.

»Das tut mir Leid, Mr. Cornelius«, sagte er und kreuzte die Arme vor der Brust.

Der Engländer hob den Kopf. »Wirklich?«

»Ja. Aber ich denke, Sie können verstehen, warum ich das fragen musste.«

Cornelius antwortete nicht.

İkmen holte tief Luft und sah in seinen Aufzeichnungen nach. »Und das Kind, William Smith, Mr. Cornelius? Rosebury-Downs-Schule in Hackney?«

»Mein Gott, hören Sie schon auf!«

»Tut mir Leid, Sir.« İkmens Ton wurde schärfer. »Aber ich muss diese Sachen klären.«

»Billy Smith war ein kleiner Dreckskerl!« Cornelius seufzte. »Er hat gelogen. Viele tun das. Behaupten, dass der ›Sir‹ sie geschlagen hat und bringen ihn so in Schwierigkeiten. Es war doch nur ein Spiel, mein Gott! Ich habe das kleine Schwein niemals angefasst! Keinen von denen! Mein Gott, ich hätte es gern getan, diese jugendlichen Barbaren! Aber ich habe nichts gemacht und das Gericht hat bestätigt, dass ich unschuldig bin.« Er sah İkmen an und grinste spöttisch. »Ach, und ehe Sie fragen: Smith ist kein Jude. Ich glaube, dass er nicht mal der menschlichen Rasse angehört.«

»Ich verstehe.«

Cornelius legte ein freudloses Lachen an den Tag. »Nein, das tun Sie nicht! Es sei denn, Sie wären auch Lehrer. Die Schulen in London sind die absolute Hölle, Inspektor İkmen. Schweineställe! Wie Sie sicherlich wissen, habe ich kurz nach dem Vorfall gekündigt. Aber nicht deswegen. Ich habe aufgehört, weil ich genug von Kindern hatte, weil meine Frau mich verlassen hatte und weil ich spürte, wie mein Leben um mich herum in Stücke zerfiel. Eine solche Belastung ist nicht besonders witzig, Inspektor …« Cornelius sprach nicht mehr, sondern sah an die Decke. Seine Augen standen voll Tränen, aber er ließ sie nicht laufen, sondern schluckte heftig, um sie zurückzuhalten, und holte einige Sekunden lang tief Luft.

İkmen biss sich auf die Lippen. Es war alles andere als angenehm, diesen Mann zu verhören. Wenn es stimmte, was er gesagt hatte, dann war 1987 die Hölle für ihn gewesen. Aber es gab noch etwas, das er Cornelius fragen musste, ehe er ihn gehen lassen konnte. Cornelius sah jedoch so gebrochen aus, dass er es nur ungern tat. Aber vielleicht war es besser, ihn jetzt damit zu konfrontieren, vielleicht hatte es dann mehr Wirkung. Auf Leuten herumzutreten, die schon am Boden lagen, war zwar nicht nett, aber es war gerechtfertigt, und außerdem musste er seinen Job machen.

»Was wissen Sie über die Familie Gulcu, Mr. Cornelius?«

İkmen konnte sein Gesicht nicht sehen, weil es ihm abgewandt war, aber Süleyman sah es. Cornelius' Gesicht wurde schlagartig rot.

»Warum?« Sein Tonfall war bedächtig, aber angespannt.

»Ich habe Sie am Mittwoch Abend in deren Haus gesehen und mich gefragt, ob Sie diese Familie gut kennen.«

»Ist die auch verdächtig?« Immer noch sah er İkmen nicht an und versuchte, auch Süleyman nicht anzuschauen, aber der junge Mann hatte ihn fest im Blick und ließ ihn nicht los.

»Nein«, gab İkmen ruhig zurück. »Ich wollte nur wissen, welche Verbindung Sie zu ihr haben, das ist alles.«

»Natalia Gulcu ist eine … Freundin.« Vor dem letzten Wort zögerte Robert leicht.

»Eine Freundin.« Das war eine Feststellung, keine Frage, aber Cornelius reagierte heftig darauf.

»Ja, eine Freundin, verdammt!« Er hob den Kopf und sah İkmen herausfordernd an. »Was zum Teufel soll das?«

İkmen fragte sich im Stillen dasselbe. Nach seiner, wenn auch kurzen, Erfahrung mit Cornelius und der jungen Frau Gulcu schien es ihm, dass sie mehr als nur Freunde waren. Wer auch immer ihre Vorfahren sein mochten, das Mädchen war türkisch und es schien İkmen reichlich seltsam, dass eine Türkin aus der Mittelklasse einem Mann eine derart enge körperliche Nähe gestattete, der angeblich nur ein Freund war. Dieser Mann hatte seinen Körper an ihrem gerieben und ihre Hüften betatscht! İkmen fragte sich, ob er unnötig engstirnig war, fand aber, dass es wohl nicht der Fall wäre. Allerdings erklärte auch das Cornelius' jetziges Benehmen nicht zur Genüge. Zumindest müsste er ein Verlangen nach diesem Mädchen haben. Und sie hatte sich ihrerseits verhalten, als wäre sie seine Zärtlichkeiten gewohnt.

İkmen sah Cornelius kurz ins Gesicht. Die aufsässige Miene dieses Mannes machte İkmen klar, dass er wohl kaum sehr viel mehr über die Beziehung erfahren würde. Aber das würde man auch auf anderem Wege herausbekommen.

İkmen setzte ein breites Lächeln auf und erhob sich von seinem Stuhl. »Ich danke Ihnen, Mr. Cornelius, Sie dürfen jetzt gehen.«

Eine Pause entstand. »Soll das heißen, das war's?«

»Ja.«

Einen Moment lang sah Cornelius verwirrt aus. Erleichterung und Verwirrung zugleich. Er holte seinen Aktenkoffer unter dem Stuhl vor und erhob sich. »Werden Sie mich – noch einmal brauchen, Inspektor?« Es hörte sich nicht sehr freundlich an.

İkmen hielt ihm die Hand hin. »Nein, es sei denn, Sie wollen uns noch etwas über Montag Nachmittag erzählen, Sir.«

Das hatte gesessen. Cornelius übersah die ausgestreckte Hand und ging zur Tür. »Wenn ich rauskriege, dass mein Vater Heinrich Himmler war, lasse ich Sie das mit Sicherheit wissen, Inspektor!«

İkmen biss auf diesen Köder nicht an, sondern nahm den Hinweis auf die deutsche Vergangenheit auf, um eine letzte Frage zu stellen. »Wenn Sie schon davon reden: Sie kennen nicht zufällig einen Mann namens Reinhold Smits, oder, Mr. Cornelius?«

Das Gesicht des Engländers war nun kreidebleich und ohne jeden Ausdruck. »Nein, warum?«

İkmen lächelte. »Oh, nichts Bestimmtes. Ich danke Ihnen.«

Cornelius wollte gerade die Tür öffnen, als ihm eine Idee zu kommen schien und er innehielt. Er sprach mit tiefer und plötzlich ganz ruhiger Stimme. »Eine Frage an Sie, Inspektor İkmen.«

»Ja?«

»Wenn Sie den Mörder fassen, was passiert dann mit ihm?«

İkmen zuckte die Achseln und zündete sich eine Zigarette an. »Dann gibt es einen Prozess, und wenn er für schuldig befunden wird, wird er verurteilt.«

»Wozu? Verurteilt wozu?«

İkmen blickte Cornelius intensiv an und sah, wie die Falten um den Mund des Engländers tiefer wurden. Es war, als beobachtete man, wie ein Stoff zerknittert und sich in Falten legt. »Oft ist das eine Gefängnisstrafe. Zwanzig, dreißig Jahre. Diese Republik hält aber für bestimmte Vergehen noch die Todesstrafe bereit, Mr. Cornelius. Ein vorsätzlicher Mord wie dieser würde wohl unter diese letzte Kategorie fallen.«

»Ich verstehe.« Cornelius spielte ein wenig mit dem Türgriff, ehe er fortfuhr. »Gilt das für alle? Die Todesstrafe, meine ich?«

»Für alle?«

»Ja. Ich meine, für alle Gruppen und Arten von Menschen.«

Weil das aus İkmen absolut keine Antwort hervorlockte, wie er bemerkte, holte Cornelius etwas weiter aus. »Ob es zum Beispiel ein paar Ausnahmen gibt, die vom Status der Person abhängen oder …«

»Möglich. Für unheilbar Kranke, zum Beispiel, oder einige Frauen oder für geistig Behinderte …«

»Oh.« Cornelius' Gesicht hellte sich gerade so auf, dass ein scharfes Auge dies bemerkte. »Ja. Ich danke Ihnen.«

İkmen beugte den Kopf leicht vor und lächelte. »Ganz zu Ihren Diensten, Sir.«

Ehe Cornelius ging, sahen der Polizist und er einander an und einen kurzen Moment lang verharrten beide, zu Eis erstarrt, in des anderen Blick. Dann hustete Cornelius kurz, drehte sich um und ging hinaus in den Flur.

Nachdem İkmen die Tür hinter sich geschlossen hatte und zusammen mit Süleyman dem Geräusch der leiser werdenden Schritte nachgehört hatte, wandte er sich seinem jungen Stellvertreter zu und lächelte. »Haben Sie das meiste davon verstanden, Süleyman?«

»Das meiste. Tut mir Leid, dass ich mein Verhör vermasselt habe, ich ..«

»Ist schon gut.« İkmen ging zum Fenster und sah auf die Straße hinunter. Ein paar Sekunden lang schaute er, ob Cornelius unten vorbeiging oder nicht, was aber nicht der Fall war. İkmen blickte nicht weiter hin, sondern drehte sich wieder zum Zimmer hin. »Woran denken Sie, Süleyman?«

»An Cornelius. Er hatte ziemliche Angst, oder?« Einen Augenblick lang dachte Süleyman nach. »Aber schließlich benehmen sich auch die unschuldigsten Leute irrational, wenn sie hier reinkommen.«

İkmen kratzte sich am Kopf. »Das stimmt. Obwohl ich nicht glaube, dass er wirklich bis zum Ende des Gesprächs Angst hatte.«

»Wie bitte?«

İkmen lächelte finster. »Ich finde ein starkes Interesse an den Details der Todesstrafe einigermaßen ungesund, Sie nicht?«

»Oh«, gab Süleyman zurück.

»O ja«, sagte İkmen, wobei er jede kurze Silbe auskostete.

* * *

Ahmet Demir warf sich auf Cohens Stuhl und klemmte seine langen Füße unter dem Schreibtisch fest.

Cohen, der sich eifrig durch die oberste Schublade seines Aktenschranks arbeitete, nuschelte unter seiner Zigarette. »Runter von meinem Stuhl, Demir.«

Seine Worte trafen auf taube Ohren. Demir drückte sich nur noch tiefer in den Stuhl und machte es sich bequem. »Was machst du heute Abend nach der Arbeit, Cohen?«

»Geht dich das was an?«

»Wenn attraktive Schwedinnen dabei sind, ja.«

Cohen drehte sich von seinem Aktenschrank um und warf Demir einen seiner blutunterlaufenen Weltschmerzblicke zu. Manchmal hasste er seinen Ruf. Jeder sexhungrige kleine Polizist auf dem Revier kam wegen eines Ratschlags zu ihm oder wollte mit ihm auf Tour gehen, um Frauen kennen zu lernen. Demir, mit seinem langen, schlaksigen Körper und dem Ziegengesicht war besonders lästig. Aus irgendwelchen bizarren Gründen nahm dieser Mann an, dass er attraktiv sei, zumindest versuchte er sich zu verhalten, als wäre er es. Aber vielleicht ja förderte die Arbeit bei der Spurensicherung die menschliche Fähigkeit zur Selbsttäuschung. Jedenfalls mussten die Jungen in dieser Abteilung jeden Tag so tun, als würde der entsetzliche Gestank, der ihre Arbeit begleitete, einfach nicht existieren. Es war überlebenswichtig.

Aber die Spurensicherung einmal beiseite – allesamt waren sie ein hässlicher Haufen, die Fans von Cohen. Das hätte ihm nicht so viel ausgemacht, wenn wenigstens einer von ihnen noch jung gewesen wäre, denn mit vierzig war es auch für ihn schwierig, Frauen anzuziehen. Und sich auf seinen Charme und seine vorzüglichen sexuellen Techniken zu verlassen ging nur, wenn er alleine operierte oder zusammen mit einem jüngeren und attraktiveren Mann. Demir aber hätte, gleichgültig welchen Alters, nie eine Chance.

»Und, was ist, Cohen?«

Die Bürotür flog auf und Süleyman kam herein. Er lächelte beide an, Cohen lächelte zurück. Aha, sein liebster Kollege, *der* Mann, mit dem er losziehen musste – wenn er nur mitkäme. Cohen sah Demir an. Die Ziege machte eine finstere Miene. Hatte er es doch gewusst! Cohen lachte sich innerlich ins Fäustchen. Eifersucht! Wie sich Demir jedesmal zum Trottel machte, wenn Süleyman seinen Weg kreuzte – und die ganze Wache wusste davon!

»Was kann ich für dich tun, Polizeimeister?« Cohen ging zu seinem Schreibtisch und schubste Demir von seinem Platz. »Hey du, lass den Polizeimeister sitzen!«

Süleyman war ein wenig beschämt über diesen Akt der offenen Bevorzugung. »Oh, Demir, bitte, nein …«

Aber Demir kam auf die Füße und steckte sich das Hemd in die Hose. Wenn Mehmet Süleyman im Zimmer war, war es Zeit für ihn zu gehen. »Ist schon in Ordnung«, sagte er, wobei er Cohen einen reichlich unangenehmen Blick zuwarf. »Ich wollte sowieso gerade gehen.« Mit schweren Schritten stapfte er zur geöffneten Tür und ging hinaus. Seinen Kollegen erwies er dabei nicht die Höflichkeit, die Tür hinter sich zuzumachen.

»Hässlicher Knilch!«, murmelte Cohen in seinen Bart.

»Ja …«, meinte Süleyman und nahm auf dem soeben frei gewordenen Stuhl Platz. »Cohen, es ist wegen der Informationen, die der Inspektor von dir über die Gulcus haben wollte.«

Cohen holte sich einen leeren Papierkorb heran, drehte ihn um und setzte sich seinem Kollegen gegenüber. Er sah müde aus, gelangweilt und abgeschlagen. Süleyman kannte diese Anzeichen. Cohen versteckte kaum etwas. Sein bewegliches, beinahe komisches kleines Gesicht drückte stets aus, was er gerade fühlte. »Wir haben hier reichlich wenig Fortschritte zu verzeichnen, stimmt's, Cohen?«

»Das kann man wohl sagen.«

»O nein!«, stöhnte Süleyman. »Der Inspektor wird noch mal verrückt werden. Du wusstest doch, dass es wichtig ist! Was hast du denn die ganze Zeit gemacht?«

Cohen zündete sich eine Zigarette an, steckte sie zwischen zwei ölig gelbe Finger und wedelte damit in Süleymans Richtung. »Ich habe daran gearbeitet, Mehmet! Wirklich! Ich habe bloß nicht viel rausgekriegt. Na ja, eigentlich nichts. Ehrlich.«

»Nichts?« Süleyman kniff die Augen zusammen. »Was heißt das?«

Cohen zog unter seinem Telefon ein Notizbuch hervor und klappte es auf dem Schreibtisch auf. »Genau das soll es heißen. Das Haus Karadeniz Sokak Nr. 12 ist auf einen Herrn Mehmet Gulcu eingetragen. Alle Dienstleistungen mit Ausnahme derjenigen, die ich dir gleich sage, sind gleichfalls auf ihn eingetragen. Offenbar bezahlt er auch die Rechnungen dafür.« Cohen hielt inne, anscheinend um irgendeiner dramatischen Wirkung willen.

»Und? Weiter?«

»Leider starb der Junggeselle Mehmet Gulcu im September 1935. Er hat anscheinend keine Kinder gehabt und nur das starke irrationale Verlangen hinterlassen, auch noch aus dem Grab seine Rechnungen und die Steuern weiter zu bezahlen.«

Nachdenklich rieb sich Süleyman das Kinn. Dieser Mehmet, so nahm er an, müsste der so genannte Ehemann der alten Frau gewesen sein. »Und was ist mit Maria, Natalia und Nicholas Gulcu?«

Cohen lächelte ihn müde an. »Wenn es sie überhaupt gibt, dann arbeiten sie nicht, leben nirgendwo, haben keine Pässe und haben nie ihre Steuern gezahlt. Ich habe überall nachgeforscht!«

Er kannte Cohen und wusste, wie nachlässig er manchmal sein konnte. »Bist du da ganz sicher?«

Cohen erhob die Augen zum Himmel. »Sie sind in der Türkei nicht registriert, Mehmet, das habe ich dir doch gesagt!«

Süleyman zog die Stirn kraus.

»Und dann ist da noch das Telefon«, sagte Cohen.

»Und was ist damit?«

»Ihre Nummer ist auf den Namen Frau Demidova zugelassen. Und weißt du was?«

Es war kein besonders großer Schritt zu der folgenden Erkenntnis. »Frau Demidova existiert wohl auch nicht.«

»Richtig!« Cohen lächelte. »Als du reinkamst, war ich gerade dabei, alles dreimal zu überprüfen, weil ich weiß, wie der alte İkmen ist.«

Süleyman seufzte. »Ich fass mal kurz zusammen. Wir haben eine Familie, die es nicht gibt, der ein Toter vorsteht, der ein Telefon besitzt, das auf den Namen einer anderen Person zugelassen ist, die es ebenfalls nicht gibt.«

Cohen klatschte in die Hände.

»Das wird der Inspektor gar nicht mögen.« Süleyman biss sich nervös auf die Lippen. İkmen würde ihn für verrückt halten, wenn er ihm das berichtete, und diese Aussicht schmeckte ihm gar nicht. »Wie können sie einfach nicht existieren, Cohen? Das geht doch gar nicht! Jeder muss doch Papiere haben, einen Pass bekommen, den Arzt aufsuchen, arbeiten …«

»Um in dieser Stadt einen Job zu kriegen, brauchst du keine Papiere«, wandte Cohen ein. »Wirklich, du weißt genauso gut wie ich, dass die Schwarzarbeit beinahe die Bazare kaputt macht. Das heißt aber auch, dass man vermutlich so gut wie nichts mehr kaufen könnte, wenn wir alle die aus dem Einzelhandel festnähmen, die keine Papiere haben. Ich stimme dir ja zu, Mehmet, aber mit den Jobs ist das eine andere Sache, wenn du mich fragst.«

»Stimmt schon. Aber was ist mit den anderen Dingen – Bankkonten, Militärdienst und all dem täglichen Kleinkram? Das ist sehr merkwürdig. Andererseits ...« Süleyman seufzte. »Ich nehme an, falls ihr Name früher mal Demidova war – ein Mädchenname – und sie als Demidova in dieses Land kam, hat sie damals wohl auch Papiere gehabt, die im Lauf der Zeit verloren gingen. Womöglich ist sie sogar mit ihren Kindern als Demidova gemeldet? Aber wohl auch nicht, oder? Ich ...«

Cohen rümpfte die Nase. »Scheint, dass sie vom Geld des alten Mehmet gelebt haben.«

»Ja, könnte sein, aber was ist dann mit dem Bezahlen der städtischen Abgaben und so was? Es sei denn, sie haben immer alles bar bezahlt ...«

Cohen lachte. »Vielleicht erledigt Mehmet Gulcu das ja auch alles für die!«

Süleyman warf ihm einen wenig freundlichen Blick zu. »Ich meine es ernst, Cohen! Das ist, das ist ... sehr seltsam!« Er schlug sich die Hände vors Gesicht und sprach mit leiser Stimme, wie zu sich selbst. »Was sind das nur für Leute?«

Cohen zuckte die Achseln. »Einwanderer. Du weißt doch, wie die sind!«

»Ja, schon, Maria Gulcu war mal eine oder ist es vielleicht noch. Aber die anderen?« Er zog Cohens Notizbuch zu sich herüber. »Wie ist Mehmet Gulcu gestorben, weißt du das?«

»Nein, aber das müsste ich rauskriegen können.«

»Sehr gut, tu das bitte, Cohen. Ich geh jetzt am besten zum Inspektor und erzähl ihm alles.«

»Okay.« Cohen wollte sich gerade wieder zum Aktenschrank begeben. Doch auf halbem Wege hielt er an und drehte sich zu Süleyman um. »Ach, Mehmet?«

»Ja?«

»Falls du magst, können wir heute Abend ausgehen und ein paar Frauen aufreißen. Ein paar Bierchen trinken, lachen und vielleicht eine aufs Kreuz legen, wenn wir Glück haben – na ja, du zumindest.«

Süleyman warf ihm einen vollständig verzweifelten Blick zu und antwortete: »Ich glaube eher nicht.« Dann ging er aus dem Büro. Cohen arbeitete sich durch einen Papierstapel im Aktenschrank und legte die wichtigen obenauf. Schade, dass Mehmet nicht mit ihm ausgehen wollte, aber er ging ja nie mit jemandem aus. Wirklich ein bisschen geheimnisvoll der Typ. Cohen fragte sich, ob er vielleicht mehr auf Männer stand. Das war nicht wertend gemeint, denn Cohen scherte sich eigentlich nicht darum. Frauen, Männer, Einrichtungsgegenstände – war doch alles das Gleiche. Sie könnten immer noch auf die Piste gehen, er wegen der Frauen und Süleyman wegen der Männer. Der Körper des jungen Mannes würde immer überzeugen, aber es würde keinen Wettbewerb geben. Wirklich perfekt das Ganze. Später einmal würde er Süleyman danach fragen. Cohen lächelte.

## Kapitel 10

Erleichtert stieg Robert an diesem Abend aus dem Bus. Als er gerade anfing, den Hügel zu seiner Wohnung hinaufzugehen, spürte er die aufkommende Abendkühle und sah, wie die Erleichterung darüber den Menschen, die ihm entgegenkamen, ins Gesicht geschrieben stand. Nach solchen langen, tropisch feuchten Sommertagen war dies fast eine Atmosphäre wie beim Karneval. Männer und Frauen saßen auf den Straßen und Balkons, wobei sie sich mit so gut wie allem, was ihnen in die Hände fiel, zuwedelten und aus hohen kühlen Gläsern tranken, während die Kinder lärmend um die Läden herum und in der Gosse spielten. Alle warteten darauf, die Lichter anzumachen, zu duschen und sich in die Schlafzimmer zurückzuziehen. Dort würden sie, nach Luft schnappend wie Fische am Strand, dankbar und nackt auf ihren Bettdecken liegen und sich nach Schlaf sehnen.

Robert wusste sehr gut, wie ihnen zumute war, konnte aber selbst nicht so lange warten. In seinem Nachtschränkchen stand eine volle Flasche Gin und er hatte die feste Absicht, so viel davon zu trinken, wie er konnte. Er wollte für einige Stunden vergessen. Nüchtern wäre es ihm zu einsam. Alles, was vor seinem Besuch bei der Polizei passiert war, war nichts im Vergleich zu diesem Ereignis. Dass İkmen ihn sowohl über seine Vergangenheit als auch über Natalia und ihre Familie ausgefragt hatte, konnte nur bedeuten, dass sie allesamt mehr oder weniger ins Raster passten. Und zu alledem fragte Robert sich jetzt auch noch, ob die Antworten, die er dem Polizisten gegeben hatte, wirklich die »richtigen« waren. Wenn er sich nur an die Einzelheiten der Unterredung erinnern könnte! Könnte er nur sicher sein, dass er nichts gesagt hatte, was seine eigene Unsicherheit in Bezug zu Natalia aufgedeckt hätte.

Er wischte sich mit der Hand über die schweißnasse Stirn und bog in die kleine Straße ein, die zu seinem Wohnhaus führte. Natürlich würde er Natalia über sein Verhör bei der Polizei berichten müssen. In gewisser Weise war es vielleicht gut so. Es könnte ihr die Dringlichkeit der Situation klarmachen und sie dazu zwingen, ihm das zu erzählen, von dem sie beide wussten, dass es die reine Wahrheit war. Dennoch kam bei Robert nun eine Überreaktion auf. Natürlich würden sie das Land verlassen müssen. Das wollte er zwar nicht, aber es ging nicht anders, und sein Job spielte dabei keine Rolle, er langweilte ihn sowieso. Ja, sie würden fortgehen und er würde sich um sie kümmern. Es war …

Plötzlich hielt er inne. Warum hatte sie das getan? Warum? Sie musste einen Grund gehabt haben, aber sie weigerte sich, ihn ihm zu sagen. Was wäre, wenn es überhaupt keinen Grund gäbe? Was, wenn …? Was? Mit Sicherheit konnte kein Grund gut genug sein, um einen Mord zu entschuldigen. Viele Vergehen könnte man abtun, aber nicht so eins. Es ging doch um ein Menschenleben! Jemandem das Leben zu nehmen war eindeutig unrecht! In jedem Fall und ohne jede Ausnahme unrecht!

Dann sah er sie. Sie stand auf den Stufen, die zum Eingang seines Wohnblocks führten. Sein Herz hüpfte vor Freude. Sie sah angeschlagen und müde aus und eine Schweißperle rann ihr den Hals hinab und zwischen ihre nur leicht verhüllten Brüste. Sie lächelte nicht, als er sich ihr näherte. Robert stellte sich dicht vor sie und blickte ihr von oben ins Gesicht. Sie erwiderte kühl seinen Blick, dennoch nahm er eine Verletzlichkeit bei ihr wahr, die er zuvor kaum je gesehen hatte. Er mochte das. Es turnte ihn an.

Er packte grob ihren Ellbogen und küsste sie so fest auf den Mund, dass es fast wie ein Biss war.

* * *

Arto Sarkissian legte den Aktendeckel auf den metallenen Ablauf und zog sich ein Paar Operationshandschuhe an. Der Laborbericht war knapp, sachlich und sehr verwirrend. Vor ungefähr einem Tag hatte Arto diese eigentümlichen Flecken auf der rechten Hand und am Unterarm der Leiche entdeckt und er wollte sie sich nun noch einmal anschauen. Dass die Wissenschaftler im Labor sich bei derartigen Dingen täuschten, war eigentlich unmöglich, aber Arto wollte sichergehen. Mit dem bloßen Auge konnte er natürlich nichts erkennen. Aber er musste die Tatsachen unbedingt bestätigen – seine eigenen Beobachtungen und die Daten aus den Gewebeproben, die er ans Labor geschickt hatte.

Arto Sarkissian sah auf die trostlose Fliesen- und Chromeinöde des fensterlosen kleinen Raums und ging zu einem der drei Marmortische in der Mitte. Ein kleiner Buckel, bedeckt mit einem weißen Tuch, und ein ungepflegter Fuß, der im Winkel abstand, lagen auf dem größten Tisch. Alles war bereit, außer vielleicht Arto selbst. Er wollte sich kräftig das Gesicht reiben und so ein wenig lebensspendendes Blut in sein müdes Hirn pumpen, aber die OP-Handschuhe vereitelten diesen Versuch. Es war schon spät und Arto war müde.

Fünfzehn Jahre war er nun schon Polizeiarzt. In diesen Jahren hatte er sehr viele tote Menschen gesehen. Frauen, Männer, Kinder, Babys. Mindestens ein Exemplar in jedem Grad der Zersetzung des menschlichen Körpers war durch seine sanften Hände gegangen. Jedesmal, wenn er das bergende Tuch zur Seite zog und in das blickte, was an ein menschliches Gesicht erinnerte, versuchte er mindestens mit einem Hauch von Würde vorzugehen. Er wusste, dass er immer wieder scheiterte. Denn der Tod war hässlich, nackt, hatte keine Kontrolle über die körperlichen Funktionen und stank immer. Auch er, Arto, stank. Sogar nach einer Dusche konnte er sich immer noch riechen – den Geruch der Toten auf seiner Haut.

Er zog das Tuch zu beiden Seiten der Leiche hoch und faltete es auf der Brust. Die Arme wollte er sehen, den Torso und den Kopf noch einmal anzuschauen hatte er kein Verlangen. Denn er wusste, was dort war, das Blut und die beißende Schwefelsäure, Säure, wie man sie für die Autobatterie brauchte. Bei diesem Gedanken drehte sich Sarkissian der Magen um, aber die Laboranalyse konnte nicht falsch sein. Jemand hatte sich tatsächlich die Mühe gemacht, eine Autobatterie trocken zu legen. Das hatte Zeit gebraucht und Anstrengung und die Ausdauer einer getriebenen und böswilligen Psyche. Er fühlte, wie sein Gesicht vor Zorn brannte, und war ausnahmsweise einmal froh, dass er mit seinem »Subjekt« allein war.

Er holte den rechten Arm der Leiche unter dem Tuch hervor und hielt ihn mit den Fingerknöcheln nach oben ans Licht. Da war sie, die erste Stelle mit dem Narbengewebe. Vom rechten Rand des Unterarms hinunter bis zur Hand und bis kurz vor den Fingerknöcheln. Arto sah auch die Stelle, an der er das winzige Gewebestück entnommen hatte, um es ans Labor zu schicken. Er drehte den Arm um und untersuchte die Handfläche. Narbengewebe Nummer zwei, Handfläche bis zu den Fingerspitzen und dem Daumen. Dass er derart offensichtliche Verletzungen bei der ersten Untersuchung nicht gesehen hatte, schien ihm jetzt seltsam. Diesmal sprang ihm die massive Vernarbung richtiggehend ins Auge. Vielleicht hatten ihn die entsetzlichen Verletzungen, die durch die Säure entstanden waren, davon abgelenkt und vielleicht war er auch einfach nicht mehr so gut. Er gestattete sich ein kleines Lachen und hob den schweren, kalten Arm auf Augenhöhe. »Schwere Verbrennungen, vermutlich durch Gebrauch von Schießpulver verursacht«, so hatte das Labor diese

Flecken beschrieben. Sie waren außerdem schon alt, entstanden, als das Opfer ein sehr junger Mann war, vor sechzig oder sogar siebzig Jahren. Arto betrachtete die dunkle Verfärbung und fuhr mit dem Finger an den Rändern entlang. Wo das verletzte Gewebe auf heile Haut traf, hatten sich Grate aus hartem, schwieligem Fleisch wie kleine Gebirgszüge gebildet. Es war offensichtlich, dass niemals ein Versuch unternommen worden war, diesen Schaden mit Transplantaten zu beheben. Meyer hatte die betroffenen Stellen wahrscheinlich bandagiert und gehofft, dass keine Infektion auftreten würde – zu Beginn des Jahrhunderts keine ungewöhnliche Art, mit Wunden umzugehen. Arto fragte sich, wie sein »Opfer« während der ersten Wochen oder auch Monate die Schmerzen ausgehalten hatte, die diese Wunden während der Heilung verursacht haben mussten. Er konnte klar sehen, wie die Fältchen hervortraten, diese schmerzhafte Verbindung der verbrannten Gewebestücke. Auf der Handfläche war es so schlimm, dass Arto zweifelte, ob das Spreizen der Hand danach jemals wieder möglich gewesen war.

Arto legte den Arm zurück und lehnte sich mit dem Rücken an den gegenüberliegenden Marmortisch. Es war faszinierend, darüber nachzusinnen, wie die Verletzungen entstanden waren. Natürlich war es für die gegenwärtige Untersuchung kaum von Belang, aber andererseits hatte Arto ja auch nichts direkt damit zu tun. Herauszufinden, wer Leonid Meyer umgebracht hatte, war Çetin İkmens Job, und um den beneidete er ihn nicht. Gerüchte besagten, dass die Behörden den Fall Meyer so schnell wie möglich zu einem erfolgreichen Abschluss gebracht haben wollten. Er konnte sich den Druck vorstellen und er war froh, dass er Akademiker war und kein Mann der Tat.

Sarkissian ging zurück zum Abfluss, zog sich die OP-Handschuhe aus und warf sie in den Papierkorb. Während er sich so am Abfluss zu schaffen machte, ging er noch einmal die Ergebnisse des Laborberichts durch. Am Ende der zweiten Seite hatte

Dr. Belge, der Verfasser des Dokuments, die Vermutung geäußert, dass eine Unterredung mit Faud İsmail über die Ballistik sich als hilfreich erweisen könnte, falls Arto wissen wollte, wie die Verbrennungen entstanden wären. Und Arto wollte es wissen, es hatte sein Interesse geweckt und er war sicher, dass auch Çetin neugierig wäre.

Arto zog seinen Laborkittel aus und warf ihn in den Wäschekorb. Dann sah er auf die Uhr, bemerkte, dass es schon fast acht war und zuckte mit den Achseln. Sein Tag war noch nicht zu Ende, aber das war nicht von Belang. Seine Frau, Gott möge sie vor die Hunde gehen lassen, würde ihn nicht vermissen. Arto blickte finster drein und wandte seine Aufmerksamkeit dann anderen, beruflichen Dingen zu. Er musste mit Çetin İkmen telefonieren, um seine letzten Befunde weiterzugeben und ihm die ziemlich überraschenden Neuigkeiten über das erbrochene Essen berichten, das man beim Eingang zu Meyers Wohnung entdeckt hatte. Es war nicht das Erbrochene des alten Mannes und der Hauptbestandteil war nichts Übliches, und doch war es am Todestage Meyers ausgestoßen worden. Solange nicht das Gegenteil erwiesen wäre, schien es sehr wahrscheinlich, dass dieses Erbrochene vom Mörder stammte. Eine vertrackte Angelegenheit, die ein seltsames Bild ergab. Ein Folterknecht mit einem schwachen Magen, jemand, der nicht gerade fürs Töten gemacht war. Ein berechneter, brutaler, aber dennoch amateurhafter Mord.

Arto ging zu seinem kleinen Büro, das sich direkt anschloss, und nahm den Hörer hoch.

»Du bist zu Polizei gegangen!« Ihre Stimme war ein hässliches Kreischen.

»Ich hatte doch keine andere Wahl, Natalia! Sie sind einfach gekommen und haben mich abgeholt!«

Natalia schlug sich mit der Handfläche an die Stirn und murmelte einen bekannten türkischen Fluch.

»Sie haben nichts über dich wissen wollen«, log Robert. Es war widersinnig, in diesem Zustand ihren Ärger noch zu steigern, falls das überhaupt möglich war. »Sie wollten von mir etwas wissen, ein paar Vorfälle aus meiner Vergangenheit. Damals, vor Jahren, in London.«

Natalia hüpfte nervös herum, wobei sie mit den Füßen fast auf der Erde scharrte, und trotz ihrer Erregung hatte sie, wie Robert merkte, diesen Ausdruck in den Augen, diesen aufreizenden, verführerischen Ausdruck, der ihn jedesmal erregte. Robert spürte, dass er steif wurde. Es war nicht gerade der richtige Moment, wenn er an ihre Sorgen dachte, aber er konnte nichts dafür. Ohne nachzudenken, streckte er seine Hand nach ihr aus und fuhr zwischen den dünnen Stoff ihrer Bluse und ihr Fleisch.

»Nein!« Sie drehte den Kopf weg und zog seine Hand heraus. Mit flammendem Blick stieß sie Robert mit harter Faust brutal von sich.

Trotz der spannungsgeladenen Umstände war das für Robert wie ein Schock. Er keuchte und schwankte leicht nach dem Schlag, konnte aber das Gleichgewicht halten, wenn auch nicht seine Würde.

Er wusste, dass er sich unmöglich benommen und es zum falschen Zeitpunkt auf Sex abgesehen hatte, aber immer noch wollte er Natalia. Beide standen sie einige Sekunden vollkommen still da und starrten einander wie zwei Gladiatoren durch die Arena von Roberts Wohnzimmer hinweg an. Beide bekamen sie, aus unterschiedlichen Gründen, nur mühsam Luft. Keines klaren Gedankens fähig, wurde Robert dennoch von seiner eigenen unschönen Feststellung überrascht, dass er seine Geliebte tatsächlich noch mehr begehrte, seitdem der Mord passiert war und er sie zunehmend verdächtigte.

Nicht zum ersten Mal hatte er das gemerkt. Auch als sie beide so dastanden und einander musterten, als sie sich wand und vor

Wut stachelig war wie ein Igel, sehnte Robert sich danach, in ihren Körper einzudringen und sie zu nehmen.

Er wusste, dass er sie vergewaltigen könnte, falls er es wollte. Sie würde sich in dieser Stimmung sicher wehren, was ihn aber nicht von dem Wunsch abhielt. Er war stärker als sie, das hatte er bewiesen. Nur den Bruchteil eines Zentimeters kam er ihr näher, hielt dann wieder inne. Dies war seine brutale Seite, die Seite, die er schon hatte aufgeben wollen, doch er hatte es noch nicht getan. Wenn sie doch nur freiwillig zu ihm käme! Wenn sie ihn doch nur so liebte wie er sie! Aber jetzt wusste er, dass sie ihn nicht liebte. Eigentlich hatte er das immer schon gewusst. Und doch schien das sein Verlangen nach ihr nur noch zu verstärken, falls das überhaupt möglich war. Er konnte und durfte sie nicht berühren. Seine Erektion tat ihm weh und stöhnend sackte er auf dem Sofa zusammen. »Mein Gott, Natalia!«

»Was?« Sie sah ihn voller Abscheu an, ihre Lippen waren gekräuselt; sie wusste, was er wollte. Ihr Kopf war erhoben und ihre Augen glänzten. Grausam. »Was willst du, Robert?«

Er stöhnte und beugte sich vor, als wollte er sein schmerzendes Geschlecht bedecken und schützen. »Ich will dich!«

»Du willst mich ficken!«, schrie sie.

Das war so laut, dass Robert ihr seine Finger auf die Lippen legte und »Psst!« machte. Er wollte nicht, dass die Nachbarn, falls sie da wären, sie hörten, oder auch der alte Ali, der *kapıcı*. Besonders der alte Ali. Aber Natalia überhörte es.

»Du willst stinkende Pisse in mein schöner Körper!« Tränen traten ihr aus den Augen und spritzten wie Regen um ihr Gesicht. Es war ein so heftiger, wahnsinniger Ausbruch, dass Robert sich einige Minuten jeglicher Gedanken oder Bewegungen unfähig fühlte. Nur das leicht unangenehme Gefühl seines weicher werdenden Penis drang in sein Bewusstsein, während er ganz von ihrem Wahnsinnsanfall absorbiert war. Wieder schrie sie. »Was ich machen, Robert! Du Arsch gehen zu Polizei!«

Sie schlug ihre schönen, spitz zulaufenden Hände heftig vors Gesicht und ihre langen, roten Fingernägel gruben sich tief in die Wangen ein. Robert kam schlagartig wieder zu sich. *Himmel, sie wird sich noch die Augen ausreißen!*

Augenblicklich stand er auf, eilte durchs Zimmer und packte ihre Handgelenke, bevor sie sich blutig kratzte. Als er sie berührte, schrie sie auf, als hätte sie sich verbrannt, aber er hielt sie unverwandt fest. Er schüttelte sie sanft, aber bestimmt, als wollte er ihrem hysterischen Schädel wieder Bewusstsein einflößen. Natalia öffnete den Mund, aber es kam kein Ton heraus. Sie schloss die Augen, verzog die Lippen und lehnte sich zurück, als litte sie körperliche Qualen. Robert zog sie näher an sich und mit einem Finger streichelte er sanft über ihr Gesicht. Natalia gab nach. Sie fiel nach vorne, barg ihren Kopf an seiner Schulter und Robert fühlte durch sein dünnes Hemd ihre feuchten Tränen. Sie weinte minutenlang bitterlich. Ihr Schluchzen war tief und Herz zerreißend, wie bei einem verzweifelten kleinen Kind. Natürlich wusste Robert, warum sie von seinem Besuch bei der Polizei so erschüttert war, und er wusste auch, dass er sie eigentlich hassen sollte oder sogar fürchten, aber das konnte er einfach nicht. Dazu war es jetzt zu spät. Er starrte geradeaus, während er sie hin- und herwiegte. Die drückende Hitze lastete schwer auf seinem verschwitzten Körper und trotz Natalias Anwesenheit fühlte Robert sich allein. Er war über den langen Korridor der Liebe in diese Sache hineingeraten und jetzt kam er nicht mehr heraus.

Als er sicher war, dass sie sich keinen Schaden mehr zufügen würde, ließ Robert ihre Hände los und legte den Arm um ihre Schultern. Die Kraft seiner dunklen Leidenschaft, dieser alte, unkontrollierbare Bekannte, war verpufft. Eher mit brüderlicher Hand als mit der des Liebhabers führte er sie schließlich zum Sofa und half ihr, das vollständig nasse Gesicht mit einem Tuch zu trocknen. Himmel, sie hatte tatsächlich geglaubt, dass er sie belogen hatte! Wie konnte sie nur so etwas denken! Hatte sie solche Angst, oder Schuldgefühle? Vertraute sie ihm so wenig? Begriff sie wirklich nicht, dass es ihn nichts anging, was sie tat oder getan hatte?

Als sie wieder ruhig und regelmäßig atmete, ging Robert in sein Schlafzimmer und kehrte einige Sekunden später mit einer Flasche Gin und zwei Gläsern zurück. Wie auch immer sie sich fühlen mochte, er jedenfalls brauchte einen Drink. Er setzte sich neben sie und schenkte beiden reichlich ein. Sie trank das Glas ausdruckslos und ohne Dank aus und gab ihm dadurch keine Gelegenheit, sich für den Mangel an anderen Getränken zum Mischen zu entschuldigen.

Robert war ein Veteran, was seine zahlreichen einsamen Sitzungen mit purem Gin anging. Er schluckte den Inhalt seines Glases in einem Zug hinunter und schenkte sich nach. Für das, was er sagen wollte, brauchte er einige Unterstützung. Während der letzten paar Tage war die Wahrheit ganz allmählich ans Tageslicht gekommen, fast ohne dass er es bemerkt hatte. Und obwohl er versucht hatte, dagegen anzugehen, musste er ihr etwas gestehen, und zwar schnell, ehe ihn der Mut verließ. Er hoffte, dass dies einiges ändern würde. Vielleicht würde es sogar sie dazu bringen, ihn zu lieben, und zwar wirklich.

Robert holte tief Luft. »Natalia, falls du diesen alten Mann getötet hast, würde das nicht das Geringste an meinen Gefühlen für dich ändern. Ich liebe dich.«

Er hörte, wie sie einen letzten Schluck Gin nahm und ihn hinunterschluckte. Sie starrte ausdruckslos in ihr jetzt leeres Glas und goss sich dann selbst reichlich von dem Alkohol nach.

Eine Sekunde lang fragte sich Robert, ob sie ihn gehört hätte. Sie hatte ihn gehört. Er wusste, dass sie nicht wusste, was sie sagen sollte. Was er selbst wollte, war ihm genauso ein Geheimnis. Ein Schuldbekenntnis? Vielleicht – obwohl es ihn bei diesem Gedanken schauderte. Er sagte es ihr noch einmal. »Ich liebe dich und ich werde wirklich alles Notwendige tun, um dir zu helfen und dich zu beschützen. Ich ...«

Dies war ein schreckliches Geständnis und die Stimme brach ihm. Der Hals schnürte sich gegen weitere Enthüllungen aus den Tiefen zu, in die seine Verzauberung ihn hatte sinken lassen. Er tippte leicht mit dem Glas an seine Lippen, lehnte dann den Kopf an die Wand, starrte unbeweglich an die Decke und fragte sich, was wohl jetzt werden würde. Er hatte nicht die geringste Ahnung. Wenn er verliebt war, wurde er unvorhersehbar, auch für sich selbst. Seltsame Sachen passierten; Dinge, vielleicht auch Teile von ihm, zerbrachen oder gingen verloren – so schien es zumindest. Nie war es anders gewesen. Sogar vor Betty und auch mit lockeren Bekanntschaften in Pubs und Discos war es nie anders gewesen. Sie nach Hause mitnehmen, besitzen, in eine Schürze stecken und nie mehr gehen lassen. Eine Frau bedeutete Trost und Bequemlichkeit, Wärme, eine Mauer aus Brüsten und Bauch gegen die Finsternis »da draußen«, gegen die kalte und unvermeidliche Einsamkeit des Lebens. Manchmal war er von seinen Liebhaberinnen verletzt worden oder hatte sie selbst verletzt; das war unvermeidlich gewesen, besonders deshalb, weil es in seinem Leben jeweils nur Platz für eine Liebhaberin zu einer bestimmten Zeit gab. Eine schnelle Nummer, der er manchmal unter viel Selbstekel erlag, hatte es wohl auch dann und wann gegeben, aber immer waren die richtigen Freundinnen das Wichtigste. Am Ende zählte doch nichts wirklich, nur sie – wer auch immer es gerade sein mochte. Und Natalia war die Großartigste von allen. Das hatte er schon sehr früh gemerkt, trotz aller Schwierigkeiten. Sie war schön, genau sein Geschmack, er konnte sich in ihrem Fleisch verlieren, in ihrem Bauch und ihren Brüsten.

Robert fühlte den Druck ihrer Finger auf seinem Bein und sah nach unten.

»Ich niemand töten, Robert.« Ihre Worte kamen langsam, ruhig und überlegt. »Ich nicht.«

Ihre Augen waren so klar und schön, dass er ihr fast glaubte. Aber Robert wusste, was für Schlangen sie waren – die Frauen. Seine Ehefrau hatte auch gelogen, und zwar ständig. Weibliche Schwäche, sie konnten nichts dafür. Aber er war enttäuscht. Wenn sie nur ihre Schuld mit ihm teilte, könnte er diese in Liebe hüllen und sie wegnehmen.

»Herr Meyer war ein sehr guter Mann.« Natalias Worte unterbrachen seine Gedanken und Robert sah sie fragend an. Betrog sie sich selbst mit dieser zur Schau gestellten Zuneigung zum Mordopfer, oder was? Es wäre immerhin eine gute Vorstellung, wenn das zuträfe. »Herr Meyer, der tote Mann. Er helfen Großmutter aus Russland.«

»Ach?«

»Ja. Sie kommen zusammen in Türkei, nach Revolution. Kurze Zeit sie waren Geliebte.«

Robert füllte sein Glas ein weiteres Mal und ließ sich tiefer ins Sofa fallen. »Erzähl weiter.«

»Leonid Meyer dann nehmen Arbeit in Baumwollfabrik. Er arbeiten für deutschen Mann, Herr Smits. Er war nicht guter Mensch, Herr Smits.«

Robert hatte den deutlichen Eindruck, dass hier gerade etwas sehr Wichtiges gesagt worden war. Aber ob diese Wichtigkeit etwas mit der Wahrheit zu tun hatte oder mit dunkleren Motiven, konnte er nicht sagen. Zudem war er fast sicher, den Namen Smits schon einmal gehört zu haben. »Und dann?«, fragte er.

»Dieser Mann Smits ein Tag sehen Großmama und zu Leonid Meyer sagen, er will sie haben für sich.« Natalias Augen weiteten sich im Verlauf der Geschichte, wodurch sie wieder lebhafter und sogar noch schöner wurde. »Leonid Meyer mit Smits darum streiten und Smits hat ihm ein sehr schlecht Arbeit in Fabrik geben.«

»Und was ist dann passiert?«

»Als Krieg in Europa beginnen, viele Leute hier für die Deutschen sein. So Herr Smits werfen Leonid Meyer aus sein Arbeit, er ihm sagen: ›Du jetzt weggehen von hier, du dreckiger Jude‹, und …«

»Ach was!« Natürlich! Jetzt erinnerte sich Robert. İkmen hatte jemanden mit dem Namen Smits erwähnt, fast nebenbei, aber …

Natalia sah ihn fragend an. »Was, Robert?«

»Das sage ich dir gleich. Erzähl weiter.«

Sie zuckte die Achseln. »Da sein nicht viel zu erzählen. Von diesen Tag Smits hassen Leonid Meyer. Er sorgen, dass Meyer nie mehr andere Arbeit kriegen. Meyer sehr unglücklich immer.« Sie sah ihn an. »Was ist los, Robert?«

»Die Polizei hat mich nach diesem Smits gefragt. Ich bin ganz sicher. Ob ich ihn kennen würde – ich habe gesagt, nein. Es war nur eine kurze Erwähnung, aber … ich denke, das deutet darauf hin, dass sie seine Rolle ernsthaft untersuchen …«

»Großmama«, warf sie ein, als wäre die alte Frau die einzige Autorität, die etwas in dieser Sache zählte, »Großmama glauben, sie nicht ernst nehmen diesen Smits.«

Obwohl sein Blick wie stets voller Liebe für sie war, sah Robert Natalia auch jetzt noch mit einiger Vorsicht an. »Aha!«

»Vielleicht«, fuhr sie fort, »dieser Mann haben Rolle in diese Problem, sie noch nicht kennen.«

Robert merkte, wie ein Teil seines Verstandes sich verhärtete, als er in Erwägung zog, was Natalias Worte bedeuten könnten.

Aber Natalia kam ihm, wie so oft, zuvor. »Wir nicht dürfen, ich dir schon sagen, wegen Ärger mit Einwandern, mit Polizei sprechen. Wer kann sagen, was passieren, wenn sie wissen, ich sein bei Leonid Meyer an den Tag? Aber wenn ein anderer etwas von diesen Mann erzählen …«

»Du meinst ich?«

»Ja.«

Robert stand auf und rieb sich am Kopf. Ihre seltsamen und verwirrenden Stimmungsschwankungen wie ihre beunruhigenden Worte, dazu noch die enorme Sommerhitze, verwirrten ihn.

»Aber ich kann doch der Polizei nichts von diesem Smits erzählen«, sagte er, »ich habe denen doch schon gesagt, dass ich ihn nicht kenne. Sie werden wissen wollen, woher ich meine Information habe. Und dazu kommt, dass dieser Mann auch völlig unschuldig sein kann.« Er drehte sich um und sah sie an. »Was soll ich deiner Meinung nach tun?«

»Ich weiß nicht«, erwiderte sie schlicht, »aber wenn du etwas wissen, das uns helfen in diese Situation, dann ich bin dankbar. Und dieser Mann Smits ... na ja, Großmama sagen, er war Nazi, deshalb ...«

»Weißt du das mit Sicherheit?« Er wollte so gern tun, worum sie gebeten hatte, wollte so gerne, dass sie ihm dankbar wäre.

Natalia lächelte. »O ja. Smits war ein Nazi, das ist sicher.«

Robert legte ihre Hände in seine. »Alles, was ich sagen kann, Natalia, ist, dass ich es versuchen will und ...«

»Du kluger Mann, du schaffen.« Sie küsste ihn und erstickte damit jeden Protest oder Zweifel. Ihre Umarmung verfehlte die Wirkung auf seinen Körper nicht, er schob noch einmal seine Hand zwischen die dünne Bluse und Natalias üppige Brüste und ergab sich vollends seinen Gefühlen. Wenn Natalia sagte, dass sie nichts mit dem Mord zu tun hatte, warum sollte er ihr dann nicht einfach glauben? Und wenn einer, der ein Nazi war – oder gewesen war – möglicherweise darin verwickelt wäre, warum dann nicht ein bisschen nachhelfen?

Nur wie, das wusste er noch nicht, aber ...

Aber ...

Aber was, wenn sie doch ...

Robert fühlte, dass ihre Hand wie ein kleiner geschickter Fisch in seinen Hosenbund fuhr. Und für den Rest der Zeit, die sie miteinander verbrachten, hörte sein innerer Kampf vollständig auf.

# Kapitel 11

Çetin İkmen rollte sich auf den Rücken und schielte mit seinen kurzsichtigen Augen auf das Zifferblatt seiner Uhr. Zehn vor sechs. Gerade zu spät, um noch ein bisschen zu schlafen (was natürlich ein Witz war), und zu früh, um schon aufzustehen. Er fluchte und schlug in mörderischer Absicht auf die Couchlehne. Noch ein paar Nächte wie diese und er würde wahnsinnig werden.

Nicht, dass er Fatma tatsächlich übel nahm, dass sie ihn auf die Couch geschickt hatte, oder dass er in ihrer gegenwärtigen Verfassung lieber mit ihr geschlafen hätte. Wenn sie schwanger war, war sie sowohl riesig als auch unruhig, und ehrlicherweise musste er zugeben, dass jetzt mit ihr zusammen zu sein gerade so schlimm wäre, wie hier zu sein. Wenn er nur einen Weg fände, nicht ständig Erstickungsanfälle zu bekommen, sobald er sich zu der Rückenlehne dieses vermaledeiten Dings umdrehte, dann könnte er es aushalten. Er hatte inzwischen wohl jede Stellung und Technik ausprobiert, die ihm in den Sinn gekommen war, aber es half nicht. Die Couch, Allah möge sie zur Hölle verdammen, war viel zu listig, um sich von einem Polizisten übertölpeln zu lassen. Sie wollte, dass er unten auf dem übel riechenden Fußboden schlief, und wenn er sich nicht ernsthaft bemühte, dies zu vereiteln, würde er genau dort enden.

Wieder fluchte İkmen und murmelte »Drecksding!« vor sich hin, aus Furcht, seine schlafende Familie zu wecken. Daraufhin setzte er sich, und anstatt sein gewohntes Morgenritual zu vollführen, nämlich die Schrecken einer weiteren schlaflosen Nacht noch einmal im Geiste durchzugehen, wandte er seine Gedanken einem produktiveren Gegenstand zu: seinem gegenwärtigen Fall. Unmittelbar bevor er und der Schlaf in den allnächtlichen Kampf um die Vorherrschaft eingetreten waren, hatte İkmen einige Notizen niedergeschrieben, die mögliche Wege durch den Irrgarten der bislang im Fall Meyer aufgetretenen Anhaltspunkte festhielten. Mit einer trägen, dennoch geschickten Bewegung hob İkmen eine Zigarette vom Boden auf, steckte sie sich in den Mund und zündete sie an. So gestärkt, taumelte er zum Lichtschalter und drückte ihn, woraufhin das Wohnzimmer von grauenvollem Neonlicht durchflutet wurde. Während er von dieser Hölle zurück zur Couch schlurfte und sich im Gehen die Augen rieb, hob er das Notizbuch von dort auf, wo er es vor vielen qualvollen Stunden hatte fallen lassen – auf einen Wäschestapel. In einer Wolke von Zigarettenrauch setzte er sich hin und sah seine Arbeit durch. Im Grunde gab es drei Informationsstränge.

Zuerst die rein faktischen Anhaltspunkte. Leonid Meyer, ein älterer Jude, war zunächst mit irgendeinem stumpfen Gegenstand zusammengeschlagen worden, dann mit Schwefelsäure aus einer Autobatterie gefoltert worden. Sein Tod war hinausgezögert worden, man hatte ihn gequält. Sein Angreifer hatte dem beigewohnt und dann mit Meyers Blut ein großes Hakenkreuz an die Wand über dessen Kopf gemalt. Zu irgendeinem früheren Zeitpunkt war jemandem – wahrscheinlich dem Angreifer – während oder nach dem Tathergang an der Tür schlecht geworden. Die Spurensicherung hatte ergeben, dass der Hauptbestandteil des besagten Erbrochenen rote Beete war. Der Engländer Robert Cornelius war nach eigenem Geständnis zum fraglichen Zeitpunkt in der Nähe von Meyers Wohnung gewesen, ebenso ein großer schwarzer Wagen – ein eher schwacher Hinweis, denn dieses letztere Beweisstück stammte zugegebenermaßen von einem alten Alkoholiker, der nicht einmal mehr seinen eigenen Namen erinnerte. Zusätzlich hatte eine erneute Untersuchung der Leiche durch Arto Sarkissian einige sehr alte, dennoch tiefe Brandwunden an

Meyers Hand und Arm zutage gefördert – Narben, die wahrscheinlich durch Schießpulver verursacht worden waren. İkmen seufzte beim Blick auf dieses wahrhafte Sammelsurium unverbundener Anhaltspunkte und drückte seine Zigarette aus, um sich sofort danach eine neue anzuzünden.

Er glaubte, dass sich um diese etwas bizarren Tatsachen zwei weitere Informationsmengen drehten, die er die »Zwei Wege zur Lösung« genannt hatte.

Die erste betraf die ursprüngliche, unmittelbarste und offensichtlichste Erklärung für Meyers Tod, nämlich den Antisemitismus. Beweise dafür waren natürlich das Hakenkreuz wie auch die Aussagen Rabbi Şimons und Maria Gulcus. Beide hatten darauf hingewiesen, dass Meyer schon früher unter antisemitischen Auswüchsen zu leiden gehabt hatte. Dagegen sprach, dass außer einer einzigen Adresse in Meyers Adressbuch kein eindeutiger Hinweis vorlag, der die Annahme rechtfertigte, dass der als Meyers antisemitischer Verfolger bezeichnete Mann das Opfer überhaupt kannte oder derartig widerwärtige Ansichten hatte. In jedem Fall hatte die unterstellte Verbindung der beiden schon vor so langer Zeit stattgefunden, dass sie jetzt fast bedeutungslos war. Außerdem gab es keinen Grund zur Annahme, dass der Antisemitismus in der Stadt wieder zunähme, weder bei der jungen noch, wie im Fall Smits, bei der älteren Generation. Die einzig wirklich konkrete Gewalttat gegen Juden, die bislang festgestellt werden konnte, war von Robert Cornelius begangen worden. Und diese Tat war in England geschehen, außerdem, wenn man Cornelius hier glauben konnte, nicht aus antisemitischen, sondern persönlichen Motiven.

Der zweite und vielleicht geheimnisvollere Strang betraf Dinge aus Meyers Vergangenheit. Eine Quelle hatte die Meinung vertreten, dass Meyer als junger Mann in Russland Mitglied der bolschewistischen Partei gewesen war, und Maria Gulcus Reaktion schien dies zu bestätigen. Wie es in der damaligen unruhigen Zeit selbstverständlich war, hatte Meyer in der Ausübung seiner Pflichten Menschen umgebracht. Ungewöhnlich war aber, dass er sein neues Leben im Ruhm der Arbeiterklasse für ein Leben in Armut, noch dazu in einem fremden Land, eingetauscht hatte: anfangs mit einer Frau, die ihn nur ertrug, später mit seiner wahren Liebe – der Flasche. Von Schuld gequält und möglicherweise voller Angst, dass ein bislang unbekannter Zeuge seiner alten Verbrechen auftauchen und die Untaten der Welt offenbaren würde, starb Leonid Meyer ohne die Ehrungen, die die alte Sowjetregierung zweifelsohne für ihn bereitgehalten hätte, wenn er damals geblieben wäre. Unter jenen, die um ihn trauerten, waren die Witwe Blatsky und die Familie Gulcu, die, wie er inzwischen wusste, absolut keinen legalen Status in der Türkei besaßen. Es war eine Gruppe von Geistern, angeführt vom ältesten Gespenst, Maria Gulcu – der Frau, die niemals lieben oder geliebt werden konnte. Nicht so ihre Enkelin. Und hier trat noch einmal Mr. Robert Cornelius auf, Englischlehrer, Geliebter von Natalia Gulcu, Feind der Juden – die einzige Person am rechten Ort zur rechten Zeit.

Und dennoch: Obwohl Cornelius in wirklich jede Beweiskette oder in jeden Lösungsweg, die man in Betracht zog, hineinpasste – was um alles in der Welt könnte er für ein Motiv gehabt haben, Meyer zu töten? Obwohl Cornelius die Gulcus kannte und einst einen jüdischen Anwalt zusammengeschlagen hatte, gab das wahrlich nicht viel her. Auch, dass er zugegeben hatte, in der Nähe des Verbrechens gewesen zu sein, und man ihn identifiziert hatte, hieß noch lange nicht, dass er auch darin verwickelt sein musste. Obwohl die Tatsache, dass er mehr als nur ein flüchtiges Interesse an der Todesstrafe an den Tag gelegt hatte – oder genauer, an den Menschen, die davon ausgenommen werden konnten –, İkmen sehr merkwürdig vorkam. Wenn Cornelius dabei nicht eine ganz bestimmte Person vorschwebte, so war sein Interesse völlig unverständlich.

Dass Cornelius zum Todeszeitpunkt in der Nähe von Meyers Wohnung war und zudem mit einer Familie in Verbindung stand, die den Toten kannte und vermutlich auch von seiner schuldhaften Vergangenheit wusste, schien mehr als bloßer Zufall zu sein. Das beantwortete aber nicht die Frage, warum der Engländer so bereitwillig zugegeben hatte, an jenem schicksalhaften Nachmittag in Balat gewesen zu sein. Hätte er sich nicht mit Sicherheit vom Tatort entfernt, wenn er gewusst hätte, was geschehen war?

İkmen stand auf, ging zum Fenster und zog die Vorhänge zurück. Die starke, glühende Hitze des Tages war noch Stunden entfernt, aber schon waren die Ladenbesitzer dabei, die Bürgersteige mit Wasser zu putzen. Gegen Mittag würde jedermann von der Hitze, dem Staub und den allgegenwärtigen Fliegenschwärmen völlig erschöpft sein. Dann würde auch das Denken, wie İkmen wusste, so gut wie unmöglich sein. Dann würde er wie alle anderen sich quasi bewusstlos bewegen. İkmen knipste das Licht aus, ging zurück zur Couch und setzte sich wieder.

Was sein Chef, Kommissar Ardıç, wollte, war eine saubere und schnelle Lösung. Er hatte tatsächlich schon der Presse erzählt, dass sie kurz vor einem größeren Durchbruch stünden. Nicht, dass İkmen selbst so etwas gesagt hatte. Er hatte ganz klar dafür gesorgt, dass er außer Sichtweite war, als die Pressekonferenz angefangen hatte. Ardıç war fast aus dem Häuschen gewesen. Er wollte Smits und außerdem İkmens Unterstützung für die Theorie einer Naziverschwörung. Und um ehrlich zu sein, musste İkmen eins zugeben: Falls Smits vergangene oder gegenwärtige Fahneneide sowie eine aus jüngerer Zeit datierende Verbindung zu Meyer bewiesen werden könnten, dann wäre das in der Tat die am meisten Erfolg versprechende Spur. Von all den Personen, die İkmen bislang angehört hatte, schien Rabbi Şimon der verlässlichste zu sein, und er hatte die Meinung vertreten, dass Smits bis zu einem gewissen Grad in die Sache verwickelt sein könnte. Der große schwarze Wagen, der von dem delirierenden Alkoholiker gemeldet worden war, war ein schwaches Glied, aber İkmen hatte solche Fahrzeuge in Smits Einfahrt gesehen.

Aber am meisten verwirrte İkmen etwas, das nicht von zentraler Bedeutung für den Fall war oder zu sein schien. Es war die Frage, wie und warum die Gulcus in diesem Land offensichtlich ohne jeden offiziellen Status lebten. Dafür musste es einen Grund geben, obwohl İkmen nicht dahinterkam, welcher das sein könnte. Aber dass genau dies auf irgendeine Weise mit Leonid Meyer zu tun hatte, ging ihm, widersinnigerweise, nicht aus dem Kopf. Er dachte gerade darüber nach, wie er diese Information am besten vor den Klauen der Einwanderungsbehörde verstecken konnte, bis seine Untersuchungen abgeschlossen wären, als die Wohnzimmertür aufgestoßen wurde und sein Vater hereinstolperte.

»Guten Morgen, mein Sohn«, sagte Timur, als er unter Schmerzen zur Couch ging. »Hast du eine Zigarette?«

»Ja, vielen Dank.«

Der alte Mann setzte sich ganze nahe an seinen Sohn auf den Rand der Couch und schielte auf das Notizbuch in der Hand des jüngeren Mannes. »Also dann, gib mir mal eine.«

»Was?«

»Eine Zigarette!«

»Ach so.«

İkmen fischte eine aus der Schachtel, steckte sie dem alten Mann in den Mund und zündete sie an. Nachdem sein Husten nachgelassen hatte, wies Timur İkmen auf das Buch und schwatzte los. »Da ist ja etwas, was ich schon lang nicht mehr gesehen habe.«

İkmen, der nicht wusste, worauf sein Vater hinauswollte, zog die Stirn kraus. »Was?«

»Der Name Reinhold Smits.«

»Du kennst ihn?«

»Ich habe von ihm gehört«, gab der alte Mann zurück. »Warum interessierst du dich für ihn?«

»Ihm gehört Şeker Textilien, die Firma, in der unser Mordopfer früher mal gearbeitet hat.«

»Ach, die gehört also Smits?«

»Ja, ich glaube, das war schon immer so. Ich habe dir neulich davon erzählt, als ...«

Der alte Mann machte eine wegwerfende Bewegung mit seiner Zigarette. »Ach ja, das habe ich vergessen, du weißt ja, wie das ist. Und außerdem, bei all den Firmen, die Smits gehören, wäre es schwierig, sich an jede einzelne zu erinnern.«

»Ihm gehört also mehr als nur Şeker Textilien?«, fragte İkmen.

Sein Vater warf ihm einen zynischen Blick zu. »Ein toller Detektiv bist du! Smits gehören Baumwollmühlen und -felder, Kohlebergwerke, Haushaltswarenläden – alles, was dir in den Sinn kommt, besitzt er. Wie die meisten Deutschen kann er gut mit Geld umgehen.«

»Also ... äh ... wo hast du denn von ihm gehört, Timur?«

Der alte Mann zog zufrieden an seiner Zigarette, ehe er antwortete. »Als ich ein junger Dozent war, war ich mal bei einer Demonstration vor einem seiner Läden. Alle seine Arbeiter streikten und wir gingen hin, um sie zu unterstützen.«

»Streikten? Warum?«

»Weil Smits ungerechterweise ein paar von seinen Leuten entlassen hatte. Damals war ich sehr politisch und ...«

»Ungerechterweise entlassen? Wie kam das?« Ein sehr ungutes Gefühl beschlich İkmen.

»Na ja, der Zweite Weltkrieg hatte gerade angefangen und deshalb wollte Smits diese Leute loswerden, weil sie Juden waren. Er stand stramm hinter Adolf Hitler und dem ganzen Nazikram, wie schon sein Vater. Ich glaube, das war im Frühherbst, und ...«

Aber İkmen hörte schon nicht mehr zu. Er war im Geiste

schon weit weg. Zurück bei einem anderen alten Mann, der, wie es schien, nicht über seine Vergangenheit sprechen konnte oder wollte.

Robert Cornelius war wütend auf sich selbst. Seine letzte Stunde war eine vollständige Katastrophe gewesen. Es war eine Sache, wenig echtes Interesse an den eigenen Schülern zu haben, aber etwas völlig anderes, das tatsächlich so zu demonstrieren, dass alle Welt es sah. Wenn er nicht aufpasste, würde er noch seinen Job verlieren, und wenn er seinen Job verlor, verlor er auch die Wohnung. Wenn er sich nur auf etwas anderes als Natalia konzentrieren könnte. Doch allein schon der Versuch war pure Zeitverschwendung. In der letzten Nacht hatte sie ihm etwas entgegengebracht, das er nie zuvor erlebt hatte – Zärtlichkeit. Ihre Hände hatten seinen Schmerz geborgen. So wie ein kleines Kind einen verletzten Vogel heilt, so hatte sie ihn zurück ins Leben gestreichelt. Und dann, kurz bevor sie gegangen war, hatte er ihr alles über Betty erzählt, über die Verletzung. Jetzt aber musste er ihr helfen. Er wollte ihr helfen. Jetzt war sie sein, so hatte sie es gesagt. Sie hatte es versprochen. Wenn er nur an etwas anderes denken könnte!

Ein Dutzend Mal hatte er bereits an dieses Problem gedacht, aber er war einer Lösung noch nicht näher. Was er auf irgendeine Weise schaffen musste, war, die Polizei darüber zu informieren, dass dieser alte Nazi, wenn er denn einer wäre, einst einen persönlichen Groll gegen Leonid Meyer gehegt hatte – falls das stimmte. Dies alles basierte auf reinem Hörensagen, das wiederum aus einer Quelle stammte, die bestenfalls, wie er zugeben musste, zweifelhaft war. Und was das Ganze noch komplizierter machte, war die Frage, wie er es der Polizei erklären sollte, wenn er es denn tun würde. Weder wollte er es der Polizei direkt sagen, noch hielt er das für schlau. Würde er so handeln, dann würde die Polizei ihrerseits nach seinen Motiven fragen. Sie würde vermutlich wissen wollen, woher er – nach eigener Aussage ein Mann ohne jede Verbindung zu Smits – diese Information hatte. Andererseits gab es einen weiteren Punkt, der ihn noch viel tief greifender verwirrte als irgendeiner der bisher genannten: Warum hatte Natalia ihn gebeten, diese Aufgabe zu übernehmen?

Wäre es lediglich darum gegangen, die Gulcus, wie Natalia sagte, wegen ihres illegalen Status vor weiteren Untersuchungen zu schützen, wäre das gerade noch akzeptabel gewesen. Wäre sie nur nicht am Mordtag in Meyers Wohnung gewesen! Hätte er sie bloß nicht gesehen! Könnte er nur glauben, dass sie nichts mit dem Tod des alten Mannes zu tun hatte!

Aber er konnte ihr nicht glauben, obwohl er es mehr als alles in der Welt wollte. Auch wenn das, was sie ihn jetzt durchmachen ließ, für ihn schlimm war, sehr schlimm.

Große schäumende Wellen von Selbstekel überschwemmten sein gepeinigtes Hirn. Welche Sorte Mensch zog denn auch nur in Erwägung, die Polizei mit Falschinformationen zu versorgen? Auch wenn dieser Smits ein Nazi wäre, war das immer noch eine Million Meilen von der Annahme entfernt, dass er auch ein Killer war. Wenn man seine politischen Ansichten beiseite ließe, könnte er sogar ein netter Mensch mit Enkelkindern und karitativen Interessen und noch vielen anderen positiven Seiten sein. Weil Robert Smits nicht kannte, konnte er es auch nicht wagen, eine Vermutung darüber anzustellen, wie er war.

Doch all das war leider nur, wie Robert sehr wohl wusste, die rationale, leichte Seite der Argumentation. Die irrationale, für Robert aber deutlich gewichtigere und bedeutendere, betraf Natalia und das, was sie wollte. Und weil er sie wollte, hatte das, was sie wollte, Vorrang. Was für ein törichter, schwacher, unangenehmer Knilch er doch war! Den Forderungen einer bösen jungen Frau, die ihn manipulierte, nachzugeben.

Darüber musste er lachen – nicht, weil er glücklich war, sondern weil er angesichts einer solchen Abscheulichkeit nichts anderes tun konnte. Jeden Fehler, den er je gemacht hatte, konnte er auf eine Frau zurückführen oder genauer: auf das Verlangen, eine Frau zu besitzen. Doch wozu um alles in der Welt sollte er solche fruchtlosen Gedanken weiterspinnen, es sei denn, er wollte sich ändern? Und das wollte er nicht.

Nein.

Was er wollte, war Natalia, und um sie zu kriegen, musste er diese Sache eben erledigen – egal wie. Wenn bloß sein Verstand sich mit diesem Problem beschäftigen würde! Wenn er bloß nachdenken könnte, ohne dass ihm schlecht würde!

Nachdenken! Nachdenken!

## Kapitel 12

Jeder würde denken, dass ich dich gebeten hätte, jemanden umzubringen!«

Süleyman steckte die Wagenschlüssel wieder in die Tasche und seufzte. »Mutter …«

»Ich meine, ich bin ja doch einigermaßen flexibel. Wenn du mir eine Zeit sagst, dann kann ich mich darauf einstellen und …«

»Aber Mutter, ich habe doch schon oft genug wiederholt, dass ich dir nicht sagen kann, wann ich heute Abend nach Haus komme, weil ich es selber nicht weiß.«

Nur Süleyman schmollte – ein Ausdruck, der weder ihrem Alter noch ihrer Stellung im Leben wirklich gerecht wurde. »Aber wenn du mir keine genaue Uhrzeit sagen kannst, kann ich wahrscheinlich das Essen heute Abend nicht machen. Ich muss Tantchen und Zuli absagen …«

»Wenn du sie nicht eingeladen hättest, ohne mich zu fragen, wäre das nicht passiert!«

»Ich wollte doch, dass es eine Überraschung ist!«

»Eine schöne Überraschung ist das!«

Einen Augenblick lang schaute sie, als hätte man sie geschlagen. Süleyman lehnte sich an sein Auto, legte sich die Hand an den Kopf und bedauerte im selben Moment, was er gerade gesagt hatte.

Nur Süleyman hatte sich wieder gefangen, machte ein wütendes Gesicht. »Was meinst du damit?«

»Ich habe gar nichts gemeint, es tut mir Leid, Mutter …«

»Willst du den Rest deines Lebens als einsamer Junggeselle verbringen?«

»Nein. Sieh doch mal …«

»Na ja, du benimmst dich jedenfalls genauso, als wolltest du es. Ich kann dich wirklich nicht verstehen! Deine Cousine wäre doch eine ausgezeichnete Ehefrau …«

»Mutter!« Wieder nahm Süleyman die Schlüssel aus der Tasche und klimperte damit vor Nurs Gesicht herum. »Jetzt nicht. Ich muss gehen!«

»Na gut, wenn dein Beruf dir wichtiger ist …« Nur drehte sich rasch auf dem Absatz herum und ging kerzengerade ins Haus.

Süleyman seufzte, stieß sich von der Beifahrerseite ab und ging um den Wagen herum zur Fahrertür.

»Könnte ich bitte Mr. Smits sprechen?«

»Wer spricht da bitte?«

»Inspektor İkmen.«

Der Butler schwieg, wenn auch nur kurz, ehe er antwortete. »Es tut mir Leid, aber Mr. Smits ist schon ausgegangen und wird den ganzen Tag fortbleiben.«

»Oh.«

»Kann ich etwas ausrichten, oder …?«

»Nein, danke, ist schon in Ordnung. Ich rufe später wieder an. Vielen Dank.«

»Ich danke Ihnen.«

Wilkinson legte den Hörer auf die Gabel und drehte sich zu seinem Herrn um. »Das war Inspektor İkmen, Sir. Ich hoffe, dass ich …«

»Ja, ja«, antwortete Smits, »Sie haben genau das Richtige getan.« Einen kurzen Moment spielte er mit einem Paar feiner weißer Kalbslederhandschuhe und zog sie dann mit Bestimmtheit an. »Und jetzt gehe ich wirklich aus, Wilkinson«, sagte er. »Es wird einige Zeit dauern.«

Als Smits sich zum Gehen wandte, bemerkte der Butler, dass sein Gesicht weiß war.

Süleyman merkte kaum, was die anderen Verkehrsteilnehmer taten, als er mitten im dichten Verkehr auf der Küstenstraße steckte. Die Folge waren einige wütende Hupkonzerte seiner Hintermänner, die unbedingt einige lebenswichtige zusätzliche Meter herausschlagen wollten. Doch ein solches Benehmen störte ihn im Moment nicht übermäßig. Er war viel zu sehr damit beschäftigt, die jüngste Auseinandersetzung mit seiner Mutter noch einmal im Geiste durchzuspielen, als dass er sich von ein paar wütenden Autofahrern aus der Ruhe bringen ließe. Wenn man mit etwas konfrontiert ist, was praktisch einer arrangierten Heirat gleichkommt, dann verblassen alle anderen Aspekte des eigenen Lebens vollständig. Natürlich konnte Mehmet Süleyman keinem anderen außer sich selbst die gegenwärtige Situation vorwerfen. Die Heirat mit Suleika, einer Cousine ersten Grades, war von seiner Mutter und seiner Tante sowohl angeregt als auch in die Wege geleitet worden. Zumindest theoretisch hätte er jederzeit nein dazu sagen können, und wenn man bedachte, dass die ganze Idee mit seiner Cousine ihn tatsächlich entsetzte, wäre es auch in seinem Interesse gewesen, genau das zu tun. Aber in der Praxis war es, wie so vieles, eben doch nicht so einfach.

Was Nur Süleyman wollte, das bekam sie gewöhnlich auch. Süleyman und sein Vater hatten sie immer gewähren lassen. Die einzige Ausnahme davon war sein älterer Bruder, Murad, der trotz wildesten Protestes von Seiten Nurs eine Griechin geheiratet hatte. Dass er nun in ihren Augen innerhalb der Familie eine Unperson war, war äußerst unerquicklich und verlangte eine Aufsässigkeit, von der Mehmet Süleyman wusste, dass er sie nicht besaß. Als Mitglied der einstmals herrschenden Klasse, wenn auch einer ohne Geld oder soziale Position, war Süleyman sich bewusst, dass er gewisse Pflichten hatte, und gut und richtig zu heiraten war eine davon. Sowohl, das zu verleugnen als auch, solche Pflichten zu umgehen, verstieß gegen alles, wozu man ihn erzogen hatte. Und dass ihn dies unglücklich machte, war schlicht und einfach der Preis, von dem er immer schon vermutet hatte, dass er ihn eines Tages würde zahlen müssen.

Von diesen trüben und unbequemen Gedanken besessen, hatte er, während er sich zum Stadtzentrum vorkämpfte, kaum auf die Umgebung geachtet. Dieser Zustand währte aber nur so lange, bis er anhalten musste, um einer großen Limousine die Ausfahrt aus einem großen Eisentor zu gestatten. Der Ort selbst kam Süleyman nicht sofort bekannt vor – es gab viele solcher großer Einfahrten zu alten Herrenhäusern an dieser lang gezogenen Straße –, aber Smits scharf gezeichnetes, kleines Gesicht im Fond der Limousine war unverkennbar.

Es war ein entsetzlicher Gedanke. Robert hatte ihn zum ersten Mal gegen Ende der letzten Unterrichtsstunde wahrgenommen. Er war ganz allmählich aufgekommen, hatte sich dann aber, plötzlich und unerklärlicher Weise, wie eine Made in sein Hirn gebohrt. Er hatte ihn entsetzt, aber jetzt saß er da und sah Robert an. Eine Weile lang kämpfte er dagegen an – tapfer, wie man zu seinen Gunsten anführen muss. Aber der Gedanke hatte Verbündete: Panik, Angst, die Bedürfnisse seines eigenen Körpers. Er hätte ihn früher zum Schweigen bringen müssen, wie er jetzt erkannte.

Und weil dieser Gedanke ihn nicht losließ, blies Robert die nächste Unterrichtsstunde ab, indem er starke Kopfschmerzen vorschützte. Das passte den Schülern natürlich sehr gut. Als er den Ausfall der Stunde bekanntgab, brüllten sie nicht gerade hurra, aber Robert sah die Erleichterung in ihren Gesichtern, die selige Vorahnung jener Zeit, die sie damit verbringen würden, Burger zu mampfen oder sich über ihre unerwünschte Jungfräulichkeit zu unterhalten. Wenn ihm das etwas ausgemacht hätte, wäre es eine Beleidigung gewesen.

Obwohl er behauptet hatte, krank zu sein, ging er nicht nach

Hause. Die Vorstellung seiner stillen und leeren Wohnung entsetzte ihn. Stattdessen setzte er sich in eine Ecke des Lehrerzimmers und rauchte. Dort war er wenigstens am Rand der Wirklichkeit: Menschen, die kamen und gingen, und das Geräusch des lächerlichen oder langweiligen Geschnatters. Es übertönte seine Gedanken zwar nicht, hielt sie aber immerhin davon ab, ihn vollständig zu überwältigen. So etwas kannte er schon. Es war im Grunde immer das Gleiche. Waren andere Leute um ihn herum, nörgelten diese Gedanken bloß herum, anstatt richtig loszuschreien. Allein wäre er dem jetzt vollständig ausgeliefert. Robert wollte nicht allein sein, weil er genau wusste, dass er dann keine Chance hätte. Deshalb war es verdammt gut, so wie es war.

Er drückte die Zigarette aus und zündete sich sofort eine neue an. Kettenrauchen liebte er eigentlich nicht, es wurde ihm übel davon, aber irgendetwas musste er tun. Täte er gar nichts, wären die Leute um ihn besorgt. Die Augen zu schließen und so zu tun, als schliefe er, war auch keine Lösung – er hatte es versucht. Sobald seine Lider zugefallen waren, hatte er gespürt, wie der Gedanke mit eisigen Fingern an seine Hoden griff.

Robert wollte es nicht tun. Es war zwar etwas Gutes, aber er wollte es trotzdem nicht. Seine Gedanken führten ihm beständig die Vorteile vor Augen, die Nachteile aber wären gewaltig. Sie überwogen die Vorteile bei weitem, aber nur und leider auf der rationalen Ebene. Auf dem Gebiet der Emotionen, wo sich Robert wahrhaft zu Hause fühlte, wo Logik sinnlos und der klare Verstand eher ein Witz war, gab es nichts zu tun, als dem ausgestreckten Finger dieses Gedankens zu folgen. Und dennoch sah Robert, trotz aller duftigen und verführerischen Bilder, die auf diesem Herzensweg verstreut lagen, haargenau, wohin er führte. Eine kurze Süße ging sehr schnell über in einen Raum, der gar nichts enthielt. Ein hallender, türloser Raum, der darauf wartete, mit etwas angefüllt zu werden.

»Willst du ein Paracetamol?«

Robert hatte gar nicht gemerkt, dass Rosemary sich auf den Stuhl neben ihn gesetzt hatte. Vielleicht saß sie schon seit Stunden da. Wenn man so intensiv Innenschau hält, erblindet man leicht. Seine Antwort klang benommen und wie betäubt, sogar für seine eigenen Ohren. »Was?«

»Ein Paracetamol. Helena sagte, du hättest Kopfweh …«

»Oh.« Robert sah Rosemary in die Augen und war über das Ausmaß an Betroffenheit erschrocken, das er dort erblickte. Sah er so schrecklich aus? Robert versuchte ein leichtes Lächeln. »Nein, nein, danke.«

Rosemary brachte ihr gepudertes Gesicht ganz nah an seines heran. »Geht es dir auch gut, mein Lieber?«

Robert merkte, wie er anfing in Panik zu geraten. Obwohl Rosemary bekanntermaßen zerstreut war, war sie nicht blöd. Wieder fragte sich Robert, wie er wohl aussah. Er führte eine Hand ans Kinn und vernahm ein schwaches, kratzendes Geräusch, als seine Finger über die unrasierte Haut fuhren. Er führte seine Hand weiter nach oben, seine Wangen waren vom Gin der vergangenen Nacht immer noch unverkennbar geschwollen. Er brauchte keinen Spiegel, um zu begreifen, dass er zum Fürchten aussah. Und sein Äußeres war vermutlich der Grund, warum Rosemary nicht locker ließ. Es war einfach nicht typisch für ihn. Zumindest sauber und gepflegt war er immer, na ja, war es gewesen, bis … Wann hatte eigentlich alles angefangen? Vor wie vielen schrecklichen Tagen?

»Robert …« Rosemary zog die Stirn kraus. »Meinst du nicht, dass du nach Hause gehen solltest?«

»O nein! Nein, es ist schon okay, wirklich.«

Aber Rosemary schien nicht überzeugt. Sie berührte ganz sachte sein Knie. Robert erstarrte.

»Wenn dir dieses Mädchen so viel Kummer macht, würde ich an deiner Stelle mit ihr Schluss machen.«

Als Robert ihr das Gesicht zuwandte, spürte er schmerzhaft

seine angespannten Nackenmuskeln, die sich nur ungern bewegten. An Rosemarys Gesichtsausdruck erkannte er, mit welch harten und verächtlichen Augen er ihren Rat beanwortet hatte.

Sie sah traurig zu Boden und seufzte. »War nur so ein Gedanke, Robert.«

Robert war beschämt. Die arme Rosemary, solch einen tödlichen Blick hatte sie nicht verdient, sie hatte doch nur nett sein wollen. Aber dazu war es jetzt zu spät. Sie erhob sich von ihrem Stuhl und strich sich den Rock über die Knie. Robert folgte ihr nicht mit dem Blick. Sie hatte für einen Moment seine Gedanken übertönt, und das war vielleicht falsch gewesen. Vielleicht hätte er gar nicht mit ihr reden sollen. Manchmal war es einfach schlecht zu reden. Er hatte damals mit dem Direktor mehrfach über die Norris-Zwillinge und Billy gesprochen, aber nie hatte es etwas genützt. Bei Betty war es genauso gewesen. Am besten, er blieb ruhig, wie damals in der Schule, als er noch ein Kind gewesen war. Der Gedanke war insofern gut, als er Struktur und Richtung vorgab. Genau wie in der Schule – das gute alte Christ's Hospital. Alles andere bedeutete zu viel Freiheit, viel zu viele Wege. Manche konnten richtig sein, aber er wusste, dass er sich den falschen aussuchen würde, er wusste es! Dann würde er wieder allein sein, ein Single, ohne sie. Leute wie Rosemary konnten so etwas einfach nicht verstehen.

Nachdem Rosemary ihre Abfuhr bekommen hatte, verließ sie ihn und schloss sich einer kleinen Gruppe von Leuten an, die um die Kaffeemaschine standen. Sie sah noch einmal zu ihm zurück, ließ sich aber mehr und mehr auf das nichts sagende Pausengeschwätz ein und achtete nicht mehr auf ihn. Nur kurz, und ohne es wirklich wissen zu wollen, fragte Robert sich, ob sie wohl über ihn redeten, kam dann aber zu dem Schluss, dass das nicht der Fall war. Das konnte unmöglich so sein, denn alle lachten. Es ging über Sex und die neuesten Eroberungen im Kollegium. Sie taten ihm Leid. Die flüchtigen One-Night-Stands, die gut fürs Ego waren und mit irgendwelchen Ausländern abliefen, die jung genug waren, um die eigenen Söhne oder Töchter sein zu können. Die letzte Zuflucht verzweifelter Ausländer mittleren Alters.

Wieder kam der Gedanke hoch.

Um die Dinge endlich in Gang zu bringen, musste er jedoch allmählich hinüber zu Smits Textilfabrik, die Natalias Auskunft nach irgendwo in Üsküdar war. Der Ort war wichtig und die Sache dort auszuführen würde dem Ganzen die nötige Glaubwürdigkeit verleihen. Zudem würde er sich in die Rolle des todbringenden Rassisten versetzen müssen, in die ihn die Polizei gesteckt hatte. Das war nicht einfach, weil es wirklich schrecklich und der Person, die er in Wirklichkeit war, auch vollkommen unähnlich war. Aber um das Ziel dieser Idee willen, das ja darin bestand, seine Verbindung zu Natalia aufrecht zu erhalten, musste Robert solche Momente außer Acht lassen.

Er versuchte herauszufinden, welche Worte und Überzeugungen jemand ausdrücken würde, der mit Smits in Verbindung stünde. Ohne es laut auszusprechen, formte er mit dem Mund zuerst das Wort »Jude«. Der seltsame Klang bestürzte Robert. Lag es daran, dass die Juden eine so alte Rasse waren, oder vielleicht, dass der Hass auf sie wegen des »Todes« Christi derart fest in der europäischen Psyche verwurzelt war, dass dieses Wort in ihm nun dieses komische Gefühl hervorrief? Trotz der mittlerweile drückenden Hitze schüttelte sich Robert. Wenn allein schon der Gedanke an ein Wort in einem bestimmten Zusammenhang derart tiefe, abstoßende Reaktionen hervorrufen konnte, um wie viel mehr mochte das dann gelten, wenn man es aussprach oder niederschrieb? Er dachte an Menschen, ausgemergelt wie Stöcke und fast verhungert. Und dann an andere, deren lange, mittelalterliche Roben im frischen, nordeuropäischen Wind flatterten, während finster blickende schwarz gekleidete Männer sie brutal in riesige Scheiterhaufen stießen. Allein das Herumspielen mit solchen Bildern entsetzte ihn und dennoch … und dennoch musste er es tun, weil sie es wollte und nötig hatte, und was, wenn der alte Mann schuldig wäre und … und …

»Jude.« Diesmal sprach er es aus. Nicht laut, aber immerhin so, dass sich einige Köpfe nach ihm umdrehten. Aus irgendeinem Grund musste er lachen, wenn auch nicht lang, weil einige seiner Kollegen ihn nun beobachteten, verblüfft und betroffen zugleich.

Unter normalen Umständen – wie auch immer die sein mochten – wusste er, dass er ihnen wegen ihrer Besorgnis in gewisser Weise hätte dankbar sein müssen. Dem war aber nicht so. Sie bedeuteten ihm nichts. Er dachte einzig an Natalia und von dieser Besessenheit angetrieben, und um die Idee fest in sich zu verankern, sprach Robert es noch einmal aus.

»Jude.«

Nun sahen ihn alle an; sie schauten und fragten sich und wussten rein gar nichts von dem, was er wusste. Robert lächelte. Es war dies sein und Natalias Geheimnis – diese schreckliche, abstoßende, todesverachtende Tat.

Als er sich endlich von seinem Stuhl erhob, geschah das sehr langsam und ohne ein Wort. Jetzt tue ich es, sagte er zu sich, jetzt gleich. Viele Augen sahen zu, als er zu seinem kleinen, schrankähnlichen Büro ging und die Tür hinter sich schloss.

* * *

Trotz des Ernstes, ganz zu schweigen der unangenehmen Situation, lächelte Reinhold Smits, als er sie sah. Er konnte nicht anders. Obwohl so viel älter als die Frau, die er durch all die Jahre erinnerte, war sie immer noch unverkennbar sie selbst. Immer noch arrogant, immer noch kein Lächeln, immer noch herrlich königlich.

»Hallo, Maria«, sagte er.

Sie reichte ihm die Hand, deren Finger vor Diamanten funkelten. »Reinhold.«

Er nahm sie und berührte mit seinen Lippen leicht die runzelige Haut, indem er sich über die ausgestreckte Klaue beugte. »Ich brauche dir wohl nicht zu sagen, warum ich gekommen bin.«

»Nein«, gab sie zurück, »das brauchst du nicht. Bitte setz dich.«

Er nahm sich den Stuhl neben ihrem Bett und strich seine Hosenbeine glatt, als er sich hinsetzte. »Was auch immer du denken magst«, sagte er, »ich habe Leonid nicht umgebracht.«

»Du hattest Grund genug dafür.«

Er nickte zustimmend. »Ja. Aber auch er hatte Gründe, mich tot zu wünschen.«

Ihr kurzes Lachen brach wie ein Husten aus ihr hervor. »Das glaube ich nicht! Du hast ihm die Arbeit weggenommen, was belanglos war. Was mich und meine Beziehung mit Leonid angeht …«

»Ja?«

»Du hast mich nie besessen, Reinhold, weder im romantischen noch im politischen Sinn. Leonid hatte keinen Grund, deinen Tod zu wünschen.«

Er lächelte ein kleines, gleichwohl zustimmendes Lächeln. »Ja, ich verstehe.« Ob das tatsächlich so war oder nicht, wusste nur er. Nun aber wechselte er das Thema. »Und wie geht es dir jetzt, Maria? Wie ist das, was von deinem Leben noch übrig ist?«

»Ich bin immer noch die, die ich war, Reinhold, und in diesem Sinne bleibe ich dir weiterhin ausgeliefert. Aber was ist mit dir? Leonids Sklave zu sein, muss doch im höchsten Maß ärgerlich gewesen sein.«

Smits seufzte. »Das war es zuerst auch. Aber mit den Jahren …«

»Während dieser langen Zeit musst du ihm doch ein Vermögen gegeben haben. Wovon er sich das meiste in den Hals gekippt hat.« Maria hob die Augen, so dass ihre Blicke sich trafen. »War es das alles wert?«

»Am Anfang ja.«

»Und später?«

Smits wandte seine Aufmerksamkeit dem Fußboden zu, da er ihrem Blick nicht länger standhalten konnte oder mochte. »Soweit ich weiß, sind alle, die Leonids Geschichten untermauern könnten oder wollten, entweder verschwunden oder vor Jahren gestorben.«

»Aber du hast immer weiter gezahlt?«

Er zuckte mit den Achseln. »Was hätte ich sonst tun können? Er hatte doch immer noch die Fotos und außerdem konnte er nicht mehr arbeiten, nachdem ich ihn entlassen hatte. Ich habe ihm keine Zeugnisse mitgegeben und seine zunehmende Trunksucht hat sogar Schwarzarbeit unmöglich gemacht. Wir waren beide, wenn du so willst, der Sklave des anderen. Eine Situation, die uns ganz recht war, außerdem wäre er ohne die armseligen kleinen Summen aus meiner großen Schatulle verhungert.«

»Wie außerordentlich menschlich von dir.«

Smits wandte das Gesicht wieder Maria zu, diesmal aber mit dem Ausdruck der Empörung. »Jemand musste es doch machen! Und obwohl nicht in erster Linie ich ihn in diese Lage gebracht habe und obwohl er mich über alle Maßen verletzt und mir Angst eingejagt hat ...«

»Das hast du dir ganz allein zuzuschreiben!« Maria fuchtelte mit einem steifen, unnachgiebigen Finger gefährlich nahe vor seinen Augen herum. »Wenn du nicht ein so perverser Unmensch gewesen wärst, hätte Leonid keinen Grund gehabt zu tun, was er getan hat.«

»Um dich zu schützen!«

»Ja.« Obwohl Maria saß, reckte sie ihren Hals zu voller Länge empor und hob die Augenbrauen, so dass sie nun auf Smits herabsah. »Damals stand mein Leben auf dem Spiel, Reinhold. Mein Leben! Das, was du vorhattest, hätte mich allen möglichen Gefahren ausgesetzt, nicht nur aus einem, sondern aus vielen Lagern. Ich habe Leonid dazu benutzt, dich daran zu hindern, was euch beiden viel Ungemach bereitet hat. Das ist sehr traurig, aber ich fürchte, von meinem Standpunkt aus war es die Sache durchaus wert!«

Diesem Ausbruch folgte eine lange Stille. Während dieser Zeit dachten beide aus jeweils eigenem Antrieb über das nach, was gewesen war – alles andere als Erbauliches. Doch als sie die Unterhaltung wieder aufnahmen, wechselten sie, wenigstens für den Moment, das Thema.

»Du siehst sehr gut aus«, sagte sie.

Er lächelte. »Chemotherapie ist ein wunderbares Konservierungsmittel.«

»Oh.« Zum ersten Mal bei diesem Treffen zeigte sie sich verwirrt und von einer unvorteilhaften Seite. »Das tut mir Leid.«

»Dazu besteht wirklich kein Grund«, sagte er. »Ich habe alles erreicht, was ich wollte, und noch viel mehr. Ich habe keine Klagen – außer einer natürlich.«

»Und die wäre?«

Smits sah Maria an, diesmal jedoch ohne jedes Lächeln. »Ich würde gerne von der Polizei in Ruhe gelassen werden. Ich würde gerne mit unbeschadetem Ruf sterben.«

»Ich verstehe.« Sie griff zum Nachtschränkchen, nahm aus einer der Schachteln eine Zigarette und entzündete sie.

»Zum Teil«, fuhr er fort, »war es, glaube ich, mein eigener Fehler. Hätte ich dir nicht anlässlich Leonids Todes geschrieben, um dir mein Beileid auszudrücken, hättest du mich vermutlich vollkommen vergessen …«

»Das bezweifle ich!«

»Dann aber meinen Namen der Polizei mitzuteilen war auch für dich, Madame Maria, ein wenig gehässig, findest du nicht?«

»Falls du, wie du sagst, Reinhold, nichts mit Leonids Tod zu tun hast, dann ist sicherlich jede Information, die ich der Polizei gegeben habe oder auch nicht, irrelevant.«

Es war ganz ihre Art, das Problem wieder ihm zuzuschieben. Sie war so entsetzlich gerissen, immer schon gewesen. Wie wenig sie sich in all den Jahren geändert hatte! Plötzlich verlor Reinhold Smits jegliche Geduld gegenüber sämtlichen Nettigkeiten und wurde, für sein Alter, außerordentlich lebhaft. »Wie ich glaube, dir schon am Telefon gesagt zu haben, werde ich deine grundlose und meiner Meinung nach unnormale Gehässigkeit nicht tolerieren!«

Sie lachte ihn aus. »Und das von einem Nazi! Wirklich, Reinhold, ich …«

»Meine Überzeugungen haben nichts damit zu tun! Es …«

»Hör zu, Reinhold, die Polizei weiß längst, dass Leonid eine Zeit lang für dich gearbeitet hat. Und um ehrlich zu sein, waren deine Überzeugungen damals auch nicht völlig unbekannt. Außerdem …« Hier machte Maria eine Pause, zog intensiv an ihrer Zigarette und sah Smits direkt in die Augen.

»Und außerdem was?«, fragte er, wobei seine Augen immer noch vor zu lange aufgestauter Wut brannten.

»Außerdem, ob du Leonid nun umgebracht hast oder nicht, du warst an dem Tag, als er starb, in seiner Wohnung, oder etwa nicht?«

»Nein, ich …« Smits Worte leugneten es, aber sein jetzt aschfahles Gesicht erzählte etwas anderes.

Maria Gulcu lächelte. »Erinnerst du dich noch daran, wie du mich unmittelbar, nachdem die Polizei dich besucht hat, angerufen hast?«

»Ja, das war …«

»Und weißt du noch, worüber wir geredet haben? Darüber, wann und wie Leonid gestorben ist?«

Etwas, vielleicht sogar, wie Smits glaubte, sein armes, müdes altes Herz, zog sich in seiner Brust zusammen. »Ja?«

»Und weißt du noch, wie wir uns fragten, wie jemand einen alten Mann so brutal zusammenschlagen konnte, und wie du sagtest, dass du trotz deiner Überzeugungen der Meinung wärest, es sei wirklich schrecklich, dass der Mörder nach der Tat noch das große Hakenkreuz mit Leonids Blut direkt über seinem Kopf an die Wand gemalt hätte?«

»Ich erinnere mich daran, ja. Was willst du damit sagen?«

»Was ich sagen will, Reinhold« – wieder lächelte Maria, wobei sie diesmal sämtliche gelben Zähne entblößte – »ist, dass ich, sosehr ich mich auch bemüht habe, in keiner der Zeitungen, die über diesen Fall berichtet haben, einen Hinweis auf dieses Hakenkreuz habe finden können.«

Ohne den Kopf zu heben, wandte Smits den Blick von ihr ab.

»Nun ja, dann nehme ich an ... na ja, die Polizei muss es mir erzählt haben ...«

»Das glaube ich ganz und gar nicht, Reinhold.« Marias Stimme war nun wieder sanft und weich, wie Honig, und fast schon verführerisch. »Mir haben sie mit Sicherheit nichts davon erzählt. Und wenn du die Sache mal logisch betrachtest, ergibt das auch Sinn.«

»Wieso?«

»Ganz einfach. Wärst du als Polizist mit einem bizarren und vermutlich rassistisch motivierten Verbrechen konfrontiert, würdest du dann wollen, dass jeder Idiot in der näheren Umgebung davon erfährt? Man weiß von genug Verrückten, die derartige Verbrechen imitiert haben. Ich behaupte nicht, dass du lügst, Reinhold, aber ich denke, die Wahrscheinlichkeit, dass Inspektor İkmen dich mit derartigen Informationen versorgt hat, ist doch sehr gering.«

Smits schlang die Arme schützend um seinen schlanken Körper und ließ den Kopf sinken. »Er muss es aber getan haben! Er hat es gesagt! Wie auch nicht?«

»Ich weiß es nicht«, sagte Maria, und während sie ihre Zigarette im Aschenbecher ausdrückte, stellte sie ihm eine Frage. »Sag es mir, Reinhold. Sagst du es mir?«

»Wann ungefähr haben Sie also den alten Smits gesehen?«

»Es muss gegen neun gewesen sein.«

»Sind Sie ganz sicher?«

Süleyman zuckte mit den Achseln. »Ziemlich.«

İkmen lächelte, es war eines seiner Ich-weiß-was-was-du-nicht-weißt-Grinsen. »Als ich gegen Viertel nach sechs anrief, sagte sein Butler mir, dass er schon gegangen wäre.« Er setzte sich hin und legte die Füße auf den Schreibtisch. »Ich habe den Eindruck, dass Herr Smits keine Lust mehr hat, mit uns zu reden. Sie haben wohl nicht zufällig gesehen, wohin er fuhr?«

»Er ist beim Dolmabahçe-Palast abgebogen, Richtung Taksim.«

»Aha.« İkmen nahm sich die Zeit, eine Zigarette anzuzünden und dann die beträchtliche Menge Dreck unter seinen Fingernägeln zu betrachten, um nicht zu sagen, sich ihr zu widmen. »Ich muss heute ein wenig historische Forschung über Herrn Smits betreiben, Süleyman.«

Der jüngere Mann bewegte sich nur geringfügig in Richtung des ewig geschlossenen Fensters, hielt aber gleichsam beschämt inne, als er den Gesichtsausdruck seines Vorgesetzten sah.

Diplomatischer als üblich erwähnte İkmen diesen Vorfall mit keinem Wort und setzte seinen Gedankengang ruhig fort. »Mein lieber Vater hat mir heute Morgen berichtet, dass er sich an Smits erinnert und ihn außerdem als Nazisympathisanten kennt.«

Süleyman setzte sich. »Interessant.«

»Ja, das dachte ich auch, obwohl es kaum professionell wäre, Smits mit dem zu konfrontieren, was ich von meinem alten Vater erfahren habe, auch wenn ich zufälligerweise jedes Wort davon glaube.«

»Was werden Sie also tun?«, fragte Süleyman.

İkmen nahm ein kleines Notizbuch aus der Hosentasche und blätterte es durch, bis er fand, was er suchte. »Ich werde Professor Mazmoulian besuchen, er ist Fachmann für neuere Geschichte an der Uni. Er hat, wie Timur meint, ein wirklich enzyklopädisches Wissen über die Sozialgeschichte dieser Stadt. Das ist eine Leidenschaft von ihm.«

»Und wann gehen Sie zu ihm?«

»Der gute Professor meinte, er würde mich gegen Mittag treffen. Falls mich mein Glück wirklich verlassen haben sollte, wird er mir vielleicht sogar ein Essen in der Kantine spendieren, die, falls mich die Erinnerung nicht trügt, für gutes Essen ungefähr das Gleiche ist wie Impotenz für guten Sex.«

Süleyman grinste. »Ich verstehe.«

»Wenn der Professor aber tatsächlich etwas über den alten Smits weiß, wird es das wert sein – will ich mal annehmen.«

»Ja.« Süleyman, der nichts zu tun hatte, spielte kurz mit den wenigen geschmackvollen Dingen auf seinem Schreibtisch herum. »Ich komme dann mit Ihnen mit, oder ...«

»Nein. Nein, ich möchte, dass Sie heute noch etwas anderes erledigen, Süleyman.«

İkmen blickte auf und lächelte, ehe er weitersprach. Es war, wie er immer schon meinte, wichtig, unangenehme Neuigkeiten mit heiterer Gelassenheit vorzutragen. »Ich will, dass Sie heute ein bisschen observieren.«

»Aha.« Süleyman spürte, wie sein Gesicht immer länger wurde, obwohl er seine Gefühle eigentlich nicht auf diese Art zeigen wollte. Observation war bekanntermaßen anstrengend, zeitraubend und langweilig.

Doch İkmen hatte ohnehin beschlossen, Süleymans Gefühle zu ignorieren. »Ja, Robert Cornelius, den Engländer. Ich möchte, dass Sie, natürlich aus diskretem Abstand, schauen, wohin er geht, was er macht und mit wem er redet.«

»In Ordnung, aber ...«

»Aber was?«

»Aber ich dachte, wir hätten schon so viel über ihn und …«

»Haben wir nicht«, erwiderte İkmen, »nicht wirklich. Aber dass er in so gut wie allen Szenarien dabei ist, die wir bislang entworfen haben, ist meiner Meinung nach einfach von Bedeutung.«

»Ist er denn wirklich überall dabei?«

İkmen sah Süleyman fragend an, entschuldigte sich aber, als er seinen Fehler bemerkte. »O ja, natürlich, ich habe Sie ja noch nicht in meine neuesten Überlegungen eingeweiht, oder? Nun denn, Süleyman, ich denke, ich werde heute ganz schön eingebunden sein, genau wie Sie. Was halten Sie davon, wenn wir morgen bei mir zu Hause mal eine Lagebesprechung machen? Ich weiß, es ist zwar unser freier Tag und …«

»Das wäre kein Problem.«

»Na gut. Wir werden dann auch hoffentlich Dr. Sarkissians neueste Ergebnisse durchsehen können.«

Süleyman erhob sich, nahm die Autoschlüssel vom Schreibtisch und steckte sie in die Tasche. »Ich dachte, Dr. Sarkissian hätte seine Arbeit in diesem Fall schon getan.«

»Hat er auch, aber dann hat er noch etwas gefunden, das … das erzähle ich Ihnen morgen. Gehen Sie jetzt zur Londra-Sprachschule und sehen Sie zu, was sich Ihnen da bietet. Erfassen Sie seinen ganzen Tagesablauf und passen Sie auf, dass er Sie nicht sieht. Seien Sie sich auch darüber im Klaren, dass Sie ihm womöglich bis zum frühen Morgen folgen müssen, falls er auf die Idee kommt, in einen Club oder so was zu gehen …«

»Ist schon alles okay.«

Merkwürdigerweise schien Süleyman, wie İkmen zumindest dachte, die Aussicht, die ganze Nacht aufzubleiben, geradezu zu genießen. Nun, wenn es das war, was er wollte …

»Sehr gut, Süleyman, wir sehen uns dann morgen – falls nichts Dramatisches passiert, natürlich.«

»Bis morgen.«

Als Süleyman fort war, schloss İkmen einen Moment lang die Augen und versuchte sich vorzustellen, was Herr Smits in eben diesem Moment wohl denken mochte. Die Bilder, die dies in İkmen heraufbeschwörte, waren ziemlich merkwürdig.

## Kapitel 13

Ein großer, schlanker Mensch schlenderte in den Eingangsbereich und lächelte den Mann, der sein Besucher war, sehr breit an. »Hallo Arto, wie geht es dir?«

»Faud!« Arto stand auf und ergriff freudig die Hand des Mannes. »Ich war hoffentlich nicht zu …«

»Nein! Ich hatte nur gerade Pause, wie das eben so ist.« Faud Ismael lächelte. Auf lässige und leicht verlebte Art war sein Gesicht schön. Er klopfte Arto herzlich auf den breiten Rücken. »Was kann ich für dich tun?«

Arto nahm seinen Aktenkoffer in die Hand. »Ich will, dass du dir ein paar Fotos für mich ansiehst, Faud. Ich will deine Meinung als Profi. Es handelt sich um Çetin İkmens Mordopfer aus Balat.«

Ismael schien verwirrt und legte die Hand an seinen Kopf. »Ich wusste nicht, dass Waffen in diesem Fall eine Rolle gespielt haben.«

»So ist es auch nicht, zumindest was den Mord selbst angeht.« Arto schnalzte nervös mit der Zunge. Es war nicht leicht zu erklären. »Hör mal, Faud, können wir in dein Büro gehen?«

»Natürlich.«

Ismael drehte sich um und ging voran in einen langen, mit Zigarettenkippen übersäten Korridor.

Am Ende dieses Korridors stieß er die Tür auf, die unmittelbar vor ihnen lag, und ging in sein Büro. Arto fand diesen Ort seltsam. Große Poster mit Handfeuerwaffen hingen an den Wänden, manche waren als Ganze abgebildet, andere im Detail, wobei ihre inneren Kammern und Mechanismen sichtbar wurden.

Der Schreibtisch war mit Büchern über Schusswaffen vom Umfang von Computerhandbüchern übersät; sie lagen auf verschiedenen Haufen vermutlich ungelesener Zeitungen. Faud hatte keine Zeit für die Tagespolitik, was mit seinem Job zusammenhing und, wie es hieß, einer sehr anstrengenden älteren Mutter. Als er sich setzte, sah Arto, dass ein Gewehr an der Wand hinter ihm lehnte. Er war schon länger nicht mehr bei einem Ballistiker gewesen und hatte längst vergessen, welch irritierende Erfahrung das sein konnte.

Ismael sah, wie İkmens Blick über die Waffe huschte, und lachte. »Keine Sorge, meine Kalaschnikow ist heute nicht geladen!« Er setzte sich. »Nun komm schon, hol deine schauerlichen Fotos raus!«

Arto griff in seinen Aktenkoffer und beförderte zwei große Farbfotos ans Tageslicht. Sie zeigten Meyers rechten Arm und Hand in Großaufnahme. Arto legte die Fotos auf den Schreibtisch. Ismael beugte sich dicht darüber und betrachtete sie eingehend, um schließlich einen kurzen Pfiff von sich zu geben. »Widerlich.«

»Die Pathologie meint, es wären wahrscheinlich Verbrennungen durch Schießpulver. Außerdem sind sie schon alt, sechzig oder siebzig Jahre. Ziemlich schlimm, es muss damals sehr wehgetan haben.« Er wies auf eines der Fotos. »Wie du siehst, haben sie ganz schön Falten geworfen, als sie verheilt sind. Das legt doch wohl nahe, dass nach der Verletzung keine Behandlung erfolgte. Vermutlich wurde nur bandagiert, in Lumpen eingehüllt oder so was.«

»Mmm.« Ismael setzte die Brille auf und hielt eines der Fotos ans Licht.

»Faud, wir wissen, was das bewirkt hat. Was ich aber jetzt wissen muss, ist, wie. Wie und unter welchen Umständen kann sich jemand solche Verbrennungen durch Schießpulver zuziehen?«

»Na ja …« Ismael legte die Fotos wieder hin, lehnte sich in seinem Stuhl zurück und faltete die Finger unter dem Kinn, ohne den Blick von den Fotos, die vor ihm lagen, abzuwenden. Einige Momente dachte er im Stillen nach. »Gibt es Gründe zu der Annahme, dass dieser Mann in der Waffenindustrie arbeitete?«

»Nicht dass ich wüsste.«

»Mmm.« Er dachte weiter nach und saugte an seiner Oberlippe. »Soldat?«

»Ja. Er war Russe. Wir glauben, dass er während der Revolution 1917 bei den Roten gekämpft hat, zumindest Çetin tut das. Er versucht gerade, ein paar Details aus seiner Vergangenheit zusammenzufügen. Seine militärische Laufbahn könnte relevant sein.«

»Gut.« Ismael nahm einen Stift aus der Schublade und zeigte damit auf Meyers dunkelrote rechte Hand. »Aber das hier …« Wieder hielt er inne. »1917, sagst du? Und in Russland?«

»Na ja, 1918 eigentlich, die Wunde.«

»Okay.« Ismael holte tief Luft. »Das hier, auf der Hand, könnte von einer fehlerhaften Waffe stammen. Leute wie die russischen Revolutionäre, du weißt schon …«

»Bolschewiken.«

»Ja. Solche Leute waren nicht immer Berufssoldaten. Irgendeine alte Schusswaffe reichte da schon, wie verbraucht auch immer sie war. Von solchen widerlichen, ungewarteten Dingern kann man sich böse Verbrennungen holen. Man kann nicht einfach eine Waffe nehmen und losballern, zumindest nicht, wenn man sicher sein will.«

»Du denkst also an eine alte, kaputte Waffe?«

»Kann sein, kann sein.« Ismael rieb sich das Kinn und sog seine ohnehin schon schmalen Wangen ein. »Es kann aber auch ein Unfall gewesen sein – Feuerwerk? Irgendein Produktionsprozess? Von 1918 bis 1992 ist eine lange Zeit. Da kann jede Menge passieren in … siebzig Jahren.«

»Stimmt. Und was ist mit dem Arm?«

»Oh!« Ismael sah auf das Foto und seufzte. »Auch hier kann ich nur spekulieren. Wenn ich mal Feuerwerk und betriebliche Ursachen ausschließe, was du vermutlich möchtest …«

»Ja – das glaube ich zumindest.«

İsmael starrte einen Augenblick lang an die Decke und ordnete seine Gedanken, was er mit sehr langsamen Handbewegungen unterstrich. »Vielleicht war er in der Nähe einer alten Kanone. Zwar unwahrscheinlich, aber …« Er zuckte mit den Achseln. »Irgendjemand, der ganz dicht bei ihm stand und sehr schnell eine große Zahl von Kugeln losgelassen hat. Das hätte dann irgendwo in einem abgegrenzten, abgesonderten Abschnitt oder Raum passieren müssen. Jedenfalls muss es für ihn unmöglich gewesen sein abzuhauen. Wenn man kann, haut man ab, ehe man sich derart verbrennen lässt.«

»Durch die Schusswaffe eines anderen verursacht?«

»Ja. Könnte sein. Ein mögliches Szenario wäre ein Linkshänder, der rechts vom Opfer stand, ganz leicht zurückversetzt … Wenn Çetins Opfer dicht genug dran gewesen wäre, und vor allem, wenn er beide Hände gebraucht hätte, um die Waffe zu halten, dann könnte die Flugbahn einer großen Zahl vorbeifliegender Patronen das verursacht haben. Das ist …«

Ismaels Telefon ging. »Entschuldige, Arto.« Er nahm ab und sprach in den Hörer. »Ismael.«

Arto betrachtete wieder die Fotos. Das Szenario, das İsmael vorschlug, schien ihm für ein Erschießungskommando nicht unwahrscheinlich. Zwei oder mehr Leute, die auf irgendetwas schossen und dabei eine ganze Ladung abfeuerten. Und doch gab es einige Unklarheiten. In einem Erschießungskommando, bei dem es zwei Reihen gab, kniete oder kauerte sich die vordere meist nieder, während die hintere stand und über die Köpfe der vorderen hinweg feuerte. Und solche Exekutionen wurden fast immer in einem Hof abgehalten, draußen – auf jeden Fall in einem offenen Raum. Das musste sein, denn abgegrenzte Räume vergrößerten vermutlich das Risiko von Querschlägern. Das war natürlich nicht direkt Artos Problem, aber seit er die Verletzungen an Meyers Arm und Hand bemerkt hatte, hatte ihn das unmissverständliche Gefühl beschlichen, dass sie wichtig waren. Warum, konnte er nicht sagen, aber Çetin hatte sehr interessiert aufgehorcht, als er ihm davon berichtet hatte, und Çetin ließ sich für gewöhnlich nicht wegen Nichtigkeiten in Aufregung versetzen.

Wenn Faud Ismael also Recht hatte, war es sehr gut möglich, dass der Ermordete selbst ein Mörder gewesen war. Und wenn das wiederum stimmte, dann würde dies Meyer aus seiner gegenwärtigen Position als unterdrücktes jüdisches Opfer in eine völlig neue und finsterere Rolle rücken.

* * *

Es war so gut, draußen an der frischen Luft zu sein. Natalia fuhr sich mit den Fingern durchs Haar und genoss die sanfte abendliche Brise, die mit ihren Strähnen spielte und ihr die Kopfhaut massierte. In einer Stunde würde der Park schließen, also müsste sie sich beeilen. Glück haben und sich beeilen.

Aber das Glück stellte sich nicht ein, wenn man nicht genau war. Als sie den langen Aufstieg zum Palast in Angriff nahm, fühlte Natalia die Anspannung in ihrem Körper. Aufmerksam blickte sie zu beiden Seiten, während sie hinaufstieg. Was sie suchte, musste da oben sein. Es war immer da gewesen; neben einem Baum, am Wegrand, auf einer der Brücken, die den Zierteich überspannten …

Den ganzen Tag hatte sie schon gewartet. Eingesperrt in den winzigen Laden, einzig in der Gesellschaft des alten tatterigen Avedissian. Endloses infantiles Geschnatter, das zu nichts gut war, als den Hintergrund für ihre ängstlichen Gedanken abzugeben. Was sie jetzt brauchte, war Entspannung, ein paar Momente ganz für sich allein, für die unbelastete und echte Natalia. Es gab nur einen einzigen Weg, auf dem sie das je getan hatte und wieder tun könnte. Und es würde, es musste geschehen! Natalia hatte sogar eine Verabredung dafür drangegeben, so verzweifelt brauchte sie dies nun, eine Verabredung mit einem kurdischen Silberschmied.

Ein junges Paar kam ihr Arm in Arm und über einen gerade erzählten Witz lachend entgegen und ging zum Tor des Parks. Wofür auch immer sie in den Yıldız-Park gegangen waren, sie hatten es ganz offensichtlich getan. Der junge Mann sah sehr gut aus und Natalia wurde für einen kurzen Moment eifersüchtig. Dieser junge Mann hätte gut zu ihr gepasst. Na ja, zumindest zum Teil. Etwas fehlte, etwas sehr Wichtiges.

Natalia ging weiter und immer höher. Es war noch nichts zu sehen, aber sie gab die Hoffnung nicht auf. Sie blickte tief zwischen die Bäume hinein, öffnete zwei weitere Knöpfe ihrer Bluse und lächelte, als ihr üppiges Dekolleté sichtbar wurde. Sie war atemlos, denn sowohl die Kletterei als auch das, was noch kommen sollte, nahm sie gefangen. Alles, was sie sich wünschte, war, dass er jung wäre und genau das täte, was sie sagte. Aber das würde er sicher, denn auch sie würde alles geben, alles. Jedenfalls würde sie ihm das sagen.

Natalia fächerte sich mit der Hand kühle Luft in das heiße Gesicht. Sie sah Menschen, die umherspazierten, lachten, zwischen den Bäumen hindurchliefen, aber es waren ausschließlich Paare. Sie spürte ein leichtes ängstliches Stechen in der Magengegend, was sie aber unterdrückte. Das war der Yıldız-Park, ehemaliger Sultanssitz, Spielwiese für İstanbuls Liebende und Ehebrecher. Natalia hielt inne, um etwas Atem zu holen, und ließ den Blick über den Horizont gleiten.

Er lehnte gegen einen Baum, die langen Beine lässig gekreuzt, die Arme vor der Brust gefaltet. Seine dunkelgrüne Uniform war ein wenig eng, was aber vorteilhaft war, denn so konnte Natalia die Form seiner Muskeln sehen. Sie liebte Muskeln. Außerdem hatte er – etwas. Ja, ihn würde sie nehmen. Er war in Ordnung.

Natalia wischte sich die Haare aus der Stirn und ging auf ihn zu. Als sie sich ihm näherte, wandte er den Kopf ab, als versuchte er ihrem Blick auszuweichen, aber Natalia wusste, dass er sie gesehen hatte. Er war noch jung. Neunzehn? Zwanzig? Er musste das Gleiche wollen, was sie wollte, aber wegen seiner Jugend war er vielleicht schüchtern. Nicht zum ersten Mal sah sich Natalia diesem Phänomen gegenüber. Es bedeutete lediglich, dass sie es ein wenig langsamer, womöglich weniger derb, würde angehen müssen. Anfangs jedenfalls.

Als sie bei ihm war, lächelte sie, obwohl er sie immer noch nicht ansah. »Hat dir dein Kommandant für heute frei gegeben?«

Er wandte ihr den Kopf zu. Sein weiches junges Gesicht war rosig; lange dunkle Wimpern verbargen seine mandelförmigen anatolischen Augen. »Hallo ... Fräulein.«

Natalia lachte und die dichten Wimpern des Knaben gingen nach oben, um ein Paar furchtsamer, sanfter, brauner Augen bloßzulegen. Er blickte wie ein ängstlicher junger Bär, der sich in einem fremden Wald verlaufen hatte.

Nun, da sie ganz nahe war, sah Natalia sich ihn ganz genau an. Sie wollte sichergehen, dass er eine gute Wahl war. Bestimmt wären weiter oben am Weg, den sie gerade verlassen hatte, noch andere Männer, Soldaten. Natalia musste sich davon überzeugen, dass dieser Knabe der Bestmögliche war. Sie lächelte ihn an.

Er war gut, wie sie zugeben musste. Dunkel, muskulös und jung. Seine großen Hände verhießen Gutes und an seiner Hüfte hing eine Pistole. Sie steckte im Lederhalfter und der Griff strahlte im matten Licht der Abendsonne. Ein Gegenstand von großer Schönheit und ausgezeichneter Handarbeit.

Als sie die Waffe ansah, merkte sie, wie ihr Herz schneller schlug. Sie war so erregt, dass es fast wehtat. Sie öffnete den

Mund und ließ ihre Zunge millimeterweise über die Lippen gleiten.

Er blickte sie zunächst fragend an – offenkundig hatte er keine oder wenig Erfahrung. Als aber ihre Hände die restlichen Knöpfe ihrer Bluse öffneten, bogen sich seine Mundwinkel nach oben zu einem Lächeln. Sie sah ihn durchdringlich an und, ohne den Blick niederzuschlagen, öffnete sie ihren BH.

Natalia spürte, wie ihre Brüste nach vorne fielen und die kühle Brise ihre Haut berührte. Die Augen des Jungen wurden immer größer und vorsichtig streckte er eine Hand nach Natalia aus. Sie ging auf ihn zu und steckte einen ihrer großen, dunklen Nippel zwischen seine ausgestreckten Finger. Er stöhnte leicht, als er das schwere Gewicht in seiner Hand spürte. »Mach schon«, sagte Natalia mit lustvoller Stimme. »Lass uns ein bisschen vom Weg weggehen.«

Sie nahm ihre Brust aus seinem Griff und fasste ihn bei der Hand. Weit mussten sie nicht gehen. Das Unterholz wurde schon ungefähr zwanzig Meter weiter dicht und beinahe undurchdringlich.

Der Ort musste stimmen: ein Baum mit weicher Rinde oder ein flaches Stück Erdboden ohne Dornen. Ob sie stand oder lag, war ihr gleich, solange sie sich nicht die Haut aufriss. Schmerz war in Ordnung, Schmerz war Klasse, aber sie wollte keine Spuren an ihrem Körper.

»Äh … Fräulein …«

Sie drehte sich um. »Was!« Sie hoffte, dass er jetzt bloß nicht anfing zu reden.

»Hm …« Seine zitternde Hand bot ihr zwei brandneue Zwanzigtausendliranoten.

Natalia schnaubte und schob seine Hand zur Seite. »Ich will dein Scheißgeld nicht! Tu nur das, was ich dir sage, okay?!«

Seinem Gesichtsausdruck sah man an, dass er sein Glück kaum fassen konnte. »Oh …«

»Halt den Mund!« Sie schob etwas Unkraut mit dem Fuß beiseite und sah sich um. »Das wird gehen.«

Während sie sich auf die Erde niederließ, befreite sich Natalia von ihren übrigen Kleidungsstücken. Der Soldat stand da und starrte sie wie gebannt an. Falls ihre brüske Art ihn kränkte oder beunruhigte, ließ er sich jedenfalls nichts anmerken. Er starrte sie nur mit weit aufgerissenen Augen und feuchten Lippen an.

Natalia bündelte ihre Sachen und legte sie auf den Boden neben sich. Dann streckte sie eines ihrer langen, gebräunten Beine aus und griff mit den Zehen ein Stück seiner Hose. Dabei warf sie den Kopf zurück und sah in sein gerötetes, schwitzendes Gesicht. Seine Brust hob sich unter unregelmäßigem, angestrengtem Atem.

Ein paar Sekunden taten beide nichts, als einander anzustarren. Natalia, schon voller Ungeduld, fing an sich zu langweilen. Diesen Moment wollte sie nicht weiter auskosten, dazu war dieser Junge nicht wichtig genug! Doch dann zog er langsam und mit zittriger Hand den Reißverschluss seiner Hose runter und sein dunkler Penis sprang steif und schmerzend in seine Hand.

Natalia fühlte ein Kribbeln auf der Haut. Der Junge war riesig, er würde ihr wehtun. Schon eine ganze Weile war sie nicht mehr verwundet worden. Und genau das wollte sie jetzt.

»Wenn du tust, was ich sage, kannst du so viel haben, wie du willst«, sagte sie kalt. Dann spreizte sie die Beine und strich mit den Fingern über ihre Brüste.

»Oh.« Aber er bewegte sich nicht, sondern stand nur dumm herum und sein Schwanz ragte aus seiner Hose hervor wie eine steife, tote Schlange.

Natalia verlor die Geduld. Wahrscheinlich ein Idiot vom Lande. Sie würde wohl die Regie übernehmen müssen. Das konnte sie ohnehin am besten.

»Setz dich auf die Erde und hol deine Pistole raus.«

»Pistole?«

»Hör mal, willst du mich nun ficken oder nicht?«

Einen Moment lang blickte er verwirrt drein, löste dann doch die Gürtelschnalle und nahm die Pistole aus dem Halfter. Natalia spürte, wie ihr am ganzen Körper heiß wurde, als er ihr die Pistole hinhielt.

Der Junge sank auf den Boden und streckte die Beine vor sich aus. Natalia sprang vor und nahm seinen Schwanz zwischen die Finger. Er war sehr heiß und sie spürte seinen Pulsschlag in den geschwollenen Adern.

»Und jetzt«, sagte sie, als gäbe sie einem besonders begriffsstutzigen Diener ihre Anweisungen, »wenn ich mich auf dich setze, will ich, dass du mir die Pistole in den Mund steckst.«

Der Junge sah von der Pistole zu Natalia und dann wieder zur Pistole. Er schien nichts zu kapieren. Mit einem verärgerten Ächzen stieß sie seinen Oberkörper zurück und setzte sich breitbeinig auf ihn. Sie musste ihren Körper ziemlich weit nach oben bringen, um auf seinen Penis zu gelangen. »So«, sagte sie.

Sie stieß ihn mit voller Länge in sich hinein und der Junge stöhnte.

Während sie sich auf ihm hob und senkte, nahm sie ihm die Waffe aus der Hand und hielt sie sich, mit dem Lauf zuerst, in den Mund.

Zunächst wollte er ihr die Pistole wegnehmen, aber Natalia schlug ihm die Hand zur Seite. Das feste, kalte Metall schmeckte gut, bitter und nach Säure. Dies und sein großes Ding in ihr trieben Natalia regelrecht an, und sie spürte, wie sie in einer Welle die Kontrolle über ihren Körper verlor. Aber sie wollte noch mehr. Sie ergriff seine Hände und drückte sie fest an ihre wogenden Brüste. Obwohl er gerade gemaßregelt worden war, wusste er, was er zu tun hatte, und kniff fest in ihre Brustwarzen. Sie schrie auf – es war fantastisch.

Aber auf dem Gesicht des Jungen zeichnete sich bereits Qual ab, er würde nicht lang durchhalten. Zu jung. Natalia schloss die

Augen, um dem Anblick seiner dummen, dankbaren Visage zu entgehen, und erhöhte das Tempo. Er zerriss sie fast und sie liebte es.

Arme wie Stahlreifen wanden sich um sie und sie stieß die Waffe ganz tief in ihren Rachen. Genau das dachte sie über die Geschichte ihrer Großmutter und Leonids. Genau das hätte sie getan, wenn die Männer mit den kalten Augen ihre Waffen auf sie gerichtet hätten! Ihr war nach Weinen zumute – immer hatte es diese Wirkung. Wenn sie nur damals dabei gewesen wäre – dann wäre alles anders gekommen. Dann wären sie zu Hause, wo sie hingehörten, und sie würde nicht mit diesen dreckigen, diesen ekelhaften Ausländern herummachen. Fette, nach Moschus riechende Türken auf dreckigen Böden ficken!

Der Mann unter ihr brüllte und bäumte sich auf wie ein Stier. Natalia öffnete die Augen, nahm die Pistole aus ihrem Mund, drehte sich zu dem Jungen und hielt den Lauf gegen den Sattel seiner Nase.

Beinahe sofort hörte er auf sich zu bewegen und seine Augen wurden ganz ruhig, erstarrt vor Angst. Seine Brust hob sich, als er versuchte, sein postkoitales Keuchen unter Kontrolle zu halten.

Sie dagegen war ganz ruhig.

Natalia lächelte, als ihr Finger den Sicherheitshebel löste. Sie spürte, wie er in ihr schrumpfte und kleiner wurde. Sein Gesicht verlor sämtliche Farbe und wurde aschfahl. Grau und welk.

»Mmm …«

Natalia lachte über seine stammelnden Versuche zu sprechen und schlug ihn so fest mit dem Pistolenlauf, dass er laut aufschrie.

Angst machen war ein schönes Spiel. Es war das einzige, das Natalia wirklich gern spielte. Man konnte es natürlich nur mit solchem Pack wie diesem Jungen spielen, aber sie liebte ja auch dieses Pack. Sie nahm ihm die billige Uhr vom Handgelenk und warf sie auf ihre aufgehäuften Sachen. Angst war alles, was sie brauchte.

Der Knabe schwitzte beträchtlich und sie wusste, dass er sehr bald anfangen würde, um sein Leben zu betteln. Das war immer sehr amüsant. Sie sah auf seinen großen, zitternden Körper hinab und rieb ihre Hüften an seiner Leiste. Mit einem Finger schnippte sie schadenfroh an seinem Penisschaft.

Ganz langsam, so dass der Blödmann keine Chance hatte, sie misszuverstehen, fing Natalia nun an zu reden. »Wenn du dein Teil da nicht mehr hochkriegst und es mir nicht noch mal machst, dann puste ich dir die Rübe weg.«

Als Robert Cornelius in Celaleddin Rumi Caddesi ankam, war er vollständig erschöpft. Natürlich hätte er Natalia fragen sollen, wie diese Firma überhaupt hieß, ehe er sich ans Ende der Welt begab. Aber er war so heiß darauf gewesen, in diese Gegend zu kommen und zu tun, was getan werden musste, dass ihm jeder Sinn für das Praktische abhanden gekommen war. Infolgedessen war er seit Stunden durch die Straßen gestapft und hatte vermutlich unkluge Fragen nach verdächtigen Anwohnern gestellt, bis er endlich da angekommen war, wo er jetzt war: an einem Ort, der von einigen als die einzige Textilfabrik genannt worden war und von anderen als eine von vielen in Üsküdar.

Es war allerdings nicht so wichtig, vor genau der Textilfabrik zu sein, die diesem Smits gehörte. Ursprünglich hatte Robert gedacht, dass es wichtig wäre, aber wenn man etwas nachdachte, reichte es auch, einfach nur in Üsküdar zu sein. Und außerdem, falls jemand, der in Verbindung zu diesem alten Nazi stand, etwas Ruchloses im Schilde führte, würde er es dann genau auf der eigenen Türschwelle tun? Nein, sicherlich nicht. Er würde schlauer sein.

Aber jetzt war er, Robert Cornelius, wo er sein sollte, und genau hier, als alle Entschuldigungen und Ausreden nicht mehr zogen, traf ihn die ganze Tragweite dessen, was er vorhatte. Er wickelte sich sorgfältig ein Taschentuch um die Finger, zog den

Brief aus der Tasche und starrte ihn an. Er musste verrückt sein! Er erinnerte sich mit traurigem, gleichwohl wissendem Lächeln daran, dass man ihm, im Laufe jener schrecklichen Ereignisse damals in England, gesagt hatte, er wäre einige Monate lang verrückt gewesen. Und dabei hatten sie nicht einmal die Hälfte gewusst. Nicht einmal der pessimistischste Facharzt hätte sich träumen lassen, in welche noch tieferen Tiefen Robert sinken würde: die Wahnsinnstat, die er gleich verüben würde. Täuschen, den Lauf der Gerechtigkeit umdrehen, sich für jemand anderen ausgeben, verleumden.

Als er auf die sauber mit Schreibmaschine geschriebene Adresse auf dem Umschlag blickte, stellte er sich vor, wie die anderen Worte – die verrückten, verdrehten, hasserfüllten Worte im Inneren des Briefes – jetzt aussähen. In seinem Geiste waren sie beweglich und voller Boshaftigkeit aus Zeiten, die die moderne Welt längst vergessen zu haben hoffte. Wenn sie ihm andererseits Natalia sicherten, wären sie dann wirklich ein zu hoher Preis? Wenn sie Natalia schützten, auch um den Preis des Lebens eines alten Nazis, dann müsste dies alles doch gut und richtig sein.

Aber Rechtfertigungen für etwas zu finden oder zu erfinden, war nicht das Gleiche, wie seine abscheulichen Taten im Innersten gutzuheißen. Robert wandte sich, von solchen Gedanken beunruhigt, den mehr praktischen Aspekten seines Vorhabens zu. Was er nun brauchte, war ein Briefkasten. Sie waren nicht so zahlreich und leicht zu erkennen wie ihre britischen Gegenstücke und Robert wusste, dass es zum Problem werden konnte, einen der unauffindbaren türkischen Briefkästen aufzuspüren. In den Gegenden der Stadt mit mehr Touristen war es einfach, da viele Hotels gern die Karten und Briefe der Ausländer annahmen. Aber hier – hier würde er ein Postamt brauchen, und so etwas hatte er hier bislang sicher noch nicht gesehen.

Müde setzte er seinen Weg fort, hielt alle paar Meter an, um irgendeinen unauffälligen Platz in Augenschein zu nehmen, der vielleicht ein schüchternes und zurückgezogenes türkisches Postamt bergen könnte. Und eine kurze Zeit lang beschäftigte und unterhielt diese ziemlich komische Beschäftigung seinen müden Geist. Es erinnerte ihn an einige heiß geliebte surrealistische Comedyshows aus seiner Jugend. Shows, in denen schlecht zusammenpassende Leute verzweifelt Wasserrutschen aufwärts laufen oder sich am Fließband Geschenke aussuchen und merken mussten, die sie nicht brauchten. Es war schön, wieder in so einer alten Kindheitskomödie zu stecken – es war eine sichere Angelegenheit und hatte keine Ähnlichkeit mit dem Erwachsenendasein, das er inzwischen fristete. Robert lächelte sogar einen ganz kurzen Moment lang – über das ganze Gesicht, wie er es als Kind getan hatte.

Dann aber, ganz plötzlich, standen an einem Hauseingang lauter Telefonhäuschen, und einen extrabreiten Spalt in der Wand, eigens für Briefe, gab es auch.

Nachdem er endlich gefunden hatte, wonach er gesucht hatte, wandte Robert seine Aufmerksamkeit wieder dem Brief in seiner Hand zu. Wenn er ihn erst eingeworfen hätte, wäre er vollständig in die Sache verwickelt. Falls das rauskäme, würde er womöglich bald die ganze Macht des Gesetzes zu spüren bekommen. Bis jetzt war er noch unschuldig, und obwohl İkmen einen Verdacht gegen ihn hegte, gab es nichts Konkretes, das ihn mit dem Mord an dem Juden in Verbindung bringen könnte. Wenn er diesen Brief allerdings einwürfe …

Wenn er diesen Brief einwürfe und entdeckt würde, dann sähen ein paar Leute, darunter auch İkmen, dies als Tat eines Mannes an, der etwas zu verstecken hat. Das Betrügerische an der ganzen Sache wäre fast nichts im Vergleich zu dem, was die Polizei als sein Tatmotiv annehmen würde. Wenn dieser Smits definitiv seine Finger in Meyers Ermordung hatte, könnte er es noch rechtfertigen, aber …

Aber wenn er tun sollte, was Natalia wollte, müsste er genau dies ja auch glauben, oder nicht? Wer sagte außerdem, dass es nicht stimmte? Das Bild, wie Natalia in den Straßen von Balat vor ihm davonlief, kam Robert ungebeten und lebensgroß wieder in den Sinn. Heftig ließ es seine Hand und den Brief darin erzittern und bedeutete ihm auf diese Weise, dass er, falls er nicht bald handelte, überhaupt nichts mehr würde tun können.

Um sich zu der Tat anzutreiben, die Robert schon die ganze Zeit notwendig schien, flüsterte er still das vor sich hin, von dem er überzeugt sein sollte – sein persönliches Glaubensbekenntnis. »Smits hat es getan! Smits hat Meyer umgebracht! Smits hat Meyer umgebracht!«

Wie ein Mantra wiederholte er diese Sätze unablässig, wobei er die Augen fest geschlossen hielt und nur merkte, wie er ganz langsam vorwärtsging, als …

Die Bewegung von jemandem hinter ihm oder vielleicht auch das Geräusch eines startenden Wagens ließ ihn in seinem Gemurmel innehalten. Der Brief war nun nicht mehr in seiner Hand und für eine oder zwei Sekunden blickte er aufgeregt um sich, ob er ihn nicht auf die Erde hatte fallen lassen. Doch dann, genauso plötzlich, wusste er, dass das nicht der Fall war. Der Briefkasten sah mit seiner ausdruckslosen Fassade und der großen Öffnung viel zu zufrieden aus.

Es war also getan. Er hatte es getan. Doch als Robert sich abwandte, um sich vom Schauplatz seines Verbrechens zu entfernen, merkte er ganz plötzlich, aber auch ganz sicher, dass er beobachtet wurde. Wäre diese Art von Verfolgungswahn nicht ein so alter Bekannter von ihm gewesen, hätte er mehr Gedanken daran verschwendet. Jetzt aber ging er diesem Gefühl nicht weiter nach und bewegte sich in Richtung Bosporus und damit nach Hause.

# Kapitel 14

Der Tag nach einer schlaflosen Nacht kann unendlich sein. Die Logik sagt, dass man versuchen soll, bis zur folgenden Nacht wach zu bleiben, damit der normale Schlafrhythmus nicht unterbrochen wird. In der praktischen Umsetzung ist das aber schwierig. Auch wenn etwas Interessantes passiert, scheinen die Stunden nur zu tröpfeln. Als hätte man einen fürchterlichen Kater vom wilden Vergnügen der vergangenen Nacht. Der Körper schreit nach Schlaf und tut aus Protest weh, wenn er ihm verweigert wird.

Robert Cornelius fühlte sich wie ein Wrack. Nachdem er gestern Abend endlich seinen Mut zusammengenommen und den Brief eingeworfen hatte, hätte er gedacht, dass er sich nun besser fühlen würde, was aber nicht der Fall war. Die nervöse Anspannung vor der Tat hatte der Angst danach Platz gemacht. Die meiste Zeit der Nacht hatte er in seinem Bett gesessen, dabei geraucht und war im Geiste das, was er getan hatte, und die Myriaden von möglichen Folgen durchgegangen. Natürlich hatte keines von ihnen eine Grundlage in der Realität. Doch dann hatte Robert eine Zeit lang das Gefühl, dass er den Sinn für jene Realität allmählich verlor.

Er schüttelte sich. Das letzte Mal war ihm so etwas nach der Scheidung passiert. Natürlich wusste er, warum, aber wie es dazu gekommen war, blieb ihm dennoch unklar. Waren es Wochen oder Monate gewesen? Die einschneidenden Ereignisse: Betty im Bett mit diesem anderen Kerl; der Angriff – soweit war alles klar. Aber das Übrige? Freunde und Familie wussten mehr als er und sie redeten auch drüber. Sachen über ihn waren herumerzählt worden in den mit Kiefernpaneelen getäfelten Wohnzimmern in Stoke Newington und Finsbury Park, von Menschen mit »Gesellschaftsbewusstsein«.

Irgendwo in seinem Kopf war eine große schwarze Kiste mit all diesem Mist und sie war verschlossen. So wollte Robert es auch haben. Als er in die Türkei gekommen war, hatte er den Schlüssel zurückgelassen – in Islington, wo dieser hingehörte, in seinem Heimatbezirk.

Sogar jetzt, trotz seiner Sorge, wollte Robert sie immer noch nicht öffnen. Dabei hatte er ein schlechtes Gefühl und wusste, dass dieses Gefühl nicht von außen kam, dazu war es zu vertraut. In Worte fassen konnte er es allerdings nicht, sosehr er sich auch bemühte – es machte keinen Sinn. Es war alles so dunkel. Nichts war ihm über sich selbst klar, nicht einmal im hellen Licht der Mittagssonne; alles hatte verschwommene Umrisse, verschmierte und unterbrochene Ränder. Er betrachtete die Welt durch einen schmutzigen, rauchgeschwärzten Vorhang, der ihn nur Umrisse sehen ließ, Fleischklumpen, Beton und Metall, aber keine Einzelheiten.

Obwohl Robert es sich nicht einmal selbst eingestehen würde, wusste er, dass die Bekanntschaft mit Natalia ihn über eine bislang unbemerkte Grenze gestoßen hatte. Was danach gekommen war, kannte er schon: eine Frau; der Rückzug von Freunden; Luxus; das Annehmen des Unannehmbaren. Etwas über ein Jahr war das her – ein langsamer Abstieg. Aber stimmte das denn? Der Mann, der Anwalt, den er vor all den Jahren in Bettys – in seinem – Bett erwischt hatte, war mit Sicherheit nur der Gipfel und die Bestätigung dessen, was er immer schon gewusst hatte. Betty hatte ihn vom ersten Tag an ausgenutzt. Fünf Jahre hatte er das mitgemacht. Und auch noch bereitwillig! Er hatte ihr alles gegeben, was sie wollte, und er hatte nicht nur ein, sondern beide Augen zugedrückt, auch wenn es ihm höllisch wehgetan hatte. Er war zu einem Fußabstreifer geworden, nützlich und bequem.

Und jetzt war er dabei, es wieder zu tun. Diesmal aber half er sogar mit und begünstigte ... Nein, nicht einmal jetzt konnte er sich dessen sicher sein. Er hatte keinen wirklichen Beweis. Was er mit eigenen Augen gesehen hatte, hatte keine Bedeutung. Er musste sich anstrengen und sich erinnern. Jener Tag in Balat war sowieso merkwürdig gewesen, klimatisch und auch sonst. In der Rückschau schien es, als wäre die Dunkelheit an jenem Tage tiefer gewesen. Natürlich nicht in Wirklichkeit, das wusste er, aber es war bequem, so zu denken. Die ganze Nacht lang hatte sich eine neue schwarze Kiste in seinem Kopf gebildet und er dachte wieder daran, derartige Überlegungen dort hineinzuwerfen. Natalia steckte in Schwierigkeiten, das allein zählte. Das war das einzig Feststehende.

Robert legte seine Hand auf das Telefon, hob aber den Hörer nicht ab. Nach seiner Zählung war es das achte Mal seit Sonnenuntergang. Nie zuvor hatte er ihre Telefonnummer gewählt, ab jetzt wollte er es tun. Er wusste, sie wäre über die Anstrengungen ihretwegen erfreut, sie musste es einfach sein und danach würde alles wieder gut werden. Besser als gut. Sie würde nun nicht mehr entkommen können, da er diese Sache für sie getan hatte. Sie würde ihm überallhin folgen müssen, da er ein Wissen besaß. Die Worte, die zu ihrer Verurteilung nötig wären, könnte er zwar nicht aussprechen, aber er kannte sie.

Robert nahm den Hörer ab und wählte ihre Nummer. Er musste gar nichts erwähnen, was er bereits seiner Erinnerung überantwortet hatte.

»Leichtsinn.«

Nicholas sah von seiner Zeitung auf und starrte in die Dunkelheit, die das große vergoldete Bett umhüllte. »Was?«

»Ich war leichtsinnig bei dem, was ich gesagt habe. Manchmal glauben wir, ganz zu Unrecht übrigens, dass die Leute die Wahrheit ertragen, obwohl sie es doch nicht können.«

Er faltete die Zeitung zusammen und legte sie in seinen Schoß. »Um ehrlich zu sein, hätten wir uns niemals träumen lassen, dass deine Geschichten eine derartige Wirkung haben könnten.«

Sie blickte ihn verächtlich an. »Es kommt mir so vor, als hätte ich bei dem Wort ›Geschichte‹ einen gewissen Zweifel gehört.«

Er seufzte. »Ich hatte immer meine Zweifel, Mama, das weißt du.«

»Du glaubst also, deine eigene Mutter ist eine Lügnerin?«

»Nein.« Nicholas machte eine Pause. »Nein, das glaube ich nicht. Was ich aber glaube, ist, dass Onkel Leonid log oder eher ein bisschen dazuerfand...«

»Das glaubst du wirklich?« Maria blickte nun eher flehend als wütend, so wie jemand, der das eben Gesagte am liebsten rückgängig machen würde.

Nicholas sah auf den Boden. »Ja, das glaube ich wirklich, Mama, und im Lichte dessen, was geschehen ist, musst du zumindest versuchen, dich damit abzufinden. Uns und deinem Seelenfrieden zuliebe.«

»Und wie«, fragte sie schnippisch, »soll ich das zuwege bringen?«

»Ich meine, wir sollten zur Polizei gehen und alles erzählen, was wir wissen.«

Vollkommen unerwartet, aber ohne jede Heiterkeit, fing Maria an zu lachen. »Mit diesem widerlichen Reinhold Smits, der genau am Mordtag direkt in Meyers Wohnung war? Sag mal, bist du verrückt, Nicholas?«

Er beugte sich vor, um seine Mutter besser sehen und möglicherweise auch überzeugen zu können. »Aber wir wissen doch, dass Smits Onkel Leonid nicht umgebracht hat, oder?«

»Gar nichts wissen wir!«

»Doch!« Nun verlor er seine Beherrschung, was in Gegenwart

von Maria schlecht und möglicherweise unklug war, aber er konnte nicht anders. »Du lügst doch, Mama! Schon allein die Annahme, dass Smits in der Wohnung war …«

»Ich will und brauche mir das nicht noch einmal anzuhören, Nicky!«

»Aber …«

Sie hob die Hand, um ihn zum Schweigen zu bringen. »Was auch immer geschehen ist und wer auch immer aus welchem Grund dieses Verbrechen begangen hat, es ist vollkommen irrelevant. Wir müssen um jeden Preis schützen, was von unserem Blut ist. Und das ist, wie du weißt …«

»Wichtiger als alles andere?«

»Ja! Ja!« Ihre Augen leuchteten mit einem Feuer, das zornig war und noch etwas anderes – etwas nicht ganz Kontrollierbares. Etwas Gefährliches.

Nicholas hatte das natürlich schon früher gesehen, aber nachdem seine eigene, kurz andauernde Wut vorbei war, erwiderte er ihren Blick lediglich mit einem traurigen Kopfschütteln. »Nein, Mama, du irrst dich. Unser Blut ist genauso wie das der anderen.«

»Warum hast du dann, mein tapferes Söhnchen, so lange mit dieser Lüge gelebt?«

»Weil ich«, entgegnete er, »als ich jung war, es nicht besser wusste. Und als ich älter wurde, war es zu einer Gewohnheit geworden, die ich nicht einfach abschütteln konnte. Ich wollte dich oder die anderen nicht verletzen, Mama. Wenn man sein ganzes Leben in der Illusion gelebt hat, ist es manchmal besser, es auch weiter zu tun. Aber es gibt Zeiten, wie zum Beispiel jetzt, wo es eben nicht ratsam ist und genau deshalb rede ich jetzt mit dir.«

Er wollte ihre Hand ergreifen, aber sie stieß sie heftig von sich. »Wenn wir nach Hause fahren …«

»Wir fahren nicht ›nach Hause‹, Mama! Und je mehr Vorbereitungen du die arme Anya für diesen ›großen Tag‹ treffen lässt, desto schlimmer wird es! Außerdem sind wir anderen alle schon ›zu Hause‹. Auch wenn uns die Polizei für den Rest unserer Tage ins Gefängnis wirft, sind und waren wir hier schon immer zu Hause!«

»Du bist dein ganzes Leben ein Russe gewesen!« Maria klang nur spöttisch, verächtlich. »Du weißt über diese Türken nicht mehr als über die Marsmenschen. Du kleidest dich wie ein Russe, sprichst wie ein Russe und denkst wie ein Russe.«

»Mein Vater war Türke.«

Maria hob die Augenbrauen und ein höhnisches Lächeln verfinsterte ihr Antlitz. »Das war ein unglücklicher Notbehelf. Hätte ich gekonnt, dann hätte ich es vermieden ...«

»O ja«, gab Nicholas bissig zurück und seine Stimme war voller Bitterkeit. »Ich weiß alles darüber, Mama! Deine Bemühungen, das wieder ins Lot zu bringen, haben auch mich eingeschlossen, wenn du dich mal daran erinnerst! Das Ergebnis hat uns direkt dahin gebracht, wo wir jetzt sind!«

»Nein, nein, das war richtig! Ich stehe immer noch zu der Entscheidung! Ich habe doch schon gesagt, dass ich den Zustand bedacht habe von ... ich habe viel zu leichtfertig geredet über beunruhigende und boshafte ...«

Die Wohnungstür ging auf und krachte gegen die Wand. Maria und Nicholas schauten hin. Eine schlanke Person zeichnete sich im Licht, das aus der Diele kam, ab. Sie hatte einen langen und dünnen Gegenstand in der linken Hand, der hin- und herschwang und rostig knarrte. Weiter entfernt, drei Stockwerke tiefer im Esszimmer, fing das Telefon an zu läuten.

Nicholas stützte den Kopf auf die Hände und sprach sehr geduldig und überlegt. »Was haben Sie da?«

Einen Moment lang herrschte Ruhe, als wären Nicholas' Worte nicht gehört worden oder geradewegs im Nichts verschwunden. Maria schielte zu der Gestalt hin und zwang ihr schwaches Augenlicht, die Dunkelheit zu durchdringen. »Ist das eine Kette?«

Sie sah Nicholas an. Sein Gesicht war vollkommen bleich. »Frag mich nicht, ich …«

»Fahrradkette.«

Es war eine ausdruckslose, monotone Stimme. Die eines Mannes, aber ohne jede Kraft. Sie klang tief und voll, aber trotzdem tot und trocken wie ein alter Knochen.

Nicholas murmelte etwas in seinen Bart, das nur er verstand. Das Telefon hörte auf zu läuten. Er sah vorwurfsvoll zu seiner Mutter, aber seine Stimme war an die Person in der Tür gerichtet. »Geh und leg sie zurück in den Keller.«

»Lass …« Die tonlose Stimme verlor sich in einem Gejammer. Sie brach ab.

»Ich schaue später dort nach!« Die Kraft von Nicholas' Worten ließ seinen Kopf auf dem Hals erzittern wie bei einer Marionette. Er wandte die Augen vom Gesicht seiner Mutter ab und blickte angestrengt durch die Dunkelheit.

Die Gestalt in der Tür drehte sich um, wobei die Kette leicht rasselte. Weiter unten lachte eine Frau im Treppenhaus. Ihre Stimme klang warm und humorvoll, als wäre sie erfreut oder sogar überglücklich.

Nicholas und Maria lauschten aufmerksam. Es war ungewöhnlich, vor allem jetzt.

Schwere Stiefeltritte stapften geräuschvoll die Treppe hinunter. Obwohl kaum noch zu vernehmen, konnte man noch hören, wie die dazugehörige Kette gegen das Geländer schlug und klapperte. Wenn das so weiterginge, würde sie noch den Lack zerkratzen. Aber weder Maria noch Nicholas bewegten sich oder sagten ein Wort, um ihren Gast zu verwarnen. Sie wussten beide, welche Energieverschwendung dies wäre. Manches ließ man am besten so, wie es war, auch Unangenehmes. Und dies war etwas

Unangenehmes, so wie auch ihre kürzliche Unterhaltung unangenehm gewesen war.

Nicholas seufzte. »Sergej wird heute nicht aufstehen, Mama, er fühlte sich nicht allzu gut.«

Sie faltete die Finger unter dem Kinn und räusperte sich. »Unfall?«

»Nein, nein. Ich denke nur …« Nicholas hörte, wie jemand die Treppe hinauflief. Er griff sich mit der Hand an die Stirn und zuckte zusammen. »Lieber Gott! Er ist schon wieder da!«

»Was?« Sie konnte erst nichts hören, aber dann, nickte sie und seufzte tief. »Oh.«

Ihr Sohn betrachtete sie zwischen seinen Fingern hindurch und sagte bitter: »Ja, wirklich ›oh‹, Mama! Da kannst du weiß Gott ›oh‹ sagen!« Er zog den Kopf tief zwischen die Schultern und wartete. Seine Mutter starrte mit blankem Hass auf Nicholas' Nacken.

Die Schritte wurden lauter. Sie hüpften wie aufgeregt von Stufe zu Stufe, als wären sie darauf aus, irgendwohin zu gelangen, jemandem etwas mitzuteilen.

»Was glaubst du, Nicky? Noch ein Artefakt aus dem Keller? Noch ein nutzloser Gegenstand?«

Die schleppende Stimme von Nicholas klang spöttisch. »Es ist nicht alles so nutzlos, Mama.«

Er wusste, dass sie ihn gehört hatte, aber sie zog es vor, ihn zu ignorieren. Das tat sie oft. Öfter, als sie es seiner Meinung nach tun sollte.

Die eiligen Schritte kamen ins Zimmer gepoltert und Natalia stand atemlos und aufgeregt vor ihnen, wobei ihr dünner Baumwollrock sich wie ein Segel um ihre Beine bauschte.

Die alte Frau und ihr Sohn entspannten sich etwas. Das Mädchen strahlte und sah glücklich aus.

Maria griff unter ihre Decke, um die Zigaretten zu suchen. »Na?«

»Oh, Großmama, Onkel Nicky …« Sie ging zum Bett und setzte sich. Sie japste und wollte den beiden offensichtlich etwas berichten. »Es ist …«

»Na, mach schon!«

»Mein Gott, lass sie doch erst mal Luft holen, Mama!«, schnaubte Nicholas.

»Es ist, es ist Robert …«

Nicholas zog die Stirn kraus. »Robert?«

»Dieser englische Freund, den Natalia … du weißt schon. Der, den sie …«

»Er hat die Sache mit der Polizei in Ordnung gebracht!« Mit einem Schwall kam es aus ihr heraus. Sie konnte es nicht zurückhalten, obwohl sie so atemlos war. »Es gibt einen Brief, er … er hat ihn abgeschickt … jetzt … jetzt ist alles in Ordnung. Sie werden jetzt annehmen, dass …«

In Nicholas' Hinterkopf ging ein kleines Warnlicht an. »Ein Brief?«

Natalia legte eine Hand auf die Brust und holte noch einmal tief Luft. »Ja.«

»Was für ein Brief?«

Das Mädchen lächelte, ihr Onkel aber lächelte nicht zurück. »Robert hat der Polizei geschrieben, anonym, und er hat darin behauptet, ein Nazi zu sein, der Reinhold Smits kennt und auf dessen Seite steht. Der Brief ist voller Nazisprüche und so, und da steht drin, was für ein Kerl dieser Smits ist. Außerdem die Gründe, warum er Onkel Leonid entlassen hat und Hinweise darauf, warum er ihn umgebracht haben könnte. Ich habe ihm alles erzählt, was er dazu gebraucht hat, und …«

»Ist der denn verrückt?« Nicholas spürte, wie es um ihn herum dunkel wurde, was er nicht mochte. Wie sollte das alles nur enden?

Natalia lachte. »Nein, er ist verliebt! Er würde alles für mich tun. Wirklich alles.«

»Hat denn jemand, der auch nur entfernt mit dieser Familie zu tun hat, jemals die Wahrheit gesagt?« Nicholas stand von seinem Stuhl auf und warf ihn um.

Die Stimme seiner Mutter war ernst und warnend. »Nicky!«

Nicholas sah von der einen Frau zur anderen. Sein Kopf dröhnte und er spürte, wie Tränen der Wut ihm in den Augen brannten. »Ihr grabt euch doch selbst eine Grube! Wenn ihr nicht aufhört, fallen wir allesamt da rein! Kapiert ihr das denn nicht?« Er wies mit ausgestrecktem, zitterndem Finger auf Maria. »Du! Du kannst das beenden, Mama! Die Polizei kann in fünf Minuten hier sein ...«

»Und mir die letzte Chance verderben! Was ich kann ...«

Er schrie sie an. »Mama, wenn du ›nach Hause‹ kommst, stecken sie dich, wenn du Glück hast, in eine Gummizelle und werfen den Schlüssel weg.« Er wandte sich dem Mädchen zu. »Natalia, ich befehle dir ...«

Für eine alte Frau legte Maria recht viel Kraft an den Tag, als sie ihn mit der Zigarettenschachtel aus Hartholz bewarf, die ihn mitten im Gesicht traf. Es brannte nicht nur und hinterließ einen blauen Fleck, sondern schnitt auch in die dünne Haut direkt unter dem Auge. Etwas Rotes tröpfelte langsam auf seine Wangen. Erschrocken führte Nicholas eine Hand ins Gesicht und berührte das Blut, das langsam herabfloss. Seine Fingerspitzen färbten sich rot und eine dünne Kruste bildete sich an den Fingernägeln.

Als er die beiden Frauen wieder ansah, erschienen sie ihm wie zwei Hexen, die lächelten und sich über seine Schwäche amüsierten. Das Matriarchat. Diese Familie war immer schon eins gewesen, trotz allem. Sogar die alten Geschichten waren voll davon: was die Ehefrau getan hatte, was die Mutter. Die geheiligte, verehrte Mutter. Oft hatte sich Nicholas gefragt, warum sie ihre Männer eigentlich nicht kastrierten, nachdem sie genug Kinder bekommen hatten. Alle Macht, die traditionell mit den Männern assoziiert wurde, lag doch offensichtlich bei ihnen.

Ihre Zigarette glühte auf und färbte Marias blitzende Augen gelb. »Du kannst jetzt gehen, Nicky, ich will mit Natalia allein reden.«

Keine Entschuldigung, nicht einmal der kleinste Anflug von Betroffenheit, dass sie womöglich sein Augenlicht ausgelöscht hätte. Aber das überraschte Nicholas auch nicht. Immer schon waren die Mädchen, die Frauen es gewesen …

»Raus jetzt, Nicky!«

Mit vier großen Schritten war er aus dem Zimmer. Er hatte keinen Versuch gemacht, das Blut an seiner Wunde zu stillen. Als er an den beiden Hexen vorbeiging, lief es sein Gesicht hinab und in den Kragen seines engen roten Kasack. Das war gut. Das wollte er, weil er wusste, dass eine der beiden ihn vermutlich würde waschen müssen. Anya oder Natalia, es war egal, wer von den beiden.

Als er die Treppe hinabging, hörte er, wie die Frauen lachten. Beide, Natalia und Maria, hatten ein derbes Lachen. Was sie zu sein beanspruchten, war eine Sache, aber sie lachten wie streunende Katzen. Und letztlich war eine der beiden ja auch eine streunende Katze. Nicholas dachte an Mr. Robert oder wie er heißen mochte, und an den Brief. Robert tat ihm fast so Leid wie er sich selbst.

Die Küche war nicht gerade sauber, aber als einziges Zimmer im Haus, das zur Zeit nicht von den Kindern heimgesucht wurde, war sie der ideale Ort, an den İkmen Süleyman führen konnte, nachdem der junge Mann endlich angekommen war. Und dass Fatma keine Gelegenheit gehabt hatte, abzuwaschen, war ihm vollkommen egal.

Nachdem İkmen seinem Gast ein Glas Tee gegeben, sich nach seiner Gesundheit erkundigt und ihm einen Platz angeboten hatte, fing er endlich an.

»Also, Süleyman«, sagte er, »nachdem Sie Mr. Cornelius bis

nach Üsküdar gefolgt sind und gesehen haben, wie er einen Brief einwarf, was passierte dann?«

Süleyman nahm einen kleinen Schluck aus seinem Glas und stellte es wieder ab. »Dann musste ich mich entscheiden, ob ich ihm weiter folgen sollte oder auf einen Postangestellten warten.«

»Und was taten Sie?«

»Beides. Oder vielmehr, ich habe einen örtlichen Streifenpolizisten angewiesen, auf den Mann von der Post zu warten und mir später seine Befunde durchzutelefonieren. Danach bin ich Cornelius gefolgt, der zurück in seine Wohnung gegangen ist.«

İkmen lächelte. Er hatte seinen nach Duftwasser riechenden Jungen aus der Oberschicht gut ausgebildet. »Und was hat der Streifenpolizist gefunden?«

Dieses Mal lächelte Süleyman. »Der Kasten enthielt fünf Sachen, darunter zwei Postkarten. Zwei der drei Briefe waren an Leute im Osten adressiert und der dritte« – hier machte Süleyman eine Pause, nach İkmens Meinung nur um der dramatischen Wirkung willen – »der dritte war mit Schreibmaschine an das Revier und zu Ihren Händen adressiert.«

»An mich?« İkmen zog die Stirne kraus. »Warum an mich?«

»Ich habe keine Ahnung, aber ich nehme an, dass alles klarer wird, wenn er ankommt.«

İkmen seufzte. »Und Sie sagen, dass Cornelius ziemlich lange draußen vor der Textilfirma Şeker gewesen ist?«

»Ja, nachdem er sie endlich gefunden hatte. Er schien nicht einmal den Namen gewusst zu haben. Ich habe mit mehreren Leuten gesprochen, die er nach der Richtung gefragt hat, und er hat immer nur nach einer nicht näher bezeichneten Textilfabrik gefragt.«

İkmen schüttelte den Kopf, als versuchte er, dort drinnen etwas loszuschütteln. »Das ist doch alles zu seltsam. Ich meine, bis jetzt kann ich immer noch keine richtige Verbindung zwischen Cornelius und Smits sehen. Aber dann steht er so lange vor dessen Laden rum ... und ist nicht einmal reingegangen, um Smits zu besuchen ... aber vielleicht hat er es ja auch getan, und dann ... aber dann dieser Brief an mich von ihm, in Üsküdar ...«

»Wir werden mehr wissen«, sagte Süleyman, »wenn der Brief morgen ankommt.«

İkmen machte ein missmutiges Gesicht. »Es ist zu schade, dass der Polizist ihn nicht gleich an Ort und Stelle abfangen konnte!«

»Nun«, gab Süleyman grinsend zurück, »Sie wissen so gut wie ich, dass er niemals die Befugnis dazu gehabt hätte.«

İkmen warf ihm einen säuerlichen Blick zu. Süleymans sklavisches Festhalten an »korrektem Vorgehen« war manchmal wirklich ärgerlich.

Da Süleyman diesen Ausdruck bei İkmen bemerkte und genau wusste, was er bedeutete, wechselte er schnell das Thema. »Und haben Sie an der Universität etwas erreicht?«

İkmen zündete sich eine Zigarette an und legte, nachdem er den Rauch ausgestoßen hatte, mit seiner Darlegung los. »Professor Mazmoulian wusste sehr wohl von Smits. In den 60er Jahren hat er ihn sogar mal interviewt.«

»Wirklich?«

»Ja. Im Zusammenhang mit seinem Buch von 1968 *Die Türkei und Deutschland: eine schwierige Ehe.* Obwohl es hauptsächlich um unsere Allianz mit den Deutschen im Krieg 1914–18 ging, gab es am Schluss auch ein Kapitel über die Naziaktivitäten in der Türkei im Krieg von 1939–45. Es enthielt Zitate von Smits und anderen Leuten wie ihm. Er war offensichtlich ziemlich stolz darauf, dass er all seine jüdischen Arbeiter entlassen hat. Und zumindest noch 1968 hat er absolut keine Reue darüber gezeigt.«

»Also hat er uns definitiv belogen, als wir mit ihm gesprochen haben?«

»Allerdings.« İkmen räusperte sich und befreite seine Kehle von dem dicken morgendlichen Schleim. »Und ich zumindest kann dafür keinen anderen Beweggrund sehen, als seine Verbindung zu Meyer zu verbergen, oder Sie etwa?«

»Nein. Obwohl ...«

»Ja?«

»Na ja, diese antisemitische Nummer haut bei Smits kaum hin, wenn er und Meyer schon seit 1940 keinen Kontakt mehr hatten.«

»Aber sie standen doch in Kontakt, oder? Wieso sollte Meyer ein Adressbuch mit so vielen mittlerweile ungültigen Informationen über seine Freunde mit sich herumtragen, wenn er sowieso so wenige hatte?«

Süleyman nickte zustimmend. »Schon, aber ich habe das Gefühl, wenn Smits was damit zu tun hätte, dann müsste mehr als nur Rassismus im Spiel sein, zum Beispiel, dass Meyer irgendwas über ihn gewusst hätte, irgendwas aus jüngerer Zeit ...«

»O ja. Das ist auch sehr gut möglich und könnte zudem das Geld erklären, das Meyer ja anscheinend hatte.«

»Ja.«

Einen Moment saßen die beiden Männer still beieinander, wobei ein jeder das aufzunehmen und einzuschätzen versuchte, was gerade geäußert worden war. Auf den ersten Blick schien Smits sich selbst eine sehr tiefe und gefährliche Grube auszuheben – sowohl in Hinblick auf die Polizei als auch unerklärlicherweise auf Robert Cornelius.

Als İkmen schließlich wieder ansetzte, hatte er beschlossen, wie sie weiter vorzugehen hätten. »Ich meine, wir sollten Herrn Smits irgendwann morgen noch einmal einen Besuch abstatten – beziehungsweise Sie sollten das tun.«

»Ich?«

»Ja.«

»Warum?«

»Weil ich glaube, dass wir Smits mit alldem konfrontieren müssen. Und weil ich denke, dass Sie noch etwas Praxis brauchen, und weil …«, hier zündete sich İkmen eine neue Zigarette am verglühenden Stummel der alten an, »… weil ich morgen Mittag eine weitere Verabredung an der Uni habe.«

»Sie treffen den Professor noch mal?«

»Nein.« İkmen lächelte. »Nein, ich werde Dr. İkmen in die Abteilung für europäische Geschichte in der Bibliothek begleiten.«

»Dr. İkmen ist …«

»Mein Vater, ja, obwohl er mich vermutlich prügeln würde, wenn er mitbekäme, dass ich von ihm als Dr. İkmen spreche. Timur meint, dass nur unsichere Menschen Titel benutzen, weshalb er auch Timur heißt und nicht ›Vater‹, falls Sie das interessiert.«

Süleyman lächelte. Auch nach seiner geringen Kenntnis des alten Herrn hörte sich das ziemlich stimmig an. »Darf ich fragen, warum Sie in die Bibliothek gehen?«

»Ich will nach einem oder mehreren Namen suchen, falls das möglich ist. Mit Timurs Hilfe will ich sehen, was ich aus neueren russischen Lehrbüchern über die Revolution herausfinden kann.«

»Ich nehme an, das soll Sie zu Meyers lange vergangener Tat hinführen.«

»Genau. Und nach dem, was mir Dr. Sarkissian berichtet hat, sieht es so aus, als ob Meyers Beteiligung an den Tötungsaktionen der Bolschewiken mehr oder weniger offizieller Natur gewesen wäre.«

»Was heißt das?«

»Dr. Sarkissian hat an Meyers Hand und Arm ein paar alte Wunden beziehungsweise Narben entdeckt, die Dr. İsmail aus der ballistischen Abteilung vermuten lassen, dass Meyer einem Erschießungskommando angehört hat.«

»Oh!«

»Allerdings«, fuhr İkmen fort, »weiß ich nicht, wie er zu diesem Schluss gekommen ist, aber ich denke schon, dass es sich lohnt, in dieser Richtung zu ermitteln. Von Anfang an haben die Bolschewiken eifrig sämtliche Erinnerungen an solche Dinge aufgehoben, und wenn wir herauskriegen, wen Meyer umgebracht hat, können wir vielleicht etwas über seinen eigenen Tod erfahren.«

Süleyman blickte skeptisch. »Meinen Sie immer noch, dass dieses alte Verbrechen etwas zu bedeuten hat?«

»Ja, das tue ich. Denn die Art, wie er umgebracht wurde, war so unlogisch und bizarr, dass ich mir nur vorstellen kann, jemand hat auf etwas Bestimmtes aufmerksam machen wollen. Meyer war doch so alt, dass man ihn durch Erstechen oder Erwürgen innerhalb von Sekunden hätte erledigen können. Wozu dann die Säure, und wozu das mit seinem Blut gemalte Hakenkreuz?«

»Oh, aber das Hakenkreuz belegt doch …«

İkmen hielt warnend den Finger hoch. »Nicht notwendigerweise, Süleyman. Symbole wie das Hakenkreuz sind viel älter, als man annehmen möchte. Ich weiß nichts über dessen Ursprünge, aber das Hakenkreuz könnte auch etwas anderes bedeuten als ›Schau her, ich bin ein Nazi‹. Und in diesem Licht betrachtet, können die Art und Weise sowie das Motiv von Meyers Tod eine vollkommen andere Bedeutung erhalten.«

»Ja schon, das glaube ich auch, nur …«

»Aber, denken Sie wohl gerade, wohin führt uns das jetzt in Hinsicht auf Smits und Cornelius?«

Süleyman seufzte. »Sie müssen doch zugeben, dass es nahe liegt, beide, wenn auch auf unterschiedliche Art, mit Meyer in Verbindung zu bringen.«

İkmen lächelte. »Und auch mit Frau Maria Gulcu, erinnern Sie sich? Ehe wir es vergessen, sie lernte Meyer während der Revolution kennen, und obwohl sie alles leugnet, besteht die Möglichkeit, dass sie Zeugin von Meyers altem Verbrechen war. Wenn wir herauskriegen könnten, worin dieses Verbrechen bestand, dann wäre ich in der Lage, sie noch einmal damit zu konfrontieren. Der Name, unter dem unsere Gulcus ihr Telefon angemeldet haben, ist vielleicht der Mädchenname der alten Frau und das könnte möglicherweise von Bedeutung sein.«

»Obwohl das nicht heißt, dass sie den alten Meyer umgebracht hat, oder?«

»Nein. Aber dann heißt es eben auch nicht, dass Smits, nur weil er ein Nazi ist, oder Cornelius, nur weil er in der Nähe der Wohnung war und Maria Gulcu kennt, die Mörder sind.«

Süleyman sah seinen Chef von der Seite an und senkte dann unter tiefem Seufzen den Kopf. »Trotz all dieser Beweise sind wir bisher noch nicht wirklich weitergekommen, oder?«

»Doch, sind wir«, erwiderte İkmen fröhlich. »Wenn Sie diesen Fall als eine Art zerborstenen Spiegel betrachten, sehen Sie, was ich meine.«

»Ein zerborstener Spiegel?«

»Ja. Als Meyer starb, zerbrach der Spiegel, und sämtliche Teile flogen in alle Richtungen davon. Was wir seither getan haben, ist, diese Teile wieder aufzusammeln. Ich bin der Überzeugung, dass wir nun alle beisammen haben, oder fast alle. Es bleibt allerdings das Problem, dass wir nun ohne eine Ahnung von der Größe oder Form des Spiegels alle Teile zusammensetzen müssen, um ihn wiederherzustellen.«

»Ah.«

İkmen stand auf und klopfte dem jüngeren Mann auf den Rücken, als er um Süleymans Stuhl herumging, um an die Kochplatte beziehungsweise den Kessel auf der Kochplatte zu gelangen. »Sehen Sie es doch einfach als Herausforderung an, Süleyman. Manche Leute würden sogar ein Mord begehen für einen Job mit Herausforderung.«

## Kapitel 15

Wenn sie sich gut fühlte, war die Wahl ihrer Kleidung schwieriger, als wenn sie sich schlecht fühlte. Die einzige Möglichkeit bei Depression war Schwarz. Nicht viel Schwarz, nur etwas Knappes. An gleichmäßigen, ausgeglichenen Tagen bedeckte sie sich; nur die Extreme ließen sie die Gefahr herausfordern. An diesem Morgen war sie allerdings unbeschwerterer Stimmung und hatte Lust auf etwas Rotes. Der schwarze Rock und die schwarze Bluse, die sie Samstag Abend im Yıldız-Park getragen hatte, starrten sie an, aber Natalia übersah sie. Gewöhnlich hielt sie sich nicht lange bei vergangenen Eroberungen auf – obwohl die letzte ein besonders freches kleines Zwischenspiel war. Sie lächelte. Zumindest ein kleiner Soldat würde für eine Weile etwas zum Nachdenken haben. Wie dumm der männliche Stolz doch war! Natalia fragte sich, wie er die Geschichte wohl drehte, wenn er sie seinen Freunden erzählte. Sie fragte sich auch, wie viel Schaden sie bei ihm angerichtet hatte – zumindest geistig – und hoffte, dass es nicht wenig war.

Natürlich war es schade gewesen, die Verabredung mit dem Silberschmied abzusagen, aber dann hatten ihr die Ereignisse im Yıldız-Park doch so viel mehr Vergnügen bereitet. Wie gut der Silberschmied auch hätte sein mögen, mit Sicherheit wäre er an den unbekannten Soldaten nicht herangekommen. Was hätte er ihr wohl in den Mund gesteckt – ein Armband? Ihn und seine wertvollen Schmuckstücke würde sie es ein anderes Mal nachholen, wenn sie sich weniger sexy fühlte und dafür mehr auf materielle Eroberungen aus war. Natalia zog ein kurzes rotes Kleid aus Kunstfaser aus dem Schrank und hielt es sich an den nackten

Körper. Es war wirklich auffällig und mit Sicherheit würde es zumindest die Blicke auf sich ziehen. Sie zog einen weißen Seidenslip an und streifte sich das Kleid über den Kopf, wobei ihr Haar durch die elektrische Aufladung knisterte.

Im Rückblick war es richtig gewesen, Robert während all der langweiligen Monate hinzuhalten. Ein regulärer Freund, noch dazu ein verliebter, konnte von Vorteil sein. Er würde alles tun, um sie zu behalten. Seine hündische Ergebenheit war natürlich sehr lästig, aber eben auch nützlich. Denn jetzt handelte er in ihrem Interesse und schützte sie. Das war sehr gut. Und es würde auch gut weiterlaufen. Die Polizei hatte schon halb vermutet, dass der Mord am alten Leonid rassistisch motiviert gewesen war. Das hatte sie Robert tatsächlich gesagt. Und selbst wenn der Brief bis zu ihm zurückverfolgt werden könnte, hatte es immer noch nichts mit ihr zu tun. Das wäre zwar schlecht für Robert, machte ihr aber nicht viel aus.

Natalia saß vor ihrem Schminktisch und schmierte sich Grundierungscreme ins Gesicht. Sie war entzückt über das, was sie da im Spiegel sah, selbst als sie noch nicht das dicke Make-up aufgetragen hatte, das sie so gern mochte. Es war allerdings kein nettes Gesicht. Eher hungrig und sexy. Aber wer wollte schon nett sein!

Ihre Mutter und ihr Onkel Nicky dagegen waren nett. Ihr Onkel missbilligte es, wie sie Robert Cornelius »benutzte«. Er sagte, es sei gefährlich, und ihre Mutter hatte sogar die Vokabel »grausam« gebraucht. Der Überzeugung ihrer Mutter nach war Robert in sie verliebt – als ob das etwas ändern würde. Anya wurde allmählich nervös. Sie wollte, dass alles stimmte, damit sie so bald wie möglich fortgehen könnten und nichts unerledigt zurückbliebe. Natalia dachte daran, wie ihre Mutter vor dem Spiegel saß, ohne mit jemandem zu reden, und ihr wurde schlecht. Ihre Großmutter hatte natürlich alles verstanden, aber das musste sie ja auch. Sie hatte selbst einiges unternommen, um damals aus bestimmten Situationen herauszukommen. Großmama wusste, dass jeder und jedes seinen Preis hatte. Nichts war so kostbar, dass es nicht auf die eine oder andere Art gekauft werden konnte.

Natalia zog ihre Augen mit schwarzem Kajal nach. Große, weit geöffnete Augen erregten die meisten Männer, sie sahen so unschuldig aus. Großmama behauptete immer, dass in Wirklichkeit ihre großen blauen Augen sie gerettet hatten. Er war schon früher von ihnen entzückt gewesen, aber von der Angst noch mehr geweitet, müssen sie wahrhaft bezaubernd gewesen sein. Schon wieder diese blöde Verletzbarkeit der Männer, sogar der Männer mit Gewehren – *besonders* der Männer mit Gewehren.

Sie strich etwas schwarzes Maskara auf ihre ohnehin schon dichten Wimpern und legte dann Lippenstift auf. Ihr großer, fleischiger Mund. Natalia lächelte innerlich. Sie war glücklich. Heute würde die Arbeit gut laufen. Der arme, sanfte Robert hatte sich der Polizei angenommen, so dass sie ihn bald los war – fantastisch. Das Leben war schön.

»Also.« İkmen setzte sich und sah Süleyman mit ernstem Gesicht über einen seiner Aktentürme hinweg an. »Was werden Sie dem alten Smits erzählen?«

»Ich werde ihn mit der Tatsache konfrontieren, dass Dokumente existieren, die zweifelsfrei belegen, dass er ein Nazi und für die Entlassung jüdischer Arbeiter verantwortlich war.«

İkmen sah den Stapel mit der Post auf seinem Schreibtisch durch, nahm den obersten Umschlag, betrachtete ihn und warf ihn direkt in den Papierkorb. »Sie müssen allerdings vorsichtig sein«, sagte er, »wenn Sie ihn wirklich hart angehen, könnte er einen Herzinfarkt kriegen.«

»Ich werde«, antwortete Süleyman und meinte es vollkommen ernst, »beherrscht und höflich sein, wie immer.«

»Gut.« İkmen öffnete den zweiten Umschlag und überantwortete dessen Inhalt dem Papierkorb. Mit dem dritten Umschlag aber verhielt es sich völlig anders. »Ja, ja«, sagte İkmen, »man soll nie sagen, dass die türkische Post nicht ein effizienter, wohl organisierter Betrieb ist.«

Süleyman sah auf. »Wie bitte?«

»Ich glaube, dass ich soeben mein nettes Briefchen von Robert Cornelius erhalten habe.«

»Oh!« Süleyman ignorierte die gewohnten Artigkeiten, die im Falle persönlicher Post anderer Leute galten, stand auf und trippelte schnell hinter İkmens Schreibtisch. »Dann machen Sie ihn doch auf!«

İkmen warf ihm einen erstaunten Blick zu.

»Bitte, machen Sie doch …«

İkmen griff mit seinem Finger unter die gummierte Lasche und zog ein Papier heraus, das beide gleichzeitig lasen. Als sie die Lektüre beendet hatten, sahen sie einander an und ihre Gesichter hatten den gleichen fragenden Ausdruck.

»Ich habe das Gefühl, Süleyman«, sagte İkmen, nachdem er alles aufgenommen hatte, was im Brief stand, »dass unser Mr. Cornelius irgendwie den Faden verloren hat.«

»Das Gefühl habe ich auch.«

Genau in diesem Moment ging die Tür auf und ein sehr rotgesichtiger Kommissar Ardıç trat ein. Wie gewohnt kam er ohne weitere Formalitäten zur Sache. »İkmen«, dröhnte er, »wie sieht's aus mit dieser Meyer-Geschichte?«

İkmen und Süleyman, die nun beide durch das Erscheinen ihres Vorgesetzten angesprochen waren, sahen zunächst einander und dann den Brief in İkmens Hand an.

»Äh …«

Ardıç, der ihrem Blick folgte, fuchtelte mit seiner dicken Havanna in Richtung des Briefes. »Was haben Sie da?«

»Äh …«

Durch das Ausbleiben einer Antwort von beiden wütend geworden, ging Ardıç auf sie zu und riss İkmen den Brief aus der Hand. »Was ist das?«

»Ein Brief von jemandem«, gab İkmen zurück, »der offenkundig nicht ganz so klar denkt, wie er sollte.«

Ardıç überhörte vollkommen, was gerade gesagt worden war, und las den Brief – langsam und mit Bewegung der Lippen. Als er zum Ende des Schreibens kam, flüsterte İkmen Süleyman zu. »Ich habe ein sehr schlechtes Gefühl dabei.«

Ardıç sah auf, als er geendet hatte, wobei er ganz gegen seine Gewohnheit lächelte. »Nun, das ist doch eine ungemein faszinierende Information über unseren Smits! Er und Meyer im Streit um eine Frau, und dann schmeißt Smits Meyer noch aus dem Job und …«

»Bei allem Respekt …«, fing İkmen an.

»Ja?« Ardıç wedelte mit dem Brief wie mit einer Waffe in Richtung seines Untergebenen. »Was gibt's, İkmen? Wo liegt das Problem?«

»Bei allem Respekt, wir wissen, wer diesen Brief geschrieben hat, und es war kein Kompagnon von Smits.«

»Nein?« Er sah kurz auf den Brief und zuckte mit den Achseln. »Und?«

»Der Verfasser ist ein Engländer, der Engländer, der in der Nähe des Tatorts war …«

»Ist ja sehr interessant! Machen Sie weiter, İkmen, ich liebe so was!«

»Nun ja, soweit wir wissen, hat dieser Mann keine Verbindung zu Smits, obwohl ich zugebe, dass er etwas über ihn herausgefunden haben muss oder man es ihm erzählt hat. Ich meine, wir wissen jetzt, dass es stimmt, dass Smits jüdische Arbeiter entließ …«

»Ja.« Ardıçs Gesicht verfinsterte sich wieder. »Ich habe Ihnen doch schon vor einiger Zeit gesagt, dass Sie das weiter verfolgen sollen!«

İkmen sah auf den Boden. »Ja. Richtig. Nur leider werden wir hier alles mit höchster Vorsicht angehen müssen. Diese Geschichte, dass Meyer und Smits sich wegen einer Frau gestritten haben, ist zwar möglich, aber sie ist neu und …«

»Ja?«

»Schauen Sie«, fuhr İkmen fort, »wir suchen seit einiger Zeit bei Smits und Meyer nach noch konkreteren Verbindungen, die über das Verhältnis Arbeitgeber–Angestellter hinausgehen, und jetzt kommt das hier an und passt so …«

Ardıç grummelte gefährlich in seinen Bart hinein, was allerdings bei ihm nichts Ungewöhnliches war. »Wenn ich Sie wäre, İkmen, wäre ich verdammt dankbar, dass das hier gerade jetzt aufgetaucht ist, und es würde mich einen Dreck kümmern, wer diesen Brief warum geschrieben hat.«

»Schon, aber …«

Plötzlich und explosionsartig riss Ardıç der Geduldsfaden. »Ich scheiß auf all das! Ich will Smits hier haben, und zwar noch heute! Ist das klar?«

»Jawohl. Süleyman wollte gerade losgehen …«

»Hier und heute, İkmen! Habe ich mich klar ausgedrückt?«

»Jawohl, vollkommen klar.«

Ardıç warf den Brief auf İkmens Schreibtisch. »Und diesen Engländer auch!«

»Jawohl.«

»Und …«, noch einmal fuchtelte er mit seiner Zigarre in der Luft herum, diesmal direkt vor İkmens Gesicht, »… das nächste Mal versuchen Sie nicht, Beweise vor mir zu verstecken! Sie können Ihren verrückten Theorien über all das, die Sie ohne Zweifel haben, in Ihrer Freizeit nachgehen. Aber wenn Sie hier sind, gehören Sie mir, haben Sie verstanden?«

»Jawohl.«

»Gut.«

Dann wandte er sich auf dem Absatz um, ungewöhnlich

schnell für einen Mann seiner Größe, und stapfte den Korridor zurück. Als der Fußboden endlich nicht mehr vibrierte, drehte sich İkmen zu Süleyman um. »Der einzige Grund, der mir einfällt, warum Cornelius diesen Brief geschrieben hat, ist der, sich selber zu schützen.«

Süleyman sah einen Moment verwirrt drein. İkmen schien die Tatsache zu ignorieren, dass Ardıç überhaupt in diesem Raum gewesen war. »Äh …«

»Obwohl, woher er diese Informationen hat, wenn sie stimmen, und wer sie ihm wohl geliefert haben mag …«

»Falls es nicht das Mädchen war, Natalia Gulcu. Schließlich kennt deren Familie Smits ja.«

»Stimmt. Und es ist sicher auch Tatsache, dass Maria Gulcu scharf darauf ist, dass wir auf Smits stoßen. Aber trotzdem, die Sache über Cornelius laufen zu lassen, und dann noch so merkwürdig und sentimental … Ich meine, ich kann mir nicht vorstellen, warum uns ein Kompagnon von Smits ihn uns einfach so ausliefern sollte. Ich kann es mir nicht anders erklären, als dass Cornelius nicht bei Verstand gewesen sein muss, meinetwegen auf Drogen oder sonst was, als er das geschrieben hat.« İkmen seufzte leicht, es war ein niedergeschlagener Seufzer. »Ach, ich weiß es nicht. Mir scheint, Sie gehen jetzt besser und holen den alten Smits.«

»Ja.« Süleyman zog sich wieder an seinen eigenen Schreibtisch zurück. »Und was ist mit Cornelius?«

İkmen zündete sich eine Zigarette an und ließ sein Kinn langsam in die Hände sinken. »Ich werde ihn weiter observieren lassen – erst mal. Ardıç kann mich mal, wenn er meint, ich nehme Cornelius fest, ehe ich was gegen ihn in der Hand habe. Der soll sich doch erst mal eine Weile wundern, was mit seinem Brief passiert ist, und in seinem Geisteszustand wird er uns wahrscheinlich genau das erzählen, was wir noch wissen wollen.«

»Glauben Sie wirklich?«

»Er wird sich vermutlich gerade die Fingernägel bis zum Knochen abbeißen. Jedenfalls würde ich es tun. Jetzt aber …« İkmen stand auf und wühlte in seinen Taschen nach den Autoschlüsseln, »… gehen Sie und bitten Sie Smits für ein paar Stunden zu uns, während ich zur Unibibliothek fahre.«

»Ach, dahin gehen Sie immer noch? Ich …«

İkmen sackte bei diesem offensichtlichen Verständnismangel auf Seiten Süleymans sichtlich zusammen. »Ich mache immer nur fünfzig Prozent von dem, was Ardıç will. Das wissen Sie doch! Ich veranlasse hier von diesem Schreibtisch aus, dass Cornelius observiert wird, und dann hau ich ab, was Sie im Übrigen auch tun sollten, wenn Sie keinen Ärger kriegen wollen.«

Robert kam gerade rechtzeitig ins Lehrerzimmer, um den Beginn der Feier mitzubekommen. Zunächst war er vollkommen verwirrt. Weinflaschen und Gläser an Stelle von Kaffeetassen, rote und goldene Luftschlangen an der Decke, dazu Lachen, tatsächlich wirkliches, grundehrliches Lachen. Was zum Teufel geht hier vor? Und warum? Was auch geschehen sein mochte, keiner hatte sich die Mühe gemacht, es ihm mitzuteilen.

Rosemary schwankte mit einer Flasche billigen Weißweins und einem Glas auf ihn zu. Sie trug ein blasses Blümchenkleid mit weitem Rock. Es war sehr hübsch, aber selbst durch den Nebel seiner Depression merkte Robert, dass es mindestens zwanzig Jahre zu jung für sie war.

»Willst du auch das Baby begießen, Bob?«

»Was?«

Rosemary blickte leicht verwirrt. »Dieter und Hande. Sie haben einen kleinen Jungen gekriegt, Bürgüz.«

»Was?«

»Im deutschen Krankenhaus geboren, gestern Abend um acht.« Sie sah Robert tief in die Augen und neigte dabei den Kopf. »Du bist ja gar nicht richtig da, oder, Bob?«

Er zeigte in Richtung des Flurs. »Ich hatte gerade Konversationsunterricht, ich …«

»Willst du ein Glas von dem Zeug oder lieber nicht?« Seine Unbestimmtheit irritierte Rosemary. Die Welt mit all ihren Babys, den Feiern und den Sorgen bewegte sich immer weiter, nur er nicht. Irgendwo war er wie ein Fisch in einer Reuse, weder frei noch wirklich eingesperrt.

Mit einem Mal verlor Rosemary bei seinem ausdruckslosen Gesicht die Geduld und wandte sich dem nächsten Neuankömmling zu. Yusuf, groß, dunkel, fünfundzwanzig und ein Türke. Als sie aufeinander trafen, hörte Robert, dass Rosemary mädchenhaft kicherte. Yusuf war genau ihr Typ.

Robert schlich sich in eine Ecke des Raums und zündete sich beim Fernseher eine Zigarette an. Der kräftige Rauch hinterließ einen trockenen und üblen Geschmack in seinem Mund. Er wusste, dass sein Atem schlecht roch. Er brauchte etwas zu essen, irgendwas. Wenn sich sein Magen bloß nicht wie eine alte Walnuss anfühlen würde! Natalia war erfreut gewesen, als er ihr sagte, was er alles getan hatte. Jetzt, da seine Sorgen weg waren, würde diese Verkrampftheit, dieses Gefühl der Übelkeit sicher verfliegen.

Aber er wusste genau, dass dies nicht eintreten würde. Außer Natalia waren ja noch andere in den Fall verwickelt. Robert versuchte mit aller Macht, sich zu erinnern, ob er das Papier an irgendeiner Stelle mit den Fingern berührt hatte, aber es gelang ihm nicht. Er fasste zur Sicherheit in die Tasche, um nach dem Taschentuch zu suchen. Er hatte es zu Hause gelassen, was aber kaum überraschend war. Auf die schlaflose Nacht am Samstag war am Sonntag ein unruhiger und angenehmer Schlaf gefolgt. Ein Nickerchen, ständig unterbrochen durch Bilder von winzigen, dreckigen Gefängniszellen und Erdfußböden. Seine Füße, die fest zusammengeschnürt und hoch über den Kopf gezurrt waren; ein junger Mann in Polizeiuniform mit nacktem Oberkörper, der eine schwere Peitsche schwang. »Der Polizei bei den Ermittlungen helfen.«

Aber das tat er doch gar nicht! Robert sah auf seine Füße und versuchte, sich nicht zu schämen. Jeder hätte das in seiner Situation getan! Es war Liebe, genau so war es!

Robert betrachtete die lächelnden Gesichter um sich herum. Normale und ziemlich glückliche Leute. Menschen, die das Beste aus ihrem Job machten, die sich gestatteten, die guten Zeiten zu genießen, ohne sich um die Zukunft Sorgen zu machen. Menschen, die sich nur in Gesellschaft betranken, niemals allein.

Und natürlich besoff sich Dieter jetzt vollständig. Okay, seine Frau hatte gerade ein Baby gekriegt, er hatte ein Recht darauf. Robert dachte an Dieters türkische Frau, Hande. Sie war nett, eine zarte junge Frau, sie und Dieter kamen ohne übermäßige Schwierigkeiten zurecht. Vielleicht lag ja der Fehler bei ihm, bei Robert. Vielleicht war seine britische Art die Quelle ihrer Schwierigkeiten. War womöglich Natalia die Vernünftige?

Rosemary kam mit diesem eklig-süßen Yusuf, dem angeblichen Verwaltungsassistenten, zu Robert. Dieser Fulltime-Gigolo!

»Vielleicht bringst du es ja fertig, dass er ein bisschen lockerer wird und was trinkt«, sagte sie, wobei sie mit dem Kopf in Roberts Richtung wies. »Ich denke, das sollte er, meinst du nicht?«

Yusuf lächelte, wobei er genug Zähne für ein ganzes Regiment entblößte. Robert schreckte zurück. »Bob! Warum feierst du nicht mit?«

Robert zuckte die Achseln und setzte ein leichtes Lächeln auf. »Ich hab gerad leichte Magenprobleme.«

»Oh!« Yusufs Lächeln verschwand. Robert empfand dies als Beschämung. Er hatte gehofft, dass der Kopf des jungen Mannes an dessen Mund in zwei Teile zerfallen würde.

»Aber Robert, türkischer Wein ist sehr gut für den Magen!«

Rosemary schlang ihre Hände um einen der behaarten Arme des Jünglings. »Ich finde sowieso, dass türkische Sachen generell gut für den Körper sind.«

Beide tauschten wissende Blicke aus. Plötzlich konnte Robert seinen Ekel nicht mehr zurückhalten. Rosemary war alt genug, um Yusufs Mutter zu sein, Herrgott noch mal! Und der junge Mann war doch sowieso bloß ein Strichjunge!

»O bitte!«, hörte er sich sagen. »Bitte, ja?!«

Rosemary runzelte die Stirn. »Was ist los? Sag schon!«

Es war wie beim Drehbuchschreiben. Robert wollte keine Szene machen, wusste aber, dass er nicht darum herum käme. Die Worte lagen bereits in seinem Kopf parat.

»Herrgott noch mal, Rosemary, du bist doch wirklich alt genug, um seine Mutter sein zu können! Mädchen, was machst du da bloß?«

»Wie bitte?« Ihre Stimme war leise und ruhig; es war offenkundig, dass sie nicht schreien wollte. Ihr Tonfall aber war bedrohlich und ihre Augen blitzten vor Zorn.

»Rosemary, das ist doch fast schon Prostitution! Du fütterst ihn durch, führst ihn aus, wäschst ihm ein paar Monate lang seine Stinksocken und er vögelt dich ab und zu mal durch! Wahrscheinlich hat er zu Hause noch eine achtzehnjährige Dänin. Tut mir Leid, aber ...«

»Was hat er gesagt, Rosemary?«

»Ich sagte ...«

»Ich denke, du hast genug gesagt!« Rosemary hatte ihre Stimme erhoben, es war ihr egal, wer sonst noch zuhörte. Ihr Gesicht war dunkelrot. »Nur weil dein eigenes Liebesleben ein heilloses Durcheinander ist! Wahrscheinlich bist du auch darin ein elender Versager. Wie kannst du nur so was wagen! Wie kannst du nur wagen, mich und meine Art zu leben so zu kritisieren!«

Nichts verstand sie und sie würde auch nie was verstehen.

»Aber Rosemary, du wirst doch nur ein weiteres Mal verletzt, das weißt du doch!« Robert hatte nun auch angefangen zu schreien, wie er selbst hörte.

Alle Köpfe drehte sich zu ihnen um. Einige Leute waren gerade dabei, ihre halb eingeschenkten Gläser aufzufüllen, was sie unterbrachen. Sie waren allesamt gelangweilte Sprachlehrer und natürlich genossen sie einen schönen Streit.

»Ich glaube es einfach nicht!« Rosemary schüttelte den Kopf, wobei ihre blonden Locken an Yusufs Schulter schlugen. »Ich habe keine Ahnung, was in dich gefahren ist, du bist wie ein, ein …«

»Rosemary, ich …« Robert berührte sein Gesicht mit fleckigen, zitternden Händen. Wieder ging es ihm schlecht. Es war wirklich schrecklich und grausam gewesen, so etwas zu sagen.

»Sieh dich doch selber an! Du fällst doch gleich auseinander!« Sie machte ein angewidertes Gesicht und trat zurück. »Du warst immer schon komisch, aber … Du redest nicht, du siehst aus, als würdest du nicht schlafen, neulich hast du dich nicht mal rasiert. Ich habe weiß Gott versucht, dir zu helfen, aber ganz ehrlich, ich glaub, dir ist nicht mehr zu helfen!«

Robert sah in Rosemarys gealtertes Gesicht und fragte sich: Warum? Warum hatte er das nur gesagt? Es war nicht nötig gewesen. Wie schon die andere Geschichte mit diesem vermaledeiten Brief hatte ihn niemand dazu gezwungen. Es dämmerte ihm, dass er womöglich in beiden Fällen genau das Falsche gemacht hätte. Wenn man für jemanden das Beste will, vielleicht …

»Ich tue, was ich will und wann ich es will!« Rosemary schüttelte wütend den Kopf. »Wag es bloß nicht noch mal, mir zu sagen, wie ich leben soll, Robert Cornelius! Und komm bloß nicht wieder zu mir nach Hause, um mir was von irgendwelchen Heiratsfantasien vorzuheulen! Das ist wirklich erbärmlich! Du bist erbärmlich!«

Sie drehte sich um und ging zurück, mitten ins Zimmer. Den verwirrten Yusuf zog sie hinter sich her.

Einige peinliche Sekunden darauf kam wieder Leben in die Party und Robert sah sich allein gelassen. Okay, er hatte es also ausgesprochen, und was jetzt? Die Stimmen um ihn herum wurden wieder lauter und er fühlte sich auf fast unerträgliche Weise isoliert. Das tat weh. Er hatte sich zum Narren gemacht. Alle würden sie jetzt denken, dass er auf Rosemary neidisch wäre, aber war das wirklich so schlimm? Seine Worte hatten doch wohl ihren Sinn und Zweck gehabt, oder? Natürlich hatten sie das! Sein Leben änderte sich gerade und es gab kein Zurück. Robert lächelte, aber nicht vor Glück. Natürlich! Rosemary musste ja verletzt sein. Es war wichtig, dass er sie auf Distanz hielt. So musste es mit allen Leuten sein, die ihm etwas bedeuteten. Seine Erinnerung führte ihm kurzzeitig das Bild Natalias vor Augen. Er runzelte die Stirn.

Reinhold Smits sah sich in seiner neuen Umgebung mit unverhohlener Abscheu um. Es gab ja auch wirklich wenig an diesem heißen, schmuddeligen Raum zu bewundern, in dem er sich jetzt wiederfand. Genauso schmutzig grün und braun gestrichen, wie es für so viele öffentliche Gebäude typisch schien, war das Verhörzimmer Nummer fünf kaum ein Ort des Friedens und der Erholung. Und der ewig pingelige Smits bemerkte all die kleinen Dinge, die für gewöhnlich von den üblichen Anwesenden in diesem Raum übersehen wurden: zum Beispiel die Tatsache, dass die alte Blechdose, die als Aschenbecher diente, nicht mehr geleert worden war, seit der letzte »Verdächtige« dieses Zimmer verlassen hatte; wie auch die Tatsache, dass der junge Polizist, der die Tür bewachte, ziemlich schlimme Akne hatte.

Nachdem er kurz mit dem winzigen und mehr oder weniger nutzlosen Ventilator auf dem Tisch herumgespielt hatte, setzte sich der junge Polizeimeister Süleyman vor Smits hin und lächelte. Er drückte den Knopf am großen, antiquierten Tonbandgerät neben sich und sprach ein paar unverständliche Worte in die Maschine, ehe er sich an Smits wandte.

»Könnten Sie bitte für das Tonband Ihren vollen Namen, Ihr Alter und Ihren Beruf angeben?«

Smits nickte und fing dann an, wobei sein Gesicht angespannt und sichtbar angestrengt war. »Mein Name ist Reinhold Smits, ich bin neunzig Jahre alt und Besitzer mehrerer größerer Firmen, die mit Textilien, Kohle und Haushaltswaren handeln.«

Süleyman nickte anerkennend. »Ich danke Ihnen. Ehe ich jetzt weitere Fragen stelle, muss ich Sie darüber in Kenntnis setzen, dass wir mittlerweile Informationen besitzen, die sowohl Ihre frühere Parteinahme für die Nazis als auch Ihre Handlungen bestätigen, die damit in Zusammenhang stehen, darunter die Entlassung einiger jüdischer Arbeiter aus Ihren Diensten in den frühen 40er Jahren. Können Sie verstehen, was ich sage?«

Das hätte Smits sich auch denken können. Tatsächlich hatte er im Unterbewusstein längst gewusst, dass all dies irgendwann herauskommen würde. Deshalb legte er auch nicht die geringste Überraschung an den Tag, als dies nun eintrat. »Ja«, erwiderte er einfach, »ich verstehe.«

»Gut.« Süleyman machte eine kurze Pause, wahrscheinlich – wie Smits vermutete, um seine Gedanken zu sammeln –, weil der ausgebliebene Schock und das fehlende Erschrecken ihn aus dem Konzept gebracht hatten. »Angesichts dessen, was ich Ihnen gerade erzählt habe, Mr. Smits, warum haben Sie zunächst Unkenntnis dieser Tatsachen vorgetäuscht, als wir Sie das erste Mal befragt haben?«

»Weil Sie mich baten, mich an eine Zeit meines Lebens zu erinnern, die ich lieber vergessen würde. Und weil ich mich so verhalten habe, konnten Sie leider ziemlich irrige Verbindungen zwischen mir und den gegenwärtigen Ereignissen herstellen.«

»Und trotzdem meine ich, stimmt es, wenn ich sage, dass Sie einen Leonid Meyer sehr wohl kannten und ihn aus Ihrem Dienst entließen?«

Smits holte tief Luft und fasste in der Pause zwischen Ein- und Ausatmen einen Entschluss, von dem er hoffte, es möge der richtige sein. »Ja, Polizeimeister, das trifft zu.«

Die Augen des jungen Mannes offenbarten, obwohl leicht abgewendet, einen gewissen Triumph. Mit einem Mal wurde Smits übel. »Könnte ich ein Glas Wasser bekommen?«, fragte er und fasste sich an seine dünne, sehnige Kehle.

Der Polizeimeister nickte dem Polizisten an der Tür kurz zu, der daraufhin zum Wasserhahn im Flur ging und mit einer gesprungenen Tasse voll öliger grauer Flüssigkeit zurückkam. Smits nickte dankbar.

Süleyman erklärte kurz, nur für das Tonband, was sich gerade abgespielt hatte, und fuhr dann, als er spürte, dass Smits wieder bereit war, fort.

»Also, welcher Natur war Ihre Verbindung zu Leonid Meyer?«

»Er war einer meiner Angestellten«, antwortete Smits.

»War das alles?«

»Ja.«

»Sie hatten also außerhalb der Arbeit nichts mit Meyer zu tun?«

»Nein.«

Möglicherweise wäre hier schon Schluss gewesen, und später sollte Smits sich selbst dafür schelten, dass er die Sache nicht auf sich hatte beruhen lassen. Aber seine wieder erwachende Angst veranlasste ihn zu fragen: »Warum?«

»Nun«, gab Süleyman zurück, »weil man uns angedeutet hat, dass Meyer und Sie in einen Streit wegen einer Frau verwickelt gewesen sein könnten.«

Das also war es! Dieses Spielchen also hatte die alte Hexe mit ihm zu spielen beschlossen! Smits spürte, wie sein Gesicht weiß vor Wut wurde – eine Reaktion, die seinem Befrager nicht entging.

»Ich habe den Eindruck«, sagte der Polizist, »dass diese Information Ihnen nicht neu ist.«

»Ja, Sie haben Recht, das ist sie nicht.«

»Und weiter ...?« Der junge Mann zuckte die Achseln, als wollte er Smits vorantreiben.

Na gut, wenn die alte Frau ein derart fieses Spiel spielen wollte, dann konnte er das auch. Smits räusperte sich, ehe er antwortete, um nun besser und vollständig klar zu artikulieren. »Mein Umgang mit dieser Frau ist tatsächlich nie über den Status der Bekanntschaft hinausgegangen. Ich möchte Ihnen nahe legen, dass Sie, falls Sie mehr über die Machenschaften zwischen ihr und Herrn Meyer wissen wollen, die Dame selbst befragen sollten.«

»Wer ist sie?«

Smits seufzte. »Maria Gulcu«, antwortete er, »oder eher Maria Demidova, wie sie damals hieß.«

Er meinte, in den Augen des jungen Mannes eine Gefühlsregung gesehen zu haben.

»Ich lernte Leonid 1919 kennen, als er kam, um bei meinem Vater zu arbeiten, und durch ihn lernte ich Maria kennen.«

»Ich verstehe.« Noch einmal machte Süleyman eine kurze Pause, um seine Gedanken für die nächste Frage zu ordnen. »Und waren Sie, Mr. Smits, je mit Leonid Meyer in Konkurrenz um die Aufmerksamkeit von Maria?«

»Ja. Obwohl nicht auf die Art, an die Sie vielleicht denken.«

»Ach? Auf welche Art denn?«

»Ich fand sie interessant, nicht im Sinne von sexueller Anziehung, und ...«

»Sie haben Meyer also nicht wegen Frau Gulcu aus Ihren Diensten entlassen?«

Smits senkte den Kopf und murmelte fast unhörbar: »Nein.«

»Warum haben Sie dann Leonid Meyer entlassen, Mr. Smits?«

Smits sah immer noch zu Boden. Es war besser, jetzt wirklich zerknirscht und reuig auszusehen. »In den 30er Jahren hat sich in Deutschland viel verändert. Mit dem Aufstieg von Adolf Hitler hat alle Menschen ein neues Vertrauen erfasst, einschließlich derer, die im Ausland lebten. Es gab jetzt innerhalb unserer Einflusssphäre keinen Platz mehr für die, die von einer minderwertigen Rasse abstammten.«

»Sie haben also einen Mann, der einmal Ihr Freund war, nur deshalb entlassen, weil er Jude war?«

»Ja. Aber was Sie dabei verstehen müssen, ist, dass damals ganz andere Zeiten waren. Wir …«

»Und diese Ansichten halten Sie bis heute aufrecht?«

Smits blickte auf und sah sich einem Augenpaar gegenüber, das vollkommen ohne Gnade oder Mitleid war.

»Nein.« Obwohl er immer noch unter dem Angriff litt, versuchte er, wenn auch verspätet, wieder einige Würde zu erlangen. »Nein, ich bin schon vor vielen Jahren zur Vernunft gekommen, Sergeant. Und wenn ich die Sache mit Leonid wieder hätte geradebiegen können, hätte ich es auch getan, aber …«

»Sie haben also den Kontakt zu Leonid nach der Entlassung verloren?«

Jetzt die Wahrheit zu sagen war vermutlich nicht besonders klug, aber zu lügen war angesichts der Tatsache, dass sein Name in Leonids Adressbuch stand, gleichfalls nicht gerade schlau. »Ich habe Leonid weiterhin von Zeit zu Zeit besucht«, erwiderte er. »Es schmerzte mich, was in späteren Jahren aus ihm geworden ist.«

»Geben Sie sich die Schuld an seinem Alkoholismus?«

»Zum Teil.«

Der junge Mann runzelte die Stirn. »Nur zum Teil?«

Was Smits dann sagte, war Ergebnis einer bewussten Entscheidung – einer Entscheidung zudem, die noch durch seine Wut über seine gegenwärtige Lage genährt wurde: die Lage, in die

Maria ihn gebracht hatte. »Leonid Meyer hatte eine Vergangenheit. Ich weiß nicht, welcher Natur sie war, aber ich weiß mit Bestimmtheit, dass er, ehe er in die Türkei kam, schon ein gebrochener Mann war.«

»Wissen Sie, warum?«

»Nein.«

»Wissen Sie etwas darüber, wie Leonid Meyer Maria Gulcu kennen lernte?«

Das war eine Frage, die er törichterweise nicht vorausgesehen hatte. Smits spürte – oder glaubte zu spüren –, wie sein Herz flatterte, und legte, wenn auch nur kurz, seine Hand auf den Brustkorb. »Nein, ich weiß nichts«, sagte er, »gar nichts.«

Der junge Mann sah Smits mit zusammengekniffenen Augen an. »Sind Sie da ganz sicher?«

»Ja.« Smits Stimme war leise geworden und unsicher. Und traurigerweise ähnelte sie sehr der des alten Mannes, der er tatsächlich war, was er zwar wusste, aber mit aller Verzweiflung von sich wehrte.

Und dann, ganz plötzlich, wurde es ernst.

»Haben Sie Leonid Meyer getötet, Mr. Smits?«

»Nein! Aus welchem Grund …«

»Ich weiß nicht, welchen Grund Sie für diese Tat gehabt haben könnten, Mr. Smits, deshalb frage ich Sie.«

»Aber …«

»Mir scheint, dass Ihr Gerede über Ihren gewandelten Charakter genauso eine Lüge ist wie alle anderen Unwahrheiten, die Sie uns erzählt haben.«

Erst in diesem Moment hatte Smits wirklich Angst. Erst jetzt schien die Freiheit, die den Rest seines Lebens betraf, wirklich in Gefahr zu sein. Ein Gefühl, das Smits nur noch gehässiger werden ließ. »Wenn Sie die Wahrheit suchen, Sergeant, dann sollten Sie mit jemandem reden, der sie kennt!«

»Was meinen Sie damit?«

»Ich meine damit, dass Sie mit Frau Maria Gulcu reden sollten, und zwar sehr bald, und dass Sie bei Ihrer Befragung dieser Person genauso wenig Gnade an den Tag legen mögen, wie Sie es mir gegenüber getan haben!«

»Und warum sollte ich das tun, Mr. Smits?«

»Weil sie was mit ihm hatte, ich ...«

»Was? Was hatte sie mit ihm?«

»Ich ...«

»Wo waren Sie an dem Tag, als Leonid Meyer starb, Mr. Smits?«

»Ich war ... ich war zu Hause, das ...«

Der Polizeimeister beugte sich nun vor und sah Smits direkt ins Gesicht. »Ein großer schwarzer Wagen, genauso einer wie Ihrer, wurde in der Nähe der Wohnung gesehen. War das Ihrer, Mr. Smits?«

»Nein!«

»Sie lügen. Und was ist das nun für eine Sache, die Frau Gulcu mit Leonid Meyer hatte? Wo waren Sie am Tag von Meyers Ermordung?«

»Ich ...«

»Kommen Sie, Mr. Smits, ich habe nicht den ganzen Tag Zeit! Worüber reden Sie hier? Das ergibt alles sehr wenig Sinn!«

Smits beobachtete – es schien ihm, als geschähe es in Zeitlupe –, wie der junge Mann fest mit der Faust auf den Tisch schlug. Der Aufprall war heftig und laut und Smits spürte, als er in seinem Schädel nachhallte, dass ihm die Kontrolle über die Ereignisse rasend schnell entglitt – wie Wasser, das den Abfluss hinunterlief. Und dann plötzlich war da nichts mehr – nur noch Finsternis. Es war wie ein kleiner Tod.

Der alte Mann fuhr langsam mit dem Finger über die Namensliste, während er las: »*Simonoff, Bagratid, Popov, Irimishvili.*«

İkmen hob gelangweilt eine müde Hand vor sein Gesicht. »Wer tötete ...?«

»Ist es schlimm, wenn der Name von deinem Mann hier nicht auftaucht?«

»Nicht besonders.« Allerdings schlug İkmen, nachdem er das müde Gesicht seines Vaters gesehen hatte, einen sanfteren Tonfall an. »Es tut mir Leid, Timur, du musst dich auch allmählich langweilen.«

Der alte Mann schaute missmutig. »Nun ja ...« Dann nahm er ein weiteres Buch vom Schreibtisch und reichte es seinem Sohn. »Das hier ist auf Englisch. Warum siehst du es nicht selbst durch, während ich mit dem Rest weitermache?«

İkmen seufzte. »Na gut.«

Das Buch mit dem Titel *Der Untergang des Zarenreiches* war seiner Meinung nach eher dünn, wenn man den Umfang des Themas in Betracht zog. İkmen sah zunächst den Index durch und fand Meyers Namen dort nicht aufgeführt, was ihn aber nicht weiter überraschte. Dann blätterte er zufällig und nach Laune das Buch durch, bis er auf ein Kapitel stieß, das den, wie er fand, schauerlichen Titel »Exekutionen« trug.

Wie schon die Unterlagen, die sein Vater zuvor durchgesehen hatte, bestand auch dieses Buch aus Listen von Ermordungen verschiedener wichtiger Leute sowie den Namen der Verantwortlichen. Der am umfangreichsten dokumentierte Fall war naturgemäß der des letzten Romanow-Zaren Nikolaus II. und seiner Familie, auf deren Verbrecher die beiden Männer in der Literatur schon mehrfach gestoßen waren. Wäre Meyer an diesem Vorfall beteiligt gewesen, dann allerdings wären sie an einen echten Knüller geraten. Aber dieser Vorfall war derart vollständig dokumentiert und jeder der Beteiligten so minutiös unter die Lupe genommen worden, dass eine Verwicklung Meyers darin vollkommen unmöglich war. Außerdem betrafen, worauf Timur schon früher hingewiesen hatte, viele dieser damaligen Tötungen nur sehr rangniedere Offizielle des Zarenreiches und sie waren, wie sich herausstellte, von vagabundierenden Zivilistenbanden begangen worden. Ein ungebildeter und vermutlich politisch naiver kleiner Jude wie Meyer wäre zugegebenermaßen vermutlich ein Mitglied einer dieser Banden gewesen.

İkmen blätterte die Seite um und suchte noch einmal nach bekannten Namen. Dass der, der ihm schließlich ins Auge fiel, ihn geradezu wie von einem Propeller angetrieben aus der Seite ansprang, nur gleichsam am Rande seiner Aufmerksamkeit gewesen war, machte es nur noch schockierender. Denn hier war mit einem Male eine Verbindung, die es wirklich gab, die real war und nichts anderes als eine Verbindung zwischen der Gegenwart und einer so dramatischen und gewalttätigen Vergangenheit bedeutete, so dass İkmen kaum zu atmen und noch viel weniger daran zu denken wagte, was es bedeutete. Demidova, der Name eines Telefonanschlusses; Demidova, auch hier in diesem Buch, der Name der Dienerin von Zarin Alexandra; die Frau, die zusammen mit ihrer kaiserlichen Herrin in jenem längst vergangenen Kugelhagel starb. War dieser Name vielleicht ein und derselbe? Das war doch wohl kaum möglich, oder?

Als İkmen weiterlas und in allen Einzelheiten begriff, wie die letzten russischen Monarchen von Erschießungskommandos umgebracht worden waren, bekam er das Bild Leonid Meyers, des Bolschewiken, nicht mehr aus dem Kopf. Könnte es wirklich sein …? Allerdings waren sämtliche Namen der bei dieser Tat beteiligten Männer in diesem Buch, wie auch in anderen, aufgeführt und der Name Meyer war nie dabei. Und eigentlich war die ganze Idee absurd, nur weil diese Dienerin und Maria Gulcu denselben Nachnamen trugen …

Er, İkmen, würde die alte Frau ohnehin befragen müssen. Sein Interesse war jetzt geweckt und …

»Entschuldigen Sie, aber sind Sie Dr. İkmens Sohn?« Ein klein gewachsener Mensch mit einer furchteinflößenden Brille mit Gläsern so dick wie Flaschenböden stand mit einem Mal bei İkmens Ellbogen.

»Ja, das bin ich.«

»Da ist ein Telefonanruf für Sie«, sagte er leise, »drüben im Büro.«

Verärgert, dass seine Gedanken unterbrochen wurden, gab İkmen gereizt zurück: »Wer ist es? Was will er?«

»Es ist ein Herr Süleyman. Er sagt, es sei ziemlich dringend.«

»Verdammt!« İkmen drehte sich um und klopfte seinem Vater auf die Schulter. »Halte bitte all diese Bücher für mich zurück, ja, Timur?«

»Geht in Ordnung.«

İkmen erhob sich und folgte dem seltsamen kleinen Mann, der gemächlich durch die Bibliothek trottete.

# Kapitel 16

Die Sonne war gerade aufgegangen, als sie Karadeniz Sokak erreichten. Beide waren sie allerdings schon hellwach und, zumindest was İkmen betraf, auch sehr ernst.

Als sie ihre Wohnung betraten, begrüßte Maria Gulcu sie winkend und fügte lächelnd hinzu: »Da sind Sie also wieder, Inspektor. Und Ihr hübscher Freund.«

»Vielleicht bin ich ja nur auf Ihre schönen Ikonen scharf, Mrs. Gulcu«, gab İkmen zurück.

Sie richtete sich unter Schmerzen im Bett auf. »Sie müssen entschuldigen, dass ich fast immer in diesem Bett bin, wenn Sie kommen, aber das Alter ist so … voller Einschränkungen. Sergej?«

Sie wies mit der Hand auf einen kleinen gekrümmten Mann, der auf einem Stuhl neben ihrem Bett saß. İkmen fand, er sah aus wie sechzig, obwohl man das nicht so leicht sagen konnte. Was auch immer mit ihm sein mochte, jedenfalls hatte er seinen Körper so verbogen, dass man kaum einen Blick in sein Gesicht werfen konnte. Er ergriff mit beiden Händen die Hand der alten Frau und küsste sie. »Mama?«

»Sergej, diese beiden Herren sind von der Polizei. Wir werden Englisch reden, solange sie hier sind, und du wirst sehr lieb sein.« Sie sah ihn mit strengem Blick an und wandte sich dann wieder İkmen zu. »Meine Herren, mein jüngerer Sohn, Sergej.«

İkmen verneigte sich. »Mr. Gulcu.«

Dieser murmelte etwas als Antwort, was İkmen aber nicht verstehen konnte.

Maria Gulcu zündete sich eine Zigarette an.

İkmen lächelte und ließ sich auf der Bettkante nieder. Süleyman blieb wie gewohnt stehen. Er wollte einen unverstellten Blick auf die Tür in diesem Haus haben. Dann fühlte er sich wohler.

»Nun, Inspektor, was können wir dieses Mal für Sie tun? Ich habe das Gefühl, dass wir schon recht alte Freunde sind, Sie und ich.«

Die Tür ging auf und die Enkelin Natalia kam auf Zehenspitzen ins Zimmer und setzte sich in einen der Sessel bei dem Fenster mit den geschlossenen Vorhängen. Heute war kein Diener da. Natalia versuchte noch einige Sekunden lang, ihre langen Beine in eine bequeme Position zu bringen. Schließlich schlug sie sie übereinander, und zwar mit einer Bewegung, die man nur als pornographisch bezeichnen konnte. Doch als sie endlich bequem saß, gab sie Ruhe.

İkmen verschränkte die Finger unter dem Kinn und wandte sich der alten Frau zu. »Nur noch ein paar weitere Fragen, Mrs. Gulcu, nichts Schmerzhaftes.«

Sie lächelte und leckte sich dabei ihre trockenen Lippen. »Sehr gut. Ohne Schmerzen ist gut. Ich mag nämlich keinen Schmerz, Inspektor, dazu bin ich zu alt.«

»Es gehört auch nicht gerade zu meinen besonderen Vorlieben, gnädige Frau.«

Maria Gulcu lachte. »Ich mag Sie«, sagte sie. »Sie sind zwar klein, schlecht angezogen und außerdem hässlich, aber ich mag Sie.«

»Ein Kompliment, das Polizisten sehr selten kriegen, gnädige Frau, vielen Dank.«

Der kleine Krüppel Sergej rutschte unter Schmerzen auf seinem Stuhl hin und her. Seine Füße baumelten nutzlos vor ihm hin und her, die Fußspitzen zeigten spiralförmig nach innen und hinten. İkmen bemerkte, dass Süleyman kaum seine Augen von ihnen abwenden konnte.

Er räusperte sich. »Mrs. Gulcu, ich muss Sie über Ihre Vergangenheit befragen.«

Sie kniff die Augen zusammen. »Warum?«

»Wenn Sie bitte nur meine Fragen beantworten wollen, gnädige Frau, die Gründe werde ich Ihnen später erklären.«

Sie rümpfte die Nase. »Wenn es sein muss.«

»Gut. Dann also.« İkmen führte seine Hände an die Wangen und schürzte die Lippen. »Soweit ich weiß, Mrs. Gulcu, sind Sie auch unter dem Namen Demidova geführt. Trifft das zu?«

»Mein Mädchenname, ja.« Obwohl sie nicht mit der Wimper zuckte oder sich ihr Unbehagen sonstwie anmerken ließ, drehte sich der kleine Mann neben ihrem Bett zur Seite. »Wie haben Sie das herausgefunden, Inspektor?«

Er lächelte. »Darüber werden wir möglicherweise später sprechen, Mrs. Gulcu. Woran ich gegenwärtig interessiert bin, ist, woher der Name Demidova stammt.«

»Ganz einfach. Mein Vater …«

»Nein, nein, lassen Sie mich es noch einmal sagen, gnädige Frau. Wonach ich suche, ist eine ganz bestimmte Demidova, eine, die ich gestern in der Tat in einem sehr interessanten Buch über die Geschichte Ihres Heimatlandes fand. Eine, die, wie ich erfuhr, Dienerin bei der Zarin Alexandra war.«

»Oh.«

Einen Moment lang herrschte völlige Stille in dem Raum. Eine Stille aber, während derer, wie İkmen spürte, sich sämtliche Augen auf ihn richteten.

Die alte Dame räusperte sich, ehe sie antwortete. »Nein, Inspektor, eine ganz andere Familie, das kann ich Ihnen versichern.«

»Können Sie das beweisen?«

Ihre Augen wurden eng und İkmen spürte, wie sie kurz davor war zu antworten, als der kleine Krüppel zu lachen anfing. »Inspektor, von meiner Mutter können Sie nicht erwarten …«

»Sergej!« Sie sprach mit lauter, aber vollständig kalter Stimme, als würde sie mit einem aufsässigen Kind reden. Dann blickte sie İkmen ins Gesicht, der aber wegsah und sich eine Zigarette anzündete.

»Es kann durchaus sein, dass mir hier etwas entgeht, Inspektor, aber was hat das mit Ihren Untersuchungen zu tun?«

»Es ist von Bedeutung, das glaube ich wenigstens, gnädige Frau«, sagte er. »Können Sie also beweisen oder nicht, ob Sie mit dieser Dienerin verwandt sind?«

»Nein, das kann ich nicht«, antwortete Maria Gulcu und blickte İkmen herausfordernd an. »Aber Sie können mich beim Wort nehmen, dass die Familie dieser Dame und meine eigene nicht ein und dieselbe sind.«

İkmen zog kräftig an seiner Zigarette. »Und warum sollte ich das?«

Sie bewegte sich etwas in ihrem Bett, wobei sie ihren Hals zu voller Höhe aufrichtete. »Weil ich Ihnen mein Wort gebe und weil die Dame, von der Sie sprechen, Anna Demidova, keine Verwandten hatte, als sie starb.«

»Sie scheinen doch einiges darüber zu wissen, gnädige Frau.«

»Das tun die meisten Russen, Inspektor. Aber wenn Sie mir wegen Anna Demidova nicht glauben, dann sehen Sie doch selbst nach. Sie scheinen über genügend Quellen in dieser Angelegenheit zu verfügen.«

»Das stimmt, ja«, lächelte İkmen, »und glauben Sie mir, ich werde mir die Sache genau anschauen, Mrs. Gulcu. Sobald ich wieder in meinem Wagen bin, werde ich das tun. Vielen Dank.«

»Und wenn Sie tatsächlich rauskriegen, dass diese Anna Demidova und ich nicht verwandt sind, dann teilen Sie mir vielleicht mit, Inspektor«, sagte sie neckisch, »wozu das alles gut sein soll.«

»Das werde ich Ihnen sogar schon jetzt sagen, gnädige Frau.« Er drückte seine halb aufgerauchte Zigarette in ihrem Aschenbecher aus, um sich sofort eine neue anzuzünden. »Es ist nicht so, dass ich meiner Sache vollkommen sicher wäre, aber … Es scheint sich abzuzeichnen, dass es irgendeine Verbindung zwischen dem gab, was Leonid Meyer damals in Russland angestellt hat, und dem, was sich hier kürzlich abgespielt hat.«

»Ach ja?«

»Ja. Wie Sie selbst sagten, war er Bolschewik und mir scheint, es mag für jene, die durch diese Gruppe zu Schaden kamen oder von ihr verfolgt wurden, eine Art Befriedigung bedeuten, wenn einer aus dieser Gruppe endlich stirbt.«

Maria Gulcu lachte. »Nach einer so langen Zeit, Inspektor, ist doch sicherlich …«

»Ohne dass ich jemanden kränken möchte, Mrs. Gulcu, wenn es sich um mein eigenes Volk handelte, würde ich sagen: nein. Aber ist doch weithin bekannt, dass die Russen sich sehr lang an solche Dinge erinnern, und …«

»Und Sie meinen also, dass ich, wenn ich mit Anna Demidova verwandt wäre, mir so etwas in den Kopf gesetzt hätte …« Hier machte sie eine Pause, während derer sie İkmens Anspielungen mit sichtbarer Verachtung strafte. »Aber Leonid war ein Freund, Inspektor İkmen – ein Freund, der mir noch dazu geholfen hat, mich von den Schrecknissen dieser Zeit zu entfernen.«

»Und sich selbst aus seiner eigenen und doch eher kriminellen Situation?«

Maria Gulcu bewegte sich ungeschickt in ihrem Bett und sah sich ungeduldig um, als wäre sie eingesperrt. »Oh, davon weiß ich nichts, Inspektor! Das habe ich doch schon gesagt. Und da Leonid nun gestorben und von uns gegangen ist, würde ich meinen, dass Ihre Chancen, jemals die Wahrheit herauszufinden, wirklich sehr gering sind.«

»Vielleicht. Vielleicht. Aber nach dem, was die Experten von der Spurensicherung sagen, besteht eine Möglichkeit, dass unser Mr. Meyer an der Zusammenstellung eines Erschießungskommandos beteiligt war. Vielleicht ein ähnliches, das Ihren letzten Zaren erschoss, gnädige Frau.«

»Ach, wirklich?« Maria Gulcus Augen waren mittlerweile erloschen, fast wie einstudiert, dachte İkmen.

»Ja, und falls ich keine Beweise finde, die nahe legen, dass Anna Demidova wirklich allein auf der Welt war, komme ich hierher zurück und werde mich noch einmal mit Ihnen unterhalten.«

Sie zuckte die Achseln. »Meinetwegen. Wenn Sie Ihre Zeit damit verbringen wollen, fantastischen historischen Theorien nachzujagen, zweifelsohne um Ihrer glanzvollen Karriere willen, dann steht Ihnen das natürlich frei.«

»Sehr schön.« İkmen sah kurz zu Süleyman hinüber, ehe er fortfuhr, und sah, dass der junge Mann sehr angestrengt blickte. İkmen wusste, wie er sich fühlte – dies alles war weder leicht noch angenehm. İkmen wechselte das Thema. »In Ordnung, Mrs. Gulcu«, sagte er, »und was ist nun mit Ihrem illegalen Status und dem Ihrer Verwandten hier in der Türkei?«

»Illegaler Status?«

»Ja. Wir sind auf den Namen Demidova im Zusammenhang mit Ihrer Telefonnummer gestoßen, als wir nach weiteren Mitgliedern der Familie Gulcu in dieser Stadt geforscht haben. Mit Ausnahme Ihres verstorbenen Ehemanns fanden wir absolut nichts. Können Sie uns das bitte erklären?«

Maria Gulcu ließ einen Augenblick verstreichen, ehe sie antwortete. Und dann sprach sie so logisch und geordnet, dass İkmen, hätte er es nicht besser gewusst, fast geglaubt hätte, alles, was sie sagte, sei durchaus vernünftig.

»Als ich in dieses Land kam«, sagte sie, »kümmerte sich kein Mensch darum, ob man ›Papiere‹ hatte oder nicht. So ist es nun mal nach einem Krieg. Der gute alte Mehmet Gulcu sorgte sich um mich und ich schenkte ihm dafür die Kinder, die er sich so sehr wünschte. Aber immer noch geschah nichts Offizielles –

Christen und Moslems heirateten damals nicht untereinander, es war viel zu kompliziert. Und auch, als Mehmet starb, gab es keinen Ärger, er hatte keine Familie, und so gingen sein Geld und sein Eigentum an mich. So war es und mir passte es gut, und …«

»Und Ihre Kinder? Was war mit denen – und mit Ihrer Enkelin? Sie haben durch Mr. Gulcu das Recht auf die türkische Staatsbürgerschaft. Warum sind Sie nicht gemeldet worden?«

Sie seufzte. »Um das verstehen zu können, Inspektor, müssten Sie ein Russe sein, deshalb wird das, was ich sagen will, sich für Sie lächerlich anhören. Aber …« sie hielt inne, um sich eine Zigarette anzuzünden, und fuhr fort, als sie den Rauch ausblies »… wenn das heilige Blut von Mütterchen Russland durch Ihre Adern fließt, dann neigen Sie dazu, die Welt etwas anders zu sehen. Ich bin in Russland geboren und ich habe mir immer gewünscht, auch in Russland zu sterben. Und meine Familie?« Sie lächelte. »Der geht es wie mir. Wir leben, soweit wir können, das Leben der Russen vor der Umwälzung von 1918. Mehmet verstand und ermöglichte uns dies alles, und als er starb, hinterließ er mir genügend Geld, um meine Exzentrizität zu finanzieren.«

Süleyman, der alles still mit angehört und beobachtet hatte, musste mit einem Mal etwas sagen. »Aber … aber leben Sie denn alle gerne auf diese Art?«

Maria Gulcu wandte sich an ihren Sohn, wobei sie eine Augenbraue hochzog. »Sergej?«

»Wir haben schon immer so gelebt«, antwortete Sergej schlicht. »Nur Natalia tut das nicht. Sie arbeitet für einen alten Freund meines Vaters, aber das ist ihre Sache.«

Die alte Frau sah Süleyman anerkennend an. »Ich bin keine Gefängniswärterin, junger Mann. Alle dürfen hier ihren eigenen Weg gehen. Natalia arbeitet und mein Sohn Nicholas darf dieses Haus verlassen, was er gelegentlich auch tut.«

İkmen räusperte sich, wodurch er Maria Gulcus Aufmerksamkeit wieder auf sich zog.

»Wir mögen ja durchaus komisch erscheinen und ich habe zweifelsohne Ihre Gesetze gebrochen, aber wir sind deshalb keine bösen Menschen. Wie ich Ihnen schon erzählt habe, Inspektor«, sagte Maria Gulcu, »gibt es da draußen in der Welt noch andere, die Gründe hatten oder haben, Leonids Tod zu wünschen.«

Ihre große Anstrengung, niemanden ausdrücklich beim Namen zu nennen, ließ İkmen lächeln. »O ja, Ihr alter Verfolger Reinhold Smits.«

»Verfolger?«

»Ja«, sagte İkmen, »wir haben aus anderer Quelle Informationen erhalten, die nahe legen, dass Meyer und Smits früher um Ihre Gunst im Streit lagen.«

»Ach ja?«

»Ja.«

Sie lächelte. »Und haben Sie bei Reinhold nachgefragt ...«

»O ja, Mrs. Smits hat diese Geschichte bestätigt, ja. Obwohl er uns noch andere wichtige Dinge erzählt hat, ehe er schließlich beim Verhör ins Stocken geriet.«

Hier änderte sich Maria Gulcus Gesichtsausdruck und zum ersten Mal, wie İkmen dachte – oder sich vorstellte, er wusste es nicht genau –, sah er wirkliche Angst in ihren Augen.

»Gegenwärtig«, fuhr İkmen fort, »können wir Mr. Smits nicht weiter verhören, da er indisponiert ist.«

Sie nickte, fast automatisch, und sagte dann leise: »Er hat Krebs.«

»Ja, das stimmt«, gab İkmen zurück, »obwohl wir leider nichts davon gewusst haben, als wir ihn zum Verhör baten. Hätte ich gewusst, dass Sie über diese neueren Entwicklungen in Mr. Smits Leben im Bilde sind, hätte ich Sie schon früher aufgesucht.«

Er glaubte, dass ihr Gesicht weiß geworden war, konnte sich aber wegen ihres dick aufgetragenen Make-ups nicht sicher sein.

»Kurz bevor Mr. Smits krank wurde, hat er jedoch meinem Sergeanten hier gesagt, dass Sie – um seine eigenen Worte zu gebrauchen – ›etwas‹ mit Mr. Meyer ›gehabt hätten‹, und außerdem, dass Sie die Einzige wären, die uns die volle ›Wahrheit‹ über Meyer sagen könnte.«

»Das hat er gesagt?«

»Ja.«

Sie räusperte sich und schien auf fast magische Art ihre kurz zuvor noch unsichere und ängstliche Haltung abzulegen. »Dann«, erwiderte sie, »möchte ich doch behaupten, dass Reinhold Smits lügt.«

»Nun ja«, gab İkmen zurück, »wenn Sie beide einander ziemlich verschwommener ›Dinge‹, wie ich sagen muss, bezichtigen, woher soll ich dann wissen, ob er lügt oder nicht?«

»Das können Sie allerdings nicht …«

»Nein, wirklich nicht, Mrs. Gulcu. Und zudem habe ich das bestimmte Gefühl, dass diese Sackgasse genau der Ort ist, an dem Sie beide mich jetzt auch ganz gern sehen möchten.«

Sie lachte. »Ach, Inspektor!«

Aber İkmen war nicht nach Scherzen zumute. Er war außerordentlich frustriert und kurz davor, wütend zu werden. Trotzdem hielt er seine Gefühle unter Kontrolle, drückte die Zigarette im Aschenbecher aus, beugte sich vor und sah Maria Gulcu in die Augen. »Wollen Sie wissen, was ich denke, gnädige Frau? Ich denke, dass Sie alle drei etwas ›miteinander hatten‹. Meyer hatte viel zu viel Geld für einen alten Penner und ich denke, dass sowohl Sie als auch Smits sehr wohl wissen, was da in der stinkenden Wohnung passiert ist und warum. Und außerdem glaube ich, dass Sie seine Schuldgefühle an dem alten ›Verbrechen‹ damals in Russland über sehr viele Jahre genährt haben. Schließlich muss es für Sie auf eine grauenvolle Art ziemlich erregend gewesen sein, über einen zusammengebrochenen, geschlagenen alten Bolschewiken verfügen zu können, vor allem angesichts der Tatsache, dass Leonid aus Perm stammte, also gerade mal ein paar Kilometer von Jekaterinburg entfernt, wo Ihr Zar ermordet wurde.«

Fast eine Minute lang hörte man in diesem Zimmer nicht einmal ein Atemgeräusch. Obwohl keiner der Anwesenden auch nur ansatzweise zeigte, dass er das, was gerade gesagt worden war, verstanden hatte, war die Atmosphäre doch so geladen, dass es weit mehr besagte als jedes Wort. Sogar İkmen wagte kaum zu atmen, bis endlich Maria Gulcu die Stille brach.

»Nichts von dem, was Sie da sagen, erscheint mir in irgendeiner Weise Sinn zu ergeben, Inspektor İkmen. Woraus ich schließen muss, dass ich angesichts meiner zugegebenen Unkenntnis der Dinge nun kaum von weiterem Nutzen für Sie bin.«

Zunächst nickte İkmen, um zu bedeuten, dass er ihre Worte wohl verstanden hatte, und sah dann zu Boden. »Wie Sie wollen, gnädige Frau. Ich werde Sie fürs Erste in Ruhe lassen …«

»Weil Sie nichts in der Hand haben.« Wieder stellte sie ihr süffisantes, kaltes und triumphierendes Lächeln zur Schau. »Und weil Sie das auch wissen.«

İkmen breitete seine Arme aus und zuckte dabei die Achseln. »Wie Sie wollen. Aber ich werde zurückkommen, gnädige Frau, so wie ich auch Mr. Smits noch einmal besuchen werde. Und zwar sehr bald, seien Sie dessen versichert.«

Maria Gulcu reagierte nur mit einer Handbewegung in Richtung der Enkelin, die sie auf Russisch anwies, die beiden Herren hinauszubegleiten.

İkmen stand auf und schloss sich seinem Kollegen an, der sich bereits dem Ausgang zugewandt hatte.

»*Au revoir*, Mrs. Gulcu«, sagte er und dann, zum Krüppel gewandt, »Mr. Gulcu.«

»Auf Wiedersehen, Inspektor İkmen«, antwortete sie und für einen kurzen Moment verwirrte der Klang ihrer Stimme İkmen. Ihre Worte wirkten irgendwie endgültig. Einen schrecklichen Augenblick lang sah İkmen in den Furcht erregenden Abgrund, der sich in der Untersuchung so leicht auftun konnte, falls Maria Gulcu sterben sollte. Und doch hätte sie schon vor so langer Zeit gehen sollen, diese monströse Leiche. Dieser feine Geist war gefangen in einem entsetzlichen Körper, der nur mehr aus Papier und Wachs zu bestehen schien – die reinste Hölle.

»Also dann, auf Wiedersehen«, sagte İkmen, wobei er Süleyman eilends am Ellbogen packte und quer durch das Zimmer zur Tür führte.

Natalia Gulcu hielt, verlockend wie eine Venusstatue, den beiden Polizisten die Tür auf und folgte ihnen die Treppe hinunter. Nichts in ihrem Gesicht, außer einem leichten Rotschimmer auf den Wangen, gab einen Hinweis auf ihre Stimmung. Sie erinnerte İkmen an jene alten Wachsstatuen der heiligen Jungfrau Maria in der alten Kirche von San Antonio von Padua. Und wie auf Stichwort fing ganz in der Nähe eine Kirchenglocke, vielleicht sogar genau dieser Kirche – in Beyoğlu gab es auch eine Sankt-Antonius-Kirche –, zu läuten an.

Als die drei die Treppe hinuntergingen, sprachen sie wieder Türkisch. Natalia, die hinter ihnen lief, sagte: »Ich nehme mal an, dass wir bald Besuch von ein paar Leuten aus der Einwanderungsbehörde kriegen.«

»O ja. In Ihrem Fall nur eine Formalität, wie ich mir vorstellen kann«, gab İkmen freundlich zurück. Dann drehte er sich um, um sie anzusehen. »Das ist alles, worüber Sie sich jetzt Sorgen machen, ja?«

Natalia zuckte die Achseln, wobei sich ihre großen Brüste mit den Schultern hoben. »Ich weiß von all dem anderen Zeug nichts.«

İkmen drehte sich wieder zurück und ging weiter hinter Süleyman her. Als sie die Eingangstür des Hauses erreichten, wandte sich İkmen noch einmal um und sah in Natalias nun beleidigtes, leidenschaftsloses Gesicht. »Ich frage mich, was Ihr Freund zu dieser ganzen Geschichte sagt, Fräulein Gulcu. Schließlich war er ja zur Tatzeit in Balat, oder nicht?«

Jetzt wurde Natalia richtig rot. »Dieser Mann bedeutet mir nichts und ich weiß auch nicht, warum er in Balat war!«

»Das fällt mir schwer zu glauben.«

Ihr für gewöhnlich bewegungsloses Gesicht zeigte jetzt den Ausdruck vollständiger Verwirrung. »Was?«

»Angesichts der Tatsache«, sagte İkmen, »dass Sie ihm Informationen gaben, die er benutzte, um die Aufmerksamkeit von sich abzulenken.«

»Wie bitte?«

İkmen lächelte. »Mr. Smits und Ihre Großmutter? Wie um alles in der Welt sollten wir Ihrer Meinung nach an diese Informationen gekommen sein, wenn nicht jemand sie uns geliefert hätte?«

Natalia stützte die Hände auf die Hüften, als wollte sie sich kampfbereit machen. »Na und, über mich haben Sie das nicht erfahren!«

»Ja, Fräulein Gulcu, aber wenn Sie diese Tür jetzt nicht ganz schnell zumachen, verleite ich Sie womöglich noch dazu, mir Dinge zu erzählen, die Ihnen später Leid tun werden.«

Natalia Gulcus Gesicht verdunkelte sich. Dann warf sie ohne ein weiteres Wort die Tür hinter den beiden mit solcher Kraft zu, dass kleine Lackstücke vom Türsturz auf İkmens Jacke flogen.

## Kapitel 17

Er saß im Seitenschiff mit Blick auf einen riesigen runden Kandelaber. Ein paar Kerzen brannten, aber nicht viele. Zwei davon hatte er selbst ohne besonderen Grund angezündet. Die anderen waren von den paar Gläubigen angemacht worden, die im Verlauf des Vormittags hereingepilgert gekommen waren. Natürlich hatte er sie alle gekannt, allerdings nur vom Sehen. Und sie kannten ihn – sie kannten ihn sogar sehr gut! Alle hatten sie zu ihm hingeschaut. Er schniefte missmutig vor sich hin.

Er ging oft in die Kirche. Mama hatte gesagt, dass es unangemessen wäre, in Anbetracht der Tatsache, dass sie alle vermischtes Blut in den Adern hatten. Nicholas musste grinsen. Natürlich musste Mama so etwas sagen! Obwohl das Blut nur eine Ausrede war, er wusste es. Eigentlich hatten weder sie noch einer der anderen je einen Platz in einem Gotteshaus gehabt.

Traurig schüttelte Nicholas den Kopf. Diese Lügen! Das ließ ihn zu der Frage kommen, ob überhaupt irgendjemand irgendwo die Wahrheit über irgendetwas wusste. Aber in erster Linie fragte er sich, ob seine Mutter es tat. Er fragte sich, wer sie eigentlich war. Oft dachte er darüber nach, hatte es immer schon getan. Er befühlte vorsichtig den kleinen Schnitt neben seinem Auge. Eigentlich war es eine ziemlich schlimme Sache. Die alte Frau hatte eine beträchtliche Kraft aufgewendet. Sie hatte sich und ihre zerbrechliche Welt aus Spinnweben geschützt; natürlich hatte sie Kraft aufgewendet.

Nicholas sah wieder die Kerzen an und versuchte nachzudenken. Zu tun, was richtig war, und zu tun, was gut war, war oft zweierlei. Trotz alldem wollte er sie nicht verletzen. Als Gruppe waren sie schrecklich, er selbst eingeschlossen. Aber waren sie nur deshalb schrecklich, weil sie sie aufrechterhielten? Was wären sie denn ohne sie? Sergej, so viel wusste Nicholas, würde besser dran sein, wenn er zulassen würde, dass man ihn ins Krankenhaus brachte. Aber das war sehr unwahrscheinlich, auch wenn sie stürbe. Sergej gehörte vollständig ihr, genau wie alle anderen. Und Anya? Daran wagte er nicht einmal zu denken. Nicht zum ersten Mal ertappte er sich bei dem Gefühl, dass sie allesamt endlich sterben sollten. Zumindest würde so alles zu einem Ende kommen und kein Mensch würde je davon erfahren. Dann hätte sie versagt.

Ein weiterer älterer Kirchgänger ging an Nicholas vorbei und nickte ernst zu ihm hin. Nicholas übersah ihn. Er fand keinen Frieden, indem er in einer Kirche saß, keine geistige Erholung. Es machte ihn traurig, da er diesen Aspekt des Lebens stets hatte zu kurz kommen lassen. Sie war für sie alle immer die Göttin gewesen. Gott, der wirkliche, wagte da nicht einzugreifen. Er ließ sie einfach machen – so schien es zumindest. Er ließ sie die Natur zu ihren eigenen Zwecken verzerren, ließ sie Dinge schreiben, aussprechen, ändern und manipulieren, ihr ganzes Leben lang. Alle wirklichen Beweise waren verschwunden, einschließlich seines Vaters, des Mannes, den er gerne besser gekannt und vielleicht auch ausgefragt hätte. Während der letzten paar Monate hatte Nicholas die Fantasie entwickelt, dass sie, Maria, seinen Vater getötet hätte, ihren Liebhaber. Und er nährte die Hoffnung, dass sie es tatsächlich getan hatte, damit er sie noch mehr hassen konnte.

Die großen Doppeltüren der Vorhalle gingen knarrend auf und ein kleiner Priester im wehenden schwarzen Gewand trat ein. Nicholas blickte auf. Der Mann war ihm bekannt, aber wie üblich wusste er seinen Namen nicht. Wie er sich erinnern konnte, gab es zwei Priester in dieser Kirche: einen jüngeren, groß und dunkel mit wilden, fanatischen Augen, und diesen, den kleinen alten mit dem langen weißen Bart. Obwohl er nie mit ihm gesprochen hatte, mochte Nicholas diesen älteren Kleriker lieber; er hatte ein freundliches, heiteres Gesicht, wie ein vergreistes Kind. Nicholas saß da und beobachtete, wie der Priester zur Ikone mit der Heiligen Jungfrau und dem Kind ging. Dabei summte der alte Priester eine kleine Melodie. Seine Stimme war voll und dunkel wie gerösteter Kaffee.

Nicholas blickte zu Boden, konnte den Priester aber aus dem Augenwinkel sehen. Er beobachtete, wie der Mann sich vor dem heiligen Bild bekreuzte und dann niederkniete, um den Boden mit der Stirn zu berühren. Ein Akt der Anbetung und Unterwerfung. Merkwürdig, dass eine so einfache Handlung bei Nicholas Eifersucht hervorrief, aber das war tatsächlich der Fall. Der Priester war Teil von etwas, das gut war. Alle Gläubigen, die zur Kirche kamen, bezogen etwas davon: Trost und Kraft. Jedenfalls schien es Nicholas so. Schwarz und weiß. Die Kirche war Leben, Liebe, Sicherheit; draußen war das Dunkle, der Ort, von dem er kam und an den er bald würde zurückkehren müssen. Er fühlte sich heuchlerisch und war beschämt.

Der Priester setzte sich und betrachtete lächelnd das dunkle byzantinische Bild vor sich. Die traurig blickende Frau und ihr dünnes, hakennasiges Kind waren seine Freunde. Er sprach leise mit ihnen, nicht im Gebet, sondern im Gespräch, wie zu einem lebendigen Menschen auf der Straße. Weil die Stimme des alten Mannes so leise war, konnte Nicholas nichts verstehen, aber die Szene allein genügte.

Er spürte den plötzlichen, fast unwiderstehlichen Drang, die Hand auszustrecken und diesen Mann zu berühren, der so zwanglos mit Gott sprach. Er erhob sich und öffnete die Arme. Sie zitterten, als er sie emporhielt, und er fühlte, dass der Priester, falls er sich umdrehte und ihn ansähe, seinen Schmerz erblicken und zu ihm kommen würde. Er sehnte sich danach, die Arme des alten Mannes an seinem Körper zu spüren; sein Mund bewegte sich, um die ersten, trockenen Silben seines Schuldbekenntnisses zu formen. Ihm wurde leichter ums Herz. O ja, das war es! Der Priester würde ihm zuhören, er würde alles richten. »Vater, helft mir!«

Aber der Priester hörte ihn nicht, weil Nicholas die Worte, die er sagen wollte, nicht wirklich aussprach. Allein, still und unwürdig setzte er sich wieder hinter die Kerzen und schaute die Welt des Göttlichen durch einen Flammenvorhang.

Missmutig legte İkmen sein Buch mit einem dumpfen Schlag hin. »Komm schon in den Wagen, ehe dich jemand sieht!«, zischte er aus dem Fenster.

Süleyman griff hinter seinen Sitz und öffnete einem völlig verdreckten Menschen die Tür. Daraufhin setzte dieser sich auf den Rücksitz des alten Mercedes.

»Was gibt's Neues, Ferhat?«, fragte İkmen, wobei er seine Hände auf dem Steuerrad minutiös untersuchte.

»Nicht viel«, erwiderte der Mann auf der Rückbank. »Er geht zur Schule, dann wieder nach Hause, danach wieder zur Schule. Könnte genauso gut ein Eunuch sein, wenn man sich sein aufregendes Leben anguckt.«

»Ist er auch in der Gegend von Karadeniz Sokak gewesen?«

»Nicht mal in der Nähe.«

Süleyman fasste sich mit einer Hand ins Gesicht und rümpfte die Nase. »Du stinkst ganz schön, weißt du das, Ferhat?«

İkman lachte. »Ferhat schlüpft eben gern in eine andere Rolle, stimmt's?« Er sah den unrasierten, zerzausten Menschen im Rückspiegel an. »Ganz schöner Schauspieler, was?«

Ferhat sog die Luft ein. »Immerhin mache ich meinen Job.«

»Also«, fuhr İkmen fort, »nichts Auffälliges oder Merkwürdiges?«

»Ach ja, er führt ganz schöne Selbstgespräche. Aber er ist ja ständig allein und er ist sich wohl selber die einzige Gesellschaft.«

»Also keine Freunde? Kein harmloses Schwätzchen mit Kollegen auf dem Weg zum Bus?«

»Nein.«

»Das ist alles ganz schön traurig, oder?«, sagte Süleyman. »Ich finde, wenn man ganz allein in einem fremden Land ist und …«

»In Ordnung«, unterbrach İkmen, »bleib dran, Ferhat. Du weißt, was du zu tun hast, wenn irgendwas passiert.«

»Okay.«

So schnell, wie er eingestiegen war, glitt Ferhat wieder ins Freie und verschwand in der aufgeregten Menschenmenge des Frühnachmittags. Zu Süleymans großer Erleichterung verschwand auch der Geruch mit ihm.

İkmen zog ein Taschentuch hervor und wischte sich die schweißnasse Stirn ab.

Süleyman, der das beobachtete, sagte: »Hoffentlich regnet es bald.«

»Sie machen heute lauter sinnlose Bemerkungen, Süleyman!«, giftete sein Vorgesetzter. »Erst diese mitleidvolle Predigt wegen Cornelius und jetzt die Bitte um diesen verdammten Regen!«

Getroffen konterte Süleyman: »Tut mir Leid, aber ich bin eben immer noch etwas aufgeregt, weil Smits mir beinahe weggestorben wäre! Ich meine …«

»Ich fürchte, Sie werden sich an so was gewöhnen müssen, Süleyman!« İkmen steckte sein Taschentuch zurück in die Tasche und drehte den Zündschlüssel um. »Sei's drum, er ist ja nicht gestorben, oder?« Dann löste er die Bremse und ließ den Wagen vorwärtsrollen.

»Nein, aber …«

»Und schon sind wir da!« Während der Wagen am prunkvollen Eingangstor der Londra-Sprachschule vorbeifuhr, warf İkmen einen schnellen Blick auf das Gebäude. Ein leicht spöttisches Grinsen trübte sein Antlitz. »Wie auch immer, wir haben zur Zeit dringendere Probleme als die Gesundheit von Smits.

Auch der kleinste Beweis, den wir bislang haben, beruht nur auf Indizien. Und sogar dieser Brief von Cornelius ist nutzlos – keine Fingerabdrücke.«

»Wir könnten immer noch versuchen, die Schreibmaschine ausfindig zu machen, die er verwendet hat.«

»Allerdings«, stimmte İkmen zu, »das könnten wir, aber selbst wenn wir diese Maschine an seinem Arbeitsplatz fänden, wie sollen wir dann beweisen, dass ausgerechnet er sie auch benutzt hat? Jeder anständige Anwalt würde argumentieren, dass auch das nur ein Indizienbeweis wäre! Nein, solange niemand da ist, der etwas bezeugen kann, oder wir nicht bald einen wirklichen Beweis von der Spurensicherung kriegen, weiß ich wirklich nicht, was wir tun sollen. Während Maria Gulcu und Herr Smits weiterhin versuchen, all ihre Geheimnisse mit ins Grab zu nehmen, sehe ich nicht, wie wir nur einen Schritt weiterkommen sollen.«

Während der Wagen an der Nordseite des Großen Basar entlangfuhr, beobachteten die beiden Männer die vor Menschen wimmelnden Straßen – eine Angewohnheit, die bei beiden aus der harten Zeit als Streifenpolizisten herrührte, als sie sich unter Taschendieben, Betrügern und allerhand anderen Dieben bewegten, die diese Gegend so schillernd charakterisierten.

»Glauben Sie wirklich, dass Frau Gulcu mit dieser Demidova verwandt ist?« Obwohl seine Frage ernst gemeint war und er auch ganz bei der Sache war, folgten Süleymans Augen zugleich dem, was sich auf den Straßen abspielte. In diesem Teil der Stadt gab es eine Menge vertrauter Gesichter.

»Jetzt nicht mehr, wo ich noch ein bisschen mehr darüber gelesen habe«, antwortete İkmen. »Anna Demidova war, wie Maria Gulcu sagte, ohne jede Verwandtschaft. Obwohl …«

»Obwohl?«

»Obwohl es komischerweise noch eine weitere Verbindung zwischen dem Mord am letzten Zaren und dem an Leonid Meyer gibt.«

»Aha?«

İkmen nahm eine Hand vom Steuerrad und durchsuchte seine Taschen nach Zigaretten. »Die Leichen des Zaren und seiner Familie wie auch die von Meyer wurden mit Schwefelsäure verunstaltet.«

Süleyman kurbelte sein Fenster hinunter, um einem weiteren Rauchanschlag vorzubeugen. »Bisschen wenig stichhaltig, oder?«

İkmen zündete seine Zigarette an und blies zufrieden den Rauch aus. »Meyer war Bolschewik, er war in Erschießungen verwickelt.«

»Das sind doch alles nur Gerüchte, oder? Und außerdem gibt es keinen Beweis, dass er bei der Erschießung dabei war. Wie Sie doch schon selber gesagt haben, war sein Name nicht aufgeführt ...«

»Es sei denn, er hätte seinen Namen geändert ...« İkmen senkte den Kopf für den Bruchteil einer Sekunde, was Süleyman als Ausdruck der Niederlage interpretierte. »Nein, Sie haben schon Recht, wie sollte er auch? Alle, die damals dabei waren, sind schon vor Jahren gestorben, sämtliche Bücher bestätigen das. Wir haben absolut nichts außer ein paar – ich kann es nicht als Zufälle bezeichnen – vielleicht eher als Synchronizität. Blöde, sinn- und grundlose Synchronizitäten.«

Süleyman sah wieder auf die dichte, vielfältige Schar von Menschen außerhalb des Wagenfensters und seufzte. »Haben wir denn wirklich alle weiteren Möglichkeiten ausgeschöpft? Seine anderen Verbindungen, Nachbarn ...«

İkmen drehte sich kurz um, um Süleyman anzuschauen, und heftete den Blick dann wieder auf die Straße. »Wer auch immer in die Wohnung gegangen ist, tat das, als niemand anderer in der Nähe war. Nur Cornelius, der Engländer, ist gesehen worden, aber der ist gerade von der Arbeit gekommen und hat nach Aussage unserer einzigen Zeugin nichts bei sich getragen, schon gar nicht einen Kanister mit Schwefelsäure. Außerdem, wenn er es getan hätte, warum hat er dann so schnell zugegeben, dass er dort war? Nein, seine Anwesenheit am Tatort ist das Einzige an diesem ganzen byzantinischen Wirrwarr, von dem ich denke, dass es wirklich zufällig ist. Durch seine Verbindung zu Natalia Gulcu ist er vielleicht in eine Sache verwickelt worden, die er vermutlich nicht einmal durchschaut.«

Süleyman lehnte seinen Kopf an den Sicherheitsgurt. Diese Hitze und die endlosen Fragen, von denen ihnen beiden langsam die Köpfe wehtaten, machten ihn müde und abgespannt. »Wie zum Beispiel die Bedeutung des Hakenkreuzes?«

»Zum Beispiel«, gab İkmen zurück, »die Bedeutung des Hakenkreuzes.«

Schweigend verbrachten sie den Rest der Rückfahrt zum Revier, wobei beide wussten, dass man, so wie die Dinge gegenwärtig standen, durch Reden nichts erreichte.

Endlich war die Nacht hereingebrochen und mit ihr die vollständige Erschöpfung. Çetin ließ sich auf das Sofa fallen und zog sein dünnes Laken bis zum Hals hinauf. Am besten ganz sichergehen, dass er bedeckt war, falls eines der Kinder auf dem Weg hindurchspaziert kam. Es war viel zu heiß für einen Schlafanzug. İkmen stützte den Kopf auf einen Arm und griff nach der Brandyflasche. Eine neue, hervorragend! Voll, unberührt, ein paar Schlucke und würde womöglich vergessen …

»Çetin?«

Er setzte die Flasche wieder ab und sah auf. Sie stand in der Tür, das Nachthemd hochgeknöpft bis zum Hals. Sie schwitzte stark, ihr schwangerer Bauch ließ ihre Beine fast einknicken. İkmen war überrascht, sie wieder zu sehen. Sie war vor etlichen Stunden zu Bett gegangen. »Fatma?«

Sie stakste durch das Zimmer wie ein gequälter Elefant und ließ sich bei seinen Füßen auf die Sofalehne fallen. İkmen zog daraufhin sehr schnell seine Füße an seinen Körper. »Was gibt's?« Er sah in ihr gerötetes Gesicht und fühlte, wie ihm das Herz mit einem Mal bis zum Halse schlug. O nicht doch! Nicht jetzt! Nicht, wo gerade dieser ganze Kram mit Meyer noch lief. »Fatma, es ist doch nicht ...!«

Sie lächelte. »O nein.« Sie lehnte sich zurück und tätschelte sanft ihren Bauch. »Er kommt noch nicht raus. Du musst noch drei oder vier Wochen warten ...«

»Gott sei ...«

»Ach Çetin, du freust dich doch, oder?« Seine Erleichterung war zu schnell und zu eindeutig aus ihm herausgeplatzt und nun war Fatma verletzt.

İkmen setzte sich auf, ließ das Betttuch bis zur Hüfte sinken und ergriff eine ihrer trockenen, geschwollenen Hände. »Natürlich freue ich mich! Ich wollte dich nicht ...« Mit seiner freien Hand machte er eine sinnlose Geste. »Es ist eben bloß dieser Fall! Du weißt doch, wie es ist! Und der hier macht mich noch mal verrückt!« Er tippte sich mit dem Finger an die Stirn. »Ich weiß, dass schon alles hier drin ist ...«

»Kommst du ins Bett, Çetin?«

Er ließ ihre Hand los und neigte sich vor, wobei er die Stirn runzelte. »Was?«

Sie blickte auf den Fußboden, als wäre sie von ihren eigenen Worten beschämt. »Kommst du ins Bett? Zu mir?«

»Du meinst ...?«

»Ja.«

Immer noch seine Nacktheit unter dem Laken verbergend, brachte Çetin seine Beine mit einem Schwung auf die Erde und setzte sich hin. Er sah in ihr hübsches, rosiges Gesicht. »Aber, Fatma, mein Engel, du sagst doch immer, ich brauche zu viel Platz und mache dich scharf, wenn du schwanger bist.«

»Willst du denn nicht?« Sie blickte so traurig.

»Doch, ja, aber ...«

Çetin rutschte etwas, um ihr Platz zu machen, und klopfte neben sich. »Komm, setz dich.«

Wie eine gehorsame Ehefrau rutschte sie dorthin, wobei sie die Augen züchtig niederschlug. Çetin war beunruhigt. Das war doch gar nicht mehr seine gewohnte melodramatische Fatma! Er legte einen Arm um ihre molligen Schultern und die andere Hand auf das Knie. »Was ist denn, Liebes?« Nun, als sie ganz nah war, sah Çetin deutlich, dass sie geweint hatte. »Was ist denn los?«

Ihre Unterlippe zitterte, als sie ihm das Gesicht zuwandte, und sie platzte eher mit den Worten heraus, als dass sie sprach. »Ach, Çetin, du liebst mich doch, oder?«

»Was?« Er konnte es kaum glauben! Seine Fatma? Seiner nicht mehr sicher? Er küsste ihre zitternden Lippen und strich über ihr feuchtes Haar. »Schatz, du weißt doch, dass ich dich liebe! Ich liebe dich, seit ich dich zum ersten Mal sah!«

Aber Fatmas Gesicht wirkte immer noch gequält. »Denkst du denn nicht manchmal, dass eine jüngere und attraktivere …«

»Fatma!« Immer noch hielt er sie im Arm, aber dieser Schock ließ seinen Rücken starr werden. »Jüngere Frauen? Meinst du das ernst?« İkmen schlug sich laut aufs Knie und schüttelte den Kopf. »Frauen, jüngere, älter oder was auch immer, interessieren mich nicht. Ich habe dich. Du bist meine Frau und meine Liebhaberin, du bist die Mutter meiner Kinder und …«, er drehte ihr Kinn, so dass sie ihm direkt in die Augen sehen musste, »… ich finde, dass du das Schönste bist, was ich je gesehen habe!«

»Wirklich …?«

»Natürlich, du dummes Ding! Sonst würde ich es doch nicht sagen, oder?« İkmen wollte eigentlich nicht schreien, aber er war nun wirklich erbost. Wie konnte sie an ihm zweifeln? »Was zum Teufel soll das denn, Fatma? Das passt doch gar nicht zu dir?«

Wieder schlug sie die Augen nieder. »Ach …«

Doch dann verstand er. Achtung – das war es also. Manchmal, wenn er an einer besonders komplizierten Sache arbeitete, kam er nur zum Schlafen nach Hause. Genau das war jetzt wieder der Fall, nur in ihrem gegenwärtigen Zustand hatte Fatma das, was sonst die Norm war, nervös gemacht. »Schau doch, es tut mir wirklich Leid, dass ich in letzter Zeit nicht oft hier war, aber du weißt ja, wie es ist. Ich liebe euch doch alle. Gelegentlich liebe ich sogar diesen blöden Job …«

»Aber fühlst du dich denn nicht manchmal alt, Çetin?«

»Fatma, ich bin doch mein ganzes Leben schon alt! Mein Bruder und ich mussten den Haushalt machen, nachdem unsere Mutter gestorben war. Da war ich zehn! Ich kenne doch nichts anderes als Verantwortung! Wenn ich mit irgendeinem Teenager abgehauen wäre und euch verlassen hätte und ihr euch allein durchschlagen müsstet, würde ich umkommen vor Sorge!«

Fatma legte ihm die Hand auf die Schulter. »Du liebst mich also noch?«

»Oh.« Mit Schwung warf er seine Zigarette in den Aschenbecher und küsste sie auf den Mund. Obwohl sein Atem schlecht roch und sein Schnauzbart nach Tee schmeckte, öffnete sie ihm den Mund. Sie wollte, dass er ihre Leidenschaft spürte. Sogar als Schwangere begehrte sie ihren müden, durch das Rauchen ausgetrockneten kleinen Ehemann. Er rückte näher an sie heran und sie spürte seine Hände, die ihr sanft den Nacken massierten.

Nach ein paar Sekunden zog er sich zurück und lächelte sie an. »Hat das deine Frage beantwortet?«

Einen Augenblick lang unterdrückte sie ein aufkommendes Lächeln, gab dann aber nach und lachte. »Ich nehme es mal an.«

Çetin schürzte die Lippen und tätschelte leicht ihre Nase. »Sehr schön.« Er zwinkerte sie frech an. »Sexy Girl!«

»Oh, Çetin!«

Er lehnte sich an sie und legte seinen Kopf leicht auf ihren Bauch. »Das bist du! Glutvolles Weib, du …«

»Çetin İkmen!« Sie lachte, war aber doch leicht entsetzt. Sein Kopf rollte wild auf ihrem bebenden Bauch herum und schließlich musste er sich aufrichten.

»Du versuchst mich zu betäuben, Fatma!« Aber auch er lachte und sie berührte mit der Hand sein Gesicht. Dann erstarb ihr Lachen und sie wurde ernst.

»Ich liebe dich so sehr, Çetin!«

»Na ja, jemand muss es ja tun!« Er konnte so frech sein, aber Fatma war daran gewöhnt. Das war eben Çetin, ihr Mann. Es war sein Humor gewesen und sein wildes, freches Lächeln, die sie zuallererst angezogen hatten. Damals hatte es sehr viel hübschere Jungen in Üsküdar gegeben; Jungen mit mehr Geld und ordentlichen Zukunftsaussichten. Aber keiner von denen war auch nur halb so intelligent und witzig wie Çetin gewesen. Çetin wusste viel, er kam aus einem Haus voller Bücher und er konnte Fremdsprachen. Er nahm sie zu den waghalsigsten und gefährlichsten Fahrten auf der Kirmes mit. Çetin wusste, wie man Mädchen fesselt. Und als er sie dann küsste ... Fatmas Mutter hatte Ayşe İkmen vor ihrem Tod gekannt und wie viele Frauen aus dem Viertel war sie der Meinung, dass die statuenhafte Albanerin so etwas wie, sagen wir, eine Hexe war. Als Çetin sie zum ersten Mal küsste, dachte Fatma, sie wüsste, warum, so sehr hatte er sie erregt. Aber was war er schon, der junge Çetin. Dünn, dunkelhäutig, schon damals nicht gerade eine Schönheit!

»Ist das alles, was dich bedrückt hat, Fatma?« Seine Stimme unterbrach ihre süßen Erinnerungen und die alten, sorgfältig aufbewahrten Bilder lösten sich in Nichts auf.

»Äh ...«

Er lachte. »Wo bist du gerade gewesen? Auf dem Jupiter?«

Sie lächelte. »Nein, nur ein paar Jahre zurück. Als alles noch ein bisschen einfacher war.«

Liebevoll schnüffelte er mit seiner langen Nase an ihrer

Wange. »Weißt du noch: du und ich oben in dem alten verlassenen Haus bei den Baracken in Selimiye?«

»Als du mich verführt hast, wolltest du sagen?«

»Nur ein bisschen.« Er lachte. »Nur am Anfang.«

Fatma wusste, dass es stimmte, was er sagte, aber sie zog trotzdem einen gespielten Flunsch. Sie erinnerte sich sehr gut an den Tag, von dem er sprach. Obwohl sie lieber gestorben wäre, als es zuzugeben, hatte sie ihn wahnsinnig begehrt. Sie waren nur deshalb zu diesem alten Haus gegangen, um sich zu lieben. Weil es für sie das erste Mal gewesen war, hatte es ein wenig wehgetan, aber Çetin war so sanft gewesen, wie er konnte. Und nach dem Schmerz war es so schön gewesen. An jenem Tag hatte sie Sinan empfangen, gleich beim ersten Mal. Es war gerade einen Monat vor ihrem Hochzeitstag. Fatma machte einen Schmollmund und versuchte, ernst auszusehen. »Du Sohn einer Hexe! Du hast mich verzaubert!«

Er sah ihr in die Augen und seine Hände glitten immer höher, um schließlich ihre Brüste zu massieren. »Ja, es war doch nett, oder?«

»Çetin!«

Çetin legte seinen Mund auf den ihren und leckte ihre geschlossenen Lippen. Ein aufgeregtes Flattern, das sie schon kannte, kitzelte sie in der Brust und Fatma spürte, wie ihre Haut sich rötete und sensibel wurde. Sie wusste, dass er sie vollkommen in seiner Hand hätte, wenn sie jetzt nicht schwanger wäre. Çetin löste seinen Mund von ihrem und knabberte an ihrem heißen, pochenden Hals. Fatma schloss die Augen und hauchte seinen Namen.

Unglücklicherweise hörte keiner von ihnen, wie die Tür leise knarrend aufging. Das abendliche Ausgehverbot galt nicht für alte Männer und Timur konnte nicht schlafen. Er sah sofort, was zwischen seinem Sohn und der Schwiegertochter ablief, und konnte sein Lachen nicht unterdrücken. Laut und trocken wie ein Donnerschlag traf dieses Lachen Çetins Ohren, weshalb er zurücksprang, weg von Fatma, wie eine Katze, die sich verbrüht hatte.

»Timur! Du widerlicher alter ...«

»Tut mir Leid, mein Sohn, ich hab meine Zigaretten vergessen.«

»Gibt es hier denn überhaupt keine Privatsphäre?« Çetin wickelte sich das Laken eng um den Unterleib und sah Fatma an. »Entschuldige bitte, mein Engel.«

»Ist schon in Ordnung.« Sie lächelte. Es war wirklich in Ordnung. Sie hatten sich beide ein wenig mitreißen lassen, aber Fatma hatte die ganze Zeit gewusst, dass Sex angesichts ihres fortgeschrittenen Zustands keine gute Idee wäre. Es tat ihr nur wegen Çetin Leid. Sie wusste ja, wie frustriert er während ihrer Schwangerschaften werden konnte. Sie legte den Kopf an seine Schulter und küsste ihn auf den Hals. »Ich gehe jetzt besser wieder ins Bett, sonst bin ich morgen früh zu nichts zu gebrauchen.«

Çetin holte einige Sekunden lang tief Luft, um sich zu beruhigen, nahm dann ihr Kinn zwischen seine Finger und küsste sie zart auf den Mund. »Ist gut. Das wird vermutlich das Beste sein.«

Der alte Mann hustete. »Das ist es in der Tat. Als deine Mutter im achten Monat mit Halil schwanger war ...«

»Halt den Mund, Timur!«

Fatma erhob sich langsam vom Sofa und rieb sich den mittlerweile ständig schmerzenden Rücken. Wäre Çetin jetzt nicht nackt gewesen, hätte er ihr geholfen, aber er fand, seinen Körper vor dem Vater zu entblößen, war zu viel. Stattdessen blickte er den alten Mann finster an und hoffte, dass er sich zumindest ein wenig schämte.

Fatma trottete müde zur Tür. Während des kleinen Kampfes mit ihrem Mann war ihr Nachthemd am Rücken hochgerutscht, und als sie jetzt das Zimmer verließ, konnte Çetin die Grüppchen von Krampfadern sehen, die die ansonsten glatte Haut ihrer

Waden trübten. Er verstand nicht, warum, wusste aber, dass er sogar diese kleinen unschönen Dinge an ihr liebte. Es gab nichts, das er an Fatma nicht geliebt hätte. Für ihn würde sie stets das hübsche, pummelige kleine Mädchen bleiben, von dem er damals in Üsküdar in dem baufälligen alten Haus die verbotenen Früchte der Liebe gestohlen hatte. Sie war das Mädchen, das nicht bis zur Hochzeitsnacht hatte warten können; das Mädchen, für das er sich in die Hand hatte schneiden müssen, um das Blut ins Hochzeitslaken zu schmieren. Fatma schloss die Tür hinter sich und er hörte, wie ihre Schritte immer leiser wurden, als sie zum Schlafzimmer ging.

Sobald sie außer Hörweite war, schlug Çetin los. »Gut gemacht, Timur, vielen Dank!«

Der alte Mann hustete ausführlich und zündete sich eine Zigarette an. »Kein Problem. Falls du mich wieder mal brauchst, um dein Sexualleben kaputtzumachen …«

»Halt den Mund, Timur!« Çetin rollte sich wieder auf den Rücken und blickte an die Decke. Der alte Mann brachte ihn nur selten zur Weißglut, aber dieses Mal war es anders. Er war beinahe sechsundvierzig Jahre alt und noch immer hatte er keine richtige Privatsphäre! Würden er und seine schöne Fatma je ein gemeinsames Leben führen können? Würden die Kinder jemals erwachsen werden, der alte Mann jemals sterben? Ein scheußlicher Gedanke und Çetin fühlte sich schuldig dafür, dass er ihn hatte, aber er verschwand trotzdem nicht. Vielleicht brauchte er ja mal Ferien oder eine wilde Nacht mit den »Jungs«. Er hielt das zwar für unwahrscheinlich, starrte aber weiterhin an die hässlichen Nikotinflecken an der Decke und erhoffte sich eine Inspiration. Es kam jedoch keine und so blieb er wütend. Timur fühlte sich wohl, die Kinder waren versorgt, wenn auch unter großen Schwierigkeiten. Wann würde er mal an der Reihe sein?

## Kapitel 18

Nur Süleyman leckte an einer Ecke ihres Taschentuchs und rieb ihrem Sohn damit heftig im Gesicht herum. Ein beinahe unsichtbarer Fleck verunzierte seine schönen Züge und das war für Nur ein Ding der Unmöglichkeit. Leider kamen sowohl sie als auch ihr Taschentuch vollkommen unerwartet für den jungen Mann, mit dem Ergebnis, dass er das Steuer heftig herumriss und seinen neuen Renault fast von der Straße gefahren hätte.

»Mutter!« Es war nicht gerade sein Lieblingswort und er schleuderte ihr es durch seine fest zusammengebissenen Zähne entgegen. Hinter ihm hupte ein Wagen laut und missbilligend.

»Hättest du dir ordentlich das Gesicht gewaschen, müsste ich das jetzt nicht tun!«, gab sie jammernd als Antwort zurück. Diesen Tonfall hasste Mehmet Süleyman und dementsprechend finster war sein Gesichtsausdruck.

Aber er war ohnehin heute nicht besonders glücklich. Die vergangene Nacht hatte er nur wenig geschlafen, dank einer Kombination aus unerträglich drückender Sommerhitze und der wachsenden Furcht, dass er und İkmen niemals diesen Fall Meyer würden lösen können. Seit Tagen waren sie durch seltsame Straßen gestreift, hatten alte Leute verfolgt, alle möglichen komischen Käuze befragt und versucht, aus der Vergangenheit des alten Mannes schlau zu werden. Aber immer noch hatten sie nichts Greifbares! Lediglich einen ganzen Haufen verwirrender, widersprüchlicher Fakten – obwohl das Aussortieren der unzutreffenden Fakten beinahe so einfach und zuverlässig war, wie einen Treffer im Kasino zu landen. In den frühen Morgenstunden war ihm alles vollkommen hoffnungslos erschienen.

Auch das Tageslicht hatte sich nicht als guter Freund erwiesen. Eine heftige Auseinandersetzung mit einem kaputten Rasierapparat war dem schlimmeren Grund gewichen, von Nur drangsaliert zu werden, damit er sie zu den Kaianlagen nach Eminönü brächte. Es wäre eigentlich ganz schön gewesen, direkt zur Arbeit fahren zu können, aber seine Mutter wollte die Fähre nehmen und ihre Schwester besuchen und Mehmet hatte schon vor Jahren gelernt, dass Widerstand gegen ihre Wünsche zwecklos war. Er hätte wissen können, dass die Autoschlange, die das Goldene Horn überqueren wollte, endlos war. So etwas wie in der Spur bleiben gab es nicht und so drängelte Süleyman den Wagen immer dann ein Stück nach vorne, wenn das Unfallrisiko gerade minimal schien. Oft wünschte sich Mehmet, dass er in einem »zivilisierten« Land wie Holland wohnen würde, wo die Leute richtig Auto fahren lernten, *bevor* sie auf die Straße gelassen wurden. Holland hatte auch noch den zusätzlichen Vorteil, nicht wegen seiner arrangierten Hochzeiten berühmt zu sein. Obwohl Mehmet bislang erfolgreich ein Abendessen mit seiner Tante und seiner Zukünftigen vermieden hatte, waren die blödsinnigen Hochzeitspläne immer noch akut und wurden weiter verfolgt. Und um sicherzugehen, dass alle mit allem »zufrieden« waren, wollte Nur jetzt für den »lieben Mehmet« bei »Tantchen« und Zuleika selbst noch einmal fragen. Mehmet Süleyman lenkte den Wagen am Ende der Galata-Brücke scharf nach links und konzentrierte sich auf die praktischen Erwägungen dieses Tages.

»Ich lasse dich vor Yeni Cami raus, Mutter«, sagte er. »Für mich ist es leichter, von da zum Revier weiterzufahren, und du musst nur kurz über die Straße gehen.«

»Wenn es für dich einfacher ist, mein Liebling.« In Mehmets ungefährer Übersetzung hieß dieses Gejammer, dass sie tief enttäuscht war, dass sein Verlangen, zur Arbeit zu kommen, ihm wichtiger war als sie. Er beschloss aber, nicht nachzugeben.

»Gut.« Er sah sie kurz an und bemerkte, dass sie geknickt war, konzentrierte sich aber weiter aufs Fahren und versuchte, seinerseits nicht verbittert zu sein. Er kannte seine Mutter und wusste, dass er jetzt so gut wie keine Zeit mehr hatte, seinen Fantasien über große, dralle, blonde Frauen nachzugehen. Er wünschte sich, dass er früher angefangen hätte und ausgegangen wäre, sich in eine verliebt und sie mit nach Hause gebracht hätte. Traurig wurde ihm klar, dass seine Traumfrau, falls er je eine finden würde, eine Prostituierte oder eine durchreisende, vermutlich höher gestellte Touristin, aus dem Ausland wäre.

Neben dem riesigen Platz vor Yeni Cami brachte Süleyman den Wagen zum Stehen. Von allen herrlichen Moscheen in der »Altstadt« mochte er diese am wenigsten. Einheitlich grau, wirkte sie auf ihn stets bedrohlich. Das Innere war nicht viel besser. Nicht gerade aufregend. Hatte das vielleicht etwas damit zu tun, dass die Mutter eines Sultans sie hatte erbauen lassen? Süleyman schaute seine eigene Mutter an und kam zu dem Schluss, dass diese garstige Assoziation auch nicht weiterhelfen würde.

Nur küsste ihren Sohn auf die Wange und fuhr ihm mit den Fingern ein letztes Mal durch die schönen Haare. »Ich liebe dich, Mehmet«, sagte sie, als sie ihre schlanken Beine aus dem Auto auf den Bürgersteig schwang. »Ich werde Tantchen Edibe und Zuleika Grüße von dir ausrichten.«

Süleyman gab als Antwort ein schwaches Lächeln von sich, und nachdem sie aus dem Wagen war, drückte er das Gaspedal herunter, hielt aber wieder gleich an. Drüben bei den Stufen, die zur Moschee hinführten, fesselte etwas seine Aufmerksamkeit. Ein Beamter in Uniform sprach gerade mit einem Lumpenbündel, das auf der Erde saß. Viel Erfolg hatte er nicht, wie Mehmet fand, da das Bündel ziemlich betrunken war.

Natürlich hätte Mehmet einfach so weiterfahren und die ganze Sache vergessen können, aber der Uniformierte war sehr jung und das Bündel hatte sehr unangenehme, zornige kleine

Augen. Seufzend schaltete Mehmet die Warnblinkanlage ein und stieg aus. Die Hitze schlug ihn wie ein Vorschlaghammer, und während er zu den beiden hinging, setzte er seine Sonnenbrille auf und zog die Dienstmarke aus der Tasche. Eine Gruppe englischer oder amerikanischer Touristen, in der sich auch eine sehr gut gebaute Blondine befand, kreuzte seinen Weg. Sie war ungefähr vierzig und sah ihn an, als er vorbeiging. Auch noch das richtige Alter!, dachte er traurig, hielt aber nicht an und hörte, was der Polizist gerade sagte. Er hatte offenkundig Schwierigkeiten. »Hör zu, Metin, niemand hat sie umgebracht, sie ist einfach so gestorben!«

Das Bündel, das, wie Süleyman jetzt sehen konnte, keine Beine hatte, war nicht leicht zu überzeugen. »Sie war eine Hexe und die sterben nicht einfach so! Schau sie dir doch an!« Er wies mit einem dreckverkrusteten Finger auf ein noch bemitleidenswerteres Bündel, das zusammengesunken an der gegenüberliegenden Wand lag. »Jemand hat sie umgebracht!«

Süleyman stieß den Uniformierten mit dem Ellbogen an und zeigte ihm seine Dienstmarke. »Was gibt's?«, fragte er.

Das geschwätzige Bündel klagte Mitleid erregend und rieb das, was von seinen Beinen übrig geblieben war, mit den Händen.

»Die Freundin dieses Mannes ist gestorben, irgendwann nachts. Soweit ich sehen kann, ist es nichts Verdächtiges. Die alten Bettler sterben alle ...«

»O Sevin!« Er war noch nicht uralt, wie so viele von ihnen, aber doch schon alt. Süleyman kniete sich vor ihn hin und sah ihm ins Gesicht. Es war tränenfeucht und die wilden Augen waren gerötet, als hätte er getrunken.

»Sevin war deine Freundin?«

Der alte Bettler schwieg lange, ehe er antwortete. Süleyman warf einen Blick auf das andere Bündel, das zwischen der Wand und einer Stufe über ihm gefährlich die Balance hielt. Wenn er nicht zufällig mitgekriegt hätte, dass die Verstorbene eine Frau war, wäre Süleyman niemals darauf gekommen. Die Augen waren geschlossen und der kräftige Unterkiefer hing bereits herunter. Ihr Bart sowie ihr Schnauzbart waren üppig und sehr ergraut. Angewidert erhob sich Mehmet wieder, als der Bettler zu sprechen begann. »Gestern Abend ist ganz spät jemand gekommen. Ich habe sie reden hören.«

Süleyman beugte sich wieder zu ihm hinab. »Ein Mann oder eine Frau?«

»Eine Frau war es nicht.« Er senkte seine Stimme zu einem Flüstern. »Azrael! Er hat sie umgebracht!«

Süleyman wandte sich um und sah den jungen Polizisten an. »Der Todesengel?«

Der Junge zuckte die Achseln. »Er hat's mit diesem blöden Dschin, wie so viele hier! Ich schaffe das schon alleine, wenn Sie wegwollen.«

Süleyman sah den Polizisten an. Der Junge war attraktiv, dazu sehr jung. Mit einem Mal spürte Süleyman, dass er eifersüchtig war und sehr alt, aber er zeigte es nicht. »In Ordnung, Sie kümmern sich um ...«

»Um Metin. Jawohl.«

Halbherzig salutierte Süleyman und ging wieder die Stufen hinab.

Traurige Leute, sehr traurig. Aber Süleymans Gedanken blieben nicht lange bei Metin und seiner verstorbenen Freundin hängen. Eine üppige, voll erblühte Zigeunerin kam ihm entgegen und trug ein großes, weißes Leinenbündel auf dem Kopf. Ihr ausdrucksvolles Gesicht strahlte eine ausgeprägte Arroganz aus. Süleyman hielt an, um sie zu beobachten, wobei er die Hände auf die Hüften stützte. Sie wich nicht einen Millimeter von ihrem einmal eingeschlagenen Kurs ab. Als sie an Süleyman vorbeiging, streifte ihr langer, schmutziger Rock seine Beine. Sie bemerkte es, drehte sich einen Moment um und sah Süleyman an. Dann setzte sie mit einem tiefen kehligen Lachen ihren Weg fort.

Weil es so unerwartet passiert war, konnte er es sich nicht aus dem Sinn schlagen. Ihm war leicht übel. Einen Tag so anzufangen … Es schien wie ein schlechtes Omen. Ein schwerer blauer Leichensack und der Leichenwagen hatten den gesamten Verkehr aufgehalten, der über die Galata-Brücke fuhr. Alle im Bus hatten aus den Fenstern gestarrt oder die Gesichter gegen die Tür gepresst – mit Ausnahme von ihm. Einige hatten sogar gelacht, als der schlanke junge Polizist aus Versehen vermutlich die Beine der Leiche fallen ließ. Alle, außer Robert.

Es war heiß und er wusste, dass der Leichnam, obwohl sicher in Plastik verpackt, schon von Fliegen übersät und mit den widerlichen Maden befallen war. So war der Tod. Wie man im viktorianischen Zeitalter je angenommen haben konnte, dass er glanzvoll wäre, verstand Robert nicht. In den Augen eines Malers wie Dante Gabriel Rossetti war der Tod etwas Würdevolles, erotisch und nach Moschus und süßen Sommerrosen duftend. Nichts als eine Lüge. Robert dachte an Natalia und ihren Tod. Er sah sich im halb leeren Klassenzimmer um und versuchte sich vorzustellen, wie ihre Gesichtszüge sich lösen und herabsinken würden, sobald die Totenstarre vorbei war. So wie das entsetzliche und hässliche Bild von Marilyn Monroe auf dem Tisch in der Leichenhalle, das er einmal in einem Buch gesehen hatte. Andererseits, warum sollte sie sterben? Das wäre doch verrückt, es sei denn, sie hätte einen Unfall oder jemand würde sie umbringen. Oder sie hätte selbst jemanden umgebracht und danach …

Er nahm ein Blatt Papier von seinem Schreibtisch und hielt es hoch, so dass die Studenten es sehen konnten. Es war ein Bild von Big Ben und den Houses of Parliament. Wundersamerweise war der Himmel hinter dem berühmten Gebäude blau. Und auch für Robert selbst klang seine Stimme so tot wie seine Todesgedanken. »Wer kann mir sagen, was das ist?«

Seine Frage wurde durch ein Meer offener Münder und leerer Gesichter beantwortet. Falls es die vier syrischen Knaben und die junge Ägypterin, die an diesem Morgen seine Klasse bildeten, überhaupt wussten, sagten sie jedenfalls nichts. Vielleicht würden sie ja allesamt eine brillante Vorstellung hinlegen, wenn die Zeit der Examen gekommen wäre, aber Robert hielt das nicht für sehr wahrscheinlich. Zumindest für die Jungen gab es im sündigen alten İstanbul einfach zu viele Ablenkungen. »Und?«, fragte Robert noch einmal, »weiß es jemand? Irgendeine Ahnung, in welcher Stadt diese Gebäude stehen?«

Die fünf Teenager blickten sich ohne viel Hoffnung im Klassenzimmer nach einer Eingebung um und sahen, da sie keine fanden, wieder zu Robert. Langsam und wie zu den Insassen einer Irrenanstalt sagte er: »Das sind die Houses of Parliament und sie stehen in London.«

Er legte das Bild wieder hin und griff nach einem anderen. Plötzlich fragte er sich, was İkmen wohl gerade tat. Sein Herz hüpfte, als er ein kleines Schwarzweißfoto vom Buckingham Palace zur Hand nahm. Natalia hatte angerufen und ihm erzählt, dass der Polizist wieder bei ihr herumgeschnüffelt und dabei von ihm gesprochen hätte und von dem, was er eventuell hinter seinem Rücken getan hatte. Sein armes Schätzchen hatte solche Angst gehabt, dass sie zunächst versucht hatte, ihre Beziehung zu beenden. Robert hatte ganz schön zu tun gehabt, sie zu überzeugen, ihm das nicht anzutun – dieses Mal. Aber falls İkmen sich schon wieder zu Natalia auf den Weg machte … Wäre das dann sein letzter Besuch? Oder würde er womöglich nun zu ihm kommen? War er vielleicht schon auf dem Weg zur Schule? Robert schüttelte sich leicht und hielt seiner Klasse das zweite Bild hin. Er versteckte den Kopf dahinter und blickte finster drein. Er hatte sich nicht mehr rasiert und sein Hemd roch nach altem Schweiß. Rosemary hatte ihn auf dem Flur vollkommen ignoriert. Und sie war nicht allein.

»Welches Gebäude ist das?«

Wieder stieg aus der Klasse nichts als Stille auf und überschwemmte Robert wie eine triste, graue Nordseewelle. Die Hirne seiner Studenten waren gerade so tot wie der Leichnam, den die Polizei vor der Yeni-Moschee hatte abtransportieren lassen. Lauter nutzlose Dinge, eigentlich nur dazu da, zum Leichenschauhaus gefahren und würdelosen chirurgischen Eingriffen ausgesetzt zu werden. Robert fragte sich, ob die Türkei eines jener Länder wäre, das die Zwangssektion verurteilter Krimineller zuließ. Er stellte sich einen grässlichen Chirurgen nach Art von Dr. Mengele vor, der Natalias Brüste mit seinen kalten Gummihandschuhen betastete.

Das konnte nicht passieren. Es war keine laute Stimme, die ihm in sein Gehör drang, dafür eine penetrante. Es konnte nicht geschehen, nichts dergleichen. Er würde okay sein, sie würde okay sein und sie würden beide zusammen sein, für immer. Alles würde er dafür tun. Robert sah sogar zur Decke auf und versprach einem Gott, an den er nicht glaubte, dass er alles dafür tun würde. Merkwürdige, halb ausgegorene Gedanken und Ideen begannen um ihn herumzuwirbeln und ihn zu verwirren. Robert kannte dieses Gefühl. Er hing mehr oder weniger dicht hinter dem Foto vom Buckingham Palace, fühlte sich elend und verschwitzt. Und er erinnerte sich, dass er wieder nichts gegessen hatte, aber dieses Wissen ließ ihn das, was er gerade durchmachte, um keinen Deut leichter ertragen. Robert fühlte sich so krank, so voll von Hitze, von den Fliegen und dem starken, fleischigen Geruch des Todes. Dennoch versuchte er weiterzumachen. »Welches Gebäude ist das?«

Sein Kopf drehte sich. Unter dem Foto nahm Robert noch kurz die weißen, verängstigten Gesichter seiner Studenten wahr, während sein Kinn auf den Schreibtisch sank. Die Angst verließ ihn und wurde durch eine Art gelehrter Wissbegierde ersetzt. Dann wurde alles um ihn leer und still.

»Schauen Sie, wenn Sie diese Frau nicht heiraten wollen, dann sagen Sie es doch einfach.« Für İkmen war alles ganz klar. Süleymans Mutter wollte ihn an seine Cousine verheiraten. Süleyman war davon nicht sonderlich angetan. Alles, was er tun musste, war, mit seiner Mutter ein Machtwort zu sprechen. Ende der Geschichte.

»Ich wollte, es wäre so einfach!« Der junge Mann hörte sich trübsinnig und selbstmitleidig an und İkmen ging instinktiv auf ihn los.

»Doch! Sie sagen Ihrer Mutter höflich, aber bestimmt ›nein‹, und dann gehen Sie dort hinaus.« Er wies zum Bürofenster. »Sie suchen sich eine große Blondine, die wie eine Scheißhaustür im August geht, finden die beschissene wahre Liebe und ein gewisses Maß an Glück!«

»Also bitte …«

»Nun mal ran, Süleyman! Wie die meisten Aristokraten hat auch Ihre Familie kaum noch einen *kuruş*, einen Piaster, von dem man satt werden könnte – also, was haben Sie eigentlich zu verlieren?«

»Ich …«

»Ihre Mutter, die Sie nicht aushalten! Ihr Vater, der unterm Pantoffel steht und den Sie nicht respektieren! Ihr Bruder ist schon ausgebrochen und hat eine Griechin geheiratet! Machen Sie es einfach wie er!«

»Aber …«

»Kein Aber!« İkmen hatte schon genug Zeit für Süleymans lächerliches kleines Problem verwandt. Manchmal waren die Leute so dumm und so kleinlich, dass İkmen am liebsten schreien wollte. Arrangierte Hochzeiten waren bequem – man tat so was nur nicht! Er hatte es auch nicht getan! Außerdem war er in schlechter Stimmung – er hatte den ganzen Fall Meyer satt. Besonders das vollständige Ausbleiben jeglichen Fortschritts. İkmen wechselte das Thema. »Ich habe beschlossen, Robert

Cornelius noch mal herzubringen«, sagte er, »es reicht mir mit diesem ganzen Unsinn von wegen mal sehen, was kommt.« Um jeglichem Protest vorzubeugen, hob er eine Hand hoch. »Und ehe Sie etwas sagen, Süleyman: Ich weiß selber, dass die Idee, nicht zu hart mit dem Engländer umzuspringen, vollständig auf meinem Mist gewachsen ist und das Gegenteil von dem, was der Kommissar wollte. Allerdings bin ich, im Gegensatz zum Kommissar, stets bereit, meine Fehler zuzugeben.«

Süleyman musste lächeln – etwas reuevoll –, was İkmen nicht entging.

»Und was immer Sie denken mögen, Süleyman«, fuhr er fort, »ich werde jetzt das tun, was mein widerlicher alter Vorgesetzter will, und ein Schweinehund werden. Und nach all den Spielen, an denen wir während der letzten Tage teilgenommen haben, kann keiner der Spieler, der in diese Farce verwickelt war, sich beklagen, dass er nicht das kriegt, was er wohl verdient hat.«

Süleyman, der zumindest zeitweise von seinen eigenen persönlichen Sorgen abgelenkt war, hob zustimmend das Kinn.

İkmen setzte sich, nahm einen Bleistift zwischen die Zähne und begann, ihn eine Weile zu ›rauchen‹. »Ich möchte, dass Sie zur Londra-Sprachschule gehen und Mr. Cornelius die Chance geben, sein Gewissen aus freiem Willen zu erleichtern.«

»Und wenn er nicht will?«

»Wenn er nicht will, dann sagen Sie ihm, dass wir sämtliche Schreibmaschinen in der Schule mit dem Brief über Reinhold Smits vergleichen werden. Ich stelle mir vor, dass es für ihn ganz lehrreich sein wird zu erfahren, wie idiotensicher diese Methode ist.«

Süleyman lächelte. »Jawohl.«

»Ach, und Süleyman, nehmen Sie Cohen mit. Ich denke, dass eine kleine Machtdemonstration ganz angebracht ist, wenn sie auch etwas schäbig sein mag.«

Süleyman sammelte die verschiedenen Stücke seiner Ausrüstung zusammen, die er eventuell brauchen würde: Schlüssel, Notizbuch, Stifte, Dienstmarke …

»Was ist mit Ferhat?«, fragte er.

İkmen nahm den Stift aus dem Mund und ersetzte ihn durch eine echte Zigarette. »Ich kümmere mich um ihn, falls Sie ihn nicht schon vorher sehen. Und wenn ja, sagen Sie ihm, er soll hier anrufen.«

»Okay.«

Als der jüngere Mann gehen wollte, stand İkmen auf. »Viel Glück, Süleyman«, sagte er, »wenn wir Cornelius dazu bringen, dass er uns sagt, wer ihm die Informationen über Smits zugesteckt hat, könnten wir sogar noch etwas erreichen.«

»Und wenn er uns keinen Namen nennt?«

İkmen dachte einen Moment nach, ehe er antwortete. »Wenn«, seufzte er, »die Nummer mit den Schreibmaschinen ihn nicht überzeugt, denke ich, dass eine sorgfältige Überprüfung seiner Arbeitserlaubnis der nächste Schritt wäre. Ich meine nämlich, dass es, wenn sie nicht ganz lupenrein ist, notwendig sein könnte, hierher zu kommen und etwas Zeit mit uns zu verbringen.«

Süleyman blickte an die Decke und grinste. »Verstehe.«

»Dann ab mit Ihnen«, sagte İkmen, setzte sich wieder und zündete seine Zigarette an.

Der Allerletzte, den Robert hatte treffen wollen, war der Schulleiter. Leider wollte Herr Edib ihn aber ganz dringend sprechen. Es hätte da Gerüchte gegeben, außerdem ein paar Klagen und jetzt das – einen Schwächeanfall in der Klasse. Nicht, dass Edib grob würde, das war nicht seine Art. Nein, nur ein nettes, freundliches Schwätzchen in seinem Büro. Er geleitete Robert durch die Tür und beide setzten sich.

Sofort setzte Edib den Ausdruck professioneller Betroffenheit auf. »Geht es Ihnen jetzt besser?«

Robert murmelte: »Ja. Ich habe heute Morgen nichts gegessen. Hatte eine Zeit lang etwas mit dem Magen. Sie wissen ja, wie das ist.«

Das wusste Edib zwar nicht, er gab aber ein leichtes, wohlwollendes Grunzen als Zeichen der Zustimmung von sich. »Ein unglücklicher Vorfall, allerdings einer von, wie ich leider sagen muss, mehreren innerhalb der letzten, sagen wir mal, zwei Wochen.«

Robert seufzte schwer. »Ja.«

»Ein Streit in der Öffentlichkeit mit einem anderen Mitglied des Lehrerkollegiums, dann die Art, wie Sie hier erscheinen. Ich habe selbst bemerkt, dass Sie in der Klasse weniger als …«

»Ja, ich weiß. Es tut mir Leid, Herr Direktor.« Robert hob den Kopf und sah seinen Arbeitgeber an. Er spürte, dass seine Augen sehr rot und wässerig waren. »Ich habe dafür keine Entschuldigung …«

»Gut möglich.« Edib faltete die Hände unter seinem rundlichen Kinn. »Aber ich muss Sie fragen, ob irgendetwas nicht stimmt, Robert. Wenn Sie Ärger haben, kann ich Ihnen vielleicht helfen. Gegenwärtig ist noch keine Rede von disziplinarischen Maßnahmen. Machen Sie sich darum bitte keine Sorgen.«

Aber Robert hatte Angst, wenn auch aus keinem der Gründe, die Edib durch den Kopf gingen. »Ich denke, ich bin ein bisschen ausgebrannt …«

»Der Fluch aller hingebungsvollen Verbreiter von Wissen!« Edib lächelte so angenehm, wie sein gieriges, unangenehmes Gesicht es zuließ. »Und die Studenten sind nicht immer unproblematisch, ich weiß das.« Er lachte, wobei er versuchte, einer der Jungen zu sein. »Aber wir müssen weitermachen, Robert! Diese jungen Menschen setzen ihr Vertrauen in uns!«

Und ihre Eltern das Geld in deine Tasche!, dachte Robert voller Bosheit. »Ja, ich weiß«, erwiderte er, »ich will versuchen, dass …«

»Gut!« Wieder lächelte Edib, es war einfach fürchterlich. »Ich wusste, dass es nichts Ernstes ist. Aber solche Dinge dürfen wirklich nicht mehr vorkommen. Haben Sie verstanden?«

»Ja.« Es gab nicht viel zu verstehen. Sich wieder ein bisschen herausputzen, keine Kräche mehr, diesem fürchterlichen Jungvolk in den Hintern kriechen und gelegentlich etwas essen. Es war keine besonders lange Liste und Robert wusste, dass er ihr wohl folgen müsste, falls er weiterhin erwerbstätig sein wollte. Wenn er es überhaupt wollte. Natürlich wäre für ihn und Natalia das ideale Szenario, wenn sie alles einpackten und nach England abhauten. Aber ...

»Wissen Sie«, fuhr Edib fort, »wir alle haben Probleme. Ich selber hatte in meinem Leben sehr viele Schwierigkeiten.« Er nahm eine Zigarette aus seiner Hemdentasche und zündete sie an. »Seitdem dieser Inspektor İkmen mit seinen unverschämten und arroganten Polizisten hier war, hatte ich nichts als Fragen von Seiten der Eltern. Warum war die Polizei hier? Was wollte sie? Und so weiter und so weiter!« Schulterzuckend hob er die Arme. »Was habe ich denn angestellt?«

Robert hatte aufgehört, Edib weiter zuzuhören, nachdem der Name ›İkmen‹ gefallen war. Er musste an diesen saudummen Brief denken. Der, von dem er wusste, dass er ihn nicht mit den Fingern berührt hatte. Doch dann war er sich absolut nicht mehr sicher. Genau hier hatte er ihn geschrieben und dabei die Informationen gebraucht, die sie ihm geliefert hatte.

»Sie sehen schon wieder leicht grün aus, mein Freund.« Edib war um den Schreibtisch herumgekommen und legte die Hand auf Roberts Schulter. Zu komisch, dass Robert ihn nicht hatte kommen sehen. »Vielleicht sollten Sie den Rest des Tages frei nehmen. Was essen, bisschen frische Luft schnappen.«

»Äh ...«

»Ich meine wirklich, dass es das Beste wäre. Morgen früh fangen Sie dann in alter Frische wieder an, was?«

Morgen. Ja, das heißt, wenn es ein Morgen geben würde. Robert leckte sich die trockenen Lippen und nickte zustimmend. Nach Hause gehen und nachdenken. Oder vielleicht lieber doch nicht, nein. Vielleicht war es besser, auszugehen und sich für eine Weile abzulenken. Vermutlich – oder besser: bestimmt – mit Hilfe von Alkohol.

Es war eine unmöglich zu beantwortende Frage, und obwohl es eine war, die ihm viele seiner älteren Patienten häufig stellten, wurden Dr. Imads notwendigerweise indirekte Antworten dadurch nicht leichter.

»Die Wahrheit ist«, sagte er, als er die Hand des alten Mannes wieder auf die Bettdecke legte, »das ich Ihnen keinen bestimmten Zeitrahmen angeben kann.«

Reinhold Smits hob seine wässerigen, roten Augen empor und sah den Arzt an. Sein eigenes Gesicht war eine Maske aus Wunsch und Verzweiflung. »Ich verstehe ja, dass es schwierig ist, Herr Doktor«, sagte er, »aber habe ich noch ein paar Monate oder ein paar Jahre oder …?«

»Wenn Sie mit der Chemotherapie fortfahren und sich einen ruhigen Lebensstil auferlegen, gibt es keinen Grund, warum Sie nicht noch einige Zeit gut leben sollten. Bisher scheinen Sie positiv auf die Therapie anzusprechen.«

»Aber wenn das Ende kommt, wird es schmerzhaft und unwürdig sein!«

Dr. Imad setzte sich auf den Stuhl neben dem Bett seines Patienten und ergriff erneut die Hand des alten Mannes. »Schauen Sie, Reinhold, es gibt heute genug schmerzstillende Mittel auf dem Markt, so dass ich fast sicher bin, Sie werden keinen qualvollen Tod sterben. Sie haben mehr als genug Geld, um sich die stärksten und höchstentwickelten Medikamente zu beschaffen, und außerdem ist eine Besserung, wenn auch unwahrscheinlich, als Möglichkeit nicht vollständig außer Acht zu lassen.«

Der alte Mann lachte. »Das hätten Sie wohl gern, was?«

»Miterleben, wie Sie sich erholen? Aber natürlich hätte ich das gern!«

»Ja.« Reinhold Smits blickte auf das, was sich von seinem schwachen Körper unter der Bettdecke abzeichnete. »Weil Tote keine Schecks ausstellen können, oder, Herr Doktor?«

Der Arzt erhob seine Stimme nicht, als er antwortete. An derartige Sticheleien war er längst gewöhnt. »Das ist ziemlich unfair von Ihnen, Reinhold.«

»Ja, ich weiß.« Nun sah er traurig aus, fast, als täte es ihm Leid. Aber so waren nun einmal seine gegenwärtigen Stimmungsschwankungen. »Wenn man auf der Türschwelle Gottes steht, dann verlieren sich all die Annehmlichkeiten des Lebens irgendwie.«

»Allah ist, wenn er auch sonst nichts anderes sein mag, zumindest barmherzig, Reinhold.«

Wieder lachte Smits. Es war einer jener Tage voll grimmiger Späße. »Was Allah sein mag oder auch nicht, ist für mich ohne jedes Interesse. Falls Sie es vergessen haben sollten, ich bin Kalvinist, wie mein Vater, und glauben Sie mir, mein Gott wird gegenüber einem Menschen wie mir wenig Barmherzigkeit an den Tag legen.«

Dr. Süleyman Imag war seit fast vierzig Jahren Smits Hausarzt – lang genug, um zu wissen, dass es auf diese letzte Bemerkung wirklich keine Antwort gab. Stattdessen nahm er sein Stethoskop vom Hals und steckte es zurück in die Aktentasche. Smits ging es so gut, wie es nach seinen jüngsten Erfahrungen zu erwarten war, und noch länger zu bleiben führte zu nichts.

Smits, der diese Geschäftigkeit sah, pflichtete ihm bei. »Sie machen sich jetzt besser wieder auf den Weg.«

»Ja.« Imad nahm sein Jackett von der Stuhllehne und zog es an. »Ich würde mich freuen, wenn Sie mal darüber nachdenken, was ich über die Polizei gesagt habe.«

Der alte Mann zuckte mit den Schultern. »Vielleicht tue ich das. Obwohl ich mir nicht vorstellen kann, was das bringen soll.«

»Die Polizisten hatten kein Recht, einen kranken Mann wie Sie zu schikanieren. Das Ergebnis dieser Belastung sehen Sie jetzt an Ihrem Zustand. Ich würde zu gerne mit Ihrem Anwalt darüber reden, falls Sie deshalb etwas unternehmen wollen.«

Smits schloss die Augen und legte den Kopf auf die Kissen. »Wir werden sehen«, sagte er. »Könnten Sie bitte Wilkinson raufschicken, wenn Sie nach unten gehen?«

»Natürlich.« Imad ergriff seine Aktentasche und lächelte das verschlossene und blicklose Gesicht an. »Morgen komme ich wieder.«

»Wie Sie wünschen.«

Sobald er hörte, wie sich die Zimmertür hinter dem Arzt schloss, öffnete Reinhold Smits wieder die Augen. Gott, er hatte das alles so satt! Schon lange bevor diese Sache mit Meyer angefangen hatte, hatte er es satt gehabt, aber seit das Grauen vor dem Tod noch dazugekommen war, war alles schlicht unerträglich geworden. Nicht zuletzt, weil der entsetzlichste Punkt an der ganzen Angelegenheit das eine war, was er mit keinem Menschen teilen konnte.

Wie Leonids Körper und Gesicht im Tode ausgesehen hatten, war ohne jeden Zweifel das Fürchterlichste und Erschreckendste gewesen, was er je gesehen hatte – das und der Gestank, die Fliegen, der blutige Schrecken, der ihn beinahe von der dreckigen Wand angesprungen hatte. So entsetzlich, so barbarisch und doch auch so schrecklich heilig.

Wenn er nur nicht das Hakenkreuz vor dieser alten Hexe erwähnt hätte. Wenn er nur nicht so schrecklich verletzbar gewesen wäre – und er war es immer noch. Ein ganzes Leben in Diskretion zählte, so wie es jetzt schien, nichts mehr.

Und genau diese kleine Unachtsamkeit hatte zur Folge, dass Maria Gulcu ihn zerstören konnte, wenn es ihr passte. Was seiner Meinung nach ohne Zweifel eintreten würde. Er musste beinahe lachen, da er nun daran dachte. Leonid hätte sich sogar krank gelacht.

Ein leichtes Klopfen an der Tür und der Butler trat ein.

Smits riss sich zusammen, wie er es stets vor seinen Angestellten getan hatte. »Ach, Wilkinson«, sagte er, wobei seine Stimme noch einmal ein Muster an Autorität war, »ich möchte, dass Sie mir ein paar Sachen aus der Bibliothek holen und hier hoch bringen.«

»Sehr wohl.«

An den Fingern zählte Reinhold Smits all das auf, was er brauchte. »Ich hätte gern meine sämtlichen Fotoalben, ein Buch von Simon Danilov *The Death of Russia* – es ist auf Englisch und steht in der historischen Abteilung –, dazu mein Schreibpapier, Umschläge und einen Federhalter.« Smits hob warnend einen Finger. »Keinen Kugelschreiber, einen richtigen Federhalter. Haben Sie verstanden?«

»Ja.«

Mit einer kurzen Handbewegung schickte er seinen Dienstboten weg. »Und nun fort mit Ihnen.«

Kaum aber war die Tür hinter dem Butler ins Schloss gefallen, fiel Smits überlegene Maske auch schon wieder zusammen. Oft klafft eine Lücke zwischen dem Wissen um das Richtige und dem Handeln danach, und obwohl Reinhold Smits nun diesen Schritt ins Auge gefasst hatte, traten immer noch leise quälende Zweifel auf. Wäre der Schritt erst einmal getan, könnte Maria Gulcu es immer noch interpretieren, wie sie wollte. Schließlich könnten sogar die so genannten unvoreingenommenen Polizisten den Eindruck bekommen, seine Vorgehensweise sei durch Schuld oder Gehässigkeit, oder beides, motiviert.

Doch war das überhaupt wichtig? Nein, denn nun zählte nur noch, dass so gut wie alles in den Alben vernichtet würde. Dann wäre es gerade so, als wäre nichts von alldem je geschehen, und ohne Leonid hätte es genauso gut bloß ein Traum sein können. Ach, wie hätte ihm das gefallen! Smits lächelte wieder und dieses Mal blieb das Lächeln für einige Zeit auf seinen Zügen.

Robert Cornelius' erster Gedanke, nachdem er sich aus Herrn Edibs schleimiger Gegenwart entlassen hatte, war, so weit wie möglich von der Londra-Sprachschule wegzukommen. Nicht notwendigerweise, sondern eher wegen einer Art Mutprobe, die er sich selbst auferlegt hatte, hätte dies bedeutet, wieder einmal durch die Straßen von Balat zu gehen. Obwohl er zunächst auf fast schon beunruhigende Art zuversichtlich war, wurde, als er an dem verhängnisvollen Eckhaus vorbeikam, plötzlich und mit geradezu herzinfarktverdächtiger Gewalt alles wieder wirklich und auf unerträgliche Weise entsetzlich. Und dass er dann auch noch merkte, wie er wieder rannte, trug nur noch mehr dazu bei, dass er sich wie in einer alptraumhaften und ausweglosen Zeitschleife vorkam. Irgendwann bildete er sich fast ein, Natalia liefe mit angstverzerrtem, ein kleines bisschen zu schmalem Gesicht vor ihm her. Doch trotz all dem und trotz seiner fast schon platzenden Brust lief Robert Cornelius immer weiter, bis er ganz weit von Balat entfernt war.

Als er endlich anhielt, um wieder zu Atem zu kommen, sah er sich um und bemerkte zu seiner Bestürzung, dass er in einem Stadtteil war, den er nicht kannte. Es war, als wäre er mit verbundenen Augen irgendwohin geraten, und obwohl er annahm, dass er sich, da er an dem alten Wohnhaus auf gewohnte Art vorbeigelaufen war, vermutlich näher am Marmarameer befand als am Goldenen Horn, konnte er sich dessen nicht sicher sein. Aber war das in der gegenwärtigen Situation wichtig?

Robert blickte zuerst nach links, dann nach rechts. Es war eine typische İstanbuler Straße: viele Geschäfte dicht beieinander, kaputte Bordsteine, ein paar böse dreinblickende Hunde und Katzen. Aus keinem anderen Grund als dem, dass es ihm gerade als eine gute Idee erschien, ging er nach rechts. Irgendwo musste da doch eine Bar oder ein Hotel sein und genau aus diesem Grund war er ja hierher – wo immer das war – gekommen. Mit einem Drink würde er gut vergessen können, und das war alles, was er im Moment wollte. Zur Hölle mit all diesen Briefen, Frauen, Bullen und toten alten Juden. Er wollte wieder er selbst sein, ein klein wenig nur, ehe alles von Neuem anfing und Gott weiß wohin führte.

Und mit einem Mal dehnte sich vor ihm etwas Blaues unermesslich weit aus – ein großes Meer mit seinen kleinen Booten und Tankern und Vergnügungsdampfern, an denen die vertraute türkische Flagge mit Halbmond und Stern flatterte. Es erklang Musik und da waren Bars, alle tranken und man hörte fröhliche, lachende Stimmen. Wenn die Menschen sich entspannen wollen, kommen sie hierher zur See und gönnen sich ein paar Drinks. Das ist sehr wohltuend und sehr normal. Robert Cornelius, unrasiert, verletzt und an allerhand Verschiedenem leidend, ging hin, um an diesem Spaß teilzuhaben.

## Kapitel 19

Leonid. Es war merkwürdig, aber wenn sie all die Jahre zurückblickte, war es, als würde sie eigentlich an zwei Menschen denken: an Leonid, bevor er ins mittlere Alter gekommen war, und an den danach. Er war so lange jung geblieben! Mit vierzig war er immer noch wie ein Teenager gewesen, war immer noch mit einem Lächeln und einem schwungvollen Federn im Gang nach Hause gekommen, die Taschen stets voll Geld von Reinhold Smits. Damals hatte sie sich recht alt gefühlt, worüber sie sich geärgert hatte. An dieses Gefühl erinnerte sie sich noch sehr gut.

Aber am Ende hatte er natürlich doch für alles bezahlen müssen. Fast war es, als ob sein ganzes Leben ihn mit einem Schlag eingeholt hätte. An einem Tag war er noch jung, am nächsten dann … Vielleicht war die Ungeheuerlichkeit all dessen ihm ja im Traum erschienen und vielleicht hatte er am Ende wie Lady Macbeth gemerkt, dass nichts von dem, was er getan hatte oder tun konnte, sich jemals würde reinwaschen lassen. An diesem Punkt hatten sie aufgehört, Freunde zu sein, und eine Weile war sie traurig gewesen. Seine neue Inkarnation war eine Verpflichtung gewesen, nichts als ein Mund, in den man Alkohol und etwas zu essen stopfte. Als sie ihn das letzte Mal in seinem ekelhaften Loch in Balat besucht hatte, vor zwanzig oder dreißig Jahren, war sie entsetzt gewesen, als sie entdeckt hatte, dass er vollständig ohne Zähne war. Er hatte versucht sie zu küssen, was sie aber nicht zugelassen hatte. Sie hatte genug von seinen rauen Liebkosungen erduldet, als sie über die Berge Armeniens und unter den spärlichen Bäumen der zentralanatolischen Hochebene hierher gezogen waren. Obwohl der Begriff ›erduldet‹ nicht ganz das richtige Wort war, wie sie wusste. Erdulden hieße bar jeder Komplizenschaft.

Maria nahm eine Zigarette aus der Schachtel neben ihrem Bett, entzündete sie und lehnte sich schwer in ihre Kissen zurück. Leonid war doppelt aufgeregt gewesen während ihrer Ausreise aus Russland. Aufgeregt wegen ihr und berauscht von der Situation insgesamt. Für einen Siebzehnjährigen war es eine ganze Menge gewesen, worauf er sich da eingelassen hatte. Mehrere Tage lang war es, obwohl er durchaus in der Lage gewesen war, sie zu berühren, unmöglich gewesen, sich mit ihm zu unterhalten. Fast war es, als würden seine tastenden Hände und seine suchende Zunge seine Unfähigkeit, mit ihr zu reden, irgendwie wettmachen. Allerdings hatte sie dies damals natürlich nicht so analysieren können. Alles, was sie damals gewusst und gekannt hatte, war das Blut gewesen. Drei Ströme: der, der aus der Wunde in ihrem Gesicht geflossen war, der, der schmerzlich ihre Beine hinabgelaufen war, nachdem er sie zum ersten Mal genommen hatte, und dann der, den sie die Wand hatte herunterlaufen sehen, kurz bevor sie geflohen waren. Leonid war auf ihm ausgerutscht, als er versucht hatte, sich den toten Körper der Frau auf die Schultern zu laden. Immer noch sah Maria sein entsetztes Gesicht, als sie, wenn auch durch den Zigarettendunst durchscheinend, der ihre halb verschlossenen Augen verqualmt hatte, wie er in das tote Antlitz der Frau geblickt hatte. Sie hatte sich damals gefragt, was ein solcher Mensch wie er dort tat.

Nicht, dass sie ihn jemals geliebt hätte. Dankbarkeit hatte sie empfunden und, kurz nach der Ankunft in der Türkei, einen kurzen Moment heftiger Leidenschaft, aber keine Liebe. Leonid war Jude, ein Tier, etwas in jedem Fall »anderes« und Unangenehmes – ein Christusmörder.

Sie blickte dorthin, wo Nicholas an der Wand lehnte, und kniff die Augen zusammen, damit sie ihn besser sehen konnte. Der erste Besucher, nachdem er geboren wurde, war Leonid gewesen. Noch vor Mehmet. Schon damals betrunken, hatte Leonid die Wangen des Neugeborenen liebevoll gezwickt, ehe er sich zu ihr aufs Bett gesetzt und sie von einem seiner verrückten Pläne zu überzeugen versucht hatte. Wie stets aber hatte sie sie zurückgewiesen und ihm gleichzeitig einen Korb gegeben. Außer Schmerz und Enttäuschung hatte sie ihm tatsächlich wenig zukommen lassen.

Vielleicht hatte er ja auch noch, als er im Sterben gelegen und an die dreckige, rauchgeschwärzte Decke gestarrt hatte, wobei Magen und Kehle ihm glühend heiß gebrannt hatten, gedacht, dass sein Schmerz ein Geschenk von ihr wäre. Womöglich hatte er sie ganz zum Schluss noch verflucht. Zumindest fühlte sie sich, als sei sie verflucht. Schon als sie das erste Mal von seinem Tode erfahren und angesichts dieses Schreckens fast hatte würgen müssen, hatte sie sich so gefühlt. Und zusätzlich hatte Leonids Tod ihrem eigenen Sohn den Mund geöffnet, gegen sie, was sich nicht mehr aufhalten ließ. Noch vom Grab aus hielt Leonid sie bei der Gurgel gepackt. Nickys mürrischer Blick glitt mit Widerwillen über ihre Züge, worauf Maria woandershin blickte, auf das Bild mit dem hübschen, pummeligen Mädchen mit den kastanienroten Haaren, das in ihrem Schoß lag. Die dicken Wangen waren ohne jeden Makel und der Blick war klar. Gerne würde sie wissen, wo sich das Original befand und wann und wo es aufgenommen worden war, aber sie konnte sich nicht daran erinnern. Es hatte so viele Fotografien gegeben.

»Und, Mama?«

Sie seufzte tief und drückte ihre Zigarette in einem kleinen Aschenbecher aus Terrakotta aus. Dann sah sie ihm ins Gesicht und ihr fiel der beinahe arrogante Glanz in seinen Augen auf. Das war etwas Neues. Nicky hatte sehr viel nachgedacht und die Schlüsse, zu denen er gekommen war, hatten ihn auf neue und aufregende Pfade geführt. Er hatte nichts zu befürchten, die Welt und all ihre unbekannten Freuden warteten auf ihn – den großen, bärtigen Mann, der aus dem Dunkel kam. Maria räusperte sich. »Ich weiß nicht, Nicky, ich weiß nicht.«

»Nun, Mama, es ist zwar letztlich deine Entscheidung, aber solange wir nichts unternehmen, ändert sich auch nichts zum Besseren. Natalia hat ja, und zwar mit deiner Zustimmung, wie ich hinzufügen möchte, leider schon einen unglücklichen Außenseiter mit hineingezogen. Ich verstehe deinen Standpunkt …«

»Und ich deinen« – sie durchbohrte ihn förmlich mit ihrem Blick – »jetzt. Aber ich habe dich nie angelogen, Nicky, was du auch denken magst. Die Tatsache, dass du deine Meinung geändert hast und dass einige Ereignisse dich zum Zweifeln gebracht haben …«

»Ereignisse?« Nicholas ging zum Bett und setzte sich neben Maria. »Worüber wir hier reden, Mama, ist Mord! Zwei Mitglieder unserer Familie waren an dem Tag, als Onkel Leonid starb, in seiner Wohnung. Und«, er hielt einen Finger empor, um seine Mutter am Reden zu hindern, »ehe du noch einmal auf Reinhold Smits anspielst, lass mich daran erinnern, dass wir zu allem noch ein Geständnis haben. Wenn Smits sagt, dass er dort gewesen sei …«

»Was ja auch der Fall war!«

»Ja, zugegeben. Aber die Tatsache bleibt, Mama, dass Natalia uns genau erzählt hat, wie Onkel Leonid im Tod aussah und versehentlich weitere Beschreibungen geliefert hat – wie zum Beispiel das Hakenkreuz –, und das alles einige Zeit, bevor Smits dich aufgesucht hat. Und da es aus diesem Haus sowohl ein Geständnis gibt als auch die genaue Beschreibung dessen, was dem armen Onkel Leonid angetan wurde, sind, denke ich, die Chancen für Smits, in die Sache hineingezogen zu werden, eher gering.«

»Aber, aber, mein lieber Nicky, Natalia könnte sich doch geirrt haben. Sie könnte unmittelbar nach Smits dort gewesen sein …«

Nicholas rieb sich die Augen, ehe er antwortete. »Dabei vergisst du nur, Mama, oder etwa nicht, wessen Hände Natalia ...«

»Sie könnte doch lügen! Du weißt doch, was für ein gemeines, abscheuliches Ding sie sein kann!«

»Mein Gott, aber in diesem Fall lügt sie nicht, Mama. Warum um alles in der Welt sollte sie das tun? Es gibt doch nicht einen einzigen Grund, oder etwa doch? Das wissen wir beide.« Nicholas war klar, dass Maria es nicht schätzen würde, aber wie er es auch drehen mochte: er konnte keine andere Umgehung des Problems sehen. »Im Grunde sind das alles ohnehin Dinge für die Polizei. Wir müssen denen alle Informationen geben, die wir haben, und sie sollen dann weiter entscheiden. Es zieht sich jetzt schon viel zu lang hin!«

Maria schlug die Augen nieder und Nicholas hatte das sichere Gefühl, dass das, was nun kam, ihre Hauptsorge war. »Und was ist mit der Familie?«

»Na und?«

Maria sah kurz auf und streckte mit einer abrupten Bewegung ihr mittlerweile wütendes Gesicht wieder vor. »Du sagst na und? Du sagst das nach einem Leben voller Glauben und Tradition? Sagst das, obwohl du unsere Hoffnungen und Ziele für die Zukunft kennst?«

Nicholas seufzte. Da waren sie wieder; wieder ganz am Anfang – bei dem ermüdenden, lästigen und für ihn inzwischen vollkommen irrelevanten Familienkonzept. Als er sprach, redete er so langsam und wohl überlegt wie zu einem Kind. »Mama, wenn die Polizei und die Leute von der Einwanderungsbehörde mit uns durch sind, werden wir sehr glücklich sein, wenn wir überhaupt noch Anspruch auf ein paar Räume zur Miete anmelden können.«

»Nein, nein, nein! Ich kann und will nicht all das aufgeben, was ich bin, was ich fühle. Das hieße, von mir Dinge zu verlangen, die über meine Kräfte gehen!«

Nicholas blickte seiner Mutter fest in die Augen und sah dort etwas – oder vielmehr eben nichts mehr – von dem er immer gewusst hatte, dass es da gewesen war. »Und genau das ist es doch, oder, Mama? Dass du nicht das tun kannst, was getan werden müsste, liegt ja nicht daran, dass geliebte Familienmitglieder involviert sind. Es liegt an dir, an deinen Illusionen und deiner verrückten, kleinen Welt. Es ging nie um uns und deshalb hast du uns zu den bemitleidenswerten Monstern werden lassen, die wir sind.« Nicholas stand auf. »Sieh mich an, Mama! Ich bin ein alter Mann und doch trage ich die Uniform eines Regiments, dessen Soldaten allesamt starben, bevor ich überhaupt geboren wurde! Ich bin eine Missgeburt! Und was dazu kommt, ich bin deine Missgeburt! Sieh mich an, Mama!«

Maria sprach nicht mehr und auch Nicholas nicht, bis er an der Tür war. Dort aber wandte er sich um und sagte, wobei er ihr direkt ins Gesicht sah: »Bis morgen früh gebe ich dir Zeit, Mama, und dann tue ich das, was getan werden muss. Falls du aber nur noch ein Fünkchen Ehre hast, würde ich vorschlagen, dass du dich selbst aufraffst. Das wird, wenn auch nur zum Teil, meinen Respekt für dich wiederherstellen.« Er verließ den Raum mit einer winzigen Verbeugung.

Allein, verbittert und frustriert, versuchte Maria Gulcu, ihr Bettzeug in Stücke zu reißen, merkte aber, dass alle Kraft sie verlassen hatte.

Die Bar Paris war nicht gerade der Ort, den man für einen schnellen Drink aufsuchte. Falls man sich nicht hemmungs- und schamlos betrinken wollte, war es die Art von Etablissement, um das man am besten einen Bogen machte. Die übliche Kundschaft war im Großen und Ganzen laut, gerne kriminell, und vielen von ihnen war Gewalt nichts Unbekanntes. İkmen ging nicht sehr oft dorthin, aber immer, wenn er es tat, ließ er sich voll und ganz auf diese Erfahrung ein.

Er hielt Süleyman die schmutzige Eingangstür auf und der junge Mann sah, wie mehrere stark geschminkte Prostituierte durch die Dunkelheit in ihre jeweiligen Richtungen starrten.

Die Kneipe roch nach altem Schweiß und Erbrochenem. Süleyman versuchte nicht im Geringsten, seine Abscheu zu verbergen. »Da rein?«

»Ja«, gab İkmen schlicht zurück und seine Miene war dabei gerade so unschuldig wie die eines Fremdenführers, der einen Touristen in einer Moschee herumführt.

»Sie wollen, dass ich da reingehe?«

İkmen zuckte die Achseln. »Die Drinks sind billig.« Er ließ die Tür los und trat in die rauchgeschwängerte Düsterkeit.

Süleyman sah die Tür dicht neben ihm an und seufzte. Die Wahl war wirklich einfach. Entweder schloss er sich İkmen in der Alkoholhölle Bar Paris an und riskierte Leib und Leben in den Händen der unterschiedlichsten unerwünschten Gestalten hinter der schmierigen Tür oder er ging nach Hause. Kühn stieß er also die Tür auf und ließ sich auf einem Meer von Rauch an die Bar treiben.

Sofort sah er İkmen, der auf einem Barhocker saß, ein Glas hochhielt und dem Barmann etwas zurief, das Süleyman nicht verstand. Auch in einer derart bizarren Gesellschaft wie der in der Bar Paris fiel İkmen als etwas besonders Schlampiges und Ungepflegtes auf.

Kurz bevor er jedoch İkmen erreichte, sah Süleyman eine außerordentlich große Frau in einem grünen, paillettenbesetzten Kleid, die direkt vor ihm herrauschte und nach dem Barhocker griff, auf den er zugegangen war. Sobald sie saß, schlang die Frau ihre Arme um İkmens Hals und küsste ihn leidenschaftlich auf die Wange. Zu Süleymans Überraschung küsste İkmen, der hingebungsvolle Vater und Ehemann, die Frau zurück – auf die Lippen –, anstatt sich diesem ungebetenen Annäherungsversuch zu entziehen.

Zu sagen, dass Süleyman geschockt war, wäre eine Untertreibung. Einige Augenblicke stand er nur da und starrte mit offenem Mund wie ein Goldfisch.

İkmen lachte. »Kommen Sie her, Süleyman. Kommen Sie und lernen Sie Samsun kennen.«

Süleyman betrachtete die Frau mit der großen Hakennase und den dunklen Zähnen und versuchte ein Lächeln. İkmen drückte ihm ein Glas mit einer Flüssigkeit in die Hand, die verdächtig nach Benzin roch, und stellte die beiden förmlich einander vor.

»Samsun, dies ist Süleyman, mein Stellvertreter. Süleyman, dies ist Samsun, eine göttliche Frau mit zweifelhaftem Beruf, die zufällig auch meine Cousine ist.« Er nahm ein paillettenbesetztes Knie zwischen die Finger und drückte es. Die Frau lachte mädchenhaft, wobei ihr großer Adamsapfel auf und ab und gegen ihre Kette aus blauen und roten Perlen hüpfte.

»Çetin, du hast es einfach raus, wie man die Mädels behandelt.« Die Stimme war sehr tief und mit einem Hauch eines ausländischen Akzents, aber eindeutig männlich. Dieses Geschöpf legte nun eine Hand auf die Bar und Süleyman bemerkte die dichten Haarbüschel, die auf den Knöcheln direkt unterhalb der Fingernägel wuchsen.

Süleyman versuchte bei diesem Anblick nicht zu frösteln. »Hallo«, sagte er und nahm eilends einen Schluck aus seinem Glas. Die Wirkung, die der Schnaps auf ihn hatte, konnte er am besten durch einen Vergleich beschreiben: Es war, als würde er einem von einem Panzer einen Schlag ins Gesicht bekommen.

Samsun, die Süleymans Verzweiflung bemerkte, tätschelte ihm zart den Rücken und blickte betroffen. »Der Schnaps ist ein bisschen stark, wenn man nicht dran gewöhnt ist.«

»Aber es lohnt sich, das zu kultivieren, wenn auch nur aus finanzieller Sicht«, sagte İkmen, wobei er die schwere Pranke seiner Cousine von Süleymans Rücken zog. Er zwinkerte verschmitzt. »Aber, aber, Samsun, nicht anfassen!«

»Was, und das bei einem Polizisten? Bist du verrückt?«

İkmen zuckte die Achseln. »Du bist Albanerin.«

»Bin ich deshalb verrückt?« Samsun setzte einen Schmollmund auf, als wäre sie beleidigt. »Wie auch immer, ich ziehe sowieso Goldhändler vor, die sind sehr großzügig und spielen gerne die *femme* im Bett.« Das letzte Wort hauchte sie lasziv und mit einem Schmollmund zu Süleyman hin.

Der junge Mann zwang sich dazu, mit seinem Drink voranzukommen. Sein einziger Trost war, dass er bemerkte, dass İkmen sich vollständig im Klaren über Süleymans Unbehagen war. Lange würde er das nicht aushalten müssen.

Samsun legte ihre Hand auf İkmens Schulter und streichelte seinen Hals. »Was tust du also hier in diesem Dreckloch, Inspektor?«

»Das Gleiche wie du, nehm ich mal an, minus den Sex.«

»Willst du nur ein bisschen rumtorkeln oder richtig besoffen hinknallen?«

İkmen schaute in sein Glas und rieb sich das Kinn. »Weiß ich noch nicht, hab mich noch nicht entschieden.«

Samsun lachte und zog ein kleines goldenes Zigarettenetui aus ihrer Handtasche. »Ich jedenfalls klappe lieber richtig besoffen zusammen, wenn ich keinen Sex habe, und da du keinen hast …«

İkmen beugte sich vor und sah Samsun in die Augen. »Bist du später noch hier, du Prachtweib?«

»Wieso?« Samsun bekam kleine Augen. »Brauchst du eine Sitzung?«

»Kann sein«, gab İkmen schelmisch zurück.

»Aha, deshalb bist du gekommen.« Samsun zündete sich eine Zigarette an und blies İkmen den Rauch ins Gesicht. »Jetzt gleich?«

»Nein.« İkmen neigte den Kopf in Richtung Süleymans. »Erst wenn du ein paar Nummern gemacht hast.«

»Du magst Mädchen mit Geld in der Handtasche, ja?«

»Ich finde, dass die erweiterte Zahlungsfähigkeit bezüglich meiner Drinks mir einen Menschen noch näher bringt.« İkmen leerte sein Glas und bedeutete dem Barmann, es noch einmal zu füllen.

Samsun kreischte ein weiteres Mal und Süleyman fragte sich allmählich, ob ihre wackelnden Brüste das Ergebnis einer Hormonbehandlung waren oder eine Art ausgeklügelter prothetischer Vorrichtungen.

»Wie auch immer.« İkmen schlug sich aufs Knie, erhob sich und sah zu Süleyman. »Der Polizeimeister und ich müssen noch etwas besprechen, deshalb gehe ich jetzt mit an einen Tisch. Weit weg von zu großen Ohren.«

Wieder zog Samsun ihren Schmollmund. »Na gut, aber nicht unterm Tisch rummachen. Es sei denn, du lässt mich zugucken.«

İkmen hob eine Hand, als würde er schwören. »Versprochen.« Dann nahm er Süleyman beim Ellbogen.

Samsun sah das und eiferte sofort los. »Du bist ein verheirateter Mann, Çetin! Denk dran!«

İkmen lehnte sich zu Samsun zurück und küsste sie auf die Wange. »Ich hab acht Kinder als Gedächtnisstütze.«

Sie lächelten einander an und Samsun zwickte İkmen in die Wange. »Wir sehen uns später, kleiner Cousin!«

»Ganz sicher.«

İkmen geleitete Süleyman zu einem groben, biergetränkten Tisch in einer besonders dunklen Ecke der Bar Paris. Alles, was sich in der Bar abspielte, schien sich auf die Theke und den Eingangsbereich zu konzentrieren. Diese Ecke dagegen war leer.

»Perfekt«, sagte İkmen, als er sich auf einen kleinen Stuhl setzte, der mit Kekskrümeln übersät war. »Ich muss mich für das hier entschuldigen, Süleyman.« Er wies zu Samsun hin, die immer noch quer durch die Bar schmachtete. »Gehört zur Familie.«

»Äh ... ja.« Süleyman setzte sich gegenüber und klammerte sich nervös an den Rest seines Drinks. »Samsun als Name ist ...«

»Ihr richtiger Name ist Mustapha, aber zu der Handtasche passt das nicht so gut.« İkmen beugte sich über den Tisch und flüsterte. »Man sagt, dass er den Namen Samsun gewählt hat, weil er eine besondere Neigung für Männer aus dieser Stadt hat.«

Darauf gab es wirklich keine Antwort, weshalb Süleyman nur lächelte.

İkmen wechselte das Thema. »Jedenfalls wieder mal ein Tag voll unverändertem Pech an der Arbeitsfront, dem werden Sie zustimmen.«

»Stimmt.« Süleyman senkte den Kopf und schaute in die Tiefen seines Glases. Die entsetzliche Brühe schien ihn fast anzugrinsen. Wie ein schlechtes Omen.

»Natürlich«, fuhr İkmen ohne viel Begeisterung fort, »wenn ich Ferhat nicht zurückbeordert hätte, wären wir jetzt nicht in dieser Situation.«

»Sie konnten doch nicht wissen, dass Cornelius abhaut, obwohl er krank ist.«

İkmen seufzte. »Nein. Aber wenn dieses Schwein nur in seine Wohnung zurückgegangen wäre! Was macht er denn da draußen, rennt rum, wo er doch angeblich krank ist?«

»Keine Ahnung.«

Sie saßen einige Augenblicke lang schweigend da und beide dachten darüber nach, was passiert wäre, hätte das Schicksal ihnen nicht ein weiteres Hindernis in den Weg gelegt.

Süleyman tauchte als Erster aus diesen düsteren Träumen auf. »Aber immerhin wissen wir, dass Cornelius und Natalia Gulcu definitiv mehr als nur Freunde sind.«

İkmen lachte. »Das haben wir schon lange gewusst – zumindest ich.«

»Ja, aber der *kapıcı* war bei all dem sehr anschaulich: die Kämpfe, der laute Sex ...« – er rümpfte die Nase, wenn auch nur leicht – »... die Schamlosigkeit dieses Mädchens.«

»Ja schon ...« İkmen hielt einen Moment inne, um sich eine Zigarette anzuzünden. »Sie haben doch wohl im Hause Gulcu nachgefragt, oder?«

»Ja, aber er war nicht da. Der alte Mann mit dem Bart war an der Tür und, ich muss schon sagen, in dem Punkt wirklich sehr entschieden.«

»Mmm.« İkmen kniff die Augen zusammen, denn sofort hatte sich ein Verdacht geregt.

»Aber was sollte ich auch machen?«, fuhr Süleyman fort. »Wie Sie selbst gesagt haben, haben wir nicht genug klare Beweise, um Cornelius festzunehmen, und ich hatte auch keine Genehmigung, das Haus Gulcu zu durchsuchen.«

»Das wäre dann wohl der nächste Schritt«, sagte İkmen.

»Was, Sie meinen, ich sollte bei den Gulcus nach Cornelius suchen?«

»Nein, nein, da ist er nicht, da bin ich ziemlich sicher. Aber ...«

Süleyman benutzte diese Pause, um seinen üblen Drink beiseite zu stellen. »Aber was?«

»Aber der Kanister, oder in welchem Gefäß auch immer die Säure war, muss doch irgendwo sein, oder?«

»Schon.«

»Und falls einer von den Gulcus Meyer umgebracht hat, ist er wohl noch in deren Haus.«

Süleyman zweifelte daran. »Ja, aber sie müssten doch verrückt sein, ihn jetzt noch da aufzubewahren!«

İkmen lächelte. »Aber die sind doch verrückt, oder etwa nicht, Süleyman? Sie haben doch gesehen, wie sie sich anziehen, wie sie leben. Die Gulcus sind nicht ganz von dieser Welt und ich vermute, sie anerkennen die Regeln, nach denen die Welt funktioniert, nicht in dem Maße, wie wir anderen das tun.«

»Schon aber ...«

»Aber was?«

Süleyman zuckte die Achseln. »Ich verstehe einfach nicht,

warum sie Meyer umgebracht haben sollten. Ich finde immer noch kein Motiv.«

İkmen trank den Rest seines Drinks und knallte das Glas auf den Tisch. »Na ja, das geht nicht nur Ihnen so! Und solange Frau Gulcu, Herr Smits oder auch beide nicht endlich ein paar von ihren Geheimnissen verraten, können wir, fürchte ich, nur Vermutungen anstellen. Allerdings glaube ich, dass Meyers angenommene Beteiligung an einer Exekution vor langer Zeit tatsächlich etwas damit zu tun hat. Ich meine, wenn man Menschen umbringt, dann stelle ich mir vor, dass nach einem derart langen Zeitraum, um den es hier ja geht, die Erinnerung oder die Verletzungen, oder was immer, allmählich nachlassen. Allerdings nicht bei Meyer. Nicht einmal der Alkohol konnte seine Schuldgefühle in Schach halten. Es ist, als wären sie ständig präsent gewesen und hätten jede seiner selbstzerstörerischen Handlungen durchdrungen. Und wie ich schon gesagt habe, denke ich, dass ein anderer das auch sehr wohl wusste.«

»Ja, aber wer? Ich meine, besonders in Bezug auf Smits – warum sollte jemand Meyer die ganze Zeit seine Schuld vorwerfen, und zu welchem Zweck?«

»Ich kann nur Vermutungen anstellen«, antwortete İkmen, »aus Gründen eben, die wir nicht kennen. Es hat, wie ich glaube, damit zu tun, dass alle drei ›etwas‹ gegen die anderen in der Hand hatten.«

»Was zum Beispiel?«

İkmen zuckte die Schultern. »Keine Ahnung. Meyers altes Verbrechen, Smits schuldhafte Nazivergangenheit. Und Frau Gulcu? Na ja …«

»Ihr illegaler Status vielleicht?«, warf Süleyman ein.

İkmen gönnte sich einen weiteren Schluck aus seinem Glas. »O nein, das glaube ich nicht«, meinte er. »Sie und ich, wir haben beide gesehen, wie unangenehm es ihr war, als das Thema bei unserer Unterhaltung aufkam, und wir haben nicht mal lange darüber gesprochen. Was für ein Mensch sie auch sein mag, von der Bürokratie lässt sie sich nicht beeindrucken.«

»Aber …« Süleyman sah, wie İkmen auf sein leeres Glas schaute und dachte, dass er ihm womöglich die Gelegenheit geben sollte, es nachfüllen zu lassen. İkmen hatte jedoch eine andere Idee.

»Aber was, Süleyman?«, drängte er.

»Aber warum sollten sowohl Smits als auch Frau Gulcu gerade jetzt Meyer umbringen? Wo ist da die Verbindung?«

İkmen warf seinen Zigarettenstummel auf die Erde und drückte ihn mit dem Schuh aus. »Das weiß ich nicht«, erwiderte er, »und wenn nicht bald etwas Konkretes oder Gerichtsmedizinisches auftaucht, werden wir diese Verbindung wohl auch nicht bekommen.«

Süleyman atmete schwer. »Es ist wie ein Alptraum. Und genau wie Sie frage ich mich auch allmählich, ob wir jemals rauskriegen, was hier vorgeht, was passiert ist, wer hier die Wahrheit erzählt …«

»Nun ja, falls ich den Fall weiter bearbeite, dann werden wir es schaffen.« Mit einem Male lächelte İkmen strahlend – was typisch für ihn war, dieser plötzliche Wechsel von tiefer Verzweiflung zu übertriebenem Optimismus, und das in weniger als einem Augenblick. İkmen deutete auf Süleymans fast volles Glas. »Darf ich Ihnen was anderes bestellen? Etwas, von dem Sie nicht blind werden?«

Während er zusah, wie das letzte der herrlichen, engelhaften Antlitze in den Flammen zusammenschmolz und zu Asche wurde, wischte sich Reinhold Smits eine kleine Träne aus dem Auge. Schon sehr lange war es her, seit er gespürt hatte, wie sich die Haut eines kleinen Mädchens an seine geschmiegt hatte, und hätte man ihn gebeten, den Namen irgendeines dieser Kinder zu nennen, hätte er dies tun können. Aber es war besser so und mit den armen, zerfledderten Bildern, die Leonid all die Jahre über seinem Haupt hatte schweben lassen und die nun gleichfalls ihr glühendes Grab erhielten, kam die ganze Geschichte endlich zu einem Ende. Nun war er da, wo er in Wahrheit immer schon residiert hatte, ganz und gar allein – all die Krücken entfernt, alle die selbsttäuschenden Geschichten erzählt.

Ein kurzes Klopfen an der Tür kündigte die Ankunft von Wilkinson an. Smits stand matt von seinem Platz vor dem Kamin auf und ging hinüber zu seinem Bett.

»Kommen Sie«, sagte er unter Schmerzen, während er durch das Zimmer ging. Als der Butler eintrat, sah Smits ihm schon am Gesichtsausdruck an, dass es ihm noch schlechter als sonst ging. Schließlich war es auch ein langer Tag gewesen. Doch wie immer machte er auch jetzt keine persönliche Bemerkung zu seinem Angestellten.

»Sie können das Buch wieder hinunter in die Bibliothek bringen«, sagte er, wobei er auf den Band auf seinem Schreibtisch deutete. »Legen Sie es bei der angegebenen Seite aufgeschlagen auf meinen Arbeitstisch, wenn Sie so gut sein wollen.«

»Jawohl.« Der Butler glitt lautlos zum Tisch und nahm das Buch liebevoll in seine behandschuhten Hände.

»Ach, und dann ist da noch ein Brief, den Sie bitte für mich wegbringen, neben dem Buch.«

Der Diener nahm den parfümierten rosa Umschlag und sah auf die Adresse. »Soll ich ihn jetzt wegbringen oder erst morgen früh?«

»Jetzt, bitte.« Smits legte sich unter Schmerzen in sein Bett. »Sagen Sie Muhammed, dass er Sie mit dem Wagen fahren soll.«

»Sehr wohl.« Wilkinson wollte gehen, aber Smits hielt ihn noch einen Augenblick auf.

»Ach, Wilkinson …«

»Ja?«

»Nur noch eine Sache.« Smits bewegte seine Kissen etwas, um

bequemer zu liegen. »Haben Sie sich, nachdem Sie so lange für mich gearbeitet haben, schon einmal gefragt, wie es wäre, so reich wie ich zu sein?«

Einen Moment lang blickte der Butler vollkommen verdutzt drein, gab dann aber, nachdem er seine gewohnte Gewandheit wiedergewonnen hatte, zurück. »Nun, es kam mir zuweilen in den Sinn.«

Smits lächelte. »Und?«

»Ich denke, dass es in mancher Hinsicht wirklich sehr angenehm ist.«

Smits nickte. »Ja, das dachte ich mir.«

Der Butler nahm das Buch unter den Arm und steckte den Brief in die Tasche seines Fracks. »Nun, wenn das jetzt alles wäre …«

»Das ist alles, Wilkinson, danke.«

Wilkinson verbeugte sich, ehe er ging. »Ich sehe Sie dann morgen früh wieder.«

»Gute Nacht, Wilkinson.«

»Gute Nacht.«

Smits bewegte sich nicht mehr, bis er den Motor seines Wagens draußen in der Einfahrt starten hörte. Dann öffnete er die Schublade seines Nachttischchens mit einer für ihn untypisch sanften Bewegung und nahm etwas heraus, das dort bereits den ganzen Tag auf ihn gewartet hatte. Er wusste, dass er schnell handeln müsste, ehe ihn der Mut verließ.

## Kapitel 20

Es heißt, dass Verbrecher immer wieder an den Schauplatz ihres Verbrechens zurückkehren. Das ist die Sorte von Klischee, die jene, die zu kultiviert sind, um selbst bei der Polizei zu arbeiten, zum Lachen bringt. Auf Robert Cornelius hatte es allerdings nicht diese Wirkung. Während er den aufgehenden Mond über dem dunklen, massigen Komplex des Kariye-Museums beobachtete, war Freude das letzte Gefühl, das seine Gedanken beflügelte.

Er war mehr oder weniger unbewusst nach Balat zurückgekehrt. Alles hatte ganz unschuldig mit dem schlichten Verlangen begonnen, sich zu betrinken, das er nachmittags verspürt hatte. Ein Drink in der ersten Bar hatte zu weiteren in anderen Bars geführt und erst nach dem siebten oder achten Gin Tonic hatte er gemerkt, wohin ihn sein scheinbar zufälliger Streifzug geführt hatte. Zunächst war der Anblick des finsteren Wohnblocks, in dem Meyer gewohnt hatte, wie ein Schock für Robert Cornelius gewesen: Wie und wann war er hierher zurückgekommen? Als er jedoch von diesem Wohnblock hinüber zum Kariye-Museum schaute und dann wieder zurück, wurde ihm bewusst, dass es irgendwie so sein sollte. Er wusste nicht, warum, vielleicht hatte der Alkohol eine solche Wirkung auf seinen Verstand gehabt. Im Schein des großen, hellen Mondes stellte Robert sich vor, dass er sie wieder sähe, eng an die Mauer gedrückt und bereit wegzulaufen. Er blinzelte und sah, dass nicht sie es war, sondern ein Polizist, vollständig ausgerüstet mit Maschinenpistole, der gelangweilt gegen den Eingang des Treppenhauses lehnte. Seitdem er in das Viertel gekommen war, hatte Robert viele von ihnen gesehen, aber keinen, den er kannte, und ganz sicherlich nicht İkmen. Ihre Anwesenheit brachte ihm allerdings die Tatsache vor Augen, dass es womöglich keine besonders gute Idee von ihm war, nachts in Balat herumzuwandern. Falls İkmen das herausfinden sollte, könnte ihn das zu gewissen nachteiligen, gleichwohl verständlichen Schlüssen verleiten. Allerdings gab es eine weitere Bar, direkt um die Ecke, die er einmal gesehen hatte, als er spät in der Schule gearbeitet hatte. Und er brauchte dringend noch einen Drink.

Der wachhabende Polizist vor Meyers Haus schien Robert direkt anzublicken und räusperte sich, als wollte er sprechen. Unsicher setzte Robert einen Fuß vor den anderen und ging vorsichtig in Richtung der Bar. Der Polizist trat einen Schritt zurück und schien zu Roberts Erleichterung mit dem Schatten unter einem der Balkons im ersten Stock zu verschmelzen. Vielleicht spürte auch er das unheimliche Gefühl, das Robert ein paar Minuten zuvor beschlichen hatte, als er sich zum ersten Mal umgesehen und festgestellt hatte, wo er war. Sicher war dieses Viertel ruhig, das war aber immer der Fall – die Juden schienen die Vorliebe der Türken für plärrende Radios und voll aufgedrehte Fernseher nicht zu teilen. Aber war da nicht noch etwas?

Robert Cornelius bog in die kleine Gasse ein, in der seiner Erinnerung nach die Bar war, und sah geradeaus. Hier konnte, wegen der Höhe der Häuser auf beiden Seiten, das klare, weiße Mondlicht nicht hingelangen, und wo zusätzlich noch Balkons über die Straße hingen, war sogar der nächtliche Himmel wie ausgelöscht. Die intensive Dunkelheit war ähnlich der, wenn die U-Bahn im Tunnel hält und die Lichter ausgehen. Robert hasste auch dieses Gefühl. Wollte er jedoch einen Drink, müsste er wohl oder übel weiter in die Dunkelheit gehen und es darauf ankommen lassen. Entweder diese Bar, oder er würde zurückgehen und das Viertel ganz und gar verlassen müssen, was er aber nicht wollte. Noch nicht.

Als er weiter vorwärts taumelte, spürte er, wie ihm saure Galle die Kehle hochstieg, und er würgte deutlich hörbar. Er hatte schon zu viel gesoffen – als ob das etwas ausmachte. Aber das galt ja ohnehin schon für vieles. Er war ein schlechter Lehrer; war eigentlich nicht wirklich für diesen Job gemacht und hatte ihn auch nie wirklich gemocht. Er war einfach irgendwie hineingerutscht, wie in das meiste, das er bislang getan hatte, außer natürlich seine Beziehungen. Genau das trieb ihm die Galle hoch. Bewusst oder unbewusst hatte er immer aus allem einen ziemlichen Schlamassel gemacht. Vielleicht resultierte ja alles aus einem Mangel an Selbstachtung – seine Erwartung, dass immer alles schief gehen würde, wirkte sich dementsprechend auf die tatsächlichen Ereignisse aus.

Direkt vor ihm ging eine Tür auf und eine Hand warf eine heftig miauende Katze in die schwüle Nacht. Einen kurzen Moment lang wurde dadurch ein winziger Teil der Straße beleuchtet, wodurch Robert eine bedrückende Sicht auf die Haufen von Unrat bekam, die am Rinnstein aufgetürmt waren. Die Tür schloss sich wieder und Robert wusste, dass er allein mit der Katze war, wo auch immer das wäre.

Als er die namenlose und unfassbare Straße ungefähr zur Hälfte entlanggegangen war, hörte er Musik. Zuerst hielt er sie für türkisch, nachdem seine Ohren sich jedoch an den Klang gewöhnt hatten, merkte er, dass die Sängerin in einer Sprache sang, die ihm vollständig unbekannt war. Vielleicht war es Ladino, der eigenartige hebräisch-spanische Dialekt, der in diesem Viertel heimisch war. Was auch immer, jedenfalls war es orientalisch. Sogar nach dieser langen Zeit klangen die Halbtöne für seine »geordneten« europäischen Ohren unangenehm. Obwohl auch das jetzt gut war, weil das Vorhandensein von Musik vermutlich bedeutete, dass er sich auf dem richtigen Weg zur Bar befand. Das hoffte er zumindest, denn er bekam schon merkwürdige Fantasien und wollte nicht länger allein sein. Diese irrationale

Wut auf einen armen, alten, toten Juden, den er überhaupt nicht gekannt hatte, passte gar nicht zu ihm. Logisch betrachtet war ihm natürlich klar, auf wen er hätte wütend sein müssen, jedenfalls nicht auf Leonid Meyer. Die Wut blieb dennoch. Alles war bis zu dem Zeitpunkt in Ordnung gewesen, als er Natalia von Meyers Wohnung hatte weglaufen sehen. Fortschritte in der Beziehung mit ihr waren weder sonderlich schnell noch leicht gewesen, aber …

Plötzlich trat ein weiterer Polizist aus einem Hauseingang und hielt sich einige Meter hinter ihm. Robert drehte sich um und sah, wie er arrogant in Richtung des Kariye-Museums stolzierte. Robert wunderte sich einen Moment, warum der Polizist ihn nicht aufgehalten hatte, was sie nachts öfters taten, dann aber kam ihm die Unsichtbarkeit Betrunkener in den Sinn. Die meisten Menschen machten gewöhnlich einen großen Bogen um sie, manchmal auch die Polizei. Es war viel weniger Aufwand, sie zu lassen, wo sie waren, als sie mitzunehmen. Eine Zelle blieb frei und in neun von zehn Fällen war dies der angenehmere Weg. Robert drehte sich wieder um und sah eine kurze Kette aus roten und grünen Weihnachtslichtern, die zu seiner Linken oberhalb einer Tür gespannt war. Von daher kam auch die Musik, und als Robert sich näher dorthin begab, roch er das scharfe, ölige Aroma billigen Rakis.

Es war eine merkwürdige Vorstellung: eine jüdische Bar. Vor Jahren, als er noch die Universität besucht hatte, war Robert einmal bei einer jüdischen Hochzeit gewesen, an einem Ort namens Forte Hall im Norden von London. Es war eine ganz spezielle Angelegenheit und fast vollständig dem Verzehr ungeheurer Mengen von Essen gewidmet gewesen. Alkohol war naturgemäß auch mit im Spiel gewesen, aber keiner hatte sich deshalb besonders aufgeregt. Robert war nun an der dunklen, und wie er sogar im spärlichen Licht der Weihnachtslichter sehen konnte, schmutzigen Tür, die er vorsichtig mit dem Fuß aufstieß.

Sie war nicht abgeschlossen und öffnete sich leicht und mit leisem Knarren. Licht von der Farbe dünnen Roséweins drang auf die Straße und bestrahlte Roberts Schuhe, gefolgt von einer Wolke dichten, grünlichen Rauches. Man hörte von innen her Geräusche, immer noch sang die Frau und man konnte tiefe Männerstimmen hören, die in einer Sprache redeten, die hart und von zähem Schleim durchsetzt schien.

Von seinem Alkoholbedürfnis ermutigt, trat Robert hinein und stieß die Tür weit auf. Zwanzig, dreißig bärtige Gesichter sahen von ihren Gläsern mit Schnaps auf und starrten ihn an. Eine sensenförmige Nase, die von einem großen, verblassten Homburg bekrönt wurde, schnüffelte deutlich hörbar wie voller Ekel. Die einzige Frau an diesem Ort, die dicke, goldbehangene Sängerin, sang ihr worüber auch immer klagendes Lied weiter, obwohl sie Robert gesehen hatte und ihn gleichfalls anstarrte. Keiner der Anwesenden blickte auch nur ein klein wenig freundlich drein, die meisten Blicke, die ihn trafen, waren sogar offen feindselig. Derartiges war der Engländer nicht gewohnt und einen Moment lang war er zu keiner Bewegung fähig. Es erinnerte ihn daran, wie er einmal versehentlich in ein kurdisches Caféhaus im Osten des Landes, in der Nähe von Mardin, getreten war und die offene, ziemlich bedrohliche Feindschaft in den Gesichtern der Menschen gesehen hatte. Es war dieses schleichende Gefühl, dass er es womöglich bereuen würde, falls er die Schwelle übertrat.

Doch dies hier waren nur Juden! Es waren keine anderen Menschen als Marion und Martin aus Hornsey, die Familie Charles, die gleich nebenan gewohnt hatte, als er noch in der Grundschule war. Keines der Augenpaare vor ihm zuckte auch nur ein bisschen, dagegen wurden sie immer härter. Während er zurückstarrte, spürte Robert, dass er nicht einmal annähernd wusste, was sie gerade dachten, und er bemühte sich auch nicht darum. Er wollte ihnen nichts Böses, sondern nur einen Drink, für den er auch bezahlen würde. Die kalten, schwarzen Augen machten ihn wieder wütend und er stakste weiter in den Raum, auf die heruntergekommene, ärmlich bestückte Bar zu.

Erst jetzt hörte die Frau zu singen auf.

Samsun holte tief Luft und sah auf die Schale mit Wasser, die auf dem Tisch stand. Außer ihr, Çetin und ein paar stillen Zechern war die Bar Paris mittlerweile leer. Das Personal würde mit Sicherheit noch jeden bedienen, der einen Drink haben wollte, aber das wurde von Minute zu Minute unwahrscheinlicher.

Samsun schloss kurz die Augen und versuchte, alle äußeren Ablenkungen von sich fern zu halten. Sie hörte das Geräusch ihres bronchialen Atmens und spülte im Geiste sämtliche auch entfernten Ecken ihres Hirns mit einem Strom kristallklaren Wassers durch. Çetin war eigens wegen dieser Sitzung zu ihr gekommen und das tat er nur, wenn es wichtig war. Samsuns seherische Gabe, obwohl so oft vernichtend zutreffend, war keine, die man leicht aushielt. Sie konnte frustrierend willkürlich und beängstigend sein. Selten sah Samsun etwas Gutes in ihrer Seherschüssel, was viele zu der Annahme brachte, sie wäre vom Teufel oder von Dschinnen besessen. So wie ihr Leben bislang verlaufen war, glaubte Samsun das zuweilen selbst.

Sie atmete immer noch tief, öffnete die Augen und starrte in und unter die dünne Linse, die auf dem Wasser lag. Alles war nun weit weg: die Bar, der gegenübersitzende Çetin, die fernen Geräusche vergrämter Alkoholiker. Nur noch das Wasser war jetzt um Samsun, vollkommen ruhig, wie die Linse einer Kamera, und führte ihr, zumindest zu Beginn, merkwürdig wirre Bilder vor Augen.

Als wären sie auf Fetzen gedruckt, waren die Ränder dieser Bilder ausgefranst und zerfleddert. Ohne spürbare Bewegung ging eines in das andere über und veränderte sich wie weicher Ton von einer zur anderen Form. Einen winzigen Moment lang sah sie Çetins Gesicht, die Augen fest zugekniffen und die Stirn gerunzelt, als hätte er großen Kummer oder Schmerz. Dann aber war dieses Gesicht weg und es erschien eine Gruppe von Kindern, die eine Straße hinabliefen, welche von der Aya Sofia zu den Docks von Eminönü führte. Samsun sah darunter auch ihr eigenes junges Gesicht, ein zwölfjähriger Junge mit scharfer Zunge.

Hoch oben. Samsun wusste nicht, wo, aber sie befand sich über den Dächern der Stadt und die Sonne brannte ihr auf den Nacken wie eine Fackel und unter den Füßen … unter den Füßen war es gleichfalls heiß. Es tat weh, so wie der Bürgersteig ihr wehgetan hatte, als sie als Kind mit bloßen Füßen herumgelaufen war. Dieses Bild wollte nicht mehr verschwinden, und obwohl Samsun wusste, dass sie es nicht wollte, sah sie nach unten. Da unten war eine Straße, eine sehr enge und gewundene Straße, wie die gewundene Ader auf dem Handrücken eines alten Mannes. Auch Menschen waren zu sehen, und ein Auto. Alle blickten sie zu ihr nach oben, aber Samsun konnte die Gesichter nicht deutlich erkennen. Einige waren ganz ruhig, aber einige wenige, einschließlich eines Mannes in einem feinen grauen Anzug, winkten zu ihr hoch und riefen etwas. Sosehr Samsun sich auch bemühte, sie verstand nicht, was diese Menschen riefen, aber sie hatten Angst.

Und dann war Samsun an ihrem luftigen Ort nicht mehr alleine. Als sie sich zur Seite wandte, sah sie einen jungen Mann. Er war dunkelhäutig und auf feminine bartlose Art sehr schön. Eine entsetzliche Angst ergriff sie. Von ihren Füßen breitete sich etwas Rotes aus und schwappte gegen die Beine des jungen Mannes, welcher lächelte. Sein Mund war wie eine Tür und dadurch sah Samsun das Bild einer Frau, die von einer Mauer fiel. Ihr Blut drang in den Verputz hinter ihr ein und verfärbte ihn, für immer.

Dann war mit einem Satz der junge Mann verschwunden. Er flog wie eine Rakete durch die Luft, schwebte für einen Moment in der Luft und sank anschließend nach unten. Es war ein schöner Anblick. Der junge Mann war so graziös, als er herabstieß und mit der Luftströmung auf- und abtauchte, die zwischen den Lücken in der Häuserfront hin und her wehte. Einen Moment lang war Samsun von diesem Anblick ganz betört, bis sie gewahr wurde, wo der fallende und plötzlich auch schlaffe Körper abstürzte. Dort unten auf der Erde hastete ein junger Mann im grauen Anzug, den sie schon gesehen hatte, nach vorne, direkt in die Bahn des Fallenden. Samsun wollte noch eine Warnung rufen, wusste aber, dass er sie nicht hören könnte. Es war ja nichts Reales. Es war eine Art Wartezustand, nicht mehr – bereit, Wirklichkeit zu werden.

Samsun öffnete plötzlich die Augen und leckte sich die Lippen. »Morgen ist es so weit.«

Çetins Hand zitterte, als er sich eine Zigarette aus der Jacke holte und sie zwischen seine trockenen, gesprungenen Lippen steckte. Er wandte seine Augen von denen Samsuns ab. »Und?«

»Dir wird nichts passieren, kleiner Cousin.«

Çetin drehte sich wieder ihr zu und Samsun sah ihm fest in die Augen. »Aber nur, wenn du allein bist. Auf keinen Fall darfst du deinen jungen Polizisten mitnehmen. Hast du verstanden?«

Rabbi İsak schätzte die gelegentlichen Treffen, an denen er zusammen mit anderen Mitgliedern des örtlichen Klerus teilzunehmen verpflichtet war, durchaus, nur leider gab es dort Probleme. Sowohl die römisch-katholischen als auch die orthodoxen Priester tranken bei diesen Treffen gern ein oder auch zwei Gläschen Wein. Natürlich war dieser Wein nicht koscher, was bedeutete, dass er und seine Kollegen sich eigenen mitbringen mussten, wenn sie mittrinken wollten. Die Imams aber fühlten sich dabei nicht wohl und Rabbi İsak hatte immer das Gefühl, dass es eine Mauer zwischen ihnen und dem Rest der Versammlung errichtete. Rabbi Şimon meinte, es sei nicht weiter schlimm, die

Imams verstünden es und seien mit der Regelung ganz zufrieden, aber er war schließlich auch ein Fremder. Obwohl Rabbi Şimon wohlmeinend war, verstand er den Orient nicht besser, als er alte Menschen verstand. Mit ihm einmal durch die Straßen ziehen! Für wen hielt sich dieser junge Schnösel! Dies waren seine, Ísaks, Straßen, und auch wenn er blind wäre, würde er sich in ihnen nicht verlaufen, aber dieser Mann war Pole und konnte es wahrscheinlich nicht verstehen. Rabbi Ísak kannte seinen Heimweg, und wenn man ihn überfallen würde, nun, dann wäre es eben Gottes Wille. Europäer verstanden so etwas nicht; wenn etwas geschrieben stand, stand es eben geschrieben, und weder er noch die ganze türkische Armee konnten daran etwas ändern.

Doch das Treffen war gut verlaufen. Wie üblich hatten sich die Moslems am wenigsten mitgeteilt und die Christen am meisten, aber so war das Leben eben. Der Islam verabscheute Veränderungen sehr, wie dies auch für das orthodoxe Judentum galt, und zwar hauptsächlich deshalb, weil keine der beiden Glaubensrichtungen sie wirklich brauchte. Die Synagogen und die Moscheen waren immer voll, anders als die Kirchen. Deshalb war er der Meinung, dass die Priester etwas tun müssten: mehr Waisenhäuser bauen, den Papst zu einem weiteren Besuch überzeugen. Die Türkei war ein derartiger Außenposten der christlichen Welt, dass er oft gedacht hatte, es könne nicht leicht sein. Aber war es denn überhaupt für jemanden leicht? Seit einiger Zeit konnte man fremdartige, grimmig dreinblickende Männer mit Bärten auf den Straßen sehen. Viele davon waren aus dem Osten gekommen und die Lehre, die sie predigten, hatte mit der gewohnten Toleranz, die die Einwohner von Balat erwarteten, wenig gemein. Überall auf der Welt, so schien es, bekannten sich die Menschen wieder zu extremen Ideologien, bereitwillig. Der Krieg in Jugoslawien; fundamentalistische Gewalttaten in Ägypten; das Wiederaufkommen des Faschismus in Deutschland. Und eine Bekundung des zuletzt genannten Phänomens war ja sogar vor ihrer eigenen Haustür aufgetreten. Dieser alte Russe, den man gefoltert und dessen Wand man mit einem Hakenkreuz beschmiert hatte – keine zwei Minuten von hier! Şimon zumindest war sehr beunruhigt, aber schließlich waren seine Eltern auch im KZ gewesen. Das türkische Judentum verstand er nicht und er hatte Angst, dass der Tod des alten Meyer nur der Anfang war. Ísak lächelte und bog gemächlich in den kleinen Durchgang ein, der hinter den Häusern der Straße, in der er lebte, entlangführte. Seiner Meinung nach nahm Şimon einen vereinzelten, wenn auch irrsinnigen Vorfall und blies ihn über alle Maßen auf. Obwohl die Tat unzweifelhaft abscheulich war, war sie, soweit Ísak es beurteilen konnte, doch eher unbedeutend, abgesehen von der Tatsache, dass irgendwo in der Stadt ein Verrückter frei herumlief. Dort, wo viele Menschen dicht beieinander lebten, kamen diese Dinge vor und konnten sich auch immer wieder ereignen. Die eigentlichen Probleme waren nicht alte Säufer, die in dreckigen Wohnungen und Absteigen zu Tode kamen. In Wirklichkeit ging es um Regierungen und das Anstacheln nationalistischen oder religiösen Eifers durch diese Regierungen. So etwas aber gab es nicht in der Türkei, zumindest nicht offen, wenn man natürlich einmal von der Situation der Kurden absah. Allerdings war das, ob Recht oder Unrecht, deren Angelegenheit, und solange sich ihre zugegeben traurige Lage nicht auf seine eigene Gemeinde auswirkte, konnte Rabbi Ísak die Kurden ganz gut vergessen, diese armen Seelen! Aber … aber die meisten Länder hatten Situationen dieser Art, mit denen sie fertig werden mussten.

Er kam am hinteren Teil von Herrn Zarifis Garten vorbei und warf einen Blick auf die weit ausgebreiteten Zweige von dessen Zitronenbaum. Es hatte viel Mühe gekostet, bis das Ding in der harten und ausgelaugten Erde der Innenstadt gewachsen war, aber Zarifi hatte es geschafft.

Rabbi Ísak hatte gerade Zarifis Limonenbaum hinter sich gelassen, als er den Gesang hörte. Obwohl er ihn sofort als trunkene

Klage identifizierte, konnte er doch nicht sagen, zu welcher Melodie oder auch nur in welcher Sprache er gesungen wurde. Gleichfalls unmöglich zu bestimmen war es, ob es sich hier nur um ein einziges Lied handelte, denn der Sänger unterbrach sich periodisch und murmelte wütend etwas vor sich hin, bevor er fortfuhr. Rabbi Ísak war sich nur sicher, dass der Gesang direkt aus dem Teil des Pfades unmittelbar vor ihm kam, jenes Stück, durch das er noch gehen musste, um nach Hause zu kommen.

Ísak mochte keine Betrunkenen, aber er verabscheute sie auch nicht direkt. In seinem langen Leben hatte er zu viel Armut und Leid gesehen, um nicht das süße Vergessen zu kennen und sogar die Erleichterung, die eine volle Flasche Raki spenden konnte. Er hatte sogar zuweilen selbst dazu gegriffen, obwohl er nie wirklich sturzbetrunken gewesen war. Ein grausamer Zustand war das. Betrunkene gingen einem auf den Geist, sie pissten in die Gosse und kotzten die Busse voll. Arme Kreaturen.

Mit einem Seufzer setzte Rabbi Ísak seinen Weg nach Hause fort. Nun war auch der Gesang lauter geworden, und als er durch das dichte Dunkel starrte, glaubte er einen Menschen zu sehen – die langen Gliedmaßen wie ein Affe dicht am Boden schwingend, er taumelte an dem Schuppen am Ende von Cohens Hof vorbei. Aber sicher war sich Ísak nicht. Vielleicht war er allein auf dem Pfad, vielleicht auch nicht. Es hätte in Wahrheit auch keinen großen Unterschied gemacht, er musste nach Hause, und falls er dabei an einem stinkenden Besoffenen vorbeikam, dann sollte es so sein. So wie sich der Gesang anhörte, war die Person, wer immer es war, mit Sicherheit viel zu betrunken, um ihm etwas anzutun. Rabbi Ísak nahm die Schlüssel aus der Tasche und pfiff leise vor sich hin. Die alten Lieder aus der Jugend waren ihm stets Trost, wenn er alleine war. Mit einem Mal aber änderte sich die Lage sehr schnell und in tödlicher Absicht. Eine schlaffe Hand kam aus dem Nichts herangeflogen und berührte ihn leicht auf der Brust.

Ísak holte tief Luft, aber mehr wegen des Schocks denn aus Angst. Es war so plötzlich gekommen, dass sein Herz einen Satz machte, und einen Moment lang war Ísak atemlos. Die Hand glitt an seinem Mantel herab, und als er sich in deren Richtung bückte, spürte er sofort den Atem, der beißend nach billigem Raki stank. Obwohl Ísak ihn nicht sehen konnte, wusste er, dass dieser singende Säufer unmittelbar vor ihm lag, quer auf dem Weg ausgestreckt, wie ein menschlicher Teppich. Ein trauriger Zustand, weiß Gott, und zudem einer, der ihn als Angehörigen des Klerus zur Hilfe aufforderte. Rabbi Ísak beugte seinen alten Rücken, und während er sich hinkauerte, sah er die kleinen, aber blitzenden Augen, die ihn verwundert und verwirrt anstarrten.

Rabbi Ísak streckte seine Hand in Richtung dieses Geschöpfs aus und senkte die Stimme zu einem sanften Flüstern. »Oje, du armes Ding. Lass mich dir helfen.«

»Warum zum Teufel bist du nicht im Bett?«

Wie gewöhnlich in einem solchen Zustand, war er nicht so sehr auf sie als vielmehr auf sich wütend. Çetin İkmen trank wohl, aber wirklich betrunken war er nur sehr selten. Meist bedeutete es, dass er sehr bedrückt war oder sich um etwas sorgte, obwohl auch derartige Entschuldigungen bei Fatma wenig zogen. Zwei Uhr morgens war es geworden und er war betrunken. Mit kalten Augen fuhr sie ihn an.

»Ich bin deshalb nicht im Bett, weil ich fand, dass deine Nummer mit der Schlüsselsuche draußen an der Haustür einfach zu fesselnd war, um sie mir entgehen zu lassen.«

Durch seine verschwommenen, halb geschlossenen Augen sah er sie an und fuchtelte in ihre Richtung in der Luft herum. »Sehr gut, Fatma, eine Antwort, die eines İkmen würdig ist.«

Fatma wandte sich von ihm ab und murmelte: »Wenn du jetzt auch noch beleidigend wirst …«

»Oh, ich hab es doch nicht böse gemeint, Fatma! Es ist nur …«, er zog seine Jacke aus und hing sie über die Lehne des nächsten Stuhls, »ich hab doch so ein mieses Leben. Erst dieser beschissene Fall, dann noch der blöde Süleyman ...«

»Mehmet?« Sie sah ihm wieder ins Gesicht, wobei sie die Stirn runzelte. »Was hat er getan?«

»Ach, nichts hat er getan.« İkmen rührte unbeholfen mit der Hand herum, um zu unterstreichen, was er sagte, und setzte sich dann. »Ich bin zu Samsun gegangen, weil ich – na ja, du weißt schon, und er meinte ...«

»Ich glaub's ja nicht!« Fatma kam auf ihn zu, die Hände auf den Hüften, und baute sich wutentbrannt vor ihm auf. »Samsun! Eine tolle Informationsquelle, wirklich! Ehrlich, Çetin, ich dachte, du hättest mit diesem ganzen okkulten Blödsinn aufgehört. Wenn das unsere Freunde wüssten ...«

»Ich weiß, ich weiß!« Çetin nahm den Kopf in die Hände und rieb sich heftig die Stirn. »Es ist doch nur deshalb, weil in letzter Zeit alles so fürchterlich war.«

»Und du meinst also, dass es besser wird, wenn du in Schalen mit Öl glotzt oder irgendwelche Karten rumschiebst? Und dann noch Samsun! Der Mann ist doch nicht ganz dicht, ganz zu schweigen davon, dass er keine Moral hat.«

»Ich ...«

»Und Samsun heißt ja wohl auch Bar Paris, oder etwa nicht? Entzückend, wirklich! Mein Ehemann bei den Zuhältern und Nutten. Kein Geringerer als mein eigener Mann, der Polizeiinspektor!«

Çetin nahm die Hände vom Gesicht und sah Fatma an. Irgendwie musste er es schaffen, dass sie ihn verstand. Es war schon spät und er war betrunken, aber was Samsun gesagt hatte, hatte seine schreckliche Wirkung während des langen und ermüdenden Heimwegs dennoch nicht verloren. »Irgendwas wird passieren und ich darf Süleyman nicht mitnehmen. Es ist zu gefährlich und ...«

»Blödsinn!«, schrie Fatma mit flammenden Augen. Er schreckte zurück. »Irgendein lächerliches Mitglied deiner Familie sagt, dass etwas passieren wird, aber das wird es nicht! Ehrlich, Çetin, für einen gebildeten Menschen kannst du manchmal ganz schön blöd sein! Du glaubst doch alles, was diese komischen Leute dir sagen! Solange sie verrückt sind oder saudreckig oder als ›Hexe‹ bekannt ...«

»Ich hab schließlich schon ein paar Fälle gelöst mit Hilfe von ...«

»Ja, das stimmt, oder du glaubst es wenigstens!« Fatma zog einen Schmollmund und betrachtete ihren Ehemann schweigend und mit tiefer Abscheu.

Da läutete das Telefon. Das schrille, beinahe schon gespenstische Geräusch tat Çetin in den Ohren weh und er stöhnte. Um diese nächtliche Zeit konnte es nur eines bedeuten, und nach Fatmas verzweifeltem Gesichtsausdruck zu urteilen, war auch ihr das klar. Çetin griff über den Kaffeetisch und nahm das ärgerliche Gerät in die Hand.

»İkmen.« Das sagte er in einem so herzzereißenden und verzweifelten Tonfall, dass der Anrufer einen Moment lang kein Wort herausbrachte. Er oder sie musste sich vermutlich gefragt haben, welch grässliches Ereignis oder Unglück dieser Anruf wohl gerade unterbrochen hatte.

»Inspektor?« Es war Cohens träge, phlegmatische Stimme, die Çetin zwar nicht überraschte, aber auch nicht gerade freudig stimmte.

»Was gibt's, Cohen? Was wollen Sie?«

»Es hat noch einen weiteren Mord in Balat gegeben. Genau hinter dem Haus meines Onkels Zav, ein ...«

»O nein.« Çetin hörte schon die Beschuldigungen, die ihm Ardıç entgegenschleudern würde, seine wütende, rauchige Stimme, die von der weißen Wand seines Büros hallte. »Ein Jude?«

Er konnte fast hören, wie Cohen auf seine typisch jüdische Art die Achseln zuckte. »Es ist in Balat.«

»Weiß man, wer das Opfer ist?«

»Es ist Onkel Zavis Rabbi. Rabbi Ísak, achtundsiebzig Jahre alt, aus Balat gebürtig.«

Noch ein alter Mann! Jünger als der letzte und eine andere Art Jude als Meyer – als wäre das jetzt wichtig. Çetin blickte trübsinnig in den Hörer und fragte sich, was der Mord an Rabbi Ísak von seinen obskuren und verwickelten Theorien über Meyer, Smits, die Gulcus und uralte Verbrechen übrig lassen würde. Er wusste es nicht und hatte zum gegenwärtigen Zeitpunkt nicht einmal eine Idee. Jetzt galt es, so schnell wie möglich nüchtern zu werden und sich dorthin zu begeben.

»Ist gut, Cohen«, sagte er. »Besorgen Sie einen Wagen, der mich abholt, ich komme.«

»Haben Sie nicht selbst einen …?«

»Cohen, ich war die halbe Nacht draußen, ich habe noch nicht geschlafen und bin betrunken! Also schicken Sie mir schon Fahrer und Wagen …«

Cohen kicherte. İkmen wusste, dass sie sich alle heimlich über seine Liebe zur Flasche lustig machten, es aber so öffentlich zu tun machte ihn wütend. Es gehörte sich nicht und er gab bissig zurück. »Nun sorgen Sie schon für den Wagen, Cohen, Sie widerliches Viech!«

Er hörte immer noch die unter Kichern vorgebrachte Antwort »Jawohl« und knallte den Hörer auf. Erst jetzt spürte er, wie sehr seine Gesichtsmuskeln verkrampft und angespannt waren, und einen Moment lang sagte er nichts, noch rührte er sich vom Fleck. Durch den alkoholgeschwängerten Dunst hindurch, der sein Hirn benebelte, versuchte er nachzudenken. Natürlich musste dieser Mord nicht unbedingt etwas mit dem Fall Meyer zu tun haben, aber er befürchtete es. Das Opfer war immerhin ein Rabbi! Wie der Mann gestorben war, würde er erst sagen können, wenn er am Tatort war, aber er hatte ein ungutes Gefühl. Es war, wie schon beim letzten Mal, wieder sehr spät in der Nacht. Natürlich gab es ein paar Unterschiede; dieses Mal war er betrunken und dieses Mal hatte nicht Süleyman ihn angerufen, sondern Cohen. Deshalb und nur deshalb war er dankbar. Wäre es Süleyman gewesen, hätte İkmen sich schlecht gefühlt. Aber Süleyman war in Sicherheit, wie er hoffte. Er steckte zu Hause in seinem Bett, und wenn Çetin etwas zu sagen hätte, dann würde er auch dort bleiben. Irgendwie müsste er Süleyman den Tag frei geben, aber İkmen wusste genau, dass sein Stellvertreter das nicht annehmen würde. Wie auch Fatma war Süleyman unfähig zu glauben. Beide bemühten sich, »modern« zu sein, beide hatten die Art von religiöser Überzeugung, die nicht einmal die Möglichkeit anderer Kräfte im Universum zuließ. So etwas Engstirniges. Es war nicht gerade nett, so von zwei Menschen zu denken, die ihm etwas bedeuteten, aber so waren sie nun einmal. Besonders Fatma. Kein noch so hieb- und stichfester Beweis war gut genug für sie.

İkmen erhob sich und nahm seine Jacke von der Lehne. »Ich muss wieder raus, Fatma, tut mir …«

»Ich weiß schon.« Sie sah müde aus, resigniert und zum Fürchten schwanger. »Ich versuche es zu verstehen, Çetin.«

»Ist es okay, wenn ich dich allein lasse?«

»Das war es doch immer schon.«

Çetin fuhr mit der Hand in die Tasche, um sicherzugehen, dass er seine Schlüssel hatte. Seine Finger wurden sofort fündig. War er überhaupt betrunken? Offensichtlich nicht allzu stark, was ihn beruhigte. Sternhagelvoll wurde er so selten, dass es manchmal schon schwierig war, sich zu erinnern, wie er dann war, was er dann zu tun neigte.

Er reichte Fatma die Hand, um ihr beim Aufstehen zu helfen. »Du solltest jetzt wieder ins Bett gehen, Liebling.«

Sie schob seine Hand beiseite, tat es aber sanft und ohne jeden

Groll. »Nein, ich bleibe jetzt hier, Çetin. Jetzt ist es ohnehin ziemlich gleichgültig. Bett oder Sessel tun beide gleich weh. Das Baby liegt dieses Mal in meinem Rücken und es ist, als ob ich ständig was an der Bandscheibe hätte.« Sie sah zu ihm auf und lächelte dabei sogar halbwegs. Er sah so mitleiderregend aus in seinem verschmutzten, zerknitterten Anzug, mit seinem schmalen und entsetzlich müden Gesicht. »Du musst dir mal frei nehmen, Çetin İkmen. Du siehst in letzter Zeit älter aus als dein Vater.«

Çetin ließ ein kurzes kehliges Lachen vernehmen und ergriff eine von Fatmas Händen. »Timur wird uns noch alle überleben, besonders mich. Aber ich weiß, was du meinst, und so oder so beende ich diesen Fall und nehme mir dann eine Zeit frei. Eine lange Zeit.«

»Wirklich?« Sie warf ihm einen so zärtlichen Blick zu, dass er sich einigermaßen unsicher zu ihr herabbeugte und ihr einen Kuss auf den Kopf gab.

»Ich verspreche es. Es wird alles gut werden, du wirst schon sehen. Der Fall wird abgeschlossen werden und das Baby wird kommen. Vielleicht werde ich dich sogar ausführen, wer weiß?«

Fatma musste unter ihren Tränen lachen. »Das würde ich gerne mal erleben!«

Er tätschelte ihre Hand, ehe er sie losließ, und ging dann zur Tür. »Ich warte besser unten. Wenn einer von meinen Leuten hier raufkommt, weckt er das ganze Haus auf.«

»Ist gut.« Fatma hob ihre geschwollene Hand und winkte ihm müde nach. »Ich liebe dich.«

Çetin İkmen fühlte, wie ihm die Tränen hochstiegen, und wandte sich ab. Blöder, sentimentaler alter Trottel! »Ich liebe dich auch, Fatma«, murmelte er, als er hinaus in den Flur ging. »Ich wünschte nur, ich hätte die Zeit, um es dir ein bisschen öfter zu zeigen, das ist alles.«

# Kapitel 21

Der Leichnam war nicht unangenehm anzusehen, aber Cohen versuchte es so gut wie möglich zu vermeiden. Dr. Sarkissian schätzte, dass der Tod vermutlich durch einen einzigen Schlag auf den Kopf verursacht worden war. Anzeichen einer grässlichen Verstümmelung, wie sie auf Meyers Leiche so offen zu sehen gewesen waren, gab es mit Sicherheit nicht. Aber schön war es trotzdem nicht. Das dünne Blut des alten Mannes tropfte noch immer von der klaffenden Wunde am Kopf und Dr. Sarkissian hatte, nachdem er sie berührt hatte, gesagt, das Fleisch sei noch warm. Cohen wandte sich von dem Leichnam ab und holte zweimal tief Luft. Wer zum Teufel schlug einen armen, schutzlosen, alten Rabbi zusammen, und warum? Nicht sehr oft dachte er darüber nach, was es hieß, ein Jude zu sein. Die meiste Zeit sah Cohen keinen Unterschied zwischen sich und dem Rest seiner Kollegen. Diesmal aber war es anders. Die anderen standen alle ziemlich unbekümmert herum, rauchten und schwatzten, während der Arzt seiner grauenvollen Aufgabe nachging, doch Cohen konnte das nicht. Zum Glück hatte er Meyers Leiche nie gesehen, er war in jener Nacht damit beschäftigt gewesen, die Nachbarn zu befragen, und hatte dabei kein schlechtes Gefühl gehabt. Aber mit Rabbi Ísak war es etwas anderes; es war sein Fall, er hatte ihn gefunden.

Auch dass dies per Zufall geschehen war, war unheimlich. Er hatte eigentlich gar nicht auf dem Pfad sein sollen. Aber er hatte Durst gehabt und dringend ein Glas Tee, ein Bierchen oder sonst etwas gebraucht. Onkel Zavi schlief, wie so viele alte Leute, eher wenig, und außerdem hatte er sowieso mit jemandem reden wollen.

Cohen erinnerte sich an das dumpfe Geräusch, als sein Fuß gegen das tote Fleisch gestoßen war, an den schrecklichen Moment, als er seine Taschenlampe auf ein Gesicht gerichtet hatte, das nicht grausig, sondern vielmehr überrascht ausgesehen hatte. Zunächst hatte er gar nicht angenommen, dass der Mann tot war, und ihn sogar gebeten aufzustehen, sich auszunüchtern und nach Hause zu gehen. Bis er eben das Blut vom Hinterkopf hatte herabsickern sehen. Es war vermutlich falsch gewesen, dass er ihn nicht wiederzubeleben versucht hatte, auch wenn es nicht viel genützt hätte. Aber er hätte sich dann besser gefühlt. Jetzt, in der Rückschau, war es kein großer Unterschied, ob man einem Rabbi oder jemand anderem erste Hilfe zuteil werden ließ. Aber Cohen hatte ihn einfach nicht berühren können, es war ihm irgendwie nicht richtig erschienen, wie ein Sakrileg. Jetzt tat es ihm Leid und er bedauerte auch, vor Onkel Zavi damit herausgeplatzt zu sein, was er gefunden hatte. Der gute alte Mann wäre beinahe selbst gestorben, als Cohen es ihm berichtet hatte, und es hatte nicht einen einzigen Tropfen Schnaps zu Hause gegeben, der ihm über den Schock hinweggeholfen hätte. Alte Leute wie Zavi sollte man gar nicht mehr mit solchen Dingen behelligen.

»Ist alles in Ordnung, Cohen?« İkmen stand direkt vor ihm und blickte für seine Verhältnisse seltsam besorgt drein.

Cohen versuchte zu lachen. Das erwartete man von ihm: der gewiefte, ungehobelte Cohen, dem alles scheißegal war. Aber es gelang ihm nicht. »Oh, Inspektor, Sie …«

Seine Stimme verlor sich, er wusste nicht, wohin; sie ließ ihn auf dem Trockenen sitzen und er starrte İkmen an wie ein Idiot.

İkmen legte Cohen eine Hand auf die Schulter und sah ihn sorgenvoll an. »Sie stehen unter Schock, mein Lieber. Setzen Sie sich hin.«

Cohen wusste, dass das stimmte, weshalb er sich, ganz untypisch für ihn, ohne Widerspruch hinsetzte.

İkmen ging zu einer Gruppe schlampig aussehender Polizisten von der Spätschicht, die sich teilte, um ihn durchzulassen, und zum ersten Mal sah İkmen den Leichnam. Er lag auf dem schmalen Pfad quer auf dem Boden und sogar von nahem sah er einem Bündel alter Kleider sehr ähnlich. Aber da war eben auch ein Gesicht, alt und wie aus Leder, die Augen standen noch offen, so wie es bei Meyer gewesen war. Aber diese Augen hatten einen anderen Ausdruck, nicht den des Schreckens, nicht einmal des Schocks, sondern der Überraschung. Die Art von Vorfreude, die man bei Kindern sieht, wenn sie ihre Geburtstagsgeschenke erhalten, aber noch nicht ausgepackt haben. Hinter dem Kopf des Toten war Arto beschäftigt, offensichtlich zog er an etwas, worüber İkmen lieber nicht nachdachte. Artos rundliches Gesicht wurde von dem Licht einer Bogenlampe angestrahlt.

»Ah, Inspektor, sehr gut.«

»Guten Morgen, Arto.« İkmen holte Zigaretten und Feuerzeug heraus und begann seine Arbeit. Sein Kopf wurde schon wieder klarer, er war gerade in jene nervös-aufgeweckte Phase eingetreten, die oft auf intensiven Alkoholgenuss und Schlafmangel folgt. »Was haben wir da?«

Arto beendete, was immer er gerade getan hatte, und stand auf. »Was wir hier haben, ist ein sehr schwerer Schlag, und zwar einer, wie ich vermute, der von diesem Stück Metall herrührt.« Dabei wies er auf ein merkwürdig gebogenes, glänzendes Metallstück, das zu seinen Füßen lag. »Es hat den Schädel gebrochen und eine schwere Blutung verursacht, die ihn getötet hat. Der Tod ist mehr oder weniger sofort eingetreten.«

İkmen zündete sich die Zigarette an und blies kräftig den Rauch aus. »Zeit?«

»Vor einer, vielleicht zwei Stunden. Ein paar der Männer sind schon in der Nachbarschaft und befragen die Anwohner.«

İkmen kauerte sich nieder und sah sich den Körper von nahem an. Die kleinen Hände waren nach innen gebogen, wie bei einer

Katze. Es war etwas so Unschuldiges und Rührendes an diesem Anblick, dass İkmen eine Sekunde von Trauer überwältigt wurde. »Er war doch Rabbi, oder?«

Arto zog seine Chirurgenhandschuhe aus und wischte sich die verschwitzten Hände an einem Handtuch ab. »Ja. Rabbi Ísak. Deinem Herrn Cohen zufolge, der gleich dort hinten wohnt, war er in dieser Gegend sehr beliebt.«

»Und jetzt ist er tot.« İkmen erhob sich wieder und sah sich die jämmerliche Ansammlung primitiver Gebäude an, die in diesem Viertel als Häuser durchgingen. »Wo ist die Spurensicherung?«

»Schon auf dem Weg, und auch der Wagen von der Leichenhalle.«

»Gut.« İkmen stieß einen tiefen Seufzer aus. Er wusste, dass es übertrieben war, aber fand, dass er mehr hätte tun können. Und doch lag dieser Fall anders. Wer auch immer Meyer getötet hatte, hatte es sorgfältig geplant und sich auf seine Tat vorbereitet. Der Mord an diesem Rabbi war dagegen etwas vollständig anderes. İkmen betrachtete die vielen Steine, Holzstücke und Metallstücke, die überall auf dem Pfad herumlagen – alles potenzielle Mordwerkzeuge. Das verdrehte, blutgetränkte Stück, das zu Artos Füßen lag, war zufällig ausgewählt worden. Eine impulsive, wenn nicht blindwütige Tat, die den sofortigen Tod bewirkt hatte. »Ist die Leiche in irgendeiner Weise verstümmelt worden?« Das war jetzt wichtig.

»Nicht, soweit ich das bis jetzt absehen kann. Ich denke, eher nicht. Hier draußen in der Öffentlichkeit, und sei es auch an einem so ruhigen Ort wie hier, hält sie das Risiko, entdeckt zu werden, davon ab, auch wenn das Verlangen noch so stark ist.«

İkmen hob zustimmend den Kopf.

»Inspektor İkmen!« Die Stimme war noch jung und İkmen erinnerte sich vage, sie schon einmal gehört zu haben, obwohl er sie im Moment nicht recht einordnen konnte. Er drehte sich um und sah das junge und weiche Gesicht von Avcı direkt hinter sich. Er hatte jemanden bei sich, einen sehr kleinen Mann mit Vollbart. Das Weiße seiner Augen war von dicken roten Adern durchzogen und sah aus wie vernarbt. İkmen zog eine Augenbraue nach oben. »Und?«

»Hier.« Avcı war außer Atem vor Aufregung; er hatte etwas gefunden. İkmen konnte sich gut daran erinnern, dass er früher auch so gewesen war. »Dieser Mann, Herr, äh …«

Der Mann wedelte mit seiner ungewaschenen Hand vor Avcı herum und grinste. Er sah aus wie ein mittelalterlicher, dämonischer Geist. Den Whiskygestank musste İkmen gar nicht erst riechen, um zu merken, dass der Mann sehr betrunken war. »Kein Herr«, sagte der, »bloß Nat. Alle, alle Herren, nennen mich Nat.«

»Also gut«, sagte İkmen, »Herr, äh, Nat, Sie, äh …«

Avcı konnte sich nicht länger beherrschen. »Herr Nat hat einen Unbekannten gesehen, der in seiner Bar gleich um die Ecke etwas getrunken hat, am frühen Abend. Der Mann war ein Ausländer, konnte kein Ladino und war sehr betrunken.«

»Er schreien, machen Ärger, Sie wissen.« Nat schwankte leicht und lächelte dabei dümmlich. »Rosa ihn rauswerfen, zu besoffen.« İkmen kam die Frage in den Sinn, warum Rosa, wer das auch sein mochte, nicht auch Herrn Nat rausgeworfen hatte, stellte sie aber nicht. »Wie sah er aus, dieser Mann?«

»Oh!« Nats Oberkörper schlingerte etwas nach hinten und er hickste laut. »Sehr groß. Haar war weiß, wie Amerikaner oder Deutscher, ich weiß nicht. Zu viel trinken, anfangen zu schreien, viel Lärm machen.«

Es war August und die Stadt war voller Touristen aus aller Welt, aber İkmen wunderte sich trotzdem. Ein großer, hellhaariger, ausländischer Mann, der zur falschen Zeit am richtigen Ort war. »Wann war das?«

»Vor paar Stunden.«

»Sie haben nicht zufällig gesehen, wohin er danach ging, oder?«

Achselzuckend erwiderte Nat: »Ich viel zu tun, Sie wissen.«

Es war nicht schwierig, sich vorzustellen, was er zu tun hatte. Das hier war nicht wie der Mord an Meyer, weil sie dieses Mal Anhaltspunkte hatten. Die Mordwaffe könnte, besonders falls der Täter betrunken war, Fingerabdrücke tragen. Die Analyse der Kleidung des Opfers könnte gleichfalls nützlich sein. Dies war eine schlampige Tat, schlecht und in der Öffentlichkeit ausgeführt. Die Umgebung könnte jede Menge Schätze bergen. Und falls Herr Nat den großen, blonden Fremden gesehen hatte, müsste das auch für andere Leute gelten. Womöglich sogar nüchterne Menschen, die detaillierte und verlässliche Beschreibungen geben konnten. İkmen war sehr daran gelegen, dass es so war, und ließ Avcı und den brüllenden Herrn Nat fürs Erste gehen.

»Kann ich die Leiche bewegen, wenn die Leute von der Leichenhalle und der Spurensicherung hier sind, Çetin?«

İkmen hatte Arto beinahe vergessen, drehte sich nun zu ihm um und spitzte gedankenvoll die Lippen. »Ich denke schon, obwohl ich will, dass die ganze Gegend sorgfältig abgesucht wird, Zentimeter für Zentimeter. Und für die Leiche und die Kleidung will ich dieselbe Behandlung. Ich will alles über ihn wissen, woraus seine Kleidung gemacht ist, was er zu Abend gegessen hat. Soviel ich weiß, stammt er aus Balat.«

»Ja.«

»Mmm.« Ein Opfer aus Balat gebürtig, das andere ein Jude von woanders. Es konnte natürlich über Freunde oder Freunde von Freunden eine Verbindung geben, aber so, wie es aussah, war das eher unwahrscheinlich. İkmen war sich nicht einmal sicher, ob das für seine Theorie wirklich nötig war. Vielleicht war es sogar nötiger, dass es keine Verbindung gab. Was er aber in jedem Falle brauchte, ehe er weiter darüber nachdenken konnte, war eine Pause. »Arto, ich will, dass du mit dem hier, so schnell du kannst, anfängst, und ich will, dass du mir alles Ungewöhnliche direkt berichtest.«

»Okay.«

Ein Lieferwagen tauchte am Ende des Durchgangspfads auf und zwei Männer, die angemessen düster aussahen, stiegen aus. »Aha«, sagte İkmen lächelnd, »deine Geier vom Leichenschauhaus, wie mir scheint, Dr. Sarkissian.«

»Ja.« Sarkissian sah auf den Leichnam und steckte die Hände in die Taschen. »Zeit, dass wir gehen.«

İkmen machte ihnen den Weg frei und lehnte sich mit dem Rücken an einen nahen Holzzaun. Im Moment konnte er nichts tun als warten – auf Zeugen, auf mehr Informationen über den blonden Herrn aus Nats Bar, auf Arto und die Spurensicherung, die ihn benachrichtigen sollten. Es war absolut wichtig, dass er jetzt Gewissheiten bekäme, obwohl er es ganz tief in seinem Inneren schon wusste. Er lehnte sich mit dem Kopf an den Zaun und gönnte sich ein paar tiefe, belebende Atemzüge. Wie mies er sich fühlte! Aber er musste weitermachen. Er war dicht dran. Zwei Handschriften, zwei Verbrechen, aber ein gemeinsames Band vereinte die Täter. Die Wurzeln, falls nicht sogar die Äste, waren miteinander verbunden und einander keine Unbekannten. Jetzt war Schnelligkeit lebenswichtig. Davor hatte er jedoch noch eine weitere Sache zu erledigen, die ihn mit Traurigkeit erfüllte. Aber getan werden musste sie, weil manchmal das scheinbar Grausame der einzig mögliche Weg zu handeln war. İkmen konnte nur hoffen, dass man ihm zu gegebener Zeit vergeben würde.

Er wurde durch einen einzelnen Sonnenstrahl geweckt, der seine Nase und die Partie unter den Augen traf. Es war kein brutales Wachwerden, da es noch sehr früh und die Sonne weder sehr heiß noch besonders hell war. Aber es war genug, um ihn zu wecken, und noch ehe er die Augen öffnete, wusste er, dass es Schwierigkeiten geben würde.

Die Übelkeit, obwohl sie nicht einmal heftig war, kam in Wellen über ihn und Mund und Kehle fühlten sich angespannt, trocken und kratzig an. Er drehte sich auf die andere Seite, um das aufkommende Erbrechen zu unterdrücken, und merkte zu seinem Schrecken, dass seine Matratze nicht unter ihm lag. Seine schlanken, schlaksigen Glieder stießen schmerzhaft gegen etwas, das viel härter als die Matratze war. Er öffnete ein Auge zur Hälfte und sah auf viel Kies und einen jener hohen, schmalen türkischen Grabsteine.

In seinem Schädel begannen sich Informationsblöcke hin und her zu bewegen und aneinander zu reiben, wie Holzklötze von kleinen Kindern in einer Schachtel. Offenkundig hatte er derart einen sitzen gehabt, dass er es nicht bis nach Hause geschafft, sondern sich am erstbesten Platz fallen gelassen hatte, was eben zufällig ein Friedhof war. Er wagte nicht, den Kopf zu bewegen. Sein Instinkt sagte ihm, dass er, falls er es täte, auch noch mit Kopfschmerzen zu rechnen hätte, und zwar solchen, bei dem kein Paracetamol half.

Robert probierte verschiedene wenig amüsante Beschreibungen aus, die den Zustand des vergangenen Abends erfassten: besoffen, abgestürzt, voll, blau, zugedröhnt, sternhagelvoll, abgefüllt. Alles wirklich sehr spaßig und machomäßig amüsant, wenn man dabei den Kater vergaß, der stets solchen Kraftausdrücken beziehungsweise den entsprechenden Zuständen folgte. Aber was hatte er nur getan und wo war er gewesen? Jetzt öffnete Robert seine Augen ganz, und obwohl sie durch das Licht geblendet wurden, untersuchte er seinen Körper auf mögliche Schäden. Der Anblick des verkrusteten, trockenen Blutes auf seinen Hemdsärmeln hatte eine unmittelbare Reaktion zur Folge und er erbrach sich über die ganze Brust und auf den Grabstein.

Während İkmens Augen die zweite Seite von Reinhold Smits ekelerregend parfümiertem kleinen Brief hinabwanderten, merkte er, dass seine Reaktion auf den Inhalt nicht so war, wie er es sich vorgestellt hatte. Anstelle von Wut fühlte er nichts als Trauer – Trauer um ein weiteres Leben, das ungeachtet seines Besitzers vergangen war. Ein weiterer, in jeder Hinsicht einmaliger Mensch, der vollständig und vollkommen vom Erdboden verschluckt war. Neben etwas derart Enormem schienen İkmens bescheidene Fragen bezüglich des endlos scheinenden Rätsels Leonid Meyer wirklich ziemlich unbedeutend.

Als er den Telefonhörer abnahm und sich auf das vorbereitete, von dem er wusste, dass es getan werden musste, sah İkmen den jungen Avcı draußen im Korridor, direkt vor seinem Büro. In seinem gegenwärtigen abscheulichen Zustand würde er jemanden brauchen, der ihn fuhr, und so rief er ihn herein.

Als Avcı den Raum betrat, lächelte er eines seiner breiten, dümmlichen und einfältigen Lächeln. »Ja, Inspektor İkmen?«

»Ich brauche jemanden, der mich rüber nach Balat fährt. Können Sie das tun?«

»Ja.«

»Oh, welch starke und kraftvolle Jugend!«

»Bitte?«

İkmen gestattete sich den Luxus, sich wieder auf den Stuhl fallen zu lassen. »Ach, nichts, machen Sie doch schon mal den Wagen bereit.«

»Wird gemacht.«

Nachdem Avcı gegangen war, wandte sich İkmen wieder dem Telefon zu und begann mit einem tiefen Seufzer zu wählen.

Mehmet Süleyman träufelte etwas Monsieur-Dior-Eau-de-Cologne auf seinen Kamm und zog ihn nachlässig durchs Haar. Er fühlte sich gut, hatte aber seine Zweifel bezüglich İkmens. Der alte Mann hatte richtig rumgebrüllt, als er ihn verlassen hatte, und dieser seltsame Cousin, dessen ›Tricks‹ vorzuführen ungewöhnlich wenig Zeit gebraucht hatte, hatte gerade eine weitere Runde zu trinken bestellt. Eigentlich hätte er, Süleyman, İkmen zu diesem Zeitpunkt vom Tisch wegziehen oder zumindest bei ihm bleiben sollen, bis er ausgetrunken hätte, um ihn danach nach Hause zu bringen. Aber die Bar Paris war wirklich nicht sein Lokal und die Zeit, die er dort verbracht hatte, hatte ihn schon genug deprimiert. Die ständige Anmache durch Nutten zweifelhaften Geschlechts war da auch nicht sonderlich förderlich gewesen. Es kam ihm schon merkwürdig vor, dass ein Ehemann und Vater wie İkmen sich in derartiger Gesellschaft wohl fühlen konnte. Aber İkmen war sowieso merkwürdig. Er schien nicht die gleichen Werte oder Überzeugungen wie andere Menschen zu haben. Er war kompromisslos, tat alles entweder auf seine Art oder gar nicht. Es war ein Wunder, dass er immer noch eine Arbeit hatte.

Einen Stock tiefer klingelte das Telefon und jemand nahm ab. Mehmet bürstete seinen neuen grauen Anzug mit einer Kamelhaarbürste ab und verbrachte dann ein paar Sekunden damit, seine Zähne zu untersuchen, von denen er wusste, dass sie bereits makellos sauber waren. Das in jeder Hinsicht unerwünschte Frühstück und das zu erwartende end- und geistlose Geschwätz seiner Mutter machten es nicht besonders reizvoll für ihn, nach unten zu gehen. Seine Mutter war eigentlich keine schlechte Frau, aber wie bei seinem Chef musste sich die Welt entweder nach ihr richten oder sie hatte kein Interesse daran.

Es musste aber sein und so überließ er seine Zähne ihrem Schicksal und ging nach unten auf die Terrasse. Wie gewohnt ächzte die Tafel unter dem Gewicht dessen, was seine Mutter zum Frühstück aufgefahren hatte: Brot, Käse, Oliven, Tomaten, hausgemachte Rosenmarmelade, die lächerlich prunkvolle silberne Kaffeekanne. Alles sah wundervoll aus, nur mochte Süleyman nichts davon. İkmen hatte ihn während der letzten fünf

Jahre vieles gelehrt und das Beste davon war vermutlich, das Frühstück zugunsten von Schokogebäck um die Mittagszeit auszulassen. Das hatte er sich zur Gewohnheit machen wollen, was aber bei seiner Mutter nicht leicht war.

Er nahm neben der ruhig ausgebreiteten Zeitung hinter der sein Vater steckte, Platz und schenkte sich Kaffee ein. Das Geräusch eines sauberen und gepflegten Rocks, der um schlanke Beine raschelte und das Klick-klack der hochhackigen Schuhe auf dem Beton kündigten die Ankunft seiner Mutter an. Mehmet sah auf und lächelte. Sein Vater rührte sich nicht.

Seine Mutter strahlte. »Ich hatte gerade deinen Chef an der Strippe, Mehmet, er hat dir für heute freigegeben. Ist das nicht nett?«

»Freigegeben?« Das machte doch überhaupt keinen Sinn. So plötzlich? Weshalb? »Bist du auch ganz sicher, Mutter?«

»Ja, er hat es ganz deutlich gesagt, Mehmet.«

Warum fasste sie nur immer alles so schnell als Kränkung auf! Sein Vater legte die Zeitung nieder und blickte verwirrt. »Was?«

Seine Mutter reagierte missbilligend. Die zunehmende Zerstreutheit von Mehmets Vater ärgerte sie jedes Mal. »Mehmet hat für heute freibekommen, Muhammed«, rief sie ihm zu, als wäre er taub. Das war zwar nicht der Fall, aber bislang war ihm noch nie eingefallen, dies zu erwähnen – es schien zu viel Ärger zu verursachen.

»Ah.« Er nahm die Zeitung wieder auf und wandte sich dem Sportteil zu.

Nur Süleyman nahm den unbenutzten Teller ihres Sohnes weg und stellte dafür einen noch saubereren hin. Ihr Sohn zuckte zusammen. Sie beherrschte das Sinnlose derart, dass es schon fast wehtat.

Sie legte Mehmet die Hand auf die Schulter und drückte sie liebevoll. »Wir können einkaufen gehen, wenn du magst.«

Allein schon die Behauptung, dass er die Wahl hatte, war lachhaft. Er konnte es nicht ertragen. »Ich denke, ich gehe die Sache kurz mal überprüfen.«

Als er aufstand, fiel ihre Hand von seiner Schulter und sie blickte verletzt. »Aber Mehmet, ich ...«

»Ist schon gut, Mutter.« Obwohl er es eigentlich nicht wollte, beugte er sich doch herab, um ihr flüchtig die Wange zu küssen. »Ich glaube dir ja, aber es gibt da noch ein paar Dinge, um die ich mich kümmern muss.«

»Oh.« Es war ein beunruhigter kleiner Ausruf von der Art, wie ihn Menschen von sich geben, denen man gerade etwas so Schreckliches erzählt hat, dass sie es kaum aushalten. Die Art von Überreaktion also, die Mehmet längst gewohnt war.

Er ging zurück ins Haus, aber kurz bevor er beim Telefon ankam, hatte er sich entschieden. Was İkmen auch sagte, er würde zur Arbeit gehen und damit basta.

Kurz bevor Natalia Gulcu an diesem Morgen das Haus verließ, ging sie in die obere Wohnung, um ihre Großmutter zu besuchen. Wie sie gehofft hatte, schlief die alte Dame noch, als sie eintrat, und für kurze Zeit sah Natalia sie nur an, so wie jemand ein halbwegs interessantes Ausstellungsstück im Museum betrachtet. Sie hatte ihnen allen so viel Ärger gemacht, diese uralte Frau. Wegen ihr hatte Natalia die schrecklichsten, unvorstellbarsten Dinge gesehen und auch getan. Und dennoch liebte sie sie, anders als die anderen Menschen in ihrem Leben. Warum? Na ja, es war wirklich offensichtlich. Wer war sie, Natalia, oder einer der anderen ohne die Großmutter und das, was sie darstellte, denn schon? Ohne Maria wären sie doch alle ganz gewöhnliche, langweilige Menschen – etwas, was sie nie gewollt und was man sie auch nie gelehrt hatte.

Sie sah auf die Uhr, und als sie merkte, wie die kostbare und knappe Zeit verging, hauchte sie ihrer Großmutter einen letzten

Kuss quer durchs Zimmer zu und schloss wieder die Tür hinter sich. Sie würde heute versuchen, soweit sie das konnte, die letzten Vorfälle hinter sich zu lassen. Schließlich war sie Verkäuferin bei einem Goldhändler. Ihr Job war es zu überzeugen, die Leute zu bezaubern und zu beschwatzen, damit sie Avedissians feine Juwelen kauften. Und wer wusste außerdem, wen sie bei ihrer Arbeit kennen lernen würde? Oft traf sie dort interessante und aufregende Männer und bekam diese später auch. Vielleicht würde sie, besonders da Herr Avedissian gerade im Urlaub und sie allein im Laden war, heute Glück haben und sich in den Exzessen eines netten reichen Mannes verlieren. Natürlich vorausgesetzt, dass Robert Cornelius nicht auftauchte. Natalia runzelte die Stirn. Seiner Bitte zuzustimmen, ihr gemeinsames Verhältnis fortzusetzen, war, wie sie jetzt spürte, ein Fehler gewesen. Sie hoffte bloß, es war kein Fehler, für den sie eines Tages würde bezahlen müssen.

»Er hat sich mit einer Pistole in den Mund geschossen.« Der Arzt schüttelte immer noch ungläubig den Kopf wie schon, als İkmen zuerst zur Tür hereingekommen war. »Er hatte genug Medikamente bei sich, um das halbe Viertel auszulöschen, und trotzdem hat Reinhold Smits es vorgezogen, sich durch den Mund zu schießen.« Er sah auf und fragte, indem er die Arme in einer Geste der Hilflosigkeit weit ausbreitete: »Warum?«

İkmen seufzte. »Ich weiß es auch nicht, leider, Dr. Imad. Alles, was er mir in einem kleinen Brief hat zukommen lassen, war die Ankündigung, sich umzubringen und dazu noch ein paar Informationen zu diesem Fall, den wir mit seiner Unterstützung zu lösen versuchen beziehungsweise versuchten.«

Imads Gesichtszüge verfinsterten sich bei diesen Worten und sein Blick bekam etwas Anklagendes. »Ja, Ihr Fall«, sagte er, »und der Ihrer Männer, die meiner Meinung nach ziemlich viel Verantwortung tragen für das, was hier passiert ist.«

İkmen, der wegen der Hitze, dem Schlafmangel und seinem stets präsenten Kater nun schon fast halb im Delirium war, gab etwas bissiger zurück, als er es unter normalen Umständen getan hätte: »Nun ja, Herr Doktor, wenn Sie sich über uns beklagen wollen, wissen Sie ja, wie Sie vorzugehen haben.«

Der Arzt stand auf und sagte, während er überflüssigerweise sein perfekt sitzendes Jackett glattzog: »Seien Sie versichert, mein Herr, dass ich das tun werde.«

İkmen, der im Schatten von Avcıs massiger Figur stand, winkte den Arzt aus dem Weg. »Und jetzt gehen Sie bitte, ja?«

»Das tue ich!«

Ziemlich unprofessionell, wie İkmen fand, knallte Dr. Imad die Tür der Bibliothek hinter sich zu, wodurch mehrere Bücher nahe des Eingangs aus dem Regal fielen.

Unter zahlreichen, wenn auch leisen Flüchen ging İkmen zurück an Smits Schreibtisch und betrachtete wieder, was dort ausgelegt war. Genau wie Smits es in seinem Brief gesagt hatte, lagen dort drei Dinge: zwei Fotos und ein Buch, *The Death of Russia*, das auf Seite 325 aufgeschlagen war. Diese Seite, wie das ganze Buch auf Englisch geschrieben, war auf der unteren Hälfte markiert: Ein Satz war rot unterstrichen. Er lautete: »In jener Nacht wurde Balthasar von seinen Sklaven ermordet.« Man hatte diesen Satz offensichtlich auf eine Wand des Hauses gekritzelt gefunden, in welchem die unglückliche Familie Romanow 1918 gestorben war. Anscheinend ein Bezug auf das berechtigte Ende eines autokratischen Despoten – ein Konzept, das nur schlecht zu İkmens eigenen Bild von Nikolaus II. passte, dem zufolge er eher eine bedrückte, schwache und missgeleitete Seele war. Allerdings war es nicht dieser Aspekt, der ihn in diesem Moment besonders interessierte. Vielmehr wurde İkmens Aufmerksamkeit davon gefesselt, dass das Zitat von einem der Häscher der Romanow-Familie an die Wand geschrieben worden war, wie der Autor vermutete. Die Wächter, deren Namen er schon so oft gelesen hatte, waren auch hier vollständig und zutreffend aufgeführt. Oder waren sie es etwa doch nicht? Denn als İkmen weiterlas, entdeckte er etwas, was er zuvor nicht gewusst hatte: dass diese Wächter kurz vor den Exekutionen ausgewechselt worden waren und eine Gruppe unbekannter und vermutlich auch für immer unbekannt bleibender Wachen einige der eher unbedeutenderen Akteure in diesem grässlichen Drama abgelöst hatte. İkmen schlug sich mit der Hand an die Stirn, die schon stark verschwitzt war. Er hatte bei all dem ein ganz übles Gefühl.

Dann wandte er seine Aufmerksamkeit den Schwarzweißfotos zu, die neben dem Buch lagen: Drei Leute waren zu sehen, deren Kleidung sie einigermaßen sicher den 20er Jahren zuordnen ließ. Eine Frau, die lachte, trug einen großen Topfhut, der, obgleich ziemlich tief ins Gesicht gezogen, dennoch ihre Züge deutlich sehen ließ. Sie waren, wie İkmen klar erkennen konnte, trotz der offenkundigen Heiterkeit genauso scharf und listig wie die der älteren Version, die er im Hause Gulcu gesehen hatte. Die junge Maria. Sie war sehr eindrucksvoll gewesen – als ob es anders sein könnte.

Auf dem Foto hatte sie ihren Arm um die Schultern zweier junger Männer gelegt. Beide trugen die Anzüge mit weiten Revers aus jener Zeit und der eine – es war eindeutig Reinhold Smits – rauchte einen langen, dünnen Stumpen. Der zweite Mann, der viel kleiner und dunkler war als Smits und dessen Augenlider schwer wirkten, war Leonid Meyer, wie İkmen annahm. War es bloß Einbildung oder hatte Meyer schon damals aufgewühlt und bekümmert ausgesehen? Sanft strich İkmen mit den Fingerspitzen über das alte Foto, ehe er sich dem zweiten zuwandte.

Es war auf eine schlichte braune Rückenverstärkung geklebt, damit es, wie İkmen annahm, seine altertümliche Zartheit nicht verlöre. Es war das Bild eines jungen Mädchens – eines jungen

Mädchens aus alter Zeit, am Ende des vergangenen Jahrhunderts. Sie hatte langes, dichtes Haar, das in Korkenzieherlocken über ihre Schultern herabfiel, die mit einem bedruckten Tuch bedeckt waren. Obwohl sie versucht hatte, ein ernstes Gesicht zu machen, hatte sich gerade ein Lächeln auf dem Gesicht abgezeichnet, als das Foto aufgenommen worden war. Man konnte, wie sich İkmen vorstellte, beinahe sehen, wie sie gleich schallend loslachen würde, sobald die Ernsthaftigkeit der Fotositzung vorüber wäre. Sie war glücklich gewesen, damals, und jung. Er seufzte. Was aber neben dem Gesicht geschrieben stand, war weniger erfreulich. Wieder auf Englisch, hieß es dort: *Belshazzar's Daughter*, was, wenn man es mit dem Zitat aus dem Buch in Zusammenhang brachte, vermutlich hieß, dass dieses wunderschöne junge Mädchen eine der dem Untergang geweihten Töchter des Zaren war. Oder auch nicht. Belsazar, Balthasar … İkmen sah wieder in das Buch. Der Satz war, so das Buch, ein Zitat aus dem Deutschen – von Heine – daher vielleicht die andere Schreibweise, oder …

İkmen starrte kurz auf Smits Brief, der ihn auf kryptische Art aufforderte: »Entschlüsseln Sie es, Inspektor.« Und während seine Augen noch einmal langsam alles auf dem Schreibtisch erfassten, fügten sich die vereinzelten Beweisstücke, die er über Wochen aufgehäuft hatte, allmählich zu einem Ganzen zusammen. Meyers Verbrechen; der Name Demidova; jene unbekannte ›Sache‹, die Smits und Meyer, nach İkmens Theorie, über Maria in der Hand hatten; alle merkwürdigen und wilden Gedanken, die er selbst gehabt und wieder verworfen hatte – was jetzt mit einem Mal nicht mehr möglich war. Er konnte es einfach nicht mehr! Nicht jetzt, da er sah, dass das Gesicht der schicken Frau von 1920 und das des jungen Mädchens mit dem Tuch ein und dasselbe waren.

Aus Gründen, die er nicht einmal im Ansatz verstand, blieb Robert auf den Seitenstraßen, als er die Grenzen des Alten Kaiserlichen Friedhofs auf dem Divan Yolu hinter sich ließ. Obwohl er keine klare Richtung im Sinn hatte, ging er, auch aus Mangel an besseren Ideen, in Richtung der Docks von Eminönü und der Galata-Brücke. Sie lagen immerhin auf dem Weg zu seiner Wohnung, einem Ort, den er, falls er wollte, jetzt durchaus aufsuchen konnte. Nicht, dass er sich dort sicher fühlen würde. Nicht, dass er sich überhaupt irgendwo sicher fühlen würde. Blutverschmiert und von Kopf bis Fuß voller Schmerzen, fühlte sich sein Körper so angespannt und angegriffen an, als wäre er überfallen worden. Und er nahm auch an, dass ihm genau das zugestoßen war, bis er seine Brieftasche und die Kreditkarten sicher und heil in seinen Taschen fand. Aber vielleicht, sogar höchstwahrscheinlich, war er dann zusammengeschlagen worden. Es gab Leute, die so etwas mit Betrunkenen und labil wirkenden Menschen taten. Robert erinnerte Derartiges aus seiner Zeit im Krankenhaus. Wie man nämlich als sehr kranker Patient tausend Demütigungen am Tag hinnehmen konnte und kein Mensch auch nur mit der Wimper zuckte. Nur sein eiserner Entschluss, nicht als vollständig paranoid und verrückt dazustehen, was er aber de facto gewesen war, hatte ihn gerettet – bis jetzt zumindest.

Als er an der Einfahrt einer Autowerkstatt vorbeiging, sah er, wie sich etliche der Mechaniker nach ihm umdrehten und ihn anstarrten. Robert versuchte so normal wie möglich zu lächeln, gab es aber auf, als er sich wieder bewusst wurde, dass er über und über mit Blut beschmiert war, und darüber nachdachte, was die Mechaniker denken würden. Wenn er sich nur erinnern könnte – an irgendetwas –, dann könnte er sich vielleicht einen Reim auf alles machen. Aber es fiel ihm nichts ein, sosehr er sich auch bemühte. Soweit er wusste, war er hinunter zum Marmarameer gegangen, um etwas zu trinken, und als Nächstes war er auf dem Friedhof aufgewacht. Es stimmte schon, er war eigens zu diesem Ort am Marmarameer gegangen, um die Teufel, die ihn verfolgten, auf die Probe zu stellen, sie auszulöschen oder ihnen mit Exorzismus zu begegnen, aber …

Als er einen der vielen berühmten Hügel von İstanbul erklommen hatte, sah er hinunter auf die beiden großen Wasserstraßen, die diese Stadt in zwei Teile teilten: das Goldene Horn und der mächtige, glänzende Bosporus. Direkt vor ihm, über das Goldene Horn hinweg, sah er neben vielen Banken und verschiedenen anderen Geschäftshäusern auch den Galata-Turm, jenes merkwürdige, beinahe wie eine Rakete geformte Gebäude, in dem er und Natalia einst essen gegangen waren – lange war das her, sehr lange. Beim bloßen Gedanken an sie kamen ihm die Tränen. Schon so lange hatte er sie nicht mehr gesehen und er musste, beduselt, wie er war, zugeben, dass er ihr Gesicht nicht mehr genau vor Augen hatte. Obwohl die Sonne ihm direkt auf den Kopf schien, setzte er sich auf den Bürgersteig und legte den Kopf in die Hände. Trotz all dem, was er für sie getan hatte, und obwohl er sie überredet hatte, ihm nicht den Laufpass zu geben, wusste er in diesem Moment, dass er sie verloren hatte. Wie hätte es auch anders sein können? Er war ein betrunkener Verrückter, der einen armen alten Mann zusammengeschlagen hatte …

Und dann fing es an. Robert, dessen Herz nun schlug wie das Klicken eines alten Maschinengewehrs, kam es plötzlich zu Bewusstsein, das ganze Grauen. Der alte Mann, der große Stein, oder was es war, der furchtbare Schreck, den all das verursacht hatte – die Tatsache, dass er wieder in Balat gewesen war. Das Blut, das nicht sein eigenes war. Das Blut eines Juden!

Nun fast blind vor Tränen, hob Robert den Kopf und sah um sich, oder versuchte es. Große, bewegliche, bunte Gestalten kamen ihm aus dem allumfassenden grellen weißen Licht bedrohlich näher. Waren es Menschen oder waren es Teufel aus seinem eigenen Kopf? Nichts mehr wusste er, außer dass sie ihm drohten, dass sie ihm zuriefen: »Judenmörder! Judenmörder!« Immer und immer wieder dröhnte dieses Wort in seinem Schädel.

Mit einem ihm bis dahin unbekannten Tempo und einer Wendigkeit sprang Robert Cornelius plötzlich auf und rannte, dem Wind sein Leugnen entgegenschreiend, die Hügel hinab auf das Goldene Horn zu.

## Kapitel 22

Avcı zwängte sich mühsam hinter das Steuerrad und drehte sich zu İkmen um. »Und wohin jetzt?«, fragte er den Menschen, der einem Haufen alten Gerümpels außergewöhnlich ähnlich sah.

İkmen hob das Gesicht von der Schulter und sagte mit einer völlig erschöpften Handbewegung: »Beyoğlu, Karadeniz Sokak.«

Avcı drehte den Zündschlüssel und fragte, nachdem der Motor angesprungen war: »Und was machen wir da?«

»Ich denke«, antwortete İkmen langsam, was die einzige Geschwindigkeit war, in der sein Hirn gegenwärtig funktionierte, »dass wir etwas wirklich Außerordentliches herausfinden werden.«

Das Telefon läutete. Er legte die Hand auf den Hörer und schloss die Augen. O bitte, bitte lass es İkmen sein! Dieses Warten, dieses Im-Dunkeln-Gelassenwerden brachte ihn noch um! Er nahm den Hörer hoch und sprach. »Süleyman.«

»Sind Sie es, Mehmet?« Es war eine Frauenstimme, die er auch kannte, ihm fiel aber nicht ein, woher.

»Ja, hier ist Mehmet«, gab er zurück, um dann zögernd hinzuzufügen: »Und wer ist dort, bitte?«

»Hier spricht Fatma İkmen.« Natürlich, sie war es! »Das Mädchen in der Zentrale sagte mir, mein Mann wäre nicht da, deshalb dachte ich mir, ich rede besser mit Ihnen. Sie wissen auch nicht zufällig, wo er ist, oder?«

Süleyman seufzte. »Ich wollte, ich wüsste es. Ich weiß, dass er die ganze Nacht über in Balat war, aber wo er jetzt ist, kann ich nicht sagen. Einer der Männer meinte, er hätte ihn in einen Streifenwagen einsteigen sehen, aber im Moment ist er in keinem zu erreichen.« Süleyman hielt inne. Er redete so, als würde İkmen vermisst, womit er vermutlich die arme Ehefrau zu Tode ängstigte. Das war nicht besonders professionell. »Ich bin sicher, dass es ihm gut geht, Frau İkmen«, setzte er noch kurz hinzu.

»Ich auch, es ist nur so, dass …« Hier hielt sie inne, und zwar so, dass Süleyman dachte, sie wäre plötzlich von jemandem oder etwas gepackt worden.

»Frau İkmen?«

»Es sieht so aus, als ob ich ziemlich bald mein Baby kriege.«

»Oh.« Soweit Süleyman sich erinnerte, wurde das Baby erst in einem Monat erwartet, aber natürlich konnte er Frau İkmen dazu nicht befragen.

»Einer meiner Söhne hat schon die Ärztin gerufen. Aber ich hätte doch wirklich gerne meinen Mann hier.«

»Das kann ich mir gut vorstellen.« Sicher würde sie ihren Mann nicht einmal zu Gesicht bekommen. İkmen würde bei den anderen Männern sein, zusammen mit seinem Vater, den Söhnen, seinen Schwagern in der Küche sitzen und rauchen. Oder etwa nicht?

»Wenn Sie ihn sehen oder von ihm hören, sagen Sie ihm bitte Bescheid, Mehmet?«

»Natürlich, gerne.«

»Ich danke Ihnen.« Fatma İkmen klang müde und erschöpft. Süleyman fragte sich, wie lange sie schon die Wehen hatte. »Auf Wiedersehen, Mehmet.« Sie hing ein.

Süleyman rieb sich das Gesicht, legte den Hörer auf und wunderte sich, was in aller Welt in ihn gefahren war, dass er sich so zuversichtlich angehört hatte. Er wusste doch gar nicht, wo İkmen war! Keiner schien das zu wissen! Alles, was er wusste, hatte er von der Frau in der Vermittlung erfahren: dass es in Balat letzte Nacht einen weiteren Mordfall gegeben hatte und dass

İkmen mit Avcı irgendwohin gefahren war. Aber wohin? Wenn man von den letzten Gesprächen ausging, war die Wohnung von Cornelius in Beşiktaş eine Möglichkeit, obwohl, da man ja nicht wusste, ob dieser neueste Mord mit dem zusammenhing, was vorher passiert war … Wenn überhaupt einer etwas wüsste, dann Dr. Sarkissian … aber …

Die Tür flog auf und knallte gegen Süleymans Schreibtisch. Einen winzigen Augenblick lang hatte Süleyman noch Hoffnung gehabt, doch der Mann, der eintrat, war zwar klein und von dunkler Hautfarbe, trug aber eine Uniform und Mehmet sank der Mut. »Ach, du bist es, Cohen.«

Cohen sprang auf und drehte sich schnell um. »Mehmet? Was machst du denn hier?«

»Ich arbeite hier, falls du dich noch daran erinnern kannst.«

»Ach ja, richtig. Aber hat dir der alte İkmen heute nicht frei gegeben?«

Süleyman zog ein Blatt Papier aus der Schublade seines Schreibtisches und überflog es auf der Suche nach Sarkissians Namen und der Nummer seines Anschlusses. »Das hat er, aber ich habe es ignoriert. Ich verstehe gar nicht, was heute los ist, Cohen, wirklich nicht. Weißt du irgendwas über den neuen Mord in Balat?«

Cohen lehnte sich an İkmens Schreibtisch und zündete sich eine Zigarette an. »Sollte ich wohl, ich hab schließlich die Leiche gefunden.«

Mit einem Ruck sah Süleymann auf. »Du?«

»Ja, ich. Das Opfer war ein alter Rabbi. Zufällig der Rabbi von meinem Onkel Zavi. Man hat ihm einen Metallgegenstand über den Kopf gezogen. Mir war vielleicht übel, kann ich dir sagen! Du gehst einfach so lang und stolperst plötzlich über so was! Ich hab sofort das Revier angerufen und İkmen geholt. Es war spät, die Uhrzeit weiß ich nicht mehr, war'n bisschen aufgeregt. Aber war ich helle genug, um zu kapieren, dass der Alte betrunken war!«

Süleyman runzelte die Stirn. »Warum hat mich İkmen nicht geholt?«

Cohen zuckte die Achseln. »Keine Ahnung. Er hat mir erst heute Morgen gesagt, dass er dir freigegeben hat. Er war aber aufgeregt, hat gemeint, er ist vielleicht nahe dran. Woran, das …«

»Er ist also nahe dran und wirft mich raus!« Süleyman wurde selten wütend, aber wenn dann richtig. Er schlug mit der Faust auf den Tisch und biss wild die Zähne zusammen. »Der kann mich mal! So was hätte ich nie gedacht! Er will bloß nicht, dass noch andere im Rampenlicht stehen, das ist es! Wie kann er das tun, nach all der Arbeit, die ich in den Fall reingesteckt hab!«

Cohen ging hinter İkmens Schreibtisch und setzte sich. Mehmet, das wusste er aus Erfahrung, brauchte Abstand, wenn er tobte. »Du weißt doch gar nicht, dass er es deshalb getan hat, Mehmet.«

»Kannst du dir einen anderen Grund vorstellen?« Das war weniger eine Frage als eine Herausforderung.

»Na ja, jetzt nicht direkt …«

»Eben!« Süleyman stand auf und ging im Büro herum wie eine Katze im Käfig. »Er ist egoistisch, alle sagen das, und ich habe ihn immer wie ein Blöder verteidigt, aber es stimmt!«

İkmens Telefon klingelte. Süleyman beugte sich schnell über den Schreibtisch und nahm ab. »Süleyman.«

»Hallo Süleyman. Dr. Sarkissian hier. Kann ich bitte den Chef sprechen?«

»Tut mir Leid, er ist nicht hier, Herr Doktor, kann ich Ihnen helfen?«

»Ja, danke. Schauen Sie, Sie können dem Inspektor etwas ausrichten. Ich hab ein Haar auf dem Mantelkragen des getöteten Rabbi gefunden. Es stammt definitiv nicht vom Opfer, weil es blond und sehr fein ist. Ich würde meinen, es stammt von einem Europäer. Sie können ihm auch sagen, dass die vom Labor auf der Mordwaffe überall sehr schöne Fingerabdrücke gefunden haben. Wenn İkmen Vergleiche mit seinem verdächtigen Engländer haben will, lässt sich das schnell machen.«

Süleymans Hirn arbeitete auf Hochtouren. Natürlich! Am Schauplatz des ersten Mordes, der Freund und Liebhaber der Gulcus, ein blondes Europäerhaar … Warum um alles in der Welt hatte İkmen diesen Mann nicht schon nach dem ersten Mord wirklich in die Zange genommen? Immer war er zugegen gewesen. Natürlich musste man ihm, Süleyman, genau den gleichen Vorwurf machen, aber …

»Sind Sie noch da, Polizeimeister?«

»Oh … äh … ja, natürlich, Dr. Sarkissian, und vielen Dank.«

Süleyman war nun ruhiger und milder gestimmt. Er legte auf, sah Cohen an und lächelte. »Ich denke, ich weiß, wo İkmen gerade ist. Ich hab keine Ahnung, wie er dorthin gelangt, aber ich weiß, wohin. Mach dich fertig, Cohen, du kommst mit mir.«

Als er das andere Ende der Galata-Brücke erreichte, sah Robert Cornelius zuerst den großen Hügel hinauf, der vor ihm auftauchte, und blickte dann hinunter auf die große, gewundene Küstenstraße. Beide Wege hatten ihre Vor- und Nachteile. Würde er die Küstenstraße nehmen, könnte er nach Hause gehen, sich waschen und neue Sachen anziehen … Und dann? Dann würde er womöglich am Flughafen festgenommen werden, falls er überhaupt ein Ticket bekäme, das ihn aus diesem verdammten und höllisch heißen Land brächte.

Und was wäre mit dem Weg auf dem Hügel? Der Gang dort hinauf würde hart werden und bei den Millionen von Menschen, die da wohnten und zur Arbeit gingen, würde er mit Sicherheit gesehen werden … Aber sie war da oben, Natalia … da oben – hoch im Himmel und so hoch über ihm. So vollkommen, so frei … so niederträchtig, schlecht und mörderisch! Und falls sie doch nicht … ja, jetzt konnte er es sagen, nicht laut zwar, aber zu sich selbst: Falls sie, Natalia, den alten Meyer nicht umgebracht hätte, dann wäre alles andere auch nicht passiert und würde auch jetzt nicht passieren.

Wenn es nur so wäre ...

Wenn er nur nicht aus vollkommen freiem Willen selbst zum Mörder geworden wäre. Ein Mann zudem, der jetzt zur Polizei würde gehen müssen. Alles andere wäre nicht richtig, würde ihm nicht entsprechen.

Eine Zeit lang stand Robert Cornelius regelrecht neben sich und dachte noch einmal über all dies nach. Es beruhigte ihn. Es war wirklich komisch; der sanftmütige Lehrer, ehemalige Privatschüler ... einige seiner Klassenkameraden waren mittlerweile Schauspieler, Schriftsteller, Industriebosse. Sie hatten es zu was gebracht, wenn auch nichts Denkwürdigem. Niemals war Robert Cornelius der Captain des Rugbyteams gewesen oder hatte lauter Einser in der sechsten Klasse gehabt, aber bald würden alle wissen, wer er war. Robert Cornelius, der sadistische Judenmörder, der Mann, den das Auswärtige Amt nicht hatte retten wollen. Die Leute würden darüber reden, noch nach Jahren. Hanratty, Edith Thompson, Timothy Evans – sie hatten ja sogar einen Film über Ruth Ellis gemacht. Wenn man aufgeknüpft wurde, war das schon fast eine Garantie auf Unsterblichkeit. Vielleicht war es ja genau das gewesen, was er die ganze Zeit schon gewollt hatte. Welch fürchterliche Anmaßung. Er musste lachen. Es war schon komisch, er war komisch. Er, der immer alles verzweifelt versucht hatte und dem nichts so recht gelungen war, der so gerne reiten wollte, aber seine Angst nicht überwinden konnte. Nicht die Geschwindigkeit war es gewesen, sondern die Unberechenbarkeit der Tiere. Vielleicht hatte ja dort, in dieser frühen Erfahrung, irgendwo eine Lektion gesteckt, die er auch auf die Frauen in seinem Leben hätte anwenden sollen. Eine Art spätes Echo.

Wieder blickte Robert Cornelius den Galata-Hügel hinauf und lächelte. Ein weiteres Mal würde nicht wehtun. Natürlich würde er sie nicht haben können, was ihn aber nicht bekümmerte. Es wäre wirklich interessant, zu sehen, was noch übrig geblieben war, nachdem der Sex gleichsam abgezogen war. Robert wäre fast dankbar, wenn nichts mehr übrig bliebe, und das Tolle war, dass er genau wusste, dass exakt dies zutraf. Sie liebte ihn nicht und trotzdem würde er sie wegen ihrer Rolle in dem ganzen Debakel nicht der Polizei übergeben. Sie könnten ihn foltern, falls sie es wollten – und sie würden es wohl auch tun. Die Perfektion der Vergeblichkeit musste aufrechterhalten werden. In seinem Leben sollte alles, falls es überhaupt eine Bedeutung hätte, eben diese Bedeutung haben. Eines Tages würde sogar ein Schriftsteller kommen und voller Mitleid ein Buch schreiben, das alles auf die Einsamkeit und die Unzulänglichkeit zurückführte, die er, Robert Cornelius, in der Schule erlebt hatte. Immerhin, es war ja auch außergewöhnlich. Wie viele andere Jungen hatten sich schon wegen eines schlechten Prüfungsergebnisses die Pulsadern aufgeschnitten? Immer noch konnte er sich an den Anblick von Matrons Gesicht erinnern, als sie unbarmherzig Jod auf sein nässendes Handgelenk getupft hatte. Sie war empört gewesen, nicht wegen der Wunde, sondern wegen des Geisteszustands, in dem er sich diese Wunde zugefügt hatte. Und genau das war es ja auch. Nichts von dem, was er je getan hatte, war an sich schlecht gewesen – bis jetzt – es war immer die Verzweiflung hinter den Taten, die die Leute abstieß. Seine Liebesbeziehungen waren in Ordnung, solange da nicht der Wunsch war, zum Sklaven des geliebten Objekts zu werden. Auch das Unterrichten war in Ordnung, solange es nicht Ersatz für etwas Besseres war, für eine große und blendende Karriere, die seiner und seinem Intellekt würdiger wäre. Aber vielleicht hätte er gar keinen Erfolg gehabt, wenn er getan hätte, was er ursprünglich vorgehabt hatte. Was auch immer das gewesen wäre.

Ja, es wäre nicht schlecht, sie noch einmal zu sehen. Sie würde vorgeben, angewidert zu sein, aber sie wäre erleichtert.

In den kommenden Jahren würde sie sogar lachen, wenn sie allein wäre. Bis sie die reine, vollkommene Perfektion in seinem Scheitern erkennen würde, von der er wusste, dass sie existierte. Wenn Natalia von seiner Vergangenheit erführe, würde sie auch das sehen, obwohl vielleicht das in sich schon wieder falsch war, die Perfektion trübte. Die perfekt gezüchtete und aufrecht erhaltene Sinnlosigkeit. Vielleicht war der Gedanke sogar verabscheuenswert, dass zukünftige Generationen seinen Namen kennen sollten?

Nun trottete er langsam, weil er so müde war, zum Galata-Hügel und zur Tür des Hauses Karadeniz Sokak Nummer 12.

Süleyman ließ sich schwer aufs Bett fallen und seufzte. Wieder nahm er das kleine Farbfoto in die Hand und betrachtete es. Es sah ihr ziemlich ähnlich, ganz scharf und mit einer guten Kamera aufgenommen. Es war ein Porträt – nur der Kopf und die nackten Schultern. Er fragte sich, wenn auch vergebens, ob sie bei der Aufnahme nackt gewesen war. Gut möglich, er kannte sie schließlich. Seltsam allerdings, dass ihr Gesicht so düster war. Aber hatten die Models in all den schmuddeligen Magazinen nicht den gleichen Gesichtsausdruck? Dieses erschöpfte und so verzweifelt traurige Licht um die Augen? Was Cornelius auch für sie empfinden mochte, Natalia Gulcu war ein Lebewesen, an dem nicht mehr sehr viel Wertvolles übrig war.

»Und was jetzt, Mehmet?«

Er hatte schon beinahe vergessen, dass Cohen auch da war. Süleyman erhob sich vom Bett und sah sich im Zimmer um. Abgesehen von dem Foto war es beunruhigend anonym. Seiner Erfahrung nach waren Leute, die im Ausland lebten, meist sentimentaler als dieser Bewohner. Cornelius dagegen: nicht ein Brief, keine Karte, nicht einmal ein Schnappschuss von ihm als Baby, wie er grinsend auf dem Knie seiner Mutter saß. Nichts und niemand, das oder der ihn an England erinnerte. Womöglich hatte er alles aus seinem Gedächtnis gestrichen, um sie hereinzulassen. Ein sonderbarer Gedanke.

Aus einer Art Laune, wie es Cohen schien, tatsächlich aber nach einiger Überlegung, gab Süleyman von sich: »Ich denke, wir sollten jetzt rüber nach Beyoğlu fahren.«

»Du meinst, dass der Alte dahin gefahren ist, oder, Mehmet?«

»Falls Cornelius dort ist, was gut sein kann, dann İkmen vielleicht auch. Dort, wo das Mädchen auf dem Foto wohnt.« Er gab die Fotografie von Natalia Gulcu seinem Stellvertreter.

Cohens Gesicht hellte sich auf. Das Bild schien ihn, typisch, einen Moment lang zu erregen. Dann aber, scheinbar ohne logischen Grund, wechselte seine Miene zu verkniffenem Ernst. »Mehmet, dieses Mädchen, ich glaube, dass ich ...«

Aber Süleyman, schon darauf bedacht, was als Nächstes zu tun wäre, hörte nicht mehr zu.

»Los, komm«, sagte er und ging aus dem Schlafzimmer zurück in Cornelius' vollkommen weißes Wohnzimmer. Es schien ihm merkwürdig, dass ein so lichter Ort so deprimierend sein konnte, was aber auch hier daher rührte, dass sich nichts Persönliches im Zimmer befand. Es erinnerte Süleyman an ein Hotelzimmer, einen Raum für jemanden auf der Durchreise.

Endlich hielt Süleyman inne und stemmte nachdenklich die Hände in die Hüften. »Okay, noch will ich keine Verstärkung anfordern, falls überhaupt. Aber ich hätte ganz gern deine Pistole, Herr Kollege, wenn du so liebenswürdig wärst.« Er streckte die Hand nach der Waffe aus.

Cohen, wegen des Fotos immer noch ein wenig benommen, blickte verwirrt. »Meine Pistole?«

Süleyman mochte keine Erklärungen abgeben. Er mochte es nicht aussprechen, dass er Cohen nicht traute. Er hätte auch keinem der jüngeren Kollegen so weit getraut, dass er ihn mit der Waffe in die Nähe eines Ausländers gelassen hätte, auch eines möglicherweise verwirrten. Obwohl in der Türkei seit den 70er

Jahren keine wirklich bedeutenden Straftaten von Ausländern begangen worden waren, war Süleyman sich der Tatsache nur allzu bewusst, welchen internationalen Aufruhr ein getöteter oder verwundeter Ausländer bewirken könnte. Er wusste nicht, dass er sich selbst auch nicht ganz traute, aber als Vorgesetzter war es seine Pflicht, diejenigen zu beaufsichtigen und zu schützen, die unter seinem Kommando standen. »Gib sie mir doch einfach, Cohen, okay?«

Dieser nahm die Waffe aus dem Halfter an seiner Hüfte und legte sie in Süleymans ausgestreckte Hand. Süleyman prüfte, ob die Waffe gesichert war, und steckte sie in das leere Halfter unter der Achsel.

»Bist du jetzt bewaffnet, Mehmet?«

Süleyman rang sich ein Lächeln ab. »Jetzt ja, Cohen.«

»Oh.«

## Kapitel 23

Nur im Kino hatte Robert zuvor jemals so etwas gesehen. Es waren widerliche, ziemlich beängstigende Filme gewesen über Menschen, die schlecht waren und jetzt kurz vor dem Tod standen. Natürlich konnte er nicht viel sehen, weil seine Augen sich immer noch an das schwache Licht der Öllampe gewöhnen mussten und an den beißenden Geruch von Weihrauch. Alle waren sie versammelt – nun ja, fast alle. Noch konnte er Natalia nicht entdecken, es sei denn, sie saß in dem großen Sessel drüben beim Fenster, etwas abseits von den anderen. Aber wer es auch sein mochte, er oder sie saß abgewandt von Robert und so konnte er es nicht wissen. Es würde ihr zumindest ähnlich sehen, ihn nicht ansehen zu wollen.

Alle anderen waren in einigem Abstand um den riesigen lilagoldenen Aufbau in der Mitte des Zimmers verteilt und Robert spürte, wie Nicholas ihm die Hand auf die Schulter legte. »Mama möchte, dass Sie sich auf ihr Bett setzen, Mr. Cornelius.«

Der Krüppel Sergej trippelte aus dem Weg. Robert trat vor und fand sich am Fuß eines goldenen Bugs wieder. Wie eine vergoldete Welle kräuselte er sich ihm entgegen. Er besah sie sich genauer und fand, dass sie im vollen Licht vermutlich so aussehen würde, wie sie in Wahrheit war: etwas billig und geschmacklos überladen. Er hatte keine Angst, dieses Gefühl war schon seit einiger Zeit verschwunden, aber er wünschte sich, dass sie ihm Natalia zeigen würden. Solche Theaterspielchen mochte er nicht; von der süßlichen, aber abgestandenen Luft wurde ihm übel. Er wandte seinen Blick vom Bug ab und sah an dem Gebilde entlang, das offenkundig ein Bett war. Als er ihr Gesicht erreicht hatte, hielt er an. Die Falten teilten sich und das, was von ihren angemalten Lippen noch übrig war, lächelte. Jedes Geräusch im Raum einschließlich seines eigenen Atems schien zu verstummen.

»Sie sind also Robert Cornelius, nicht wahr?« Ihr Englisch war perfekt, sowohl Inhalt als auch Aussprache. Robert holte tief Luft, um seine Nerven zu beruhigen, und nickte stumm. »Nein, so was, Sie sind ja über und über mit fremdem Blut beschmiert, oder?« Robert gab keine Antwort. Die Augen sämtlicher Gulcus sowie der Porträts an den Wänden waren auf ihn gerichtet.

Der rote Mund öffnete sich wieder. »Ich denke, wir schulden Ihnen, Mr. Cornelius, eine Erklärung, was den Tod von Leonid Meyer betrifft.«

»Sie waren es?« Es war einfach so aus ihm herausgekommen! Auch wenn ihm klar war, dass ein so zerbrechliches Wesen wie sie es vermutlich nicht getan haben konnte, war es aus ihm herausgeplatzt.

Sie lächelte und klopfte auf den Platz neben sich auf ihrem Bett. »Indirekt. Bitte setzen Sie sich.«

Robert trat einen Schritt nach vorne und ließ sich langsam auf dem staubigen, mottenzerfressenen Bett nieder. Maria Gulcu legte ihre langen, dünnen Arme um ihre flache Brust, als würde sie Robert symbolisch an sich drücken, wie es eine Spinne mit ihrer Beute tat.

»Mögen Sie Geschichten, Mr. Cornelius?«

Wie hypnotisiert sah er, dass ihre roten Fingerspitzen ihre ausgedörrten Schultern massierten. Er gab keine Antwort.

Aus ihrer Kehle drang ein winziges Lachen. »Ich weiß, dass Sie sie mögen.« Überrascht sah Robert, dass Marias Augen tiefblau waren. Die Augen alter Menschen verloren für gewöhnlich ihre Farbe und wurden mit der Zeit wässriger. »Diese Geschichte ist jedoch anders, insofern, als sie auf einer Voraussetzung beruht, die nur ein paar von uns hier im Raum für wahr halten.«

Eine Frau – es war Natalias Mutter – fing leise zu weinen an.

»Um anzufangen, muss ich in das Jahr 1918 zurückgehen, Mr. Cornelius. Wie Sie an meiner äußeren Erscheinung wohl ablesen können, ist dies ein Jahr, an das ich mich sehr gut erinnere.«

Bei einem normalen Menschen hätte er zumindest leicht protestiert, aber diese Person war nicht jemand, für den normale Regeln, auch die der Höflichkeit, galten.

»Ich brauche, glaube ich, meine Zeit nicht damit zu verschwenden, über meine Nationalität zu reden, Mr. Cornelius. 1918 lebte ich in einer Stadt im Ural namens Jekaterinburg. Vor den Bolschewiken war meine Familie ... sie, sie war sehr mächtig und wir ...« Maria Gulcu seufzte. »Einige Leute, einschließlich meiner Person, wurden erschossen.« Sie sah hinter Robert zu ihrem Sohn Nicholas hin. »Bevor wir erschossen wurden, Mr. Cornelius, und ich weiß, dass auch einige Mitglieder meiner Familie Schwierigkeiten haben, das zu verstehen, erinnere ich mich an sehr wenig.« Sie machte eine Pause und senkte den Kopf.

Sergej murmelte etwas Schroffes und Verbittertes, das Robert nicht verstehen konnte.

Nicholas hustete, um ihre Aufmerksamkeit zu erregen. »Bitte mach weiter, Mama.«

Sie lächelte ihn an, allerdings lieblos. Eine herzlose Mutterspinne. »Meine früheste echte und vollständige Erinnerung ist die, dass ich auf einem schmutzigen, blutverschmierten Fußboden lag. Ich sah nicht viel anders aus als Sie jetzt, wie Sie sich vorstellen können. Das ist nicht gerade dasselbe, wie sich an den Kuss des geliebten Vaters oder der Schwester zu erinnern, aber so ist es nun einmal. Auch andere Menschen lagen auf der Erde, aber sie waren alle tot. Männer in Uniform, von denen ich wusste, dass sie Bolschewiken waren, gingen zwischen den Leichen umher und gaben ihnen Gnadenschüsse mit Bajonetten und Pistolen. Der Raum war voller Pulverdampf, ich schmeckte ihn im Mund, was mir zuweilen immer noch passiert.« Sie sah Robert fest in die Augen. »Ich spüre, dass dieser Vorfall Ihnen bekannt vorkommt, Mr. Cornelius.«

»Nein.« Aber er war sich dessen nicht sicher.

»Macht nichts. Wie dem auch sei, sie dachten, ich wäre tot. Sie luden uns auf einen Lastwagen. Mich warfen sie obenauf. Ich fand mich zwischen der Leiche eines Jungen und einem Bein eingeklemmt, das von den Kugeln fast abgetrennt war. Als der Lastwagen anfuhr, fiel dieses Bein auf meinen Mund und ich schmeckte das Blut. Falls ich je einen Namen gehabt hatte, hatte ich ihn vergessen. Können Sie das verstehen?«

Roberts Körper war von einer Taubheit ergriffen, und so starrte er einfach weiter und ohne jede Regung in dieses scheußliche Gesicht.

»Die Zeit verging, ich weiß nicht, wie viel, und dann stoppte der Lastwagen. Ich hielt den Atem an, weil ich wusste, dass sie mich umbringen würden, wenn sie mich hörten. Der Junge an meiner Seite stöhnte. Er lebte noch, aber weil er jetzt für mich zur Gefahr wurde, wollte ich nicht, dass er atmete. Ich hörte Stimmen. Ich legte meine Hände fest um seinen Hals und drückte zu. Sie müssen mir glauben, dass ich keinen anderen Ausweg hatte. Ich schloss die Augen, aber er würgte und hob die Arme, um mich wegzudrücken. Ein dicker Blutschwall kam aus seinem Mund und klatschte mir ins Gesicht. Sie hörten ihn. Ein Junge mit einem kleinen, spitzen Gesicht wie ein Fuchs sprang hinauf zwischen die Leichen und sah mir in die Augen. Zwei andere Männer folgten und ich nahm meine Hände von der Gurgel des Jungen.«

Natalias Mutter sagte etwas und die alte Frau lächelte.

»Die Wahrheit, falls du sie wissen willst, Anya, ist, dass ich es nicht weiß. Ich würgte den Jungen, um ihn zu töten, weil er für mich eine Gefahr war, aber ob ich es geschafft habe oder nicht, weiß ich nicht. Ich habe Leonid und den anderen beiden gesagt, dass er noch lebte.« Maria Gulcu wandte sich von ihrer Tochter ab und blickte wieder zu Robert. »Der Mann mit dem spitzen Gesicht war Leonid Meyer, Mr. Cornelius. Er und die beiden anderen Wachen holten mich und den Jungen vom Lastwagen herunter und versteckten uns in den Wäldern. Er hat mir das Leben gerettet. Leider habe ich ihm diese Schuld nie zurückzahlen können, wie Sie wissen.« Sie räusperte sich. »Um es deutlich zu sagen: Der Junge und ich wurden von dem Lastwagen heruntergeholt, während die bolschewistischen Kommandeure die Straße vor uns auskundschafteten. Als sie wiederkamen, fuhr der Lastwagen weiter. Die übrigen Leichen wurden offenbar noch geschlagen und dann mit Feuer und Schwefelsäure in einer alten Mine ein paar Werst weiter verbrannt. Wenn Ihnen das irgendwie weiterhilft, Mr. Cornelius: Das mussten sie tun, um die Identität der Opfer zu verschleiern.«

Gewiss half es ihm weiter, ergab aber keinen Sinn. Die Geschichte war nun allzu vertraut geworden, fast schon lächerlich. »Sie sprechen doch von der Ermordung des letzten Zaren, nicht wahr?«

Maria Gulcu bot Robert Cornelius eine kurze, dunkle Zigarette an, die er ablehnte. »Schon möglich.« Sie warf ihrem Sohn Nicholas einen Blick zu, der keinen Widerspruch duldete. »Jedenfalls war der Junge, den ich zu erwürgen versucht hatte, tot, als ich ihn das nächste Mal ansah. Ich versuchte nicht, ihn zu begraben, sondern lag einfach auf der Erde und wartete, dass etwas passierte. Und kurze Zeit darauf passierte auch etwas. Leonid kam zurück. Er gab mir etwas Brot, und während er die Leiche des Jungen mit Benzin übergoss und anzündete, erzählte er mir einiges.«

Hier machte sie eine Pause, offenkundig um der Wirkung willen. Robert verlor die Geduld mit diesen tiefblauen Augen und zuckte die Achseln. »Was?«

»Leonid erzählte mir, wer der Junge gewesen war, und ich war schockiert.« Sie sah auf ihre Hände und ihre Stimme wurde nun ganz ruhig. »Es war mein Bruder. Sein Name war Alexej.«

Plötzlich war es mit Roberts Geduld vorbei. Er steckte mitten in der fürchterlichsten Situation, die er je erlebt hatte, und diese Hexe tischte ihm ein Märchen auf, das fast so alt wie das Jahrhundert war. Und wo war Natalia? Seine Stimme war voller Ironie. »Dann sind Sie also Prinzessin Anastasia von Russland, wenn ich das recht sehe?«

Wieder ging Maria Gulcus Kopf ruckartig nach oben und ihr Blick brachte Robert augenblicklich zum Schweigen. »Leonid sagte mir, dass mein Name Maria Nicolaeva Romanowa sei, die dritte Tochter des Zaren und einzige Überlebende. Damals bedeutete es mir wenig, Mr. Cornelius. Damals fühlte ich bei all dem nur, dass alle, die ich einmal gekannt hatte, tot waren. Ich war vollständig allein auf der Welt.«

»Und was passiert jetzt?«, fragte Cohen und sah von der Straße weg, eine lästige Angewohnheit von ihm, zur Person, mit der er gerade sprach.

Süleyman griff wie wild ins Steuerrad und rief: »Willst du wohl auf die Straße gucken, oder …«

»Ist ja gut, Herrgott noch mal!« Cohen wandte seine Aufmerksamkeit wieder dem dichten Vormittagsverkehr zu und kam erneut auf sein eigentliches Thema zurück. »Was ist denn, wenn dieser Cornelius in der Karadeniz Sokak ist und İkmen nicht?«

»Dann nehmen wir Mr. Cornelius mit«, gab Süleyman mit einiger Entschlossenheit zurück.

»Und das ist dann sozusagen unsere Beute?«

»Ja«, antwortete Süleyman mit einiger Befriedigung, wie man zugeben musste. »Ja, genau.«

Cohen lachte. »Dann werden wir's ihm zeigen?«

»Ja, genau«, sagte der junge Mann durch die Zähne. »Ja, genau.«

Man konnte ihrer Geschichte nur mühsam folgen, nicht, weil sie zu kompliziert war, sondern weil Maria Gulcu sich zeitweise der Fakten nicht mehr sicher zu sein schien. Leonid Meyer hatte sie über Armenien außer Landes gebracht. Sie hatten beide als Gelegenheitsarbeiter in einem Zirkus gearbeitet, bis sie das relativ sichere Konstantinopel erreichten. Maria arbeitete als Kassiererin am Eingang der Missgeburten-Show. Die Erinnerung daran amüsierte sie prächtig. Damals hatte sie Schwierigkeiten, sich mit der Person abzufinden, die sie laut Meyer war. Anfangs hatte sie diesem Mann nicht einmal geglaubt. Sie hatte nur unbestimmte Erinnerungen an die Zeit vor der Exekution. An Begebenheiten, die zahlreiche adlige Mädchen ihres Alters hätten erleben können. Die Schürfwunde der Patrone half da auch nicht weiter und oft dachte sie, dass ihr wahrer Platz der hinter den dreckigen Vorhängen wäre, die den Mann mit drei Beinen, die bärtige Frau und die siamesischen Zwillinge von den Blicken der nichtzahlenden Öffentlichkeit fern hielten.

Meyer aber bestand auf dieser ihrer Identität. Sie schien ihn sexuell zu erregen und auf ihrer langen und beschwerlichen Reise nahm er sie oft und ohne Zärtlichkeit.

»Dann, es war kurz vor Konstantinopel, geschah etwas.« Maria sah Robert direkt in die Augen, ohne zu zwinkern. Robert wusste zwar, dass alles nur Geschwätz war, das musste es sein, war aber dennoch gefesselt. »Eines Tages wachte ich auf, nicht mit irgendwelchen zurückgekommenen Erinnerungen, sondern mit der vollständigen Gewissheit, dass Leonid Recht hatte. Den ganzen Weg durch Anatolien hatte er mich damit unter Druck gesetzt – dass ich als einzige Überlebende der Familie nun Erbin eines großen Vermögens war. Er erzählte, dass ihm einst jemand gesagt hatte, der Zar habe es geschafft, einen Großteil seines privaten Vermögens kurz vor der Revolution ins Ausland zu transferieren. Leonids Plan war nun, dass wir uns nach Westeuropa durchschlugen und dort das Geld einforderten. Zunächst stimmte ich zu, was hätte ich auch sonst tun sollen? Dann aber kam jener Tag und damit die Angst. Ich war das einzig überlebende Kind des Zaren, einer Person, die die neuen Herrscher Russlands so sehr gehasst hatten, dass sie sie getötet hatten. Unter dem Zaren hatte der alte Kaiserliche Geheimdienst, die Ochrana, überall in der Welt ihre Agenten, wie sogar ich wusste. Es war unwahrscheinlich, dass die Bolschewiken anders vorgehen würden. Und wie Sie vermutlich wissen, hat die Geschichte mich in dieser Hinsicht bestätigt. Ich bekam Angst um mein Leben.«

Nicholas ging ans Kopfende des Bettes und ergriff die Hand seiner Mutter. Sie hatte lange geredet und sah allmählich müde aus. Aber auch Robert war müde: ihrer und ihrer dummen Geschichte, der Tatsache, dass alles, was sie erzählte, irrelevant war und er Natalia nicht sehen konnte. Auch verschwand allmählich sein Wunsch, der Polizei alles zu sagen. Vielleicht lag es an dem vielen Reden vom Tod. »Ich verstehe aber immer noch nicht, was Meyers Ermordung mit all dem zu tun hat.«

»Sie werden es schon noch verstehen.« Sie drückte die Hand ihres Sohnes und lächelte ihn an. »Wie auch immer, ich habe es abgelehnt, Leonids Plan weiter zu verfolgen, und habe ihn in Üsküdar verlassen. Er war sehr wütend und drohte, mich bloßzustellen, aber ich wusste, dass er das nicht tun würde. Leonid war ja selbst in die Sache verwickelt. Schließlich hatte er meinen Bruder erschossen, der damals fast noch ein Kind gewesen war. Schon damals hat ihn die Schuld gemartert. Ich war also allein. Aber nicht lange. Denn ich lernte einen alten Mann kennen, Mehmet Gulcu. Und ich traf auch Leonid wieder und erzählte ihm von Mehmet. Mehmet war reich und Leonid stimmte allem zu. Wir haben nicht geheiratet, aber ich gebar ihm drei Kinder. Der zweite, Sergej« – sie sah wie Robert angewidert annahm, zu dem Krüppel –, »festigte den Glauben an meine Identität. Sergej ist so, wie er ist, weil er ein Bluter ist, genau wie mein Bruder, der Zarewitsch Alexej.« Sie starrte an die Wand hinter Roberts Kopf. »Merkwürdig, dass sein Blut so dick war, wirklich.«

Eine ganze Weile sagte sie nun nichts mehr. Nicholas führte die Geschichte weiter. »Als Papa starb, dachte Mama an kaum etwas anderes als ihre Vergangenheit. Sie las darüber, wissen Sie? Es wurde immer mehr. Dieses Zimmer hier strich sie violett, wie das Boudoir der Zarin Alexandra. Sie sammelte Bilder von sich und anderen. Manchmal glaubt sie, sich an etwas zu erinnern ... In dieses Haus eingeschlossen und so voller Angst, wird ihr das Blut immer wichtiger. Das Romanow-Blut, wie sie uns sagt. Mit zwanzig will ich ein Mädchen heiraten, aber Mama sagt nein. Das Blut ...«

Anya schrie auf. Robert drehte sich um und sah sie an. Er sah ein zitterndes, weißes Gespenst, dessen Mund so verdreht war wie das Möbius'sche Band. Seltsamerweise lächelte Nicholas. »Mr. Cornelius, meine Schwester Anya ist zugleich die Mutter meiner beiden Kinder. Mama war in höchstem Maß besorgt, das Blut der Romanows reinzuhalten.«

Zum ersten Mal in seinem Leben bekam Robert wirklich eine Gänsehaut. Nicht wegen dem, was Natalia und ihre Geschwister, Bruder, Schwester oder was immer, waren. Das war nicht ihre Schuld, nur der Kopf hinter allem ... Die Stimme eines jungen Mannes fuhr dazwischen. Sie kam aus der Richtung des Fensters mit den geschlossenen Läden. Von der Person, von der Robert gehofft hatte, sie sei Natalia. Sie war es aber nicht. Die alte Frau gurrte ihm in dunklem, flüssigem Russisch etwas zu. Robert dachte daran, dass die meisten »Anastasias« kaum in der Lage gewesen waren, ihre »Muttersprache« zu sprechen.

»Grausam, nicht wahr?« Maria Gulcu wandte ihre Aufmerksamkeit wieder Robert zu. »Aber es war notwendig und Leonid, der damals mit dem Trinken angefangen hatte, stimmte zu.« Sie lächelte. »Meine ganze Familie liebte Leonid; er hatte mich gerettet. Wenn Onkel Leonid etwas sagte, wussten alle, dass es stimmte. Besonders die Enkel verehrten ihn – bis eben einige von uns Älteren, nun ja, ich, um ehrlich zu sein, etwas leichtsinnig beim Reden wurde. Eines Tages nämlich, unmittelbar vor Ihrem verhängnisvollen Montag, wurde ich der endlosen Lobreden überdrüssig, die bei jeder Erwähnung meines armen, alten, jüdischen Freundes aufkamen. Aus Eifersucht erzählte ich einem lieben jungen Menschen eine Wahrheit, die wirklich jede Illusion über den heroischen Meyer erschütterte.«

Maria Gulcu blickte im Zimmer umher, wobei ihr Gesichtsausdruck bestimmt und gelassen war. Robert folgte mit seinen Augen ihrem Blick, der aber nirgendwo innehielt. »Sie sehen, Mr. Cornelius, wenn Geheimnisse aufgedeckt werden, haben manche Menschen bedauerlicherweise große Probleme, sich damit abzufinden.« Sie rief auf Russisch etwas in Richtung des Sessels, der beim Fenster stand.

Zwei bleiche Hände stützten sich auf die Sessellehnen und ein Robert höchst vertrautes Profil kam zum Vorschein.

»Können Sie sich vielleicht vorstellen, was passiert, wenn eine glühende Zigarettenkippe oder ein Funken hinten auf Ihrem Schlitten landet?«

Der glotzäugige Fahrer kreuzte die Arme auf dem halb geöffneten Taxifenster und nickte aggressiv mit dem Kopf. »Was?«

Natürlich konnte er wirklich blöd sein, obwohl İkmen in seinem gegenwärtigen Geisteszustand zur Annahme neigte, dass der Mann eher kriminell fahrlässig war. Schließlich hatte dessen verdammter Lkw gerade seine hintere Stoßstange zu einem zerquetschten S verformt.

Er schrie: »Sie fahren da mit einem scheißgroßen gewichsten Benzinbehälter rum, der ohnehin sämtlichen Elementen ausgesetzt ist, und dann soll ich Ihnen noch sagen, was passiert, wenn dieses kleine Ding da auf Feuer trifft!«

Der Fahrer wartete kurz, ehe er zurückfauchte: »Jawohl.«

»Na ja, es fängt natürlich Feuer, Sie dummer Arsch! Was soll es denn sonst tun? Zum Arzt rennen und sich ein Pflaster holen?«

İkmen holte Notizbuch und Stift aus der Tasche. »Wie ist Ihre Autonummer und für wen arbeiten Sie?«

Der Fahrer schnaubte empört und schlug die Arme übereinander. »Sie sind nicht von der Verkehrspolizei. Ich muss nicht …«

»Machen Sie keinen Scheiß mit mir, Sie Arschloch! Noch eine vorschnelle Bemerkung und Sie landen in einer Zelle, wo Sie den Rest der Woche das Klo mit einem schwulen Vergewaltiger teilen müssen!«

Hinter dem kleinen Unfall hupten mehrere hundert Autos auf einmal. Der Fahrer des Lkw zog die Mundwinkel herunter und murmelte: »34 KV7 99, und ich arbeite für meinen Bruder.«

İkmen schrieb mit. »Wer ist das?«

»Adnan Kemal.«

Avcı tippte İkmen ein weiteres Mal auf die Schulter. »Da kommt gerade ein Verkehrspolizist vom Zigarettenkiosk.«

»Gut«, giftete İkmen den Lkw-Fahrer an. »Und wo wohnt Herr Kemal?«

»İskender.«

Der Verkehrspolizist erreichte gerade İkmens missgestimmte kleine Gesellschaft. İkmen riss eine Seite aus seinem Notizbuch und drückte sie dem Kollegen von der Verkehrsabteilung in die Hand. »Hier. Die Autonummer und der Name seines Arbeitgebers. Ich hab's eilig, ich hab mir diesen Kerl schon vorgeknöpft, Sie machen den Rest!«

Er war erst seit zehn Minuten im Dienst. Und erst seit sechs Monaten war er überhaupt Polizist. »Oh«, sagte er halbherzig.

Es war nicht Natalia. Eigentlich müsste sie, wenn man genau nachdächte, ja auch bei der Arbeit sein. Oder? Robert starrte mit wässerigen Augen durch die rauchgeschwängerte Düsterkeit und merkte, dass er zu atmen aufgehört hatte. Es war ein junger Mann und er weinte. Seine Stimme brach, als er in ihrer Sprache redete. Er bat Maria Gulcu um etwas, wobei seine ausgestreckten Hände zitterten, aber ihr Gesicht war wie versteinert. So wie ihre Seele, dachte Robert. Das flehende Bitten hielt an, wie ein sanfter Trauergesang. Maria sprach darüber hinweg, wodurch sie die dunklen, melodischen tieferen Register gleichsam ertränkte.

»Dies ist Mischa, Mr. Cornelius, Natalias Zwillingsbruder. Wir präsentieren ihn nicht vielen Leuten, denn er ist nicht ganz richtig im Kopf. Manchmal halten ihn die Leute für seine Schwester, was mir sehr passt. Wenn er zu ganz seltenen Gelegenheiten das Haus verlässt, nehmen die Leute, die uns kennen, an, es wäre Natalia. Es lenkt sie von seinem bizarren Verhalten ab. Diesen Fehler haben Sie, wie ich meine, auch einmal gemacht.«

Aber Robert hatte diese Verbindung schon selbst hergestellt. Mischa war sehr schlank. »Was stimmt denn nicht mit ihm?« Robert nahm den Blick nicht von der Erscheinung, die ihm wie eine Karnevalsmaske seiner Geliebten vorkam.

Die alte Frau seufzte. »Er ist das Produkt von Inzucht. Was soll ich sonst noch sagen? Man kann noch dümmer sein als wir, Mr. Cornelius, und Mischa ist wirklich sehr dumm.«

Robert hasste die Bösartigkeit in ihrer Stimme. Wenn Mischa dumm war, dann war es wohl kaum seine Schuld. »Sie haben ihn doch geschaffen.«

»Ja, Gott vergib mir.« Sie hielt inne, um sich eine weitere Zigarette anzuzünden. »Aber wenn er auch dumm sein mag, wusste mein armer Enkel doch sehr gut, was Onkel Leonid seinem Urgroßvater, dem Zaren, und dessen Familie zugefügt hatte. Und so beschloss er, dass der alte Jude dafür bezahlen sollte.«

»Dann hat also Mischa Leonid Meyer umgebracht?«

»Ja. Ich glaube, Sie sahen den Jungen auf dem Weg von Ihrer Arbeit.«

Robert sah hinüber zu dem traurigen, aber erschütternd vertrauten Gesicht mit dem hängenden Unterkiefer. Da wurde ihm alles klar, oder zumindest der Teil der Geschichte. Die dünnen Schultern, die unmodische Kleidung …

»Aber, wenn Sie es gewusst …«

»Oh, ich hätte mir keine Sekunde lang auch nur träumen lassen, dass er nach seinem Wissen handeln würde«, gab Maria zurück. »Ich hielt ihn törichterweise für viel zu schwerfällig und passiv, um an so etwas auch nur zu denken. Als Mischa aber an jenem Montag direkt nach dem Mittagessen vermisst wurde, war ich tatsächlich beunruhigt. Er verlässt das Haus nur selten, und allein sowieso nicht, und als dann Nicholas herausfand, dass sich jemand an Mr. Gulcus altem Auto zu schaffen gemacht hatte …«

»Auto?«, fragte Robert stirnrunzelnd. »Was für ein Auto?«

Sie lächelte. »Als Mehmet starb, hinterließ er neben vielem anderen auch seinen Wagen im Keller, der gleichzeitig eine Garage ist – neben diesem Haus. Weil keiner von uns fahren konnte oder wollte, ließen wir Mischa damit spielen, was er auch oft tat. Und wie Nicky dem Jungen erklärte, würde ihm auch nichts passieren, vorausgesetzt, er spielte nicht an der Batterie herum, die eine starke, ätzende Säure enthält. Mischa befolgte dieses Gebot bezüglich der Batterie bis zu besagtem Montag, als er sie exakt wegen dieser verheerenden und zerstörerischen Wirkung ausbaute.«

»Säure?« Robert merkte, wie sich sein Kopf vor lauter Informationen, die zu spät und auch zu plötzlich kamen, drehte.

Völlig unpassend, wie Robert dachte, lächelte Maria. »Wenn Sie mir so zugehört hätten, wie Sie sollten, Mr. Cornelius, dann wüssten Sie, dass die Bolschewiken, nachdem sie die Romanows erschossen hatten, die Leichen mit Schwefelsäure zu vernichten versuchten. Unser kleiner Mischa hier hat diese Geschichte sein ganzes Leben lang aufgesogen, und als er dann eine Waffe wählen sollte, mit der er Onkel Leonid, den verhassten bolschewistischen Mörder, umbringen könnte, schien ihm die Batteriesäure die poetische Gerechtigkeit zu garantieren, nach der er suchte.«

Robert hielt einen Moment inne, ehe er sprach. Die Mitteilung, dass Säure als Mordwaffe benutzt worden war, erwies sich dann doch als zu heftig, als dass er sie einfach aufnehmen konnte. Hatte nicht die Polizei gesagt, dass Meyer zu Tode geprügelt worden war? »Sie wollen also sagen, Mrs. Gulcu ...«

»Was ich sagen will, Mr. Cornelius, ist, dass Mischa an jenem Nachmittag in Leonids Wohnung gegangen ist, ihm über den Schädel geschlagen hat, entweder mit der Batterie oder etwas anderem, und ihm dann die Säure in den Hals und über den Körper geschüttet hat.«

»Aber die Polizei ...«

»Die Polizei hat die scheußlichen Aspekte dieses Verbrechens nicht an die Öffentlichkeit gebracht, Mr. Cornelius – wie immer, wenn sie fürchtet, dass irgendwelche Verrückten sie nachahmen könnten. Ich weiß von alldem nur, weil Mischa und Natalia mir davon berichtet haben.«

»Natalia?« Roberts Herz zuckte zusammen. »Was hat sie mit alldem zu tun?«

»Als Nicky mir sagte, Mischa wäre fortgegangen und hätte etwas mitgenommen, das möglicherweise großen Schaden anrichten könnte, rief ich Natalia bei der Arbeit an und sagte ihr, sie solle zu Leonids Wohnung gehen. Ich war da schon hysterisch geworden und es tat mir bitterlich Leid, was ich dem Jungen gesagt hatte. Sobald mir Nicky von der Batterie erzählt hatte, wusste ich, was Mischa vorhatte. Da er kaum etwas anderes von der Geschichte der Romanows in seinem armen, zerstörten, jungen Leben kannte und im Lichte dessen, was ich ihm kürzlich über Leonid erzählt hatte, war es für mich offensichtlich. Als dann Natalia in der Wohnung ankam, war die Tat schon ausgeführt und Mischa fort. Mit Leonids grauenvoller Leiche allein gelassen, was bei dem armen Mädchen heftige Übelkeit hervorrief, musste sie dann sehr schnell entscheiden, was zu geschehen hätte. Da sie fürchtete, dass die Polizei, wenn sie käme, die Fingerabdrücke ihres Bruders auf der alten Batterie finden könnte, nahm sie sie mit, als sie ging, und warf sie auf dem Heimweg auf einen Müllplatz. Kurz nach ihrem Bruder kam sie hier an und Sie hätten sie sogar sehen können, als Sie Mischa auf der Straße verfolgten. Aber Sie würden sie nicht erkannt haben. Sie verhüllte Kopf und Gesicht immer mit einem Tuch, wenn sie ihren Onkel in Balat besuchte – sie mochte es nicht, wie die Juden sie anstarrten. Merkwürdig, wenn man an ihr sonst so extravagantes Benehmen denkt, finden Sie nicht? Aber der Schal hat es ihr auch ermöglicht, die Batterie ungesehen herauszubekommen, und so …«

»Und so«, fiel Nicholas Gulcu ein, »haben wir beschlossen, jetzt zur Polizei zu gehen und ihr zu erzählen, was wir Ihnen erzählt haben.«

Robert Cornelius fühlte, wie sich seine Stirn krauste, als er seine Augen voller Schrecken aufriss. »Sie wollen Ihr eigen Fleisch und Blut, und sei es auch noch so scheußlich, der Polizei überantworten?«

»Wir haben keine andere Wahl«, gab die alte Frau zurück. »Ich muss, wie ich das stets getan habe, meinen Ruf und den meiner Familie als Ganzes an erste Stelle setzen.«

»Aber …«

»Ich habe getan, was ich konnte – über Sie, leider –, aber als das nicht funktionierte …« Sie zuckte die Achseln.

Hier blickte Robert Cornelius verwirrt. »Sie haben getan, was Sie konnten, über mich?«

»Ja, ich habe Natalia gesagt, sie solle Sie heranziehen, damit Sie den abscheulichen Reinhold Smits in die Sache verwickeln, was Sie ja auch taten, weil Sie so mitleiderregend vernarrt waren. Es war allerdings auch Glück, dass wir das Hakenkreuz hatten …«

»Was? Was?« Er hielt die Hände in die Höhe, um Maria Gulcu Einhalt zu gebieten. Wieder ging sie zu schnell voran und wieder wurde er verwirrt. »Was soll das mit dem Hakenkreuz? Können Sie mir das bitte erklären?«

Nicholas Gulcu flüsterte seiner Mutter etwas ins Ohr, worauf sie nickte. »Nachdem Mischa Leonid getötet hatte, schmierte er über den Kopf des Toten ein großes Hakenkreuz an die Wand. Das war gleichsam eine Art Visitenkarte. Kaiserin Alexandra hatte die Swastika, das Hakenkreuz, geliebt. 1918 besaß es noch nicht diese abscheulichen Assoziationen, die es jetzt hat. In welchem Haus die Familie auch lebte, stets malte sie es an die Wand. Es war so sehr ein Teil ihrer Seele wie ihre Liebe zu der Farbe Lila. Ich selbst habe in diesem Zimmer, unter meiner lila Tapete, mit Bleistift Hakenkreuze gemalt. Nicht, dass die Polizei diese Verbindung hergestellt hätte. Sie zog den nahe liegenden Schluss und mit meiner sowie Ihrer Hilfe hat sie Reinhold Smits bald gefunden.«

»Der, soviel ich weiß, ein Nazi ist und ...«

»Reinhold Smits, oder eher sein Vater, wurde Leonids Arbeitgeber, kurz nachdem er in diesem Land angekommen war. Die Zeit verging, und trotz der offenkundigen Unterschiede ihrer gesellschaftlichen Stellungen wurden Leonid und Reinhold durch ihre ziemlich ekelhafte sexuelle Vorliebe für junge Mädchen miteinander bekannt. Zu Leonids Verteidigung muss ich allerdings anführen, dass von seiner Seite aus nie etwas Illegales geschah, aber Reinhold war von anderem Schlag. Je älter er wurde, desto jünger wurden seine Liebhaberinnen – wessen er sich gegenüber seinem ›armen, kleinen Lieblingsjuden‹ Leonid offen brüstete.« Maria Gulcu seufzte, traurig, wie Robert fand. »Und damals, in den zwanziger Jahren, habe ich meine Verbindung mit Leonid wiederaufgenommen. Damals war ich mit Mehmet zusammen und deshalb meiner selbst sicher. Also bin ich manchmal hingegangen und habe Leonid von der Arbeit abgeholt – auf eine Tasse Kaffee oder ein Schwätzchen und … Bei einem dieser Treffen stellte er mir Reinhold Smits vor, der, wie ich damals dachte, sich mehr darüber freute, mich, eine vollkommene Fremde, kennen zu lernen, als es gut war.«

»Warum?«

»Aus zwei Gründen. Zunächst einmal, was weniger wichtig ist, fand er mich, obwohl ich schon etwas ›älter‹ war, attraktiv und zweitens hatte ihm Leonid erzählt, wer ich wirklich war.«

»Er war also beeindruckt, dass Sie, wie Sie sagten, königlicher Abstammung waren?«

Maria lächelte darüber, wie der Engländer seine Zweifel an ihr formulierte. »Nein, Mr. Cornelius, Reinhold war an mir interessiert, weil er Pläne hatte für die Person, die ich war. Schon in den zwanziger Jahren war die Saat des Faschismus gut im deutschen Boden eingepflanzt. Außerdem hassten die Deutschen das neue bolschewistische Regime in Russland – der junge Adolf Hitler und seine Freunde betrachteten es fast als eine reine Verkörperung des Bösen. Und das traf auch auf Reinhold Smits zu, der, als er mich kennen lernte, ebenfalls von einer Art christlichem Kreuzzug gegen die Sowjetunion träumte – am liebsten mit seiner kleinen russischen Prinzessin und all ihrem zaristischen Gold als Galionsfigur. Leonid als eher schlichte Seele sah dies als große Gelegenheit an, aber ich – wie immer voller Furcht vor Entdeckung und Angst um mein Leben – wollte nichts von alldem. Sobald Reinhold weg war, ging ich wütend auf Leonid los. Ich sagte ihm, er solle diesen reichen, mächtigen und arroganten Deutschen von seinen Plänen abhalten, was er natürlich auch tat.«

»Wie? Wie hat er das gemacht?«

»Reinhold Smits war damals ein praktizierender Pädophiler. Er zeigte Leonid Fotos seiner Eroberungen und schenkte sie ihm sogar. So stolz war er darauf, so sicher fühlte er sich hinter all seinem Geld.« Ihr Gesicht sank zusammen. »Einige der kleinen

Mädchen waren erst sechs Jahre alt. Ich glaube nicht, dass ich eigens noch ausführen muss, wie Leonid Reinhold daran hinderte, die Pläne mit mir in die Tat umzusetzen.«

Robert schüttelte sich sichtlich voller Entsetzen. »Erpressung?«

»Ja. Und obwohl Reinhold ihn danach leidenschaftlich hasste – was unter anderem seinen später noch glühenderen Antisemitismus beförderte –, bezahlte er Leonid für den Rest des Lebens. Er war tatsächlich und ganz zufällig am Tag, als Leonid starb, in dessen Wohnung, um zu zahlen.«

Robert schüttelte ungläubig den Kopf. »Was?«

»Oh, er kam nach der Tat dorthin und war zutiefst erschrocken. Ich weiß das wegen eines großen Irrtums, den er beging, als er anrief, um mich zu trösten. Aber obwohl ich tief in meinem Inneren wusste, dass er Leonid nicht selbst getötet haben konnte – abgesehen davon hatte er, ein so reicher Mann, auch gar kein Motiv –, habe ich das Reinhold nie gesagt. Ich ließ ihn einfach schwitzen und sich Sorgen machen und half der Polizei, ihn zu finden.« Maria Gulcu seufzte. »Was für eine schreckliche Schande, dass sie sich nicht richtig für ihn interessierte.«

»O ja, welch schreckliche Schande!«

Maria Gulcu beugte kurz den Kopf vor Roberts Wut. »Ich kann verstehen …«

»Nein, das können Sie nicht! Das können Sie nicht im Geringsten!« Mit zitternder Hand berührte Robert sein geschwollenes, zornrotes Gesicht. »Ich habe, glaube ich, selber etwas ganz Schreckliches gemacht, und … und … okay, indirekt habe ich es wegen dieser – dieser Sache gemacht. Ich war vor ein paar Jahren krank, psychisch krank, und noch jetzt, wenn ich mich aufrege, passiert es mir, dass ich außer Kontrolle gerate. Und …« – er blickte zu Boden – »… ich war wegen Natalia so aufgeregt. Weil … weil ich glaube, dass ich alles schon wusste, Mrs. Gulcu – natürlich nichts von diesem komischen byzantinisch-russischen Kram –, sondern weil ich wusste, dass sie in Meyers Wohnung gewesen ist, und obwohl Sie sagen, dass sie niemanden umgebracht hat, hätte sie es doch getan haben können. Man hat mir die Sache mit ihrem Bruder vorenthalten und mich dazu verleitet ...« Und dann sah Robert Maria Gulcu mit leuchtenden Augen an. »Ich liebte sie doch so.«

Die alte Frau nickte zustimmend. »Ich weiß. So wie auch Mr. Gulcu mich liebte. Auch er war ein guter Mann und ich war damals eine andere als heute, eine Tatsache, die er schützte und respektierte. Ich hätte ein sehr gutes Leben mit ihm führen können. Aber ich entschloss mich, weiterhin mit Leuten wie Leonid zu verkehren. Ich entschloss mich, anders zu sein und mich aus der Welt meines armen Mehmet zu entfernen. Und als er dann starb und mir all sein Geld und seinen Besitz hinterließ, entschloss ich mich, unsere Kinder als Russen großzuziehen – ich ließ sie die Kleider der längst Verstorbenen tragen, ich versuchte, durch sie und mit ihnen die Bande des Blutes wiederherzustellen, das ich mit Mehmet beschmutzt hatte.«

Robert, dessen Zähne mittlerweile vor Wut klapperten, sagte: »Sie sind eine durch und durch schlechte Frau, Mrs. Gulcu – ob Prinzessin oder nicht!«

Sie zuckte die Achseln. »Ich hätte etwas mehr Sorge walten lassen sollen in Bezug auf das, was ich vor dem armen Mischa geäußert habe. Ich ließ mich von meinem Verlangen überwältigen, von allen Menschen geliebt zu werden. Und ich war natürlich auch gehässig. Ich wusste, was Leonid wirklich für ein Mensch war, und dann noch zuzuhören, wie der Junge diesen Mann endlos lobte und pries, war bei dieser Gelegenheit einfach ein wenig zu viel. Aber der Junge sieht ja, wie Sie selbst merken, immer so aus, als hätte er nicht den kleinsten Gedanken in seinem Schädel. Nur einmal eben ... Hätte ich bloß vor langer Zeit auf Leonid gehört, dann wäre ich vorsichtiger gewesen.«

»Was heißt das?«

»Das heißt, Mr. Cornelius, dass Leonid aus einem einzigen

Grund so exzessiv trank – fast sein ganzes Leben übrigens – und der war: Er traute mir nicht. Rettung hin oder her, er hatte meine Familie getötet, meine ganz besondere, *göttliche* Familie, und er wusste, dass ich eines Tages deswegen auftauchen würde. Ich aber habe das nicht geglaubt und tatsächlich habe ich immer nur gelacht, wenn er solche Dinge behauptet hat. Aber als einer meiner Kleinen Leonid tötete, war es so, als hätte ich meine Hand nach ihm ausgestreckt. Indirekt, wenn Sie so wollen, habe ich Leonid umgebracht. Ich habe mich sogar in den letzten Tagen gefragt, ob ich das, was ich vor Mischa ausgesprochen habe, tatsächlich sagte, um exakt dieses Resultat zu erhalten.«

Tiefe Stille herrschte, nur das Schluchzen war zu hören, das von Natalias Mutter kam – wie ein Stein saß sie inmitten all dieser Menschen – und diese Leerstelle wartete darauf, gefüllt zu werden. Typischerweise war es Maria Gulcu, die das schließlich tat.

»Und deshalb müssen wir jetzt zur Polizei gehen«, sagte sie, »ich will zwar nicht, aber …«

Ihre Tochter unterbrach sie, indem sie sich unter Schluchzen auf das Bett ihrer Mutter warf und dabei Worte ausrief, die Robert nicht verstand. Die alte Frau strich ihr übers Haar und versuchte sogar, sie zu trösten. Zu Roberts Empörung aber war ihr Gesicht dabei immer noch so hart wie Granit.

»Meine Tochter ist so erregt, Mr. Cornelius«, erklärte sie, »weil wir immer geplant hatten, eines Tages im Triumph nach Russland zurückzukehren. Mit dem Zusammenbruch der alten Sowjetunion schien das sogar möglich – bis jetzt. Gott allein weiß, was nun mit uns geschieht.«

Unversehens erinnerte Robert sich an den Grund, der ihn in erster Linie hergeführt hatte, er schüttelte ungläubig den Kopf und sagte dann: »Aber was ist mit Natalia? Ich nehme doch an, dass sie bei der Arbeit ist.«

»Ja«, gab die alte Frau zurück, »und die Polizisten werden sie dort auch finden, wenn ich mit ihnen geredet habe.«

Und dann sprach Mischa wieder. Maria bellte ihm ihre Antwort scharf entgegen. »Auf Englisch, bitte, Mischa! Mr. Cornelius versteht sonst nichts!«

Robert zwang sich, Mischa anzuschauen, dessen Gesichtszüge mit denen Natalias identisch waren. Robert schreckte zurück. Wegen dieses Gesichts hatte Robert Dinge getan, an die er zuvor nicht einmal im Traum gedacht hatte.

In grauenhaft holprigem Englisch jammerte er: »Ich nicht wollen in Gefängnis, Großmama! Polizei mich sogar töten dafür!«

»Ach, Mischa!« Maria seufzte tief und sah Robert an. »Was soll ich sagen? Sie hören ja, dass er weiß, was mit ihm geschehen wird, und ich kann es nicht abstreiten. Er wird der Polizei alles gestehen, so wie er es schließlich auch mir gegenüber getan hat. Ich weiß das. Aber was kann ich tun?«

Mischa schrie. Es war ein hoher, durchdringender, weiblicher Schrei. »Ich doch Romanow, du nicht dürfen!«

Alle Augen im Raum waren auf ihn gerichtet. Seine Erregung ließ ihn von einem Fuß auf den anderen hüpfen und die Arme schützend um den Körper legen. Robert hatte plötzlich das schreckliche Gefühl, dass der Junge ernsthaft außer Kontrolle geraten würde. Schon früher hatte er Menschen wie ihn gesehen – Psychopathen, die sich mehr und mehr in Panik steigerten, bis sie nur noch durch die Nadel oder die Zwangsjacke beruhigt werden konnten. Roberts alte Ängste kamen in einem riesigen und heftigen Schwall wieder zurück. Die zusammengekniffenen Augen des Jungen waren jetzt auf ihn gerichtet und Robert wusste, was dieser dachte. Es war seine Schuld, dieser Ausländer hatte alles durcheinander gebracht. Robert wusste, dass es nur noch eine Frage der Zeit war, bis er entweder wie ein Verrückter tobte oder angriff. Er musste nun ganz ruhig bleiben, obwohl er spürte, wie seine Angst in beunruhigendem Tempo zunahm. Er musste dem Jungen ein Zeichen machen, das er verstand.

Niemand sonst im Raum bemerkte die Gefahr. Maria lehnte sich wieder in ihre Kissen und machte nur ganz leise »Sch!« Sie wusste, dass Mischa in Wirklichkeit kein schlechter Junge war, er würde nichts tun, was andere verletzen könnte.

»Mischa …« Robert streckte die Hand nach dem Jungen aus, die in der klassischen Geste des Gebens und der Freundschaft geöffnet war.

Doch der Junge zog sich zurück, als würde er ausgeschimpft. Sein langer Arm kreiste rückwärts durch die Luft und streifte beim Herunterkommen das Glas, das die große Öllampe auf dem Tisch neben ihm umgab. Die Lampe fiel mit einem Krach zu Boden und die zunächst noch kleinen und zarten Flammen leckten am Vorhangsaum, der ihnen Nahrung gab.

## Kapitel 24

»Nein, nicht pressen, Frau İkmen, sondern hecheln!« Fatma zog das Gesicht zusammen und aus ihrem Mund drangen kurze, schmerzvolle, keuchende Laute.

Die älteste ihrer Töchter, eine Zwanzigjährige mit großen Augen, die auf den Namen Çiçek hörte, sah erschrocken auf. »Aber Mami will pressen«, erklärte sie der Ärztin, »es tut ihr weh!«

»Das geht aber noch nicht!« Sie war jung und mochte keine Entbindungen und vor allem mochte sie nicht von Leuten in Frage gestellt werden, die nichts von Anatomie verstanden. »Der Gebärmutterhals Ihrer Mutter ist noch nicht weit genug geöffnet. Wenn sie jetzt presst, zerreißt sie ihn und das wollen wir doch nicht, oder?«

»Nein!« Aber ihre Mutter hatte doch solche Schmerzen! Das Gesicht war gerötet und schweißbedeckt und die Beine waren schon gespreizt, sie zitterten auf dem Plastiktuch, auf dem Fatma lag, und sehnten sich nach Erlösung. Çiçek betrachtete die große Lache aus Wasser und Blut, die sich zu Fatmas Füßen gesammelt hatte, und fragte sich, ob sie sie aufwischen sollte.

Die Ärztin legte die Finger an Fatmas Handgelenk und maß kommentarlos den Puls.

»Ist er in Ordnung?«

»Ihrer Mutter geht es sehr gut«, antwortete die Ärztin, »für eine Frau ihres Alters.«

Fatma öffnete die Augen und sah ihre Tochter an. »Wo ist dein Vater? Wo ist Çetin?«

»Er ist auf dem Weg, Mami.«

Fatma sah missmutig drein. »Du brauchst mich nicht aufzuheitern!«

»Ist er aber!«, wiederholte Çiçek, ohne wirklich überzeugt zu klingen.

Die Ärztin beugte sich über das Bett. »Ihre Wehen kommen jetzt alle drei Minuten, Frau İkmen. Sie sind immer noch nicht vollständig geweitet, aber ich kann Ihnen ein Schmerzmittel geben, das Ihnen hilft. Wollen Sie das?«

»Ja!«

Sie ging zu ihrem Ärztekoffer und holte eine Spritze heraus. Sie legte sie einen Augenblick neben das Bett, während sie ein kleines Stück Baumwolle auf Fatmas Arm rieb, das eine feuchte, sehr kalte Substanz enthielt. Dann nahm sie die Spritze wieder zur Hand und drückte die klare Flüssigkeit in die Nadel, die sie in Fatmas Arm injizierte. »Das sollte Ihnen etwas Linderung verschaffen.«

Nach all der Qual, die sie schon durchlitten hatte, spürte Fatma kaum den Nadelstich. Sie lag einfach da wie ein dicker, fetter Fisch, der in der Hitze japste, während sie auf die nächste Wehe wartete. »Dr. Koç, könnten Sie bitte meinen Mann anrufen. Ich möchte, dass er hier ist.«

Die Ärztin blickte verwirrt. »Aber …«

»Mein Mann ist bei der Polizei, Frau Doktor! Man muss ihn anbrüllen, damit er nach Hause kommt!«

Ihr Gesicht wurde zu einer qualvollen Maske, als ein weiterer Schmerz sie packte. Da läutete es und Çiçek eilte zur Schlafzimmertür. »Das muss Papa sein!«

Warum weder er noch sonst jemand sofort aufstand, um die sich ausbreitenden Flammen zu löschen, würde Robert wohl nie erfahren. Vielleicht war es das Tempo, mit dem sie die Vorhänge emporkletterten, wie dünne Kinder, die sich Hand um Hand nach oben zogen. Wenn nur irgendjemand die Geistesgegenwart besessen hätte, die Vorhänge herunterzuziehen und die Flammen mit einer Decke zu ersticken. Auf dem Bett lagen jede Menge Decken.

Stattdessen schauten sie nur zu. Es war so ungewöhnlich, in diesem Zimmer ein helles Licht zu sehen. Es beleuchtete das Gesicht der alten Frau grell und zum ersten Mal erblickte Robert die lange, schräge Narbe, die seitlich an ihrem Gesicht hinunterführte. War sie ihr damals zugefügt worden, in dem engen Keller in Jekaterinburg? Hatte womöglich dieser alte Jude, an dessen Tod all diese schrecklichen und Furcht erregenden Menschen beteiligt waren, ihr diese Wunde beigebracht? Warum hatte er sie überhaupt gerettet?

Ein lautes, splitterndes Geräusch machte Robert darauf aufmerksam, dass sich Teile der knochentrockenen Holzwände entzündet hatten. Nun bewegte er sich. »Hol doch jemand Wasser, um Himmels Willen!«

Doch noch immer rührte sich niemand. Eine seltsame Ruhe schien alle erfasst zu haben, auch Mischa. Sie schauten das Feuer an, als sähen sie fern. Es war ein unwirkliches Bild, das sie alle aus Zeit und Raum entfernte. In diesem Augenblick setzte Roberts Selbsterhaltungstrieb ein.

Cohen steuerte den Wagen schwungvoll in die steile enge Gasse neben dem Pera-Palas-Hotel, wo ihm ein entsetzlicher Gestank entgegenschlug, der ihn wie eine Mauer traf. Es war ein sehr säurehaltiger Gestank, der seine Nasenschleimhäute angriff. Cohen verzog das Gesicht und sah zu Süleyman hinüber. »Was ist das, verdammt noch mal, Mehmet?«

Süleyman hatte es, seiner angewiderten Miene nach zu urteilen, auch wahrgenommen. Er sog die Luft tief ein und musste fast würgen. »Ich weiß es nicht! Es riecht fast wie Verbranntes, obwohl ...«, er steckte den Kopf durch das weit geöffnete Fenster und sah zum Himmel, »ich kann nichts sehen ...«

Cohen verzog erneut das Gesicht und stoppte den Wagen am Ende des Durchgangs, bevor er über Meşrutiyet Caddesi weiterfuhr. Er sah, wie der Hotelportier über die Straße lief und in der kleinen Straße gegenüber verschwand.

»Ist das Karadeniz, wo der Mann gerade hingegangen ist?«

»Ja.«

Einige andere Männer und eine junge Frau ganz in Schwarz folgten dem Portier, ebenfalls im Laufschritt. Aus irgendeinem Grund blickte Süleyman noch einmal nach oben und sah dicke schwarze Rauchwolken über den trostlosen Häusern Richtung İstiklâl Caddesi.

Er griff nach Cohen. »Halt den Wagen an!«

Mit einem sauberen Satz sprang er aus der Tür und rannte über Meşrutiyet Caddesi in Richtung Karadeniz Sokak. Die winzige Gasse war voller Menschen, die alle zu dem oberen Geschoss des Hauses hinsahen, das ungefähr in der Mitte der Straße lag. Einen kurzen Moment blickte Süleyman wild um sich, um nach İkmen Ausschau zu halten. Als er ihn nicht fand, schaute auch er nach oben. Das ganze obere Stockwerk von Karadeniz Sokak Nr. 12 stand in Flammen.

Robert atmete schwer, nachdem er Hals über Kopf aus der Wohnung der alten Frau gestürzt war, und sah hoch durch das Meer aus Rauchwolken, die ihm aus dem Treppenhaus, das er soeben herabgeeilt war, entgegenschlugen. Die Familie, lief jetzt herum, er hörte ihre schnellen Schritte und Stimmen über sich. Seine Flucht durch die Tür hatte sie geweckt. Nicholas war Robert bis zum Bad gefolgt und hatte dort Wasser in einen Eimer gefüllt.

Robert sah zum Telefon auf dem Tisch in der Eingangshalle und fragte sich, ob er es benutzen sollte. Aber draußen waren schon so viele Menschen, einer von ihnen musste doch die Feuerwehr angerufen haben.

Er sah wieder hinauf ins Treppenhaus. Eine fast zwei Meter hohe Rauchsäule rollte ihm entgegen, und die Wände des Hauses ächzten und splitterten, während sie sich in der intensiven Hitze ausdehnten. Jetzt noch einmal nach oben zu gehen wäre verrückt, aber noch folgte ihm keiner der anderen, und wenn die Feuerwehr nicht bald kam, würden sie alle verbrennen oder vom Rauch bewusstlos. Das verstanden sie natürlich nicht. Aber warum machte er sich deshalb überhaupt Sorgen ...

Doch er sorgte sich. Was auch immer die Gulcu zu sein behaupteten, so waren sie doch ohne Zweifel Menschen, wenn auch nicht ganz von dieser Welt. Wenn sich niemand um sie kümmerte, würden sie alle umkommen. Sie würden wohl versuchen, die Flammen mit dem bisschen Wasser, das ihnen zur Verfügung stand, zu bekämpfen, und keinen Gedanken daran verschwenden, selbst nach unten und auf die Straße zu kommen. Das würden sie tun, weil die alte Dame wegen ihres Alters nur schwer zu bewegen war. Und zurücklassen würden sie sie nicht. Sie zurückzulassen war sinnlos, denn ohne sie hatten sie gar nichts. Welcher dürftige Beweis auch je über sie alle existiert haben mochte, er war in ihr beschlossen. Entweder kämen sie alle heraus oder keiner von ihnen.

Robert setzte einen Fuß auf die erste Stufe und holte tief Luft. Natürlich ging es ihm nicht um sie und das, wer oder was sie waren. Die Gulcus kannte er nicht wirklich, und was er von ihnen wusste, ließ in seinem Kopf ein sehr hässliches Bild entstehen. Nein, das Schuldgefühl trieb ihn zu seiner Tat. Das Schuldgefühl eines Mannes, der weiß, dass er etwas Unverzeihliches getan hat – der späte und jämmerliche Versuch, etwas wiedergutzumachen, der zuweilen auch die am logischsten denkenden Menschen überkommt. Jener alte Jude, den er erschlagen hatte, mochte tot sein, aber wenn er jetzt nur einen Einzigen von denen da oben retten könnte ...

Der Rauch wurde dichter und begann in Roberts Augen zu brennen. Wenn er nicht bald losginge, würde er es niemals schaffen. Dann wäre die Gelegenheit vorbei und er wäre nicht anders als alle anderen Gewalttäter. Grausam und gedankenlos – gar nicht, wie er wusste, dass er eigentlich immer gewesen war.

Robert holte noch einmal tief Luft, hielt sich den Mund zu und rannte auf den schwarzen, sich kringelnden Rauch zu. Das Haus um ihn herum ächzte.

* * *

Dr. Koç nahm Fatmas schweißige Hand und lächelte. »Jetzt ist es gut, Frau İkmen, dieses Mal dürfen Sie pressen.«

»Und ich zerreiße auch nichts?« Tränen liefen über ihre Wangen. Fatma wischte sie sanft mit dem Handrücken weg.

»Nein, Sie zerreißen nichts. Sie waren sehr tapfer und jetzt wird alles gut werden.«

Fatma drückte fest ihre Hand und eine Sekunde lang dachte Dr. Koç, dass sie schon wieder Wehen bekäme, aber sie wollte nur ihre Aufmerksamkeit erregen. »War das gerade mein Mann an der Tür?«

Wie konnte sie darauf antworten, wo sie doch mitten in so schweren Wehen war? Aber ihr Gesichtsausdruck hatte schon alles verraten.

»Ich fürchte, nein. Nur Ihr Schwiegervater.«

Fatma wollte ihrer Wut freien Lauf lassen, aber der Schmerz in ihrer Hüfte drückte wie ein Schraubstock und sie holte tief und keuchend Luft. Dr. Koç ließ ihre Hand los und sagte Çiçek, die hinter ihrer Mutter saß, sie solle ihre Mutter fest an den Schultern packen. Sie selbst ging herum, um nun zwischen Fatmas weit geöffnete Beine zu schauen.

Fatma ließ den Atem mit einem lauten Brüllen heraus und drückte schwer und mit aller Kraft. Sie spürte eine Bewegung in ihrem Körper, gefolgt von einer gewissen Erleichterung, nachdem der Kopf des Babys den Muttermund durchstoßen hatte.

Der alte Mercedes rollte die Straße entlang, unmittelbar vor zwei Feuerwehrwagen, deren Sirenen wie gepeinigte Muezzine heulten. Avcı haute mit der Faust auf die Hupe und ließ sie dort. Es waren so viele Menschen auf der Straße, dass man fast nicht vorwärts kam. İkmen blickte sie voller Widerwillen an. Diese Gaffer, diese Psychos, diese Zuschauer bei Unfällen und anderen natürlichen und unnatürlichen Katastrophen.

İkmen hatte den Rauch erblickt, sobald sie Taksim errreicht hatten. Und er hatte sofort Bescheid gewusst. Ein hoch gelegener Ort. Er sah zum brennenden Dach von Karadeniz Sokak 12 hinauf, das ganze obere Geschoss und die Hälfte des darunter liegenden standen in hellen Flammen. Natürlich. Das war ja das Problem mit den alten Holzhäusern, vor allem im Sommer. Es brauchte nur einen Funken.

Avcı lenkte den Wagen neben ein kleines Lebensmittelgeschäft und hielt an. Die beiden Feuerwehrwagen fuhren in Position und die Männer begannen die Schläuche zu entrollen.

İkmen stieg aus dem Wagen und schüttelte ungläubig den Kopf. Ein kleiner alter Mann kam ihm entgegengeschlurft, etwas abseits des Schauplatzes. İkmen grüßte ihn. »He, Onkel!«

»Was ist denn das?« Er humpelte und trug seine Medaillen aus dem Unabhängigkeitskrieg an der sehr löchrigen grünen Strickjacke und starrte İkmen an. »Was willst du denn hier, mein Junge?«

»Das brennende Haus – weißt du, ob noch jemand drin ist?«

»O ja. Vor ein paar Minuten hat einer ein Fenster eingeschlagen. Es sind mehrere drin und alle haben geschrien. Wenn es Allahs Wille ist, holt sie die Feuerwehr raus. Wenn nicht …« Er zuckte mit den Schultern.

İkmen sah wieder zum Feuer und der Alte humpelte davon.

Wenn die Gulcus stürben, würde er ihnen nie diese Frage stellen und sie mit Smits alten Fotografien konfrontieren können. Dessen war er sich gewiss. Aber er konnte auch nichts anderes tun als das, was alle taten – die Feuerwehr ihre Arbeit machen lassen. Sein einziger Trost war, dass Süleyman nicht hier war.

İkmen steckte die Hand in die Tasche und holte seine Zigaretten heraus. Die Leute um ihn, einschließlich Avcı, sahen ihn an, als wäre er verrückt.

Die Feuerwehrleute legten die Schläuche aus und drehten das Wasser auf. Als es durch die Gummischläuche lief, bäumten und warfen sie sich auf. Die Menschen versuchten aus dem Weg zu gehen, aber eine Frau blieb mit dem Knöchel hängen und fiel hin. Sie war, wie İkmen flüchtig sah, jung und hübsch. Hinter sich spürte er eine Bewegung, als sich die Menge teilte. Er achtete nicht darauf und rief Avcı zu, er solle den Feuerwehrleuten sagen, dass sie vor Ort waren. Eine lange, schlanke Hand landete auf seiner Schulter. »Hallo.«

Es war, als würde man in dem vollen Bewusstsein einschlafen, dass ein grässlicher Alptraum wiederkäme. İkmen sah sich um und hatte Tränen in den Augen. »Süleyman.«

Nun, da der ganze Boden in Flammen stand, waren die Feuerwehrmänner unten auf der Straße ihre einzige Hoffnung. Wenn sie ihre Leitern bis zu dem Fenster, das er zerbrochen hatte, ausziehen könnten, würden sie so hinausgelangen. Außer Maria vielleicht. Sie hatte sich immer noch nicht aus dem Bett bewegt und nun hatte sich auch Natalia zu ihr gesellt. Robert konnte beide durch die Flammen sehen. Die Tochter schrie. Ihre Haare brannten, wodurch sie wie eine gepeinigte Heilige erschien, mit einem Heiligenschein aus roten und goldenen Flammen um das Haupt. Dagegen blieb die alte Dame vollkommen ruhig. Die Qual des Verbrennens hatte bei ihr noch nicht begonnen. Aber Robert hatte das merkwürdige Gefühl, dass es auch dann der alten Dame kaum ein schwaches Murmeln entlocken würde. In ihrem Kopf war sie ohnehin schon längst woanders. In Jekaterinburg? Vielleicht war sie schon dort gewesen, als er nach unten geflohen war. Während Nicholas verzweifelt versucht hatte, die Flammen mit Eimern Wasser zu löschen – ein sinnloses Unterfangen.

Aus irgendeinem Grund erinnerte sich Robert genau in diesem Moment an den alten Juden, an die Art, wie er zu ihm voll Freundlichkeit und Sorge herabgesehen und wie er, Robert, so gewalttätig reagiert hatte. Trotz der negativen Assoziationen, die er zu Balat angehäuft hatte, war es immer noch höchst ungewöhnlich, dass er das getan hatte. Misstrauen, instinktives Losschlagen gegen das unbekannte Andere, kaum unterdrückte, fast zweitausend Jahre alte Vorurteile. Und wie einfach es gewesen war! Wie einfach, in ein scharfgeschnittenes, spitzes Gesicht zu blicken und die Augen eines Dämons zu sehen, wirklich zu sehen. Robert schaute auf den Boden und erblickte Sergejs verdrehten Körper, der vor ihm lag wie eine zerbrochene Schaufensterpuppe. Er wusste, dass er kein Lebenszeichen mehr spüren würde, wenn er ihn berührte. Sergej war nun da, wo der alte Jude und Meyer und alle anderen Toten schon waren, deren Leben mit dem seiner Mutter Maria in Kontakt gekommen war.

Der Rauch war nun so dicht, dass er fast nichts mehr sah, seine Lungen fühlten sich schwer an und schmerzten. Allein Mischa stand am Fenster, und wenn Robert wüsste, was gut für ihn wäre, müsste er sich dem Jungen anschließen. Langsam ging Robert durch den immer dunkler werdenden Rauch. Es roch nach verbranntem Fleisch und er beugte sich tiefer hinab, um dem zu entgehen. Sauerstoff sammelt sich immer am Boden, und wenn er überleben wollte, müsste er bald etwas davon in seine verstopften Lungen bekommen. Er ging in die Hocke und huschte schnell über den schwelenden Teppich hin zum Licht. Dabei bildete er sich ein, dass ihm jemand entgegenkam und sich zurück ins Zimmer bewegte, aber sicher war er sich nicht. Im Rauch bewegte sich alles. Formen bauten sich auf und sackten wieder in sich zusammen, wie Figuren im Nebel.

Mischa stand noch am Fenster, als Robert zitternd dort ankam. Beide sahen einander an, aber nichts geschah. Der junge Mann war fast vollständig ohne Ausdruck, Natalias schlaues Gesicht war hier zu einem ohne jede Leidenschaft und ohne jedes Gefühl geworden. Es war eine obszöne Travestie. Robert fühlte sich verhöhnt. Einerseits wollte er ihre vollen, roten Lippen noch einmal küssen, andererseits …

Ein quälender Lärm wie das Knarren eines großen Schiffes tönte ächzend von der Mitte des Raumes herüber. Die beiden Männer am Fenster drehten sich um, aber sie konnten nichts mehr sehen: Alles, was im Zimmer gewesen war: das riesige Bett, die goldenen Ikonen, die traurigen, nachgemachten Empire-Möbel, die Menschen – alles war bedeckt von Rot und Gelb und von dem unheimlichen Grün, das die Anwesenheit von Gas anzeigte. Ein schlechtes Grün, Natalias bevorzugte Art von Gold.

Durch das offene Fenster zog ein kräftiger Lufthauch herein und wurde vom Haus aufgesogen. Es war, als ob die Flammen jauchzten und zur Feier länger wurden. Es war, als sähe man einem freudigen Stammestanz zu. Freudig, weil das Feuer es so liebte; weil es um so schöner wurde, je höher die Flammen wuchsen. Natalia war eine Flamme gewesen.

Es sind die Illusionen, die im Feuer leben. In kalten Weltgegenden wie zum Beispiel in Großbritannien sammeln sich die Menschen im Winter um das Feuer und suchen in den flüchtigen, sich windenden Flammen in leuchtenden, pulsierenden und unbeständigen Farben nach Bildern. Roberts Großmutter Millie hatte einmal den Teufel gesehen, zumindest behauptete sie es. Er hatte ein dünnes, blaues Kinn, wie ein Stilett. Auch Robert konnte derartige Bilder gut schauen. Seine Familie hatte darüber schon gewisse Bemerkungen gemacht. Aber als er sah, wie die

Seitenwände des Hauses wie alte, vertrocknete Wangen nach außen barsten, fragte er sich, wie schon damals, als er Mischa in Balat erblickt hatte, ob hier nicht wieder eine Sinnestäuschung vorlag. Was sich wie ein Donnerschlag von unterhalb seiner Füße anhörte, setzte sich in den Raum hinein fort. Das Geräusch traf auf die Reste der Decke und für den Bruchteil einer Sekunde war alles still. Als die Flammen weniger wurden, sah er drei brennende Köpfe. Das, was einst Gesichtszüge gewesen waren, glitt die Gesichter herab und verlieh ihren statischen Gestalten den Anblick von Wachsfiguren. Traurigen, kraftlosen Wachsfiguren.

Auch Mischa sah es und kletterte mit einem Schrei aus dem Fenster und aufs Dach. Robert folgte ihm nicht. Was der Junge tat, war sinnlos. Man konnte nur noch warten.

Der Boden gab unter dem Gewicht des Betts und des übrigen der Selbsttäuschung dienenden Tands nach. Robert hielt sich an dem brennenden Fensterrahmen fest und nahm das widerliche Gefühl von Fett und Blut wahr, die in seiner Hand kochten. Die drei Wachsfiguren stürzten hinab in die weiß glühende Grube und an ihre Stelle trat eine riesige, kräftig züngelnde rote Flamme. Sie schien sich zu drehen und ihn anzuschauen und Robert wusste, dass sie sowohl Sinne als auch eine Absicht hatte. Seine Füße tasteten sich rückwärts, während er versuchte, sich auf der schmalen Bodenleiste, die noch verblieben war, zu halten. Die riesige Flamme atmete wolllüstig ein und ihr geschwollener Bauch wogte auf ihn zu. Schon küsste sie ihn, den Mund geöffnet, auf die Wange und die Nasenspitze.

Eine von Roberts bereits kaputten Händen hob sich, um die Flamme zu verscheuchen. Als sie aber weiter auf ihn zukam, verlor sie das Gleichgewicht und sank in die Grube zurück zu den Wachsfiguren. Was von Roberts ruhigem Körper geblieben war, nahm sie mit sich. Andere, kleine Flammen ergriffen und verzehrten ihn.

## Kapitel 25

Die ganze Menschenmenge sah, wie ein Mann sich durch das offene Fenster aufs Vordach zog und langsam weiterging. Alles um ihn herum brannte, und wenn die Feuerwehr nicht bald jemanden zu ihm hinaufschickte, würde er auf entsetzliche Weise und in aller Öffentlichkeit sterben. Die Männer an den Schläuchen riefen denen an der Pumpe zu, das Wasser abzustellen. Sie hatten gerade angefangen das Haus zu bespritzen, aber es war zu riskant, damit weiterzumachen, während ein Mensch in so unsicherer Position auf dem Dach stand. Schon eine kurze Berührung durch einen so mächtigen Strahl könnte ihn aus dem Gleichgewicht bringen und er würde auf die Straße stürzen.

Ein besonders behender Feuerwehrmann sprang auf die hydraulische Leiter und gab den anderen ein Zeichen, ihn nach oben zu winden. Er wies in Richtung des Mannes, woraufhin der Rest der Mannschaft die Leiter herumdrehte und sie zum Ausfahren bereit machte.

İkmen legte seine Hand schwer und eindeutig auf Süleymans Schulter. Lange würde es nicht dauern. Der Mann war schon auf dem Dach und sehr bald würde er den Eindruck bekommen, dass es am sichersten wäre zu springen. Angesichts der dem Homo sapiens angeborenen Angst vor dem Feuer war das ganz natürlich. İkmen fragte sich nur, wie lange der Fall dauern würde. Er dachte daran, Süleyman hinter die Menge zu beordern, aber dazu war es nun zu spät.

»Er springt gleich!«

Alle riefen sie es aus, diese blöde Meute! Es war fast so, als wollten sie ihn ermutigen. Der Mann am oberen Ende der Feuerwehrleiter wies seine Leute an, ihn jetzt in Position zu bringen. Um den Wagen war alles in hektischer Aufregung. İkmen sah nur eine Millisekunde zu dieser Hektik hinüber und damit war seine Konzentration vorbei.

Süleyman schnellte vor. »Bleiben Sie, wo Sie sind! Nicht bewegen!«

İkmen reagierte sofort, aber so schnell er auch lief, konnte er mit den athletischen Schritten des jungen Mannes nicht mithalten. Ich hab's versaut, dachte er, jetzt bin ich den ganzen Weg hierher gekommen und hab doch alles versaut! Er merkte, wie er anfing zu weinen, und wischte sich brüsk die Tränen mit dem Handrücken ab.

»Gleich springt er!« Wieder riefen sie es! Der arme Feuerwehrmann oben auf der Leiter schrie ihnen zu, dass sie damit aufhören sollten, aber seine Stimme ging im allgemeinen Chaos und der Panik unter, die von der Menge ausging. Alle hatten Angst, aber keiner konnte den Blick abwenden.

Der Mann auf dem Dach beugte die Knie und breitete die Arme seitlich aus, als wollte er wie ein Vogel losfliegen. Süleyman hatte angehalten, winkte und rief zu dem Mann hinauf. Wenn nur İkmen seinen atemlosen Körper rechtzeitig dorthin bewegen könnte, um Süleyman zurückzuziehen. Unter Schmerzen zwang er sich weiter vorwärts und streckte einen Arm aus. Süleyman stand jetzt direkt unter dem Mann.

Oh, es war ein langer Weg nach unten! Die Menschen sahen aus wie das Spielzeug, das er früher besessen hatte, wie die Holzmännchen, deren Köpfe und Arme sich bewegten, wenn man fest an ihnen drehte. Immer waren bei diesen Figuren merkwürdige, ruckartige Bewegungen herausgekommen, auch wenn er sie eigentlich entspannt und ruhig hatte haben wollen.

Eine der Figuren da unten war ihm jetzt näher als die anderen und schien ihm etwas zuzurufen, aber er konnte nicht ein Wort verstehen. Vielleicht versuchte sie ihm gerade zu sagen, dass man ihm vergeben hatte und dass alles gut würde. Aber das stimmte nicht. Wenn man jemanden getötet hat, selbst einen so niederträchtigen Menschen wie Onkel Leonid, konnte nichts auf der Welt das wiedergutmachen. Onkel Nicky hatte es gesagt und deshalb musste es stimmen.

Mittlerweile war das Dach sehr heiß. Unter seinen Füßen blubberte das, was gewöhnlicherweise fest war, wie Flüssigkeit. Niemand war ihm auf das Dach nachgekommen. Gerne würde er annehmen, dass sie es irgendwie geschafft hatten, die Treppe hinunterzugelangen, aber er wusste, dass es nicht so war. Sie waren alle tot, vielleicht genau das, was sie immer schon hätten sein sollen. Wenn Großmama in Jekaterinburg gestorben wäre, wäre nichts von all dem passiert. Auch ihn gäbe es dann nicht – dann wäre die Dynastie eben gestorben, wie es auch hatte sein sollen. Vielleicht gab es wirklich für alles die rechte Zeit. Vielleicht hatte Großmama ja eine Art Sünde begangen, indem sie die Romanows am Leben gehalten hatte. Dass Onkel Nicky sein Vater war, hatte sich komisch angehört, aber ob das nun stimmte oder nicht, ging über seinen Verstand.

Ein weiterer Mann kam zu jenem gelaufen, der ihm immer noch etwas zurief. Das sah eigenartig aus, denn wenn der zweite Mann wollte, dass der erste mit dem Schreien aufhörte, brauchte er es ihm doch nur zu sagen. Aber die Türken waren eben anders, er hatte sie beobachtet. Sie waren kein logisch denkendes Volk, was auch erklärte, warum er sie nicht besonders mochte. Die Russen waren besser, das hatte Großmama immer gesagt. Ihm war ein wenig traurig zumute, als er an Russland dachte. Immer hatte er »nach Hause« gehen wollen, aber dazu war es nun zu spät.

Jemand am Ende der Leiter kam auf ihn zu, aber er blieb ruhig. Er konnte ihn nicht erreichen, und selbst wenn, wäre es egal. Er hatte seinen eigenen Plan. Wieder blickte er nach unten.

Es war ein langer Weg und er hatte keine Zweifel, dass es wehtun würde. Die Familie hatte ihm niemals eine solche Wahrnehmung zugetraut, aber er hatte immer schon gewusst, dass er diese Fähigkeit besaß. Er konnte überlegen und nachdenken, genau wie die anderen auch. Vielleicht auf andere Art und auf anderen Wegen als sie, aber gekonnt hatte er es immer schon. Immer war es um die Pflicht gegangen. Und er hatte die Pflicht sehr wohl verstanden – das war sehr wichtig. Großmama hatte oft gesagt, dass die Menschen den Zaren deswegen kritisiert hatten, weil er in seinem Pflichtgefühl gegenüber der Dynastie zu unerbittlich war. Deshalb sei er gestorben. Also musste die Pflicht doch etwas Gutes sein, oder?

Aber schließlich zählte jetzt auch das nicht mehr. Seine Füße fühlten sich glühend heiß an, und obwohl er nicht hinsah, wusste er, dass seine Schuhe brannten. Alles tat ihm weh. Doch komischerweise war ihm gar nicht heiß. Es war ein Gefühl, als würde man ihm ganz viele Stiche versetzen. Dieses Gefühl würde allerdings sowieso nicht lange anhalten. Er stand im Freien, der Rauch würde ihn nicht bewusstlos machen wie Onkel Sergej. Aber das war jetzt nicht wichtig. Wichtiger war jetzt, vom Dach herunter und weg von den Flammen zu kommen. Wenn er das schaffte, würde wenigstens er etwas Würde bewahren. Das hatten die anderen nicht, was hieß, dass es nun an ihm lag. War es auch das Richtige? Er dachte, dass er schon früher das Richtige getan hatte …

Am besten also, es jetzt zu tun, ehe zu viele Gedanken dazwischenkämen! Mischa breitete die Arme weit aus und schloss die Augen. Bis zum Aufprall auf dem Boden würde es recht angenehm sein. Er ließ die Knie locker und fiel vornüber.

İkmen dachte, seine Lungen platzten, während er vorwärts taumelte. Mit beiden Händen packte er Süleyman und riss ihn zurück.

Das erschütterndste Geräusch, das die beiden Männer je gehört hatten, folgte, als der lebendige Körper vor ihnen auf dem Bürgersteig aufprallte und sein Leben aushauchte. Es war ein ersticktes, dunkles, violettes Geräusch, wie beim Fischhändler, wenn er Tintenfisch auf sein hölzernes Hackbrett klatschte. İkmen presste sein Ohr fest an Süleymans Rücken, der vom Klang seines heftigen, schweren Atems widerhallte. Was für ein Grauen sich auch vor ihnen auf dem Boden ausbreitete – wenigstens lebte Süleyman und dafür dankte İkmen dem Gott, an den er nicht glaubte. Es gab kein anderes Wesen, dem er hätte danken können, sich selbst auch nicht. Dazu war es zu knapp gewesen.

İkmen arbeitete sich unter Süleymans Körper hervor und sah sich um. Zwei Feuerwehrmänner rannten auf sie zu, die Gesichter verfinstert durch etwas, das wie panische Angst aussah. Süleyman sank wieder rücklings auf die Erde und İkmen beugte sich über ihn. Süleyman war voller Blut. Zitternd lag er auf dem Rücken, sah auf seine blutigen Hände und versuchte sie von seinem Körper fern zu halten.

İkmen nahm ihn sanft bei den Schultern und versuchte, ihn in eine sitzende Position zu befördern. Es war unangenehm, das Blut zu berühren, da es noch warm war, aber İkmen musste es versuchen. Süleyman fing an zu weinen, und wenn er auf dem Rücken liegen bliebe, würde er an seinen eigenen Tränen ersticken. Leicht war es nicht. Süleyman wollte sich nicht bewegen. Er drehte den Kopf zur Seite und presste die Schultern fest auf die Erde, um seinen Körper zu halten, wo er war. İkmen blickte hinunter zu Süleymans Füßen und sah den Grund dafür. Der Körper des Mannes war auf dem Magen gelandet, der durch den Aufprall gerissen war. Blut und Innereien lagen überall in Lachen herum und Süleyman hatte das meiste davon abgekriegt. Es war zu ihm hochgespritzt und -geschwappt; das Blut war in Gesicht und Augen, die unangenehmeren und zum Glück nicht zu identifizierenden Überreste hingen wie Blutegel um seine Beine und Füße. Das Gesicht des Toten kam İkmen bekannt vor und nicht zum ersten Mal tat ihm der Junge Leid. Welche Rolle er in diesem eigentümlichen Drama eingenommen hatte, das die Gulcus umgeben hatte, würde İkmen, wie er realisierte, vermutlich nie erfahren. Tatsächlich war ihm alles, was sich seit dem Tod Leonid Meyers ereignet hatte, mit einem Mal sehr fremd. Das Haus der Gulcus brannte, von Cornelius war immer noch nichts zu sehen, und jetzt dieser Junge, dieser tote Junge.

»Geht es Ihnen gut?«

İkmen drehte sich um und sah, wie sich die beiden Feuerwehrmänner über Süleymans nässenden Körper beugten. Er wusste, dass er diesen Bekämpfern des Feuers hätte antworten sollen. Es wäre immer wichtig festzustellen, wer verletzt sei und wer nicht. Aber İkmen konnte nicht sprechen. Dass Süleyman lebte, war für den Moment genug, weil er wusste, dass alles auch hätte anders kommen können. İkmen berührte Süleymans Gesicht und fühlte, wie sich dessen Mund unter seiner Hand bewegte. Es war ein Wunder.

Ein Paar starke Arme zog ihn von Süleyman weg und stellten ihn auf seine unsicheren Füße. Nun bemerkte İkmen auch wieder die Menschenmenge. Ihr Schreien und Kreischen war durch den zeitweiligen Filter aufgehalten worden, den sein Geist ihm in die Ohren gesetzt hatte. Sie waren gekommen, ein Drama zu sehen, und sie waren inmitten eines Horrorszenarios gelandet. Sie sahen aber bloß den Rand der Abscheulichkeit, die İkmens Seele seit Beginn des Falles Meyer heimgesucht hatte: die Vergangenheit, die blutig in die Gegenwart hereinplatzte.

Der zweite Feuerwehrmann hob Süleyman auf, stellte ihn auf die Füße und führte ihn vor İkmens Augen vom Schauplatz des Geschehens fort. Hinter ihnen brannte das Haus weiter, trotz der Schläuche, die Tausende Liter Wasser in dessen weiß glühendes Herz ergossen. Alle Materialien waren hier beteiligt: Holz, Gas, Öl, die komplizierte Biochemie des menschlichen Körpers.

Hinter dem größten der Feuerwehrwagen wartete ein Krankenwagen. An der geöffneten rückwärtigen Tür stand neben den Sanitätern ein sehr erschütterter Wachtmeister Cohen. Die Sanitäter nahmen Süleyman aus den Armen des Feuerwehrmannes und luden ihn behutsam in ihren Wagen. Süleyman sah Cohen mit keinem Blick an, schien nicht einmal zu merken, dass er anwesend war. Schock. Wenn Süleyman unter Schock stand, hieß das zumindest, dass er ahnungslos und somit während der nächsten Stunden frei von aller Qual sein würde, wie İkmen mit grimmiger Miene dachte.

Und er selbst? Obwohl İkmen wusste, dass auch er sich eigentlich ins Krankenhaus begeben und von einem Arzt untersuchen lassen sollte, stand sein Entschluss schon fest, dass er dies nicht tun würde. Wenn das Feuer erloschen wäre, hätte er immer noch genug Zeit dafür. Dass er gerade so hilflos war wie alle anderen Zuschauer, war nicht die einzige Entschuldigung. Er hatte die Gulcus gefunden, er konnte sie jetzt nicht einfach verlassen.

İkmen machte sich von dem Feuerwehrmann frei und ging hinüber zu Cohen. Er öffnete den Mund, um zu sprechen, fand aber nur ein einziges Wort. »Was …?«

Cohen legte eine Hand über die Augen und seufzte. Er gab das Gleiche zurück: »Was?«

İkmen atmete schnell und flach, als wäre er in Panik. »Was … was … tun Sie hier?«

Cohen sah İkmen mit leichtem Entsetzen an. Leuten, die unter Schock standen, vertraute er gewöhnlich nicht. »Wir sind gekommen, um Sie zu suchen. Und nach diesem Engländer Ausschau zu halten, der womöglich …«

»Aber ich habe Süleyman doch gesagt, dass er heute frei hat! Ich habe ihm das gesagt, weil ich …« Der Kopf tat ihm weh und er führte sachte eine Hand dorthin. Er musste mit dem Kopf auf den Boden geschlagen sein, als er hingefallen war, konnte sich aber nicht daran erinnern.

Cohen nahm ihn beim Arm und führte ihn vom Krankenwagen weg. Auch ihm war klar, dass İkmen eigentlich ins Krankenhaus sollte, wusste aber ebenfalls, dass der Alte Widerstand leisten würde, wenn man ihn dazu zwang. »Hat Ihnen etwa noch keiner was gesagt?«

»Mir was gesagt?« Alles war voller Rauch, weshalb İkmen husten musste, trotzdem zündete er sich eine Zigarette an.

Cohen setzte ihn auf einen Poller. »Ihre Frau hat heute Morgen die Wehen gekriegt.«

»Oh.« Für jemanden, der gerade dabei war, Vater zu werden, eine sehr nichtssagende und desinteressierte Antwort. Aber schließlich befanden sich beide Männer inmitten eines Schauplatzes, der aussah wie Dantes *Inferno*. Der Rauch war so dicht, dass sogar die Gesichter einiger Zuschauer voll Ruß waren. Und nun lag auch der Geruch von verbranntem Fleisch in der Luft. Cohen wusste, was das war, wies aber İkmen nicht darauf hin. Der seufzte. »Fatma wird mich umbringen.«

»Ich kann Sie ja jetzt hinfahren, wenn …«

»Wo ist Avcı?«

»Oh, äh, weiß ich nicht.« Cohen blickte sich um, aber der junge Mann war nirgendwo zu sehen.

»Bitte suchen Sie ihn, ja?« Es war eine in Panik ausgesprochene Bitte. İkmen musste jetzt einfach wissen, ob all seine Leute in Sicherheit waren. Es war ihm sehr wichtig.

»In Ordnung … aber …«

»Sagen Sie ihm, er soll zu meiner Wohnung fahren und sich nach meiner Frau erkundigen.«

»Wollen Sie nicht selber gehen?«

İkmen machte ein finsteres Gesicht. »Nun machen Sie schon.«

Cohen verließ seinen Chef mit einigem Widerwillen und ging los, um Avcı zu suchen. In Anbetracht der schauerlichen Situation erwartete er, ihn irgendwo versteckt zu finden.

Der Krankenwagen mit Süleyman sauste durch die enge Straße davon und wurde fast sofort durch einen zweiten, leeren ersetzt. Dieser Wagen war mit drei Sanitätern besetzt, die alle finster dreinschauten. Einer der drei, ein kleiner, stämmiger armenisch aussehender Mann, öffnete die Hintertür des Krankenwagens und holte einen zusammengefalteten blauen Sack heraus. İkmen schaute in den Wagen und sah, dass keine der Liegen Kissen oder Matratzen hatte. Der Armenier entfaltete den dicken, blauen Leichensack. Dies war kein Transport für Lebende.

İkmen starrte geradeaus auf die Rückseite eines der Feuerwehrwagen. Aus dem Augenwinkel sah er, dass die Feuerwehrleute die Flammen endlich unter Kontrolle bekamen. Es war schon merkwürdig, dass Holz ihnen solche Probleme machen konnte. Hätte İkmen es nicht besser gewusst, hätte er gesagt, dass das Haus wirklich hatte brennen wollen. Er lachte finster in sich hinein. Prophetie war eine Sache, aber dem Feuer Intelligenz zuschreiben? Manchmal fühlte er sich wie der alte Tor, für den Fatma ihn hielt. Jetzt konnte er nur hoffen, dass wenigstens einige von ihnen das Inferno überlebt hatten – die Chancen waren allerdings gering. Und mit diesen Menschen waren auch alle Antworten auf die Fragen verschwunden, die zu stellen er hierher gekommen war. Es waren Fragen nach Cornelius und dem Brief, den er der Polizei geschrieben hatte, danach, wer die Gulcus waren und warum sie Leonid Meyer umgebracht hatten, denn inzwischen wusste er, dass sie es getan hatten. Sie hatten ihn wegen jenes alten Verbrechens umgebracht, das vor einer Lebensdauer in Jekaterinburg geschehen war; jenes Verbrechen, dessen Voraussetzung zwischen den beiden Fotos lag, die Smits gehört hatten und die jetzt in seiner, İkmens, Tasche waren. Er wusste dies alles. Aber was er so gern noch hatte erfahren wollen, war nun unwiderruflich verloren. Wer war Maria Gulcu wirklich, denn trotz allem glaubte er diesen Fotos noch immer nicht.

Er konnte es einfach nicht. Und wieso hatte sie vierundsiebzig Jahre gewartet, bevor sie Rache nahm?

Als İkmen merkte, dass er all dies nie mehr erfahren würde, wurde ihm nach Weinen zumute.

»Sind Sie Inspektor İkmen?«

Er blickte auf und sah einen hoch gewachsenen schlanken Mann in ungefähr seinem Alter, der eine Feuerwehruniform trug. Er war voller Ruß und Schmutz und sah erschöpft aus.

İkmen wusste, wie ihm zumute war. Schon seit Stunden löschten sie das Feuer, sogar die Menschenmenge hatte sich zerstreut, aber er war noch vor Ort. »Ja, ich bin İkmen. Was gibt es?«

Der Feuerwehrmann nahm seinen Helm ab und wischte sich die Stirn mit dem Handrücken ab. »Einer von Ihren Leuten meinte, ich sollte Ihnen Bescheid sagen, wenn wir die Leichen bergen.«

Das war es also. İkmen seufzte und zündete sich eine neue Zigarette an. »Ja, danke. Wie viele Leichen haben Sie gefunden?« Maria Gulcus letztes »Auf Wiedersehen« kam ihm plötzlich in den Sinn. Es hatte sich sehr endgültig angehört. Hatte sie es gewusst?

Der Feuerwehrmann holte eine kleine Zigarre aus seiner Uniformtasche und rauchte gemeinsam mit İkmen. »Bis jetzt drei. Haben Sie irgendeine Ahnung, wie viele Personen in dem Haus gewesen sein könnten?«

İkmen ließ die Gesichter vor seinem Geist Revue passieren und zählte. Maria Gulcu (die mit ihren blauen, hypnotisierenden Augen früher ja vielleicht sehr schön gewesen war), Nicholas, Sergej, der Krüppel Sergej, Natalia und ... der arme Robert Cornelius. War auch er in dem Haus gewesen? Wo sonst hätte er stecken können? Dieser Gedanke versetzte İkmen einen Stich.

»Fünf, denke ich«, antwortete er. Dann erinnerte er sich. »Ach nein, sechs. Es gab auch noch einen Jungen, der als Diener arbeitete. Aber ich glaube, er war derjenige, der vom Dach gesprungen ist.«

Der Feuerwehrmann lächelte. »Ach ja. Der, der beinahe Ihren Kollegen getötet hätte. Sie waren es doch, der ihn zurückgezogen hat, oder?«

»Ja.« İkmen wandte sich ab. Er mochte nicht weiter darüber reden. Wenn Menschen anderen Heldentaten zuschrieben, wollte er nichts davon wissen. Er fühlte sich kein bisschen mutig.

Der Feuerwehrmann musste das verstanden haben und ging fort. İkmen erhob sich und folgte ihm zu den Überresten des Hauses Gulcu. Es war nicht viel davon übrig geblieben. Sämtliche oberen Stockwerke waren in den Keller gestürzt. Als Einziges war die große schwarze Haustür mitsamt dem Rahmen stehen geblieben. Sie schwang in ihren Angeln hin und her und ächzte in der trockenen, heißen Brise, die von den Wassern des Goldenen Horn heraufwehte. Dahinter lagen Haufen rauchender Trümmer. Was einst Fensterrahmen, Balken und Kragsteine gewesen waren, ragte nun aus dem schwarz gewordenen Durcheinander empor wie gepeinigte Gliedmaßen.

Der Feuerwehrmann, der vorhin mit İkmen gesprochen hatte, befreite etwas von einem kleinen Trümmerberg, das wie ein verkohlter Baum aussah. Wie etwas, das vom Blitz getroffen war. İkmen drehte sich der Magen um und er wandte sich ab. Er war zu erschöpft für solche Leichen.

»Hallo?«

Cohen stand direkt vor ihm, was İkmen nicht bemerkt hatte. Er hatte durch diesen Mann hindurch gesehen wie durch ein Fenster. Andererseits war Cohen immer schon unscheinbar gewesen. İkmen kicherte albern über sich selbst. »Was gibt es, Cohen?«

»Avcı hat sich gerade über Funk gemeldet.« Er lächelte, was ihm nicht leicht fiel, da İkmen aussah, als würde er gleich verrückt werden. »Ihrer Frau geht es gut und Sie haben einen Sohn, dem es auch gut geht.«

»Oh.«

Cohen lächelte immer noch, wegen İkmens Unbestimmtheit. Viel konnte er nun nicht mehr tun. »Und Dr. Sarkissian ist schon in der Pathologie und bereitet alles für die Leichen vor.«

Babys und Leichen. İkmen sah in Cohens große, sinnliche Augen. »Drei Leichen haben sie gefunden, wenn man den Springer mitzählt, vier.«

»Ja, ich weiß. Das Feuer hat im obersten Stock angefangen.« Aus dem Augenwinkel sah Cohen, dass man Dinge auf die Tragen legte, die wie hölzerne Statuen aussahen. Er räusperte sich und wechselte das Thema. »Kommissar Ardıç möchte Sie gern sehen, wenn Sie wieder aufs Revier kommen.«

»Wie schade, dass ich ihn nicht sehen will.«

İkmens gewohnter Zynismus, wenn auch ohne die übliche Leichtigkeit, erleichterte Cohen ein wenig. Cohen seufzte. Diesen Fall hatte er nie wirklich verstanden. »Und was jetzt?«

İkmen warf wie zufällig einen kurzen Blick auf die Männer von der Feuerwehr und sah dann wieder zu Cohen. Sogar dessen hässliches Gesicht war immer noch dem vorzuziehen, was die Männer aus dem Schutt ausgruben. »Uns ein Weilchen hinsetzen und versuchen, aus all dem schlau zu werden. Danach zu Ardıç gehen, denke ich. Die Sache abschließen.«

»Was, Sie meinen, die ganze Balat-Sache?«

»Ja, genau das meine ich, Cohen.« Er wies hinter sich auf die Überreste des Hauses. »Eines Tages werde ich Ihnen alles erklären, soweit ich es selbst verstanden habe. Der Vorhang ist gefallen.« İkmen senkte die Stimme zu einem Flüstern. »Schade, dass er vor der Auflösung gefallen ist.«

## Kapitel 26

Fatma schaute das Baby in ihrem Arm an und strich mit dem Finger leicht über das winzige Gesicht. Der Kleine öffnete den Mund und kniff die Augen ganz fest zusammen. »Na, na, nicht schreien«, sagte sie, »du weckst deinen gemeinen Vater noch auf.«

Doch es war nur ein Scherz. Fatma wusste, dass es gegenwärtig mehr als eines schreienden Babys bedurft hätte, um ihren Mann aufzuwecken. Trotzdem war sie froh, dass die meisten anderen Kinder aus dem Zimmer gegangen waren. Die Wolken, die Regen versprachen, hatten sie zu einem Freudengeschrei veranlasst und auf die Straße getrieben. Auch Fatma begrüßte die Wolken. Sie sah aus dem Fenster in den dunkler werdenden Himmel und spürte eine enorme Erleichterung durch ihren Körper strömen. Seit zwei Monaten hatte die Stadt nicht einen Tropfen Regen gesehen. Wäre er nur einen Tag früher gekommen, dann hätten die armen Leute bei diesem schrecklichen Brand nicht sterben müssen. Und vielleicht hätte Çetin dann auch Antworten auf die Fragen erhalten, die ihn die ganze Zeit gequält hatten. Schließlich war er dann gegen Mitternacht zu Bett gegangen, nach fast achtundvierzig Stunden ohne Schlaf. Seinen neuen Sohn hatte er kaum angesehen, so müde war er gewesen. Fatma hoffte und betete, dass dieser Fall nun abgeschlossen wäre. Wenn ja, dann könnte er sich ein paar Tage Urlaub nehmen. Er hatte genug übrig. Aber bei Çetin wusste Fatma nie so recht. Wo andere Leute einfach aufgaben und zu anderen Dingen übergingen, machte Çetin weiter, bis er zufrieden war, meist ein ziemlich hoher Anspruch. Sein Verlangen, um jeden Preis der Wahrheit auf den Grund zu gehen, gehörte nicht eben zu den Eigenschaften, die ihn ihr sympathischer machten. Auch seine Mutter hatte immer schon alles genau wissen wollen – diese Albanerin, die ihr kurzes Leben damit verbracht hatte, in Dingen herumzuschnüffeln, die sie besser in Ruhe gelassen hätte.

In der Wohnung war es sehr ruhig ohne die Kinder, aber Fatma mochte das. Çetin und Timur schliefen, der jüngere Mann in seinem Bett, der ältere in seinem Sessel ihr gegenüber, wo er leise schnarchte. Çiçek war irgendwo in der Nähe, aber auch sie war ganz still. Seitdem das Baby da war, war sie sehr umsichtig geworden. Fatma fragte sich, ob womöglich die Ankunft eines neuen Lebens sie hatte innehalten und über ihr eigenes Leben nachdenken lassen. Eine Geburt konnte so etwas durchaus bewirken. Fatma erinnerte sich, wie es auf sie gewirkt hatte, als sie das erste Mal bei einer Geburt dabei gewesen war. Bei diesem Gedanken musste sie lächeln. Sie war angewidert gewesen. Dass ihre schöne Tante Mihri an so etwas Schmutzigem und Würdelosem teilhaben konnte, hatte ihr einen Schock versetzt. Damals war Fatma elf Jahre alt gewesen und hatte auf der Stelle beschlossen, selbst nie »so etwas« zu machen. Neun Kinder später hatte sie dann eine etwas andere Sicht auf diese Dinge.

Der Türsummer ertönte und weckte zum Glück Timur aus seinem leichten Schlummer auf. Der Gedanke, mit diesem im Moment ruhigen und zufriedenen Baby im Arm die Tür aufzumachen, war ganz und gar nicht nach Fatmas Geschmack. Der alte Mann kam etwas steif auf seine Füße und schlurfte langsam an ihr vorbei, wobei er unterwegs dem Kind einen leichten Kinnstüber versetzte. Timur konnte Fatma zum Wahnsinn bringen, vor allem wenn er in ausgelassener und pietätloser Stimmung war. Aber sie konnte ihm nichts vorwerfen, wenn er etwas für sie tat, solange die Babys noch ganz klein waren. Dann holte er die Kinder ab, passte auf sie auf, kümmerte sich um die anderen – manchmal kochte er sogar. Zuweilen fragte sich Fatma, wie oft er wohl Çetin und Halil das Essen gemacht hatte, nachdem deren Mutter gestorben war.

Sie hörte, wie die Wohnungstür aufging, und danach mehrere tiefe Männerstimmen. Dann kam Arto Sarkissian ins Wohnzimmer, gefolgt von dem hübschen Partner ihres Mannes. Sie war überrascht, Süleyman zu sehen, da Çetin ihr gesagt hatte, er sei im Krankenhaus.

Arto beugte sich vor und sah das Baby sorgfältig an. »Perfekt.«

Fatma lächelte.

Timur kam ins Zimmer zurück und bot den beiden Besuchern Stühle an.

Fatma betrachtete Süleymans bleiches, abgespanntes Gesicht. »Ich bin überrascht, Sie zu sehen, Mehmet. Çetin sagte mir, Sie seien im Krankenhaus.«

»Ich bin heute Morgen entlassen worden, Frau İkmen.« Er lächelte schwach. »Sie brauchten mein Bett wohl für einen wirklich Kranken.«

»Für mich sehen Sie aber noch nicht ganz wiederhergestellt aus!«, sagte Timur. Er hatte strenge Ansichten über den öffentlichen Gesundheitsdienst und dessen Verpflichtung gegenüber der Bevölkerung, die er auch häufig von sich gab.

Arto lächelte. »Ich habe Herrn Süleyman getroffen, als ich mich gerade hierher aufmachte. Er wollte Çetin sehen, und natürlich auch Sie, genau wie ich.«

Fatma wiegte das mittlerweile schlafende Baby in ihren Armen, um sich etwas wohler zu fühlen. »Çetin schläft noch, fürchte ich, aber …«

Ehe sie den Satz beenden konnte, trat ein außerordentlich verknautschter Mensch ins Zimmer, dessen Augen noch schlaftrunken waren. »Hallo zusammen«, sagte Çetin, »interessiert sich jemand für eine Fallbesprechung?«

Die drei Männer warteten, bis Fatma und der alte Mann aus freien Stücken gegangen waren, ehe sie mit ihren Beratungen anfingen. Çetin goss sich und Arto jeweils einen großen Brandy ein und holte eine Cola für Süleyman aus der Küche.

Arto fing an. »Ich habe die Überreste eines englischen Reisepasses bei einer der Leichen gefunden. Er ist zwar unleserlich, aber die englischen Pässe sind ja deutlich zu erkennen. Harter Einband, goldene Buchstaben.«

Çetin seufzte. »Du wirst vermutlich herausbekommen, dass er einem Mann namens Robert Cornelius gehörte.«

»Ich habe die Absicht, das Konsulat zu benachrichtigen.«

Süleyman sah tief in seine Coladose. »Und was ist mit den anderen Leichen?«

»Zwei Frauen und drei Männer.«

Çetin lächelte traurig. »Maria, Natalia, Sergej, Nicholas und der Diener. Ich würde gerne wissen, wer von denen Leonid Meyer getötet hat. Denn einer von ihnen war es. Wenn ihr wollt, erzähle ich euch die Geschichte, wie ich sie sehe. Ardıç habe ich sie schon gestern erzählt.«

»Und wie hat er reagiert?«, fragte Süleyman.

»Na ja, er hat mir nicht geglaubt, was ich aber auch nicht wirklich von ihm erwartet habe. Dass der Fall auf günstige Art unter Dach und Fach gebracht ist, hat ihm gefallen, aber meine Gründe, auf den Gulcus zu beharren, würden, wie er meinte, noch einmal ›überdacht‹ werden müssen. Das Bild, wie er alles, was Rang und Namen hat – den Israelischen Konsul, den Bürgermeister und so weiter – belog, ist mir in dem Moment durch den Kopf gegangen, und ich habe mir vorgestellt, wie sehr er es genießen würde. Ardıç ist gut im Lügen. Wenn er damit fertig ist, werde ich vermutlich glauben, dass ich tatsächlich Reinhold Smits auf frischer Tat dabei erwischt habe, wie er den armen alten Rabbi umzulegen versuchte, und dass er deshalb Selbstmord begangen hat.«

»Und wie ist jetzt die Wahrheit, Çetin?« Arto beugte sich auf seinem Stuhl nach vorne und starrte seinem Freund ins Gesicht.

Der zündete sich zunächst eine Zigarette an. »Nun, sie ist ziemlich ungewöhnlich, Arto, und sie dreht sich um diese beiden Frauen …« Er breitete die beiden Fotos, die er auf Smits Schreibtisch gefunden hatte, vor seinen Kollegen aus, »… die ein und dieselbe Person sind oder auch nicht.«

»Wer sind die beiden?«, fragte Süleyman.

»Die Frau mit den beiden Männern ist Maria Gulcu. Der hier ist übrigens Reinhold Smits und der dunkle ist Leonid Meyer.«

Süleyman sah sich vor allem Meyers Gesicht genauer an. Vermutlich faszinierte es ihn, dachte İkmen, denn das letzte Mal hatte er Meyer unter solch grauenhaften Umständen gesehen. Doch schließlich wies Süleyman auf das andere Foto. »Und das hier?«

Çetin lächelte. »Tja, das da. Ja. Es ist ein Foto, wie ich inzwischen herausbekommen habe, der dritten Tochter von Zar Nikolaus II., der Großherzogin Maria. Die Worte unten am Rand beziehen sich auf eine Inschrift, die man auf einer Wand im Hause Ipatjew entdeckt hat, in dem die Familie gestorben ist. Smits hat sie geschrieben. Wenn ihr das Foto von Maria Gulcu anschaut und dann das andere, könnt ihr die Ähnlichkeiten feststellen.«

Süleymans Augen wurden immer größer. »Sie meinen doch nicht …«

»Immer mit der Ruhe«, sagte der Arzt, nahm beide Aufnahmen und hielt sie abwechselnd dicht vor seine Augen. »Wir alle wissen, hoffe ich, wie leicht man Ähnlichkeiten feststellt, wo in Wirklichkeit gar keine existieren.«

Çetin grinste.

»Zum Beispiel«, fuhr der Arzt fort, »ist die Breite eines Gesichtes etwas absolut Unveränderliches. Wenn man ganz genau hinsieht, bemerkt man, dass der Knochenbau der Frau Gulcu eher schmal ist, während er hier breit ist. Und, wenn ich ein Urteil abgeben müsste, würde ich sagen, dass die hübsche Großherzogin eine für die Russen viel typischere Gesichtsform hat. Ich gebe zu, dass die Augen wesensmäßig ziemlich ähnlich sind, aber die eher unterschiedlichen Nasen würden einer eingehenden Untersuchung, fürchte ich, nicht standhalten.« Arto Sarkissian sah auf, um die Reaktionen der anderen einzuschätzen. »Kann sein, dass ich mich irre, ich bin kein Fachmann auf dem Gebiet fotografischer Beweise ...«

»Oh, ich glaube nicht, dass du dich irrst, Arto.« Wieder lächelte Çetin, wenn auch ein bisschen traurig. »Ich muss sagen, dass ich deine Meinung teile, obwohl ich das anfangs nicht tat. Leider hat Reinhold Smits, der diese beiden Fotos auf seinen Schreibtisch legte, damit ich sie nach seinem Tod entdeckte, geglaubt, dass es ein und dieselbe Person sei.«

»Und was soll das genau bedeuten?«

Çetin seufzte schwer. »Das bedeutet, Süleyman, dass ich bei Abwesenheit sämtlicher Protagonisten in dieser Geschichte bestenfalls Theorien über so etwas wie Bedeutung aufstellen kann.«

»Sag es uns trotzdem«, warf Arto ein, während er sich und Çetin nachfüllte.

»Na gut.« Çetin holte tief Luft und legte trotz seiner immer noch lähmenden Müdigkeit mit seiner Geschichte los. »Am 16. Juli 1918 oder um dieses Datum fand sich ein junger bolschewistischer Soldat namens Leonid Meyer, der nichts Besseres zu tun hatte, als Wachhabender im Hause Ipatjew in Jekaterinburg wieder, wo die unglückliche Familie Romanow damals gerade festgehalten wurde. Unter dem Kommando eines weiteren Juden, Jacob Jurowsky, war dieser Posten sowohl gefährlich – weil eine große Zahl royalistischer weißrussischer Truppen vordrang – als auch prestigeträchtig, denn er sollte ja den Zaren erschießen. Und am 17. Juli 1918 taten Leonid Meyer und seine Kameraden genau dies. Sie erschossen die Romanows, zerstückelten deren

Leichen, verätzten sie mit Schwefelsäure – ganz schön poetisch, oder? – und waren sehr von sich angetan. Das heißt, mit einer Ausnahme.«

»Meyer?«

»Ja, Arto, Meyer. Ich meine, warum sonst hätte er toben und schreien und sich über siebzig Jahre später darüber auslassen sollen und warum hätte er sonst dieses hübsche Foto hier stehlen sollen, das seinem Alter und seinem Zustand nach doch wohl echt ist, oder?«

»Er hätte es als eine Art ›Trophäe‹ mitgenommen haben können«, sagte der Arzt. »Manche Leute machen so etwas.«

»Zugegeben«, antwortete Çetin, »aber gedulde dich noch einen Moment. Nun weiß ich nicht, ob Meyer das Mädchen, das einmal Maria Gulcu heißen sollte, vor oder nach den Ereignissen im Hause Ipatjew getroffen hat. Aber wie auch immer, irgendwie lief er diesem Mädchen über den Weg und redete sich und ihr ein, dass sie die Großherzogin Maria wäre.«

Süleyman, der eine Weile schweigend über die ziemlich schockierenden Worte seines Vorgesetzten nachgedacht hatte, spürte, dass er nun reden müsste. »Halt, Augenblick mal! Ich dachte, Sie hätten diesen ganzen Romanow-Mist schon vor einiger Zeit verworfen?«

İkmen lächelte. »Habe ich auch. Als ich entdeckte, dass es kaum eine Verbindung zwischen der ledigen Anna Demidova und Frau Gulcu geben konnte, schien jeder mögliche Zusammenhang zwischen den Romanows und Meyers früherem Verbrechen plus seinen Schießpulverwunden zusammenzubrechen. Aber im Licht der Geschichte, die mir Smits zu lesen auftrug, und mit diesen Fotos, passte alles ein wenig zu gut zusammen.«

»Geschichte? Welche Geschichte?«

»Er ließ für mich ein Buch auf der Seite aufgeklappt liegen, wo dieser Ausspruch von Belsazar zitiert wurde. Er war anscheinend – dies zu eurer Information – auf eine Wand im Haus Ipatjew geschrieben worden, und zwar von einer der Wachen – komischerweise original auf Deutsch. Aber auf dieser Buchseite stand auch, dass unmittelbar vor der Exekution einige der Wachhabenden ausgewechselt wurden und dass kein Mensch wüsste, wo sie hin wären. Nur die Hauptakteure, wie der Kommandant Jurowsky, wurden immer wieder aufgeführt – ein Punkt, den die meisten Kommentatoren vertuschten, weil es ein sehr kleines Detail zu sein scheint. Und wer hätte sich auch um einen Niemand wie diesen Meyer kümmern sollen?«

Süleyman blickte immer noch voller Zweifel. »Aber warum und wie sollte Meyer ein unbekanntes Mädchen gefunden und sie überzeugt haben, dass sie diese Großherzogin wäre?«

»Vielleicht hat er das getan, um seine eigene Schuld zu vermindern. Denn würde dieses schöne Mädchen noch leben, dann könnte er sich weismachen, dass seine eigene Teilnahme an den Vorgängen nie stattgefunden hätte – das könnte zu dem passen, was wir über seinen Charakter wissen. Vielleicht war er sogar allein für ihren Tod verantwortlich und daher so auf sie fixiert. Oder er hat in ihr auch nur jemanden gesehen, aus dem man eines Tages Geld herausschlagen könnte. Wer weiß? Und wie? Nun, womöglich hatte Maria Gulcu zu dem Zeitpunkt schon selber ein Trauma durchlebt. Das ist mehr als wahrscheinlich, da wir wissen, dass sie aus reichem Hause stammte und ihr Gesicht zudem noch von alten Narben gezeichnet war. Wenn ihre gesamte Familie tatsächlich umgebracht worden war, wie sie immer behauptet hatte, könnte es sein, dass sie genügend traumatisiert war, um alles zu akzeptieren, was er ihr damals erzählte.« İkmen machte eine Pause, um sich eine weitere Zigarette anzuzünden. »Wie dem auch sei, irgendwann nach diesen Ereignissen entschloss sich Meyer, dieses Mädchen, das vielleicht seine Geliebte war oder auch nicht, außer Landes zu bringen.«

»Ja, aber wenn doch die weißrussischen Armeen vorrückten ...«

»Wenn sie herausbekommen hätten, was er getan hatte, hätten sie ihn getötet. Und zusätzlich hätten sie entdeckt, dass seine ›neue‹ Großherzogin Maria ein Betrug war, und so seine Wahnvorstellung vollständig zerstört.« İkmen sah seine Kollegen an und lächelte. »Denn genau da sind wir meiner Meinung nach gerade – in der Welt der Wahnvorstellungen. Und in der Tat war ja alles, was von da an sowohl in Marias als auch in Leonids Leben passierte, von dieser Wahnvorstellung begrenzt und erfüllt. Es war sehr kompliziert. Sogar ihr ›Deckname‹ Demidova, nach der Dienerin der Zarin, war damit verbunden, und sei es auch auf eine nicht unmittelbar offenkundige Art.«

»Sie meinen also«, sagte Süleyman, der mit den psychologischen Feinheiten ein wenig zu kämpfen hatte, »dass alle beide anfingen, wirklich zu glauben ...«

»O ja. Ich meine, dass wir, um zu verstehen, warum Meyer später starb – vor allem, weil er einst in ein letztlich nicht zu verzeihendes Verbrechen an dieser Familie verwickelt war –, akzeptieren müssen, dass sie beide davon überzeugt waren. Ja, sie glaubten daran, und als Meyer hier in die Türkei kam und für Reinhold Smits zu arbeiten begann und mit ihm vertraut wurde, glaubte auch Smits daran. Der arme Smits war sogar, wie es scheint, eine Zeit lang in Maria Gulcu verknallt. Ob Meyer oder Maria oder beide ihm dieses alte Foto der Großherzogin gaben und aus welchem Grund, weiß ich nicht. Aber ich bin mir sicher, dass Smits von dem großen Geheimnis, das der kleine Jude und die junge Frau teilten, wusste und davon fasziniert war.«

»Warum hat er dann Meyer entlassen? Wenn er so fasziniert war von dem Paar, wie Sie sagen.«

İkmen seufzte. »Das weiß ich auch nicht – es sei denn, es war so, wie Smits es behauptet hat, dass er nämlich ein Nazi wurde und deshalb für einen Juden in seinem Einflussbereich kein Platz mehr war. Und schließlich hatte Maria Gulcu sich mit ihren Kindern zu diesem Zeitpunkt längst niedergelassen und womöglich gar keinen Kontakt mehr zu ihm. Wer weiß? Ich glaube aber, dass Meyer Smits später wegen seiner Nazivergangenheit erpresste. Dies ist die einzige Erklärung, die ich für seine fortgesetzte Verbindung zu dem Deutschen und für die großen Geldsummen in seiner Wohnung finden kann. Derartige Verbindungen waren einige Zeit lang alles andere als populär – eine Tatsache, die Meyer genau den Vorwand lieferte, den er brauchte, um finanziell Rache an Smits zu nehmen.«

»Und wer hat dann Meyer getötet und warum?«

»Maria Gulcu oder vielmehr ein eher dazu befähigtes Mitglied ihrer Familie hat Meyer umgebracht.«

»Aber wieso?«

Çetins Antlitz nahm eine ernste Miene an. »Sie haben doch gesehen, wie diese Familie lebte, Süleyman. Wie weit muss man sich Ihrer Meinung nach auf eine solche Wahnvorstellung zurückziehen, um zu dem Schluss zu kommen, dass der Mörder des eigenen ›Vaters‹ sterben muss?«

»Aber warum gerade jetzt?«

»Das weiß ich nicht.«

»Und warum kann es nicht Smits gewesen sein?«

Çetin seufzte. »Weil das Hakenkreuz uns direkt zu ihm geführt hätte, was ja auch geschehen ist, und warum sollte er, ein im Sterben liegender Mann, sich so viel Ärger aufhalsen? Vergessen Sie nicht, dass er sich wegen all dem selber getötet hat – er wusste alles, absolut alles.«

»Warum«, warf Arto ein, »hat er dir das alles nicht erzählt und sich so aus der Schusslinie genommen?«

»Ich kann nur vermuten«, antwortete Çetin, »dass er die schöne Maria auch am Ende nicht verraten wollte. Denk daran, dass, wenn man die Wahnvorstellung bis zu ihrem logischen Schluss weiterdenkt und wenn Maria Gulcu wirklich die Großherzogin Maria war, sie unter großer Lebensgefahr stand. Wäre sie wirklich die gewesen, die sie zu sein behauptete, dann hätte die alte Sowjetregierung ihren Tod verlangt.«

»Aber jetzt sind doch alle tot«, sagte Süleyman.

»Was ist jetzt also der Punkt?«

»Alte Männer und Frauen ändern sich nicht, Süleyman. Smits hatte sein ›großes Geheimnis‹ die meiste Zeit seines Lebens bewahrt und wollte es auch jetzt nicht preisgeben. Vielleicht fürchtete auch er ganz tief in seinem Inneren, dass es eine Illusion war, und wollte sie einfach nicht näher anschauen.«

»Also«, sinnierte Arto, »wurde das Hakenkreuz hingeschmiert, um Smits hineinzuziehen?«

»Ich nehme es an«, antwortete Çetin, »obwohl es auch noch andere Bedeutungen hat, wie ich, glaube ich, schon sagte.«

»Es ist aber merkwürdig«, fuhr Arto fort, »dass er Marias Geheimnis auch noch bewahrte, als sie sich offenkundig überhaupt nicht mehr um ihn kümmerte.«

»Er hat sie einst gewollt. Er und Meyer haben sich wegen ihr gestritten. Eine solche Verliebtheit, besonders in eine Prinzessin, stirbt nur schwer. Obwohl ich sagen muss, dass ich glaube, er war kurz davor, etwas zu enthüllen, als er dem Tod nahe war. Er erzählte uns, dass Maria etwas über Meyer in der Hand hätte. Er war kurz davor, aber eben nicht ganz.«

»Und dieser Robert Cornelius, wie passt der da rein?«

»Robert Cornelius hatte keine Ahnung von den Ereignissen, die ich gerade umrissen habe. Er hatte gewissermaßen das doppelte Pech, einerseits in Natalia Gulcu verliebt und andererseits zur falschen Zeit am falschen Ort gewesen zu sein, nämlich in Balat. Obwohl ich trotzdem glaube, dass er einiges darüber wusste, wer Meyer getötet haben konnte. Meine persönliche Meinung ist, dass es vermutlich seine Freundin war.«

Süleyman runzelte die Stirn. »Wie das?«

»Wissen Sie noch, wie er uns nach den Strafen und Urteilen fragte, als wir ihn zuletzt verhörten.«

»Und?«

»Erinnern Sie sich auch daran, wie er bei der Todesstrafe verharrte und bei den Leuten, die davon ausgenommen werden könnten?«

»Mmm?«

»Ganz einfach«, fuhr Çetin fort, »wenn er nicht jemanden im Sinn gehabt hätte, warum hätte er dann fragen sollen? Ich glaube, er hatte zumindest eine vage Ahnung, wer in die Sache verwickelt sein könnte. Vielleicht dachte er, wenn eines der älteren Familienmitglieder mit dem Mord zu tun hätte, würde das Alter eine Exekution ausschließen.«

»Ja, aber …«

»Aber auch das ist nur Theorie. Über alles, was mit dem Fall zu tun hat, einschließlich der Identität dessen, der Rabbi Ísak umgebracht hat, können wir nur Vermutungen anstellen.«

»Obwohl wir wissen«, warf Süleyman ein, »dass es Robert Cornelius gewesen sein muss.«

»Obwohl wir das zu wissen glauben, ja. Wo man allerdings bei dem Zustand seiner Leiche mit der Spurensicherung anfangen soll, weiß ich nicht.« Çetin lächelte. »Und warum ein armer Kerl wie er so etwas getan haben sollte, kann ich mir auch nicht vorstellen.«

Die drei Männer saßen danach eine Weile schweigend beisammen, und bis Süleyman das Thema wechselte, schien auch nichts mehr gesagt werden zu müssen.

»Also«, fing Süleyman an, »etwas ganz anderes, warum haben Sie mir gestern freigegeben?«

Çetin und Arto wechselten einen vielsagenden Blick. Der Arzt wusste alles über Çetins Familie und ihre kleinen Besonderheiten. Deshalb antwortete er galanterweise, wie Çetin später fand, für seinen alten Freund. »Çetins Gründe dafür beruhten auf gewissen Überzeugungen, die ihm bezüglich dessen, was sich ereignen sollte, gekommen waren. Er hatte Angst um Ihr Leben.«

Süleyman, der seinen Vorgesetzten nicht so gut kannte wie

der Arzt, verstand trotzdem, dass dies sich auf İkmens ziemlich ungewöhnlichen Glauben an Vorahnungen bezog. Da er aber solche Ansichten nicht teilte, antwortete er eher bissig: »Ich verstehe.« Er konnte nicht anders.

Arto, der eine solche Reaktion erwartet hatte, fuhr fort. »Und wie Sie ja nur allzu schmerzlich mitbekommen haben, Süleyman, hat sich die Intuition meines alten Freundes zum Teil bestätigt, meinen Sie nicht?«

»Doch.« Das äußerte er zwar leicht beleidigt, aber dennoch mit genügend Zustimmung, um allen Anwesenden zu bedeuten, dass das Thema damit beendet wäre.

»Es war wirklich spannend«, sagte Arto, als er ziemlich steif von seinem Stuhl aufstand, »aber ich muss jetzt wirklich gehen, tut mir Leid, Çetin. Deine Leichen werden sich nicht höflich ausweisen, und nach all dem Ärger und Durcheinander, die bei diesem Fall aufgetreten sind, will ich doch sichergehen, dass auch jeder der ist, für den wir ihn halten.«

»O ja, bitte. Ich glaube nicht, dass ich noch weitere Geheimnisse vertragen kann.«

»Nein.« Die beiden Männer umarmten sich herzlich.

Nachdem der Arzt gegangen und Çetin allein mit Süleyman war, verschwand seine fast fröhliche Stimmung jedoch. »Wissen Sie«, sagte er und ging hinaus, um für seinen Kollegen noch eine Limonade zu holen, »dieser Fall war der übelste, an dem ich je gearbeitet habe.«

»Wie das?«

»Weil man absolut nichts an irgendeinem der Beteiligten mögen konnte. Aus welchen Gründen auch immer war jeder von ihnen absolut egoistisch.«

Süleyman zuckte mit den Achseln. »Ich vermute mal, dass Sie …«

»Ja, das waren sie«, schloss İkmen, »sogar in ihren entlegensten Wahnvorstellungen.«

Es war schon spät und alle Kinder lagen im Bett. Auch Fatma schlief. Zum Glück hatte sich das Baby in einen tiefen Schlaf eingelullt, wobei es den Mund offen hielt. Nur Çetin und Timur blieben im Wohnzimmer, wo sie tranken und zusahen, wie der wunderbare Regen die Fensterscheiben hinunterlief. Auch die Luft schien jetzt viel klarer, als wäre eine riesige dicke Decke über die Stadt weggezogen und ins Meer geworfen worden.

»Also, wieso hast du versucht, diesen Jungen gestern loszuwerden?«

»Was, Süleyman?«

»Ja, Süleyman. Sag schon, wieso?«

Çetin machte ein unglückliches Gesicht und starrte in sein Glas. Er hasste es, Timur solche Sachen erklären zu müssen. »Samsun hatte mit mir eine Sitzung gemacht. Sie hat es gesehen. Wie der Junge vom Dach fiel, das Feuer. Und wie Süleyman genau in der Bahn des herunterfallenden Körpers stand – alles.«

Der alte Mann knurrte: »Zufall. Egal, was hat Samsun in der Stadt gemacht, ich dachte, Ahmet und seine fürchterliche Sippschaft wären weggezogen?«

Çetin zuckte mit den Schultern. »Onkel Ahmet ist nach Izmir gezogen, aber Samsun ist hier geblieben. Ístanbul ist für Leute wie sie besser.«

»Wie ihn.« Timur spuckte dieses Wort verächtlich aus. »Die Familie deiner Mutter ist schon seltsam. Du solltest dich davon fern halten, Çetin.«

»Du hast sie aber geheiratet und ich bin wie sie!«

»Stimmt, du verdammter Sohn einer Hexe!« Timur machte eine kurze Pause und wünschte, dass er dies nicht gesagt hätte, aber es war jetzt zu spät. »Du bist aber auch wie ich, Çetin. Deine Mutter war nicht klug. Sie war raffiniert, aber keine Intellektuelle.«

Çetin zündete sich eine Zigarette an und sah, wie ihr glühendes Ende sich in der Fensterscheibe spiegelte. »Ich weiß.

Aber es ist meine Familie und sie sind die Einzigen, mit denen ich über …« Er wechselte das Thema. »Wie auch immer, Süleyman ist gerettet, das ist die Hauptsache. Wie, das ist gleichgültig. Jetzt kann seine Mutter ihn an seine langweilige Cousine verheiraten und hilflos zusehen, wenn er seine Affären hat. So wie Cohen.«

»Cohen?«

»Einer meiner Leute. Ein Jude. Sein Hobby ist es, junge schwedische Touristinnen zu jagen. Zum Verzweifeln.«

Der alte Mann nahm sich eine Zigarette aus der Schachtel seines Sohns und zündete sie an. »Ich habe das keinem von euch je angetan.«

»Dafür bin ich dir auch dankbar, okay?« Er litt noch ein wenig darunter, als Sohn einer Hexe bezeichnet worden zu sein. Nur Fatma durfte das und konnte erwarten, ungestraft davonzukommen. Timur behauptete immer, Çetins »Gabe« zu verstehen, aber in Wirklichkeit konnte er es natürlich nicht.

Der alte Mann spürte, dass es Zeit war, das Thema zu wechseln. »Weißt du, ich habe deine ganzen Erklärungen zum Mordfall Meyer gehört. Ich hab an der Tür gelauscht, ehe ich hereinkam.«

»Ich dachte mir schon, dass du dort warst.«

O ja, sie kannten einander so gut! Timur lachte. »Es war gut, Çetin, nur Eines hast du nicht bedacht.«

Çetin zog müde eine Augenbraue hoch. »Ach? Und das wäre?«

»Du erinnerst dich doch noch, dass du sagtest, du wüsstest nicht, was Maria in Jekaterinburg getan hat?«

»Ja.«

»Ist dir nie in den Sinn gekommen, dass sie dort sein sollte?«

Für solche verschlüsselte Reden war es jetzt reichlich spät. Çetin rieb sich die Augen und gähnte. »Wovon redest du?«

Alte Augen funkelten Çetin verschmitzt an. »Dass sie eine von den Gefangenen war! Dass man auch auf sie geschossen hat und Meyer es irgendwie schaffte, sie zu retten.«

Çetin brummte. »Und ihr richtiger Name war Anastasia, stimmt's?«

»Nein, Maria, wie du gesagt hast, wie auf dem Foto.« Timur beugte sich vor und lehnte sich mit der Schulter an seinen Sohn. »So verrückt ist das nicht, Çetin. Ich habe neulich die englische Zeitung *The Times* gelesen und in einem Bericht dort hieß es, dass, obwohl man fast alle Überreste der Zarenfamilie in einem Wald bei Jekaterinburg gefunden hte, immer noch zwei Leichen fehlten. Die vom Zarewitsch und von einem der Mädchen, wie man annimmt.«

»Aber Maria Gulcu und die Großherzogin sahen einander überhaupt nicht ähnlich – wirklich. Das haben wir doch geklärt, denke ich.«

»Nach deiner und Artos Meinung, ja. Aber was hältst du davon, einmal den Rat eines Experten einzuholen?«

Für all dies war Çetin schon zu müde. »Ich weiß nicht. Wozu soll das gut sein?«

»Ist es das nicht wert?«

»Sieh mal, es sind doch alle tot, Timur. Es war nichts als eine Wahnvorstellung, zwar eine gefährliche, aber eine Wahnvorstellung, und …«

»Aber was ist, wenn es keine war!« Die Augen des alten Mannes leuchteten, als er sich langsam vorbeugte und das Foto der Großherzogin Maria vom Tisch nahm. »Was wäre, wenn diese Frau Gulcu Belsazars Tochter war?«

Çetin lächelte, unter diesen Umständen konnte er nicht anders. »Du bist unter deinem ganzen republikanischen Gehabe doch ein heimlicher Royalist, oder, Timur?«

»Nein, nein.« Aber als er auf das Foto sah, änderte sich sein für gewöhnlich unwirscher Gesichtsausdruck. »Ich stamme schließlich aus dieser Zeit, Çetin, und sogar ich muss zugeben, dass es eine elegantere Zeit war. Sultan Vahideddin regierte noch über das, was vom Sultanat übrig geblieben war, als ich geboren wurde.« Er seufzte. »Damals waren wir noch Osmanen, so wie seit Hunderten von Jahren. Und was sind wir jetzt?«

»Wir sind Türken«, antwortete sein Sohn und gähnte beim Sprechen, »und es geht uns damit um einiges besser.«

Der alte Mann lächelte. »Ja, ja, du hast schon Recht. Keine verschleierten Frauen mehr, keine Kriege mehr nur wegen der Laune eines einzigen Mannes.«

»Und das ist auch gut so.« Çetin stand auf, streckte sich und wurde dann ganz plötzlich und unerwartet von hinten gepackt.

»Was ist, wenn ich Recht habe mit Belsazars Tochter, und was, wenn …?«

Sachte, aber dennoch entschlossen nahm Çetin die Hand seines Vaters von seiner Hüfte und lächelte. »Ich muss jetzt ins Bett. Ich bin tot.«

»Aber Çetin, wenn es wahr wäre! Wenn Maria Gulcu die Tochter des Zaren gewesen wäre! Denk doch mal, was für ein Wunder!«

»Aber sie ist doch sowieso tot, Vater.« Es geschah nicht oft, dass Çetin Timur »Vater« nannte, aber manchmal schien es zu passen.

Der alte Mann blieb dabei. »Aber wenn sie es war, dann wärst du mit der Geschichte in Berührung gekommen, mein Sohn, mit einem großen Geheimnis. Ist dir das klar?«

Çetin ließ seinem Vater seinen Willen, weil er wusste, dass es besser war. »Ja, ich weiß das, Vater. Aber bleib nicht mehr zu lange auf. Gute Nacht.«

Der alte Mann antwortete so lange nicht, bis er hörte, wie sein Sohn ins Schlafzimmer ging. Dann betrachtete er wieder die beiden Fotografien, die nebeneinander lagen. »Gute Nacht, mein Sohn. Mein armes, blindes Kerlchen.«

# Epilog

*30. September 1992, Side, ein beliebter Badeort an der südlichen Mittelmeerküste*

Obwohl es aufs Ende der Saison zuging, war es immer noch heiß. Auch der Strand war noch ziemlich bevölkert, wenn auch hauptsächlich mit Einheimischen. Die Ausländer waren fort, was einerseits gut war, weil so viele von ihnen lästig und ungehobelt waren. Andererseits fühlte sie sich durch deren Abreise in gewisser Weise exponiert.

Sie kaute nachdenklich auf ihrem Gemüse herum, genoss dessen Süße und nahm dann wieder die Zeitung zur Hand. Obwohl sie es schon dreimal gelesen hatte, konnte sie es immer noch nicht glauben. Dass der neueste türkische Millionär, ein früherer englischer Butler namens John Wilkinson, so etwas getan haben konnte, war erstaunlich und zugleich widerwärtig. Aller Welt über die verderbten Vorlieben eines Mannes zu berichten, der einem so viel Geld hinterlassen hatte – das schmeckte nach Undankbarkeit der Unterschicht. Es war allerdings nicht so, dass sie nicht noch andere, persönlichere Bedenken im Sinn gehabt hatte …

Sie nahm einen großen Schluck aus ihrer blauen Wasserflasche und suchte den Strand nach Anwar ab. Er hatte gesagt, es würde nicht lange dauern. Er war nur zur Garage gegangen, um nachzusehen, ob der Wagen fertig war. Sie hoffte, dass dies der Fall war, weil sie dann sofort losfahren könnten, wenn sie wollten. Und sie wollte.

Sie strich sich die Haare hinter die Ohren und setzte die Sonnenbrille auf. Ihr Haar zu berühren war derzeit nicht angenehm, weil es durch das Färben trocken und spröde geworden war. Anwar mochte die Farbe, aber manchmal fragte sie sich, wie er dessen Zustand fand, besonders dann, wenn sie sich liebten. Er hielt gern ihr Haar fest, wenn er sie ritt, er benutzte es als Griff, wenn er in ihren Körper stieß. Anwar war sehr grob, was gut war, besonders angesichts der Tatsache, dass sie mit ihm womöglich einige Zeit zusammenbleiben musste. Sie legte die Zeitung wieder fort, wobei sie es vermied, die sehr gute Beschreibung von sich auf Seite fünf zu lesen. Jemand hatte sich große Mühe gegeben, all die armen Leichen genau zu untersuchen und zu identifizieren. Jemand, den sie nicht besonders mochte, wie sie dachte.

»Der Wagen ist fertig.« Er war hinter ihr aufgetaucht, weshalb sie ihn nicht hatte kommen sehen. Sein Türkisch war perfekt, aber viele der großen ägyptischen Familien waren türkischer Herkunft. Die alte osmanische Beamtenklasse. Es erinnerte sie daran, wie fehlerlos ihre Großmutter Englisch gesprochen hatte. Das hatte allerdings einen anderen Grund gehabt.

Er saß hinter ihr, die Beine um ihren Körper gespreitzt, und presste seine Leiste gegen ihren fleischigen, runden Hintern.

»Wir könnten hinfahren, wo immer du willst, Maria«, sagte er und schlang seine Arme um ihre Schultern, wobei er ihre Brüste mit den Fingern berührte.

Sie lächelte. Sie war schon so an diesen Namen gewöhnt, dass er ihr fast zur zweiten Natur geworden war. Dass sie sich in so kurzer Zeit angepasst hatte, gefiel ihr sehr. Es bedeutete auch, dass zumindest etwas weiterlebte, obgleich sie die Einzige wäre, die das je würde schätzen können.

»Ich möchte schon heute los.« Sie drehte sich nicht zu ihm um. Sie wusste, er war da, sie wusste auch, wie gut er aussah. Nicht, dass sein Aussehen je eine Rolle für sie gespielt hatte. Der Rolls-Royce, der sudanesische Diener und die schönste Hotelsuite in der Stadt waren es gewesen, die sie davon überzeugt hatten, ihm schon bei der ersten Verabredung alles zu geben. Die Zeiten waren schwer und ein Mädchen musste schließlich von etwas leben. Wenn der Mann dann noch gut aussah, war das zwar ein Bonus, aber nicht wirklich wichtig.

»Dann sollten wir jetzt gehen und packen«, gab er zurück.

Ja, dachte sie, ich werde all das einpacken, was du mir gekauft hast. Ich habe sonst kaum etwas.

Sie legte die Hand auf seinen Arm. »Geh du zuerst. Ich bleibe noch ein paar Minuten hier.« Sie drehte sich um und blickte in sein junges, unschuldiges Gesicht. »Wir treffen uns gleich.«

Er küsste sie. »Versprochen?«

»Ich verspreche es.«

Oh, er war so scharf darauf, sie zu behalten! Wie erinnerte er sie doch an jenen anderen Mann. Aber Anwar würde sie natürlich behalten. Die Heirat war für Dezember angesetzt, nachdem sie zum Islam übergetreten wäre. Sie wusste, dass seine Eltern nicht glücklich darüber waren, aber was konnten sie sonst tun? Sie kannte die mächtigen Familien.

Er machte sich von ihr los und rannte den Strand hinauf zum Hotel. Vierundzwanzig und fit wie ein Athlet!

Sie dachte wieder an ihr Haar und überlegte, ob sie es noch einmal in Olivenöl einweichen sollte, bevor sie sich auf die Reise machten. Aber das hätte auch nicht viel ausgemacht; ihr Haar war einfach nicht dafür geschaffen, sandfarben zu sein, es sträubte sich dagegen.

Sie sah den Strand entlang, wo eine Gruppe junger Türken direkt am Wasser Fußball spielte. Einen Moment lang kam ihr ein alter, böser Gedanke in den Sinn. Sie wusste, dass es jetzt unmöglich war. Was man alles tun musste, um zu überleben! Aber ging es sowieso nicht nur darum? War das nicht der Grund, warum sie diese heilig gesprochenen Toten allesamt so verachtet hatte? Keine Frau sollte durch die Hände eines Mannes sterben – niemals. Ganz im Gegenteil. Und eines Tages, wenn Anwar nicht mehr ganz so jung wäre und sie es satt hätte, Gattin eines Mitglieds der Neureichen zu spielen, würde er vielleicht erfahren müssen, was dieses Gegenteil bedeutete.

Natalia stopfte sich eine weitere pralle eingemachte Rote Beete in den Mund und lächelte wieder. Wenn deine Familie die halbe Welt beherrscht hat, kannst du tun, was du willst.